此书题献给我的卓越知音孙兴民先生、刘姗姗女士。

张建术 著

雪焰

東方出版社

图书在版编目（CIP）数据

雪焰 / 张建术 著. —北京：东方出版社，2012. 11
ISBN 978-7-5060-5543-7

Ⅰ. ①雪…　Ⅱ. ①张…　Ⅲ. ①长篇小说 - 中国 - 当代　Ⅳ. ① I247. 5

中国版本图书馆 CIP 数据核字（2012）第 247104 号

雪焰（XUEYAN）

策　　划：孙兴民
作　　者：张建术
责任编辑：刘越难
特约编辑：刘姗姗
出　　版：东方出版社
发　　行：人民东方出版传媒有限公司
地　　址：北京市东城区朝阳门内大街 166 号
邮政编码：100706
印　　刷：北京市文林印务有限公司
版　　次：2013 年 1 月第 1 版
印　　次：2013 年 1 月第 1 次印刷
印　　数：00,001—8,000 册
开　　本：710 毫米 × 960 毫米　1/16
印　　张：32.75
字　　数：650 千字
书　　号：ISBN 978-7-5060-5543-7
定　　价：52. 00 元
发行电话：（010）65210059　65210060　65210062　65210063

自序　让我的叙事歌声四起

《古典音乐百科全书》文字部分里有这样的语句：《韦氏辞典》对“抒情性”是这样定义的：充满歌唱感，是艺术中一种个性化的直接有力的风格或品质。也许，这就是为舒伯特量身定做的。

在文学中，抒情性首先集中于抒情诗。抒情性之于抒情诗，就犹如女人性之于女人一样，是其本质的自然流露。那么，我为什么要强调小说叙事的抒情性呢？

熟悉小说文本的人，从阅读经历中当能识别出一类诗性小说来。这类小说虽为叙事体，却流溢着鲜明的抒情风格与歌唱感。这类小说也在讲故事、塑造人物、表现生活的本质真实，但却涌动鼓荡着由内而外的诗性。不见得就是激情，却是温情以上的情怀。例如：雨果的《笑面人》，拉马丁的《葛莱齐拉》，屠格涅夫的《处女地》、《春潮》，茨威格的《心灵的焦灼》，安德烈耶夫的《红笑》，黑塞的《纳尔齐斯和歌尔德蒙》，无名氏的《海艳》，帕斯捷尔纳克的《日瓦戈医生》等。小说巨作《悲惨世界》甫一问世，波德莱尔即敏锐地认识到：“本书的文学形式，与其说是小说，不如说是诗篇……”在中国古典文学中，以《牡丹亭》为代表的诗意戏剧，以诸宫调《董解元西厢记》为代表的说唱叙事文学，早就为我们现代诗性叙事提供了典范性的经验。

不过要说渗透力、穿透力最强的抒性艺术，还是由音乐家创造出来的。以我有限的赏乐经验，至少可以举出：巴赫的《G弦上的歌调》，莫扎特《第二十一钢琴协奏曲》的第二乐章，贝多芬《第四钢琴协奏曲》、《第九交响曲》的第三乐章，舒伯特《第八（未完成）交响曲》、《圣母颂》、《鳟鱼五重奏》，柴可夫斯基《第一钢琴协奏曲》的第一乐章、《第六交响曲》的第一乐章、《曼弗雷德交响曲》第二乐章中的歌唱性片段，鲍罗丁《第二弦乐四重奏》第三乐章、《在中亚细亚草原》，比才《卡门》第三幕幕间曲，格里格《培尔·金特》中的《索尔微格》之歌，威尔第《纳布科》第三幕第二场中的合唱，德沃夏克《第九交响曲》的第二乐章，等等。

我刚提到的这些乐曲、乐章、音乐片断，全都极致地难以言喻地感动我至深，一听便入心，永生不忘。它们常常在一些特定的时刻，不召自来，回旋于心。它们所给予心灵的深度感受，是文学和绘画所难以达到的。

长年地反复地聆听这样一些达于美感极致的音乐，抒情性这种东西，在我的心田长出了植物，以直接感性的形态，婆娑摇曳在我的血液中。加上多年写诗读诗的心灵体验，因而使得我在小说阅读上，偏爱富于抒情风格的作品。这种偏好与养成，不管我是不是有意为之，总会在我的叙事写作中流露出来。既如此，我不如将之咏唱出来，以为自己心理上的释放，并且与同好共享。抒情性、歌唱性、诗性，这些好东西与其只流向诗歌，不如也让它们来灌溉叙事。我曾经不止一次说过，不论是写诗还是写小说，都不应该像穿着拖鞋走路，而应该像舞蹈。一上来就是舞蹈，一舞到底。

歌唱起来的叙事，才是最好的叙事，才是高级的文学的叙事。

马克·斯洛宁谈《日瓦戈医生》时讲到："它是一部通过个人的命运所写出来的社会史，具有帕斯捷尔纳克诗歌中闪耀着的那种光辉，那种'通过抒发感情取代现实描写'的艺术。""取代"一词似乎言未尽意，抒情性在帕斯捷尔纳克的小说中，具有统摄、领舞、凝聚、化合、强化"现实描写"的作用，是具有灵魂性质的总气质。

我在自己的这本小说《雪焰》当中，许多时候使用的基本写法，可以删繁就简地简括为：抒情化叙事，或曰：将叙事抒情化。我其实是想将这部小说当作长诗来写的，我其实更希望它不像小说——这也许就是我想要的小说。

目录

Contents

第一章　闯入者

1

1980年入冬后的那天中午，陈奇娅突然出现在我的床边，是非同小可的事件。这事对我造成的直接影响长达数年，日后似乎绵绵不已。

作为一名闯入者，她是以日常造访的姿态进入我的视野和生活的，但她的确是一个闯入者。她是以日常的轻盈方式闯入的，可她内蕴的能量非比寻常。她是一把飞来的温柔小刀，飞行的弧线像只雨燕，却总可以致命。时至如今，她的飞行并没有中止，如影随形，不知道还要飞行到何时。不过她到头来并没能扎死我。

福楼拜的《情感教育》和张恨水的《啼笑姻缘》，还有拉马丁的《葛莱齐拉》，都写到了爱恋而不能终成眷属的女人，在分手时刻剪下自己的一缕头发，留赠给恋人的情节。女子这时的心理相当复杂，这举动中感情内容是高涨强烈、幽深凄切的。

文化学者们喜爱谈论东西方文化差异，可事实上，东方人和西方人，在男女情感上是一样一样的。只要是铭心刻骨地爱过了，不管走没走到性爱那一步，这份深情震撼的内心体验，都会铭刻在他们的心上，流荡凄美。它会一直保持下去，成为他们内在生活的组成部分。

那个人作为一个物理的存在，虽然不在你身边了，但你发现她并没有彻底地离开你，她还时不时出现在你的精神生活中。这成了一种盘踞现象，一种缭绕现象。在你安静独处的时候她会来，在你产生某种感触和联想的时候她会来，在你拈笔写一首诗的时候她会来，在年假日的时候她会来。细节经过咀嚼，反而更加入味儿。所有昔日的甜与苦、喜悦与伤痛，这时节全都成为你情感生活的佳酿，具体感性的财富。财富这个词用在这里并不贴切。不是财富，而是经过自然冲刷打磨的剔透凝光的水晶石，一座幽曲沉静的玲珑岛。当记忆的潮水涌上来时，当年那些一触即发的重磅炸弹似的爱恨，似乎不再重要。

就是一种盘踞，就是一种缭绕。

她在你的记忆中，永葆着十六岁、十七岁、十八岁的容颜气息。她无论哪一天来跟你说话，都用的是那个年龄的声音和口气。她虽然让你失望过，但不会给你再增加新的失望。

1992年，谷溪莼曾经跟我说起，她写小说喜欢将时间地点弄模糊，她不用真的地名、街道名称，不写明具体的事件年代。早年我也这样干过。我当时的动机是想使自己的作品具有普遍性甚至永恒性，觉得时间、地点的模糊性、不确定性，有助于达到这一目的。不久我发现这种认识是天真幼稚的。普遍性、永恒性不靠这个。相反，福楼拜写小说，都是将年代、地点标注得具体入微，你像他在《情感教育》一开头就交待——

> 1840年9月15日凌晨6点左右，停靠在圣贝尔纳码头的蒙特罗城号轮船即将启程，烟囱里冒着滚滚的浓烟。
>
> ……

我的叙事的起始时间该是哪里呢？1980年冬季的一天？1980年冬季这个时间是绝对确切的，但要我说出具体的日子，确实困难。具体日期可以断定为这一年的11月下旬的某一天。

事情发生在冬季，小屋里没有炉火，院子里树枝上叶子落尽。树是海棠树、丁香树、柿子树、核桃树，一棚葡萄架，还有外院的一棵枣树、一株绒花树、一株香椿树、一丛竹子。我关于季节的记忆是永远不会出错的。

真正要命的还不是跟那个高一女生的初次见面，而是相识之后她写给我的那封信。可是如果没有第一次会面，哪儿有什么后来呀？所以，1980年冬季的这一天的中午，在我而言，就是一个标志性的时间，在她是不是呢？我想也是。

事情起源于1980年深秋的一个星期天，我跟我当时的密友谢径相约同游香山，走在他所在的中央党校至香山的路上，他一拍脑袋想起什么，跟我说道："梁珊瑚的同学赵海湄，最近说起她的一位新同学陈奇娅爱写诗，问我能不能给她看看，指点指点。我说诗我可说不出来，我一个哥们诗写得很棒，你让她请教他吧。你看上次见面时就想跟你说这事儿来着，话赶话岔过去了。趁现在想起来，我先把话撂这儿了，你别让我坐蜡。"

我说："都什么人呀你敢瞎答应。"

他收敛嬉笑正色道："这可不是外人，赵海湄是小珊的初中同学，跟小珊十分要好。这个姓陈的女生是赵海湄上高中后认识的，一个班，两人一见如故，形影不离。我这算瞎答应吗？"

"以前没听你提起过。"

"我这不是提了吗？这事就这么定啦。我已经答应人家了。"

他说的这个事我听进耳朵里了，却没往心里去。当他率领着两位高中女学生闯入我的卧室的时候，季候已经滑入冬天了。

北京的秋天，是世界上最怡悦我心、最撩动我心魂的秋天，可是它的短暂，它的跑步似的来去匆匆，年年令我扼腕痛惜。一觉醒来便跌进了朔气凝寒的冬天。

2

1980年朔气凝寒的冬季的一个中午，我躺在我那间小东屋的冷床上午睡，衣裤鞋袜照穿在身上，斜躺于床，脚在床沿外，身上盖着那件我出门时穿的制服棉衣。我的脖子为衣领保持的温暖气息呵护着，睡得十分的香甜。

好好一觉，硬让谢径给推醒了。一睁眼仿佛日月更迭，天地翻新，地球转过了一百年。再睁眼便见到了四只陌生的眼睛正在俯视我，一双眼睛波光清亮，一双眼睛弯弯如新月。

"瞧见没有，这叫睡得一个死，把他抬出去枪毙他都不知道。奔滔醒醒，再不醒我们仨真往外抬你了。"

"咱们要不在外屋等他一会儿吧。"一个女孩儿的声音在说。

我一撩棉衣，一个鲤鱼打挺儿跳到了地上："别。"我跑到厨房用冷水漱口，抖抖膀子，觉醒了八分，回到自己的屋里请客人们落座。

这次历史性的会面，多年来一直盘绕在我的记忆里，物换星移，时过境迁，人事匆匆，天各一方，彼情彼景，却历历在目，宛如昨天。1991年我曾专门在本子上写下了备忘录——

她的出现曾经极大地震动并改变了我的生活，到后来几乎毁掉了我整个人。这在我迄今为止的人生履历中是绝无仅有的。

她们进我屋的时间，肯定是那天中午的1点半左右。她们肯定是在学校食堂吃过午饭以后，骑了将近五十分钟的自行车，走长安街过来的。她们怎么摁门铃，怎么进的院子，怎么进的外屋门，怎么进的我的房间，我都不知觉。我是被为首的谢径叫醒的，也是被她们的目光看醒的。

屋子小，四个人站在空地上，差不多都脸碰着脸了。我猛然睁开的眼睛，为射入窗玻璃的阳光耀出片片光瀑，眼睫毛上滤析出七色光来。我习惯性地五指叉进头发，拢一拢乱发，才看清来到眼前的是两个女孩儿，立在她们旁边的是文质彬彬的谢径。我这才意识到这两人便是谢径曾提起过的陈奇娅和赵海湄了。

陈奇娅看上去比赵海湄略微瘦一点，短发，齐眉刘海，水明水亮的一对双眼皮大眼睛，在我越来越清晰的视线中，扑闪打量着我这个陌生人和这间陌生的小屋。

我第一眼印象她的脸是方圆形，再看才看出她的脸更接近瓜子形。她始终用刘海盖住的额头，其实是很丰满受看的。日后有一次我说服她撩起刘海让我看真貌。她用手往上一撩，赶快放下，急急说道："我眉毛太黑往上挑，显得厉害，不好看不好看。"

我说："挺好看呀，像演员化妆画出来的眉毛，配上双眼皮儿，上台表演根本不用化妆。"

她越发腼腆，脸颊潮红："我对自己不自信，你是不是在取笑我？"

她们来我家那天时令已入隆冬，她却只穿了贴身小棉袄出门。她棉衣外面罩的是一件用迷彩色降落伞布制作的袄罩。那种伞布是一种薄而轻的化纤织物。她下身外罩一条蓝绦卡长裤，脚上是一双多日不上油的黑皮鞋。我问她你里面穿没穿毛线裤？她说穿了，我才略微安下些心。可我怎么看怎么觉得她身上冷。穿件贴身小袄，骑单车穿行在滴水成冰的露天下，西北风肯定打透进去。看她的脸色就知道她其实冷得不行。见她落座在靠窗户的书柜前，我说："那地方冷，往里坐吧。"她摇摇头："没事儿没事儿。"

见她不愿换地儿，我不便再多说什么。男人过于絮叨了，即便是出于体贴和关心，也会被看成是婆婆妈妈，不够男人气。

我问她："你这衣服是什么做的？这种布我怎么没见过。"

她回答："我妈用我爸他们那儿的报废降落伞做的。我爸是空军，这东西他们那儿有的是，定期便宜处理。"

"天这么冷，为什么不穿大衣？图秀气？"

"有一件，是我妈妈单位发的工作大衣，蓝布的，颜色发旧，我不爱穿。冷就冷呗，锻炼锻炼。听说你插过队，你那时候不是更冷吗？"

谢径把我插过队的经历事先都跟女孩子说了。"肯定冷啊。"我道，"76 年冬天最冷的一天，我就是穿着件蓝大衣出村去县城的。别提多冷了，迎着西北风往西北走，下巴就跟没有了似的，小肚子冻得生疼，小腿以下几乎丧失了知觉。那次我们全体老知青一起去县城聚餐，欢送分配回城的同学。土路的一侧是杨树林，另一侧是旷野，那才叫朔风凛冽、天寒地冻呢。整个人前倾着往前走，带冰碴儿的风连噎带冻让人喘不上气来，清鼻涕滴滴答答往下滑，一落地就冻上了。"

她调皮一笑："哎哟，我怎么越听越冷。"她收肩缩颈作打战状。

谢径嬉笑道："别说你了，我都直起鸡皮疙瘩。哦哦哦哦。"

"那天的风势有多猛你们想象不到。"我继续讲，"你原地将身体迎风往前倾成四十五度，你想往下倒，你都倒不下去，那风就大到这种程度。你要是调过身背冲着风，那人就会像被推土机推着似的，不跑也得跑。"

"哇，老天爷，换我不得给刮成蒲公英了。"进屋有会子了，陈奇娅的手看样子一直没暖和过来，说话的当儿，时不时插进窄窄的袖口，因为袖口窄瘦，能插进去的也就是几根手指。这孩子手型修长纤细片薄，光看手就让人十二分怜惜，我干看着心疼，口里也只能说："我这屋太冷了，真对不起。赵海湄好歹有件呢子外衣。"

叫赵海湄的女生外头罩的是一件她妈拣给她的黑呢子短外衣，看着一点也不厚。她脚上穿的是一双系带黑条绒布棉窝，下身也外罩一蓝布裤子。那时节的国内中小学还没时兴统一的校服，所以学生都穿自备的服装上学。虽说逃开了整齐划一，缺乏个性化的弊端，但那时能捞到好衣服穿的学生真也是凤毛麟角。拣父母的衣服改改穿在身上，在那时期是普遍的现象。不过大约几年以后，在中心城市，情况就开始改观。

赵海湄鼻梁上架一副金属架眼镜，眼睛弯弯的，给人以淳厚温和好脾气的印象。她说话的声音较为绵细，不似陈奇娅那般清脆敏捷，语气节奏也较她徐缓，说话老是那么不紧不慢，面带着微笑。从交谈中我得知，她是足岁上的学，而陈奇娅则是提前一年上小学，因此那年赵海湄十七岁，而陈奇娅刚步入十六岁。两位同学在一起时，赵海湄似乎多少带着点姐姐味儿，看上去，她遇事让着陈奇娅，时不时对她有所迁就。

午睡时我将制服棉衣盖在身上，起床后则把这件半新不旧四兜外衣披在肩头，像印刷画上的焦裕禄的样子。不久我感到阵阵寒意咬骨缝儿，遂抒上袖子扣上扣子。

3

几天以后从谢径口中听到陈奇娅对这次见面的评论，说没想到余奔滔这人不讲客套，很随便，没有架子。

她的感觉基本属实，但也不全是。我平生这是头一遭跟比自己小这么多的女孩儿打交道，既无经验也有些不知所措。好在是麻秆打狼——两头害怕，她们的紧张倒藏了我的拙。其实那天我问过她们姓名、所在中学、能出来是不是下午没有课诸语之后，便不知道再跟她们说什么了。多亏身旁有谢径东一句西一句地说着闲话，调剂着气氛，才没有太冷场。

在这次认识她们之前，我不曾关注过本市市重点中学的排名次序，经她们一说，我才知道还有这么一所牛气的学校。我想能考进这所中学的高中的，不是人尖子也是一流的智力。日后的接触多了，这两个女生所具备的优秀的智力禀赋，被我越看越清楚，无论她们当中的谁后来怎么对不起我，在这个评价上我永不改口。并且我会永远承认，跟她们一起阳光相处的那段时光，曾使我感受到灿烂的愉悦。对此我始终心存感念。

我脑海中清楚地放映那天中午至下午时分的她的样子和声音以及自始至终的场景。我坐在两屉桌跟前的那把橘红漆硬木椅子上，她和赵梅湄坐在书柜前的折叠软面椅上，我顺过椅子面朝她们而坐，谢径则坐在我才睡过的床上，神态自在悠闲地晃悠着腿，表明他跟我跟这里多么的熟络，也表示着他对这次引见行动的满意心情。我当年的这位忠诚和善的朋友，在这种场合从不做喧宾夺主的事，而总是努力使气氛和谐一些，再和谐一些。

“给我看看你写的诗。”她伸出薄而细长的一只手向我讨要。刘海下面，她的一双聪明灵慧的眼睛短暂地端视着我。

我迟钝了一下，拉开抽屉，取出一沓手抄的诗稿：“你来得正是时候，我最近刚整理出这么多。”递出诗稿的时候，我心里挺不自信，是一种类似于考生害怕考试考砸的心理。“我是丑媳妇怕见公婆呀。”我自我解嘲，用表面上的从容掩饰自己。

“看了才能说话。”她快速地撩我一眼，然后快速阅读起来。她的声音清脆悦耳透亮，如银铃美乐一般。

这一时期的她无论说什么，都不用去猜疑她隐藏了什么，绕了什么弯子。她的话都是脱口而出，不假思索的，其率真、伶俐与敏捷，是我前所未见亦世间少有的。她齐眉刘海下的黑眸明波，时而灵闪，时而飘柔，时而会心领悟，时而娴静悠然，于一言一动，一颦一笑之间，变幻流溢着人类所能达到的灵秀的极致，令人叹赏不够，贪赏不够，流连忘返而恨时间之飞逝，相会之苦短。

我这人平生不信天不信地不信任何神明，不相信有什么天意，可那期间我生活游走在似真似幻的感受中，有时就觉得是某种天意将这么优秀的女孩儿送到我的跟前，赐我以美丽以慧质以无瑕的纯洁以人生的喜悦，并以此抚慰我心头的孤寂与创伤。

那一年我二十四岁，未婚，混迹于社会分工组织中独自谋生。少年曾立志，业余弄弄文学，四面楚歌，焦头烂额，内心常怀悲戚与悲壮。

4

那时节，所谓中国新时期的诗歌革新运动，只是在极小的圈子里发端，并未形成气候。其时对于在国外早进了文学史的现代诗歌流派及其艺术技巧，尚未有什么翻译、评价，在当时我订阅的《世界文学》和《外国文学》这样的窗口期刊上，相关的译介开始展露。我凭着悟性东一头西一头地摸索。当时我写的为数不少的诗习作，在今天看来是理应羞于示人的，理应自知之明地藏拙的。可当时我没有意识到这一点，当时的大多数成名诗人也没有意识到这个，否则他们就不会不害羞地左一本右一本地出版诗集了。当年的我真的是非常自信，自信自己写出的是好东西，并且用心地将它们整理抄写在稿纸上，叠放成摞。假如是在今天，我绝不会把这样一些基本上算是习作的东西，拿给任何人看，尽管当中确实有若干首日后我肯收入集子的东西。不过我那时的诗有一个优点，就是表达了一股狂放不羁，意图冲决一切束缚罗网，独往独来于天地的劲头。

“你把我给迷住了，我还是头一回遇见这么成熟的男性。”多日之后陈奇娅这样回顾跟我初识时的感觉。“我那天其实是在假装看稿，一直在支棱着耳朵听你跟他们两人说话，一句都没有漏掉。我那天总的状态是心慌意乱，强装镇静。我翻你诗的时候，手指都发抖，我生怕被你看出来。”

原来那天她虽然在埋头看稿，但她的视线只是在纸面滑动，什么都没看清楚呀。

“别说怪我的话。”她伸出薄细的右手做堵我嘴的动作。“我拿回去好好看了。我趴在宿舍被窝里，打着手电筒看你的诗，看到后半夜3点。电池用完了，又换上两节新的一号电池，结果最后又暗得跟萤火虫似的了，把我的眼球都看疼了。你把我害惨了。”

我原想她也就草草地翻翻就完了，没想她是这样读我的东西的，这真叫我又吃惊又感动又怜惜心疼。

“干嘛呀，不活了你。第二天还上不上课？”我叹一声气叹一声气地申斥她。

“别提了，第二天把我给困死了，眼皮怎么也不听话，晕晕乎乎的像驾云，就怕让老师看出来，叫我起来回答问题。”说这些话的时候，她孩童般摇着身子晃着头，妩媚微笑。

她太清纯太娇娆了。每当这时我心里就在想，这哪里是人能养育出的孩子呀，简直是上天送下来的，是天使的化身。

陈奇娅那一时期的诗作，都写在两个硬皮活页本上。她第一次来我家时带来的是第二个本子。她第一次见我就对我十分信任，她说：“这本就留在你这儿，你慢慢看吧。”

两位女生是近晚 5 点钟的时候离去的。赵海湄回自己的家，陈奇娅回学校宿舍。两人骑自行车，路程都不算近。陈奇娅要骑上五十分钟，赵海湄则需要一个小时还多。

冬天的下午 4 点钟一过，日照便开始收敛稀疏不堪的羽翅，到 5 点时分，就只剩下不多的余晖。这余晖落到人身上，不像阳光，倒像一层薄荷霜。与其说它属于白昼，不如说它隶属于夜晚。这时来自夜晚深处的寒风，便开始毫不容情地袭人砭骨。

目送骑上自行车的两位娇弱女孩儿，迎着西风而去，特别是眼见骑小轱辘车的陈奇娅小棉袄单薄，单单薄薄变成了迎风逆光中的一片剪影的时候，我下意识地感觉脊背一阵寒战，这趟够她受的，该不会感冒吧？

谢径留下来跟我回屋。晚间，我二人在我的书桌旁边吃边聊。饭后各自点着一支烟，在大前门牌卷烟的香味儿中，一直聊到晚上 9 点多钟方才尽兴。送走了谢径，我没有马上进屋。我习惯性地在当院的海棠树下伫立，吸吸新鲜空气。

枝柯错落，素月分辉，纯净寒彻的空气充满了肺叶，腑脏里浸透振奋人心的爽意，通体内外似在清冽的山泉中洗涤过一样，身体透亮了，清澈了，有种透明冰雕的感觉。放眼仰望天穹深处，那每每令我浮想联翩的深蓝与至纯，再次将它的幽远无限之美向我播送，令人想投身扑进那深湛纯粹的浩瀚中去。这时一股难以言说的人生际遭之感袭上心头。我想到自己堂堂七尺一条汉子，自从踏出学校门后，三年半的农村插队生活。回城后将近三年的跌跌撞撞，自己究竟收获了什么？两手空空，空怀壮志，寂寂一身，无人能语，一切都是那么的不顺心。有人说青年时期的最大悲剧，是理想遇到现实被轧得粉碎的幻灭感。这大概是非常普遍的悲剧了。可是假如一个人被一次次击碎之后又一次次地整合，一次次地爬起并且前进，那他便是西西弗斯，是在悲剧中演绎英雄风格乐曲的人，是颠扑不破的精神堡垒。

5

怎么会是慢慢地看呢？当晚我就将她本子上的诗都读了一遍。起初我是随手翻看。看看便不由不全神贯注起来。我平生有过无数次的阅读经历，但像读这个孩子的诗篇的阅读感受，却是绝无仅有的。合上本子我自言自语：她真是冰雪聪明啊，真够灵气逼人的。我坐在桌前发愣。这样的诗，这样的诗句，这样的写法，是我以前从成人作品中不曾读到过的。我在脑海中搜索我读过的大大小小的诗人的诗篇，从活得年岁很大的，想到命短早夭的，想不出有哪一位诗人像她这么写诗，像她的诗句这么晶莹剔透。

“是天籁啊！”我自言自语。这女孩儿似乎没有读过多少著名诗人的诗集诗选，她的诗句全都是出自于己心，出乎于性灵的，她是个天生的诗人，从里到外都是由诗性构成的。

真出乎意料啊，这世界上还有这样的诗，还有人能这么样地写诗。写这些诗的人刚刚离去，刚才还坐在这把椅子上。哎呀，我还让她把我的诗拿走了，她能看得上吗？她会看看便哂笑吧？没准儿看几行就扔在一边了。这么一想，我开始紧张出汗。要命，人家一说请教你，你就好为人师起来。小学二年级时，蹲在小基家书箱子跟前看的那本《红色保险箱》里，是怎么说的来着：不知深浅，切勿下水。你应该先看看她的诗，再决定让不让她看你的才是。不过那样恐怕不行，她一定不会干的，这孩子提要求时候的神情，使你无法拂逆她，她要看，你就得给她看。而且人家就是带着交流的姿态来的，交流就得对等，你要不了滑头。不过，她要是踩乎我可如何是好？

我中止犯愣，重新在灯下读她的诗簿。这一次重读我增加了新的目的：要从她那儿学点东西，并且通过这些诗，看清诗句后面的人的真貌，读出她真实的内心活动。

我在纸上随手写下若干批注，例如：陈奇娅的诗《寄给我远方的朋友》所表现的，是青春的潮讯，对幸福的祈愿，对爱的向往。又迟疑不决地涂抹道：也不太好确定，感觉扑朔迷离隐喻的地方很多。费猜想。

这种阅读，是一种伴随着深刻喜悦与心灵波动的阅读，也时时伴生困惑与酸楚。渐渐的，我感觉这孩子是一块透亮的水晶，莹光闪闪，惹人喜爱，与此同时，她又好像有某种说不清楚的多重性、多侧面性，让人颇费揣摸和猜测。她都经历过些什么？她的小灵魂里都翻腾过些什么呢？

她的心思的一牵一动，居然牵扯得我心神不宁起来。

这个高一女生似乎有某种看不见的力量。我无法叫出它的名字。

第二章　劳　动

1

第二天早晨，我满载着崭新的心情去上班。这种心情是昨天的客人带给我的。一路上，我的思绪还萦绕在陈奇娅的诗思情韵当中，回味着品咂着，骑在单车上还不时微微点头。骑车想事儿时整个脑海沉浸在心事之中，亦不误蹬车反应路上的情况，即便是突发意外在前，也能凭借本能的灵敏打把闪开或者捏闸煞车。

昨夜陈奇娅看我的诗稿看到下半夜 3 点。我没有看到她那么晚，我看到夜里 1 点钟就熄灯上床了。天一亮还有紧张劳累的工作等着我，不睡够六个小时觉，这班就没法上，干不到半截人就得虚脱，那可不是闹着玩儿的。

哟，那是谁呀？一个身影从我右侧噌一下骑过，两条腿刷刷刷猛蹬不懈，一个节奏，一股劲儿，像充了电的蛤蟆夯似的，他刚才从我身侧窜过，胳膊蹭着了我的衣袖。不管不顾的莽汉急着抢钱去呀？

这人一边快马加鞭蹬车，一边不时照管他挂在右肩上的军绿挎包。那挎包单挂在他一肩，时时往下出溜，他时不时腾出右手把挎包带儿往肩上挂。我心想：你左肩右斜背着它不就老实了吗？真是自找麻烦。

从侧后方看，这人年龄跟我差不多上下，看上去倒像个清秀人物。从东四起我就咬在他的后面骑行，眼见看着他拐进了我上班的胡同，拐进了我上班的院子。他咣一脚支上车，一手按紧挎包带，疾步往经理室、业务科所在的小灰楼跑。这是谁呀，怎么从来没见过？我心头划过一念，也砰地支上车支子，上自己的班去了。

2

当年我曾经是国营图书进出口公司的在册员工。“在册员工”或者“供职”都是好听的说法，后来流行的说法是“打工”。打工有打长工、打短工之分，我那时算是打长工的。“打工”一词听起来是完全的雇佣劳动的意思，“工作”则比较中性，还似乎带着点自主行为的感觉。那时节，无论在国家事业单位上班的，还是在国营企业上班的，都叫“工作”，叫有正式“工作”。当然啦，在集体所有制企业上班的人也都叫“有工作的”。

中国人使用的词汇，其功能往往是两面的。世界上任何语种的语词，都是应该有明确的指谓的，这跟下定义是一个道理。定义指谓越是清晰明确，这个词的意思就越是鲜明管用，用在交流上就越不容易产生歧义和误解。而语词在中国则往往还有另外一种功能，即遮盖功能。你像后来流行的“民营企业”、“弱势群体”这一类词或者词组，全都具有这种功能特征。遮盖什么呢？遮盖的是生产关系的性质和特定人群的阶级类别阶级属性。这些语词既让你意会到所指事物、对象，又让你忽略它的实质、真相。这样说来，当年人们使用的诸如“工作”这样的词汇，还是相对实在，不那么狡诈的了。对了，当年一说“工作”一词，就仿佛是包含着“主人翁”“给自己干”这样的意味在内。其实，这里头也有错觉和误导啊。叔本华曾反反复复讲要揭开“摩耶之幕”。在中国，需要揭开的第一道“摩耶之幕”，就是这些人为的精心制造出来的遮盖于真实之上的语言之幕。

这些语言戏法，使我们的认识达于真实，要绕许多弯子，费许多周折，有的人甚至搭上了一生的时间精力，都没有绕出这语汇的魔障，甚至最后连那些语词、提法的制造者们自己，都迷失在了自己的营建的语汇迷宫中，丧失了基本的客观认识能力。

希腊神话传说中说：克里特岛国王弥诺斯的妻子帕西淮同波塞冬派来的海牛发生关系，生下一个牛首人身的弥诺陶洛斯牛。弥诺斯王为了遮丑让能工巧匠代达罗斯，在诺萨斯古城建筑了一座结构极其复杂的王宫，将猛牛弥诺陶洛斯关养其内。它吞噬犯人和由雅典每年作为贡品送来的七对童男童女。古代希腊人称这座王宫为“迷宫”。以我有限之年，有限的见闻所知，在中国这块土地上，这种用于遮丑甚至掩饰吞噬行为的语言迷宫，意识形态迷宫，一向层出不穷。

生活在这样的社会人群中，置身在这样的时代氛围，如果有谁睁大了眼睛，以看清真实为己任，那他的麻烦可就大了，甚至要付出血的代价。

我从农村插队返城以后，接连碰壁的遭遇，从我自身找原因，首先是因为我对城市社会一无所知，而不是因为我了解它。来自外部的原因，则是当时流行的这些语言迷障，在某种程度上干扰遮蔽了我的观察，使我不能一眼看到真相。就我打工，不，上班的这个图书公司来说吧，我就是在不知深浅的情况下踏进去的，并且越踏越不知深浅，等到摸清了它里面的沟沟壑壑，什么都晚了。

智利诗人聂鲁达给自己的回忆录起的名字叫《我曾历尽沧桑》。我可不敢这么说。我的这点坎坷经历，这点有限的阅历，跟沧桑可挨不上。再说了，谁能把沧桑历尽了？活一千岁都做不到。

我们不去揪扯聂鲁达，说我自己。1980 年是我返城后正式上班的头一年，还说不上有什么沧桑感觉。而最突出的感受就忙和累。凡看过我那时干活的人都忍不住说上一句：“你这儿太忙了。”可知我得累成什么样儿。

3

早晨8点钟，上班铃声的连发子弹刚刚落地，分书组的范克林、希克昌就将高过人头的一车书，推到了自取发书处。咣咣咣一阵铁轱辘震响，平板手推车就由门前的斜坡冲进了屋。一股胶、纸、油墨混合的气味扑进了屋内，再混合上这间大平房里特有的砖瓦石灰潮腥味，形成了难闻的怪气体。

我的心往上一提，暗想今儿又得干到天黑见了，一页书都别想看了。这刚刚只是一小部分，多的在后头呢，够我练的。

分书组的人一进屋，就是叮咣五四地一阵急卸，沉重的书捆被从车上提起，又嗵一声掷到青砖地上，脚底板都感觉到强震颤，仿佛过期炮弹落到舰船的甲板上，干砸不爆炸。只眼睛三眨两眨的工夫，房间地上就堆满了大大小小的书捆了。

一到这种时刻，我便像通了电的机器人似的，手脚不停地紧干起来。具体的干法是，先看清每捆上面贴的标贴，看清标贴上写的是什么单位，然后提起来去把它放到贴有那个单位的名称的木架子上。捆儿小的塞到架子上面，捆子大的，就只能放在标有这家单位名称标签的木架子跟前，以便于归堆儿查找。

后院分书组干活儿的房子，长如一个篮球场的长度，宽度比篮球场为窄，高旷的房顶子上有许多扇天窗。他们的工作方法是拿着事先开好的单位订书单，将一本一本人家预订到的进口图书的影印本，归总到一个一个户头的名下，然后用尼龙绳捆扎起来。一所房的地上，摆开的都是硬壳子外文书，空气里弥漫的都是新出厂的书味儿，没有干透的胶水味儿尤为突出。分书组一共六个人，干活的时候无声无息，个个都手捏单子低着头或猫着腰寻寻觅觅，好似几个拿着探雷器找地雷的日本鬼子工兵。他们分好一批书，多则需要一个星期，少则三四天。一旦分好捆好，便像农民送公粮一般往我这里倾泻。

自取发书处，是这些预订图书达于订户之手的最后一道工序。我作为发书处的唯一的发书工，一见到这些分好到位的书，就得急急风似的帮着开票的黄荫凤写取书通知卡，一写就得好几千张。啪啪啪，还得一一盖上本单位本部门的地址章。

这种工作的特点是环环相扣，一道工序紧逼下一道工序，容不得你喘息松弛。这不，王保横、吴良赞的送书车也到了。这是两位四十多岁的师傅，干活时有名的好咋呼，他们要是看见你没把书归好位上好架，堵了他们的路，便会高声吵叫起来。看着他们吵闹没耐心的样子，便好像追敌在我的身后扔手榴弹。这时的眼、手、肢体，便如白刃格斗一般紧张，快速，激烈，还得准确不出错。一间屋子里就看我一个人运力，跑动，团团转了。与此同时，小希、小范的车又咣咣到门外了，吴良赞、王保横卸书震地的嗵嗵声震动着屋宇，这时如果有人将手放在房间的立柱上，就能感觉到强烈的抖动。这时假如刚巧有一只黄鼠狼从房后墙根过，会吓得它心惊肉跳撒腿就跑，连放救命屁都忘了。这时候，换了任何一位多情善感、易感多思的人，他都只剩下利用四肢的神经系统快速连续运动的份儿了，容不得你有丁点的时间思考用情，这时候你即便是有经天纬地、安排河山之才，你也只是一个搬腾书捆的壮劳力，你的什么才呀情呀远见呀，统统都是多余的东西，分文不值，无人理落。

这时候，唯一还容得一闪一亮的，是头脑中的联想片断。当我双臂叫力提起那些一百来斤重的大书捆之时，我就想起我在山区十冬腊月天搬石头装车的情景。这些书捆子跟那些钢钎铁锤开下来的石块一样的死沉，要耗尽人身上的所有力气。好在这些书捆子还有绳子可以提拎，那些大石头可连个把儿都没得抓，得生扣愣抱才拥得起来。

采石场上放炮炸石炸出来的小碎石，开山农民称之为擦脚石，意谓滑脚致人跌跤之石。那年冬天我就被这样的擦脚石擦了一跤跌坐在地，右手无名指被砸翻了肉，血流如注。

我本不是一个块儿大膘肥的壮汉，力气虽是有一把，但也只是点干把劲、爆发力，长年干提挪重物的活计，我没有优势，因而受罪感成为那时期我在工作中的主要感觉，加上来自心灵上的屈辱感，这种受罪感便以开平方的体积和重量压迫着我，犹如梦魇之压迫梦中人的心口，犹如长夜难明赤县天。

在自取处工作的那个时期的劳动量，怎么比较都超过了我在农村插队时的日劳动量。在农村干活时的日劳动时间，虽说超过了八小时工作制，可上下午都有打间歇的时间。生产队长说“抽袋烟”，就意味着可以放下农具，坐在田头好好地歇上一阵子，并且干农田里的活路，更需要的是耐力，磨磨悠悠地一天活儿干下来，并不需要多么的紧张，最累的跟大车拉石头，上山下山一天四趟，坐在车辕上就可以歇口气儿休息了。而自取处的工作却完全是另外一种节奏，没完没了，无休无止地上书发书，发单子发单子，接待订户，没结没完地提书、搬书、挪书、捆书。浪潮一浪接一浪，警报一个接一个。

分书组一共有六个壮男人在那里分书，我这里却是一个人盯摊儿练。多亏我身体底子好，有体育锻炼的基础，换个稍微logger一点的人来干，非累吐了血不成，即便是不吐血，也得落下点心肝脾肺病什么的。后来看杰克·伦敦的自传体小说《马丁·伊登》，我对人物的生存体验深有同感，引起我的强烈共鸣。

抽得我这只陀螺团团转的是分书组的六条壮汉和五千多家机关、单位、大学研究所的图书馆、资料室。

呼啦啦压上来一批批分好捆好的书，像发大水似的朝我淹来淹来，让人没处躲没处藏。常常都是这样，我刚刚将新到的书捆安排到架上架下归户，刚说端起水缸子喝口水润润喉咙，呼隆呼隆送书车就到了。

4

如果仅止于此，那倒还真是我的幸运了。

第一天到图书进出口公司的这个机关服务科报道，大脑袋小个子科长就郑重地跟我讲道：“自取处是搞对外服务的，直接面对客户。是咱们科也是咱公司的一个形象窗口，你的言谈举止待人接物，直接关系到公司的形象和社会声誉。”因此，接待那些来中直和市属机关、团体、院所的图书馆、资料室的人，就成了我每天密度非常大的工作。按日接待人均数来计算，接待来来往往的人头之众的，除去北京王府井街口存车处的老太太，就数我了。

存车的老太太只需要挂挂牌儿收收费就行了，而我则必须得跟前来取书的人们礼貌问候，周到寒暄。跟较熟的客户，还得边干活边跟人家扯扯工作，拉拉家常，不能晾下人家不理不睬。前来取书的男男女女中不乏热情健谈的，你就不能三言两语把人家打发了。沉默不理人，会被误解成逐客令或者冷淡。日子一长，有些客户来你这里，就不光是来办公事，还兼含着看朋友看熟人的意思，因此就更不能怠慢人家。

那时期外文影印图书的销售，是国家的不便公开的秘密，是一种秘密的盗版行为，在特殊时期曾经起到过特殊的作用。垄断性质，是卖方市场，是酒香不怕巷子深，皇帝女儿不愁嫁，与当今时下拉着求着说好话请顾客买你的东西的市场经济景观，大相径庭。假如我当年对客户采取公事公办爱答不理的态度，也没什么不行，可我不是那种人，我学不会那种待人接物的德行样，因此，每天我跟人打交道的频率，在当时的北京人里，至少排在前十名之列。因此，我每每说话说得口干舌燥，嗓音嘶哑，喉咙生疼，也就在所难免。

“小余你嗓子怎么了啦？是不是感冒了？”时常遇有人这样问我。还有人打开挎包从里往外掏药，说：“我这儿有润喉片，你吃吃看。”面对这样的顾客加熟人，我又怎么能不笑脸相迎，周到服务呢？

想来是不是我那时年轻，未经世事，不识世态炎凉，而对人傻热心呢？应该有此原因吧。又何止于此，年轻，初入职场（那时还不这么叫）的我，还很少想到付出与所得报酬之间的不成比例。

那时我参加工作头一年算学徒，只发我十六块五毛钱，一年以后转正，月薪三十六块。因为那时节图书公司被算作事业单位，事业单位工人的工资，少于企业工人的工资，同级企业工人一个月拿三十八块钱，到了事业单位就只给你开三十六块。以我当年的工作量，只拿这么点工资，是根本违背“按劳分配”原则的。可是对这种事关自己切身利益的事，我开始没怎么走脑子。马克思曾经说，经济意识的产生，是青年成熟的一个标志。可见那时我离成熟还远。

那是我一生付出极大，所得无几的悲惨时期。假如我当时仔细地读过《资本论》，我是会义愤填膺，悲愤不已的。可惜当时对这部为劳动讨公道的科学著作，我也只是通过徐禾的《政治经济学概论》，了解到一点皮毛。

大概跟这段经历有关，我开始学着从劳动入手，去观察世界观察中国社会，去分析、琢磨这个社会的结构，它的分工形态，它的阶级阶层关系等，正如80年代我读到的一本薄书的书题所标明的那样：《劳动——打开社会奥秘的钥匙》。

从这个基点出发，我日后遇到的不少思潮、主义，都被我看出了虚伪的缺陷和华而不实的尾巴。

给我以安慰的是，我的从早到晚的付出，为我赢得了客户们的好感，赢得了不错的口碑，尽管这并不是我有意识地索要的。当年那好几千口子熟脸半熟脸，见到我没有不打招呼不驻足说话的。举例来说，我从自取处门口走到院子大门口，不过二十多米的路，中间就得十次八次地停下来，跟与自己打招呼的人交谈几句。有时你跟这个人说着话，另一个人已经在朝你微笑，站在一旁等着你。

这样多的人以善意待我，反过来促使我还报以善意，这就使得我为他们付出的体力心力翻了番。因此每天还不到下班的时间，我就已经精疲力竭了。这种情况，除去谢径等几位跟我走动的相当深的取书人外，别人难以体察到。因为毕竟是一人比几千人的比例。他们一个月里会见到我几次，而我每个月一人见几次，乘起来可就多了去了。他们不在我的处境上，如何体悟我的感受呢？

并且我并不光是迎来送往，跟人家只动动嘴皮子，哪一包书我不得给人提到跟前？哪一位骑单车取书的客户的书捆，不是经我手给他（她）绑牢在自行车的后架上，让他们稳稳当当上路的？光是成天帮人家往自行车上绑书，就把我的两只手勒出了茧子，天天手掌上带着毛刺儿下班。

第三章　炭火光

1

“哎，小余，有一件事你听说了没有？”这天中午我刚从食堂打饭回来，便听到黄荫凤扬起腮帮问我。

黄荫凤是我在自取处工作时的唯一搭档，负责写写票据，办办转账托收手续。在我实在忙得掰不开镊子，她手头又无活计的时候，她偶尔也会来帮我上上书。她的这种举动曾经一度赢得我的好感，被我误认为她是一个善良之辈。

可是这个人往往越是在我忙得不可开交的时候，越是三吆四喝地充当监工，每每惹我不快，尤其是当着送书的取书的呼噜呼噜齐涌进门，鸡飞狗跳，全都心急火燎地要我先办他们的事情的当口，这个女人便越发地神气活现，颐指气使，就更是忙上添乱，火上浇油，让人忍无可忍。

这个半老徐娘女人的臂力和腰力，确曾使我大为惊讶。煤气罐重的一捆书，我能提起来她也提得动，嗵的一声，她能把一大捆书稳稳地扔放在它该待的地方。

“你别看我是女的，我可比你有劲。”她不止一次地在我面前自夸气力，并伸出胳膊让我摸她大臂上的肌肉。她的肱三头肌果然相当发达，这发达在她的衣袖里暗藏着，不亲手摸一摸根本看不出来。并且她的两条胳膊跟她的身量相较，的确是比例过长了一些，因此她爱说她跟刘备似的长臂过膝。

她的两腮并不宽大，不属于女人中的那种大腮帮子脸型，但由于她的两腮外部较一般女人稍长，加之她的脸型从正面看比较窄，这就显得她的两腮较为显眼，但无论怎么说她的脸腮都不算难看的，并且在她的少女少妇时代，这样的面腮还有助于表现娇气和嗲气，只不过到了她这般的年龄段，还保持着少女时候的姿态看人，便留给人以明显的扬腮之感。

她在埋头翻了一阵单据之后，才接续上刚才的话，再次扬腮重复刚才的问话。

经过多次观察，我发现这是她惯用的与人交谈的方式。问上一句，然后埋头于工作中，过上一会儿，又好像想起了对方的存在似的，重复问话，接上话题。她的用意是要别人觉得她有多么忙，多么投入于工作之中，连那么有趣的话和事，她都顾不上去享用了。由于经常地用这种方法使别人注意到她的工作态度工作状态，她就可以比别人更容易地得到领导的赏识，比其他人更容易地被评上先进工作者，得到这个荣誉下的奖金。

“咱们公司新来了一位复员兵，他爸爸是部队的军级干部，通过市委的人塞过来的，点着名让把他儿子安排在业务科。总经理第一次不买账，给顶了回去，说要来就安排在其他科室，至少得实践一段时间以后，才能考虑提升他。这一来把那人他爸惹急了，让市委的人转话说：‘让进也得进，不让进也得进。’这不，总经理顶不住了。哎，小余，这事你没听说吗？孤陋寡闻，孤陋寡闻。你是两耳不闻窗外事，一心只读圣贤书哇。”她以手指点指着我。

“谁耶这是？”我问。

“我也刚听人说的，这人叫谭正军，可牛气的一副样子了，见谁都扬着脖子走路，一副凡人不理的样儿。哎这个人你见着过没有？”

我说：“关我什么事，见没见有什么大紧。”

其时我丝毫没有意识到我这话说得既早又错。这个人日后不仅跟我有了一层工作上的关系，还做出了陷害我的事，这是我当时无从预见的。不要说当时预见了，即便我后来被调到这个人当头儿的声像室，跟他天天见面，都没有想到会遭他的暗算。正所谓人心隔肚皮，知人知面不知心。这都是后话。

黄荫凤说出的情况，并不令我吃惊，因为这种事在社会上普遍流行，已经够不上新闻级别。但她的话使我想起挎军绿挎包，骑自行车蹭我的那位青年。

那个人就是谭正军，从军队转业的复员兵，中共党员。

这个人我在院子里往外送客户的时候，观察到过几次，是黄荫凤说的那份儿事灯五六，神气活现，干多大事儿似的样子。这人走路迈大步急匆匆，好像老是要务缠身。院子里的内部科室的这些人，还没有一个拿这股劲儿的。

这家伙长的一张白脸皮，两个颧骨鼓而坚挺，显示着某种自张的意思。他鼻梁高挺，放在他这张上下短，偏于前后长势的脑袋上，更突出了他脸部的隆起度。由于他的两片嘴唇生得薄而粉红，口型偏小，便又在他的面部增添了清秀之状，并在他的五官之间起到一种平衡作用。当着他偶发谈兴上下唇靠里的地方为唾液润亮之际，他的粉白的面部便不免使人联想到女性。站在男人堆里，他的头发天然发黄，所以尽管他是个体力强壮的青年，但还是多少给人点男不男女不女的印象。

“他那副趾高气扬、不可一世的样，我一看就非常反感，咱们院子里的很多人都对他没有好印象。”黄荫凤摸着她剪得过短的头发和演变得过长的腮帮，发表她对新来的职工的观感。“哎，你怎么看他？”

好不容易吃一顿安生的午饭，吃完饭我还想抓紧时间趴桌子眯瞪一会儿，我哪顾得说什么观感。再说了，我一向认为要想评价他人就得对人了解之后再说，对一个自己连认识都不认识的人，说人家什么都没有意义。我一边嘴里吃着土豆炒柿子椒，一边对付着黄荫凤：“一个新来的人，还没招谁没惹谁呢，管他做什么。”

“李鸣琴刚才去业务科找老王碰上这小子，说话可没礼貌了，没大没小的，差点把李鸣琴气一跟头，从楼梯上轱辘下来。鸣琴说：‘有他在业务科，我永远不上那个楼。’听见没有小余，可千万别学这种人。”

黄荫凤在数说谭正军的同时，又夹枪带棒地捎上了我。

“做人呀，就得夹起尾巴来，要不然走到哪儿都吃不开。你说我说得对不对小余？”

我心说我可没惹着她什么啊，吃顿饭还给我这儿添堵。好在我已经领教到了，这个院子里的老少职工，都善于用这种方式说话。人嘴两张皮，你不让她叨咕人她干什么去？下雨天打孩子——闲着也是闲着。

2

我觉得我的前额在我那张破桌子上磕碰了一下，便进入了盹睡国迷糊省。

我头部下面的抽屉被无形的手拉开了。里面的书有秩序地一本本摆开，有《笑面人》、《审判》、《崩溃》、《伪币制造者》、《雪莱诗选》、《安德烈耶夫小说戏剧选》等。明明是三卷本的《欧洲文学史》，怎么变成了四卷本？第四卷上来就讲述斯特林堡和卡夫卡，讲爱伦坡、波德莱尔。怎么把瓦莱斯写到第四卷里来了？他的《起义者》在他的《中学生》底下压着呢。《泰戈尔全集》怎么跑到我的抽屉里来了？还有吕荧的美学文选？它们不都是北京图书馆中文部书架子上的书么？怎么长了腿归我了呢？我的这张破桌子的抽屉撑鼓起来变了形，像个胶皮大水袋似的横胀出来，北图木书架上的那些“文革”前出版的小说、诗集、文论集，穿着带小轱辘的旱冰鞋，纷至沓来地涌入这个能膨胀的奇特大抽屉。可是每本会跑路的书本的后头，却跟着一位面相熟悉的前来取书的客户。我大喊起来：“你们这是安的什么心，还让不让我看书？你们看我还不够悲惨吗？你们把我的生命都挤干了，怎么连本书都让我看不成？”就在我这么喊叫的时候，黄荫凤进门冲我冷笑：要读书呀，上大学呀，上这儿干吗来？你看我儿子，我培养他念了大学，他想什么时间读书就什么时间读书。她快意地笑着把他儿子推到我面前，显摆给我看……

画面切断了。我的抽屉恢复了原状，一本崭新的新书摊开在里面，连油墨的香味都是崭新的。书的纸页摸上去让人大感舒适，全都是柔润而挺括的进口书用的道林纸，连一张发黄的夹心纸都没有。一个声音在解说着：这是某著名老作家的新近被发现的手稿的最新版。我逐段逐段读起来。书上的印刷字体，间距、版式，每一章的标题的字体，我都看得清清楚楚。两页念下来我获得了发现：这不是别人的作品，而是出自我的手笔，因为刚看完上一段，我马上就知道下一段的内容了，而后面的所有内容，都是我不曾在别人书里见过的。这就不是那位老作家的作品，他的文笔从来就没有达到这么清新通透的水准，除我之外，没有人使用我这种语言。书中的叙事与感悟亦不为他所有。书页上的字句段愈发地清朗起来。承认是自己的第一本小说吧，这件事应该找个适当的时机公布出去。可是这本书看到最后，不如一开始印象中的那么厚了，总共才一百二十多页，太薄了点，但清通透彻是不言而喻的，单凭这就足以获得好评……

无疑地，午饭后的伏桌打盹时刻，我做了点子乱梦。在梦中梦见书，梦见印好的自己的或者别人的作品，并且在睡梦中一页一页地诵读上面的印刷体字，书籍的装帧、薄厚、纸张，都跟真的一样，这种梦法日后成了我的梦境的一种类型，日后还多次出现过。那次好像是第一回。

将醒之前仿佛听到马前蹄刨石板的声音，咚咚的。“哎哎哎，该醒了。上班了上班啰。”咚咚，黄荫凤拿图章在敲桌子。我一睁眼，见梦中梦见的取书人中的三位，已经静坐在一进门的木条长椅上等候我醒来。

“小余，你醒了。我说让你多睡一会儿，不让黄师傅叫你。真对不起。”每次见面都笑着进屋的某研究所资料室的赵小敏站起来，走前两步对我如是说。

我用力摇摇头，努力在梦境与生活实境之间划一条界线。脖子有些酸疼，粉面活泼的小赵就在对面的幽暗的光线里。黄荫凤伸手一拉灯绳，头上的灯管嗞嗞了两声，明亮了，是拂晓时分蓝雪映耀的颜色。冷光，有亮度而无暖意，房间里顿时仿佛飞满了冰屑似的小飞虫。视线上出现了光晕，迷乱而朦胧，难以一下子进入实有世界。

3

“小余你先醒醒盹，我们再坐着歇一会儿。我刚在附近吃了点东西，走着过来的，累了。你梦见什么了，还流哈喇子了。我这儿有卫生纸，快擦擦吧。”

赵小敏从随身包里掏纸，欲上前给我擦拭，略一犹豫，将卫生纸塞到我的手上。这女孩天性热情待人友善，但毕竟旁边还有别的客户和黄荫凤在场，她节制了一下自己的热情，控制住了要给我擦嘴角的手。

在快速醒盹的过程中，我察觉到了小赵的心意，我感觉到一缕温暖。这种来自客户的友善与体谅的态度，使我不止一次地心生暖意，这跟这个机关科内部的令我难以理解的戒心十足的同事关系，形成对比。正是基于对这些我一年来陆续认识的人们的好感，我虽明知道这样干下去是白白地消耗青春，我还是照样地坚持在岗位上，尽可能地做好自己分内的事，尽可能地方便这些常来常往的男男女女。我那时候的外在性格是偏硬的，都说是“英雄气短，儿女情长”，我那时刚好反着，是“儿女情短，爷们气长”。这一点，已然对我心怀好感的赵小敏不会看不到。她要是真当着别人的面，尤其是当着黄荫凤的面，动手给我擦口水，我还真的会躲一家伙，或者拦截住她的手。这样一来便会非常尴尬。赵小敏是一个热情友善又挺有眼色劲儿的女孩，别看她性格中有点大男孩气，但她绝不是一个感受力粗粝的人。严肃起来她会敛起笑容，认真地点头或者摇头，说出自己的判断。

小赵生得大眼睛，粉扑扑的圆脸盘，下巴颏略尖，中等身高，春秋都见她穿件洗旧的蓝布上衣，脚上是一双黑条绒布鞋，塑料底的那种，是一个朴素而又无忧无虑的人。黄荫凤曾直言问她有对象了吗？她哈哈哈一笑说怎么会，还没考虑过呢。

她脸上的一层黄色小汗毛，是她第一次站在我面前说话时，被我发现的。一般女性脸上的汗毛不易被看出，而她的则很容易在正常光线下被看到。我当下就惊奇地直言不讳地说到了这个。她不急也不恼，说："我妈也老说我，你看你，谁家姑娘家脸上长毛？"我说："我听我妈说我小时汗毛长，管我叫毛人，这不现在落下个胡子茬重。""可你脸上别处是光溜的呀，男人胡子重才有男人味儿。我呀，回头让人给绞绞脸得了。"我说："别，千万别。只要是天然的就好，有这么层小绒毛排汗得多畅，而且一点也不难看。"

"听你这么一说我太高兴了，我也觉得这不是什么缺点。"哈哈哈哈……她由衷地大笑。

夏天来取书时她穿件半袖小粉褂，她胳膊上的汗毛也比一般女性的颜色深，齐刷刷的富于节奏。见我注意到她的胳膊，她大大方方地伸过双臂来跟我探讨她的汗毛问题。她说："你来摸摸，你觉得我的汗毛是不是比别人长呀？"她这时给我的印象，是别看老大不老小了，她还没有什么性别意识。

她说："我姐，我妈胳膊上的汗毛都不黑，怎么就黑了我一人了？"

我说："女性体内的肾上腺素稍微多了一点，就会引起汗毛颜色深。"

她说："你怎么知道，肯定吗？"

我说："书上这么写的，不信你去翻《医学基础知识》。"

"连这种书你都看过？真够博学的耶。"

我说："高二时同学家桌上放着这本书，我就借来看了，医学的书我也就看过这一本。"

跟这女孩打交道就是这样，说话自然随便，一点不累。生活中的事往往是这样，跟你越闹越随便的异性，你并不把她们列为恋爱对象之列，因为你不往这方面想，所以你跟她们相处时，便轻松自然，没有心理负担。而当你面对真正在意的女孩儿时，其表现往往是用心、过于用心乃至于拘谨。

"博学？要真博学还会干这个呀？成天在这儿倒腾书。书皮儿学。"

"小余我早就看出来，你不是池中之物，这话你信不信？一个人的今天一点也说明不了他的明天，这话你信不信？"

"这是你的，这是你的，这些都是你的书。"我指着属于她们户头的架上架下的书告诉她。

"哇，老天，这么些呀。那我今天可拿不走，过几天我要辆车来拉吧。哎，我刚才的话你听见了吗？我说你不是池……你难道没有这点自信吗？"

见我拿眼瞟黄荫凤，小赵不再提这个话头。

我暗暗地长叹口气，心头一阵抽紧，一阵酸楚。

忙碌的下午又开始了，悲慨之思在我心头驻留了片刻，又被片刻不停开足马力的劳动，挤掉了。

4

像小赵这样跟我关系熟络的客户，少说也得有二十几位，其中以男性居多。男性熟络者中跟我发展为亲密朋友的，一位是谢径，一位是吴展奋。其次，苏东研究所的张清桦，心理学所的老陈，艺术研究院的老阎几位，都给过我这样那样的帮助。

女性客户中常来的人里，以半老徐娘年龄段的居多，像赵小敏那样年纪上下的，归了包堆超不过一只手的数。每回这几位年轻女性的到来，都给我这间阴郁的工作室平添些许亮色。

年轻女客户中，一出场就与众不同的，是某研究所的资料员江晓竹。她的一对古希腊式的眼睛，向你问讯的时候，仿佛是在遥望着远方。她的眼瞳呈浅亚麻色，神色十分高贵。她身材细高，秀臂秀腿，穿一件浅驼色的短外衣，双手插在裤兜里，是一副相当标致的知识女性的外形。如果再给当时的她配上一个现今流行的美式旅行包，背在她的背后，则她无论走在丽江还是东京街上，都会成为那里的吸引眼球的移动风景，增加那里的观光价值，而不会给其减分。

她没有直接进门，而是站在门口向我提问："这里有我们的书吗？"

她的声音之清悦顺耳，即便是我背对着她，也会让我怦然心动。这声音多像当年电台朗诵《理想之歌》的那个女的啊。生有这样秀雅容貌的女人，理应天生具备这样的嗓音。想当初在收音机旁听《理想之歌》的诗朗诵时，由声音引起的关于那位女朗诵者的形象的联想，跟眼前的这个人太接近了。

在暗暗赞美她的声音容貌的同时，我不忘指出她的问语的毛病，我说："你为什么不说出你的单位的名称？你脸上没写着字，叫我如何回答？"

"我是某某某技术研究所的，我叫江晓竹，是被新派来做这个工作的。咱们认识一下。"她伸过右手来，很大气很风度地跟我握了握手。她在用右手跟我相握的时候，她的左手依旧插在裤兜里，这使她的侧姿看上去生动而老练，同时混合着一股清新的学生气质。

"我昨天刚接手这摊工作，不熟悉情况，还请你多多帮助我。"她认真而真诚地这样说。

我一听笑道："言重了，这点事你只需拿出你智力的百分之一就够了，不像你想的那么重大。"

她来的时间正赶上我工作的间隙，她进屋到架子前看了看她们的书，便站在门口跟我攀谈起来。她告诉我她是初中毕业，起先在一个街道小厂当工人，最近才通过父母的关系调到这家研究所上班，目前正在念电大。她说她基础太薄，必须付出比别人多的努力，要不然在这个新单位便立不住脚。

她的高贵气质加上她的坦率谈吐，带给我好感与愉悦。由于就这么面对面地交谈，她便给了我持续观察欣赏她的机会。刚才她跟我握手时，我就感觉到她的手虽然纤长，但却比一般女子的手硬。这手感，证实着她在工厂做过工的自述。她的整体型貌加上声音，虽然皆属姣好之列，但她的皮肤却有些黄白，缺乏血色与光泽。大概是为了配合她的亚麻色眼珠的缘故，她的披肩发的颜色也有些偏黄，仿佛缺乏营养和滋润。她的手指握起来很凉。

我由衷地称赞她的声音和吐字发音，并说她的声音适合于朗诵，跟《理想之歌》的朗诵者的声音一模一样。她眼睛里闪现喜悦的光彩，随即叹了口气道："我原来的理想也是当一名话剧演员。总政文工团本来都打算要我了，却中途变了卦。我自知自己天分很好，但命运却老是不顺。"她扬高了声音，"许多人指责我们这一代，说这也不行那也不行，我不能苟同。"

"不容易啊。"我在说她也在说我自己。

"我们都不容易。我们不会妥协的。"

好长一段时间以后，她说这句话时的清脆悦耳的声音，还缭绕在我的耳际；她的那种遥望远方的眼神，亦时常重现在我的眼前。

相貌平平的女性的苦难和坎坷经历，会引起任何一颗健康的心的震动，但貌美并且高贵的异性的苦难沧桑流露，在男性心中激起的反响，则必定是升级加倍的，所引发的痛楚感，亦强烈于前者所产生的效果，当然至亲骨肉除外。

这究竟是怎样的一种心理机制呢？难道容貌差一些的女性比貌美的女性更能承受打击吗？皮粗肉厚的女人，难道就可以多受些磨难吗？美女就该走运享福，丑女就该吃苦受累吗？没有这种道理。可是为什么会出现上述心理等级呢？传统上特指的男性的怜香惜玉之心，难道竟就这样的不公平吗？还是有什么更深层的解释吗？

那次谈话中，江晓竹和我几乎在同一时间说出"惺惺惜惺惺"这句成语。

坐在一边翻单子、扣图章的黄荫凤偷听着我们的谈话，习惯性地眨着眼睛，努力不抬眼皮，但她绝不会不仔细偷看这位陌生女子。我当时的注意力虽然都在江晓竹这边，可我用我的后背，就能感觉得到她的两只眼是怎么瞟一下又瞟一下的。

江晓竹自始至终不跟她这位黄师傅搭一句话，这无疑令她十分不快。

江晓竹自报年龄二十六岁。她的声音宛如唱歌，宛如云雀的清啭。

5

现在该交待我和谢径的交情了。

谢径大我两岁，是我刚到自取处工作时认识的。时间大约是上一年的秋季。那天我穿着我插队回城时穿的那件青灰色中山装，一条蓝布裤子，脚上是一双东单皮鞋厂出品的三接头黑皮鞋。衣服不是什么好衣服，已经发白显旧，因为洗得勤，却也干净合体。其时我连件工作服都没领到，上班只好先穿自己的外衣。

那下午正好不忙。谢径衣着雅洁地出现在我面前。他的衣装上散发着新洗过的味道。他那天穿的是一身藏蓝色中山装，清清秀秀的中等身材青年，白净子脸，乌发略卷，在前额抹出个无缝的自然发式，一张王新刚式的长方形脸，比王新刚瘦一些，浑身透着股儒雅气息。他发音吐字有很好的共鸣，嗓音淳厚纯正。他说出话来，慢条斯理有板有眼，见人常带善意的笑容。

这个人跟我说不上三句话，就获得了我的好感。他上下打量我几番之后，也脸上现出喜色。下意识地，我们将交谈的场所移到屋外的阳光下。我顾不得黄荫凤是不是隔门偷听，便跟这位陌生人畅谈起来。

音乐家舒伯特的维也纳朋友圈，被时人称为舒伯特小组。青年舒伯特每当遇到有人想加入他们的小组时，便爱问人家："你有什么特长？"我初识谢径时也问了他这个问题。他回答："我喜欢文学。你呢？"他反过来问我。

"我也是。"

"我就猜着了，第一眼我就猜着了。"

"真猜着了？"

"那还有假，你带相。"他再次把我打量一遍，眯起双眼，由衷欢笑。"我一进门就想，这个人好像多年前就在等我，我跟他就得在这个地方见面。刚才在路上我就有种预感，就觉得有个什么人在等着我。"

我心怀喜悦大笑起来，说："踏破铁鞋无觅处……"

"得来全不费工夫。"他接出下一句。

我们二人同时伸出手，紧紧相握。

"井冈山会师。"

"对，大会师。"

那天下午的阳光温煦明丽，照在我身后的墙上和我们脚下的水泥地上。这块水泥地的浮头，是被一层细水泥抹过的，在日照下显现出一种细腻柔和的色泽。地上和墙上有我们两个人的影子。起初阳光是铂金色的照耀在上方，渐渐地日影西移，日光渐显橙色，渐近铜色。我们二人越谈越投契，身上和心里暖意融融。

他衣服上携带的那股好闻的清水味儿，时时飘入我鼻孔，让我仿佛置身溪边，呼吸着早晨山涧溪水的空气。

还有更好的气味呢，无名氏写道："每一个晌晴天，我几乎从未放过日光浴。深深渗透日光后，由于紫外线与人体滋生的麦角醇的化学作用，渐渐的，肉体上发出一种淡淡香味，一派人体的自然芬芳。"就是这个。在那天下午的日光浴下，我和谢径都闻到了从我们两个人身上散发出的自然香味儿，一派人身的自然的气息，似断似续，若有若无，极其纯正、健康、阳光，年轻、新鲜而生意盎然，使人"感到说不出的鲜致、丰富、充满活力"！

"日光、空气、水……永不枯涸的伟大生命力！"我们感觉着自己的年轻，自己的英才勃发，自己的朝阳生命，守候在自己前面的未知与巨大空间。

从他的口中，我得知他是刚从学校调到中央党校某部担任资料员的。"我不是党员。”他特别声明。他告诉我他写过中短篇小说，我告诉他我写诗，小说只写过短篇。“我没发表过东西。”他说。“我也一样。”我说，随即又补充道，“这是早晚的事。”“我觉得也是。”他表示赞同。

“我觉得我们能成事。”

“当然能成，这是毫无疑问的。”

“大不了就是前途光明，道路曲折。”

“不是有那句话吗？‘在命运的迎头痛击下，头破血流仍不回头。’咱俩摽着膀子一起干。”

6

谢径第二次来我单位的时间，已经近中午。我留他一起吃午饭。饭菜是从食堂打的，我要了三个菜，一斤米饭，分两次端回工作室。在我那张破旧的两屉桌上，我们二人脸对脸地边吃边聊，其乐融融。只觉时间过得飞快，彼此间有说不完的话，而所说的话题，都是只开了点小头，要交流的东西太多太多，似两江汇流，滔滔不绝。

从这次起，同我一起吃中饭，成了谢径来我这里的惯例。他每次进城都搭党校的早班车，先在城里办别的事，然后转到我这里。遇有中午没聊够的时候，他下午再出去办事，约摸下午四点来钟，他再回来找我，等到我下班，同我步行去我家，晚饭在我家一起吃，再聊到差不多快没车的钟点，他才乘公交车回党校宿舍。

不少次他嘴里说着时间不早了，我得走了，却又聊聊聊，聊到只能赶最后一班车的时间。遇到这种时候，我只能小跑着往车站送他。他则一边跑着，一边催促我回去。我不理他，推着他的后背往前跑。

我也曾挽留他跟我睡一张床，他说要那样，第二天早晨他无论如何上班前赶不回去。他们那儿签到制度很严格，签完到反倒没人盯着了。

那时我位于市中心地区的家，成了谢径的驻市内办事处和俱乐部。他什么时候想来什么时候来，我家门对他随时敞开。

我母亲一见他来了，不用我说话便多做出一个人的饭菜。谢径也毫不见外，自己去厨房端饭端菜。在我的书桌前多加把椅子，便是一晚上的细嚼长谈。

除去赶末班车跑步去车站的情形外，我们二人立在车站的灯影下，也总要说会子话。一辆车来了，他看看说：“等下一趟吧。”又一辆车来了，他看一眼说：“没关系，让它走吧。”往往是好几趟车过去了，他还舍不得走，直到一看表，剩下的时间将将够坐到动物园，刚刚够赶最后一趟去颐和园方向的汽车。

每次他跳上车都不是急着找座位，而是朝我挥手，示意我赶紧回家。

那是些多么美好的时光啊！没有戒心与隔阂，没有利害的计算与考量，没有冷酷与漠视，没有违心之论和言不由衷的片刻时光。青年的浪漫主义理想主义的纯洁赤诚情怀，在我们中间时而温润时而滚烫地波荡着。上天为人间所特设的友谊的美宴，因这位男青年的出现，使我得以充分领略品尝。我和他互相之间的心灵上的倾诉、沟通，所感受到的关切与充实，共鸣与响应，是非比寻常的，感人肺腑的。这位长我两岁的朋友的到来，给我的那个黯淡多舛的人生时段，送来了暖洋洋的炭火。

“有知心朋友本身就是一种幸福。”人在一帆风顺，满地鲜花，左右逢源的时候，不是感觉不到这一点，就是对此视而不见。我的情况正相反，因此我对上天在我身处逆境，举步维艰的时期，送来这样及时的一份友情，我心存感恩。

武者小路笃实谈论友情的一段话，很适合于我跟谢径当年交往的情形——

双方掩饰自己而保持一团和气，如此的友情对双方都是有害的。“合而不同”，双方都保持自己的个性，才能越发相互依赖，相互尊敬，建立真正的友情。友情的基础应该是双方都不歪曲自己，照自己确信的方式生活，走自己向往的道路，在前进的道路上保持良好的关系，这是真正的友情……双方都努力表现自己的个性，在这种情况下如果还能够使双方关系日益亲密，那就是友情的乐趣所在，友情的价值所在。

我和谢径的相聚交谈，虽多相和共鸣之处，但在一些观点上亦不乏各有所见之时，追问驳难，在所难免。不过每每我们之中的一人说自己的真实看法，总会使对方受到启发，转而进入对问题的探讨，而不去争个谁高谁低。本着唯真理马首是瞻的原则，分歧争论，会使心与心贴得更紧。

我们在一起的表达方式正是这样，不掩饰，不矫饰，怎么想就怎么说，是什么个性就什么个性，知无不言，言无不尽，既畅快自如，又一点不累。

在当年阅历尚浅的我的心田中，谢径这个朋友是我一辈子都不会失掉的，却从来没想过日后会发生什么变化。

时光如流，我依旧感念于昔日的朋友曾经给予我的真诚慰藉，我凭吊并缅怀那淳美的时光。

第四章　夜　访

1

距下班时间还有一个小时，谢径来了。“黄师傅。”谢径主动跟黄荫凤打招呼。他每次来这儿，都注意用尊重的口气称呼黄荫凤。

谢径比我成熟有涵养，他性情温和，待人随和，不锋芒外露，不咄咄逼人，即便是面对他不喜欢的人，他通常也不会对人家板脸侧目，而是该说说，该笑笑，井水不犯河水。这并不表明他对人对事没有自己的好恶判断，而是他不愿意跟别人闹僵。他的这种性格得自于哪里，我并不清楚，只听他说起过他的母亲是个特善性好脾气的人。除此之外，我觉得这跟他当过小学教师的经历不无关系，亦跟他这些年来远离家庭，独自在外谋生的经历有关。我曾经从他口中听到过“在家靠父母，出门靠朋友”这样的话，还听他说过“多一个朋友多一条路，多一个仇人多一堵墙”这样的中国格言。不过他也说过“蔫人出豹子”。

“小余你看谁找你来了。”黄荫凤知道我跟谢径要好，又满意于谢径对她的尊敬态度，便在大面儿上对谢径表示友好。

“小珊来信了。”见黄荫凤在机关科正房里在谈事，谢径从书包里抽出一个白皮信封。

“她现在情况怎么样？”我问。

“你打开看看不就知道了。”

我说你就先简单说给我听听，一会儿在回家的路上我再看。

梁珊瑚是谢径热恋的女友，在夏季开学之前，她母亲给她办了转学手续，把她转到哈尔滨去读高中。梁珊瑚的姨家定居哈尔滨。珊瑚妈这么做，是为了把她跟谢径隔离开来。梁珊瑚在被送上火车的头一天，从家中偷跑出来与谢径抱头流泪，诉说衷肠，发誓跟他相爱一生，相守一世。于是，牵挂思念小恋人，成了我这位朋友的头等要事，重中之重。

谢径好脾气且有耐心，他坐在我的椅子上看我接待客户。待我站下时，才当着黄荫凤扯些社会上的闲事，绝口不涉及时局、政治。

终于我脱下了工作服。我们一起走在暮色苍茫的街上，他这才跟我讲起他的梁珊瑚的近况。

他们是彻头彻尾的师生恋。

他们彼此表明心迹，是在梁珊瑚上初中二年级的时候，其恋情的发端，则是在梁珊瑚小学五年级那年。

在求学之路上，梁珊瑚和陈奇娅、赵海湄，经历大致相近：小学、中学、大学上的都是名牌学校。她们都是天分蛮高的京城人家的女儿，功课拔尖，表现突出，灵慧颖悟，各具才情。她们无论进入哪所学校哪个班级，都会引起老师、同学的注目。毕业于师范学校，走上三尺讲台，担任梁珊瑚所在班的班主任老师的谢径，一眼就从一行行听课的小人头中，发现了这位奔儿头明亮的五年级女生。那年梁珊瑚十二岁，胸脯已经有了小小的隆起。她父母原想让她七岁上学，但她生日的月份偏前了一点，只能转到来年入学，所以她在班里比一般同学大了半岁的光景。在生理上、心理上，她比别人早熟了那么一点点。

谢径曾经报考过北京广播学院播音系，前面的考试都通过了，在最后剩下的二选一的关口，被刷了下来。假如那年不是录取名额奇少的话，他可能现在还在电视台、广播电台做播音员。具备他这样嗓音条件和口语水平的教师，讲起语文课来，怎么会不迷倒一片学生？何况他在教室里又占据着中心、焦点位置，何况五六年级的小女生，已经开始萌生异性的意识，开始学着欣赏异性的优点。

“老师我有问题。”

小小梁珊瑚已经本能地懂得用多提问题的方式，引起年轻男老师的注意。老师对她的回答表示首肯的赞语，令她喜悦并自得。这比来自校一级的奖励，还令她喜不自胜，暗中得意，面生潮红。她理所当然地成为新老师谢径的最得意的学生。

在有外校教师和校长听课的观摩课上，谢老师首选梁珊瑚起立回答问题。他确信梁珊瑚会给他挣面子，在区教委来人听的那堂观摩课上，谢径将最能显示自己教学水平的提问，抛给了梁珊瑚。梁珊瑚自信地咬咬下嘴唇，起身答出正确答案。谢径悬起的心，平稳落地。他在心里对这孩子道一声谢谢，泪花差一点涌出眼角。“好样的小珊。”他在心里欢呼。

就在观摩课接近尾声的时候，一位据说与谢径他们校长在区里争宠的外校校长，突然杀出，向满教室五年级第二学期的小学生，提出一个课外问题：“谁能解释一下‘子虚乌有’的词义？请说出出处来。”

这太出乎意外，也太出乎观摩课的惯例了。谢径急出一头汗雾，他们本校的校长一脸的恼怒神色，左看看右看看，无计可施。谢径很想请那位横插一杠的人出去，或者对他说：没有你这么干的，你干扰了我的教学秩序。他话到口边隐忍住。他意识到了这么做的后果，也意识到了事态的严重性。他将目光停留在梁珊瑚的眼睛上。那目光中奔涌着他内心的急切，在说：小珊啊，你要是知道该多好啊。你知道吗？你知道吗？知道就回答他，回答这个二流子，给他迎头一击。他那急切的满含希望光芒的眼睛，三闪两闪，很快黯淡了下去。那是至少要到高中才会涉及的话题，一个高年级小学生怎么会知道呢？这个肇事者太没意思了，坐在后排的听观摩课的老师们，不会看不出这人的挑衅嘴脸的。他这是强人所难。但是事端出来了，就像被人抛起的一块砖，你不让它往下落，它也会往下落。这块黑砖头正向自己的头部砸来。正在这千钧一发之际，一声清脆的话语划过绷紧的空气：

“谢老师，我知道。”

梁珊瑚不经举手就从座位上起立回答提问。她不看那个出难题的校长，而是高耸着小奔儿头注视着自己的班主任老师。

“请讲，梁珊瑚同学。”谢径向她做手势的手臂微微颤抖。

“‘子虚’当并非真实讲；‘乌有’当哪有讲。‘子虚先生’和‘乌有先生’，都是汉代文学家司马相如的《子虚赋》、《上林赋》中的虚拟人物。回答完毕。”

“好。”谢径的校长率先鼓掌。谢径本人兴奋得几乎晕眩，忽忽悠悠的直要往讲台下栽，台下座位上的那位解困于倒悬的小女孩儿，此刻简直就是升上河曲的一轮明月，曼曼妙妙明媚极了。他觉得自己眼眶湿润了，有泪花的碎光折射着光线。他转过身去面朝着黑板，等待自己情绪平息。

丘比特之箭悄悄搭上了弓弦。

2

当晚我留谢径在家吃晚饭。谢径提议去看望陈奇娅、赵海湄二人。我说：“这么晚了去人家呀？”他说：“这你就不懂了，她们有晚自习，大约9点钟下课，咱们在外面等着就行。”我说：“他们校门朝哪儿开我可都不知道。”他说：“我到哪儿你到哪儿，跟着我就行。这么着，十站地咱俩走过去，活动活动腿脚。”“行。穿衣服走。”

城西的这所中学藏身在一条南北向的小街里。小街幽暗，转弯处才有灯杆。校门开着，传达室无人拦阻，我二人径直穿过操场，在教室至宿舍楼之间的空地上徜徉走遛儿。

空气清冷而不刺骨，身处暗夜之中，幽微的光线呈现一种深蓝墨水的颜色，高天深处勾勒出一钩弯软的新月，皎邈而宁静。自打高中毕业后，我还是第一次重新置身校园感受校园。当年每日循环往复地进出学校，没有留意过校园氛围是何许物，如今竟然在无所事事的等待中来感受校园之夜，于细细的品咂中默数时针嘀答，真是别有一番滋味在心头。

能成为“文革”中期恢复高中后的第二届高中生，对我而言是幸事，也是不幸。首届恢复高中教学的学校当中，没有我所在的中学，转年官方才批准我们学校开设两个高中班。生源是从本校的八个初中毕业班中选拔出来的。不久我在两个高中班的男生中显山露水，虽说是走了偏科的路线，毕竟在文科学习上，我成了领先的人物。在当时而言，高考的指挥棒还没有幸运地挥舞向我们这茬人，我们还保有着发展个人兴趣爱好的空间，因此那三年半的寒窗生活令我受益匪浅。

这三年半高中生履历的副产品之一，是培育了我的精英意识。当时各阶层的成年人，都看好我们这一茬，认为在人才青黄不接的不远的将来，我们这些人都能派上用场，成为国家的栋梁，大有前途。而我们高中班的一帮尖子生，亦个个踌躇满志，互不服气，个个都以未来的大知识分子自居。这股小圈子里的风气，在“文革”期间的总局势总氛围下，显然不合拍，但它又真真确确地存在过，影响了我们这些人的一生，甚至具有定调子的作用。

这种影响放在我们当中的世界观价值观取向各不相同的人的身上，会沿不同的方向发挥作用。在那些以顺应官方需要以谋取社会地位、个人利益为导向的同学而言，这种影响与潜质，无疑有助于他们日后的奋斗攀登，并赋予他们一副知识型干部的形象，深得日后转型社会的青睐。而这种得自早年的东西，放到酷爱独立自由的人的身上，则不仅无助于他们晋身官僚组织，反而会使他们成为叛逆者，染上社会批判者的色彩。假如他的立场足够彻底的话，他会将人格的精神的自由看得高于一切，而不会成为这样那样的攀龙附凤者，顺世主义者。这样一来，他们的命运就坎坷多蹇了。他们注定了与士阶层格格不入或根本无缘，注定了会是一位精神上的格瓦拉。后者一族中，肯定有我无疑。

人一生中的早年教育的影响，大概要等到若干年后，才会彰显出来。当年身在校园内就读的那几年，自己意识到这些了吗？当年自己是不是还有那么些身在福中不知福呢？我们的这股子身在福中不知福的劲儿，曾经被化学老师赵大鹏看出来。一次学校大扫除，我们班几个男生打打闹闹扫楼梯，有人恶作剧，双手提住名叫龚桥的男生的脚脖子，从楼梯上往下拖，让他屁股在阶梯一颠一磕地忍受疼痛。恰在这时赵大鹏路过加以制止。

他说：“你们真是身在福中不知福。你们知不知道你们那些进工厂下农村的初中同学，多羡慕你们吗？你们知不知道来之不易的学习机会多值钱吗？”他用狡黠的眼睛打量着住手站立的学生，又道，“我问问你们，谁知道这每一层的楼梯有多少台阶？谁知道？”

见有人伸着指头要去数，他一摆手：“不用数，我都数过了。跟你们说吧，我在这学校都工作了这么多年了，我都不清楚自己每天上下的楼梯有多少磴。人就是对自己身边的事物这么视而不见，熟视无睹，仿佛这些事物应当应分就是归你的。直到有一天我忽然想起问自己：这每层楼到底有多磴楼梯……”底下的话，他不往下说了，点点头，手摸着下巴慢慢走远。

他点头看在场同学的眼神，大有深意，意味深长。

那天在场的别人怎么样，我不知道，反正我受到了震动，触发了思索，还专门写了篇题为《发现楼梯》的杂感。

我将自己的回忆和感想说给谢径听，他表示他也有同感。当听我说到“精神上的格瓦拉”一语时，他插言：“小珊可是格瓦拉的崇拜者喂，一说起格瓦拉来她就兴奋异常，两眼放光……”

我说：“真少有，在女孩子里。”

他说：“是呀，你说她多与众不同。”

忽然，教学楼的门洞传来脚步声，是很多人的。第一批涌出教室的人走过空地，从中没有辨认出我们认识的身影。第二拨人、第三拨人都过去了，人影渐走渐稀。我们二人犯起了嘀咕，别是人过去了我们没看见吧，备不住陈奇娅、赵海湄都放学回家了，根本没在学校上晚自习课。

怎么办？是再等等还是撤？

3

就在我们二人举棋不定，心有未甘之时，突然一个人影跳到我们跟前：“哈，真的是你们……哈哈哈……”她笑第一声的时候，两手清脆地一拍。

我跟谢径同时问：“你怎么从宿舍里出来？”

陈奇娅原地蹦跳着，张大眼睛看我们。

“我刚才从教室出来时，看见这里站着两人，可看不清是谁。我回到宿舍心神不宁，鬼使神差就又出来了。好像有什么在推着我似的，让我非出来看看不行。哈，果然是你们，这真神了。这才叫‘心有灵犀’呢。嘿嘿嘿嘿，我今天真是太高兴了。刚才自习课上我就直走神儿，在想你们怎么不露面了？真是说曹操曹操就到……”

夜色下的陈奇娅，快乐得像一只撒欢的小鹿，一蹦一蹦地原地跳高，隔着夜幕都看得见她的喜眉笑眼，娇憨的欢颜。这女生竟然这般的孩子气，这么热情似火，这么喜欢跟我们见面。这是在来的路上我没想到的。这女孩儿真是纯挚啊，身上连点杂质都没有，光听听她的银铃般的欢声笑语，就足以把人净化了。我暗暗地感动着，暗暗地欣赏。

我看见她身影单薄，忙说：“你又穿这么少出来，快回去把大衣穿上。”

她说：“那多麻烦，我扛冻。”

谢径也道：“跑一趟的事儿，我们不动地方等你。”

见她扭动身子表示不想去，我急急道：“你不听话，我们立刻就走。”

“那……你们可等我啊。”她仿佛怕我们趁她一转身就飞了似的，不放心地边退步边说。

等她再来到我们跟前时，只听她说着：“瞧，这下达到你们的要求了吧。”

我问她赵海湄怎么不出来？她双脚一跳转过身来反问我们：“她基本上不上晚自习，她没跟你们说呀？嗨，这晚自习是纯粹给我们这些寄宿生预备的，学校怕我们晚上乱跑不做作业，就用这种办法把我们圈起来，就像牧羊人天一黑往羊圈里圈羊一样。哈哈，我见到你们真是太高兴了，真想绕操场跑两圈儿。”

我说：“跑呀，我们殿后。”

谢径说："你忘了咱们是走着来的，正经十站地呢，要跑你陪她跑吧，我没那么大气力了。"

"啊？走来的？步行？"陈奇娅睁大眼睛，她的瞳睛上有新月的光辉："我太受宠若惊了。就为来看我，我真不知道该说什么好了，你们可把我感动死了。哈，我今天真是得了喜帖子了。我说中午去食堂打饭的路上，怎么有只喜鹊冲着我叫呢。闹了半天是告诉我你们要来啊。喜鹊登枝喳喳叫，报告好事要来到。哎，今天上午第四堂课上，我左眼皮还跳了两跳，我还琢磨准是有什么好事儿了吧。"

"瞧把你高兴的，怎么把什么都联系上了？"谢径的声调也其乐融融。

"我这真不是迷信，都是真的哎。"夜色中陈奇娅的话语极其认真率真。

冰凉如水的夜风以均匀的速度吹掠过操场，吹掠过我们三个人的面颊和发际。暗影中看不清操场的边际，视觉中地面仿佛有所升高，脚下仿佛变成一片草场，辽阔而平展至远山。我们此刻仿佛不是安步当车，而是并辔徐行，款款相谈，抛却一切世事的纷扰，只与天地相亲相融。

这是北方的隆冬之夜，诗意以料峭的形式潜荡。夜气爽寒，露凝成霜，月小如钩，繁星幽敻。有一刻，我恍然又置身在了平谷山区的那个峰峦环绕的山村的夜空下。山影壁立，村舍朦胧，冻土如铁，寒林萧瑟，结冰的池塘泛射着冷月的寒光。乍起的犬吠、驴鸣，如裂帛破冰划开凝结的寂静。

"零下三十度激起我内心的豪情。"

我深深地喜爱在这样的夜空下漫步村边，并于此时打开畅想的闸门。那是我离开校园，初涉人世的最初的时期。到了第二第三个年头，关于人生的种种感怀萦襟荡胸，充塞我的脑海。

"今晚的空气真爽人啊。"我说，"当遇有刮大风的天气，我都会勃发一种莫名的冲动与兴奋，要马上置身到其中去行走去领略，而且越是风冷风硬，越是让我心生激情。对此，我好像已经成瘾了。难道人对风也有成瘾性吗？"

"嘻嘻，这可奇了怪。别人在这种天气都是缩头缩脑，猫在屋里烤火，你老先生却有这种雅兴，太有意思了。"陈奇娅偏着头，摇晃着手套这样说。

谢径道："我们这哥们就是一地道的老方佬儿。"

陈奇娅向他问起远在冰天雪地的哈尔滨读高中的梁珊瑚。直到这时，她跟谢径的这位恋人还未曾见过面，但显然她已熟知梁珊瑚其人其事，并且这些故事和故事中的主人公，在她心里占有一席之地。

"梁珊瑚近况怎么样？她来信了吗？"

"来了，刚我还跟奔滔念叨来着。"

"信上都说什么？她适应那边的生活吗？冻得够呛吧？"陈奇娅一连串地提问。

她说笑的声音本来就清丽悦耳，在这空旷寂静的夜空下听来，更增加她音质的纯度，听来犹如天籁。天底下还有这么清纯的嗓音啊，我暗想。听这样的声音就如同天风过心，沐浴清泉，什么样的俗虑尘嚣，不给你洗个干净？

她与谷溪莼、白玉，真有天壤之别啊。为什么我最先遇上的不是这样的女孩儿，而是那样的女人呢？想起谷溪莼来，便在我心里产生某种不适感，而一想起白玉，则令我顿生揭痂般的痛楚。

只听谢径在讲他的梁珊瑚：

“小珊她们那里最冷冷到过零下三十几度，哈气成冰，她出门穿她妈妈给她预备的小羊羔皮袄。她说别看外面冷成那样儿，可进了屋子却是暖暖和和的，大火炉子生得旺旺的，烤得人脸红扑扑儿的。那地方的人，大劈柴、大煤块儿，可劲儿往炉子里填，室内温暖如春。”

“她们那儿肯定下过雪了吧？”

“那还用说，她说那边的雪景才是真正的雪景。她说她写信的这天是阴天，云层又在酝酿一场雪了。”

陈奇娅道：“听我爸爸同事说，哈尔滨的雪能下到没膝深，那该多好玩儿，听说小兴安岭的猎人外出打猎，都得穿胶皮裤，山里的积雪没过腰。哎，小珊人生地不熟的，她会感到孤独吧？她现在跟班里同学混熟了吧？”

“熟是熟了，让我提溜心的事儿也来了。小珊信上讲，班里有三个男生向她表示亲近，已经有两个给她写了情书，这两名男生正在暗中较劲，展开竞争，争夺她的芳心。”

“哎呀，你是不是觉得自己有点危了？”

“那还不至于吧。小珊在信里说了，她对我的感情是任何人都夺不去的。不过她的确感到十分为难，她不想给任何人造成伤害。她说她还不知道该如何向两位男生讲明自己的真实情况。她问我该怎么办？”

“哦，是这样。看来人无论走到哪里，麻烦总是少不了的。”陈奇娅若有所思，声音转低又扬声叫我。“哎，余奔滔你怎么掉队了？你半天不吱声，想什么呐？”

我让自己走快一点，没有搭腔，方才想到白玉所加于我的失望与伤痛，一度败坏了我的情绪，使我因见到这个孩子而生出的好心情，蒙上了恶劣的阴影。这阴影如同堆积心头的一堆焦渣子，带尖带角而又分外沉重。好在这心绪持续的时间并不长，当我举头凝望渐渐移向天顶的皎月的时候，心间便流泻下一泓清辉。幽蓝夜空上的那一弯嫩玉般的明媚，又把我带回到读这孩子的诗册时的感受之中。

我跨前几步跟上他们，从随身的挎包里取出陈奇娅的诗簿递到她手上。这时我们已经站立在操场的中央，她的发际已可见淡淡的素辉。“就这么退给我了？你总得说几句什么吧？”

我说：“别忙，我正要说呢。我要说的第一句话是喜欢，我要说的第二句话是喜欢，第三句话还是喜欢。”

我的评语一定是她始料不及的，她惊呆在那里，两眼大睁着。片刻后她才说：“我头一回听别人给我的习作以这样的评价，我有点怀疑我的耳朵是不是听错了？”

我望望谢径，笑起来。我对谢径说：“看见没有，她居然不自信。”我又望定陈

奇娅说道 :“色彩跳跃，晶莹剔透，灵气四射——这是你的诗给我的印象，这是我能找到的最恰当的词句了。”

不用借助光线，我就知道陈奇娅的面孔泛着红潮 :“你又一次让我受宠若惊了。能被人这样理解着，我陈奇娅三生有幸了。喏，我的这个本子就归你保存吧。”她欲将诗簿重新装回我的挎包。

我忙说 :“傻丫头，别犯冲动，自己的心血结晶，只属于你自己，哪能随便送人？你又没复写，真丢了你上哪儿去复现它们？这样吧，留在我这里再让我看俩礼拜。我本来也是想请你延长借阅期的，只不过上次说好了见面还，我不能食言，所以才带了来。我其实是还想再看两遍的。”

她咯咯笑了 :“行，就照你说的办。我既然说了它归你保存，那你想看多久就看多久。”

站立一旁听我们对话的谢径，适时地提示陈奇娅 :“奔滔的诗你看没看，也说说吧。”

“现在就说吗，啊，我还没有准备好该怎么说，再给个缓期行不行？不过……不过……我总的感觉是喜欢。不不，现在还不能说，我还得再看一遍才能发言……可把我害惨了你知道吗……”她转目看着我笑言，“那天从你家回来，我趴在宿舍被窝里，打着手电筒看你的诗，看到后半夜 3 点……把我眼珠子都看疼了……”

4

在返家的路上，我内心为这次会面感动着。

我与谢径在西长安街上分手。临上车前他叮嘱我 :“下星期二中午，在陈奇娅她们校门口见，别忘记了。”

陈奇娅把我们送到校门外，问我们下星期二中午能不能再来看她和赵海湄。她说她们年级近期星期二有空闲时间，她们每星期二下午的课排在下午 3 点以后，中午有自由活动时间。“你们能再来看我们吗？”她的话诚挚由衷，充满期待。

我心头发热，仿佛为热浪推排拥撞着，又仿佛置身于电磁场中，情不由己。我说 :“只要你们不讨厌我们，我们每星期来都行。”

“此话当真？”

“不真还假？”

“君子一言，驷马难追。”

“我时间上还是能保证的，辛苦点，多跑路就是了。”谢径说。

我说 :“巧了，刚好我的休息日调到了星期二。”

“太好了。”因为离传达室很近，陈奇娅压低声音欢呼，“不许反悔。拉钩。”

“一言为定。”

“一言为定。”

她的细手指跟谢径拉了一个钩，又跟我拉。她的小手指搭在我手指上的感觉十分奇妙，说不出的娇气，叫人一点劲都不敢使，生怕把它弄断了。

今晚心情异样，我步行回家。

1980 年的北京街道，入夜 11 点钟以后就人车寥落，我从西长安街往东直行。灯影迷离，街槐交柯，空阔的马路宛如笔直宽阔的江面。时近子夜寒意渐深，踽踽独行的我，却仿佛感觉着早春的风讯，于料峭中潜孕着生力的原子。某种难以摹状的青春的体验，流荡在我的体内，绽放着满圃的七色郁金香花盏。

方才在操场上，陈奇娅要求我对月赋诗。我问她要新体的还是要旧体的？她说都行，于是我给她诌出四句不成样子的话来，算做交差。借着月光我将这四句话半清不楚地写在随身带的小本子上，撕下来送给她。我这四句话是不是别有用心呢？我自审自问。其辞曰：

你先前也许是一朵娇小的雪花吧
而你现在已是一块有体积有分量的水晶
我先前是一棵风前的小树
现在则是一块黑不溜秋的煤

第五章　漫　游

1

我照原路步行回家。路程不近，可我全无倦意，脚力十足，直想腾开腿脚在长安街中央打一趟长拳。中南海门前手扶自动步枪的哨兵注视着我。我的视线和他的视线碰视了五十秒。斯夜此刻他心里在想些什么呢？他身姿笔挺，头位端正，眼珠在转动。斯夜此刻的这段街道上，只有他和我两个人，他可以把注意力聚焦到我这个独自漫步的人的身上，作为他在这一小段时间里的消遣。喂，我今天心情真好，你知道吗？我在心里对他呼叫。你也像我一样心怀美感和喜悦吗？你今天也见到过聪明热情的小女孩儿吗？你今天也和好朋友一起聚会了吗？你知道什么叫做欣悦的灵魂吗？你不用那么警惕，也不要疑心走过来的是个夺枪者，一个心情好得不行的人，哪儿有心思盘算你那根烧火棍呢？向我行注目礼吧士兵，我今夜心情真好。

走至金水桥，我就地坐在桥拱上，静悄悄体味夜广场的氛围。

在少年时期的我的心目中，这座世界上最大的广场，简直就是自己家庭院的延伸。自打小学四年级搬家搬到王府大街一带的胡同里，天安门广场就成了我抬脚可至的所在。两站多地的路，二十多分钟就走到了。早晨我在院子里做完准备活动，跑到广场上，再穿过天安门城楼的门洞，出午门沿护城河跑回家。城门洞内壁上有几处剥落，石板地上有几处坑凹，我闭着眼都能看见。至于河岸上的那些垂条老柳的粗细形状，一棵树与另一棵树之间的形貌差异，我都像对自己的十根手指一样清楚。

十一年前，我刚一上初一就被挑进国庆前卫队操练正步，国庆节前夕曾数度在广场参加彩排预演。其时广场人聚如潮，华灯大放，一派通明。当年自己所在的前卫队方队，不就是排列在广场以东的街中心整装等候的吗？“彩车上肩，标语发动。”指挥彩排的林彪把口令喊颠倒了，广场上腾起齐声哄笑。

那天晚上分发到每个人手上的是一个包蜡纸的维生素面包，“吃完了再重走一遍。”跨跨……跨跨跨，从东往西，正步行进，侧目而视，要求纵横成直线的队列，还是出现了弯曲。跨跨跨……“特拉—嗒拉拉—嗒—嗒—嗒——嗒，雪花旋转上天边！……”不不，这不是我们正步行进的节奏，勃洛克《十二个》里的巡逻队才走这种节拍。“风在散步，雪在飞舞，十二个人在走着路……自由，自由，唉，唉，没有十字架啦……特拉—嗒—嗒……"

1980 年隆冬某日的我，以一个青年的心情步行，静坐，体味寒夜，体味人生，自由自在地走走停停，追忆、缅怀、沉浸，想自己和这个世界的诸般种种。让当下生活中的苦恼与不幸都睡去吧,让我这颗依然醒着活着不失希望与憧憬的心欢跳吧。

在那个庞大的前卫队中，你喜欢过什么人吗？那位曾经牵动过你的思念的初二女生，今在何处呢？她现在是独寝呢？还是跟什么人共眠一床？

2

十一年前，比我高一个年级的陈凯梅跟我分在国庆前卫队同一个班，与我肩并肩地在烈日下拔正步。在非训练时间，她的身姿步态窈窕多风致。她每次从远处向我走来都面露微笑，跟她并肩站队或者席地而坐的时候，总令我心旷神怡，心生美意。"我们俩搭对练。"每次分散操练时,她都这样邀约我。于是太阳没那么热毒了，腰腿没那么肿痛了，时间像长了翅膀。"还没怎么练呢，又让集合了。"她心有不舍，口出怨言。

她不是总政、空政文工团舞蹈队里的那类美女，却是艺术气质在身的那种淑女式的女生。她说起过小提琴演奏方面的话题。说到拉琴，她说，拉小提琴是她父母从小让她拉的。她说她妈妈告诉她，不管怎么样，艺术是不会消亡的。后来我果真在学校的文艺演出会上，亲睹她操琴献艺。她运弓揉弦的韵动身姿，像一场酣畅投入的舞蹈。乐思琴音缭绕中的凯梅，看上去是那样的高贵生动脱俗。

那年自夏至秋的相处，某种默契暗生。站队立正，向右看齐向左看齐，相互交换一下眼色，便知道彼此心里在说：你可来了，我还以为你今天请假了呢。

1980 年隆冬某夜，我坐在金水桥上追怀自己早熟的一段没有开花的情愫。追怀中我再次记起那个叫孙某某的大龄女生。这个长一副家妇体貌的校革委会学生干部，担任着本校国庆游行队的领队。她看着我跟凯梅有那么点形影不离，便出来横加干涉。她找凯梅谈过话，又找我谈话。当听我说到"人与人有交往的自由，任何人无权利干涉"时，她的肉嘟噜脸嘟噜得不可收拾，咬咬牙起身离去。她的方大的妇人臀，扭吃扭吃地坠着她的重心。她下辈子也走不出凯梅的绰约之韵来。

我与凯梅被拆开的日子不日到来。家妇相孙连长的一道重组班排的命令，使我与凯梅在后来的日子里，难得照面说话，只剩下彼此张望几眼的份儿。

如今想来那个胖婆娘我真不该顶撞她。嘴头上让她三分，或许就能保住原来的编制。

多么好啊，那心怀温存与柔情的烈日下的日子；多么好啊，同那似姐非姐的搅动我的心神的女生相处的时光。

特拉拉—嗒—嗒……特拉拉—嗒—嗒

那远逝的日子。嗒嗒嗒……跨跨跨，那两心同跳的纯情时光，是云层间游窜的电火，是花园一角暗放的兰芷，再假以时日或许就会怒放出烂漫来，却被一个心思难测的日后长年吃团饭的貌丑女人，拆打得风流云散。她何曾想到别人碍着她哪根筋了——我当时就这样问的她："我和陈凯梅碍着你哪根筋了？碍着你吃了还是碍着你喝了？还是碍着你走仕途了？"

她可曾想到过她下此手段，会给别人造成什么样的痛苦与惆怅与眼巴巴的望眼欲穿吗？她的扁平的横肉脸，生起气来竟然是那样青一块白一块紫一块。她何苦来呢？别人犯着她哪一条哪一款了？

这个长年混在共青团领导机关的娘们儿，几年前听人说去北方某市挂职当副市长去了。我的一位同学曾在那座城市的一次招待会上遇见过她。又听说她改调到人代会系统了，在前年的一期报道人大闭幕式的报纸上，露了她的尊容。在灯火通明的人民大会堂，她正跟一些人起立鼓掌呢。

她可真是造化的奇迹哇，上学时什么模样，多年后还什么模样，胖瘦老嫩，几乎是原封不动地移到了现在。正应了那么句话，年轻时候不显年轻的人，老的时候也不显老。她压根儿就没有年轻过。她身上除去当年的旧蓝褂子换成了西装外，几乎没什么变化。这虽在意料之中，也还是令我暗中诧讶。

上世纪 80 年代初我回城以后，曾经见到过这位孙团干老冤家。那次我去团委的楼里找一个人，在一层的一间大屋子里，我意外地撞见了她。其时她正在主持一张新创办的报纸。她的报纸那时还是黑白版面，比一张校报强不到哪儿去。若干年后，这份简陋的小报，摇身一变，如日中天，炙手可热。

那天，她让我看她的报纸，对我说："你可以给我们投稿，也可以过来帮忙，我们正缺人手。"

我说："你还得管着我？"

她说："你是匹野马，非得有人给你套上嚼子不可。"

我说："我不服管。"

她说："我会驯服你的。"

我说："你得还我一个人。"

"陈凯梅？"

"对。"

"我都不知道她人去哪儿了，我还什么还？你跟我抛弃前嫌，归顺到我麾下，有你好果子吃。你牺牲掉的只是你的脾气而已。"

"早晚有一天，你得让我唱谢谢妈是不是？"

"那当然了。"

"我？会吗？你走你的阳关道，我走我的独木桥，穷死饿死我不到你门上要饭。"

她眨巴着小眼睛看我，肯定在想：这小子真不识时务。你一辈子拿个性当饭吃啊？

"少年不识愁滋味儿"，不是那回事，那一年我是尝尽了愁滋味儿的。"问君能有几多愁，恰似一江春水向东流。"真他妈的愁啊。

在奔赴京东大华山的野营拉练的路上，我再次见到了她——陈凯梅，我的视线与她温雅的目光相遇。也就那么匆匆间的几十秒钟的对视吧，也就那么一个微笑的饱含惊喜的颔首吧，竟让我铭记一生。

那是身背背包的学生大队行至顺义、平谷交界地段的事。我被拉练指挥部的老师从队伍里叫出，分配我参加打前站的先遣队。我跨步出列，颠腾着背包小跑，追赶走出很远的先遣小队。大队人马匀速逦逦行进，一个个班级从我身边闪过。忽然队列中有人朝我招手。我驻步，辨视，看见了笑靥向我的陈凯梅。她白皙的小圆脸，走得升起了粉霞，冒着汗气。她一手勾着背包带，一手朝我打招呼。她的睇视，她的笑容，她的欲言而又不便于高喊的双唇，都在向我传达这样的意思：我们是多么熟多么熟的朋友啊，我终于又见到你了。

她的手高高举过头顶，向我挥动挥动。她的笑靥越过人头，向我飘来飘来。她一双美目放射出的惊喜的光芒，点亮了我眼底的久违与沉寂。

我当时要是完全放慢脚步，不急着去追什么先遣队，而是走近她身边，跟她边走边叙话，那该会多么美妙惬意啊，可是我没能那么做——这已成千古遗憾。我害怕追不上先遣队，一个人落荒郊野。我停顿了一下，向她招呼还礼，然后又像默片里的牡马一般地奔跑起来，不久便把队伍甩得无影无踪。

可我那天还是前不见村后不着店地一个人跋涉在荒途上，直至天黑才打听到指定我到达的村庄。

事后我曾经想，假如我当时不管不顾，就插进她们的队列跟她走上一路，那又会是什么样的光景和结果呢？

她那柔婉含情的睇视与微笑，在我逶逶迤迤的人生路途上曾经重映过多少遍，我自己都数不清。在我迄今为止的生命途程中，比这重大要紧的情节，不是多的是吗？为什么偏偏这寒天雪地郊原背景下的一个睇视笑靥，令我过目不忘烙印于心呢？那远去了的时光，远去了的人，远去了的暖流交流的瞬间，与我日后必须面对的现实生活、利害所在，没有任何的牵扯，可为什么她长留我的心间，凝然且鲜活着而不凋谢？谢天谢地，我终于可以把她的音容笑貌少女的美丽，勾勒在纸页上了。即便是将来有朝一日我不在人世了，她也原样如初地静静绽放。凯梅，你就与我的少年诗心永久为伴吧。

心在往昔在，往事又何尝如烟呢？

1980 年隆冬某夜，我，二十四岁的无产者青年，在从和一位高中女生的会面中领略到鲜鲜活活的清纯之美后，独自一人步行回家，独自坐在夜半时分的天安门前的金水桥上，一驰神思，一畅情怀。沉睡的，醒来了，蜷缩的，伸展了，被疲于奔命、鞭打陀螺的劳作挤迫得无暇回首的昔日时光，鲜鲜灵灵地纷至沓来，叩访心扉。

3

夜露沉降，汉白玉石上结起一层薄霜。夜间的变化细微而真实，谁没有在午夜的露天地里游荡过的经历，谁就不能真切地察觉到它的真实性。踏踏踏，夜间值勤的士兵走过来了。他们发现了我，不予理睬，照走他们的整齐步伐不误。没有人规定天安门广场不许夜间逗留，我逛起来理直气壮。连城门洞底下蜷缩过夜的赴京上访诉冤情的村妇，都不会遭到驱赶，谁又会来理会一位本城的青年呢？

1976 年清明节人山人海的景象，又在我眼前活跃起来。历史博物馆北侧的马路边，就是当年自己和老麦放自行车的地方。没有管理员，没人收存车费，上万辆自行车，密密匝匝排满。回来找车的时候，回回要费好大的劲，但没有人丢车，小偷都不来冒犯。

日后的掌权者评说这次运动的参加者，说他们不够成熟。客观地说，单从贴满纪念碑及其石栏上的那些铺天盖地的诗词来看，所用语言都跟“文革”用语有着千丝万缕的联系，能达于诗艺造境者凤毛麟角。然而那毕竟是人们情感与积郁的宣泄，自有它的鼓动作用。挽联、花圈、政治诗、伟人膜拜，那是特定时期人们所能选择的表达方式。派民兵挥舞木棒打散人群，又是多么客气讲分寸的镇压手段。那天下午忽然涌动的人群冲向大会堂的北门。为什么事？要冲击的是什么人？我和老麦都不知晓。我们担心会发生流血冲突，当时我们就倚在中山公园门外的石栏上观察动静。

老麦说：“你看那么多人都在干什么？我过去看看。”

我说：“你别动，情况不明，你不要去。我们现在的位置很好，如果冲出警察或军队来，我们转身就进中山公园。”我继续说，“这还不是我们这些平民子弟的运动，平民子弟如何能知道那么多上层消息？我们在这里看，也算是助阵。你记住老麦，曹雪芹要是参加农民军死于刀枪之下，就没有《红楼梦》。”

“照这么说，要是农民军战士们都坐着写《红楼梦》，也就没人去搞武装斗争了。”老麦挠着下巴颏反推我的说法，算做是对我的驳难。

我说：“这种情况不可能出现，因为曹雪芹只有一个。曹雪芹手无缚鸡之力，上战场是白送死，他适合干什么就该干什么，这样才不会给文学史造成遗憾。啊，你看他们冲上去了，又给人挡下来了。”

接下来是 10 月，是得到官方鼓励和特许的百万人空巷走向广场的群众庆祝场面，烟花爆竹的硝烟，曾经弥漫在广场方圆多少里的空气中。那些天的天安门广场，万头攒动，人流如织，仿佛一个巨大的国家庙会。

当年的报纸上说，是群众的力量推翻了丧失民心的政治集团。是清明节的纪念碑周围的抗议活动起了了不起的作用。这种结论性的评语，在我听来觉得那么不真实。万把人在一块空地上贴贴诗词、念念悼词就真有扭转乾坤之力吗？赤手空拳的乌合之众，无组织之众，在中国能起到改朝换代的作用的事，在历史上闻所未闻。

1976 年解决问题的是枪杆子，是出其不意的密谋。群众力量？充其量不过是利用它来论证所谓的人心向背，还真配戴那么高的帽子？人嘴两张皮，昔日自己跟老麦每天一趟到广场观察动静，怎么就没有看出那么大的门道来？

说来事有凑巧，1976 年的清明节正赶上我在京城，当年的 10 月也正赶上我回城喘喘气。除此之外，1976 年的其余时间我都在远郊区的山村里务农放马，夜间漫步，与同学聚谈，想自己的出路。

4

1976 年或许是我眼前的这片广场使用率最高的年份。而 1976 年的我不属于这座城市，那时我被加予的身份，是在京郊务农的知青。知青这个称谓听起来多么滑稽，初中毕业生、高中毕业生，到了农村便被叫做“知识青年”，当今的大学生、研究生走出学校门，怎么没人管他们叫“知青”。只受过初等教育的人便被冠以“知识青年”，这种事大概也只能发生在教育落后的中国。如果再沿用 1949 年以前的习惯，管我们叫小资产阶级知识分子，那就更是滑天下之大稽了。“在农村人民公社挣工分的城市人家子女”，才是对“知青”这个人群的恰当定义。

1976 年夏天，因为唐山发生山摇地动的大地震，我和我们队的几名知青，便过上了白天下地干活，夜里睡地震棚的日子。这无论是在我们这些外来人口还是在当地农民，都是前所未遇的事变。几个毛头小伙子居然一镐一锹地在宿舍屋外挖出了大方坑，抠出了梯阶，找来了干树棒、木条子，支起了棚架，盖上了篾席，篾席上加土，再覆一层篾席，然后压上石片子，只两天的工夫，一座地下防震棚便建成了。

事实上，这座地下防震棚没有人爱住，贼冷、阴潮，四顶透风，比睡在野地里强不了多少。正经算数的地震余震已经过去，可是公社、大队的干部成天在扩音喇叭里号召人们自建防震棚，搬出屋子住，加上人人害怕被砸死，因此这时人们因陋就简生存的原始能力的遗传，便跳出来发挥作用。

王统照的小说《山雨》里，写山东农民住地窨土窟，读来觉得少见，其实类似的土窟，我不是也住过吗？只不过我们没有长期住下去罢了。夏秋的雨水，虽然浇漏过我们的棚顶，但还不足以把我们灌出来，因为我们事先挖好了走水的下水道。然而入冬以后，随着天气越来越冷，继续住下去的信心开始动摇。头场雪下来了，我们还勉强坚持着，因为解除再次发生地震的警报的话，迟迟没有从政府方面公布。

下雪不冷雪后冷，雪后的第三天夜里，我冷得半宿睡不成觉，鼻子冻成了冰凌，整个脑袋冻成了冰瓜。我知道这样子一旦睡过去，不给冻死也得冻出毛病来。躺倒时本来就不敢脱衣服，我干脆坐起来干等着天亮。

天一亮，我二话不说，卷起铺盖就爬上地面。我招呼同学帮我把属于我的那块铺板抬上来，抬进屋子。当夜躺在没有火炉的石砌屋子里，我深感舒适与幸福。我眼瞅屋顶暗想：我宁可让这屋顶把我砸死，也不愿意活活地在地窨里给冻死。

在防震棚里隐忍的最后的日子，分配名额下来的消息，传遍了十二个生产队的知青宿舍。一石激起千层浪，人心的面貌这时充分跃出水面。竞争角逐、明争暗斗、送礼走动的活动，上演于这一帮知青群中。周某某的军官父亲派秘书来到了县城；刘某某的在公安部做官的父亲，坐轿车拜访公社书记；身为文化部官员的葛某某的父亲的老关系，也现身于知青办。剩下来的无职无权的人家的子女，只能凭借自己的劳动表现，凭借跟管知青的村干部套下的私交，来争取得到回城工作的名额。

我住的那间宿舍，本来就成了全村知青的晚间俱乐部，几乎每晚都聚来二十几口子男知青，在这里吸烟聊天到十一二点，因此，分配期间发生的每一件事，如谁谁怎么样了，谁给谁使了绊子什么的，都能及时地汇总到这间屋子里。我当时深感大开眼界，同学多年，插队两年，还真不知道这些人还有这一面。一旦自顾自起来，真能如此这般地把友情、道义、哥们义气，往泥沟里抛。

主管知青的大队副书记丁菊芳，见我面时表现出异乎寻常的主动。“你报名吧，我放你走。”她说。

我理解，她整过我，没整成，知道我这人不怕硬的，她打心里愿意我走得远远的，以使她的家门口少一个仇人。

我所在的生产队的队长耿祥，见到我时也说了大致同样的意思，他说：“你报名吧，咱队俩名额，我肯定把你报上去。”

耿祥跟我是打出来的交情，他这么说在我的意料之中。这样看来，在第五生产队的知青中，我和吴桂泉是铁定可以回城的了。耿祥的话令我放心高兴，但当晚我就迟疑不决了。

5

小时候我读过一篇写东北抗日联军故事的小说《白大姐》。小说里的白大姐讲过一个狗熊掰棒子的故事。她说熊瞎子进包谷地偷包谷，总是掰下一个夹在腋下，掰下一个夹在腋下，等它掰到地头了，腋下只夹着一个包谷。对干这种事的熊瞎子，农民不但不生气，反而十分地欢迎，因为傻熊省去了他们的劳务，替他们干了活儿。

置身 1980 年隆冬子夜时分的我——余奔滔，想到了狗熊掰棒子的情节，同时想到，自己从二十岁到二十四岁之间经历了不少事，却如同掰棒子的熊一样，经一件丢一件，经一件丢一件，没有找个时间坐下来回顾回顾、梳理梳理，找一找当中的得与失、对与错、因与果、明智与不明智。

回城后的自己，那么无知那么盲目，栽的跟头摞起来一大摞，怎么就不知道回顾总结一番呢？

1976 年身为平谷知青的余奔滔——我亲身经历、处理的两件事，使我在知青中威信大增，多年后想起，都令我自负而且自得。

第一档子事，跟这一年大事件频发有关。前两位政治家的死在村中没有反响。跟村里人提周恩来去世的消息，他们反问："周恩来是什么人？"轮到大喇叭广播毛泽东去世的讣告，农民们全都凄惶起来，说："塌了天了，国不可一日无主啊。"消息传来，我们这拨老知青，反应比较平稳，晚我们一年下乡的新知青，却都蠢蠢欲动起来。他们想借着去纪念碑的机会回趟家。他们将他们商讨回家事宜的议事地点，选在了我们知青宿舍，并且他们绝大多数议事、做小白花的时间，都聚在我住的房间里。

其间，自然免不了说话交谈，当这些跟我不是来自一个学校的男女生，问到我的意见时，我直言不讳说出我的看法。其间，我还说了这样的话："今年政治空气一直紧张，你们不要往枪口上撞。任何吊唁活动都不能使人复生，所以可去可不去。"

这些新知青当中有人给丁菊芳暗中报信，报来报去，报我是幕后的主谋。丁菊芳将事情汇报到了公社党委，公社报给了县委。转天早晨我起床后还没吃早饭，就被民兵连长耿廷臣叫到了大队部。

大队部设在村里唯一的一座二层小楼上。耿廷臣迎门坐在条凳上，他的身边一左一右站立两位民兵。他们这种人在章回小说里被称为乡勇、乡丁。我进屋后一纵身上了靠窗户的大炕，盘腿一坐与他们形成了对峙的格局。我之所以上炕，是因它是这间屋里的有利地形。它居高临下便于打斗，必要时可以踢开身后的窗子，跳楼跑回宿舍，抄自己那把锋利的铁锹防身。

假如当时有摄影机支着，把那个场面过程拍摄下来，在片头打一个"大义凛然"的标题，当恰如其分。我敢说："全村近百号新老知青当中，没有第二人有我这份胆量。"面对着整整半天的逼供审问，我勇气十足地侃侃而谈，寸步不让，动之以情，服之以理。当他们恼怒起来，摆出要捆我的架势的时候，我纹丝不动冷笑，道："凭我的拳脚功夫，你们三人不是对手，你还得再去叫几个人来。"我摸准了他们的心理弱点，向他们指出，"你们是本乡本土的人，站着房子躺着地，我大不了进两年监狱，出来了就可以找你们算账。你们总有回家睡觉的时候吧，还怕我逮不着你们不行。冤有头债有主，今儿你们谁要是动我一手指头，改日我宰他一家子。"

一度他们想往炕上扑，我跳身立于炕心处，手指他们说："谁有能耐谁先上，上来两个我踢你们一双，到时候看伤的医疗费，可别来找我要，都是你们自找的。"

事后我为自己的表现喝彩的同时，心里多少有点后怕。包括耿廷臣在内的三个民兵，毕竟都是长年干活的汉子，身上都有力气，凭我这拳脚能不能打过他们，我心里没数。我当时想的只是兵来将挡，水来土掩，见机行事。可是我深知一旦动起手来，我跑得回宿舍跑不出村子，跑出了村子也跑不回北京。而我的那些知青同学，是没有胆子和相应的义气冲上来帮我拼命的。一家一户的土著农民，更不可能为我一个外来人，挺身而出站在大队部、民兵连的对立面。

被围困在大队部土炕上的我，孤立无援。

越审到后来，我才越加明了他们的意图：他们想审出我身后的后台主使来——他们臆想中的后台。他们这么想可以理解——这跟清明节后的国内形势与官方宣传有关。那段时间，举国上下，城里乡里，确乎一派的风声鹤唳，草木皆兵。一个小村子里的几个毛头知青的个人私事，在这个背景下，被放大成了异乎寻常的政治事件。这在身处其境的我听来别提多可笑了，然而情势逼迫我不得不独自面对。

我谁也指望不上。

审讯我的中间，耿廷臣被叫出屋听了几次电话。一直审我到中午 12 点钟，耿廷臣才宣布放我去吃饭，他说：“你先去吃午饭，下午听候处理。我勒令你不许出村半步。”

6

在去往知青食堂的路上，走在我身后的女知青宛红、杜鹃，在一处前后无人的篱笆旁叫住我对我说：“大队一上午接到县里打来的五次电话，每次电话都催问是不是召开了批斗你的大会。你可要小心行事呀。”

宛红的身份是大队宣传委员，杜鹃担任大队广播员。平时我跟她们只是走对面点个头，没有正经交谈过，如今在我有难在身的关口，她们主动给我通风报信表示关心，让我既感意外又心怀感激。我向她们道谢，嘴头子依然铁硬：“我不怕，上了台我自有话说。”

“你可千万别把我们说出去啊。”她二人提醒我。

我说：“放心，绝对不会。再有什么情况请及时告诉我。”

宛红说：“有新情况我会设法找你。”

杜鹃含笑点头，意思是她也会这样。

跟我同校同级不同班的这两位女同学，都是双眼皮大眼睛，都穿朴素的中式棉袄罩外套，都穿黑色条绒布棉鞋。宛红高，杜鹃矮。她们都第一次让我看到了她们的阳光心肠。宛红的父亲是当时国家某部副部长，杜鹃是城市工人家的孩子。这两个人在当时属于得烟儿抽的知青上层，我与她们没有交往。可是就在我蒙难之时，她们肯于出此仗义之举，让我重新审视她们，感受到了同学之谊的存在。相反，倒是某些平常跟我走得很近的男生，在我出现在知青伙房的时候，表现得躲躲闪闪，像是躲避瘟神似的。

其实，既然人家锁定了整我，就不关他们什么事，他们即便这时同我说上一百句话，人家要收拾的，也还是我余奔滔，轮不上他们。可他们就是怕，怕得跟孙子似的，全然不见了平日里的哥们儿长哥们儿短。一时间我四面楚歌。

这番经历，教我懂得了一个道理：通过事情来识人，通过事情辨认谁是真朋友谁是假朋友？谁是可靠的朋友，谁是不可靠的朋友？疾风知劲草，板荡识朋友（唐太宗的这后一句诗被我略作改动）。平常日子跟你千好万好的都不算真好，在你倒大霉的日子口还跟你要好的人，才是真朋友。

一件事情来了，你把它当作事情来对待，它就是事情。与此同时，我们还可以持第二种角度视之，那就是把这看成是一次心理测验，借此加深对人的认识。也可以借此来自测。这样一来，无论出现对我们自己有利的结果，还是不利的结果，我们都应该高兴，因为它向我们显示了真相，使我们明了到真实，使我们心明眼亮。真相出来得越早越好，只有傻子才拒绝真实。

这样说来，我们每个人在一生中都会面对这样那样的心理测验——别人出给我们的，我们出给别人的，自己出给自己的。

那天中午被从大队部放出来的我，迎头惠领金色阳光的照射，抬头喜见蔚蓝无云的天空。走在泥坯墙、石头墙夹道的村巷中，这正午的阳光仿佛被聚焦了一般，照耀而使人感到暖意。一条黄毛黑花犬在墙根下走走停停，寻寻觅觅。篱笆、土墙上的干瓜蔓、干牵牛花藤，在山风中簌簌作响。这时我内心升涌的突出意识是：天地真好，阳光真好，自由真好，无伤无病无痛真好。

我走进知青食堂院子遭遇到的唯恐惹祸上身的目光神色，一下子挫抑了我的感慨感奋心情，使我一方面瞧不起这些人，一方面心生一种做了什么对不起他们的事的错觉。我是个知趣的人，不会在这种时候凑过去找人搭讪，以排遣孤立感。

我正要迈进屋去打饭，瘦高个邹新华抢步上前握住我的手，满面通红地大声说："我十分钦佩你的风度，我衷心支持你。"

邹新华当年是我们知青群中书生气最浓的一个，比我书生气十倍。他父亲是当时一家报纸的总编辑。我高中时读到的《大卫·科波菲尔》、《你到底要什么》、《落脚》等书，就是从他家借的。下乡后，有一次他躺在我的铺位上，跟我没完没了地聊起来，活儿也不干饭也不打，足足跟我聊了三天。每到吃饭的时间，我们都将装馒头的布袋交给同学，请人给领回来。又有一个时期他给我写长信，谈论有关人生、学习、世界观一类的话题，我也写长信回应他。我们那个时期的通信基本不走邮局，而是在宿舍里写好了，见面时交到对方手上。

除去这两项情节以外，他给人的印象是少言寡语。

见他如此冲动，果敢地过来接近我，并高声说话，我握着他的手苦笑："你不怕惹火烧身？"

他应声道："我是蔫人出豹子。"

对这个人，我不说感谢之类的话。因为如果我们俩掉了个，我也会这么做。

7

1976 年冬天，我们那个村的老知青，面临着下乡插队以来的第一次分配回城的机会。从名额看，可以走掉五分之三的人，可不会让我们全走光。

大队和生产队都表态放我回城，可这时我却被摆在眼前的问题困住了。我对自己说：我得想一想，得想一想。

当晚我手揣裤兜在村里转悠，一直想到夜深人静。明天晚上，丁菊芳就要开会宣布回城参加工作的人员名单了，我必须得做出一个决断。

这时摆在我面前的事情是：第一，我的大妹高中毕业，马上面临留城还是下乡的选择。政策规定，一户人家有一个在农村插队的，底下的子女便可以不插队。如果我这次迁回了户口，则她非得下乡插队不可。算来算去这次分配的时间，跟她毕业决定去向的时间怎么也错不开。第二个问题是，我同一生产队的知青麦青山几月前做了胸膜炎手术，正在家中养病，听他讲，医生说得过这种病的人不能再参加重体力劳动。假如我报名参加这次工作分配，则他就还得继续做一名插队知青，早早晚晚得回村干活。

这两件不为外人所知的大事，横在我的心里，让我前思后想费琢磨。

白天我收到了我的高中老师项先生的亲笔信。他用钢笔在稿纸上写满了五页的字迹，一二三四五六七八九十地逐条摆讲我应该回城的理由。

项老师给余奔滔写信的事在知青中传开了，一律的都是羡慕的语气。他们当中没人敢奢望这位高傲有个性的高级教师，会给他们写信。

夜深深，雾茫茫，大夜弥天，余在平谷。

我一跺脚做出决定：我不走了，把机会给他们。

第二天鸡叫二遍，我就穿衣起床，跟另外两位同队知青商量：要不要打电报通知城里的老麦赶来参加分配，这两个人一个不吱声，一个表示反对。反对的人本来就轮不上入围，但如果我和老麦不走，他就有戏；不吱声的人是因为老麦不来竞争，他准走无疑，他不愿意增加竞争对手。

不吱声的这位，生就一张闭不拢的蛤蟆嘴，兜下巴颏，脸色白中带粉红，急起来白赤咧红赤咧的。他走路一双八字脚，说话不说话，眼都不停眨巴，会讨好，见什么人说什么话。他拍好了生产队长，两年当中没下过几天大田，一直干打猪针儿的活——即给猪治病，兼管给母猪接生。跟我们这些下大地的知青比起来，他是白领阶层。

此人平时虽称跟麦青山是铁哥们儿，麦也如是以为，可是事到临头了，蛤蟆嘴身上却寸铁不见。

不过话说回来，分配工作，事关一生，搁谁身上，也是大事中的大事，玩儿不得高风亮节，你让别人，谁让你呀？再说了，哪有拿一生前途让着玩儿的？

这种情况下，我如果通知了老麦，便同时得罪了两个人，而假如我不去发电报，老麦也怨不到我头上。我们本不在一个班里同学，其时又没有深交，况且在我留下来的日子里，必定有一个跟我记仇的人与我同居一室，日后矛盾少不了。再并且，农业劳动的苦，我还得继续吃下去，吃到何年何月，没有人能告诉我。

可我这时的想法是，既然五队就我们四个老知青，每个人就享有同等的权利，不应该甩开其中的任何一位去获取自己的利益。我心里有一个强烈的声音在说：这不公平。

6点钟我敲开保管员的家门，借他的自行车用。等我上了公路，才知道眼下正在修路。原先的石渣道上铺了一层石头块，无法在上面骑车。一天压一天的冬季农活，压得我们没机会出门去县城，连县里铺马路这么大的事我都不知道。我上去骑了骑，颠屁股不说，简直寸步难行。还得是我推车踏石前进，双脚连崴带硌，疼得我几次想打退堂鼓。

我坚持走到县城的时候，表针正指在 11 点。

那是我平生写过的第一份电报稿。为了省钱，将字句精简到最简。

老麦当天晚上接到我的电报，第二天天黑之前赶到了村里。我说："你别吃饭了，赶紧去丁菊芳家。"他抹一把脑门上的热汗，颠颠小跑而去。

结果是，老麦、蛤蟆嘴回城榜上有名，我和另一位满脸疙瘩溜秋的蒙强国继续务农。

那位留下走不成的蒙强国恨我恨得牙痒痒。我曾经开诚布公地跟他谈过一次话，亮明自己的观点。但他恨我恨至铁定生根，是死扣儿，无法解开。

这件事为我赢得了口碑，可我遥望前路一片茫茫。

一年以后，我开始琢磨自己怎么才能返回城里？

接下来演绎的是一段鲜血凝成的友谊，帮我实现了愿望，这是后话。

8

啊，山区的夜广场的夜，斗转星移，一走走了六度冬夏，什么时候是个头呢？不要企盼到头吧，走到头的日子，生命也就完结了。即便是永夜，知道自己还在走着，便知道这条命一息尚存。跟永劫相比，活着就是件天大的幸事。

这金水桥的石头又光又凉，凉过了山村的冻土。立身桥拱之上，人民英雄纪念碑与我默然相望。

对面肃立入霄的石碑建筑，是我少年时与同学捉过迷藏的地方。哨兵过来申斥我们两句，见我们玩得开心，不理不睬，便摇头走向一边。连浮雕下面的石墙我都上去过，背贴浮雕慢慢移步。

少年时代的镀银的月光漫上我的心，"丢啊丢啊丢手绢"的童声歌唱从时光深处响起。

"中国，我的钥匙丢了。"

中国，我的手绢没丢。

我举步朝纪念碑走去，想去看看自己留在那里的影子，那回力球鞋的脚印。

其实闭目想象一下就行了，我熟悉这儿的一切，赛过熟悉自家的庭院。不过还是亲身感受一番吧，自打 1976 年参加庆祝活动夜游广场，我已经有几年时间没好好看看这里了。

1980 年的天安门马路没有栅栏，我走过去就像走过冬天的麦地。

纪念碑的建筑风格，提示我走近它时脚步不要太重。我以漫步的形式走上石阶，返身遥望自己方才坐过的地方。那里有我自己。这里有我自己。只需要腾点时间夜里出来走走，这世界就是你的，没人与你争夺。苏轼说得对：“唯江上之清风，与山间之明月，耳得之而为声，目遇之而成色，取之无尽，用之不竭……”

我鼓动肺叶自由呼吸，一扫白日的郁闷。不受奴役的时刻真好啊，我心里这样感叹。突然我的脚被绊了一下，在我绕碑而行走至转角的时候。我身体前倾几乎手着地。“谁呀这是？”我条件反射地嚷道。

沉湎于临时获得的自由感怀当中，我半扬着头在碑廊间有一步没一步地走，没看见碑下有人坐地拥翠，一脚踏在一条人腿上，险些没摔一跤。耳听得地上绊我的人也在怒吼：“你他妈瞎了，往人身上踩。”骂了几句以后他慢慢站起来，拍着屁股上的土拿手指我：“是你，开始我还以为是雷子来骚扰呢？闹了半天是大水冲了龙王庙。哎我说你大半夜的怎么夜游到这地方来了？是哪阵风儿把你吹来的？”

我指指地上的人问：“谁呀这是？”

“她是韩蓠呀，小蓠你怎么会认不出？还不起来呀，韩蓠，今儿算撞上鬼了，咱俩的秘密全让这家伙给看去了。”

叫韩蓠的女孩伸长手臂给叫齐颂国的男青年：“拉我一把，我都僵了。”

灯光下，女孩儿的团扇形的小白脸慵懒而娇媚。我在她家初次认识她的时候，她还是初中生。从那时以来，我还是头一次见她面呈如此风情的神态。

“可把我吓死了，现在我心口还扑通扑通跳呢。”立直身子后，她转转眼珠儿抿嘴笑：“见着我爸你可别提今夜撞见我们的事。”

我说：“行，我嘴还没那么欠。”

方才我绊上齐颂国的脚的时候，二人正搂抱着沉浸在隔衣亲昵的美妙体验中，全然把外部世界抛到了脑后，却被我这没长眼的孟浪者搅扰了好事。

齐颂国故作放松，两掌一拍道：“得，我认栽了，被你看了电影了。”

我说：“要命，吊膀子选哪儿不行？中山公园、文化宫，哪儿不比这儿隐蔽？非挑这个庄严的地方。”

小蓠偏偏头窃笑：“这都是他点的地儿。每次约会都让我在这儿等他。”韩蓠说话带些子鼻音，已不是中学生的细嗓儿，转眼之间竟成熟得这么快，想想有点匪夷所思，让人想象不出这会是那个老韩的女儿。

“你们继续，继续，我得走了。”我说着转身下石阶。

“我们也走。走吧。”齐颂国一只手臂揽韩蓠，一只手掏自行车钥匙。他们的自行车就支在碑座下面。

一起走至南池子街口，我说：“骑上吧，我不想给你们当灯泡了。”

第六章　要命的信

1

星期二中午，谢径和我如约来到陈奇娅的中学。在校门外寻寻看看不见她们的影子，谢径说："她俩可能吃饭晚，我们进去找。"刚越过传达室不远，便见赵海湄笑眯眯地站立在我们面前。"谢径。"她伸手拍打谢径的肩膀，然后把手伸给我，我伸手跟她一握，松开，问："陈奇娅呢？"

"那不来了吗？"赵海湄手指教学楼。我们三双眼一齐朝那边望去。今天陈奇娅的那件降落伞布袄罩，被一件浅驼色的棉布外罩替代。她右手臂上扬了一下，加快脚步。她右手上拈着个牛皮纸信封。走至我们跟前，她眼睛直视着我，将手里的信封朝我递来。我不知所以然接信在手，道："让我帮你寄信？"

"给你的。"她低声说。见我要就地拆信，她窘急急抢前一步，扯住我的衣袖低声急语："现在不许拆，回去以后你才能看。"说完这话，她脸色煞白，一双灵敏的眼睛，一变而为哀哀怜怜的神色。她的一只手在胸前幅度不大地急切摆动，意思是说别让她难堪。

"你非要现在看，就把它还给我。"她用另一种方式阻止我拆信。我心怀疑惑和探究之心，顺从着她将信装入衣袋。

"什么呀，这么神秘兮兮的。"谢径和善地笑，"当学生的就好搞点小把戏、小秘密。"

谢径的脸色在日照下显得苍白少血色，我猜想这大概是他长时间住阴面宿舍、吃单位食堂所致。他自己省吃俭用，将攒下的工资一次次寄给远在哈尔滨的梁珊瑚，有时还寄营养品给她。我眼见着他比我们刚认识时消瘦了，如今一笑眼角都有小皱纹。

今天陈奇娅的脸上少见笑容，跟上礼拜晚上的神态迥异，眼睛看上去有疲劳之色，一副有心事的样子。我接过她的信，揣进棉衣口袋。她这才仿佛松了口气，开始回应我们的问话或主动拉呱几句。

赵海湄一如既往地朴素温婉，声音还是那么细润，不紧不慢。我望着她问："还好吗你们？没什么事吧？"

"哎。"陈奇娅打手势禁止赵海湄回答我。

我们四人走出校门往左拐，走过一间小卖部，沿着小街一路往东散起步来。身后不时有行人摁车铃，我跟谢径走在外侧，让两位女生走里侧，以免她们被自行车碰伤。

赵海湄说："你们要是早到十分钟，就跟陈奇娅爸爸撞车了，他准得审问奇娅，这两个人是谁？你跟他们怎么认识的？那可就麻烦了。她爸今天穿军装来的，上尉肩章，站传达室跟前，很威武的。"

"你爸常来学校看你吗？"谢径打问。

陈奇娅说："也不是，他今天事先没说好就来了，来给我送鱼子酱，是在他们部队内部商店买的，说要给我加点营养。别提了，我们学校食堂老是熬白菜，太难吃了，把人都吃伤了。海湄好歹就中午吃一顿，我一天三顿都跑不了。实在吃不下时，干脆饿一顿。"

我说："我只是从苏联小说里看到过写鱼子酱罐头。"

谢径把个折叠的信纸交给赵海湄："这是小珊给你的信。"

赵海湄是梁珊瑚的初中同班同学，小学时同级不同班，关系甚洽。海湄对他二人的掌故知之甚早，她跟谢径谈话十分随意，无所顾忌。

这条小街离她们学校不远，起初我还担心遇上她们的老师、同学，会给她们造成不利影响。赵海湄正色道："才不怕，谁没个三亲两好？谁干涉他们的事儿了？"

今天中午气氛稍显沉闷，沉闷的原因是陈奇娅，她话不多，老走神儿。她时不时偏头张望我一眼，又赶紧将目光收回去。她大多数时间在低着头走路，目光时而落在她自己的鞋尖上。我跟谢径说："你瞧她是怎么了，让人丈二和尚摸不着头脑。"

谢径不以为意地笑笑："梁珊瑚这样的时候多了。小孩儿的脸，夏季的天，一天十八变，不用理她，到时候她自己就好了，转过头来有说有笑，就跟什么都没发生似的。你要是去哄她吧，有时还适得其反，所以这种时候，最好的办法是随她去。"

虽然听谢径这么说了，在来回来去将这小街走过了两遍之后，我还是被陈奇娅瞟一眼瞟一眼地看得心里发毛。终于我忍不住问她："我的脸怎么了？什么地方让你看着不顺眼？还是长了什么东西？"

她闻听扑哧笑了："我是看你是不是在生气，是不是以后不再理我了？"

我说："你没招我没惹我，我生你哪门子气？"

"你能保证永远不生我的气，永远谅解我吗？"她扑闪着大眼睛，神情十分庄重。

我皱眉搓脸搞不懂她的真正意思，无从下判断。

这孩子的诗作晶莹剔透，有些地方却不乏让人猜不透的诡谲，让我颇费猜测；诗中有些地方被她鲜明化了，有些地方却被她处理得捉摸不定，有点像她今天中午的表现。

一起散步时尽管陈奇娅表现得沉默，但自始至终她走在紧挨着我一侧。谢径、赵海湄一路上谈些他们共同知道的人和事，也没有引得她加入谈话。

有谁数过自己平生走过多少条街巷吗？有谁将平生走过的街街巷巷全都牢记在心吗？多少年后，只要我的意识里飘过陈奇娅的影子，哪怕只是一瞬间，她们学校附近的我们散步的这条小街，便历历重现我的眼前：灰色的多裂纹的沥青路面，路面与房屋后墙之间的狭窄的裸土；夹路的平房院落之间，有低层楼房插入，灰门，紫门，油漆尽剥的旧门，院门里散出的老平房特有的气味；暗藏于深处的某部委办公楼；来来往往的自行车，交错而过的黑色轿车。照耀的阳光，房檐的阴影。沿着这条路往东走到头，便是商业闹市。通常我们不上大街，而是转弯北行，走进一条笔直的长巷。

2

这次散步是开头。

我二十四岁以前有过两个漫步时期。一个是在我下乡插队的第二年的冬天，一个就是1980年冬至来年初春，跟谢径、陈奇娅、赵海湄的定期相约漫步。在乡下的那个冬天，有时是偕了同学一起出屋漫游，更多的时候，则是我一个人单独在夜空下行行重重，走来走去，独往独来，自思自忖。而结识了两位高中女生的这个时期的散步，则是在约定的时间、地点，四个人聚齐了一起走街串巷，是一种小集体的行动。小集体中的每一个人，都乐此不疲地参与到这种约会形式中。究其原因，是大家都有共同的心理需要，都从中享受了相处的快乐，交流的快乐，相互欣赏的快乐，心灵得到充实的快乐。

能用眼睛看到她们，用耳朵听到她们，用嗅觉闻到她们，用臂肘偶尔感觉到她们，本身就是审美享受，更何况还能感触到她们心灵的美丽与灵动，妩媚与闪亮。没有一位正常健全的男性，会拒绝如此妙龄蕙质的女孩儿在他面前水静花流，睛光潋滟。我将跟她们在一起的机会，视为自己有生之年的福气，也看做是对自己的黯淡的青年期生活的慰藉及些许解脱。"能跟她们在一起走走，等于在窒闷合围的四面墙上，挖了一个透气孔。"我向谢径表达过这样的感慨。"她们的活泼生动，每每令我有沐浴新鲜空气的感觉，我在她们纯净气息的吹拂下，暂时忘却了成人世界的混浊。"

在梁珊瑚被她父母强行转学到哈尔滨的日子里，谢径陷入强烈的思念与巨大的孤独感中。在与我的交好友善中，他获得了一定的填充，但远远的不够，而能够每星期跑来与跟他的恋人同龄的女孩儿抒发抒发心情，念叨念叨他想念的人，这使他获得满足和补偿，使他度日如年的心，多少抓到一点点实的东西，仿佛漂流水中的人，手里抓到了一根柴棒。

从表面上看，两位女生置身周而复始单调紧张的课业中，使她们需要某种外来因素，以调剂缓释心理压力，而深层的原因则是青春期的她们正睁开渴望感情的眼睛，向自己躯壳以外张望，并且已不止是张望，而是已经流窜着电闪和春雷。

前不久我刚读过《萧斯塔科维奇回忆录》、《致友人的二十一封信》和《斯大林死亡之谜》。我在聊天中提及了这三本书中的情节。其中一本书里，提到卫国战争期间斯大林在楼顶晒太阳的细节，我将书中的话“晒他那把老骨头”，往自己身上套。其时正午阳光充足，虽是冬季，但在日照下走长了，仍会感受到暖意，感受到日光对于衣装、肌肤的透射。一直要走到两点钟以后，这种煦乎乎的感觉才会减退。

“上班以来到现在，我闷得都快长毛儿了，好好晒晒我这把老骨头。”

“说什么呢余奔滔，你才多大呀就充大辈儿？”赵海湄笑眼弯弯地谴责我。陈奇娅的眼波在我的脸上晃两晃，抿嘴低头暗笑。

我心头忽悠一沉，又想起了自己回城以来的景况，坦白道：“老不老要看心，我自感身上暮气深重，你们怎么会知道呢？”

“又来了不是奔滔，你二十四我二十六，你还让不让我活呀。”谢径一向不爱听我说消沉的话。

谢径比我顺很多，所以即便是好友，人生感受亦不尽相同。他毕竟已经进入一个有保障的时期，在情感上，他获得了恋人的终身相许；工作上，他干着相对体面的差使，走到哪里也是个小干部的身份。在谈诗论文的时候，我俩都是脑力劳动者，但在工作场所的八小时工作制之内，我们却有白领、蓝领之别，付出很不相同。若我原本就是智力平平，胸无点墨，没有爱好与志向的人，那么，能有个固定工作，能按月领取工资，我也就认头了，可是我偏偏不是那种人，因此苦恼与不平便在所难免。

即使是生性不敏感的人，对诸般种种的社会等级差别，他也不会视而不见。因为谢径和我之间，友情太浓郁了，浓郁到足以使我们忽略彼此间的差异。又因为我们都是深爱自由平等的人，任何等级制都为我们所抨击与蔑视，所以我们才能结下昔日的心腹之交。

我和她们的这第一次散步，是我们共同散步的开始。这一天我心情不错，心无妄想，初次领受着这个新结成的小团体所带给我的清新与明媚。我相信能与她们保持住良好的关系，能一直持续地跟她们漫步下去，直到她们各奔东西。我对自己能跟她们将来怎样不抱奢望，只是觉得与她们的友谊会以渐进的方式展开。

其时在我眼里她们是小姑娘，走入社会的日子距她们相当遥远，遑论其他。

在这天的这个中午，我没有把她们当中的任何一位，跟我长远的个人生活加以联系。我要求自己对这两位友善的女学生，公平对待，一碗水端平。

越是临近上课的时间，她们越是依依不舍，倒是我和谢径提醒催促她们不要迟到。她们看看手表宽慰我们：“不要紧，还有一刻钟。”一刻钟像滑行在润滑油上，很快过完，她们又说：“我们就在原地吧，我们能赶在响铃前跑到。”终于，她们之中的一个一扒谢径的手腕看表，惊叫一声，拉起另一个飞跑起来。

从她们学校的方向，隐约有铃声传来。

3

我与谢径边走边谈，目的地是去我家。

走在西长安街上的电报大楼跟前时，他扯住我的袄袖神秘眨眼，道：“成心慎着是不是？”

我说：“哪儿焊哪儿，怎么了我？”我有点半装傻。

他手指我衣兜：“掏出来，揣什么明白装糊涂？我一直等着你主动自觉呢，出来这么远了，还跟我这儿东拉西扯呢。”

我说：“人来人往的，街上哪能看信，到家坐稳了看多好，我可不是成心背你。”

“怎么证明呀，拿出来吧。”

我探手进衣袋掏出陈奇娅给我的那封没贴邮票的信。牛皮纸信封上写着：“余奔滔亲启”五个字。我说：“你看‘亲启’，她要知道我把它给人看了，非跟我急了不可。你说呢？”

谢径挤挤眼道：“我不能算是外人吧，赶紧撕开吧，要不黄花菜都凉了。哎，你自己拆封，不还是你亲启的吗？我不掠人之美，就给你当个参谋而已。”

我将信递到他手上：“你先看吧，你看完了我再看。能有什么呀。”

谢径嬉笑着，展信阅读。我从他表情的变化上，力图猜出信的内容。很快地他不笑了，凝眸细审起来。眼见着他看完末尾了，返回头他又将信从头至尾看一遍，中途又将其中的个别段落再次详读。末了，他将手指背在信纸上弹了一下，抬头说道：“果不出我之所料。看吧，你看吧，我看你做何反应？”

这是陈奇娅写给我的第一封信，信文如下：

奔滔：你好！

提笔给你写这封信，我心中忐忑不安。我问自己：陈奇娅你是不是发高烧了？你从小到现在，可从未这样过啊。终于我下定了决心，即便明天就是世界末日，我也要让你知道我现在的心头所想。

哦，奔滔，我直接叫你的名字，你不生我的气吧？认识你我多么高兴，那天你那么爽快地同意我带走你的诗稿，我就知道你对我充满信任。我视你的信任为殊荣。读你的诗我想了很多。我是第一次如此贴近地去触摸一个异性的心灵，我眼前展开的是一个陌生而又开阔的世界，令我目不暇接。我担心自己学识浅陋，而难以抵达你的领地。

奔滔，我提起笔来最想跟你说的，是我看到了她，那天在谢径的宿舍里。我站在她的照片前思绪如潮。以前我一直以为她只是一个传说，而不会是真的，那天我仔仔细细地端详她，最终相信了她的存在的真实性。我战栗了，我差一点失态得哭出来。我设想，假如这种事出现在我的身上，我会有她的胆量吗？我不敢再继续想下去……

你知道吗奔滔，我就是在那次第一次听到你的名字的。你可知道，从我第一次听到你的名字的时刻起，我就听到了你的脚步声，就觉得那脚步声正在朝我走来。哦，真有所谓冥冥中的力量吗？

对不起，我不清楚我为什么要告诉你这些，可是如果我不对你说出，我又去对谁说呢？你能理解我吗？你不会因为看了我的这些傻话，而轻视我吧？

那天在你家你看我的诗的时候说："多清纯呀，诗如其人。"我当时深感惭愧，想找个地缝钻进去。我向你坦白，我并没有你想象的那么纯洁，有时我会为自己的念头而脸红，甚至觉得自己是有罪的。

刚进入这所学校的时候，我心里曾经掀起过一次躁动。那是因一个在操场沙坑跳远的男生而起的。他的动作迅猛矫健，引起了我的注意。在以后的一些天里，我暗中盼望再见到他的身影，不见他的踪迹。后来听说他腿骨骨折，伤好以后就转学了，不知转到了哪里。我想起自己那一次的心态，不免感到羞惭。那究竟是怎么回事啊？我为什么会产生那种念头？那么的身不由己？以前的我不是这样的。我身上究竟发生了什么变化？一种负罪感沉甸甸地压在我的心上。而罪真的是人人与生俱有的吗？

写到这里我害怕了，我的手哆嗦了。假如因为我的这封信，使你讨厌我，对我心生鄙视，那我就完了。你不会再理睬我了。我不敢继续想下去……

我现在向你求援，我遇到了麻烦。近日我们年级四班的男生孙永波给我写了一封求爱信，我回信拒绝了他，告诉他我们只是同学关系，没有那方面的意思。他在第二封信中向我发出了最后通牒，说假如我不答应他，他就会割腕自杀，除非我告诉他我已经有男朋友了，并且要明确说出我的男朋友的名字。面对这样的纠缠，我一筹莫展。假如孙永波因我而死去，我岂不是成了杀人凶手？我的心将永不得安宁。他这个人十分任性而霸道，说得出做得出，我真不知道该怎么办，你能给我指点迷津吗？

我感谢上苍对我的眷顾，让我认识了你。奔滔，你能帮助一个可怜人吗？我像落水人抓住一根救命稻草。我暗中祈祷，你不会丢开我不管吧？

盼你的回音，越快越好！！！

奇 娅

1980 年某月某日

4

一封绝对要命的信。

一石激起千层排浪。

因为石头来得突然，诡异，出乎意外，浪涛并没有立即抛起，只是听凭石头落下落下，没有立即反击，如同激战前的沉寂。

我平生第一次收到这样的信函。她的这封信中，有的地方很明确，有的地方很含混，其间贯穿的情绪则是激动不安的，甚至是撕心裂肺呼喊的，时而惶惶惑惑，时而凄凄婉婉。如同深夜时分嗵地门开了，从屋里看外面，模模糊糊一片，你难以辨认夜幕下的事物的轮廓，可是你已经被限定了时间，必须说出你之所见。

我最初的感觉是不得要领，摸不着头脑。面对这样的一封信，我既无预见，又无准备。她信中的用语缺少结论性的地方，叫我如何把捉她的中心意思呢？她到底要我说什么？要我为她做什么？我对谢径说："这种风格的信件是我平生所仅见的，是蝎子拉屎——毒（独）一份儿的，我有些丈二和尚摸不着头脑。"

接下来的情节，是我的这位仁兄的连珠炮似的解密，锦针密线似的分析、拆解、点拨。

谢径讲解这封信时的热情澎湃，四通八达，善解人意，急赤白脸，是空前绝后的，有时他竟然吐沫星子飞溅，有时他竟然跟我做出急眼跳脚的架势。如此古道热肠急人所急的青年，大概自他之后便绝种了。"我恨铁不成钢的心都有，你怎么这么榆木疙瘩不开窍呢？我要是有点铁成金的本事就好了。你呀，我还从没见过你这么笨的。"

他站在大街上用手戳点着我数落我，手指头几乎就要捅到我的鼻子尖了。街上行人，有用疑惑的眼神张望我们的，有在我们左近略作驻足的，有支着耳朵想听清点什么的，多数过往行人则以为是两人在吵架。我的尴尬之状可想而知。

"你看这开头——'奔滔'，这是昵称你知不知道？对什么关系的人才使用昵称，你懂不懂？就说咱俩吧，我第一次见你、第二次见你，这么称呼你了吗？没有吧。在头一封信里就这么叫你，你想在她心目中，你是什么位置。哎，我说你明不明白她为什么跟你提小珊呢？小珊的行为和勇气给了她震撼是不是？她为什么会震撼呢？榜样的力量，你知不知道？她的意思是说她羡慕小珊和我的爱情，她也希望得到类似的爱，懂不懂呀你？你不琢磨这些关键的地方，你挑她错别字干什么？

"你往下看你往下看，这一段是告诉你她已经情窦初开，已经不是一个不懂得异性之爱的天真无邪的小孩子了。

"最最关键的是信尾这部分。什么意思？问你了？这是叫你表态呢——你究竟对她有没有意思？有，这时你就会挺身而出，告诉她你爱他，让那小子靠边站，哪儿凉快哪儿待着去。没有，你就会说些爱莫能助的话，人家就算瞎了眼，找错了人。百分之百就这个意思，何去何从？你掂量吧。"

从农村回到城市，在撞过几次墙，碰过几次壁以后，我变得小心谨慎。还不敢说真正意义上的小心谨慎，而是较之于以前的我而言。从小到大我一向充满自信，并一直靠着这种自信心走下来、活下来。但在这一时期，也就是我进入到社会分工体系的最下层的时期，我在有些时候变得不那么自信了，甚至滋生了某种程度的自卑意识。我清楚这种自卑意识是这个社会这个环境强加给我的，非我所固有，我强烈地嫌烦并且反抗它。然而人们的社会存在决定人们的意识的原理，在我身上不可能一点作用不起。我不得不将我天性中的豪迈之气自傲之气加以收敛，以免其给我招致更多的打击。在涉及男女私情的事情上，因为有白玉对我造成的伤害，使我开始小心从事，如履薄冰，如临深渊，害怕再次看错了人，再次误入泥沼。

我对谢径说：“你的分析虽然能够自圆其说，但我真的不敢苟同。这不是开玩笑的事，一脚迈错了，就不可收拾了，你还是饶了我吧。”

“照你这么说，人家陈奇娅是母老虎，能把你吃了是不是？这丫头楚楚动人，一片赤诚，这封信连我看了都为之动容，何况你是收信人了。哎，你推推这个理，陈奇娅认识我可比认识你早吧？秋天她跟赵海湄几个同学游香山，到我那儿去玩儿，她就是在我宿舍桌子上看到小珊的照片的。按理说她遇到了麻烦事，应该先跟我说呀，可是人家信是写给你的，这还不足以说明问题吗？结论只有一个：这是她写给你的情书。”

说到“情书”二字的时候，谢径的右手手背在左手手心里一击，发出一声脆响，路上行人直歪头看他，心里大概想：这人怎么有点半疯？

我将信将疑，狐疑不决地折叠起信纸，伫立街头，愣了好一刻，才跟这位朋友兼狗头军师再次上路。

一路之上，我一次一次地将手伸到衣袋里去摸陈奇娅的信，仿佛要摸到肯定句或否定句的钢铸的字。谢径断言陈奇娅写给我的这封信，是一封情书，到底对是不对呢？我疑虑重重，莫衷一是。

步行在我身边的谢径，变成一个不折不扣的话痨，他喋喋不休，任劳任怨，一心想撮合成这段恋情。他生怕我坐失良人，坐失良缘，坐失良机，遗恨终生。从中足以看出他对我关心、关切之深，连手足兄弟都做不到这样。他说凭他跟梁珊瑚长达五年的恋爱经验，完全熟知这个年龄段的女孩子的心理，熟知到她们撅撅尾巴就知道她们要拉什么屎的程度。解读这样的一封信，在他不过是小菜一碟，不费吹灰之力。

我没有放弃自己的现实主义思路，我自言自语：这一茬孩子前程似锦，我这人眼下狗屁都不是，人家凭什么向我求爱？图我什么？不能不能，你看走眼了，是盲人骑瞎马。可是……是蹊跷，她明明是第一次给我写信，但口气上却好像之前已经跟我通过好几次信了似的，好像很早就认识我。是呀，她有事应该先找你商量，然后才该轮到我，可……邪门。

谢径道：“你想想看，她是那么的害怕你会不再理她，她怎么就不在乎我理不理她呢？按说跟我认识比跟你早好些，她应该首先在乎我对不对？可她却这么异乎寻常地在乎你，你倒说说这是什么问题？这还不是小秃头上的虱子——明摆着。”

我问谢径：“她跟我这是第几次见面？”

谢径反问：“这有什么关系吗？”

我说：“怎么没关系，三次见面就谈求爱有这种可能吗？换上你，你会吗？”

“我会。”他回答得极其肯定。然后又举出例子来：“你记不记得英国电影周放的一部电影，片名我记不清了，但情节我却讲得出。电影讲述二战中一位男士兵遇到一位女护士，双双坠入爱河，三天便正式结婚。那男的一上战场就死了，那女的始终怀念她的爱人。三天，短不短？人那爱情深不深？你能用认识了几天来衡量爱情吗？爱情这东西，本来就是心有灵犀一点通的，跟时间长短并不成正比。你呀，嫩着呢，佛罗密，跟我学着吧您呐。”

他简直是自鸣得意，自我飞扬，一副情场上的常胜将军的神态和腔调。

我垂头慢语：“一个人储存的感情是有数的，用完了可就没有了。都说嫁出去的姑娘泼出去的水，给出去的感情可也是泼出去的水呀，都道是覆水难收，我自己的感情要是都挥霍光了，等到真正结婚过日子了可怎么办？直到现在我的心尖上还挂着伤呢？你叫我如何振作精神，投入一场新情事呢？做不来，我想我是做不来了。一旦进了场，我拿不出激情，不是误人家孩子吗？”

谢径一拍大腿：“这话还算靠点谱了，你也认为这封信是情书了？”

那是我走路不看路的一次步行。说话间走到了红墙金瓦的天安门跟前。我想我必须得对自己来一次清理了，否则我无法轻装上阵。正如蒙田所说：“谁若没有足够的勇气承受爱情的冲击，谁若不能用事实驳倒阿格西劳斯那句‘理智与爱情不能并行不悖’的名言，那么他就别去体验爱情这种急风暴雨似的东西。”我叫谢径陪我一起进中山公园，我有事讲给他听。

暂且在青梅下小憩片刻吧
一弯朦胧月微露出天幕

我要找到那张长椅。

第七章　月上角楼

1

我插队务农的时间加起来三年半整。返城后我先在北京图书馆干了一年临时工，因为贪爱看书，被赶了出来，随后我花了一年多的时间泡在北图畅游书海，然后才找到图书进出口公司这份正式工作。与我同一批被招进公司的有二十几个人，白玉就在其中。

我们这批人被招收进公司后，没有马上分配具体工作，而是先集中起来上了三个多月的培训班。培训班开在紧邻闹市的一座即将拆掉的小楼上。这小楼只有两层，二层上的一间大屋子，临时充做教室。我在这间屋子里认识了白玉。

培训班里的这些男女，有初出校门的高中毕业生，有从东北建设兵团和山西农村插队返城的知青，其中一个年龄最大年过三十名叫庄德兴的，自述先在东北农村插队，后被招入当地工厂，升到了车间主任的职务，又随着知青返城潮回到北京市内的。由此可知这批人的年龄、经历跨度很大。

在培训班开办到第三个月上，这个临时集体里发起了配对的热潮，公开了的对子就不下四对。白玉找我吊膀子，是培训班马上就要解散的时候的事。那天天将擦黑时分，我在院子里散心，正想等着看人走得差不多了，我也走人回家。正在这时白玉下楼梯朝我走来，热情地跟我打招呼，问我走不走？我说走。她说那就一块儿走吧。出了大院的门，她说如果你没别的事，就陪我走一段。我从胡同的东口上街也行，从西口上街也行，于是便跟她往西西行。

这之前我跟白玉只能算是面熟，没正经说过话，走对面了点个头而已，这次她对我异乎往日地加温之举，令我感到很突然。我事先根本没想在图书公司里找女朋友，所以在培训班期间，我没怎么留心注意教室里的女生，没有仔细地观察过她们的容貌、身段，更别说去揣摸她们的脾气性格了。在这次跟白玉一起并肩走路之前，我对她的背面的印象多于她的正面。她的背面给我的突出印象，是她臀部的轮廓和软硬度。

那是一天中午，我和庄德兴几个人聊天，忽然听到身后一片女人的笑闹声，我回头看见一伙女生围着长条桌在做什么游戏。靠近我们这一边，几位女生正跪在椅子上，俯身在干什么或是在看什么。她们一律穿蓝布裤子，屁股翘得高高的。其中白玉的裤子颜色偏浅偏新一点，属她笑嚷得厉害，屁股颠颠抖动，因而我对她多瞭几眼。我当时就隐约觉得她的臀部不似她两边的女生的屁股那么瓷实，虽说看上去个头大小差不多，但她的屁股显得比别人的软和，颤动的幅度比别人大，我当时注意到的和意识到的，仅止于此，没往更多的地方想。其实，换了比我见多识广的男人，也不会比我想到的更多，因为不知道更多的情况。

这天傍黑她是朝我迎面走来的，是满面春风面带微笑的，因而给我留下良好的印象。我暗忖，这儿还有这样一个人呐，怎么没有注意到呀。她小瓜子脸，薄嘴唇带股子矜持劲，眼睛不大却是小双眼皮，往里凹，衬托着上面的小奔儿头，远看是黑眼睛，近看却是黄眼仁。我潜意识里原本就喜欢有奔儿头的女孩类型，奔儿头底下再配对深眼窝的眼睛向人望来，又别具一番韵味。这一打照面之下，我对她心生好感。那天晚上因为天很快黑下来，所以我只看清她皮肤粉白，却没看见她鼻子两侧生有细小的雀斑。

那天晚上我兴致很好，谈了许多有关诗歌小说方面的话，令我惊异的是，从我口中说出的任何话、任何观点，她都点头，表示同意，表示绝对的赞成。我那时真是太年轻太天真太一相情愿了，在没有对她做任何测试的情况下，便将这个刚认识的女郎认做知音。我还感慨地提到了岳飞《小重山》词里的句子："欲将心事付瑶琴，知音少，弦断有谁听？"她听了，又是一番心领神会地深深点头。

跟她走到东华门了，我说就到这儿，我回去了，她说我家快到了，再走走再走走。走到南池子，她说我家就在前面，再走点儿再走点儿，于是我跟她走到了天安门。她又说我家就要到了送人送到底，你就再辛苦点吧。就这样，我跟她都走到宣武门了，她还说她家马上就要到了。我说送君千里终有一别，得说再见了。她抢过我的自行车把，说她爱推车步行，便代替我推着我那辆永久牌的二八锰钢车走起来。

我心想难得她这么热诚，也难得自己心情不错，走就再走走吧，回家晚了，解释几句就行。我暗暗惊奇这个女子跟我怎么这么一见如故，毫无生疏感。惊奇于她今晚的生气勃勃，生意盎然，体力十足。我也惊奇于往时自己走这一路，骑车都觉不近，怎么跟一个异性步行了这么长距离，而并不觉远，也没感到累呢？真是邪了门了，为什么跟个女人一起走路，就不觉得路程长，时间长，腿脚累呢？这当中有什么奥秘吗？我脑际想到了这个问题，但稍纵即逝，没时间深究。

真是超乎常识了，几站地转眼就到，掰着手指一数，十三站的路都走完了。她说她平时两三站地都走不了，今晚竟然这么能走，连她自己都觉得不可思议。她说："我今天吃错了药了。"她今晚青春焕发，质朴可人，令我对她刮目相看，恍然发现了新大陆一般。

终于，在一座带围墙的楼房前，她止住了脚步说："这是报社宿舍，我到家了。我今天高兴透了，希望明天还能这样。"

她朝我招手再见的姿态是纯挚的高贵的依依不舍的。

在回家的路上，我仿佛驾着云做着梦似的。这真是天上掉下来的奇遇，事先一点征兆都没有，就这么啪嗒一下，掉到了你的面前。出乎意料，给人以惊异感，亦给人以惊喜感。这意外事件意味着什么？不用我多问已经是明摆着的了。可是天底下哪有这么突如其来的好事，太突然，太不可思议了。她简直是一下子将她自己推到了我面前，再进一步……难道真是“踏破铁鞋无觅处，得来全不费功夫”吗？

我半信半疑，将信将疑，仿佛置身梦中，置身于云雾山中。

一切都来不及消化，一切都来不及细想。

我不知道别人二十啷当岁的时候相不相信奇迹，反正我年轻的时候，对奇迹的确心存好奇，并且将奇迹跟缘分混为一谈。一当某事以奇迹的形态呈现时，便不免以奇迹来观之，而不是去深究它。以为既然一事为奇迹之属，那么它也就不受常规的因果关系的绳匡，以寻常之理去探索之，就显得有些多余。

如今想来，年轻就是年轻。当年对世界的认识和经验怎么说都有限，所以才会产生那种简单化的思路。事实上，在这个世界上是没有不可探究不可研究的事物的，也是没有超出因果律之外的事情的，包括所谓的奇迹在内。

只有不会认识事物的头脑，没有不可认识的事物。

2

我之得到名叫白玉的女郎以终身相期许，没费吹灰之力，容易得易如反掌，如她自己所说，是她自己“送上门的”。因此，在与她交往的初始阶段缺乏曲折和悬念，曾令我心生狐疑，不免遗憾。

按照严格的标准来说，白玉是我交过的第一个女朋友。在跟她交往之前，我没有实打实的恋爱交友经验。虽心存疑虑，却无从比较，无从援引。

她没有过多地解释她为什么会在那天傍黑时分突然来找我，只是简单地说她看上了我，如果再不抓紧，时机就会错过，因此她才主动出击。时过两月后，我才得知，她的目光原来在培训班的男生身上搜寻、转悠了很久了，挑来挑去挑中了我。她为了不让我看出她是事先计划好的，才采取与我偶然走对面的方式接近我。即便是在知道了这个情况以后，我都没有去想这个女人怎么这么有心机，而只是从中看到了自己的骄人之处，自鸣得意于自己怎么怎么优秀，更没有去深想她从哪里学来的这么娴熟的接近、笼络男性的手腕？

我当时还以自己多学多识自居呢，却不承想自己正在被有经验的老练的猎手，一步一步引入猎圈。在过程之初我以为自己是自主的，说话有人听，却不意识人家是在借劲儿使劲儿，每一步都是在按照人家的计划走，还误以为是一个自然过程呐。

当然啦，我的意思并不是说，一个拥有跟异性生活的早期经验的女性，不可以成为恋爱的对象，而是说处于被蒙在鼓里的地位上，是相当愚蠢可笑的。我也不是说，把你一步步诱入恋爱圈的计谋有多么卑鄙，不是这个意思。在男女之爱这件事上，是没有真正的卑鄙可言的。而是说，在你以为是一场恋爱的自然过程的时候，它却并不是那回事，一旦真相大白，当事人换了谁都会不舒服。当然啦，我从不认为早年失身的女人，日后没有寻求其他异性的权利。恰恰相反，我是主张她们有这个权利的，只是不喜欢她们用谎言掩盖真相，冒充初恋。

当然啦，白玉在与我如此这般开始的时候，并非没有热情和激情，而是她的热情、激情背后，隐藏着我所不知的复杂的背景和心思，而我却以绝对的纯情与清澈应和之。这当中存在着绝对的不等量不对等关系，而这却是我事先一点也不知道，一点也没想到的。我之所以受到打击，遭到重创，也正缘于此。

如此说来，当着我们正式结识的第二天一大早，我便在街上遇见她，见她朝我会心一笑，嘴上说："早上好"，又用手托托新剪过的齐肩发给我看的时候，我没有理由不心情愉悦，喜上眉梢。

当天白天我们没有直接接触，我只是接到了她丢过来的几个眼神。有几次，在我的目光投向她时，她甩了甩头发，意思是：看，我多尊重你的意见，你说让我剪发，我就剪了，是不是这样你更喜欢啦？

当晚散课回家的时间，她在银行门口等我，我们会合后再次重走昨晚的路线。一路上，她的热情依旧高涨，只是比昨天来得更随便了一些，也不将头埋得深深，时露羞怯之态了。走出几站地之后，她将手臂伸进了我的肘弯。

尽管常识和以往读过的小说都告诉我，她这一举动是过早了一点，但我在直接感觉上还是甚觉受用的，并将之视为一个女子的热烈情怀的表露。我甚至想，她是多么的率真，多么的大胆啊。这是一位不矫饰自己的胸无城府的女孩子。我在心里还将她跟我读过的小说中的女主人公，做了这样那样的比较。

多年以来我已经养成了一种思维习惯，就是有意无意地将在生活中遇到的人，跟小说里的人物做联系和比较。我想大凡有一定的文学阅读经验的人，也都会染上这种习惯。如果要让我指出这种思维习惯的负面作用，那就是有时会造成自我误导，在事实与观察之间，造成某种遮蔽。

当时我就犯着这样的毛病。兹芳那列夫的长篇小说《旅顺口》中的勇敢、泼辣、多情的柳芭，不就是主动表白爱情，并躲开父母的耳目，偷偷跑进了恋人的房间的吗？这个热情、勇敢的俄国女孩儿，不曾经令我为之动容，感其可爱与可敬吗？

我这么想的直接结果便是，我并不了解其来历的这个女人的习惯动作，被我赋予了诗意。这个紧紧挽住我并行的女人的头上，被我罩上了浪漫主义的光环。其结果是，她的身上美感倍增。

这一路之上，我还联想起"文革"前出版的长篇小说《火种》里的一个细节：上海第三次工人起义前夕，地下党员戴俞和同为地下党员的未婚妻一起走在夜晚的街上，做未婚妻的挽着戴俞的胳膊，憧憬胜利的明天，和胜利后的家庭生活。戴俞则用臂肘触碰女方的有弹性的乳房，并啧啧称赏。起义失败后，戴俞成了叛徒，他的未婚妻为此深感耻辱。初次读到这样的描写时，我还是小学四年级的小学生。"文革”前的国产小说中，涉性之笔极为少见，因此看到这种地方，我不免脸颊发热，心生悬想。如今一个有血有肉、生鲜活脱的异性，就这样挽着自己，偎着自己，并行在夜幕下，虽属隐秘，却又明目张胆，肉感分明，体温可感，让我大有一了幼时心愿之慨，身心所领受到惬意程度，难以言说。

像这样的以她家为目的地的徒步之旅，前后持续了三天。到第四天头上，她已失去坚持这种行动的意志，提出变换约会方式的建议，于是我便在她的引导下，开始跟她出入附近的公园。除去休息天外，我们主要的活动时间是在晚上。

3

跟白玉的交往过程，给我以跳跃式发展的感觉，而我的感觉和要求，每每滞后。

在我看来，恋爱是一个循序渐进的过程。彼此间的试探、窥察、了解，应该经历一个较长时间，一个阶段一个阶段，进行接吻、拥抱还是且靠后的阶段。再往后则更为遥远。但是交往总共没超出一个星期，她便让我尝到了她的嘴唇，摸到了她的身体，腰带以上的，隔着衣服的。并且，每每看起来是偶然不经意的身体触碰，实则是她有意识地投怀送抱。就好像是你到银行去取钱,你拿过单子来还没等你填，窗口里的人就将数好的票子递到了你的手上，这令你诧异、狐疑，但忍不住还是接钱在手。

1979 年冬季的紫禁城护城河沿岸，多么萧索寂静，幽明迷人。月亮升上角楼，星光漏下雉堞。柳条如固体的细雨，老在下着，老也落不到地面。那时节，我和她经常于下班以后，漫行在柳下岸边。城头上有蝙蝠穿梭往还，河冰下有游鱼撞击冰层，冰层上时而传来冰裂的声音。无叶的垂柳枝条时而触到头发，光秃秃的刺玫丛偶尔会挂住衣服。脚下是裸露的土地，粗大的树干掩映着夜幕下的景色。

进入这个阶段后，我发现我无法发挥我的所长：谈论文学艺术了。我曾经试图讲一讲我对新读过的哲学思想史的心得，却被她的一无所知的眼神和毫无兴趣的反应，挡了回去。退一步，我给她讲新看过的小说，她干眨眨眼睛，心不在焉，甩出句：“故事都是编的，没人当真。”我十分谅解地为她开脱，心说女人只要做好女人就行了，不必懂得那么多，正所谓女子无才便是德。她对你不是很热情很用情吗？这就可以了。女人不必个个都是知识型的，多情善解人意型的，也是很不错的，也有她们的独立存在的价值。

可是叫我不得不对比着想的是，这人怎么变得这么快呀？前一个星期，她不是还那么爱听我谈诗说文呢吗？并且还表示她听我说这些一点没够。抽象的东西听不进去，怎么连感性事物都不能再引起她的兴趣了呢？那么，长途徒步的那三个夜晚，她说她爱听我讲这些的表示，到底是真是假呢？这时的我虽说已心生一缕疑问，但我还是一次次地为她寻找着解释和遁词。

我之所以在略感不适和某种不对劲的时候，还对她这样不存异心，并不是平白无故的。那么这个“故”究竟在哪里呢？

从容貌举止上说，白玉在女人堆里不算是十分出众的，但也不是拿不出手的。她有知识分子家庭女孩儿的一般的外在的东西，更确切地说，她有一种文化单位大院儿子女的外在特征。走路、举手投足、穿着什么的，都带那么股特定圈子的风气，甚至看上去还显着带几分高贵。说白了，就是她的自我感觉中带几分优越感。她有机敏、反应迅速的一面，也有显得耿直明理的一面，这都使她看上去讨人喜欢。

这些侧面，不了解她的人，在与她初步接触的阶段，是能很快发现到的。她走路的步态，是鲜活的富有韵律感的，有时还带股子果决劲儿。那次我在东华门大街一带马路牙子上等她，目睹她从马路对过快步走来。她一手插进裤袋，一手掂着手套，气色粉扑扑，脸颊红融融，小奔儿头下的一双凹凹眼，亮亮地察看着过往的车辆，然后果断自信地朝我走来，令我蓦然联想到了“春天的脚步”、“报春姑娘”一类的意象。她抬头望见我时，面露惊喜之色莞尔一笑，面呈满意镇定的神气。这一长镜头中的她的全套举止表情，是她内心的自然流露，装是装不出来的。

单就外在风貌而论，白玉这人是没有很大的可挑剔的余地的。那年冬天她常穿一双棕绒边口的黑皮鞋，脚底板走路极富于弹性。一件天蓝色的中式棉袄罩衣穿在她身上，十分可体，再配上一条银灰色的拉毛长围脖，使她走在街上别有其风致。与这样着装风貌的女子一同轧马路，不会使人觉得掉价。

起初她带给我的失望不在她的外表上，而在她的文化知识的贫瘠上。她曾写过一封一面纸的短信给我，信上的字体生涩蹩脚，大大出乎我对她的期望，其中的病句、错别字，亦跟她的顺溜的长相不相匹配。我指出她的问题，她脸略红了红，嘴里说：“你别对我要求太高。”又说：“我姥爷毛笔字好，写个春联什么的，别人都请他。他写字的时候，我给他研磨，他教过我怎么写字，我没好好跟他学。哎，以后你还能教我呀。”

这时我又在心里为她找开脱，心说：现在的学校不重视教书法，学习好字迹差的人，有的是。可这时我为什么不问问她，你字不好，上学时功课如何呢？

常言说，字是人的脸。这话的真正适用范围，大概只在男人圈子，而女人的字，跟她的脸相比，脸是第一位的。世间既然有男人重色轻友之说，又怎见得没有重色轻智的积习呢？女人脸上的一个桃花笑，便能够打消掉男人对女人的智能上的基本要求，这种事，不见得只发生在我一个人身上。

女人由衷的嫣然一笑，是大自然的创造，而字体呀，文化呀，科学呀，不外乎都是人为事物。人为事物，如何比得过造物主的恩赐呢？

渐渐地我才真正确认了一个严酷的事实，那就是，跟我建立了恋爱关系的这个表面看来不错的女子，基本不读书，初高中阶段没怎么用功，否则她对书本上的东西，不会只是听听笑笑，而不置一词。可是从她的家庭条件来说，她不至于这样啊。这个困惑曾令我百思不得其解。

在一些时候，她看起来又是出自不错的教养背景，又是一个有着不错的潜质的人，可她为什么没有达到她应该达到的水准呢？她曾经面带诚恳地对我说："跟了你，我会慢慢提高的。"我起初相信了她的话，但不久便发现这是一句空话，她不可能兑现。老天爷，将来朝夕相处了，我跟她说什么呀？两人往那一坐，张飞拿耗子——大眼瞪小眼呀？

不过一临到这样想，我身上的积习又跑出来作怪。这时我拿了车尔尼雪夫斯基《怎么办》里面的罗普霍夫与薇拉的婚姻来比照眼前，宽慰自己。

《怎么办》里的民主主义者罗普霍夫和吉尔沙诺夫，不仅不嫌弃有过沦落风尘经历的薇拉，而且怀着自觉的人道主义热情帮助她提高她，教她读书明理认识世界，尽可能地重新塑造她。

想当初，高中二年级读这本书时，我不曾具体设想自己日后会遇上什么样的异性友，朦胧中想到的，是将来要找一位能诗善文的女郎为伴侣。她不一定水平比自己高多少，但至少要与自己旗鼓相当。如今却在并无任何精神准备的情况下遭遇白玉，并与之糊里糊涂地成为恋人，这完全不合我的初衷，却也是我任由之发展成这般光景的。这是周瑜打黄盖——一个愿打一个愿挨，我这时不得不用这样的说辞，来宽解自己。

假使白玉真跟薇拉似的，那我可是烧了高香了。薇拉没有辜负全心全意地关怀她的男人，她在学识、修养、人格上的提升长进，使她变成一个值得一爱的人。但是白玉能不能做到这一步呢？只有天知道。当我开始明确察觉到她的缺陷的时候，我曾经要求自己以平等之心、与人为善之心、极端负责之心，帮助她弃旧从新，一步一步地完善起来，甚至搭上自己的青春年华陪她，亲手塑造出一位优秀的女性来。我耐心地给她开列出应读必读的书目来，告诉她这本书好在哪里，那本书好在哪里。见她极为郑重地看过我写给她的书目，极其郑重将写有我手迹的纸折叠起来，揣入衣袋，我眼前腾起希望的曙光。

怪不得有人说我书生气。书生气的我忘记了基本的常识：薇拉是薇拉，白玉是白玉；小说是小说，生活是生活。用简单的形式逻辑同一律去解释千差万别的人，尤其是自己所不熟悉的女人，是非出错不可的。这跟盲人骑瞎马，夜半临深池没什么两样。

在处理跟白玉的关系这件事情上，我采取了孤注一掷，不计后果，拿自己的一生作赌注的态度。这跟我在农村时放弃回城名额的做法，如出一辙。就如同多年后兴起的蹦极跳似的，一闭眼，跳就跳了。区别只在于，我身上没拴那条橡皮绳，跳下去摔在哪里？事先一点谱也没有，仗的全是胆大和那么股子舍生忘死的劲头。

都说是当局者迷，旁观者清。这句话放在与白玉交友前阶段的我的身上，是再恰当不过的。一个迷字说明了我初入情网时的状态。白玉迷不迷，迷到什么程度，事后叫我说，我还真说不出个所以然，但如果有谁说她那时是全凭心计而没有付出感情，那我肯定不能同意。因为以我对她的了解，她还没有那么好的演技。正相反，一旦她丧失了情欲的动力，那她就再难重现她前期的表现了。

她会隐藏她自己，但她装不出她根本不是的样子来。她的本性不是那样的，她的智力还达不到那样的水平。

我在不该高估她的地方高估了她，在不该低估她的地方低估了她。这两个不该，是在我与之交往、缠绵的第四个星期，显露出端倪的。

我所说的第一个不该，是我不该高估她的修养，这在刚才我已经说到了。我所说的第二个不该，是不该低估她的历史。我很小的时候，读过一本苏联反间谍小说《红色保险箱》，这个难以打开的保险箱的密码，是一句俄国谚语：不知深浅，切勿下水。而我对于白玉其人的深浅，当时真的是一无所知，只将她当成了一名跟别人一样的高中毕业的女生，连她比别的同龄人晚毕业一年的事，我都未加追问，只当她是晚入学一年的那种孩子。

4

她在跟我密切走动的第三个星期上，便跟我谈到了以后要不要小孩儿的话题。她问我："你喜欢孩子吗？"我说："我没想过这个问题。"接下来她反复提到生孩子话头，我开始时只把这些话看成是她迷恋我至深，情动于衷的表示。但在同一天的另一个时间，我听到她又说："我想还是不要孩子的好。我听人说生孩子非常非常疼，等于是过鬼门关，我害怕，所以不想生孩子。如果你也怕我出什么意外的话，你该不会让我为你生小孩儿的吧？"

这些怪怪的话，在连结婚还不曾认真想过的二十三岁还不到的我听来，简直匪夷所思，却没有去认真观察她这时候的表情，进而探究她的心理活动。假如我透过她的表皮和颅骨，能够看到此时此刻她脑屏上的图景的话，那我肯定会大吃一惊。可是单纯无经验的我，只把她的这些话看成是她以身相许的暗示或者婉转含羞的说法。

到了第四个星期出现了突如其来的情况。晚间约会时，她突然提出要我送她回家到家门口。除去一开始我们一起徒步走至她家楼外的那三次之外，都是约会结束后她自己乘公交车回家。这一次她提出这种要求时的神态，看上去惊惶失措，极其的无助，好像马上就会有魔鬼来掐她的脖子。

我蹙眉凝眸注视她，让她平静平静说出原委来。她的手一抬一撩地跟我含糊其辞。一会儿说有人在车站跟踪她，一会儿说她也不知道跟踪她的是什么人，一会儿又说她只看见个人影儿，没看清脸。最后她听我说要去公安局报案，她才吞吞吐吐地说，那个跟踪她的人是她初中时的同学，叫刘鸣。

我说："有我呢，你不用怕，我可以天天送你回家。我不撞上他则罢，撞上了我会打怕了他，让他再也不敢来骚扰你。"

于是，从这天起，看着她坐上公共汽车后，我才骑上单车，尾随着她的那辆车骑行，每次都比她提前一点到达她家附近的车站，然后护送她到围墙到大门口。

追着汽车骑自行车，不用说是种累人的运动。用人力跟机械力比拼竞赛，吃苦受累的只能是使用人力的一方。每回一趟车蹬下来，我都是一身大汗，后背上的内衣和两腿上的内裤都湿透了。汽车进站停下，人也不敢歇口气，因为你总得超它点才行。车启动了，你更得加劲快蹬，否则会被它甩得很远。有几次为了省力气，我干脆一手扶车把，一手抓住汽车尾可用手扣住的地方，让汽车带着自己跑。这么干是有生命危险的，可年轻时的我，爱干些显份儿的奋不顾身的事。

经过我多次盘问，她才只说出有关刘鸣的一点情况。她说，上初中时刘鸣是班里一名闹生，他看上了她，提出要和她相好。她因为怕受到欺负，不得已跟他有了来往。高一时，刘鸣因为偷自行车被抓判刑，她总算摆脱了他，松了口气。“没想到他刑满获释又出现了。”

“他想怎么样？要钱还是要什么？”我努力想想象出这个人的外貌和动机来。

“他……他说他这种人没地方要他，他需要生活费。”白玉语声嗫嚅吞吐，夜色中我看不清她的眼睛。

我说：“作为同学伸伸援手，原也是可以的。但你可以帮他一时，不能帮他一辈子。一顿饭养出一个恩人，一百顿饭养出一个仇人，最终他得靠自己养活自己。他不是还有父母吗？我见见这个人，跟他谈一次。”

一听说我要见刘鸣，白玉显得慌作一团，她两手不知所措地乱撩，说：“你不能见不能见。”又补充说，“他心狠手黑，会给你一刀的。”

我轻蔑一笑：“他要敢动刀，那我就更有理由出手揍他了，还是正当防卫。走，领我去见他。”

一路上，白玉眼珠骨碌骨碌转，如惊弓之鸟、躲避老鹰的兔子。我挺胸昂首护花神似的往前走，留心着四下的动静，她则溜一眼溜一眼地偷觑我。

一个星期护送下来，两个星期护送下来，已经送到第三个星期了，我连根刘鸣的毛儿都没见着。她的情绪明显好转，在路上变得健谈起来。我揶揄地哂笑她捕风捉影，疑心生妄鬼，她也不多作辩解。

差不多就在我和她的频繁约会进入第六个星期的时候，她忽然眨巴着眼有些兴奋地对我说：“今晚你来我们家，我跟我父母说了咱俩的事。”

我一听有些紧张，道：“丑媳妇早晚要见公婆，现在去你家是不是早了点儿？”

她着急冒火抖肩道：“我已经跟他们打招呼了，你不来算是怎么回事？叫我脸往哪搁？”

我问：“他们什么态度？”

她说：“我妈说想见见你，我爸没说话。”

我说：“不受欢迎的造访是费力不讨好的，还是免了吧。”

她半个膀子生气地一抖，背转过身去，闷闷喘气。

我见状道：“是福不是祸，是祸躲不过。去就去，他们还能吃了我？”我心想，自己不是曾想过要见见她的父母，好知道知道是什么人养育的她吗？现在是不是临阵怯场？你是在乎她的父母呢，还是在意她本人呢？或者你是怕她父母认识了你以后，会横生枝节从中起破坏作用？这么说，你还是不想失去她，你在乎着她。

截止到这时，我没跟白玉说过定情的话。在我看来，这种话不是说着玩儿的，“君子一言，驷马难追”，定情话一经出口，便是金口玉言了，便非得娶她不可了。可是就本心而论，在我的意识深处，她离我心目中的理想女性标准，差距不小。在认识她以前，我做梦都没有梦见过她这种模样类型的女性。因此，尽管她不止一次地套我，意欲让我说出爱之类的字眼儿，我一直没有吐口。

人到中年，我才了悟“买马看母的”的这句经验之谈，在选择配偶时的必要参考价值。无论从遗传的角度上，还是从了解一个人的早期教育的角度上，对划入你的选择范围的人的父母亲，做一番观察考察，绝对是必要的值得的。我说了，得到这样的认识，是我进入中年以后的事，早在我二十二三岁的时候，我可不曾介意于此。

我之答应白玉去她家，在很大程度上是为了满足好奇心，当然也怀有想赢得她父母的好感的意思在内。至于去考察他们，我当时想都没想。一则因为我当时年轻、单纯，虑事不周全，二则跟我写诗养成的重视自我内心，而少把自己放在客观观察者的地位的习惯有关。

正是由于这种习惯心理在作怪，当我跟随白玉走上黑洞洞的水泥楼梯的时候，我心情不安地想的是，她的父母会怎么看我这个人，而不是他们都是怎样的人的问题。

5

白玉的妈妈是本市某医院的护士长，初次留给我的印象是胸无城府，嘴上没把门的。她比我想象中的矮不少，额头刚到她女儿的下巴颏。她身体偏胖一些，在家穿双拖鞋，显得两腿短粗，屁股靠下。她在家穿一件粗线毛衣，从她每晚在灯下打毛衣的习惯看，她身上的这件紫毛衣是她自己织的。她脸盘远没有女儿长得顺眼，脸孔老是红涨涨充血的颜色，鼻梁塌平，两侧有雀斑，脸正面略显洼心。她说话沙哑嗓，嚷起来嗓子发劈。而她女儿的嗓音却有部分的鼻音共鸣，比她好听许多。

白玉敲过门后，是她妈来开的。我平视着望门缝里找人，却在俯视的时候，瞧见了她的脸孔。她只说了句“进来吧”，便回身回到她自己的房间，回到木凳子上继续织毛衣。白玉的父亲只露了半个身形，什么话都没说。他只看了我一眼，便使我感觉到他目光如剜疮的刀，有股子剜劲儿。我看出这个人不简单，他才是这个家庭里说了算的人。我知道自己遇到了劲敌。

这个含胸站立的瘦高个中年男人，比他的实际年龄看上去老了十岁左右。他头上已经谢顶，头发疏软无力地趴趴在头皮上，给人以无生气乏营养的印象，他脸色铁青萎黄，脸孔因瘦而变长，眉头紧蹙到永远舒展不开的程度，呈现一种不变的造型。他双眼凹陷，眼瞳阴郁灰暗，使人联想起陀思妥耶夫斯基《死屋手记》里的戈梁奇科夫——一个经历了十年流放苦役的人的眼睛。“每次谈完话，他脸上总是流露出一种痛苦和疲倦的表情。”陀氏这样形容戈梁奇科夫。而白玉的父亲白西亭的脸上的日常神情，同样是阴郁的抑制的疲倦的不知其所思的。据白玉说，她父亲这人平时沉默少语，跟谁都不多说一句话。

每次进入这个人家，都仿佛来到了安静的墓园，地上掉根针都听得见。假如我与白玉不做些低声交谈，则这个两居室的单元房，就真跟哑巴的世界差不多，还不如哑巴世界呢，因为连哑巴式的比比画画，挤眉毛弄眼，都无从见到。

这也能算是一个人家吗？事后我这样问。

据白玉说，她妈脾气急躁好斗，动不动就吵架，她爸对她妈采取的是不吭不哈的对策，让她妈狗咬刺猬——没处下嘴。白西亭是报社人事处的干部，不是处长，也不是副处长，是几个人组成的人事处的处员。我猜他在单位在家里的处境，都令他寡欢。他只有抑制住他自己的情绪，才能平安无事。

我暗想这个人的相貌特征不会是天生便如此的，而是生活经历加上极度的愤怒与隐忍，在他的脸上刻下的。他的面部特征没其他表情，几乎是完全凝固化的。善于捕捉的画家见到这张脸，是一定不会放弃不画的。事实上，类似神态的面相，早在挪威表现主义画家蒙克的画作上，就已经得到表现了。上世纪 80 年代，中国美术馆举办蒙克画展时，我先后进馆看了四遍，站在其中一幅黑白人物画跟前，我就联想到了白西亭，想到了他的那股难拿的劲儿。

与之近似的神态表情，我还在陀思妥耶夫斯基和波德莱尔的照片上见到过，在凡·高的那幅著名的自画像上见到过。

我曾经问白玉：“你们家平时就这么悄没声息吗？”

白玉答：“是呀。每天我回家都不用跟他们打招呼，我回我自己的屋，该干什么干什么，一句话都不用跟他们说。就这样儿，习惯了。”

这样的家庭关系家庭气氛，在我看来十分新鲜奇异，却没有将这一情况存在心里好好地琢磨琢磨，将之与白玉的个人成长性格形成，联系起来考究，而是犯了孤立地片面地看人的错误。我当时只是想，爹妈是爹妈，女儿是女儿，将来我又不跟他们一起生活，避而远之不就行了？其实，这么简单的问题我真应该好好想一想：一个从小生活在如此这般的家庭环境中的孩子，她能不受到影响和伤害吗？她身上能没有这样或那样的人格缺陷吗？

可惜这样的思索分析，我在作为当事人的时候，没有做过。闪没闪过这样的念头呢？闪过，但没有抓住，或者说是不愿意直面真实。正因于此，我在可以及早抽身而出的时候，没有抽身，反而越陷越深，几至于不能自拔。所谓“当局者迷”，说的就是我。

白玉母亲的性格为人，在我第一次去她家时，就由她自导自演地表现了一番。我一进屋她撩了我几眼后，便问了我几个问题：

“你今年多大岁数了？”

“你父亲是干什么工作的？”

“你妈是干什么工作的？”

“你现在具体干什么工作？”

待我一一回答后，她眨眨眼一时想不起问别的，便说：“你们进那屋吧。”

白玉家住的是报社的一套两居室的单元房，除厨房、卫生间外，就一大一小两间屋，有一条过道，没有门厅。两间卧室的门就隔着过道，两门互相错开约摸一米左右。白玉母亲示意我们进的，是她家的大屋。这屋里有张双人床，一张两屉桌和两把办公室通用的黄漆木椅。

落座后我低声对白玉叨咕：“你妈怎么上来就问这么俗的问题，问点什么不好，哪怕问问有什么业余爱好之类的。上来就跟查户口似的。”

白玉眨巴着眼掩饰道：“她就这人，医院的人比哪儿的人都实际，老爱比谁家谁是干什么的，谁谁谁的工作比谁谁谁好，谁挣得比谁谁谁多。我听着都瞧不起她们。别理她，在这家我是老大，没人敢欺负你，我一急了，他们全都得老实。”

“你那么霸道呐。”

“嘁，在这个家我是祖奶奶，要星星他们不敢给月亮。踏踏实实待你的，不用顾虑他们的反应。你是我请来的客人，我看谁敢怎么样。”

看她说话时的那股自信、自得、侠肝义胆的劲头，我不得不相信她在家中的地位，情绪也由不安、不快，缓弛下来。一时间，这个小奔儿头在灯光下反光的女友，就仿佛成了《儿女英雄传》里的侠女十三妹，我则跟那位安公子相仿佛了。

就在我们刚低声细语了不到一刻钟的时间，女护士长又踅进来甩话：“你一个小小的营业员，也没个学历，娶我闺女，我闺女亏得慌，你也没有家庭做靠山，你以后凭借什么给我闺女幸福？”

她的攻击来得突如其来，起初我不知如何应对。只听她又喋喋道：“人往高处走，水往低处流，你要攀高枝我们可以理解，可我们不能让自己的女儿跟一个没前途的人去喝西北风。”

我腾地从座位上起身反驳她：“你除去用职业看人，还会不会别的？照你看，工人、营业员就没权利娶媳妇了。你这人也太势利眼了吧。再者说，你问你闺女是谁追的谁？别那么狗眼看人低。《红旗谱》里的朱老忠有话‘出水才看两腿泥’，咱们可以骑驴看唱本——走着瞧。告辞。”

我啪地一拍桌子，抬腿往外走。

这时白玉的父亲出现了，他一边往回拽老婆，一边蹙额怒语：“怎么讲话呢你？她一个妇道，你竟然和她计较。”

我怒冲冲道：“我就没见过这么没教养的，连起码的待客之道都不懂，还倒打一耙。”考虑到白玉的情面，我省去这句歇后语的前半拉“猪八戒过河”几个字。

“滚！你给我滚出去！永远不许进这个门！”白西亭伸长手臂指门，歇斯底里怒吼。

我怒火蹿跳亦朝他吼喝："闭你的嘴，少跟我耍这套党棍气。只有你这种党棍才滚着走。腿脚长在老子身上，想来就来想走就走，用不着你多嘴。"

"混蛋，我打折你的狗腿！"

一听有人要跟我动武，我漠然冷笑："拿棍子去，看谁打断谁的腿？拿去呀，少在我跟前放狼言大话，少跟我充棍儿。"

白玉的父亲发作起来的用语，很可能是他用过多次的。在单位在家，他大概一向都是这样发脾气的，而且每一次一闹，都是别人被镇服，因此他一经决定发作，便将嗓门和疯狂度定在最高。换了别人，十有八九会被他吓住，他万没想到遇上我这么个生番，一时竟没了咒念。

但是他很快又找到了说词："你，你是一个滚刀肉。"

我说："我这叫什么人什么对付，具体情况具体对待。就你们这副没教养的样子，老实人不得让你们欺负死？对一个素不相识的人，你们都恶语相向，你们能是什么善类？是你们无事生非自找没趣。事情就怕调个儿。换是你去别人家做客，别人慢待你，你作何感想？我看你是欺负人欺负惯了。你把道儿让开。你老婆才是滚刀肉。"

我这人向来的脾气是吃软不吃硬。我最搁不住别人的软话、好话，最搁不住女人的眼泪，可谁要是跟我来横的动硬的，只能激起我的对抗与反抗。我从小阅读的那些英雄抗争的小说与传记作品，对我的影响太深了。从我小学二年级看小说《三辈儿》、《晋阳秋》起，到初二暑假看《水浒传》、《柯楚别依》……到高三看《拜伦传》，看雪莱的长诗《普罗米修斯》……这类作品中的人物形象、事迹、气概，装满了我的脑袋。毛泽东那句"我们要压倒一切敌人，而决不被任何敌人所屈服"的名句，扎根似的长在了我的骨头里，我岂会惧怕一对我还不认识的夫妇。别说他们的女儿还没让我喜欢到发狂的地步，即便是到了，我也不会用牺牲尊严去换女人。我永远都不会去做那种交换，并且我从来就看不起那种跪地求人家父母同意将女儿嫁他的男人。我永远不会去做那种事，也永远瞧不起那种人。

我从小受到的教育是：宁可站着死，决不跪着生。当然也不可以跪着乞怜。我讨厌日后的小说、电视剧里充斥的那些动不动下跪磕头的镜头，觉得那太没人样子。我要求自己永不下跪。

我这人起火闹脾气之时，还有一个特点，那就是一发作起来说话不但比平常冲，而且论辩性与彻底性都强于平时。平时有所顾忌，不太好直说的话，这时就没了遮拦，反倒噎噎噎倾泻而出，像是灵光一现，灵感一爆一般。这大概就是"思想冲破牢笼"后的一种直接表现形式吧。

遭逢这种时候，我基本是不计后果的主儿，就如同"民不畏死，奈何以死惧之"一样。

我起步拉门跑下楼梯，冲到街上。

我身后传来白玉追赶的脚步声。

"你也脾气太大了吧？老虎屁股摸不得。"

“你怨不着我，回家教育你爹妈去。真是岂有此理，天底下还有这种不讲礼貌的人。欺人太甚了也。”我义愤难平。

“打狗还得看主人吧，何况他们是我父母。”

我说：“要不是看他们是你的父母，我茶缸子早就掼过去了。真是势利到了极点，毫不掩饰的势利眼。营业员怎么了，你不也是营业员吗？你让他们给你找有地位的男人去。”

“余奔滔你别冤枉人，我可没说过嫌你是营业员。我说过吗？”白玉突然恼怒起来。

我忙说：“我不冤枉你，从今往后，他们是他们你是你，我区别对待，你别把我跟他们往一块儿连连，我不会让他们骑在我脖子上拉屎。他们爱什么辈儿什么辈儿。你敬我一尺，我敬你一丈。连起码的尊重礼貌都没有，那就让他们一边待着去吧。我宁可一辈子打光棍，也不会接受这种屈辱。三条腿儿的青蛙没人见过，两条腿儿的女人有的是，以为就你家有闺女吗？你把我这话说给他们吧。”

应该说，在我那天晚上被激怒而不顾一切的时候，白玉是坚决维护我，站在我一边的。她的表现，使我受到感动，这使我对她对我的这份儿感情，有了新的感觉。

“你等着，我一定让她给你赔礼道歉。跟谁好是我自己的事，我自己做主，用不着他们管。”听她的口气和神态，就像“五四”时期争取婚姻自由的新女性似的。

室外夜气冷于往日，地上结了一层薄霜，西北风像吹小哨似的往人衣服里灌。“你光穿个小棉袄出来，快回去吧。”我怜惜白玉，“难为你了，让你夹在中间受夹板气。”

她这一追一义愤，让我看清了她的心迹：她确实是真心在意我的。

我长叹口气：“委屈你了。我这也是被逼无奈，兔子急了还回头咬鹰呢，何况我一个大男人。只要你心里明白我是怎么回事就行了。回去吧，要不然会感冒的。”我大动了怜香惜玉之心。

她扑上来抱住我，在我耳边说着：“我选定的人，谁挡横也没用。我生是你的人，死是你的鬼。消消气消消气。”她用一只凉手，往下摩挲我的前胸。

老天爷，这话我在国产小说里看到过，却还是头一遭听有人对我这样说。我心头涌过暖流，感动至深。我双手捧住她的脸，深深地凝视她，觉得此时今夜的她，直有股世间少有的忠烈气概，侠女肝肠。

我说：“谢谢你，我会对得起你的，你等着瞧吧。”

6

不管白玉本人态度如何，这毕竟是一次屈辱的经历。我从小到大串过许多次门，还没遇到过这样糟糕的情况。之前连认都不认识的人，他们就敢这么对待？他们是谁呀？有什么权利如此无礼待客？又岂止是一个不懂礼貌所能概括的。你听他们的中心意思，是嫌我工人营业员的职业配不上他们闺女。我遇上了一对社会等级意识极为分明的父母，并且是那样的赤裸裸直来直去。冷静地想一想，生活在这个城市里的人们，又有几个没点社会等级方面的常识呢？人们的社会存在，决定人们的社会意识。没有这么一种社会存在，让人们愣编出这么一种社会意识来，他们也编不出。

那天晚上在白玉家所遭遇到的“礼遇”，使我再一次看清了自己的处境，看清了自己所在的阶级的处境。这个直接从事物质生产的阶级，除去公休假日外，每天都在用自己的生命与汗水甚至血水，制造着供应着全社会全人类所必需的生产生活资料，却每天都在为除农民以外的阶层的人们所轻贱着。就因为他们是直接用肢体从事劳动的人，就因为他们是被人指使、役使着劳动的人，就因为他们是干得多挣得少的人，就因为他们是些“不是特殊的无权而是普遍的无权”的人。

连一个医院的护士出身的护士长，都高高在上地轻蔑这个阶级，这个阶级的社会地位社会评价可想而知。而那个报社的人事干部，竟然像轰狗一样往门外轰你，全然是一副居高临下的老爷相。连他们的报纸上，都不再印刷“工人阶级是领导阶级”的连鬼都不信的话了。

高尔基的《在底层》说得明明白白，你就是掉进了社会底层阶级的行列，为什么在心里还回避这个事实呢？你余奔滔成天价在谁面前都是一副自信不低头的样子，还指望别人拿你当诗人看待吗？没人拿你的这点爱好这点小才当回事，他们只按你当前的具体职业定义你，而不看你实际是个什么人，具有什么样的潜质。你扫街他就指称你为清洁工，你看自行车，他们就说你是看车的。看车的写了本《红楼梦》，只要没机会出版，人们就还继续管你叫看车的。

想想自己刚从农村回城时是多么的无知呀，连城市制度将人划分成干部、工人两大块的事都不清楚。人那些干部子弟的父母，为什么想方设法把子女安排到干部系列里？不就怕孩子一辈子翻不了身吗？而你这个号称是看过点书的人，却连这个都不知道，连问都不问，就往工人队伍里扎。误以为凭本事就能有出头之日，就能混个宣传干事什么的，边工作边写作。幼稚到家了，这世界根本不是你想象的那样。

一股股愤懑不平的浪潮，冲荡在我的心谷里。

两天以后，我再次护送白玉到她家门口的时候，我二人站在灯影下争执了很久。她说她这两天把家里闹得鸡犬不宁，她妈她爸都说了软话，向她保证不再用上次的态度对待我。她说你得再进一次我们家，以便让你看看我说的是不是真的。我冷笑，说我不会再跨进她家半步。她说你要是不来，我就跟他们还没完。又说请你来家是他们的意思，是我妈求我让你来的，她说要再不让你来，他们就永无宁日了。我说你父亲是什么意思？她说，哎，这还用问吗，我妈就是我爸的一杆枪，她那么说，还不是我爸的意思。这回你该知道我在这个家里的地位了吧。

照我的秉性，我是不会再去跟这般污辱过我的人，再去过话的。即便是我日后跟白玉真的怎么样了，我也不可能跟她的父母相融共处。我已经从心里憎厌着他们。我在心里称他们为小人。可是看到眼前的女孩为了说服我，又是跺脚又是撒娇又是摇我胳膊，说得口干舌燥，头上冒蒸汽，我于心不忍，口气开始松动。

“这就对了嘛，不看金面看佛面，总得看我的面子呀。走吧。”她拉紧我的手。

作为缓冲，她领我先到二楼，去看她常提到的一位朋友小初。她将我放在那儿，自己先回了趟家，然后才跑下来领我。“我给他们下了道死命令，以过道中心为界，不许他们靠近我们这边。”见她这样说，小初冲她诡秘一笑。

这个小初是个尚未嫁出的二十六岁的胖墩儿女郎，她的一对臃臃大乳，像奶过三个孩子似的，她脸无血色，黄中透青。白玉口中的大部分引语，都是出自这个人。像什么上帝真不公平，为什么让女人来月经，不让男人来月经；像什么男人都是牲口，爱情全是假的；像什么婚姻是爱情的坟墓，性是肮脏的；像什么人生来世上就是个错误，死才是美好的；诸如此类。我早有心会会她，想看看往白玉脑袋里成天灌浑汤的，是何等样人。一见之下却是这般其貌不扬。白玉怎么交这种人做朋友？为什么她老信她的话？我百思不得其解。

不知为什么，这些观点和话语从白玉口中复述出来，总让人觉得不对头，总觉得跟她讲这种话的人身上，有股子霉气。

从白玉日常的话里话外，我得知她每天回家没事的时候，就找这个小初聊天交流经验，我与她之间的每一步进退，她都及时汇报给她听，这令我心生反感。男女交友传情是两个人之间的隐私，小初这么遥控着白玉，等于在她身上装了窃听器，我的一举一动都处在了她的监控之下。她有窥视癖是怎么的？她算老几？

眼见着她坐在椅子里，正装其事，故作斯文淑女地跟我对付着，我暗中搜索着描写她形体的词汇。想到她从胸部到小肚子到臀，就像个大宝葫芦似的，越往下越大，又想到她胸脯一层肉，胃部一层肉，小肚子一层肉，屁股一摊肉，整个一个三叠纪四叠纪。难怪她那么的悲观厌世憎恨男性。她因自身的条件难以得到异性的青睐，反过来，她所经受到的冷遇，倒变成了她的世界观。

可白玉跟她不可同日而语呀，论身材论容貌，都不具有可比性，为什么白玉每每将这种人的话，当作自己感同身受的心得语，说个不休呢？

出小初家二进白玉家，果然风波不兴。做爹妈的两个人，果然猫在自己屋子里只偷听不做声，偶然去厕所、厨房，也不越过过道的中线。这天晚上我在白玉家待得十分安生。她这孩子的胆大包天的一面，在这种时候得到了彰显。

进到她家大屋以后，她引我站到墙后面，便将我搂抱在怀。我紧张地察看门口的动静，意图挣脱出来，她附耳对我低语：“他们谁也不会过来的，都被我使了定身法。”

我将信将疑着，直到大约半个小时过去，我才渐渐放下心来，才开始对她的拥抱体贴做出反应。

这是一个开头。从这次起我去她家的次数多起来。她父母的房中悄没声，我们这间屋里悄没声。她父母在屋里干什么我看不见，我们在这屋里干什么他们看不见。他们在听我们，我们也在听他们。

这是甜蜜而短暂的相会时刻。两个人就那么站立在屋墙后傻搂着，捂得二人前身都是汗。她的双乳小小的，好似包着水儿的两个小囊。我隔着衣服感觉到它们，却无法看到它们，确切地知晓它们的真实形状。我只凭感觉获知它们个小柔软，具体到她乳头的位置，我更难以确认。

“我这个是小了一点儿，你不会失望吧？”她用气声问我。

上世纪90年代我读到过一篇讨论记，是外地一位朋友寄来的杂志上的，题目叫《女人的乳房是什么》。文中，几个男人集中讨论女人乳房的大小、形状、颜色，论说究竟哪种好哪种不好。文题策划者的目的是迎合市场，却也道出了时下男女的普遍关心和爱好，道出了些实情。而1980年前后的年轻少识的我，对异性的双乳尚未形成定见，甚至没有认识到它们有多么重要，对其大小持无所谓的态度，甚至还一度以为嘟噜嘟噜的乳房蠢笨不好看。因此我的答语便很让白玉宽心：

“那有什么关系，长什么是什么呗。”

她听后喜不自胜地抓住我的手，将我的手拉至她的胸前。

在这种幽静山谷般的居室里度时，相拥不语，是我们唯一可做的事。几个晚上相拥下来，我的手被允许放在她的臀部。起初是一动不动地干捂着，捂了两天后可以做揉面运动了。往后又被准许伸进她的裤子，将手捂在她双臀的皮肤上。一捂又是一两个钟头，直捂得我的双手她的双臀热气腾腾，热汗津津，直捂得我二人都被逗笑。我说：“我这是扣蛐蛐呢。”她说：“什么呀，是发黄豆芽儿。”我说：“受不了，手得出来了。”她将臀往后一拱一拱，撒娇哼哼：“唔唔唔唔。”

单单为了这样的时刻，我都应永远地感念她，感谢她让我直接从她身上了解具体的活生生的女性，尽管还只是扫盲性质的；感谢她曾经给予我的隐秘的新鲜感、隐秘愉悦以及探索欲的满足，尽管还只是初级阶段的。此时刻，一个女人的自然性以娇憨之态展现，亦恰到好处地满足着一个男人的审美欲求知欲。因此，即便是日后我从她身上更多地领受到了伤痛，但她曾带给我的那部分享受，也足以抵消其过了。

在我看来，男人应该懂得领情感恩，应该知道在什么地方领情感恩。

至于他人曾给予你的好处与害处，你应该公正看待，清楚区分，而不应一朝反目，一抹都抹。

判断一个男人够不够男格，上述两点可以作为参考。

7

这个阶段是我和她的关系的深化的阶段，同时也是停滞的阶段。下班后见面，转护城河，进中山公园，送她回家，躲在屋墙后发豆芽、和面团，成了固定的程序。以后的情形成了这样：每次去她家，我如果不揉捏一通她的屁股蛋，就不能落下帷幕，我就出不了她的家门。我试图拉她坐下来，促膝谈谈心，结果以失败告终。

我已经做到了我婚前的极限。起初她对我的举措是满意而满足的，但再往后脾气就有些反常。我不明就里，继续照方抓药。

退回到上世纪70年代末80年代初，将性行为放到正式结婚之后，是普遍而公认的行为观念，我也并非有什么特别的自制力。我将这看成是对女性的尊重和珍重。

除此以外，在婚前行为界限这事上，我还有两点考虑。其一，一个女人一旦破身在自己这里，那就意味着得对她负责到底了。如果做不到负责人家一辈子，就不要去破人家的处女身，免得人家不好嫁他人。其二，婚前不破女人身。就是要给人家留有选择的余地，一旦人不想跟你了，不至于给她的再选择制造障碍。这也是当年男青年中相当普遍的共识。即便是到了开放乃至性乱的今天，在中国人的意识深处，也依然将处女放在高于非处女的级别层次上，依旧是不争的事实。因此，在当年的历史意识条件下，我选取那样一种做法，应该不算极端过分。

可我恰恰没有想到的是，你用对待处女的态度对待处女，是一回事；用对待处女的态度对待非处女，又是一回事。而我当时竟像个傻子似的被蒙在鼓里，拿着个烂桃子当青苹果，拍抚着一个成年妇人哼唱摇篮曲。

最开始引起我的不满感觉的，是除去男女之间的这点事外，再难跟她引入别的话题。我的心思常回到我所关心的诗歌、哲学、社会问题上，可我跟她讲这些形同对牛弹琴，隔山吆喝。她不仅听不懂，也没有想弄弄懂的意愿。退一万步说，你为了日后能跟我在一起有点共同语言，你也得做做姿态吧，哪怕做做假姿态呢。可她这人一旦跟你熟络起来，便连假姿态都懒得做了。

我对未来生活的担心油然而生。

引起我很大警觉的，是刘鸣的再次浮出水面。

这天晚间我们一碰面，她就异常惊惶地告诉我，刘鸣又来找她了，就在今天白天。她说刘鸣跟踪到了单位，在上班时间将她叫到街上。刘鸣说：

“我已经知道你为什么不理我了，你有男朋友了。我要杀了他。”

情况到了这种地步，我不能掉以轻心，不拿着当事儿了。他在暗处，我在明处，我真得好好想想对策了。

“我跟他说你敢？你要杀他就先把我杀了。你要是杀了他，我就跟你拼了。”

这一次我顾不上再去体验感动，而是开始认真地分析琢磨起这件事，分析琢磨它前前后后的蛛丝马迹。

我回过头去回想我护送她回家的那些晚上的情形。那些天晚上，每次走到白玉家附近的时候，我都绷紧神经，等着她所说的劫过她的那个人的出现，等着她从行人中将他指认出来。刘鸣没有露面，白玉也没有指认。她十分紧张地挽紧我的胳膊，好像随时准备闪到我身后躲避突袭。有两次我凭本能感觉到了刘鸣就隐蔽在不远的地方，感觉到了他的敌意。

渐渐地，我从白玉的表情神态上看出了自相矛盾之处。有一回白玉一反往日的惊怕形状，而显示她并不真怕那刘鸣。这令我费解。到底是她怕刘鸣，还是刘鸣怕她呢？还是她已经背着我跟刘鸣谈成了什么协议？转而我又想，如果她并不真怕刘鸣，那么她一路上表现出的惊惶惊恐，怕的又是什么呢？合理的解释是，她是怕我跟刘鸣见上面对上话，泄露出她不愿意让我知道的事。那么，该会是什么事呢？

直到这时，我才开始明确地意识到她和刘鸣以往的关系不一般。我对她说出了我的判断。她怯生生地望我，眨眼。我知道我剩下的事，就是从她的口中问出个究竟。

我开始了我长到二十三岁以来所遇到的最艰难的谈话。时间是当晚，地点是紫禁城南城墙外，劳动人民文化宫以北，筒子河北岸。

第八章　伤　口

1

1980年冬季的某日，我领我当时的挚友谢径，在中山公园近河的地方找到了那张长椅。坐在这张木条子绿油漆的老长椅上，谢径全神贯注地听我讲封存起来的那段老情事。

我拍打着这张椅子对朋友强调："对，就是这张长椅，我跟白玉第二次长谈，就坐在这里，千真万确，半点都不错的。就是在这里，我跟她都面朝着河。那天早晨刚开始下雪，我们的头发上眉毛上都挂了雪霰，然后是雪花，六角的……你还是先听我说头天晚上我们在筒子河边的谈话吧……"

"别着急别着急，要不要先喘口气儿，起来先遛遛腿儿怎么样？我两腿都坐麻了。"于是我们沿着河边的栅栏来回来去漫步，然后换了一张长椅坐下来。

我说："我是得对这段事做出彻底地清理了，否则我无法面对陈奇娅，也无法回应她写给我的信。对心的回应，只能是心；放下包袱，才能轻装前进。面对如此纯净的一片蓝天，我如何能背负着昔日的阴云前去会合呢？"

我们还回到筒子河边的首次审问地。

说审问又怎么了？我这里用的是"审"和"问"的字面的原意。在恋爱关系中，任何一方都拥有审和问的权利。这是这种特定关系中的一般性权利，而非特权。

换成"问讯"吧，这是异常艰苦耗时的问讯，中间遍布着沉默和等候与耐心的问讯。

这天下班后，我们约在东华门见面。从天刚黑下来，我们就沿筒子河走过来走过去地磨嘴皮子。起初她一直含混其词，或者试图转移我的注意力。我说我们今天要谈的事是极其郑重的，关系到我们的今后。你跟刘鸣是怎么回事，我已经推知大概了，我现在问你只是去证实。你说，是这么回事，不说，也是这么回事。我不会因为你跟我说了实情而丢开你，却会因为你不说实话而远离你。

"我和刘鸣好过。"末了，她不得不承认。

"好到什么程度？"我反复问这句话。她又缄口不言。"发生过关系对吗？"

随着河边渐紧的风声，送过她吐出的一个字："是。"

我继续问她什么时候？多少次？在什么地方？她紧抿嘴唇，坚持不语，时而吸溜两声鼻子。

她不承认我的推测则已，一经听她承认下来，我顿时心如刀割，五内俱焚。从认识她到今天。我一直拿她当一个纯洁的女孩儿看待，可她怎么竟然这么不检点、约束自己？她到底是个什么样的女人？她的历史上都发生过什么？发生过什么样的景景幕幕？她是被迫的还是主动的？她虽说不是淑女，但总不会是个荡妇吧。娶荡妇为妻意味着什么？以后的日子该会多么混乱。一个早早就敢乱来的女人，她还有什么不敢的？戴不完的绿帽子，擦不完的屁股。我这一辈子还干不干正事？

再往下问她就什么话都不说了，牙关咬得跟焊上了似的。借着路灯，我看见她双颊上淌下两行眼泪，我掏出手绢给她揩擦。她一动不动，身体如雕塑，脚底生了根。

“你容我仔细想一想，我明天再告诉你。”最后她这样要求着。她说她明天1点半接班，明早7点半跟我在中山公园东门口见面。

夜色中，她的样子极为艰窘可怜，如困兽之绝望失却退路，亦复在考量着形势，希图夺路而逃或者出现奇迹。这表明，这时的白玉在看待她和我的关系上，是郑重的认真的。她这时的核心顾虑，是说出实情以后我还会不会要她，可见这时的她，的确把我们的关系视之为重大。她这时的心态像一个下棋人，手拿着棋子举棋不定。之所以举棋不定，是因为面临着利害抉择。

她之所以临风流泪，是被我盘问急了所致的吗？基本上不是，而是因为重新勾起了往事，勾起了她曾经身受的焦虑与痛楚。

夜空中阴云低垂密布，不见星月，城堞河岸失却了往日夜色中的轮廓线。风声渐紧，夹带着寒冷的湿意和雪意。

当夜送完白玉回到家，我几乎一夜未眠。中间即便有合眼的时候，也跟眼睁睁地没有界线。这悬念太重大了，如同是对我的判决，对我的这段情感的轰轰烈烈的判决，对一个以诗意的眼光看待爱情的心灵的判决。

白玉说她也整夜失眠。

2

雪是凌晨时分开始下的。清晨，当我和白玉来到中山公园东门内的时候，地上树上已然一层薄白了。通往护城河边的两行雪地脚印，是由我和她踩出来的。园内安静冷清，麻雀和长尾巴喜鹊飞落到红墙竹林下觅食，小指爪过处，留下花叉的雪印。细雪洒落到灌木上，发出细细密密的沙沙声。两只喜鹊飞到我们头上方的柳树杈上，踏落雪粉，凝视着全无喜气的长椅上的两个人。

“雪落在中国的土地上，寒冷在封锁着中国呀……”这是艾青的唯一一首完美的诗中的句子。我的心，我眼前的这个头发上眉毛上肩膀上都挂了雪的女人，全都为冰雪封锁着，凄迷而痛苦。

苦难的浪涛曾经数度将我吞没而又卷起。

这天，从早晨 7 点 40 分开始的谈话，一直持续到了中午 12 点 35 分。

在起初的近两个小时的时间里，她僵持着，眼盯鞋尖不说话，身体一动不动。时而有清涕缓缓下滑，被她一吸一吸地吸回鼻孔。她的鼻尖变得粉红，脸颊也白一块红一块，在此之前我还从未见过她脸上呈现这样的变化。我不逼问也不言语，只是等着，耐心地等着……

西门庆和潘金莲相勾搭，是从西门庆在桌子底下捏潘的脚开始的。她和他是怎么开始的？他剥她的衣服了？她抵拒了吗？但愿仅止于此。你为什么一定要知道那么多呢？她有她自己的自由。可是对于一个将来要做你的老婆的人，难道不应该清楚她的历史吗？了解她的历史，就是了解她是一个什么人。去和一个不了解其人其性其德的女人结合，难道不是件危险的事吗？盲人骑瞎马，夜半临深池，怎么可以呢？

平静只能是装出来的，我的心被毒虫咬啮着。我的爱情幻想，对于日后美满生活的憧憬，被啮空得千疮百孔，像个烂蜂窝，我如何重造它呢？

我凝视着她的鼻孔下的嘴唇，耐着性子等待等待。雪落在中国的土地上……雪落在中国的土地上……表针嘀嗒嘀嗒……雪橇滑行在西伯利亚雪野上，狗脖子上铃声叮叮……

终于白玉开始松动。

真相超出了我的想象。

“你跟他什么时候发生的关系？”

“高中。”

“高几？”

“高一。”

“在什么地方？”

沉默不语许久。

“在他家。”

“他父母知道吗？”

“知道了。”沉默。“他家一间房，他父母白天上班，我们就……他父母知道了我们的事，他们鼓励他儿子。”

“怎么鼓励？”

“嗯……他们铺好被窝，然后带上门出去，给我们机会。”

“几次？”

“你容我算算……三四次，不对，七八次吧。”

沉默。

“白天逃课是吗？”

“嗯，是。”

“难怪你字写成那样。那得耽误多少课？”

“后来我发现怀了孕，他父母才埋怨起来。”

沉默。

“你怀过孕？”要命！她怀过孕，不仅不是处女了，还是个揣过别人孩子的女人，就是说她的整个身体发生过变化，她曾为人妇，久历床榻。

我心生恨意，忿火中烧，心头那把无名业火高举三千丈。我牙根咬碎，恨不能生吞了那个刘鸣。我更想抓住这个女人的双肩攥碎她的肩胛骨。两个狗男女，你们才多大？什么都敢干。这是何等样的两个学生，放着学不上，大白天的躲在一间狗窝里行成年人的夫妇之道。光天化日，不管不顾，不计后果，那么没有自持力，念的什么书？上的什么学？他们算是哪一流的学生……我不愿意想下去，不愿将她再往低级里想。

“你怀过孕？”我自言自语，反复自语。

“怀过。”

“怎么办了？”

“流了。”

说到这里她泪水潸然而下。我知道女人流泪时多有以手掩面的动作，而她双手插在裤兜里一动不动，一任眼泪顺脸颊而下。这时她的下颏看上去很尖削。

她重新记忆起手术台上的剧痛，身上打起哆嗦，阵阵抽搐起来。

哆嗦抽搐的不止是她，还有我的心。抽搐哆嗦成一个个的我的心，伤痛愤恨交加。我的心因撕裂而血肉模糊。血流如注的我的心敞露在苍天之下，落雪似盐。

一个人想象着他所爱的对象对他的爱愈大，则他所感觉到的光荣将愈大。这就是说，他所感到的快乐亦将愈大。因此，他将尽可能努力在想象那所爱之物与他联结的异常亲密。而且，如果他想象着别人亦欲获得同一之物，则他与那物亲密联结的努力或欲望将更加强烈。但是现在假设这种努力或欲望为所爱的对象的形象，被伴随着与它联结着的另一个人的形象所妨碍，所以他将因而感觉痛苦，伴随着以所爱的对象的观念和另一个人的形象为其原因；这就是说，他对于所爱的对象将发生恨的情感，并且同时对那另一个人他将发生嫉妒的情感，因为，那人享受了他所爱的对象。

没错没错，斯宾诺莎说得没错。

那个人的享受发生得那么早，并且从根本改变了白玉的生理和心理。她不再是姑娘，不再娇嫩，是被割过的韭菜，被伐过的林地。她的心里都装着些什么样的景象啊？她在和你好的时候，脑子里放些什么电影啊？做老婆，这样的人靠得住吗？可以相信吗？

一个巴掌拍不响，苍蝇不抱没缝的蛋。她在这当中占着几分的主动？还是全然被动、被迫的？那是怎样的环境？一间小平房，一张旧木架床，两扇木格子窗。宣武区的平民小院，说不定还是解放前的暗娼住过的。两条为刘鸣的父母用来用去的褥子，格条子布，带腥味的，他父母盖的一床老棉花套被子，一男一女两高中生赤裸裸胶着……明铺暗盖，儿晌贪欢。豆蔻年华，十六七岁。学生学生学生。

被你自己弄大肚子的女人，你不会嫌她；被别的男人弄糟弄老的女人，你嫌不嫌？你又如何去克服这种嫌弃的心理？仅仅是心理吗？你再去闻闻她身上的气味儿，跟小姑娘一样吗？有人那么清新纯净吗？有人那种鲜气儿吗？

翠竹味儿，鲜笋味儿，你还闻得到吗？

“更能消几番风雨，匆匆春又归去。惜春常怕花开早，更何况落红无数……”她花开得太早了，早得没边儿。满地落红，还能安回到花枝上吗？还能恢复成花骨朵吗？做个扫花人，太不是滋味儿了。

“都跟大生差不多了。”她眼眶红红，双唇抖抖。

她沉默，久久地沉默，等待痛楚过去……

“当确诊自己怀孕后，我吓坏了。我要做的第一件事是瞒住我爸我妈。为了不让他们发现我有异常，我甚至在有身孕三个月的时候，一个人跑到楼下的粮店买面，一个人把五十斤面抱到楼上……”

听到这里，我的心疼透了，情动于衷地哀怜起她来：“你太不爱惜自己了，弄坏了身子是一辈子的事。你呀……”

眼看着肚子日益显形快要遮掩不住了，这时正好赶上放寒假，白玉向父母提出要到她哥嫂家住一段时间。她唯一的哥哥结婚后定居在青海西宁。

来到哥嫂家后她哭诉了实情，求他们为自己保密，收留自己一段时间。在哥嫂家闲住了两星期后，白玉偷偷潜回北京，趁夜住进刘鸣家。刘鸣父亲为她联系到郊区的一家公社卫生院，安排她去做人工流产。她永远忘不了那个西北风呼啸的天气，她一个人拖着身子出京城。

没有暖气，没有炉火，公社卫生院出乎她意料的简陋。在那张高高硬硬，皮革四纹八裂的凉床上，她呼天号地，浑身抽扭，锥心刺骨。

“真把我给疼死了。疼得我浑身大汗，手指抠出了血。十冬腊月，我身上跟水洗了似的，手术床全湿了，我身子底下全是水……”她痛苦万分地述说撕肝裂胆掏膛挖肚之痛。

我握紧她冰冷哆嗦的手：“唉，唉……你呀，你呀……傻死啦。”

“做完人流后，我只在手术床上躺了不到半小时，就下了地，冲出门去找长途汽车。寒风飕飕的，我连头巾都忘了戴。我在西北风旷地里快要冻死了，如同站在冰窟窿里。我等了将近两个小时，长途汽车才开到……我那次肯定做下了病，经常头痛，骨头里冒凉气。”

“然后呢？”

“回到市里后，我在刘鸣家休息了三天，才回到自己家。我爸妈还真以为我刚从青海回来呢，连着给我做鱼做肉吃。”

她惨苦地闭着眼摆动着头发。全部肉体的心灵的创痛，都在她的腔体之中震荡，切割，四通八达，山呼海啸。

“医生说跟大生都差不多了，都四个多月了。掏出来的是一块肉，给我看了一眼，就拿走了。跟大生都差不多了……疼死我了。我一辈子都不敢再干那事了，一辈子都不敢再想生孩子了。”

雪花降落得不那么直了，地面上起了旋风。我的手指和风一起划掉她额发上的落雪。我心头伤恸，百感交集。

一个十六七岁的孩子，大着肚子担惊受怕，一个人奔走在朔风郊原，一个人爬上手术床……惨痛在她的身上，也惨痛在我的心上……这个跟自己依偎了这么些次的女人，太凄惨了。我心里在流泪哭泣，汹涌冲撞着漂着尖利冰刃的冰洋之流。

“事情我已经都说了……”

白玉从哑默中抬起头，目光茫然地望着河对岸笔直的城墙头，准备着迎受从我口中发出的打击。“你……你可以不要我了。可，可我也不会再回刘鸣身边。他毁了我……”

3

她说她该说的已经都说了，我便相信她已经都说了。她的眼泪在作证，她的哽咽在作证，她的惊悸战栗在作证，她的等待宣判的表情在作证。因此我相信了她，相信了她对我的坦白和诚实。只可惜我还没有解透她呀。白玉毕竟是白玉，她不仅早早地偷食禁果，早早经受了痛苦，她还比同龄人早熟地积累了经验。她昨夜一宿没睡，在脑瓜子里对她的经历做了简化、移位处理，精心地依梯次地设计了防线。这是我凭书本知识和直觉力所无法知道的。尽管我的心理突破能力超出了她的估计，但她毕竟还是守住了她的最后防线。能做到这一步，表明她并不简单。相反，倒是我低估了她的心计。

那天在雪地里她跟我说了大量的实情，却对我隐瞒了我听后会绝对震惊的事。如若不是一年多以后，她的新情人班承志向我透底，她会以为她能瞒我一辈子。这些都是后话。

那天在中山公园的飞雪里，我和白玉的谈话已近尾声。我全部地相信了她的话，相信了她失足后的苦情。在她的期待中，我在极为矛盾痛苦的心情下，说了如下的话：

“因为你对我说了实话，我才不能抛弃你了。你本来已经不幸，我怎么能让你更加不幸呢？为什么我们早不认识，不能由我去阻止你呢？假如今天你跟我说你不能不要我，事情可就会两样，因为我不欠你什么。可你说了相反的话，说了给我自由选择权的话，因而我不能抛弃你。你一个天然质量那么好的孩子，本来可以不走那条路的，你怎么那么不会把握自己？你……唉……”

“我没办法，我没办法……”

她接连重复这四个字，紧紧地收着下巴颏，死死地盯着雪地。

“究竟是怎么一回事呢？怎么会是没办法呢？”我又一次联想起曾经读过的小说中的男女主人公，在面对色相、情欲诱惑之时，靠意志情操，把握住自己，控制住局面的情节。“我搞不懂你的话，身体器官长在你自己的身上，你的身体是受你的意志指挥的。怎么会没办法呢？他又没有打昏你。”

“我没办法，我没办法……”

她还是这句话。

“人是有理智有意志的，人不同于动物。”我脱口而出，顾不得这么说会伤她心。“你不是母猫母狗……你……莫泊桑说过，通常舆论所说的强奸是不能成立的，如果没有女人的顺从或者半推半就，男人很难进入女人的身体。你怎么会接受刘鸣这种低劣的人呢？我搞不懂。你怎么就不考虑弄大了肚子的后果呢？”

“我没办法，我没办法，我没办法……我说不清，我当时就是没办法。你没经历过……我说不清……我没办法……”

她满面哀怜地盯视着雪地，满眼写的都是“我没办法”几个字。“我永远也不会再干那种事了，是他毁了我。我后悔死了。我想重新生活。”

她的哀怜的由衷之言感动了我。我再一次提起《怎么办》里罗普霍夫肩负道义与责任的做法。车尔尼雪夫斯基笔下的三位优秀的男青年，曾经令我惊叹引起我的尊敬，可我没有预想过我日后会遇到类似状况，面临类似抉择。在我的婚姻观里，我从未想过娶一个失足女子为妻。从当时所处时代的风气来说，将性生活留在婚后进行，是普遍公认的行为方式。从社会表面上看，婚前破身的女性似乎是极少数，多数人都是以处女之身步入婚姻的，因而我也不应遇到什么例外。当时的大多数未婚男青年，都持这种想法，我决非特例。日后常听人说的试婚，先同居后结婚以及处女成为稀有动物的情况，其真正蔚然成风，也只不过是近些年的事。不过就通常情形来看，只要是着眼于婚姻的，搞清楚对方的性史，总是男女双方的一个基本要求。要做到知人知面知心，是绕不开知其历史这件事的。谁见过抽去了历史的人生呢？谁见过抽去了具体的生活经历的人生观呢？不是建立在双方彼此真正了解理解的基础上的婚姻，是伪婚姻。

就两性感情和两性生活的质量而言，单纯性应该说是一个最大的保障。就本心而论，有哪个男人真心愿意跟一个被别的男人鼓捣个六够，蹂躏个半熟的女人共度一生呢？除非这个女人异常美丽，气质才分异常出众，让人迷得要死要活而不及于其他。无论在封闭的时代还是在开放的时代，在年长的人群中还是年轻的人群中，此种意识永远是男人意愿深处的一个坎。无论是在封闭的年代还是在开放的年代，如果做一个问卷调查让男人在婚姻选择对象一栏上打分，他们的首选肯定是处女而不是性史混乱复杂的女人。在女人这座金字塔上，美丽聪明的处女，永远是居于顶端的。在这种事情上没什么理好讲，男人的意愿，男人意识深处的意愿就是如此。

民间有话：“宁吃鲜桃一个，不吃烂杏一筐”，说的就是这个意思。大量现象表明，随意混乱的性经历，“十之八九都是婚后不忠实的真正的预备学校。”而忠诚原则恰恰是一夫一妻现行婚制的内在基础。抽去这条原则，便意味现行婚制的瓦解。说白了，对于恋爱方的性史的考察，首先是基于婚姻安全的需要，这在中外文明社会是概莫能外的。

反过来说，假若以性乱为荣的女性，跟那些在异性选择上持审慎态度，不见兔子不撒鹰的女性，被视同等价，那岂不是对后者的不公平？而一个放荡多年的女人，偏偏要求她的新男人给她以处女的尊崇待遇，是不是有点勉为其难？人心就是人心，人心如镜，谁也不是傻子。这不是什么新观念旧观念能遮得去的事实。这正如整黄鸡蛋与澥黄鸡蛋的区别一样，吃是能吃，但鲜度、质地不一样，给人的视觉感受、心理感受不一样。这也是古今中外，概莫能外的。

纯洁不等同于美丽，但纯洁和美丽密切相连，这是由无数诗人所吟咏过的，亦为世代人类的审美经验所验证。它关乎的不光是肉体，还首先关乎着心灵，关乎感情的深度纯度以及身心的感应、体验能力。一个风月老手擅长逢场作戏，其真实程度肯定值得怀疑，难得再有什么异性能启动她的神经，她也难以再产生正常人可以获得的幸福感、满足感。

在面对白玉带给我的冲击的时刻，我对自己内心汹涌的难过与悲戚之情，无能为力、听之任之。事实上，假如我强行阻止我胸中的复杂心情的合成，则势必火上浇油，使其愈演愈烈。我惊讶于我自己的心理能量。对此，我日后在斯宾诺莎的书中只找到了一点解释，也仅仅一点而已。斯宾诺莎写道——

> 他不能不把他所爱的对象的形象与他所恨的人的形象联结在一起。这种情感之激起大都由于这种爱是对于女人的爱。实际上当一个人想象着他所爱的女人失身于他人，他不仅会感觉烦恼，因为他的欲望是被阻碍着，而且他还要讨厌她，因为他不能不将他所爱的对象的形象和另一个人的生殖器及排泄物的形象联系在一起。此外还因嫉妒的人今后不能从他所爱的人那里得到从前所享受的同样的恩宠，这是求爱的人感到痛苦的又一原因……

斯宾诺莎是一位理解人类感性生活的哲学家，他对人性的研究虽然未必十分深刻，但却细致而接近实际。在听白玉讲述她早在高中生时期的性经历的时候，我的确联想到了那人的生殖器和排泄物，联想到那排泄物喷射到她的性器官里，联想到两个男女一起淫乐癫狂的样子，联想到她跟他赤身裸体，联想到她的肚子鼓起来，那小子像听西瓜一样听她肚子里的动静。

我一直以为她是个如花的妙龄女，真相大白后却已见春尽残败，“花自飘零水自流”。正所谓“惜春常怕花开早，更何况落红无数”。表象与真相之间，原以为的和现实之间，落差何其巨大？她早就不如花似玉了，而将自己糟践成了糠萝卜似的妇人。糠了心儿的岂止是她的身，更是她的心。小小年纪，她的心已然是千疮百孔，满目疮痍。这样的心还有爱他人的能力吗？还有爱他人的余热吗？

是的，就是在这一天的上午，在飘飘瑞雪中，她在我眼里一下子年长了十岁。我似乎觉得，她只是被我视力所见的这副空壳撑持着的，她会早于同龄的女人抽瘪下去，瘪成一个缩巴老太太。我联想到我在乡下吃过的老母猪肉。那肉皮是坚脆坚脆的煮不熟咬不动的，肉则全无肉质可言，而跟天然海绵一个样，全是蜂窝似的窟窿眼，根本嚼不烂。因为是老乡家招待吃饭，我硬着头皮硬吃了一块，那视觉印象与口感终生难忘。我问老乡这是什么肉？老乡说这是下过崽的母猪肉，“是不能再下崽儿的老母猪肉。”他补充道。白玉还会是一个青春鲜灵的女人吗？我在心里自问，她的身体会不会真的糠了？这样的人还能不能要？

摆在我面前的更严峻的问题是，一个在那么小的年纪就放荡的女人，真能改邪归正，而变成一个可靠的妻子吗？假如这人习性如此，到时候你该怎么办？吃饱了撑的，拿绿帽子戴着玩吗？给这种女人做丈夫，得有多少顶绿帽子等着伺候？谁天生有这份儿瘾呢？

可我话已出口，我说了我不会抛弃她。

4

我陷入了棘手的事变中。事变的棘手程度超出了我的经验范围。假如不是我上高中时看过该死的《怎么办》，假如不是书中的叙事曾令我心有所感，我可能就不会对白玉说出不抛弃她的允诺来。

这是她希望我说盼望我说的话。她极其仔细一字不漏地听完我的话，眼神中露出喜色，几乎是破涕为笑了。她的喜色来得过于快了一些，令我片刻间感到迷惘。

我过于单纯真诚了，竟然没有看出，她的喜色表明我仍处于她的掌控之中。她昨夜一宿没睡。不光是在想什么能说什么不能说，她还在细细地琢磨我这个人，琢磨我的思维习惯，设想了她讲出部分实情后我会做出的反应。我的表态正好在她的意料之中，证明了她的聪明之见，亦合乎她的期待，她掩藏不住地笑了。她舒了一口气，庆幸自己闯过了一关。

但很快我便被眼前危机攫住了。眼下的当务之急，是不让那个刘鸣再来伤害到她，不让她再回到他身边。那样一来，她这辈子就真完了。只需看看那小子的爹妈是什么货色就知道了。从小就不教孩子向学上进，而是教唆他明铺暗盖，还是孩子身呢，便勉励他去睡女人，弄大同学的肚子，有半点对他人负责的心没有？那是一个劣质的烂窝，不能让她再掉进去。那个一次次来纠缠的刘鸣的背后，少不了有他的父母的教唆。这下子我相信左拉的许多描写了。起初我看他在《萌芽》、《小酒店》中写下层无产者子女的性乱、早孕、动物般的行为，并不全信，以为他有写阴暗面的癖好，现在看来，他确实对实际生活做了深入的考察。

现在我不去探讨那个家庭为什么会那么低劣，那么裤裆味儿熏天？不去探讨它的来龙去脉，社会文化方面的成因。我没工夫去琢磨这事，我的当务之急是防止白玉再倒退回去。我突然间感到自己势单力薄，孤掌难鸣。我觉得我难以阻挡住她。

她居然曾经那么多次地住在他家，在一间屋子里跟那一家人住在一起，当着刘鸣的父母，跟他睡在一张床上，甚至一个被窝儿里，形同夫妻，形同婆媳、公媳。他们之间的联系曾经紧密到什么样的程度？凭我一个人的时间、精力，能看得住她吗？这时我对自己的人格力量和个人吸引力，开始产生怀疑。对于这样一个早早就已经见识过男人见识过风情的女人，我吸得住她吗？一时吸住了，时间长了还行吗？我有多大的能力把握住她呢？能把握住多久呢？

我越想越慌，越想心里越没底。

中午 12 点 40 分我们结束谈话，在中山公园东门外分手。她去单位食堂吃午饭，然后上班，我则飞身上车，赶往她家去找她的父母。今天是星期天，我知道他们都在家。

我的到来出乎他们意外。他们用眼干巴巴望我不说话，还是放我进到屋中。我说出了我刚听来的事和他们女儿当前面临的危险。

我说得很快，很急切，有时语无伦次，但我终于叙述完了。我说出我此行的目的，请他们肩负起防范刘鸣侵犯白玉的防务。

白玉的母亲闻听变颜变色，一个劲地摇头说我这是编造，她一定要在问过她女儿之后，才能确定相信与否。白玉的父亲白西亭直冲我而来的问话，令我大感困窘，一时语塞。

他在我复述的时候一言不发，面无表情，眼神漠然，无动于衷。等我停止复述后他埋头沉默。突然，他扬声发问：

“你是想利用这个来要挟我们吗？”

闻听此言我愣在原地。我怎么要挟他们了？我为什么要要挟他们？我有过要挟他们的念头吗？没有？根本没有。可他为什么一上来就往歪处想人？

“你想用这种丑事来要挟我们，胁迫我们把女儿许配给你是吗？”白西亭声色俱厉地审问我。“你不要过高地估计你自己，我见过的无赖多了。”

我一时语塞。不光是语塞，还有哽咽。刚才在中山公园长椅上白玉带给我的全副屈辱与失落，一齐涌上心来。我一路上强忍着的悲愤喷发而出，一时间我热泪滚滚。

我手指白西亭咬牙切齿数落他：“你枉为人父，你女儿在你眼皮底下遭遇这么大变故，你居然一无所知，你是干什么吃的你，还有脸指责我。你以为我是来跟你们要你们女儿是吧，我可找着要挟你们的机会了是吧，你也太不开眼了，你以为你的女儿是天女下凡，千人抢万人抢是吗？太没自知之明了。我明跟你们说吧，我来是尽一份责任，是想跟你们商量个办法保护好白玉，使她免于再受那刘鸣的祸害。说白了，这份责任我可负可不负，我也不是没有思想矛盾的人。你们要这么歪曲人，我甩手一身轻没二话。我只希望你们从今往后将功补过，做起合格的父母来，别再枉为人父人母。”

我一时性起，悲愤填膺，把话说得毫不含糊。这个男人的混账攻击，气得我不轻，不是看在他是白玉亲爹的份儿上，我真想对他饱以老拳。

我没有忘记我此行的目的，见白西亭的敌意有所低缓，我于是说出了我的方案：由我接白玉下班，送她到家，由他们负责在车站接送她，并负起她在家时的监护之职。

白西亭肯定没有放弃他对我的恶意之想，但他的态度开始变得可以对话，开始将注意力放到对付当前的危险上。

我离开他家之前，他郑重地说："我们加强联系。"

5

直到今天，我都不能确定我当初急不可耐地跑到白家是对是错。但从白家出来后，我紧绷着的心弦，的确获得了某种松弛，有一种重担有人跟我分担的感觉。可是于今想来我还是太贸然了，光想着防范当前的危险和找人来分担，而没有去想这种事说出来，对那对父母来说，不啻是晴天霹雳，他们的精神能不能承受得住？没有去想我跑这一趟之后，这个家庭会罩上什么样的阴云，激起什么样风浪？我没有去想这一面，没有往这个方向上去用心。我光顾一头了，而没顾到其他。甚至连这么跑一趟，会不会招致误解，都没有去想。我过于简单，甚至是过于自私了。简单、自私到都不去想：将这事告诉给白玉的父母，她本人接受不接受？会给她造成什么样心理压力？我没有去想这些。我急急而去，急急而说，自以为正义而且正确，却不肯缓一缓，挂一挂，将事情想一个周全，然后再采取行动。我没有征求白玉的同意，没有事先跟她打招呼，一经形成想法，便付诸实施，而没有过多考虑她的感受。

当天傍晚我接白玉下班。刚走到护城河，我便将去她家的事说了出来。

我是当好事说的，是为了让她有安全感而说的，也是为希望她配合我与她父母的联系合作而说的。那时候的我太热屁憋，太沉不住气，太存不住话了。

白玉一听便勃然大怒。她双脚跳离地面，双臂抡舞起来，吼叫着："谁叫你去我家了？谁叫你去报告他们了？你也不事前问问我的意见？你叫我在家里还怎么待？你，你……我跟你掰。说掰就掰。"

白玉真急眼了，像中了枪还没致死的狍子那样乱叫狂跳，恨不得一口把我给吃了。我以前还没见她这样光火泼悍过，这样地无法劝慰。

"你老是觉得你对，老是自以为是。你是谁呀，就敢把我的事捅到我们家去。你滚蛋！我永远不会再跟你来往。"

刹那间我的心冷静下来。我意识到我可能真做错了事，与此同时，我也不相信我的眼睛和耳朵。今天上午还可怜巴巴的这个女人，怎么忽然之间换了个人。她全然不记得自己的苦难，全然不记得自己做的错事，全然不记得我对她的谅解与关心。这时的她是一位暴君，全然有权斥逐一切。

"你必须得向我道歉。"她毫不留情地命令我。

"对不起。"我道歉道，"我真没想那么多。我是好意。"

"好个屁。"她怒骂。

我忍着，想着她受过的罪，想着她的不幸。

这天晚上我头抵在柳树上哭了。哭得昏天黑地，一发而不可收。我哭她，更哭我自己。哭我自己的感情付出，哭我自己所蒙受的委屈，哭我的失望和对于美好纯洁企望的落空，哭自己无缘得到理想中的好女人，哭这个女人的不争气，哭自己给她的许诺，哭自己的不走运和命苦……我联想起自己从农村回城后的种种挫折不如意，重获出路的渺茫，世态的炎凉，人生在世的不易……

我哭得涕泪滂沱，泣不成声。

四下雪紧，落入衣领。

白玉陪着我一起哭……

6

让我没有想到的是，这次事件竟成了我和白玉父母间关系的转折点。

我一如既往地约会白玉，送她到家，像以前那样待上一个多小时，然后才趁夜色返回。

这天晚上到达白玉家后，我和她又像往常那样待在她家大屋里，没有拥抱和动手动脚，只是站着说话。忽然白西亭出现在门口，他悄没声的双手平端一杯茶水进来，冲我而来。白玉说："快接了，给你的。"我受宠若惊，诚惶诚恐。

白玉又惊又喜地拉住我衣袖，用压低的几乎颤抖的声音对我说："我爸接受你了，他同意我们的事了。我还从没见他对谁这样过，他从没给谁端过茶递过水。"

白玉父亲白西亭，从进屋到出屋，只用了半分钟时间，也许半分钟不到。他像影子一样飘进又飘出，一语不发，脚步无声。他并不看人，只用眼睛盯着小茶杯。他双手擎杯端给我，像蒙古牧民向远道来的客人敬酒一般的姿势，倏忽而来，倏忽而去，让人难以把捉，不知其所以。其肃穆寂静的气氛，又颇近乎日本的茶道。他用来盛茶的茶杯，是一只小茶盅，相当考究的细瓷蓝花的那种，接近着茶道的规格。

他的举动是真心的，也是富于象征性的满含寓意的。他老是让人猜不透，连流露感情也都只在一瞬间，稍纵即逝。

由此引发白玉情绪的喜悦继而高涨。她一再引出婚事方面的议题，将一种模糊的前景展现给我，并提出倒插门的设想。

我说："无功不受禄，我真不知道该对你爸说什么。"

白玉说："从今天起，这个家你就平趟了。"

我突然觉得千斤重担压身，放都放不下了。并且，这副担子似乎跟我的肩膀牢牢粘在一起了。

白玉今晚话格外多，想到什么说什么，声音也时高时低。她说起我那天把她怀孕打胎的事告诉她父母后，在家中引起轩然大波。她说："那天夜里我妈哭喊了一夜，说：'我怎么命这么苦啊，老天爷为什么这么害我们家人呀！'她哭得有时都快断了气儿了。我爸也哭了。他哭不像我妈那样号啕，而是一声不出，用手抓自己的头发。都是你惹的祸……你呀……现在总算风平浪静了。”

在这晚剩下来的时间里，我给白玉复述《怎么办》里的情节和人物，讲作家书中的道德主张，讲我对书的理解和它对我成长的影响。白玉脸色绯红，满面含笑，频频点头，身上焕发出崭新的活力。

车尔尼雪夫斯基是正确的，看吧，薇拉的奇迹在她身上再现啦。我在心底里轻轻欢呼着。

接下来的两个星期，是一段相对平静的日子。白玉的父亲白西亭，在晚间去车站接女儿的时候，憋住了刘鸣，跟他做了一次颇具威力的谈话，刘鸣被暂时镇住缩了回去，至少是不敢公开露面了。白玉在眉头飞动地转告我这件事的时候，还捎来她父亲的口信，叫我抄几篇稿子过去，由他转给编辑部去发表。白玉说他父亲虽然没有明说，但他暗示他会想法把我调入报社。“他说让你多写些适合于报纸的东西，尽可能多发表一些。”

这阶段白玉开始提及若干结婚以后的话题，主要集中在经济方面。比如她说：“以后一起过了。你得把你工资交给我，要不然我就没有当家做主的感觉。”

我说：“可以，这不是问题，你给我留出买书买饭票的钱就行了。”

她表示满意地笑，又说：“我喜欢吃什么就买什么，喜欢穿什么就买什么，你不许干涉我。”

我说：“只要你买得起你就买，我压根儿就没想过管你这种事。”她又表示满意地笑了。

至于我以后有什么打算，有什么读书计划，想写些什么东西，则全然不在她的视野范围之内，她连一句都没有问过。正因如此，虽然她一再提及婚后生活的话题，我都只是含笑听她说，而不介入实质。我不阻止她说，但我自己不说。我觉得应该继续观察一段时间。谈婚论嫁可不是闹着玩儿的事。

“要结婚总得经过一个恋爱过程吧，你跟我谈过恋爱吗？难不成你要先婚后恋吧？”我说。

“哎，先结婚后恋爱不是一样的事儿吗？”她拍掌嬉笑。

第九章 落 帆

1

这段时间我和白玉照往常那样见面、散步，但话越来越少。有时还会拥一拥抱一抱，但感觉急速减退。原先跟她在一起时，她拥抱起人来，还是富于热情和热力的，现在则表现为百无聊赖，心不在焉。我好生奇怪，问她遇到了什么事？我什么地方得罪她了？为什么冷漠得像块废胶布？起初她照她的老习惯闷头不语，最后突然冒出一句：

“我算完了，一点激情都提不起来了。”

我说：“你刚开始时激情多高呀，走十几站地还兴冲冲的。”

她说：“我就那点热乎气儿，使完就没了，再提也提不起来了。我真的完了。我不想那个样儿，可我没办法。我想是以前跟刘鸣的那些事把我毁了，让我对男人就几天的热乎气儿，然后心里就空了。”

我仔细端详着说话的女人。她说的是实际情况，她可能就那么点热情，对任何男人都这么点热情，越用越少。她的小奔儿楼头看上去是聪明人的额头，可为什么里面装的东西那样少？思维域那样的狭窄？除去日常生活层面上的话题外，她想不出更高级有趣一点的话题，以至于我们之间能交流的东西少得可怜。在她面前，我觉得我是条河，而她只是一个水盆，撒完了就完了，你没有办法让她形成云彩。我现在已经不再跟她谈什么书本文学之类，因为连她自己都说我是对牛弹琴。最后她干脆露骨地说：

“懂点诗啦词啦的有什么了不起？当得了吃当得了穿？当得了钱花吗？这年头最顶用的是钱。有钱就能做人上人，吃香的喝辣的。你的工资级不一定比我长得快。”

随后她又安抚我道：“我没有挤对你的意思，最后还有我爸我妈做后盾呢。我是老小儿，他们的是我的，我的还是我的。”

我说：“你以前怎么没这么说过？以前你听我谈文学的时候不是挺全神贯注的吗？”

她说：“我哪是在听你说话？是对你说话感兴趣，至于你说的是什么，我一句也没听进去，再说我也不懂。”

我说："你这人挺会装的，听不进去你老点什么头，耍我呀？"

她说："我点头你就会高兴，你就会喜欢我，所以我才点头。"

我被她说得哭笑不得。我说："我终于明白了，我还以为你是善解人意，跟我会心不远，闹了半天……我明白了……我看错了人。"

"你才知你看错了人呀，我早就看出你是个书呆子。"她一副满不在乎的神气。她说，"我这人不喜欢大老粗，书呆子还算能接受。你别看我上学时学习不好，可我器重学习好的人。你不老爱说'秃子跟着月亮也沾光'吗？照说，找学习好的男人，比找大老粗，还是有面子的，也带得出去。"

我说："是呀，读书在其次，察言观色是你的本事。"

她说："这才是真本事。我不是吹牛，别管什么样的男人，只要我的眼睛跟他的眼睛一对上，我就知道他打什么主意。"

我倒吸一口凉气，转头注目河对岸，不再说什么。

我默默地回放反刍跟她认识以来的一景景一幕幕……

在她和我之间，冰面开裂，各自分离的迹象渐渐显现。

从头到尾，一样一样，我都觉得来得太快，匆匆迫迫，超出常规。

一次约会冷冷淡淡，两次约会冷冷漠漠，三次四次依旧如是。大老远地跑去，就为看她叠泄着脸，面无表情，闷头不语，找不痛快，对比以前的情景，大感判若天壤。难道有过情事性事的女人都这样子吗？她们的心理难道扭曲变态了吗？她是二婚头，我可是一婚没婚过，两两不同步，中间差异大，干把我撂在这儿可怎么好。可见早涉性、堕胎，绝不只是生理事件，它会影响到一个女人一生的生活态度、生活热情。

我和她的关系，降到自认识以来的最低潮，大约有两个星期的时间我们没有联系。

她只知道男女关系，不懂得恋爱。她没经过这方面的学习、摸索，缺乏这方面的修养，她拿不出精神内容来。我自怜哀叹。照她自己说的，她已经是残花了，早晨太阳一出，她抬了一下头，便很快就蔫下去了，再也振作不起来了。"你别再管我了，让我破罐子破摔吧。我是猴拉稀——没治了。"

"别说丧气话，我们一起来想办法。"

"没办法，心药得用心药医，没地方找这种心药去。连我都拿自己没办法，你能有什么辙？你要觉得没意思，就离开我，让我放任自流吧。"

2

这天我身上发烧病休在家。将近下午1点钟的时候，门铃声响起，白玉撞进家来。我屋中正有邻居家的小女孩放学无事串门，见进来个年轻女子，起身打量，然后笑吟吟离去。白玉往各屋望望，问："有别人吗？"我说："就我在家。"听罢，她上前一搂脖子抱住我，紧搂了片刻。

我说："我感冒了，别传染给你。"

她踮起脚尖用双唇试我额头的温度，惊讶道："这么烫？快，我给你试试表。"

她今天对我表现出的热情与关心是我久违了的。一时间我受到感动，喉头竟有些哽咽。我心里自言自语着，她今天满面春风，多么善良啊，她心里到底是有你的啊。前些天你还在想，不能再理这个人了。可你看，她这不还是记挂着你，大中午的跑来看你了吗？她表现得多像一个未婚妻。你难道真的错怪她了？

"看看我给你买什么了？"她指着放在地上的布兜子让我看。"多棒的苹果啊，我洗了削给你吃。"说完她忙活开了，到厨房洗好苹果，又找出刀来削出完整的果皮圈，用手指掐了苹果送到我眼前。

我很快吃完一个大苹果，感觉身上舒服了许多，腮部的扁桃腺也不那么滚烫了。我心里舒畅起来，烧仿佛也因此在往下降。

我拿苹果给她："你也吃，别我吃你看着。"

她说："我是特地为你买的，全归你，我要吃我再去买，你别瞎让了，抓紧时间说话吧。"

我问她："你怎么知道我在家？"

她粉面盈盈地笑望着我回答："我刚往你们科里打过电话，我一听说你病了就赶过来了。我真担心死啦，不知道你病成什么样子。"

我说："你去照照镜子，你今天是人面桃花，气色怎么这么好？"

她的额际的头发为路上的风吹得蓬起，脑门上一层细汗珠儿，脸色健康而生动，整个人神采奕奕的。她还是穿着第一次跟我长途步行的那套衣服：黑皮棕绒边的皮鞋，蓝色涤卡长裤，中式棉袄外罩，即那件天蓝色平纹布外衣。在我的记忆里，没见她穿过大衣呀呢子外衣呀什么的大件防寒服，老是这么件小棉袄。我曾经问过她冷不冷？她说我这是丝绵的，暖和着呢。搂着她或者隔着平纹布抚摸她，有一种极为舒适的手感，柔若无骨。回想起来，她之令我心动，就是从这种感觉引起的，让我觉得真是遇上了一个娇气的女孩儿，并且她投入你怀抱时的那种乖女孩儿样，的确楚楚动人，面含娇柔与喜悦。她的这些久违多时了的神态，再一次重映在我的眼前，令我的思绪飘回到跟她刚交往的最初几个星期。

她这天中午来看我，只待了半个多小时。她下午还得上班盯门市。她搀扶我躺到床上，给我掖掖被角，然后摇摇皮手套向我道别。

白玉的母亲开始跟我说话，并且把她和女儿发生的冲突讲给我听，要我说说白玉。我看出她是一个脾气过于鲁直的人，没什么城府，也不会控制自己的情绪。

一次她对我说："白玉昨晚跟我吵架，吵得很凶，没完没了不依不饶。"又一次她说，"昨天为一点小事她就跟我跳猴，跳着脚跟我骂，还扇我耳刮子。小余你好好管管她，她现在还就能听你的话。"

我将信将疑，白玉拿眼白翻她妈，不说话，转而冲我不以为意地笑笑。她妈赶紧回她自己房间，身后丢下一句话："都是小时候她爷爷惯的。"

白玉说起过她爷爷最疼她溺爱她，连她爸都不能说她，说一句她爷爷都冲她爸瞪眼。她说她爷爷走到哪儿都带着她，谁家请她爷爷写个春联，她都跟去帮着研墨。她说她上小学时，每天早晨都跟爷爷一起跑步。她说她刚上初一就能将她爷爷抱起双脚离地。她爷爷怕她弄伤了内腑，她说没事儿，结果她双臂抱他双腿，还真把她爷爷给抱了起来，她爷爷乐得合不拢嘴。

初听她说起她爷爷的时候，我眼前呈现的是一幅祖孙怡乐图，是她幼少年时期的幸福生活图景和她招人疼爱的模样，觉得她有幸生在一个康乐有文化气氛的家庭。她身上的那股时时流露的洒脱劲儿和好人家孩子的外观，跟她爷爷给她的熏陶密切相关。可我当时忽略了祖父辈儿对孙辈的溺爱问题，忽略了这种溺爱会给她的心理成长，造成的负面影响。

白玉提议我跟科里要求改休息天，要求我改成跟她一样，每星期三休息。我跟大头科长一说，他便同意了。休息天对我来说异常宝贵，这是我唯一可以完整地用来读书的时间，而白玉的用意是要我和她待在一起。

3

第一个倒到星期三的休息天，她邀请我去她家。白天她父母都上班，这是唯一的一次她和我在她家的单独相处。上午的时光，是一个阴天，室内安静，带着人睡过觉的气味和雪花膏的香味。

我们照着老样子坐在床沿儿说话。她家的床上铺着黄绒绒的床罩，这在当时的许多人家是不多见的。我照着惯例隔着衣服抚摸她。她笑吟吟享受着享受着。突然间她做出一个猛烈的动作，从腰间抽出一根白东西，朝身后一抛，那是一条医用白纱布，是她充做腰带用的。

那条纱布在屋内的空中翻舞着落到了屋角，像一条白蛇。我联想到伊甸园的那条蛇，那应该是一条白蛇，而不是书里插图上画的黑花蛇。随那根纱布条子的抛出，我问了句："你系什么呀？"她应声说："我再换新的，有的是。"随着纱布腰带飞旋落地和她的话音落地，她突然爆发出生龙活虎的力量，将我一扑，扳倒在床上。

我万没有料到第一次跟她独处，竟会以一个男人被强暴之姿被女人压在身下。她的力气之大，超乎了我的想象和以前从她身上感觉到的。一个像她这么苗条的瘦身材女人，压在身上应该不算什么，可她一旦较起力来真是力大无比，体重也仿佛增加了十倍。她身体直挺挺地捂在我挺直仰卧的身体上，胯骨紧扣着我的胯骨，胯骨尖正顶着我的胯骨尖。我的骨头尖儿几乎被挤得格格响，肋骨向下弯曲塌陷着塌陷着，仿佛随时会嘣一声被压断。我拼命鼓足气，保护自己的内脏。钻心的剧痛从我的耻骨上传来。她的无肉的耻骨极端的突出，像个锋锐的锄头，死死地凿在我的耻骨上。我努力地忍痛忍痛，身上开始冒汗。

在我的想象里，男女相拥于床应该是温柔温存的，是柔声细语的，缠绵和谐的。中国小说和苏联小说里都是这般描述的，这个人怎么这样。她屏足了气，一声不吭地用耻骨往下锄着往下戳着。在她的耻骨和我的骨头之间的我的皮肉，几乎就要被咯吱吱铡断了。而她则正在深埋着头，仿佛沉浸于巨大的快感之中。

猛然我觉得我的耻骨神经就要被她锄断了，而神经一断我的男根也就报废了，我心痛如炙，心焦如焚。我半点也不想扫她的兴，可人对疼痛的承受力是有限度的，我开始轻声请求她松松劲儿松松劲儿。我反复说了四五遍她还纹丝不动。突然她霍一下子翻身而下，脸红脸青地恨视着我，怒气冲天，恨声道："讨厌，说什么说，败兴！"

顿时房间里储满了火药，随时会爆炸。

有专家将性学划作一科毕生研究，是有其道理的。很多人认为它可以无师自通，也有许多人活了半辈子也没有真正学通它，对于当时心怀好奇却没有实战经验的青年来说，究竟女性的性心理性生理的反应过程是什么样子？他更是一头雾水。面对白玉这种有特殊经历的女人的特殊反应，我更是见所未见识所未识，更不曾揣摸过发生在她内里的灵肉冲突。

她是个早熟的，早在少女时代就吃过禁果的女人。多年之后我听人讲起，不曾领略过性快乐的女人，因为不知道，所以容易克制住情欲，而有过放纵史的女人，相比之下，则克制起来有难度。这时的白玉就属于这种情况。又因为她为自己早年的放纵付出过代价，令她伤痕累累刻骨铭心，因此她对于性事又怀有恐惧的心理，对于其后果，别提多么的害怕。此时此刻她内心矛盾一定超乎于其他女性。而这一天的这个时刻，她已然是情欲勃发而又不敢前进，不能明说，便本能地用这种方式加以表现，取得稍许的发泄。

最奇异的是她的耻骨，无论当时还是后来，都令我不得其解，想不通用耻骨去硌一个男人，怎么会使她获得快感？耻骨上难道也有那种神经吗？她的这种反应，真的是太奇怪太特殊，太超乎常识了。不但当时当刻我搞不懂，多年后的今天，回想起她当时的情状来，我还是两个字：不懂。

她当时真是急了眼了，翻身起来给了我肩头一巴掌。我立即谴责她，说你这个人怎么这么野蛮？

她气呼呼地坐在一边再不发一言，神气间再不见一丝半毫淑风娴韵。

许久，她起身到小橱前找出卷纱布，剪下一段，系到腰间。

室内气压低到极点，空气令人窒息。

我心情沉重，起身离去。

4

这番在她家的经历着实把我吓得不轻。这跟我从小说中看到的，听别人说起过的两性之间的亲昵性状，差着太远，简直闻所未闻。超乎了我的想象的疆域。难道我未来的床上生活就是这种样子吗？多么奇怪而可怕，差一点没把我疼断了气儿。这算是干什么呀，多么稀奇古怪。这种状况如若发生那么几次，非把一个正常男人毁了不行，把我对两性生活的美好理解毁了不行。

而且她身为一个女人，怎么那么粗暴，一不顺着她的意，就怒不可遏，说翻脸就翻脸，把往日的情分全都抛到爪哇国，让人觉得她没有长性，跟她没有安全感。在她的眼睛里，我到底是个什么？

我心里一时矛盾重重。思来想去，进也不是退也不是。那是我唯一一次在她家跟她单独在一起的经历——在她父母不在家的时候。从这次起，我长足了记性，再没有在休息天去过她家。

这件事预示着我跟她分手的日子不远了。

几天后的中午，我们再次在文化宫见面。自始至终都没见她一个好脸儿。我一次又一次问她怎么了？我什么地方得罪她了？她不理不睬,时而莫名其妙地瞥瞥我，时而怒狠狠地瞪视我。偶尔从她口里蹦出的字眼儿是：“没意思，没意思。”要不就是：“男人都一样。”

我猜测，她又陷入对当年怀孕堕胎的恐惧的回忆中，恐惧着再一次被弄大肚子。于是我向她明确表示，不会于婚前跟她发生性行为。我说：“我会让你看到，我余奔滔跟刘鸣不是一样的人。”

我以为听我这么说她会转忧为喜，却想不到她的脸子更为阴沉，凶巴巴地瞪我，恨不得一口将我撕碎。她一跺脚转身就往园外走，我紧撵慢撵才追上她。她不明不白地怒冲冲不理人。

一连好几个中午的会面都是这样。

我问她这究竟是在干什么？她到底想怎么样？她依旧是跟我甩脸子，把空气搞得异常紧张沉闷，仿佛悬空吊满了炸弹。一次发怒她把手抡到了我的睾丸上，疼得我当时就扭曲了身体，冒出一身冷汗。她非但没有歉意和表示心疼的样子，口中还一劲儿地说：“活该活该。”这样一来，她在我眼中就变成一个十足的悍妇、泼棍。

女人可以很勇敢，但不可以野蛮。在天下女人的所有缺点当中，野蛮是最不可以接受的一项。野蛮使女人的一切可爱之点尽失，使她成为一头野兽。

常言所说的“南辕北辙”，说的就是当时的我和白玉。她之所思和我之所思，这时跑到了两岔上，她能不对我心怀怨毒么？鉴于她从前所受的苦难和表示我对她的尊重，我回避与她涉性，本意是给她以安全感，并使她不产生低人一等的想法，却不想正好忤逆了她的心思，我还以为自己在做好事，理应受到她的称赞。她不便明说欲求，原指望着我意会晓事的，却眼见着两下里越差越远，她恼恨于我，也是情理之中的事。她难就难在，在我知道了她的前事之后，她不便于明目张胆提性要求。那样一来，便等于告诉我，她做学生时大肚子，全是她主动自找的。

她就差着直说她这时需要的不是护花使者，不是怜香惜玉的君子，而是能给她解决近渴的近水。

“你怎么变成了一个母夜叉？”我恨恨地谴责她。

“我就是母夜叉了，你把我怎么着吧？”她面目凶狞地朝我吼叫。

我忽然听见有人叫我的名字，一看原来是一位街坊骑车走护城河这条路，正好看见我们。白玉当即停止撒泼，露出一副温良的神态。“什么时候吃你的喜糖呀？”街坊这样高喊。我很觉尴尬，生怕这位中年男人看见我们在吵架。

等人一过去，她又恢复了方才的面目。

我想我已经是左忍右忍了，这人简直像个暴君一样暴戾无常。大中午的我打老远骑车过来，就是为了找气受吗？我气急败坏地质问她：“我怎么你了？是烧了你们家房子，还是挖了你家祖坟了？你总得说出个原因吧？”

“我不想跟你好了。”她终于开口说话。

我说：“讲讲你的理由。”

她说：“没理由，就是不想好了。”

我说：“这是你说的，那就分道扬镳。”

我抬手扇了她一个嘴巴，转身就走。

我最后一眼看到的她的眼神，是空洞的。

我的手触到她的面颊的时候，给我的感觉她是个经打的女人，并且她不是第一次挨男人嘴巴。她的坚毅神态，不像刘胡兰，也像赵一曼。

这是我第一次动手打她，也是最后一次打她。这抬手一击，帮我下定了绝她而去的决心，也断了我心软回头的路。

5

若干天里，我一直处在优柔寡断的矛盾心态中。我知道我跟她难以为继，不会有好结果，勉强和她生活在一起，也是祸多福少。可毕竟她对我有过多情多意的时候，有过小鸟依人的镜头，毕竟我对她还负有一份道义上的责任。我曾经想看着她彻底离开了刘鸣，彻底告别了从前，再不显山不露水地淡出她的生活，没想到她的真面目提前暴露，逼我急流勇退。

她太任性，太娇纵，太自私自利了，她想要什么就得立马拿到手，吃到口里，否则就急就怒，就泼悍按捺不住。她伪装自己的本事，超出了同龄人，可她从小被娇纵惯了，根本没有耐性，所以她无法长期包裹住自己的性情，致使前期的努力和所做的功夫，一夕付诸东流。

说到底还是学识浅薄制约了她，说到底她只有小聪明而已。尽管她早熟早经事，自认为深识男人，可她并不真正懂得我。她不清楚我的生活观、价值观，更不过问我的人生理想、社会理想、事物判断标准。她不理解我为什么不是第二个刘鸣，她不明白我是出于何种情谊观、道义观而至今滞留在她身边的。她只依着她自己的眼界去想我。否则，她不会提前滋事，提前来解放我。

我急匆匆面色难看地来到存车处。看车的妇女诧异地看我，道："怎么了今天，小两口闹意见了？"

我每次到她这里存自行车，她都看见白玉站立一旁等候我；取车时白玉跟我一起走来，等我取出车来，她再陪我走几步路。而今天的情势变了，我又面带怒容，才引起了她的惊讶和疑问。

这是一次非常奇特而又水到渠成的分手。我真的跟她分道扬镳了。我中止了对她的惯纵，这显然超出了她的意料。

我像卸去了重负，脱去了重轭的马。

大约过了两个月，储运科的老何来自取处找我，说是受了白玉之托。

老何是我在培训班时认识的，我们已经成了朋友，可以聊很多事，我是他婚礼那天请的唯一的同事。老何是从东北农村插队回城的老三届，对我很诚朴，也时常点拨我些人情世故。他肩宽脸大有力气，是工人家庭里出来的男人，也好扯个媒拉个纤什么的。婚礼上我见到了他的媳妇，是个胖乎乎的白女人，是一名车工。她是家中的老小，上面有两个哥哥。见他们站在人群中像对处男处女似的，我心中暗笑。倒回到一个月前，老何曾经充满回味地给我讲他与办了登记手续的女方明铺暗盖的事。"真白呀，跟一堆白雪似的。"他咂巴着嘴回味，一副满足与幸福样子。他举行婚礼的那间小屋，狭小得让宾客转不了身，新郎新娘，只能站在门槛处接受人们的敬酒。这时天上正下着霏霏小雨，他的头发上西装上，都淋上了雨水。

当时我的心里深有感触，曾想，下层工人的婚礼大概都跟这差不多吧。日后自己的婚礼会是什么样儿呢？到时候自己上哪儿弄大房子去？

在我和白玉分手之后，老何曾小的溜的敲边鼓想起个说和作用，我假装没听出来，他便不好硬拦。这次是白玉托了他来做正式说客。"我约你们俩人，啊，在王府井吃吃饭喝喝茶，有什么矛盾说开了……"他将左右两手的食指往一起一并。"不就齐活了，有什么疙瘩解不开呀。"

他这人红脸膛，爱笑，笑起来一口白牙，两眼眯成一条缝。他一边跟我说话，一边用熊掌似的大手拍打我的肩头。

我的态度很坚决，我说："老何你转告她，说我离开她很庆幸，我不会再往火坑里跳。这顿饭让她留着跟别人吃去吧。"

老何自感下不来台，呵呵呵呵笑，道："别犯倔了，好好想……想想，给我个面子。"

我正色道："老何叫你说，我什么时候驳过你面子？唯独这一次。这是终身大事，不是儿戏，你饶我这次行不行？"

老何见我话说到这个份儿上，一拍我胳膊道："得，兄弟，我反正尽心了，我回白玉去啦。"

我拦他一把道："别急着走，听我把话说完，不然你会误解我，以为我是个负情的人。你可以问问她我是怎么宽容她的？够不够仁至义尽？一度我曾经幻想尽可能地去影响她，赋予她一些新东西，把她改造成一个优秀的女性。我想错了，我影响不了她，更别提重塑她，她不把我带到泥沟里就谢天谢地了。我后来想明白了，为一个没招治的女人，赔上自己的一生，根本不值得，是愚蠢可笑的。我犯不上毁自己。

“老何你知道我最见不得什么吗？第一我见不得女人眼泪，女人一哭我就心软。第二我见不得女人凶狠，女人一泼野凶狠，给人的印象就太丑了，惹人嫌憎，而不足怜惜，形同野兽。女人是要给人以美感的，是要以贤淑服人的。她的浑泼我领教够了，让她把这一套留给好这一口儿的人吧。我看透了，她是猪肠子——扶不起来。我不想再找不自在。

“这下你明白了吧老何？你总不忍心再把我往火坑里推吧？”

“得得兄弟，老哥我明白了，我知道该怎么答对她了。”老何连连搓手心，起身要走。

6

在两性经验上，白玉已属于过来人之列，而1979年的我，尚是一个刚刚学徒的门外汉，一个没见过阵仗的“雏儿”，一个热衷于马拉松式的男来女往的形式主义者——至少白玉这么看。她希望我继续进军，直捣柏林，我却裹足不前，心怀疑虑，搞起了屯田。对此，她怎能不郁闷怨怼，骚躁生恨。

她从小到大要星星不能给月亮，沿袭成性后，欲求一旦受阻，便不免闹事生端，浑劲儿一上来，便顾不得伪装，致使前期用心搭建的彩棚，哗啦一声坍塌。如同白骨精给猪八戒变出的美食一般，眨眼变回了石头。当然她不是白骨精，扯上白骨精的比喻有辱于她。她并不存吃人害人之心，她的所思所欲，也只是一个女人的所思所欲，没什么大逆不道。只不过她的目光过于局促狭窄了，在个人精神成长上，太缺少说得过去的培养、开发，缺少应有的色彩。东北话管这叫“洼”，叫“水平太洼”。常言说“道不同不相为谋”，更何况是为眷为偶了？那可是半辈子乃至一辈子的祸福啊。人来一世，又有几个半辈子、一辈子胡乱送人？

就内心而论，在与白玉交往的中期，我就发现了她身上的难以为自己认可的缺陷，但我还念着她在交往前期奉献给我的热情及富有生气的景象，我用自我遮蔽的办法，为她开脱、辩解，冲淡了心灵所感觉到的不适。在她早年失足的事暴露出来后，我又出于义气和怜惜之心等一系列自我主观色彩甚浓的心理活动，维持了和她的交往关系。这当中，来自崇高文学作品的影响，占了很大的比重，脱离现实的期望占了很大的比重，她的时坏时好的表现，也直接感性地影响着我对她的态度。说到底是不得其人。就像打扑克牌，你抓到手里的是一把烂牌，注定了这一局你打不赢，这时明知道牌臭，你还是不得不跟着局把牌出完。

爱情是发生在男女之间的具体而微妙的感性生活，它同时是一种经过了充分充实与发展的人类文化现象，是极其美丽璀璨的心灵之花。人可以从恋爱实践中学习爱情，从自我认识中领会爱情，还可以从诗歌、小说、电影、音乐、哲学中领略学习爱情。可是缺乏这方面的学习、训练、熏陶的人，他们的两性关系史，便呈现残缺状，便缺乏爱情文化的延展与充盈，三眉两眼便进入到相互之间的性利用上。那点蔫包儿似的所谓情，随性而来，随性而去，或者只是一点装饰语而已。这种情形也许可以被视为更接近人的原始性，但远不是最好的，也难以满足走过了漫长文明史的高级身心的需要。如同几根干树杈子可以被称为树，却比不得枝繁叶茂，姹紫嫣红的山野园林赏心悦目。

在这个世界上，真实肯定强于虚伪，可真实的不见得可爱，只有真实的美丽才是可爱的，只有真实无妄的聪明、美丽、善良，才是可爱的。可爱才能生情，生情才会舍不得放不下。恋爱就其本质特征来说，是一种审美行为。无美可审的恋爱，是奇怪的不可思议的或者可疑的。以审丑为基础的真恋爱，是古今无有的。

我记得在与白玉交往的初期，就听她说及到要不要小孩儿的话题。这其实就是她在向我发放性行为许可证，她的目光早早就盯在了那里，她是用一种委婉的方式表达她的要求，尽管在她之前和她之后，这种暗示法被人们用滥了。其次才是透露她对于怀孕、堕胎经历的恐惧。再次，则是流露她对自己是否丧失生育能力的疑虑，甚至是已知之见，并对我加以试探。

对啦，她话里话外的这三层意思，我怎么早没猜出来呢？甚至直到要跟她拜拜了，我都没有琢磨透她说这类话的本意。这事要等到她的继任男友班承志，跑来对我讲述他所知道的白玉的另一部分历史，才叫我真正开了眼界，看清了自己被她蒙混得多深。到底我还是低估了她的复杂性。直到这时，我才对我果断地与她一刀两断的举措，愧意全消。

由此可见，我是一个后知后觉的人，而没什么先知先觉的本领。生活是所大学校，我不过才进初级班，正像柔石《二月》中的萧涧秋那样，身上溅了点水花，“便觉有所沾湿，狼狈起来”，伤痛也来了，感想也来了……其实序曲刚刚启奏……

成长这个事，有意思也就有意思在这里。假如人在亲阅亲历之前，便什么都了如指掌，如同苏丹王从魔镜中能看到他所要看到的一切那样，从而避免了成长中通常必经的探索、困惑、错误、痛苦，低迷、突进、矛盾、冲突、失败、成功、成功、失败等环节、状态、心理感受，那还有什么意思呢？

所谓“太平无书”，太平也无成长可言。啊苍白的傻伯，谁会向你致敬呢？

第十章　将信举向太阳

1

时间已近向晚，落日滑下城堞，溅起半空列锦赤霞。列锦中有飞凤逸出，仿佛要逃脱被暝色吞噬的命运。护城河的冰面上，腾起一带赤光，仿佛一池野烧的冰焰。西风中的一行垂柳，染上了冰焰的颜色，宛如火把节的火炬。城市的喧嚣于瞬间沉静，仿佛因这一刻的庄丽而肃穆。

“完了？”谢径问我。

“完了。大致就这些。”我长舒一口气，“我肚子有点疼，说话多了，喝了风了。我给你讲了一下午。看这晚霞太棒了。”

谢径若有所思：“再坐一会儿吧，我难得有机会在中山公园看晚霞。你现在是不是觉得已经从白玉的阴影下走出来了？”

“说出来了心里舒服一些，可我还是心有余悸，正所谓一朝被蛇咬，十年怕井绳，我都杯弓蛇影了。所以这次面临陈奇娅的信，我不敢造次，闹不好又是一场感情灾难。我可经不起折腾了。我剩的这点灯油，还禁得住烧吗？”我凝望城头，嗓子哑哑地回应朋友。

油然的，我记起不知道什么人写的两句诗来：

青冢默默对黄昏，
彩蝶翩翩入赤霞。

别了青冢黄昏，去面向彩蝶赤霞，当是人生的又一境界，又一番新的开始。啊彩蝶赤霞，多么绚丽轻扬明畅，多么赏心悦目的美景。

谢径从椅子上跳起身，活动活动腿脚。“要不，再试一次？瞧你那份悲观劲儿。凡事都是前三脚难踢，踢出去也就踢出去了。我可告诉你，陈奇娅不是白玉，人可是一张白纸，货真价实的好姑娘，好写最新最美的文章，好画最新最美的图画。过了这村就没这个店。让别人占了先，你可别把肠子给悔青了。这信上可明告诉你了，有人正打她的主意，人家姑娘等着你英雄救美呢。见死不救非君子呀。”

说这话时已是苍茫时刻，暮霭浮上城头。

苍茫下，我背诵何其芳 1932 年写的一首题为《慨叹》的小诗给朋友听，以为自己当下心态的写照。

我对朋友说："这下你该明白了吧，当初你热心地先是想把茅云燕，后是想把戴安丽介绍给我，我不敢接，就因为我害怕再次燃起的感情，'如死在青条上的未开的花。'我害怕自己拿不出应有的热情来对待你介绍的女友，伤了她们也就伤及到了你，伤及到了咱俩的交情，那是我不愿意看到的。"

2

当晚送走谢径后，我独自在庭院的海棠树下前思后想了许久。

偶尔可闻一声半声街门响，邻居家的窗户渐次地熄灭灯光，光线的变化把我正式地沉落在夜空下。四角房檐宛如近山，交错的枝柯蓬架起一天星斗。我喜欢在这样的时刻想事，就如同我在乡下时喜欢在山环腹地的冬夜里漫游一样。

我耳畔再次荡漾起那个高中女生的银铃笑声，那笑声如同被山泉滤洗过一般地清亮，在这个院子里，在她们学校的操场上。这时她的那双忽闪灵动的眼睛又移近前来觑视我，有些怯生生，有些诡异，又似有千言万语。这双眼睛里透出的光芒是难以抵挡的。它们欢乐的时候你无法不心灵欣悦，它们忧郁的时候你无法不随之黯然神伤。这眼睛里发生的一切都是那么重大，你不看则已，一看之下便无法对那后面的心灵活动置之不理。她是真的理解你看重你吗？这么小的年纪，这么大的阅历上的差距，她真的能完全理解你的所思所写吗？可你不是已经领教了她的悟性及理解力了吗？为什么还不相信自己的感受呢？她写给你的这封信真的是求爱信吗？假使不是，又是什么呢？是求援信吧，可求援信为什么写得这么情意浓浓呢？连谢径看了都会解读成情书。情书，我余奔滔有生以来还是头一回收到情书。在此之前，可有人给你写过这种凄切热忱的书信吗？谷溪莼的信算情书吗？不应该算，她虽然一上来就很热情，但那只是表达愿意交往的意愿，跟情书不能等量齐观。

陈奇娅那个孩子我真的喜欢她吗？第一次见她时，她是不是太朴素了？皮肤被她妈妈强加给她那件降落伞布袄罩给染映得并不鲜亮。她因为衣着单薄，骑车冻得脸蛋缺少血色，你甚至还以为她身体不好。可是那时你还没有听到她的声音看见她的眼睛。她的眼睛只与你的眼睛交触上一下，你便知道你遇到了多么灵慧的女孩儿，你便知道你不能无视她了。都说人的眼睛是心灵的窗户，可事实上在许多人那里都并非如此。她们的眼睛拉着窗帘加着伪饰，使人看不清后面的景象。而这个孩子的眼睛却是通心的，她心里的每一个动静，每一片阴晴，都能从她眼睛里放映出来。全部都是心灵的韵律、心灵的意象。这世界上还有什么东西比心更能感动心呢？还有什么力量赶得上心的力量呢？

她长得像谁吗？不，迄今你所见过的人里，没有一个像她的，她是独一无二的，而她的小心思小脑袋瓜，简直像闪电一样快，你何曾见过这么聪敏透亮的女孩呢？这样的女孩怕是五十年难得一遇的，你为什么不敢去想望她？讨取她呢？自惭形秽了吧？你这是平生头一回在别人面前自惭呀，你这个老奔滔。这不正反证着你对她的确心怀隐秘的企望吗？

这时白玉的一双小双眼皮的眼睛又浮现上来。那双眼睛不是也曾经神采灼灼吗？那使她的眼瞳放出神采的，不也是一股激情之火吗？可她眼睛里的火光太容易熄灭了，说灭就灭。然后剩下只是一汪情欲，让人寻不见诗意。

把伤感的事说给朋友听，的确使心头的积郁得到一次宣泄，可为什么自己的心依然隐隐不适，甚至觉得有什么对不住她的呢？的确是她给了你摆脱她的机会，你也利用了这次机会，可是假如你不离开她，而是到头来跟她搅在一起不散，那情形又会是怎样呢？你想承担起一份义务来，甚至承担起对一名有问题的女人的善心来，可你承担得起吗？你又有几个你的余奔滔的一生用于赔给那你根本赔不起的人呢？你甚至妄想承担她的父亲没有承担好的责任，这不是自不量力吗？

再看看车尔尼雪夫斯基吧，他让他笔下的罗普霍夫、吉尔沙诺夫去追求的，是一个根底不是很好的女子，可他本人娶的却是一个活泼美丽的知识女性。谁不愿意找自己最喜爱的异性为伴而降格以求呢？人生路上的麻烦够多了，谁愿意成天价后院鸡犬不宁，烟熏火燎呢？再说这还关乎美，关乎生活之美，身与心的审美，灵与智的愉悦。

在白玉的问题上，你附加的东西是否太多了些？太多了些非爱情的东西？你不就是只说到比较喜欢她吗？还是在她表现最好最有热度的那几个星期里说的。你喜欢的不也就是她的那种状态吗？当着那种状态荡然无存的时候，你凭什么还迂守着你说过的话呢？你总不能迂到不分对象滥施热情吧？你有多少热情经得起挥霍呢？

有人说，已识风情的人和初识风情的人不一样，这话很对。正如谢径指出的那样，从表面上看，白玉听你的，而实质上，是一个过来人在一步一步地引导着你这个雏儿，整个进展都是按照她的时间表走的。她能那么有耐心地跟你周旋，就已经不错了。你知道她为什么后来跟你没好气儿老翻脸么？就因为你止步不前了，不再按照她的时间表行进了，而非要老八板地将性关系留到婚后，让她忍受煎熬之苦。你想想看，她的克制力会和你这童男一样吗？她把你对她的尊重，看成是你对她不好。

她把女人做窄了。女性的可爱性，要比她广阔得多，丰富得多，多姿多彩得多，一如陈奇娅所呈现出来的这样。正所谓“世界真奇妙，不比不知道”，又所谓“来得早，不如来得巧”，设若我早于白玉认识陈奇娅，我的感受和姿态，当会大不一样。

我联想起走在群山之中常见的情形：崭晴的天气，脚下的山体忽然阴黑下来，是一块云彩的影子投落下来。这影子好大好大，足足遮住了半座山连同谷底。这突如其来的阴黑，有时会让人悚然惊惧。这就是阴影的力量。这时要么就等着云影移过去，要么就待在阴影里，要么就自己走出去，其实更可以完全不去在意它。

没有一位农民会在云彩的阴影下停止手上的活计，没有一头牛、羊会因此而中止自己的蹄步。云影就是云影，它虽然阴森沉重，却从来没有砸死过人。

抬头看一看天空，知道是哪块云彩在作怪，该怎么走还怎么走。道路属于你，目标属于你，意志的指向属于你。

3

一连三天，我白天上班，晚上回家在台灯下读陈奇娅的诗簿。这是享受的时光，是聆听天籁的时刻。这丫头的诗句犹如风铃草、勿忘我花瓣上的露珠，晶莹滚动，彩光四映，读来令人心怀缱绻，柔情轻漾，让连你翻动她的诗页的时候，都禁不住手指轻轻，唯恐伤损到每一丝纸纤维，每一道笔画。这时便仿佛有女孩子的秀发的香味幽幽袭来，沁人心脾。

我蓦然意识到，那首著名的《致爱丽丝》里，原来有女孩儿的发香，有从她脖颈上散佚出的纯洁娇美气息。身为男人的作曲家深深地吸进，体味，沉醉……深深地吸进，体味，沉醉，叹赏……多么健康美丽的生命气息啊，造物主的最迷人的创造。世间没有一种奇花异卉，能比得上鲜艳娇娆的女孩子的发际的香气高贵迷人。她的诗情灵思的气息，悠悠袅袅地袭入我心间最柔软的地方。

她喜欢榴色，在好几处地方将她想象中的事物描绘成榴色。那明灿如花火一般的石榴花开在晨晖里，是多么响亮的晨星的号角啊，星星点点的无比的明艳与灿烂，永远是天地间的最亮丽的音符。可是她的小心灵里还有忧愁的潜流呢，这潜流一旦着色，出之为诗句，便成为晓雾中的紫堇花，依然是婉约凝露的。是什么心事使她的榴色星星转成绛蓝的剪影呢？越读到后面，这种云遮雾笼的绛蓝色伫立的侧影，便愈加扑朔迷离。这个孩子的心里，究竟在变幻一些什么样的云霓呢？这些扑朔唯美的清词丽句，意象象征的后面，究竟流动着什么样的心情律动、生活事件呢？

我得出的结论之一是，她是一个才女型的女生。这个结论令我怦然心跳。

我得出的结论之二是，她是一位可爱的女孩儿。

在走向第三个结论的时候，我举棋不定。我在她的心目中是一个怎样的形象？她是否喜欢我这样一个年长她八岁的社会上的人呢？对此我吃不准，也没有切实的依据。这时我所能借助的资料，便是我们的三次会面和她亲手交给我的这封信。

她在这封信里，向我表达的终极意思到底是什么？她到底想从我这里听到什么回音呢？

我想我得给她写封回信了，至少得在下星期二的中午聚会时，把信交到她的手里，最低限度，我得解答她该如何对付那个男生的纠缠的问题。可这个问题又当如何解决呢？那个男生给她的最后通牒，是要求她做他的情人，除非她已经有情人了。在目前情况下，陈奇娅说不出她有什么人，因为她并无情人。她不是那种肯用谎话给自己编一个情人出来的人。那么，她信的意思是不是想叫我出面担当这个角色，去抵挡那个小子呢？进一步分析，她是不是正好借着这件迫在眉睫的事，来探测我对她的意思呢？有没有这种倾向呢？从她交给我书信时候的神色上，从这封信的用语上，是可以得出这样一种判断的。从所有迹象看，她确实是很反常的，正如谢径分析的那样。她认识谢径比我早，谢径又有跟学生打交道的经验，她为什么不把信写给谢径而偏偏写给我呢？这当中必有蹊跷。可是除去示爱之外，还会是什么呢？为了稳妥起见，可以佯做不知视而不见，那样一来作用到她的身上，会引起什么反应呢？她一个十六岁的学生，能经得起一个她所信任的人的冷漠吗？假如这将被她视为是对她的伤害，那又如何是好呢？

这样想这件事吧，扪心自问：你喜不喜欢她？答案是喜欢，很喜欢，但还没有上升到爱情。然而假如你说出你爱她的话，你对她的感情会不会变成爱情呢？应该会的。你觉得你对她的情感是在喜爱之情与爱情之间还差着那么一点点，那不过是因为你们还没有开始谈情说爱，一旦挑开了，也就是那么回事了。这么说你是认真的是吗？我问自己。难道你会去耍弄一个小女孩儿吗？当然不会。屠格涅夫曾对人言：假如让他用外文而不是用俄文写作，他会剁掉他的一根手指。假如我心存一点耍弄这孩子之想，我也会剁掉我的一根手指的。

那么，是不是得给她写回信了，这回可不是写普通的信，而是写一封郑重的情书。开头是不是应该写“亲爱的陈奇娅”？我先在信纸上写下这几个字,看来看去，觉得难为情，便将这张信纸揉皱塞进抽屉。

陈奇娅：你好。

我改成这样的开头。接下来我便以一种坚定果敢的语气写这封信的正文。这是我平生第一次写真正意义上的情书。一直以来，我的性格偏硬，看别人温柔行，轮到自己则脸皮薄得要死，羞于出口。这回我是瞎子害眼——豁出去了。信的末尾有这样的话：

去吧，奇娅，去告诉那个孙永波，说你有男朋友，你男朋友名叫余奔滔，余奔滔爱陈奇娅。去吧，去告诉他，毫不含糊地这样对他说。

4

一个“爱”字，鼓足了勇气总算落到了纸上，可却是以转变了人称的方式写出的，我没有像别人那样说“我爱你”，而是写成第三人称的口吻，谁谁爱谁谁，给自己的感觉好像就不那么小资了。但这种慷慨激越的语势，的确给了我将爱情说出口的勇气和便利，同时起到了掩饰羞怯的作用。而这样的便利，全然是得自于陈奇娅写给我的信，得自于她信中急切提到的男生孙永波逼迫她表态这件事。她给了我一次空前的挤压，一场逼迫我表态的情势。

将这事的前前后后联系起来看，她在决定给我写这封要命的信的时候，她已经在潜意识里知道了自己干的是什么。否则，她不会在亲手交给我信的时候神情紧张，惶恐觳觫；在接我信的时候，脸色煞白，手臂颤抖，一副透不过气来的样子。

须知，我交给她信的时候，信瓤儿是装在信封里的，她看不见上面的文字，她可慌张个什么呢？像她这么绝顶聪明的人，她难道不知道她信中写下的那些话，会在一个男青年的心宇间，激起什么反响来吗？她内心里暗暗企盼着的，不正是这种反响吗？她不是一个想玩火的孩子。她没见过火。她听说过火。她自己没有亲手点燃过火。她已到了要求凑近火的心理期，可是当她用火柴引燃柴薪的时候，她一下子惊呆了。她知道自己惹了祸，她知道我写给她的这第一封回信里，装着由她自己亲手点着的火。

只有这一个解释。否则无法说明她何以在没看我信的时候，便紧张激动得要死要活。

星期二中午，我怀揣着这封情书上路。怎么走到的我全然不记得，人就像腾云驾雾一般，晕晕乎乎如入无人之境地抵达了她们学校。好在还有谢径保驾。他表情严厉地从我手中要到信，表情严厉地仔细过目，逐句审查，然后说："行"，予以通过。然后我们一起从街角出发，向她们校门进发。

真不好受，太漫长了。短短一百米的路，在我而言竟像一个冰河期。谢径有些瞧我不上地推搡我前行，嘴里叨咕着："丑媳妇早晚要见公婆。发昏当不了死。快快地快快地。"他像电影里的日本兵押解着中国民夫。

短短一百米的冰河期之行，如同一次生死之旅。一张纸牌正从空中缓缓飘落，落地后，究竟哪一面朝上，事先无法知道，这让人心神难定。我心神迷离惝恍，如穿行在伯辽兹《幻想交响乐》第一乐章的生死临界之境。摇曳无告之间，耳边奏响他第四乐章"走向断头台"的旋律，这旋律给了我支持和勇力。"快快地快快地。"耳边伴和着谢径的催促声。

敞开着的校门将我吸了进去，午休的学生们进进出出。

在操场边上我们迎头碰上了赵海湄、陈奇娅。海湄以她笑眯眯的月牙眼欢迎我们，她极熟络地在谢径的肩头拍了一下。陈奇娅的表情则极为复杂。她脸上没有笑模样，一双大眼睛圆溜溜地睁着，紧盯着我的眼睛。她眼瞳里急遽地交替变幻着紧张、焦虑、激动与不安，又仿佛警觉地支棱起耳朵，随时提防不测的小鹿。

她已经近在咫尺了。她伸出右手手心朝上向我要回信。我瞬间僵滞，在她目光的凝视下将右手伸入衣袋，抽出信，递给她。在一递一接之间，我的手指触到了她的冰凉的小手，并眼瞅着她的手臂在抖颤，而她的脸色则煞白如纸，如同大病一场的样子。

"你手这是怎么了，陈奇娅？"谢径也发现了陈奇娅身上的异样，目露诧异之色问她。赵海湄则哀哀地满怀怜悯地注视着她的朋友，仿佛随时准备扶持她会倒下的身体。

我们一行四人走上了小街，谢径开始说笑。我获得了一种解脱的感觉，悠动着双臂走路，参加进谢、赵二人的谈话。唯有陈奇娅一言不发，被我们夹在当间，又仿佛游离于大家之外；虽然她和我们走在一起，却步调分离，宛似落魄他乡。

而现在的我确乎轻松了许多。方才伸手掏信的那一刻，我的脸色比陈奇娅强不到哪儿去。我的手没抖，是因为我一时间勇气陡增，抱定了万丈深渊闭眼一跳的决心，心中暗念着“置之死地而后生”的兵家格言，暗念着“脑袋掉了碗大的疤”的民间俗语。这种心理活动是有效果的，它使我至少表面上看去镇静自若。

这天中午的散步路线跟上次差不多，我们一派休闲模样地悠然逛着，谢径、赵海湄在前。陈奇娅和我在后。这一路之上，陈奇娅的手里一直捏着我给她的信。

谢径回头说她：“你别这么心不在焉呀。”

她想报之一笑，但由于在思虑中陷得太深，没有笑出来。

谢径又说她：“别想奔滔信的事，回去你有的是时间看，我们都想听你说话呢。”

她愣愣地看看谢径，看看我，好像一时搞不清话是从谁口中传出的。

其实我又哪里会真的放松？我只是因为把一封沉重异常的信转移到了别人的手上，而长舒一口气，而如释重负。如同好容易将一块烫山芋扔脱了手，而深感解脱。但不久，真正的焦虑便袭上我的心。她看信后会是什么反应？是高兴还是反感？是接受还是拒绝？还是大大地嘲笑我？这该死的信，会不会断送了我们之间已成的良好关系？会不会使她从此以后便不再理我？我究竟干了件对事？还是干了件错事？是干了件明白事？还是干了件蠢事？我初时悠着手臂轻松自得地散步，不久我便悠不起来了，改成双手插在裤兜里，时不时用眼睛余光偷窥身边的陈奇娅，以求能观察到她的心理动向。

这天中午天气其实极佳，晴空丽日，日照温煦，不戴手套也不会让人感觉冻手。可是事情已然到了这个份儿上，陈奇娅此时此刻的神色变化，才是第一天气报告。

中途她停步将信举向太阳，好像是要借助日照透视信里的文字内容。她发现我微笑看她，她脸上顿时飞起红云。

多可爱的孩子气啊。我在心里暗暗赞赏她。

> 轻微的赧红，温柔的颤抖，以及
> 一种淑静的女性的喜悦，与其说
> 流露在眼里，不如说眉目间，
> 因为她力图把那最悦人的掩遮——
> 啊，在朴实的人看来，这一切才是
> 爱情最好的表征……
>
> ——拜伦《唐璜》

第十一章　大地深处的小油灯

1

二十四岁时的我面临着四大人生课题：工作，自学，恋爱，业余写作。在这四大课题当中，对其他三项具有直接影响和制约作用的，是工作问题，是得找一个适合于自己的工作。没有一个适合于自己发展的工作，搞对象人家挑你，嫌你不是坐办公室的，没有前途；自学你没有条件，没有剩余的体能；写作呢？一是要有机会去接触社会的方方面面，二是要有比较完整的时间，方能从事叙事文学的写作。并且跟写作有关系的工作，有助于作品的发表出版。什么行业都讲究个这界那界，你完全不搭界，就比人那界内人士艰难得多。可是自打从农村插队返城以后，我就没有机会找到一个在一般人眼中被视为比较好的工作，更别提什么体面的工作了。因而我的社会处境就相当恶劣，我曾经在一个长时间里深感受到歧视和不堪重负。因此，最直接限制着我的进展的，不是别的，是我在社会分工系统中所处的不利的位置。

这种极为不利的位置，既是由现实分工的等级秩序决定的，又是由整个社会价值评价体系决定的，更是由建立在社会分工基础上的阶级阶层存在的事实所决定的。正是在这个社会存在实事的基础上，产生了人们的社会意识形态、价值评价标准和阶级偏见。这种完全是赤裸裸的社会阶级偏见，在一个曾经号称是工人国家的国度中流行，十分耐人寻味，同时也就等于给出了注解。

带着在现实世界中遭遇到的困惑。我仔细阅读了马克思、恩格斯的精辟著作《德意志意识形态》，阅读了恩格斯为他的《英国工人阶级状况》所写的第二版序言，阅读了马克思所著《工资、价格和利润》的单行本，我心中豁然明了。我看清楚自己目前只不过是国家资本主义生产方式下的一名劳动出卖者。国家资本主义制度也是一种雇佣劳动制。又因为在现行分工体系中，体力劳动被普遍认为低下于脑力劳动，而社会规定付给体力劳动者的报酬又极为菲薄，因而无论一个人自身才分如何，一旦他落入了这个阶级，他便被视为没有社会地位的最低等级的人。

旧时代皇权－官僚等级社会，实行九品官制，九品官以下是农商百工等提供税源的人群。而现实中国的官吏阶层，竟明文细分为二十四个级别，再底下，才是农工商学兵等大群劳动群众。南斯拉夫“实践派”管前者叫做“管理领域”，把后者统称为“劳动领域”。叫什么都无关紧要，这个社会存在着阶级等级秩序，是事实。

那个时期我的心情的主调是忧郁的。我时时在思索与上述看法有关的问题，并本能地寻找任何我所能得到的相关著作，连蒲鲁东、魏特林、巴枯宁等人的著述我都找来读了，以寻求精神上的共鸣和真理性的阐释。举例说，在魏特林的那本洋溢着自由解放热情的论著：《和谐与自由的保证》的许多页面，我都勾画了重点线，写下了感言评语。我曾久久注视作者的头像，感受他眼神中的激愤与憧憬。啊，一个多世纪过去了，我的心境竟跟他如此相通，他的眼神里竟有我的苦闷不平。

事情多半是这样，一个身处自己无力支配的环境中的人，越是明白了世界的真相，他的心情便愈加沉重，所感受到的痛苦也便愈加深刻，日子在他也便愈加难熬。相比之下，他反倒不如对现状真相茫无所识的人活得轻松省心。

这一时期的我的最强烈的感觉便是：我不属于我。满满当当如牛负重般的每一个工作日，占去了我宝贵的生命，消耗着我的体力。如海潮奔涌向我的成捆成捆的图书和成批成批的取书人，几乎将我淹没。我的双臂双腿，腰部后背，全身的每一个关节每一块肌肉，在上班的八小时之内，高速密集地运动。而每遇有哪怕是几分钟的间歇，我都会拉开抽屉，看几眼里面打开着的书。每一小段午饭后的稍稍安静些的时间，都被我利用来读书。晚间台灯下的读书时间，在我而言别提多金贵，而我于此时，却又不得不和困魔睡魔倦魔作拉锯式的鏖战，悲壮的往往是精疲力竭的鏖战。靠牺牲睡眠时间换取自修的时间，成了我这一时期的家常便饭，也是被迫的选择。

每天当中，也只有在这种时候，在这种夜阑人静独对孤灯读读想想写写的时候，我才能感觉到：我还是我。

“伟大的自修者”，涅克拉索夫在写别林斯基的短诗中，这样定义他。我自然而然地记起这句诗，并引为同道。在“文革”中读过的《我的大学》的封面上的肩搭外衣的青年工人高尔基的形象，也多次地浮现于我的脑际。他的笔名“高尔基”的意思是痛苦，是为了表示他早年的痛苦生活，因此他的诨名被叫做“苦人马克西姆”。

我不想向任何人表白自己当年的自学之路，有多么的可歌可泣。犯不着，这是我自己的事，我自己的选择，我心甘情愿。首先这是基于我自己的爱好，其次也是自我发展、自我解放的必由之路。

2

既然阶级的解放并非一朝一夕的事，我就只能先办好我自己的事，可这对一个赤手空拳无权无势无背景的小无产者而言，谈何容易？回想当年，我真是太天真幼稚了，低估了制度环境的力量，而把事情看简单了。

就拿我利用工作间隙看几页书这种小小不言的事来说罢，在别人眼里就成了不可宽宥的弥天大罪，并一再引发冲突。

比如眼前刚发完一批书，读者来得差不多了，分书组的新书还没到，我给自己倒了一缸子白开水，拉开抽屉看《欧洲文学史》中册。正在我看得入神的时候，突然有人朝我扑过来，迅雷不及掩耳地抢我的书。惊骇之下我本能地抓紧书抬头看来人。只见来人是副科长徐灯草。因为她生着一张黄巴巴脸，头发又花白得早，别人背后都叫她徐老太太。她双手抓抢我的书，一张黄皮脸离我老近，她口中呼出的不好闻的口气，直扑到我的脸上，直淹眼睛。

在我的记忆里，还从来没人敢抢夺我的书，就连我在英语课看小说，英文老师也只是将书翻过来看看书名，然后笑笑走开，可是这个徐老太太居然如此无礼。我怒吼了，冲着她的翻孔小趴趴鼻子："你松手，你想干什么？"

徐灯草的两只小三角眼瞪到最大，气喘如牛地叫嚷："我要没收你的书，没收你的书。"

我吼："你没有权力这么做，书是我的。"

她嚷："你上班时间看书，违反了这里的规定，我就有权没收。"

我克制自己的声音："你放手，小心我撅折你的胳膊。"

她嚷："把书交出来，交出来。"

她口中唾沫星子四溅，喷溅到我的脸上。她的黄脸贴近我，看上去放大而狰狞。我悲从中来，想：这是干什么呀，还让不让人活？我把该干的活儿都干完了，好容易透透气儿看两页书，就这么不容我，这都是些什么人呀？这些人怎么都跟读书有仇？凡有人想学点东西，她们就看着不顺眼，她们长着什么心肠啊？"你放开手，撕坏书你赔。"我继续抗议着。

哧的一声，一页书纸被她用力的手指扯破了，我勃然大怒，照着眼前的黄皮脸就是一口唾液。我没办法动手打她，因为怎么说她也是个妇女；我又不能掰断她的手指，因为我下不去手。情急之下我使用了软武器，就像警察动用高压水龙头，对付行为过激人群那样。

我这一招还挺管用，徐灯草本能地往后一退，松了手。她的脸被我啐了个正着，她羞恼交集地跑出去。"你等着，你等着。"她边跑边喊。

多年后，我在香港凤凰卫视的网页上，看到讲入狱后的江青，曾经一怒之下用口水去啐女武警战士，不觉失笑。而我动用软武器自卫的一节旧事，却近于一个女流之辈，这让我自觉好笑，有失风度。可设若我不如此，为护书动手打了徐灯草，那麻烦可就大多了，并且才会招致耻笑。中国古代有"鬼畏啐"之说。《原始思维》一书中，列维－布留尔在详细描述原始人的狩猎巫术行为的章节中，有一处提到："当猎人发现了鸸鹋和袋鼠，他们就开始咀嚼人的头发，向这些动物所在的方向吐去，同时念着巫术的咒语。这是想使野兽着魔，使它发呆，不能动弹，好让猎人偷偷赶来把它捉住……"

在当代中国农村，还流传着啐唾沫辟邪的迷信说法。这徐老太太从小生长在浙江乡下，长大成人后才进的城，她的脑瓜里肯定少不了乡村巫风意识，故此她才一着唾沫转身便跑，生怕着了什么魔法。

徐灯草跑出去工夫不大，把正科长臧大头搬了进来，如同托塔李天王打不过美猴王，便搬来了二郎神。臧大头是多年的老科长，天生脑袋大，脸皮老是粉龇咧红涨涨的，带三分猴相，一脸络腮胡子碴，说话的声音跟太监差不多。“反了你了，你胆敢抗上。”他一进门便尖声尖气地冲我嘶叫。

我说：“我们当初不是讲好了嘛，我只要是干完了活，就可以插空看看书。”我这时以为他一个男人好歹也会比徐老太太开明一点，却不料他跟我耍起无赖。

“我没说过你可以上班时间看书。”

我说：“你红口白牙说过的话，怎么能不认账？”

“我没同意过。”他坚持这样说，显然他还记得他说过的话。“情况是在不断地变的，此一时彼一时，你别抱着老皇历不放。我现在就是不许可你看书。”

我义愤填膺地手指一屋子的空架子跟他讲理：“你睁开眼看看，满架子的书我都发完了，你还要我干什么？该干的我都干了，你凭什么干涉我？”

“这是制度，不是你一个人的事，别的人有意见，我不能不管。”大头有他自己的一套。

我悚然警惕起来：“谁有意见你说出来？”我下意识地扫视周围围观的人，将目光停留在黄荫凤身上。我质问她：“黄师傅是你打的小报告？”

黄荫凤习惯性地用力三眨眼，若无其事地推卸自己：“我可没有告发他，是不是兰池？”大头科长姓臧名兰池，与《红旗谱》里的冯老兰同名不同姓。

我质疑她：“你刚才跑大北屋干什么去了？不是你是谁？”

她再次用力眨眼，不动声色辩白：“我过去核账，告你什么密？我吃饱了撑的没事儿干了？”

徐灯草气急败坏，气焰最凶：“他太无法无天了，往我的脸上啐痰，好恶心了。绝不能饶过他。在我们家乡，一个村的人啐了另一个村的人，两个村子就会打起来，发生械斗。我绝不能饶过他。”

“当然不能放过他。”大头科长尖声嚷叫，“我今天正式警告你余奔滔，上班时间就是不许你翻书本，看看报纸可以，干待着可以，看书就是不行。”

“这就怪了。”我一指从服务科大北屋跑过来看热闹的男男女女，“他们上班时间嗑瓜子闲聊天，你不置一言，我翻几页书便犯了王法了？这是什么逻辑？”

“就这逻辑。”大头方相往上拔着脑袋高喊，“不服，你找地方告我去？”

他每用力嚷一声，便往上用力一踮脚尖。

他的大脑袋一挺一晃，活活像古代纸扎的方相。他的那张大个儿的粉龇咧的脸孔，业已涨成了大血瓢，又亚赛翻转朝天的大号猴腚。假如这时他往马路十字街口一站，满街车辆都会停下来等待变灯。

我心想得得得，跟他们讲不出理来，不是一路人，道不同不相为谋。沉默吧，沉默完让他们滚蛋。忽然我注意到，从大北屋跑过来的两个中年男人的目光里，满是幸灾乐祸看热闹的神色，我心头腾地蹿起火来，我再次使出我不怕犯众怒的性格，朝他们高喊："站门口干什么？进来看呀，进来看多清楚。"

两个男人互相望望，竟有些窘迫。我顿脚怒道："回屋该干什么干什么去吧，少这儿幸灾乐祸，男不男女不女的。"

3

我当时的工作环境就是这么令我窒息。其实我当时能够在工作当中找得到的可供我翻几页书的间隙，是少之又少的。这次冲突发生过后，分书组便将一车又一车的分好的书，送到了我这里。又是一轮的搬搬提提，分户归堆、上架，又是连口水都喝不上的紧张忙碌，然后又是连续不停地写几千张取书通知单，直写得头晕脑涨，枯燥得想吐，然后又是潮汐汹涌般地客户纷至沓来，忙不迭地接待应酬，我的白天又为拼命不止的劳作填得满满的，吱吱嘎嘎人都要裂开。一天一天又一天，时间像踩了冰刀似的滑得飞快，越滑离我自己越远，离我自己的人生需要、人生意愿越远。

本来这几天等陈奇娅的回信，是我很大的一桩心事，而紧张高速的劳作，竟把我整个人牢牢地占住，连我想心事的空隙，都被剥夺净尽了。只有在我晚上回到家中的时候，心底的悬念才高高提起。这个时候我才可以去想：我的信她看了几遍？她喜欢还是不喜欢？这会破坏我们之间的良好交往气氛吗？她会不会就此便断绝与我的来往？她会觉得我是乘人之危吗？啊，她会写来什么样的回信呢？拒绝还是挖苦？抑或是一口答应等等思虑念头，直到这时，才有机会盘旋上我的脑际，我才有权利心情忐忑，成为一个有心事的人。

就在我心意悬悬，时不时在我的小屋子里来回走溜儿的时候，齐颂国来访了。

齐颂国就是那天半夜我在人民英雄纪念碑下撞见的大学生，那天夜里他正跟他的准未婚妻韩蓠幽会。此前，他业已数次来过我家，对我这里算得上熟门熟路。电铃一响，有邻居家人跑去开门，他将自行车支在门洞，便径直闯到我房间来。

他来得急急火火神色诡异，没寒暄上几句，便往我们家别的房间探头探脑，要寻摸出个什么人来，紧接着他便问我韩蓠来过没有？今天见没见到过韩蓠？我说韩蓠从没来过我家，他们家只有她爸认识这儿。我问这么晚了你找韩蓠干什么？齐颂国答曰："韩蓠今天进城了，我刚才去过她奶奶家，她奶奶说她没回来过，我便绕过来看她在没在你家，我以为她会来找你妹妹。我笑他把女人看得太紧了。他说，树欲静而风不止，韩蓠最近有些异常，行踪不定。他说韩蓠马上要从护士学校毕业了，最近一段时间到协和医院实习，风言传说她跟一位男病人打得火热。

"我们约好了今晚在老地方见面，我一直等到八点半都不见她的影子，你说她到底会出什么事？最近像这种失约的情况，已经发生了不止一次了。近来我发现她跟我在一起时精神恍惚，心不在焉，所答非所问。这里头我看一定有问题，所以我才东找西找。"

他语速极快地向我说明事态。从口气和神情上，看得出他已是心焦如焚，坐立不安。

我劝慰他别捕风捉影，听风就是雨。我说我了解她爸老韩，凭老韩的家教，他的女儿也错不了。听我如此说，他也不搭话，只是眼珠子骨碌骨碌转，满腹狐疑和慌张。看得出他是真爱韩蓠，将自己对她的感情看得比泰山还重。齐颂国其时正在某大学念哲学系本科，与我同龄。别的同学现在都去上晚自习，他却在慌急火燎地追踪情人，看这劲头，他得找上一宿。

齐颂国瘦身材中溜个头，小瘦脸上的一对大眼睛，时时在转动。他的唇髭没有动过剃刀，总留着一抹小胡子。他的下眼角处早早就一左一右抹上了两道皱纹，不粗也不细。当他笑起来的时候，这两道皱纹才真正显眼，仿佛是从这里产生的拉力，拉着他的嘴角咧开来笑。肯定是这两道皱纹的作用，每每使他的笑容带上某种坏意或者不怀好意的意味。而每当他笑起来的时候，他的眼睛总是灼然放光的神气。仿佛有灯光打到他的面部，使他脸上绽放的每一条皱褶，都分外清晰，达到了日后才有的数字化电视的播收效果。

我最早知道齐颂国的名字是在我插队的时候。齐颂国的高中同学金忠，原本插队没插到我所在的村子，他通过他在县畜牧局的舅舅的关系，转插到了我们村。那时我还在第七生产队，他跟我睡一个大炕。闲谈中，他提到他有个同班同学齐颂国酷爱书籍，每星期天都跑到中国书店去淘书。常常是人家还没下板子开门，他就等在外头了。金忠还多次提到齐颂国的父亲是位小有名气的校长，母亲是一位国家要人的联络员。看来这齐颂国也是个嘴巴包不住事的人，要不然他父母的情况同学怎么会知道？

金忠向我讲说他同学家庭背景的优越之点时，怀有一种仰视的心态，将他这位同学一家，作为他们那一带居民中的显贵来夸耀。在他看来，能做到国家要人的联络员的人，便算得是手眼通天了。

我认识齐颂国不是通过金忠，而是在我的忘年交老韩的家中偶遇到的他。那时齐颂国正在追求老韩的女儿韩蓠。老韩是齐颂国就读的那所大学的副教授，家住校本部教师宿舍。

齐颂国是在校区的路上发现韩蓠的，当下便为这女孩儿的容貌迷住。经过多次的跟踪、蹲守，他终于弄清了这美妞的住址，终于鼓足勇气上前搭讪，不久便获准进入女孩儿家叙话。

那天我去看老韩时，韩蓠尚未归家；齐颂国正在干等。他见我年纪跟他相当，老韩夫妇又对我热情有加，一派别提多熟络的景象，他一时疑心与妒心齐生，误将我当成了情敌，言谈话语之间充满了敌意与挑衅。我不明所以，觉得此人好生没劲，跟只乌眼鸡似的，谁招他惹他了？连句人话都不会说，便不再理会他。

时隔两月，我在韩家再次见到了他，他对我的态度已然两样，彼此已然可以坐下来互通一番见解。很显然，他早已从老韩夫妇口中得知我和这一家人的实际关系，弄清楚了我对韩家女儿从未有过追求之意，并且很显然老韩两口子在他面前说了我的好话。在我告辞离开的时候，他的神情都有些依依不舍了。握别时，他主动说："以后咱们勤走动。"

我说："一回生二回熟，不打不成交。"他眼角一皱笑道："我开始还以为你也追韩蓠，闹了一场误会，这是大水冲了龙王庙——一家人不认识一家人。今后不会再发生那种事情啦。"他出语流利诚恳，一下子拉近了我们的距离。我的手与他的手用力相握。

"有空儿就过来吧。"我正式邀请他。

"我一定去府上登门拜访。"他神爽气爽地一口答应。

他第一次来我家做客，一进我的小屋他并不落座，而是饶有兴致地打量我书柜里的书。巡视一遍后他满心愉悦地对我说："看来咱俩的知识结构差不多，你有的书我有，我有的书你也有。看起来在挑选书上，你我英雄所见略同。"

我当时只有一个宽九十五厘米的立式书柜，推拉玻璃的那种，楸子木的。这种书柜在"文革"中凭票才能买到。上初三时，我从王府井的家具店，买到这个书柜，借了辆平板三轮车，自己拉回的家。当时能拥有这么个书柜，已经算是讲究的了。齐颂国的目光流露亲切的意味，道："我的书柜跟你这个一模一样。这么说咱们更得做朋友了，难得遇上这么相近的人。"

小小一柜书，在今天看来算不得什么，离博学差着十万八千里，可那是起步的开始。当时我们的心气情致只是小小书生的那点水准，虽说不足道，却十分宝贵。

那是青春的标志之一，也是重新提倡尊重知识的年代的标志之一。两个少年时代便痴迷于书籍的人，因书而互生友谊，是再自然不过的事。

齐颂国那天留给我的印象是极为诚挚友善的，大有同声相应同气相求之概，使我觉得自又多了一位朋友。

那时节的齐颂国，正跟韩蓠沉醉在热恋中，对于他们二人而言，他们都在经历自己一生中的初恋。这么如胶似漆的两个人之间，会出什么枝杈呢？我想他们之间大概什么地方没有衔接好，便劝慰满腹狐疑、抓耳挠腮、屁股底下长针的齐颂国。我说："你现在着急兴许是瞎急一场，就在你满城里找她的时候，说不定她已经出城回家了，没准儿现在正躺在她自己的床上。"

听我这么说，他一拍脑袋又一拍大腿，跳将起来兴奋道："对呀，我这就回学校去她家看看。多谢你提醒，我走了。哎，人一急就发蒙，要不怎么说旁观者清呢。走了走了，我走了。"

通常我都要将朋友送到胡同口，送上马路，可是这一次他猴急得不行，飞身骑上单车就跑走了。

他从市中心骑到大学宿舍，少说也得一个半小时，一来一去，他就得骑差不多三个小时的脚踏车，还不算在市里来回找人跑的路。人为了爱情真是不惜力。

回想当年高中时跑到远郊区的大华山搞社会调查，去时溜溜骑一天车，还是顺风。回来顶风而行，整骑了十六个小时，中途下车在顺义县城吃了顿饭，十冬腊月天气，鼻子都快冻没了。那是一种什么心气儿？年轻啊，青春啊，年轻无畏，年轻不怕苦和累，年轻不计较付出。

4

我与差一点成为齐颂国丈竿子的老韩的友谊，起源于一次巧遇。那是我插队回城养病的一天，我去公安医院保健科重新开药，跟其他排队等候的人一起坐在长椅上。坐我旁边的一位穿国防绿棉制服的中年男子，问我来看什么病？生病多长时间了？我也问了问他的病况。

我告诉他我正在农村插队，我所在的平谷县爆发流行性乙肝，我们那儿的男知青都染上了，我是我们村知青里传上的最晚的一个。因为指标不高，也查不出黄疸异常，便被诊断为急性无黄疸型肝炎。已经吃了七十多服板蓝根剂中药，指标全部恢复正常，目前照医生的意思，还在巩固治疗阶段。

中年男人说他的肝炎得的莫名其妙，他估计是在出差的路上吃东西时传染上的。“倒霉透顶了，谁会事先知道哪个饭馆里有肝炎呀？传染上了也只能自认倒霉。讨厌的是医生说我还有脂肪肝，限制我吃肉，我还是特别嘴馋的一个人，特别爱吃肉。”

中年人操一口南方普通话，发音吐字文雅动听，别看他装在一件大棉服里，却掩不住他天生的白白的皮肤。谈话中途我问他是干什么的，他说他是大学教师，不久前从干校回到北京，正无所事事，等待组织分配。见我等得性急，时时起身去看看医生那边的病人流速，他劝我不要着急，既来之则安之，在哪里待着不是待着。

他排在我前一个，先看完医生，却没有先走，而是等着我完了事，跟我搭伴回家。我家在胡同里，他家在邻街的大院里，他说你先别急着回家，先去我家认认门。走至位于街东口的那座大院子门前，他领我往里拐。我说：“你住这儿呀，这院子我太熟了，我有四位小学同学住这里。小时候老来。”

这院子里的屋室都是日式结构，木地板，推拉门。我戏言，这种门还经不住一拳。老韩指着靠窗的一把藤椅告诉我，他每天闲来无事便坐在这里读读英文恢复恢复口语。他说他要为有朝一日重上讲台未雨绸缪。他介绍我认识他的母亲，老太太讲一口家乡话，我才知道他们是武汉人。我问：“你爱人呢？”老韩说：“她还在干校，也快回来了。”

我告辞往外走，老韩说我送送你，二人说着话就走到了我家胡同口，我说：“也跟我去认认门。”他便点头跟我一起往里走。进屋门坐下叙话，他说：“认识了，我以后来串门。”

这天上午就这么你送我我送你，我们一起走了不下三个来回，最后我们是在我家胡同口分的手。还是我说了话：“送君千里，终有一别，来日方长呢，不在一朝一夕。”就这么着，他走走一回头一招手，走走一回头一招手，我们两位刚认识的朋友，才算结束了这第一次交往。

像这么一见如故，一见便黏糊上的同性之间的友谊，我只跟谢径和老韩之间发生过。这种事曾经令我百思不得其解，你像老韩，跟我差着二十岁，怎么会与我一见面便互生好感，彼此产生强烈的交友倾向呢？时隔多年，我细细解析我们交往过程中的每一个环节、每一个细节，我从我们两个人的行为当中，是找不出一点点同性恋的迹象的，因而我只能用“交情”、“友谊”、“缘分”这样的字眼儿，来形容我们的一见如故。

若干年后,我从钱钟书的文章里读到关于友谊的贴切概括。他在他早年写的《谈交友》一文中说道：

“朋友的益处，不能这样拈斤播两的讲。真正友谊的形成，并非由于双方有意的拉拢，带些偶然带些不知不觉。在意识层底下，不知何年月潜伏着一个友谊的种子，咦！看它在心里面透出了萌芽。在温暖固密，春夜一般的潜意识中，忽然偷偷地钻进了一个外人，哦，原来就是他！真正友谊的产物，只是一种渗透了你的身心的愉快。没有这种愉快，随你如何直谅多闻，也不会有友谊。”

他又写道：“在我一知半解的几国语言里，没有比中国古语所谓‘素交’更能表出友谊的骨髓。一个‘素’字把纯洁质朴的交情的本体，形容尽致。素是一切颜色的基础，同时也是一切颜色的调和，像白日包含着七色。真正的交情，看来像素淡，自有超越生死的厚谊。”

谢径与我年龄接近爱好相同，一见之下谈得来，比较好解释，可老韩与我之间可差距太大了，怎么他跟我一接触便黏糊上了？这件事我始终不得其解。不过老韩倒是给出过一个解释，他说他欣赏我。我认为他并不是在拿好话填哄我，我一个小知青，他讨好我没有任何利益。

对啦，正是因为无功利因素的加入，我们的友谊才来得那么随意，那么自然而然，使人感到舒适惬意。谁想谁了，便去看看谁，看够了便起身离去。大事也说说，小事也谈谈，没有上下级关系，没有等级次序，不存在谁图谁，谁该谁的思虑，全然是出于心理需要的走动交往，心动在先，身动随之，抬腿即到，伸手敲门。基本不预约，也没办法事先通知，大家家里都没有私人电话，互相串门，只能是碰上了碰上，碰不上下次再碰。总之动身之时都是兴致勃勃的，至于败兴而归，则是因为不期然撞锁。我差不多要说我们当年的交游大有古人遗风了。多么值得怀念的时光啊，香醇不可重现的佳酿。

回想那天我和老韩第一次在保健科认识时，我连棉衣都没穿，整个一个耍单的形象。老韩直问我冷不冷，我说冻冻痛快。那天我两手冻得通红，连手套都不戴，他直说你体魄真好，我很羡慕。

我告诉他，我上高一时去大华山搞社会调查，中途去了趟东高村看初中插队的同学。因为是一时冲动做出的决定，离开大华山时我都没顾上回下榻的老乡家取棉衣，便骑车上路了。也搁上那天天气好，没有预料到转天会有寒流，便人生地不熟地闯了去。那次我单衣里头只有一身绒衣绒裤，戴了顶旧呢子帽子。从大华山到东高村，一去一回得两天，当天赶不回来。赶到第二天往大华山折的时候，气温骤降，寒流滚滚，山风咆哮，根本骑不了自行车。我一个人早晨 7 点钟从东高村出来，一路推车逆风步行，一直走到天黑才抵达大华山的村外。

我们一起下乡调查的老师、同学，全都眼巴巴地在村口等我。一见我回来了，全都剑拔弩张地冲我大吵起来。

“那才叫真冷呢，下巴、脖子、整个脑袋，全都没知觉了。就知道两条腿不能停下来，停下来就完了，谁也不会来救你。而你看今天阳光多好呀，跟我那次回大华山的天气没法儿比。你想想看，那样的冷我都经住了，这么好的天气还能奈何我？”

叙说起昔日的经历，我言语间洋溢着豪迈。

“我们社会调查组一行五人，从大华山回北京一共骑了十六个小时的自行车，夜里十二点钟我进的家门，你猜那天是什么日子？大年三十。”

“你父母都着急了吧？”老韩道。

“那还用说，急得团团转。”

“你是初生牛犊不怕虎啊。”老韩评论，“等你到了我这个年纪，便该知道利害轻重了。我是长出犄角反怕狼。你那次其实是很危险的，冻死在路上也是可能的，那样的话，你想没想过你父母怎么办？”

我说：“没有想过呀，不懂得想那么多。”

他眨眨眼，白楞白楞我，独自笑一笑，不再说什么。

交往多了我发现，这是他的习惯表情。

5

一个星期说慢也慢说快也快地过去了。好日子星期二吹着铜号到来了。我得面对陈奇娅，去领受她对我的宣判了。我在心里反复对自己说着这样几句俗语：

躲得了初一躲不了十五。

是福不是祸，是祸躲不过。

发昏当不了死。

中国人连死都不怕，还怕被拒绝吗？

我从来都不曾设想过，自己堂堂一条汉子，竟然会将命运交到一个孩子的手里，由一个孩子来定夺自己的荣辱去向。我压根儿都没有想到过，做梦都没梦见过会有这么一天。结果，这一天终于降临到自己的头上。

走吧，就是天上下刀子，顶着案板也得去。我给自己打气。于是，我踩着云驾着雾，又奔西边的那所重点中学进发了。

在西向敞开的校门口，两位女生正东张西望地等我和谢径。于是，一只在我看来足以调风弄雨，扳动乾坤的小手，将一封沉甸甸足以压死骆驼的书信交到我的手上。我接过信生怕烙手似的赶紧装入口袋。

这天中午天气不算好，半阴半晴的，太阳出来一时没入一时，空气中透着一股湿寒。我们听从谢径的建议，没有照老路线走，而是改线往西行。西行转两个拐角，便有一条笔直往西的大巷，足可供散步。巷名牌上赫然印着“天西巷”几个白漆字。

这天轮到我处在上次陈奇娅交信给我后的位置上了。我心里忐忐忑忑忐忐忑忑，猜测她信里写些什么内容？我忐忐忑忑忐忐忑忑地对她察言观色，想从她的脸上发现若干答案。可这天中午这孩子竟然春风满面，谈笑风生，走起路来轻轻快快，在我面前表现得比以往哪一次都无拘无束，有几次她的小胳膊还轻轻地靠在了我胳膊上。

在慢慢悠悠往回折的路上，陈奇娅突然一拍脑门，歪头叫我们止步，说：“有个要紧事我差点忘了，你们俩得救救驾帮我想一副对联，内容是有关学习的。这是我们班主任兼语文老师给我布置的任务，得抄在教室后面的黑板上，快救救驾给我出一副。”

谢径摇头摆脑：“你不是写诗吗？写诗的还能不会写对联，自己慢慢想去。”

“救救驾救救驾，奔滔全看你的了，谢径见死不救。”她半嗔半娇地将两眼看定我。“今天下午必须写好，明天一早老师检查，全校各班全得参加评比，评出一二三等奖。”我心说干吗呀，考试择婿呀？又想不会不会，这孩子不会使这心眼儿，她就是被事儿挤在这儿了。

谢径从路边小卖部买了盒香烟，他抠开锡纸，托底一拍弹出一支，拈给我：“抽两口，灵感立马就来。”两个女孩咧开嘴笑着望我们俩。我心往下直沉，道：“挤我是不是。你们先前头走，走到第七步我给你们想出来。”他们三人数着步子往前走。我说：“停，有了。”

赵海湄说：“我数了，已经是第八步了。”

我说：“八步也不错了，我又不是曹植。”

海湄说：“强词夺理，耍赖皮。”

陈奇娅替我解围：“先让他说说看，对得好，八步就八步，谅他也没这么快。我吃午饭时左想右想都没想出个合适的对联，他八步能想出来，我就拜他为师。”

我说：“一言为定吗？”

她伸出一个小手指：“拉钩。”

“拉拉拉。”海湄、谢径一齐怂恿。

我跟奇娅搭上了钩。

我说：“那你就扶住树听好。我说啦：

‘书山有路烟村野店陂陀地’

智海扬帆玉宇琼洲极乐天’。”

陈奇娅口中复述了两遍，眼珠儿左转转右转转。突然她双脚蹦跳两手一拍笑起来：“对上了都对上了，好好好，就是它了。”笑过她打个愣沉，“咦，还有横批呢，把横批忘了吧。没横批就算你输了。”

“走向无限。”

我说出横批，反问她：“你看行不行？”

她又一拍手："太行了，就跟原装的似的。行行行，这下可解了我的难题了。"她兴奋地跟海湄相互击掌。

海湄说："奔滔你不简单呀，还会对对联，你什么时候学的呀？"

我被她们夸得有五分得意，但还得压着五分，心想，要是想不出来，今天这脸就丢大了，说不定连陈奇娅都丢了，她是不会看得上一个笨蛋的。谢天谢地呀，幸亏是这个现成的主题，不需要往深里去挖掘，只需扣住题就行了。汉语言太不可思议了，你只要往这上头动动脑筋，相关的意象字词，便像事先做好的零部件似的，自动地跑来排队接受组装。换别的语种，恐怕就没有这么优越了。

这样想着，我开口解释道："学可没有专门学过，只不过高一时看过本诗词对仗的小书罢了。看完也就完了，没想到会派上用场。不瞒你们说，我这还是平生头一次对对联，以前一次都没练过。也架不住你们几个一逼，赶鸭子上架。人急了上房，狗急了跳墙，尿急了就得找厕所。你们明明是在考我，答不上来，我脸往哪儿搁呀。"

陈奇娅脸上笑开了花，冲我一抱拳说："谢谢拔刀相助，可给我解了围了，回去我就抄在黑板上。"

"哈哈哈……"她拍着手一个劲笑，看她那样儿真是无比的烂漫，高兴起来毫不掩饰，尽情欢笑。我心中赞叹：多生动的天性啊。我真是太喜欢她了。她转脸看赵海湄："别人要是问是你想出来的吗？我说不说实话？"

海湄挤挤眼笑："你跟奔滔还分彼此呀。"

陈奇娅脸红了，竟一时语塞。

谢径在一旁插话："还是找支笔给她写下来吧，要不然回去就想不起来了。"

陈奇娅瞟瞟谢径："成天背公式，这点记性再没有，不成猪脑子了？书山有路烟村野店陂陀地，智海扬帆玉宇琼洲极乐天，横批是：走向无限。喊，怎么样，没错一个字吧？"

海湄说："放心吧谢径，还有我呢，她万一忘了，我会提醒她。我们这些人，都是背书能手，饭都没有白吃。"

谢径转头看我："她，她，梁珊瑚，个顶个的好脑子，我算服了她们了。"

我笑而不语，望着朋友，心想，瞧见没有，他是什么时候都忘不了他的梁珊瑚，唯恐别人忘了他那儿还有个聪明妞儿。

经他一提，我们的注意力便转到梁珊瑚的身上，鸡一嘴鸭一嘴向谢径打听她的近况。谢径一时兴起，打开挎包抽出封信，晃一晃："小珊刚来的信，信中还问你们几位好。她说她真想赶回来，加入大家的散步，和朋友们畅怀一叙。"

陈奇娅手快，一把抢过信急急征询："对不起，能让我们看吗？"

谢径一脸兄长的大度："抢都抢去了，我还能拦得住你看呀？限时啊，就一刻钟，逾时收超时费。"

第十二章　春之声

1

星期二这天谢径带来了新消息。这个消息在我们的生活中注入了有益的新内容。辞别赵海湄、陈奇娅之后，他便拉着我去办这件事。

上世纪 80 年代初，京城悄然兴起了一股文学热。这股文学热原本就潜流在一些都市青年中。当时中国尚未正式走上改革开放之路，人们身上积聚的能量还没什么释放的渠道，日后的经济领域开放，吸纳了绝大部分人的注意力的情势尚未出现，因此原本只是一条小道的文学的近旁，挤满了有劲没地儿使的男女青年。基于这样一种形势，大型的文学讲座、文学讲习所应运而生。

始作俑者，是一个名不见经传的小人物高谋功。高谋功当时的正式身份是京城某区某文化站的站长，日后混熟了他说漏了嘴，我才知道他还是个刑满释放人员。那次他跟我老大生气地说："刘绍棠背后骂我，说怎么能让一个劳改犯主办高雅的文学讲座呢？我就办了怎么样？事实胜于雄辩，我的社会影响是有目共睹的，凭你一个刘绍棠也骂不倒。他不就会背后煽煽小阴风么？有胆子他当面来骂我呀，我非抽他大耳帖子不可。"

这高谋功犯什么事入的狱，我一点不知道，也没好意思问过他。但这个人别看念书不多，但活动能量确实了得。他首倡的文学讲习所，圈进了当时在京的头面诗人作家、文论家，也圈进了电影学院、戏剧学院的实力派教授。这些人的到场讲课，不但给他撑了门面，也确实带来了丰富的信息。当然其中不乏平庸之辈，但其中确实有一些对文学艺术有独到的心得，视角、眼界十分开阔的人物。当天下午谢径拽着我去办的事，就是报名参加高谋功主持的文学讲习所。

讲座场地在城西的一座礼堂。每周两次，晚 7 点到 9 点半。开讲的第一天场面十分盛大，黑压压的座无虚席。在座的人中，绝大部分是在职青年，少量为在校的大中专学生。

跟我挨着坐的是一位目光炯炯的男青年，二十六七岁的年纪。一见之下，他看我我看他，彼此都觉得面熟。他说我见过你，我说我也见过你。"在西单民主墙。"我俩不约而同说道。

他自我介绍："我叫王千川。"

我说："我叫余奔滔。"

他说："那次我在西单墙散发我们的油印刊物，差一点叫雷子抓着，要不是你提醒我赶紧跑，说有雷子往这边来了，我还反应不了那么快呐。"

我说："你到底没被抓到吧？"

他说："多亏跑得及时，要不非蹲班房吃小窝头儿不可。"

我说："我真为你捏把汗，怕你腿脚不快。"

他说："嗐，你有所不知，我是舍不得我那包刊物，好不容易编印出来的，要是我把包一扔，那跑起来比兔子还快。你不知道吧，我是短跑健将呢，要不也不会让我出来撒刊物。"

我说："咱俩有缘，这不又碰上了？"

他说："我时间上没保证，今天来，下次就不准能来。来来坐，咱们畅叙畅叙。"

这王千川是我二十几岁时认识的一位志士型的青年，他头脑清晰，看问题敏锐，有与众不同的见解。他说他在民主激进派的圈子里，只是个跑龙套的。他说："我真想成为一名战士，把自己的一腔热血，撒在为民主而斗争的战场上。"他问我："我在民主墙张贴的署名千山的论文你看没看到？"见我摇头，他面露遗憾之色："也难怪，你上午贴上的文章，他们下午就给撕掉，哪有多少人会看得到？我们太幼稚了，开始还想把那段墙搞成中国的海德公园，结果落空了。"

他面呈悲哀惋惜之色，连连摇头。

我问："你们现在有什么打算？"

他答："有，但是很渺茫，只能是骑驴看唱本——走着瞧。"

我凑近一点，看着他说道："我不懂政治，依我的私见，顺时者昌，逆时者亡，中国的事，历来讲恰逢其时，晚了成不了，早了也成不了。"

他深深叹气，静默，然后说道："所以我近来常常自审自己是不是一个骨子里悲观的人。我自问：我们这批人是不是注定了要做先驱的角色？你知道先驱的下场，多数是悲惨的。"

我脑海里转着雷子的形象和他们随时会从腰间亮出的手铐，因此，我对他说："还是要以自己的人身安全为重，留得青山在，不怕没柴烧。把老本都赔进去，多好的理想都没人去实现了。"

他凄凉而又自信地笑笑："要奋斗就会有牺牲，我不下地狱谁下地狱？天下兴亡，匹夫有责。实话跟你说，我现在是被监控对象，被勒令定期向公安报告自己的行踪。不过我们科长跟我关系很好，他说他会在他的权力范围内关照我。我近来有新的想法，在考虑是不是出国会有利于我们开展活动，至少我们可以自由发表政见。看看吧，这只是一厢情愿，还不知能否出得了国门。"

这王千川口才太好了，心动嘴动，嘴动语出，滔滔话语仿佛是不假思索脱口奔逸而出的。他嗓音好听，果断肯定，颇富鼓动性和感染力。我称赞他："你真是个天生的演说家。”

他首肯，又不无抱憾：“可惜我生在中国，我的才能会白白浪费埋没在这里。”

我说：“你想过没有，一旦进了班房，是不是更大的浪费，也许到时候会将你的意志摧毁，世界上有几个康帕内拉？”

他凛然一笑：“我有这个思想准备，到时候就只有坚持狱中斗争了。十二月党人和民粹主义者的流放生活，我随时准备去承受。”

我抓住他的一条手臂，用力摇撼：“老兄你把情况想得过好了，张志新可是被割断了喉管的。流放？你想得倒好。”

片刻间他垂下头颅，少顷又扬起脸来，扬声道：“尽管我清楚自己的命运是悲剧，可要我放弃政治活动放弃为民主而斗争，就等于要我放弃我自己，我内心老有一个声音在说，要走下去，要走下去，不可以改弦易辙。这大概就是内心命令，是命。”

我继续发挥我的看法：“你别忘了中国有一个广大的农村，有广大的农村人口，在中国要建成民主政治，不可能只有城市的民选制。无完整可言的国家制度，是难以保持住的。不可不考虑这样的一个背景。”

“所以毛泽东说重要的问题是教育农民。”

说到农村，我们彼此都很兴奋有同感。他朗声说出自己的观察：“《艳阳天》、《金光大道》老说中国农村的基本矛盾是贫下中农跟地富反坏的矛盾，我下去一看，根本不是那么回事。经过观察，我得出的结论是：中国农村的基本矛盾，是农民与各级干部的矛盾。地富反坏在解放后的中国农村，已经丧失了全部势力，只能乖乖地做农民，在政治经济上已经不起作用，没有条件成为主要矛盾的一个方面。所以要谈这一时期农村存在阶级斗争，那就是干部阶级压迫农民阶级，农民阶级反抗干部阶级的斗争，是压制与反压制的斗争。”

“精辟。”我高挑大拇指大表赞同，“你说出了我想说而没有说出来的话。好眼力，你真是好眼力。你知道吗，插队时我写过三首长诗，寄给权威人士看，人家给我写来了回信，肯定之余你猜批评我什么？说我没写农村的阶级斗争，是一个很重大的缺点。我说昔日的富农跟我一起下地干活，顶多说些牢骚话，他们什么也左右不了，倒是当地的干部，每每引起农民的不满。你说的那种阶级斗争我没有看到，叫我怎么写？”

王千川打手势插断我的叙述：“光写写文学作品不行，要带着理论的眼光看现实，把观察提升到理论水平，才能反过来指导观察。”

“不错不错，正是这样，你刚才的分析我认为是一个总纲，以后我要写反映这一时期农村生活的小说，首先要把你这个总纲考虑进去，并且贯穿始终。可惜啊浩然，写了那么长的小说，却把基本的社会矛盾弄错了……”

“不全怪他。”王千川宽谅地为这位幸运又不幸的作家开脱，“官方意识形态多年如一日地误导人民，作家也是身不由己，他不这么写，他的书就得不到批准出版，谁没个名利之心？俱往矣，俱往矣……我那篇《文学与政治》的论文里，谈到了这个问题……嘘，讲课开始了。”

我这才注意到，台上已经坐上了主讲人。

我说："好，散场我们再唠。"

2

跟王千川的这次会面晤谈，给我留下深刻印象，让我百感交集，想到了许多。我想我在农村生活观察了三年半，怎么就没有提炼出这么简洁明了的理论概括呢。实际上，我并不是没有观察到王千川概括的现象，可为什么我没有果断肯定地将之视为普遍现象，并给予理论上的说明呢？人家说你没有写农村的阶级斗争，你不服气，可你为什么不去告诉他：中国农村的阶级斗争不是你理解的那个样，而是在现实的社会基础之上形成的现实社会关系，是统治一方与被统治一方的对立统一关系。拿丧失了经济基础和政治权力的过时势力说事，是故意掩盖真相，混淆视听。自己当时没有说出这种话来，是因为自己还不具备王千川这样的理论概括能力。这小子真行，比我强。在当今中国，这种人不是太多了而是太少了。

在对人民公社时期的中国农村的认识上，他是正确的。可是作为一名激进的民主主义者，他究竟对不对呢？就大方向来说，他没有错。可政治实践不同于理论研究和艺术创作，它必须讲究时间、地点、条件，天时、地利、人和，要求具备可操作性。

当前的中国人最想要的是什么呢？在涨一级工资和一张自由选票之间，他们会抢哪一个呢？在大多数父母都在告诫孩子长大后要出人头地，升官发财，做人上人的国度里，会平地滋生全民族的自由民主信念吗？民主主义的政治行为习惯，只能出自民主实践。谁来训练中国人民呢？

1980 年前后的中国大地上，的确呈现一派思潮涌动的气象，这在毛泽东去世之前是不可想象的。像王千川这样的激进民主派人士，只是当时的几种思潮当中的一支。

萌动于掌权者阶层当中的，是主张改革的主流派，其主要着眼点是提高效率，提升国家的生产力，变僵化的体制为相对灵活的体制。还有一派思潮一度曾经十分惹眼，那就是主张向南斯拉夫工人自治生产方式学习，以促使被冠以社会主义之名的中国国家资本主义的生产方式，提升为社会劳动资本生产方式。这后一派人的主张，在我看来对中国的劳工阶层最为有利，也是最接近社会主义的本意的方向。这一派人的言论、著述一度非常醒目，但不知道为什么，不久便销声匿迹了。

我想我们不应该忘记这一派人所做的贡献。由于他们的工作，我有幸阅读到几本光芒万丈的文献：《社会主义自治生产方式》、《南斯拉夫劳动法》、《南斯拉夫国家机构与干部制度》、《具体的辩证法》、《卡德尔回忆录》、《二十世纪的南斯拉夫》、《我所看到的南斯拉夫》。它们记录着曾经在那片土地上发生过的社会改造实验。

我曾经如饥似渴地阅读它们，并心仪不已。如今，它们被尘烟封存着，仿佛一个“伟大的遗迹”。可是谁知道呢，也许有朝一日中国人在未来的进步之路上，会重新记起亚德里亚海边的那个历史上的国家所做的实验，从中重新发现有益的思想和原则，并用之于打碎身上的枷锁。

那天晚上讲座散场，我与王千川并肩走出会场。夹杂在人流中，我们无法作深入的交谈。道别时他用力握了我的手，我说希望下次还能见到他。我目送他提着公事包的背影，消失在夜色下。

我手心里为他捏一把汗。

3

拿到陈奇娅写给我的第二封信的那个星期二，我和谢径一起在本市的首届文学讲习所办完报名手续，便分开各自行动。分手前，我本想跟他一起看完陈奇娅的信再放他走人，他却把握十足地说他不用看就知道她是你的人了。他说他今天无论如何得去看趟茅云燕了，否则她会怪罪死他。

听说他是去见茅云燕，我会心一笑，由衷地羡慕他的女人缘。他说：“瞧你笑得不怀好意的样儿，苍天在上，我至多让她挎一挎胳膊。我跟她订立过条约，只有在我跟她散步的这点有限的时间里面，我的胳膊属于她。瞧你还笑，苍天在上，这孩子绝对是个遵守规矩的人。”他提腕看手表，“哟，这到那儿都晚了。你一人看信吧啊，有什么问题及时跟我说。我走了。”

在我认识陈奇娅之前，谢径曾经郑重其事地向我推荐茅云燕，茅云燕是单恋着谢径的一位小学老师，跨着层校友的关系，是同校不同届的师范学校校友，这年二十三岁。因为谢径恋人的位置被梁珊瑚捷足先登了，茅云燕便不得不屈居于望眼欲穿的单恋者的位置。在一对一的两性爱情关系普及的现代文明社会，这是一种司空见惯的格局：厚此薄彼，便宜了这一个，便亏待了那一个。这是没有办法的事，也是它的内在规则。可是在将近三年之久的时间里，茅云燕不肯放弃，她心存幻想，盼望出现奇迹。这奇迹不外乎是某天某刻，梁、谢之间出现分裂的变故，绾得紧紧的绳子扣，嘣地开了，接不起来了，她便可以乘虚而入。她甚至跟谢径说过这样的话，只要是梁珊瑚背弃了谢径，她便是当仁不让的第一替补队员。

为了保持住跟谢径亲近的权利，她茅云燕要求谢径允许他们之间以哥妹相称，并要求每次跟她的谢径哥一起散步时，可以挽他的手臂。这女孩儿的纯情热烈我可以想见，她的楚楚可怜的乞爱心理，亦令人心酸。

“她长得就一个中等人吧，可非常的淳朴温存，谁娶了她绝对是个贤妻良母。”谢径这样夸他的干妹妹。“怎么样，我领你见见她，交交看怎么样？这女孩绝对善良，会是个忠诚的妻子，跟那位白玉绝对不是一路人。怎么样，你考虑考虑？”

谢径曾经一度想这样成人之美。看样子，他在茅云燕面前提起过我。

我手搓下巴沉吟片晌，觉得这事不妥。谢径在她心目中既然已经占据了至尊的位置，那么这种位置很可能就是毕生性的，将来无论她做了什么人的妻子，谢径在她的情感深处，都将永远待在那里，别人难以真正替代。就如同一个人早年信了耶稣，你再让他改弦更张去信别的教，那是很难办到的。因为这不是任何一种外在的形式上的事，也不同于功利之事，而是纯粹的心事，心灵之事。即便是我跟谢径实力魅力相当，也架不住先入为主的力量，况且搞不好会伤及我同谢径的友谊。

我将我的顾虑原原本本讲给谢径听，他点点头，咂咂嘴，不再说什么。不过说心里话，我对茅云燕的确心存好奇，有一睹其风采之念，但又念及她其实属于谢径，作为朋友不应去染指，便抑制住自己。

大约就在日后的某一天，谢径忽然提到茅云燕结婚的消息，我心头曾涌过酸溜溜的感觉，便证明着我对谢径当年的建议，并非一点没走心。而正是抑制性心理的作用，使我对朋友的好意投了反对票。

辞别谢径后我骑车去了北京图书馆，我在阅览室选个背静处，心慌屏息地看陈奇娅的信。她信里的态度出乎我的意料，既非我想到的最坏的情况，也非我想到的最好的情况。她的这封信是这样的——

奔滔 亲爱的滔哥：

读到你的信的时候，我哭了，哭得好畅快好畅快，我的半边枕巾都被喜悦的泪水洇湿了。我一点也不想管住自己的眼泪，我为自己竟然流淌这么多的喜泪而欢畅不已。你是这样地疼爱我维护我，这就足够了。我的心暖酥酥的，温暖极了。我知道这正是自己梦中祈盼了许久的时刻。可是我真的自惭形秽，觉得自己配不上啊。我在想，万一你哪一天觉得自己看错了人，反悔了，弃我而去，可怎么办呢？假如有一天你看清了我是什么人，而对我心生失望和厌倦，我可怎么办呢？

你在信中把我说得那么好，那么纯洁高尚，我真的不配啊。有时我甚至想我是不是一个有罪的人？你知道吗滔哥——我在心里一遍又一遍地这样轻唤你，你允许我这样叫你吗？假如你不允许的话，那就让我这么先叫一次吧。——我上初中的时候，曾经收到过一位男生写给我的求爱的纸条，我看后害怕，将它交给了老师，那名男生因此受到了处分。我和他曾经一起做作业，一起对题，一起互帮互学。自从我出卖了他以后，他就一蹶不振，见到我总是一脸的怨恨。啊，你知道了这件事，一定会从心里鄙视我，把我看成一个出卖成性的人？你鄙视吧，这是我罪有应得的。

那一次的告密行为，一直以来像铅一样压迫着我的心，使我自卑，使我怀疑我自己。我怀疑是不是自己诱惑了他，然后又出卖了他？我不知道自己当时为什么要那么做。我那么做给别人造成的伤害，是我始料未及的。我为此一直心存负罪感，并且与日俱增。我难道真是一个害人精吗？滔哥，你现在一定瞧不起我了。我该怎么办啊？

写到这里，我的手哆嗦了，我的视线模糊了。我刚刚有了你这样一个知我疼我的知己，我又要马上失去。我好命苦，我绝望极了……我恳求你不要松开手，不要抛弃你的可怜的小妹妹行吗？这些年我的心一直在受着谴责的煎熬，假如你现在丢下我……我不敢再往下想……可是你知不知道滔哥，我多么想把我的心敞开给你看，多么想把好多好多话说给你听。你会永远不离弃我吗？你会永远听我说吗？

快快给我回信吧！！！

你的可怜的陈奇娅

某年某月某日夜于宿舍枕上

又是三个惊叹号，表示着她的内心十万火急。

4

读着她的信，我的心湿润了，颤抖了。

我久久地愣在那里，久久地默诵她信中的每一句话，久久地触摸她心灵的每一个动静，力图捕捉到她真实的心象。我想象着她打着手电筒，伏在宿舍床上看我信的情景。她趴在被窝里看东西，肩头一定露在外头。时间长了一定冷吧？我的信写得跟所有的情书都不一样，硬朗朗的，并不像个情书的样子，基本上没什么软语，她为什么看了会哭呢？她会被我信里的什么地方感动呢？或许我的信只是个触媒，触到了她心灵的最柔软的地方。看来她是被什么压抑窒闷得太久了，终于从我这里找到了一个释放的口子。

真正叫我发呆发愣的，是她叫我亲爱的滔哥，而不叫我亲爱的某某。在我以前读过的小说里面，女方在向男方表示确定关系的时候，都在信的台头称对方为“亲爱的某某”，基本上都是省去姓只叫名，她怎么竟整出这么个折中混合的称谓来呢？她到底心里是怎么打算的呢？难道她只愿意认我为哥而不愿意认我为别的？或者这只是作为一个缓冲，只是一个过渡的称谓，随着以后接触的增加，感情的深入，她会把我升格为“亲爱的奔滔”？是的，她太小了，我准是把她给吓住了。可她是这么的依恋我，生怕我离弃她，与此同时，她肯定也怕在终身大事上押错了宝，所以想留有余地，放长线看看，然后再说。

这听起来有些矛盾呀，女孩子的心思到底是怎么回事呢？单看信里的感情，是足够炽烈的，甚至是带着呼号的，可为什么要在对我的称谓上弄景致呢？也许这是从她心里自然而然地喊出来的吧。

爱叫什么叫什么吧，“亲爱的奔滔”也好，“亲爱的哥哥”也好，不都把你当成亲爱的了吗？老奔滔啊老奔滔，你别太贪心了，知足吧你。由着她由着她，一定由着她，你要是把她吓跑了，你连个“亲爱的”影儿都落不着了。将就着将就着，千万别得寸进尺，得陇望蜀。望也只能心里望望，千万别吓跑了她。

这个年纪的孩子，她喜欢一个人，最自然而然的，也许就是叫他（她）一声哥、姐。这不用克服羞怯心理，也接近她们的日常经验，也更适合于她们的年龄段和成长期。对她而言，她是需要一个可亲可信的兄长呢，还是需要一个成年人那样的爱人呢？当然，首先是前者。后者遥远，前者马上可以提到日程上来。

再说了，哪个女孩儿没点自我保护意识啊，她这么叫人就是一种自我保护。叫你一声哥就是给你一个约束，你就不能出格。

可是除此之外你还有什么不满意的吗？她跟你是这么的袒露自己，这么的向你衷情诉说，这难道不是出于对你的最亲近的感情吗？何必去揪扯字面？她说她那么那么的需要你，简直是在乞求你不要不理她，你说这是多真多深的感情呀？你本来就不是她的有血缘关系的兄长，怎么叫不是实质的亲密呢？认下来吧认下来吧，怎么说对你都是好事情，别再贪心不知足了。

一想起她那泪汪汪的聪明美丽的面容，我的心便融化了，便向她飞驰而去。我想捧住她的脸对她说：别哭呀孩子，我依你全都依你。可是如果你哭着畅快，那你就哭个够吧，我就这样一直守在你身边，看着你哭到海枯石烂。

于是我慌不迭地在随身带的小本子上给她写起回信来。把我“全部依你……永远也不离弃我的可怜可爱的小妹妹”等柔肠寸断的话，写了上去。

她急不可待地等着我的回信呐。我赶紧回家抄到信纸上，快快给她寄出去。在邮局关门以前投出去，明天下午她该收到了。她一定会天天去收发室的，最迟后天上午，最迟最迟后天上午，她就能欢天喜地收到信啦。

信发了出去，我的心情稍稍平静了些。然而，又更加的不平静了。

这孩子写什么都是注入感情的，什么东西一过她的笔，便被她的感情浸透了。没见她单纯写过叙事，就连她告诉我她初中时的故事，都是将事情夹带进抒情之流中的，因而事情看起来模糊而飘忽，让人看不到详情。然而由此而来的，是她内在情感喷射出来的冲击力。我绞尽脑汁地想再现出她信中所述事情的原委。她那个初中同学的相貌举止声气神态是什么样？他究竟在纸条上给她写了些什么？她和他当时是在什么样的房间里，什么样的桌子上，一起做作业的？都说些什么话？互相之间碰过胳膊吗？初中时的陈奇娅长什么模样？穿什么衣服，梳什么头？已经发育到了什么程度？她是不是早早地就招异性喜欢呢？

联系到她上封信里提到的，上高中看见练跳远的男生她怦然心动的情节，我想她已经是个情窦初开的姑娘了。她将馈赠给我以怎样的美丽园林呢？

5

三天之内她的回信寄到我家来了，她又在她的小花信笺上，甜甜地叫我“奔滔”，“我的好滔哥”了。她在信上说，她现在整天都在心里欢笑，走路都想跳舞，她忍不住想把她心里的幸福感，告诉所有认识她的人。“不，我还是把我的快乐全部留给自己独享吧，你知道吗我亲爱的滔哥哥，我做着梦都笑醒了，笑得咯儿咯儿的，同屋的同学都被我笑醒了。早起她们问我得了什么喜帖子了，我笑而不答。”

上了一天的班疲困得要命，一看到她的这些多情烂漫的信，我便倦意顿消。我疑心自己是不是在梦中，疑心站在印花信笺上的我的女孩儿，是不是实有其人？还是上帝幻化出的一道虹影，一片彩云，一只纸蝴蝶，来哄我这傻小子的？

她不明明写着吗：“我一想起我有一个疼我爱我的世界上最好的哥哥，我心里就感到踏实……”

我的心泡在蜜罐里了，我的心醉卧在花丛中了，我的心芬芬芳芳地飞向春天飞向山泉飞向百灵黄莺歌唱的鲜花坞繁花谷，与蜂蝶翩翩共舞了，我的心匍匐于沃野，深吻油香油香的丰壤，我的心铺展成天涯芳草，一直铺展到我的小姑娘的脚下，让她娇憨嬉游于其上。我的心间欢声如潮，歌声四起啊。

她瞧着我，她的生命随着她的视线系上我的生命，我们的四周变成极乐世界。

我想奔跃上山冈，没完没了地歌唱，把心意把空前的欢乐都唱给山山岭岭听。可是我搜尽了我知道的所有歌曲，也只找到一首日本的《北国之春》稍可表我心情的千分之一。印度尼西亚歌曲《加里南蒂》和《星星索》也常在我脑际萦绕。这两首印尼歌，永远都是那个国家的女歌手陈荣荣演唱的。她是站在椰林蕉树下引吭高歌的，是对礁屿、沙滩、热带的海风、海浪歌唱的。歌声中回响着空旷的回音，洋溢着自然犷放的热辣辣的风情。这种短章歌曲如小舟载情，虽可荡桨波间，却也仅能接壤我的滚热激情的千分之几。我打开电唱机，放上曼托瓦尼乐队演奏的唱片，只听其中的那曲《献给阿达琳的叙事诗》。

我第一次听这个乐曲是在谢径的宿舍，时间在去年的深秋，就是在香山他向我提起陈奇娅、赵海湄的名字的那天。那天我们在山上待够了，便一起下山去他的住处。

时间已经是下午，我二人饥肠辘辘。他炒好两个菜，刚搬好椅子，要跟我一起坐下吃饭，这时，棉门帘一挑，戴安丽闯进来，她把手里拿的一只烧鸡放在桌上，气喘吁吁。谢径又将烧鸡上锅煺了，我们三个人才就座共进“午”餐。就是在这次饭后，谢径在电唱机上放了曼托瓦尼乐队演奏的这盘器乐曲，令我终生难忘。

曼托瓦尼是当时比较出名的一个轻音乐队，其演奏的丰富性跟管弦乐队没法比，其所选曲目多为短章短曲，跟交响乐、协奏曲没法比，可是当着《献给阿达琳的叙事诗》的第一个乐句刚一奏出，我立即被它深深吸引。我一动不动将曲子听完。我的心弦被触动了，涌起一股直到哽噎的热流，眼眶有些热辣潮湿。

这首曲子当中的热烈激情是层层推进汹涌滚动的，是献给一位美丽的女性的，是发自内心而又难以言喻的。我幽闭的心仿佛被冲决开一个口子，阴郁的屋子仿佛洞开了天窗，一束晴好的阳光照射进来。我浑身起了一阵感动的噤栗。这是我半年以来第一次觉察到自己的心里还有活气儿，还有那么强固的对于异性之爱异性之美的向往。

我说："再放一遍这首曲子。"

听完了还想听，我说："再放一遍。"

戴安丽瞪着两眼望我，时而有所会心地笑笑。

在我当时所知有限的乐曲中，我首先发现这首《献给阿达琳的叙事诗》，正切合自己当时的心境。它昭示着我的解冻期的来临，召唤我内心冰面下的热望，预示着陈奇娅的出现。在我其后的感觉上，陈奇娅就是我的阿达琳，就是我满腔衷情都欲向其倾诉的美丽天使。

我当时所知道的表达深挚爱情的，还有柴六第一乐章中的无比深情纯美的旋律，这段经过间隔被三度重现的抒情的"主题歌"，被保罗·亨利·朗格盛赞为"也许是所有交响音乐中最为出色之作"。这段抒情"主题歌"的幻美与深挚，是配得上陈奇娅和我对她的热恋的。只不过乐曲还突出表达了企望与接近的趋向，而我与陈奇娅之间，已经走得比这趋向近许多了。她已经将她的小手交给了我，在和我热烈地通信、倾谈。我差不多每星期都能从她的信笺上，听到至少两次她对我的亲昵称唤。如果我把她的每一封来信都读上数遍，那我所得到的享受，就不止每星期两次了。更何况，我心里还在数也数不清地默诵她用她那不带连笔的学生字写下的沁人心脾的句段。她的这些整封整封的多情信函中的语句，放大扩音叠加着，盛满在我心房的音乐大厅。大厅里音流荡漾，乐音悠扬，百转千回，陶醉心魂。这时节，我便记起魏巍的那句经典句子来了："你觉出你是幸福的了吗？如果你没有觉出，那你就觉得吧。"

我哪里会觉不出呢？我是那种感觉迟钝、身在福中不知福的人吗？岂止是知福？我甚至有时觉得手上拿着的信不是真的，而是幻想的产物。我将信笺移到鼻前轻嗅，一嗅就足足地吸到她的体香、她的发香、她的小手指的香气了。是一种接近于海棠花的薄瓣的清幽之气，是格里格抒写的一曲《晨歌》轻绕着的勿忘我，是紫堇花花露盈盈的清芬，纯净得一尘不染。

只可惜啊，那时节我还不曾聆听过舒曼的《第一（春天）交响乐》和比才传世的唯一一部交响曲。虽然其时的自然气候还淹留在冬季，可是我的内部世界已经驶进春天了。在我的女孩儿不在场的深夜，我想象她是童话夏天的公主，于满月朗明的晴空下，安睡于没有蚊蚋只有萤火虫提着灯笼巡行的伊甸园。

你睡在密苇梢子撑持铺就的夏床上
我划船驶向你的梦
在你的梦中泊岸

《春天交响曲》里的春天气息，是扑面而来席卷大地的。在舒曼一头扎进去用四天时间一挥而就的这部作品中，他的灵感是奔突灿烂的，笔势是急切狂飞的，难以自仰的。他写道：

此曲的创作动机发自春意。这是自然界的神力。人无分长幼，一年一度，皆受其激荡。此曲并非写实之作，但受春意的影响极深。

全曲中热烈交织在一起升腾流转的是春意与爱意，是他终于娶到了自己所钟情的女人的全身心的欢腾雀跃，磅礴的欢歌。

比才的《第一交响乐》是春天与爱情的交响，明朗、热烈、欢快，一气歌唱到底，其间闪烁着响亮耀眼的光彩。它第一乐章是歌唱青春，第二乐章是歌唱青春，第三乐章是歌唱青春，第四乐章还是歌唱青春。

只有这两部感情丰沛的音乐，才能足足实实表达我这时节的真情实感的强度和空间。它们在情感密度与情感长度上，也刚好能和我的情愫相吻合。相比之下，一曲《献给阿达琳的叙事诗》，只是我这段情感史的序曲。何况我当时听的还是普通密纹唱片，用的还是一个喇叭的留声机。它是一个引子，一个序奏。心灵交响的呈示与展开，跌宕与高潮以及无尽的感伤，还在后头。

6

新婚有新婚蜜月，热恋呢？热恋也有热月、热季。1980 年的冬季是我和陈奇娅之间的名副其实的热季。在 1980 年的热季里，每个星期都有美丽时刻光顾我，每个星期都有喜悦冲击我的心房。这一切仿佛都是上天的美意，而归根到底都归功于这个名叫陈奇娅的孩子。

我柔情似水地吟咏：

随着你衣袖边飘落的一片花瓣回首
我才发现我竟然跨越了多大的一步

她的来信或长或短，或走邮局或直接交我，封封都流溢着青春的婉丽与灵动，字里行间都闪耀着她的纯情娆媚的大眼睛，都闪烁着她心谷溪流上弹跳的音符乐音，流荡着婉曲出峡的新奇与疾迅，热烈与依偎，呼应与呼唤。

她在信中诉苦：“我已经等不及晚自习结束了，我用作业本挡着给你写信，有人过来了，我便用本压上，假装做题……爬在被窝里写信的时间太有限了，有那么多话想跟你说，可字还得一个一个写。我的电池是住宿同学中用得最费的，老也供不上用……有时写着写着就睡着了，一睁眼，手电筒还开着，光线已经黄弱……”

这女孩儿给了我太多的感动。她感动我的不光是她的那一封封情真意切，满载心香的信札，还有她对我的付出。须知她所在的重点中学不是徒有虚名地享誉全市全国的，而是靠着一等一的教学，一等一的高要求，才保持住自己在教育界的排名的。这当中，在校生的个人努力与求知上的坚持不懈，日日夜夜的付出，则更是构成一所名校的基本因素。陈奇娅就是置身于这样的环境之中就学的。她在进入高中后的几次考试中，都是班里的第一名，她不想从这个名次上退下来，就得比别人勤奋用功。在他们这样的重点学校，男女生里是不缺尖子和强手的，要拼倒那些人并非易事。在全班学生里，她是年龄最小的一个，因而她所面临的心理压力，是超过了其他同学的。

从外面看上去和平安静的中学校园，也许是中国城乡竞争角逐最为激烈的场所，是悲欢升降最为常演的舞台，心理风暴最为频仍的气候带。那些每天每月都必须独自面对新课题海，层出不穷的考卷的男生女生们，或许是我们这个和平年代里的心理负荷最重的人群。她每天一觉醒来，睁眼便要面对新的智力打拼，拼来拼去就要拼上体力和睡眠。

陈奇娅写给我的那些小花笺信札，就是在这样的环境条件下完成的。那是她放出来的一只只小白鸽，每一只都飞落到我的书桌上。我怎能不深为感动，怎能不感念于她呢？

我过意不去，心焦如焚，急急写信过去。信中说："说实话，我是非常非常盼望你的信的，你的信带给我的快乐有多么强烈巨大，是你难以想象的。可是有一条，你不可以上课写信，耽误学习是不行的，是我不愿意看到的。假如我成了拖你后腿的人，我就会产生负罪感，想念你的快乐就会打折扣。因此你一定不要在课堂上写信，尤其不可以在老师讲新课时分神。我不光是要一个好女孩儿，我还要一个好学生……"

我明知道我的要求是充满矛盾的，难以两全的，我也真怕我这样一说，她真的连一封信都不给我写了，那我真会一落千丈，没抓没挠，苦闷至死。可是我除了这样要求外，还能有别的选择吗？

在信的末尾部分我继续说道："我知道你电池费，我已经给你买好一打新的，可是现在不能给你，因为那样一来，你的觉就更缺了，不出半个月，你就会长出熊猫那样的黑眼圈，上着上着课就会栽在课桌上。我以后不再要求你写别的，只在信上写简单的几个字就行，如'我很好'等，报个平安就行。遇有什么特别的意外，你多写几句我不会怪你。"

可是猜猜她怎说？

"我写信是占了时间，可是光在心里想着更占时间，一样分神，还不如让我痛痛快快写出来。写出来，反而又可以专心用功了。你非限制着不让我给你写信，你不得把我憋死呀？有一天同学忽然发现陈奇娅死了，一问怎么死的，是憋死的，你就满意啦？您还是给我网开一面吧，我就这么一个透气孔……你还不让我呼吸呀，你好狠心。"

起初她是笑着对我说这番话的，说着说着就不笑了，神色骤然郑重严肃，只把两颗明亮的眼睛忽忽闪闪地看进我的眼睛。

面对这样的女孩儿，我百感交集，竟一时不知道说什么，只在心里喃喃默念早年听来的两句话：顶在头上怕摔了，含在嘴里怕化了。

说这两句话的，是东北旺林场的一位林业工人。我们初中时去林场劳动，他带过我们几天。

我数叨陈奇娅："你看看你的眼皮，都发涩了，不是明摆着缺觉？"

她左脚一下右脚一下地脚踏着原地，闪动着眼波："谁叫有钱难买人乐意呢？别担心，我垮不了。"

她越这么满不在乎，便越发地楚楚可怜。我说："不管怎样，你也得睡够八小时，天塌了，睡觉起来再说。这件事没什么好商量的。"

她偏偏头突然问："你几点上床？"

我说："我是大人，你别扯我。"

她眯眼拿手点指我："好哇，暴露了吧，大男子主义。你得答应我别搞疲劳战，你不老说留得青山在，不怕没柴烧吗，一口吃不成胖子，什么事也不会一蹴而就……唉，我不能每天监视你，你也不会听我的话的，在你的眼里我就是一个小屁孩儿。"

"得得，十一点，十一点我关灯还不行。"

"十一点到早晨六点半……"她扳着手指心算，"八个小时还不够。"

这时谢径和海湄赶上了我们。谢径凑趣道："看见没有啊，还没怎么着呢，这就气管炎上了不是。"

海湄暗中捅谢径，谢径不理会，只是望着陈奇娅和我善意地笑，宛然在欣赏他自己亲自导演的戏剧。

陈奇娅抿着嘴不接话茬也不反击，低下头去看脚尖。

7

忽然，陈奇娅抬起头来望定我和谢径，提出一个新问题："你们觉没觉出一个星期太漫长了，我们每星期眼巴巴盼着你们来，这有点残酷，你们不觉得吗？"

"你的意思是让我们天天来看你们？"谢径反问。

"小娅不是那个意思。"海湄从旁解释起来，"我们现在每星期除了星期二下午课少之外，星期四下午的课又往后挪了，小娅是问你们星期四的中午能不能也过来看我们？我也觉得一个星期见你们一次少了点儿。要是再赶上你们俩谁那天再有事，那这星期不就泡汤了吗？"

听她们这么提议，我心下不免犯难：我星期四不休息，就中午那么点时间打来回，行吗？

谢径正拿眼望我。他说道："我可以加一次进城的时间，他们知道我干吗去了？现在就看奔滔的时间了？"

我说："先走走吧，容我想一想。"

在这天中午散步临近尾声的时候，我对他们三个人表态说："行，我来。只不过 2 点钟以前我得赶回去上班，不过没关系，在剩下的时间里，还有谢径陪你们。”

“嗷……”两位女孩同声欢呼，满面笑容满心满意。

我为每星期又多了一次见她们的机会而高兴，同时心里暗暗叫苦。我在心里计算着：差一刻12点吃饭，连买带吃，用去一刻钟。从东往西往南再上长安街赶到这里，正常骑车得五十分钟，跟她们待上二三十分钟，往回赶又需要五十分钟，这真是太紧张了。可是能多看上她们一眼也是值得的。

只听谢径归总式地说：“那就这样，每星期的星期二、星期四，是咱们四个人的法定碰头日，不见不散。”

8

自这天起，每星期二我来会她们是宽裕的幸福的，而星期四呢，就别提多匆忙多紧张了，简直是奔生奔死一般，屁滚尿流的。这时我心里最想要的，是一辆会飞的自行车或小型超低空飞行器。

这是我个人史上的非常时期。我早晨起床一想到今天是周四，心情便又兴奋又不安。上午工作的时候，我倾出全力干活，手头又快又麻利。所有的动作组合，仿佛都经过精心测算一样，刚好准确合适，一个多余的动作都不带有的，宛然我成了中国的泰罗。

从十点钟起我便留心手表的指钟。十一点四十五分可以允许去食堂打饭，我拿着洗好的饭盒冲在第一个，力争最先打到饭菜，第一个端回去吃完。这时我最怕有客户踩着点进门。好在第一个周四的中午，没有出现这种情况，第二个周四也没有。我三口五口狼吞虎咽完饭菜，便冲出工作间推起自行车，还没出大院门呢，人就飞身而上，一路咣咣咣猛骑而去。一路超车超车超车……骑上长安街了，心里亮堂了三分。骑过天安门了，心里亮堂到六分。哇一站地又一站地又一站地又一站地地骑出去，心里的窗户就越开越多，直到驶进她中学所在的小街口了，心房才全部变成透明透亮的大玻璃做的大厅。哇，陈奇娅、赵海湄、谢径已经有说有笑地站在那里等自己了。夸，一个漂亮的下车动作，我跳到了他们的跟前。

五十多分钟的路程，被我压缩到了三十五分钟。

我大口喘着粗气，胸腔里的心脏，剧跳得像一台大功率的马达，嗓子眼儿快要关不住它了……

此刻，我没有镜子可照，要照镜子的话，肯定是满头大汗，一张大红脸。

这说的是在正常的天气，赶上下雪天，这一路可就好瞧的了。这年冬天雪下得比哪年都勤，好像是要给我们的恋爱多增添诗境和考验似的，更多的像是要考验我的感情热度和对这女孩子的诚心。

刚下雪的路和正下雪的路，还是能骑自行车的，车轱辘能吃得进新雪里，还不至于左右打滑。只须把握住一条就行：别骑太快，别捏闸。赶上这样的时候，顶多只能骑到平常天气的常速。这一路之上，就全凭你全神贯注，胆大心细，在速度中善于避闪，并且富于前瞻意识了。如遇前方有实在躲不开的人和车，就只能捏一下车闸，力争车摔人不摔。但车人一起倒地的情形，也时有所见。

如果这个星期四是雪停以后的第二天第三天的话，那路况就别提多凶险了。1980 年的冬天，无人认真清除路面积雪，于是骑自行车上街的人们，便只能在车轮压硬的雪梗冰溜上骑行，两车轮左滑右出溜的险情，随时传导到骑车人全身的神经上。夸嚓，啪嚓，你就看吧，随时随地都有人车脆脆地干摔在马路上。所有倒地的人都又疼痛又艰窘。经过这样的路面去赴约会，谁给我多少钱我也五十分钟赶不到目的地。可我这时内心怀有一个执著的信念，那就是得见到陈奇娅，见到他们三个人。此时那句"宁失城池，不失约会"的中国老话，便像铸在唱片上一样，在我心间来回来去放送。就是刀山火海我也得过去。开弓没有回头箭，已经上了路，就得一直向前啦。一定要见到她见到她，哪怕只停留一分钟，也得见上她一面。让她看见你，看见你的诚心，向她证明你是一个说话算话、守信用的人。永远永远的，要对她守信用，要让她看到，你是一个守信用的汉子。不守信用的男人，谁也不会对你托以终身，出尔反尔的人，永远不配做一个爱人。

坏了，那辆公交车进站了，撵得太紧了，拐把拐拐……啪嚓，一个肩膀撞上了车尾身，一个侧不愣，自行车横进车下，所幸双脚落在了地冰上。前车轱辘离汽车后轮，已经很近很近了。

司机跳下车，破口大骂着："嘬死呀你，嫌火葬场不忙是不是？找死也不挑个地方，专舔铁屁股。"

不语，连连打手势道歉，拽出车来，重新骑上去……向前向前向前，向着我的女孩儿陈奇娅……向前向前向前，义无反顾向前，活着骑，死了算。管石秀叫拼命三郎，我可是拼命三郎的三次方。

终于骑到大家惯常等候的那座汽车库门前了，四下里瞭望，不见他们仨人的踪影，顿时身心如堕冰窟，一身的腾腾热汗顿时变作透心凉的冷汗。心想坏了真坏了，他们准是早散了。他们一定等自己等得心烦气急了，陈奇娅准在心里骂我了。她不定怎么看我这人呢。这么冷的天儿，我累他们白白地在雪地里干等了。她没穿大衣，准冻得不轻，后脊梁都得凉透了吧？要不再等等看，过十分钟还不见他们，就只能打道回府了。乘兴而来，败兴而归，仿佛天色晦暝，天地无光。

远处谁在朝自己招手？哎，那三家伙正从东边走过来。陈奇娅走在最前边，谢径和海湄在冲自己招手。她没穿大衣，这傻丫头。我说他们不会散得这么早吧。

"我们等了你四十多分钟，还不见你的影子，我们说先走走吧，别走远了。"谢径解释说，"我们已经来回来去遛了好几趟了。陈奇娅眼尖，她先看见的你。"

我的心间开始还暖，两眼如饥似渴不够用地扫视着三人，更多地停留在陈奇娅的身上。她让我感到轻松欣慰了些，因为她今天中午穿了那件她不喜欢的棉大衣，大衣领子敞翻着，护不住她的脖子。她的一双大眼睛在我身上溜来溜去。这傻丫头这时变得不会说话，连问问我一路上好走不好走，都问不出来。

我说到底见到你们了，总算没有白跑。

我抬腕看表："我也只能待七八分钟就得往回赶。没辙呀。"我叹息。

"既来之则安之呗。"陈奇娅声音不高地想安定住我。

我说："不行啊，我这回到单位也得三点以后了，你们散步吧，我走了。"我目光跟陈奇娅对视了一下，便原地跨上车子。陈奇娅绕到我车把前，低声叮咛："路上小心。"

我冲他们招招手，又重返来路。

在回程上，虽然双腿在用力蹬车，全副神经也在紧绷着防摔，可心里没那么火急火燎了，身上的劲头，也就没那么死顶活挣蹦了。

第十三章　窗　外

1

“你干什么去了？这班还上不上？”

我一进自取处的门，黄荫凤便鼻子不是鼻子脸不是脸地冲我甩咧子。她一见我进来，便将账本摔在桌上，怒气冲冲地给我脸子看。“我刚送走了好几家客户，你午休休到哪儿去了？太不像话了。”

我无言以对，也不想让她知道我的私事，便不作声地回到自己那把旧椅子上，坐下来喘气。

“科长还进来找过你，看他怎么扣你。”黄荫凤不依不饶。

这时我心里真羡慕谢径工作时间上的自由。同样是人，凭什么我要受这些人的管制？受这个鸟八小时工作制的囚禁？他们都算老几？制定制度的人算老几？

这时期的我，肯定是不满意于这份工作的。我转正后的正式工资是月薪三十六块钱。三十六块钱的月工资，合一天一块两毛钱。就这么菲薄到家可怜透顶的一点劳动报酬，却要霸占去我每个月当中的二十六天到二十七天的宝贵生命。而在这每月的二十六七天中，我一个人干的活儿，又是全科乃至全公司最重的。我虽然没有做过具体的计算，但依常识，我敢说我只需干上一天半至两整天，便足以挣足抽取这三十六元工资所需要的利润了。我是说在我拿走三十六元的工资后，我这两天所干出的价值量，还让国家有利可赚。付出与回报之间的如此巨大的差距，是任何一个国家的公民都难以接受、难以取得心理平衡的。如此苛重的重利盘剥，如此不合理的劳动报酬制度，却还要叫别人像奴隶一样的驯服，囚徒一样的守纪律，这是霸道的不讲理的。

可是它的业余卫道士，竟然这样多如牛毛，如黄荫凤之流，这现象曾令我百思不解。在这等样的人群中混饭吃，我没处去讲理，深感孤掌难鸣，又深感中国式的精神控制，真的是了不得，并且曾经是那样的大获成功。

建国之初斯大林会见周恩来时，曾对中国能否走上工业化之路，表示过怀疑。他说苏联搞工业化，还有沙俄时代留下的工业基础，你们中国有什么？周恩来回答，我们有人，有经过了革命宣传教育的人民，我们要让人民凭着革命精神从无到有地积累起工业化所需的条件。周还提到了农业和手工业也可以提供一部分工业化所需的资金。

今天人们所看到的中国的早期工业化历程，就是中国亿万劳动人民白手起家，凭自己的脑力和体力所创造的剩余价值不断累加堆积，形成国家资本的历史。人民完成了前无古人的繁重的历史劳动，领取着全世界最微薄的工资报酬，创造了在短短三十年的历史瞬间，便在一个一穷二白的农业国，建立起门类齐全的工业体系的历史奇迹，一个国家资本主义工业化的奇迹。这个奇迹的全体参加者，从它的制定策划者，到具体的脑体劳动者，全都是这一历史业绩的功臣，而这个历史阶段的中国劳动人民，承担着史无前例的最大的苦难与付出，也默默地接受了最小化的工资报酬。这报酬是那么的不符合官方宣传的“按劳分配”原则，却又是出于那样的历史的无奈。

可是当历史走到了 20 世纪 80 年代，怀疑之心萌发。生产关系的变化看来势不可免。这种变化的信号，在中国已隐隐可闻，在苏联已蠢蠢欲动，在波兰则暴发了声势浩大的团结工会运动。以往就时有交火的自由派知识分子、改革派官员与教条保守势力之间的碰撞，开始呈升级之势。其背后的深层内容却是劳资矛盾。这个“资”不是西方概念上的私人资本家，而是国家资本——掌控国家资本的官僚集体。这一矛盾的客观存在，迫使日后的中国走上了调整改革之路。在这件事情上，凡迟疑观望、不识时务，乃至采取镇制方略的国家，都爆发了戏剧性的剧变。

就在黄荫凤跌懈着脸，冲我大光其火的前后，我的疑问已经初步形成。在这种时刻，我只会为别人替自己干了活儿而对某个具体的人心存愧意，却不会觉得对不起制度，对不起工资，更不会觉得对不起国家。须知我拿转正后的三十六元工资的时间不长，这之前我领到的只是学徒工的工资，每月十六块五毛钱。可我根本就没跟任何人学过什么徒，上来干的就是正式工的工作，从开始干到离开这个岗位，都是一样的工作量。对此我内心不平衡，就像天天月月被人欺负了一样，可你没地方说理去。你只有干与不干两种选择。你是一名城市无产者，不参加工作就没地方领工资，没有工资就衣食无着，就得活活饿死，因此，等于是你没有选择。

这正是城市中国人一命所系的关键之点。没了这个点，不但衣食无着，连谈恋爱搞对象的资格都不具备。无论在当时还是回头想来，假如我那时没有这么一份鸡肋式的工作，白玉、谷溪莼、陶枫丹这些异性人物，八成不会与我交游，连陈奇娅都会把我视为异类。因此，有没有一份固定工作，与有没有一份好的固定工作，是两个不同质的层面上的问题。如此说来，我倒应该知足，而不应该说三道四了。

归根到底，迫使我接受一份自己不喜欢的，日渐感到不堪其重负的工作的，是饥饿法则，是对于饥馁的恐惧。而我对其日渐不满，是因为我还有知觉，还有自我感觉，还有我自己的爱好、追求，还有许多周围人的景况，可供我对照比较，可让我不服气。

另外一方面，支持着我每天跑来上班、勤勉工作的，还因为有一种被别人需要的感觉。这需要来自于那些跟自己混熟了的客户。他们当中，有几位特别爱关心我的婚恋问题的半大老太太。这些人几乎都成了有求必应的朋友。这些人不但时常带给我有益的信息，还借书给我看，帮忙办点琐事什么的。机关科的人，甚至经理室的人，有个什么求外人的事，都来找我，让我去找相关单位的熟人帮忙解决。这种电话我打过多次，人家没有驳过我面子。

2

再有就是我服务的这条传输渠道，在当时的信息条件下，的确具有一定的重要性。国门开放政策实行以前，表面上看，中国大陆是闭关锁国的，但它实际上一直开通着吸纳境外信息的渠道。这些渠道是暗中存在的，被限制在所谓内部。像我当时供职的图书公司机关科，就是这样的信息渠道之一。它的主要工作是集纳数量庞大的外文影印图书，依照国内科研院所的需要，以内部预订、销售的方式，传输给它们，供它们的科研、教学人员，阅读、研究、借鉴。除去影印图书之外，还有相当数量的境外原版图书走这条渠道。这条境外资讯传输渠道，在当时所起的作用不容小视，至少从形式上看，它相当的严密、完备。日后，随着国内市场化进程的展开，这条渠道销声匿迹了，而时至今日，市场上似乎再难以见到像当初那么形式完整的境外资讯通道了。

我当时用来给自己解宽心的理由之一，就是我做的是有价值的工作，而每每我不在那间屋子里时，客户进院后东一头西一头地找我的情形，更增加了我的这种感觉或曰幻觉。而这种感觉和幻觉，促使我去忽视黄荫凤、臧兰池们时不时敲打的边鼓：“离开谁地球照样转。”

这边鼓本身包含威胁之意。我自视自己工作负责，深受客户好评，不去理会他们的暗示。

但不久，他们上下一伙人就对我采取了行动。

那时我太忙于应对来来往往的客户了，没时间旁顾别人对自己的虎视眈眈。

在强盗集团共事的人，彼此间是同伙关系。在企业、事业单位共事的人们，彼此间是同事关系。同事不同于同伙，也不同于同志，同党未必同志。同事关系形成之初，带有被迫凑在一起的意思在里面，谁跟谁同事，往往由不得当事人自己。一个新求职的人，起初他并不清楚他将会跟什么人一起共事。我之与黄荫凤、臧兰池等人形成的同事关系，便是这样。

我可以不喜欢他们，他们也可以不喜欢我，但是由于谋生的需要以及所谓组织上的安排，我还得跟他们一起工作。最后要么是我自己离开，要么是被他们设法弄走。世界上最理想的同事关系，是同事同仁同志一体化，例如像创造社同仁那样。然而在中国现行体制下，那样的好事很难再现。

我认识她时已然是中年妇女的黄荫凤，是一位工作上认真负责的职工，从职业角度上说，她是合格的。与此同时她又是一个爱好拨弄是非，嗜好背后论人短长的妇人，擅长当面一套背后一套，粗略地掌握了当时流行的两面三刀的技巧，从做人的角度上说，她不算合格。这样的结论，并不是在我与之同事的当时得出的，而是在我离开那个部门以后，她的阴暗面大量暴露之后得出来的。

在我与这个妇人同事的那一年当中，她与我共管自取处的事，有明确的分工，可无形之中她还拥有一种特殊的监工身份。没有人派给她这种职能，也无人向我宣布她有这项职务，可在实际工作中，她就在这么干着。

她嗓音粗厚干涩没什么共鸣。

“小余快点，客户等着呢。”

“小余，你干活儿怎么这么慢呀，快快快。”

她夸张地过瘾似的这么重重复复地吼我。

见我被催急了，当着客户的面反抗她，她愣愣神又大声说：“客户在那儿等着呐，你不能耽误人家太多时间。”她拿客户做挡箭牌，为自己找下台阶，她的棕色脸孔上红一块白一块。

每每这时我正忙活得大汗淋漓，像一只溅了水的狂转的陀螺。

有时这个黄荫凤调换一种不容易激怒我的方式监工，道：“手头麻利点儿，要不我打你了。”说着话，将手板伸得平平的，嗔中带几分哆相，哆相中带少许笑模样。她在我面前这样连说带比画，并不敢将巴掌落到我的身上。她知道我不是个坏脾气的人，却是个吃软不吃硬的货色，真急起来，其实是什么都不怕的。她也知道她成天吆喝别人不受待见，可她就是管不住自己。

3

黄荫凤有探问他人隐私的癖好。出乎我的意料，她也爱讲述她自己的一段不幸婚史。

黄荫凤是结过两次婚的女人。

二婚、三婚的现象，在上世纪七八十年代，远不如二〇〇几年这么普遍。她的第一任丈夫曾是一位出版社编辑，第二任丈夫是位小学教师。她剔骨拔肉醉心怀念的，是她的第一次婚姻。

“我们两人的结合，真是天底下最好的一对了，称得上是郎才女貌，如胶似漆，两人从来没红过脸……”

这个青春不再的女人的脸上，这时一笔一画地鲜明写出“柔情似水”四个字，红润出她少妇时代的春意，振震出追忆美妙时光的电磁波。她此时的眼瞳的亮度，亮于往常十倍之多。平常时候她用眼睛看人，眼神是平淡的甚至是黯淡的，毫无光彩可言，而一经提起她与前夫一起度过的日子，她便满眼皆情了。透过她目光的凝视之窗，我仿佛看到年轻时候的黄荫凤和她的如意郎君相依相偎，相拥相抱，相摩相嘘的男欢女爱情景。这些情景，全来自她的一颦一动，她的神经感受血肉之躯生命活动。她的眼神分明在咏叹——多么鲜活，多么醉人，恍如昨天。

“五七年他被打成右派，被下放到农村，我不得不和他离了婚……离了婚……

棒打鸳鸯啊。”她眼睛发红，泪水盈眶，渐渐泣不成声。

“唉……”长叹发自她的五脏六腑。

“棒打鸳鸯两分离啊。”她一遍又一遍地重复这句戏文。她掏出手帕揩拭眼泪，擤鼻涕，久久发愣。

“离婚是你提出来的吗？”待她渐渐回过神，我这样问她。我说，“你不觉得在这件事上，更多的责任在你吗？”

“那是没办法的事。”她愣愣瞌瞌地解释着当初，“一个男人被打入另册了的女人带着一个孩子,怎么在社会上待呢？孩子的父亲是右派,叫孩子怎么抬得起头来？谁愿意离呀？那是没有办法的事。领导找我谈话，我就同意离了。正式办手续前，我们两人哭得死去活来的。唉……”

只听她继续说：

“从那时起我就喜欢上了李清照，读她的词给我以很大的安慰。她词写得太好了。”提起李易安，她脸色变得开朗起来，她背出她的《声声慢》：

> 寻寻觅觅，冷冷清清，凄凄惨惨戚戚。乍暖还寒时候，最难将息。三杯两盏淡酒，怎敌他晚来风急，雁过也，正伤心，却是旧时相识。
>
> 满地黄花堆积，憔悴损，如今有谁堪摘？守着窗儿，独自怎生得黑！梧桐更兼细雨，到黄昏，点点滴滴。这次第，怎一个愁字了得！

“写得多好。”她赞叹，“‘满地黄花堆积，憔悴损，如今有谁堪摘？’念来真觉得是写我。李清照是个写女人心理的能手，真是细腻……我儿子可是个好孩子，你见过我儿子吗？”

她的思维发生了跳跃，从李词跳到她儿子的身上。

“我那儿子从小就懂事，从不惹我生气，我说他，他从来不跟我顶嘴，像个书生。我那儿子长得模样端正，从不讲吃讲穿。他来过这儿，你应该见过他。”

她双眼眨动，洋溢着一位骄傲母亲的荣光：“我从小把他带大，他爸爸平反以后，提出想让儿子跟他一起过，我同意了，反正我身边还有个女儿。”

黄荫凤提到的女儿，是她和第二任丈夫生的。

黄荫凤的讲述引发了我的同情之心。我这人容易被别人的不幸遭遇打动，尤其易被女人的眼泪淋湿。我问她：“你读的是李清照的作品集吗？”

她摇摇头答：“我就是从《宋词选》里看到的。她的几首著名的词，我都能背下来。”

我回到桌前，拉开抽屉，抽出一本很新的书来，对她说：“你看这是什么？”

她接过书两眼放亮：“《李清照集》，借我拿回去看看？”

我说：“不借。我送给你了。我也只读了一遍，还没来得及看第二遍。你既然这么喜欢李清照，这书就归你了。”

她将书捧在怀里，又往外送，又往里抱，半推托道：“那你不是就没有了吗？”

我笑笑："我再去买一本。"其实我心里清楚，这书一上市便卖得飞快，两星期前新华书店就已经脱销。坦率地讲，若不是赶上这么个特殊的氛围，我是不会将自己的爱书送人的。作为一个平生嗜书的人，我轻易不拿自己书柜里的书送人，送也绝对分人。在我经济最为拮据的那几年里，我只送书给过陈奇娅、赵海湄、谢径和远在鼓浪屿的麦青山。

如今我将自己喜欢的《李清照集》，送给了另一个喜爱李词的人，这在我算得是一次割肉之举，也表明我确实为她的遭遇所感动。

黄荫凤动手翻着书页，连说："太好了。"她猛然抬起头望着我，将书推到我面前，再次说，"我这是夺人之爱，还是别送我了吧。"

我与机关科的这些人相处一年有余，知道他们爱玩假招的，知道他们嘴里所说的，并非就是他们心里所想的，于是我不跟她争执，只是介绍说："这本书收集了现存的李清照的所有文字，连断句、残句都收进去了。词选词集里一般不收她的诗，这里头都收了，像'生当作人杰……'那首诗，在这里面都能见到……"

"小余你太好了，我非常感谢你……这么着吧，等你结婚的时候，我送一份礼物给你……"

我心里别扭了一下，没想到她会说出这种话来。我说了要你还我东西了吗？我给了你点什么，你就非得还我点什么不可？这人多没意思。她的这份俗言俗心，一下子把我的心浇冷了。我不再多说什么，看了一眼我那本《李清照集》，算作与之诀别，便去干活儿了。

4

自取处是一个特殊的窗口，是一个特定人群往返的走廊，是一个说小也小说大也大的交际场。在这个交际场上，有几位男性客户在跟我成了熟人以后，曾给予过我特殊的帮助，时隔多年我对他们依然心存感激，只无缘再次当面表达我的谢忱。

赞可夫、皮亚杰的名字及其著作，我是最早从心理学研究所的一位常来取书的陈先生口中听说的。这位先生是一位研究人员，兼职管订书取书的事。经他的介绍，我读到了赞可夫的《和教师的谈话》，皮亚杰的《发生认识心理学》。正是沿着这条兴趣线，我相继去找寻弗洛伊德、荣格、阿德勒、马斯洛等人的心理学论著。

苏联东欧研究所的张清桦，是位红脸膛的男子，长我六七岁的光景，从口音上听不出他是来自哪一省。他曾经邀请我到他们所里去做客，拿他们翻译编印的资料给我看。其中令我最感兴趣的，是奥塔 · 希克的《第三条道路》一书。在《第三条道路》一书中，奥塔·希克议论纵横，全面深入地研讨了苏联、东欧社会制度的由来、特征，性质与实质，并探讨了其变革的方向及未来蓝图。我突然发现在思想控制严密的这些国家里，还存在着高度独立自由的人格，独立观察思考的头脑。这些头脑与人格表现出的高度的历史责任感与高屋建瓴的视野，震撼了我也打动了我，使我有如肋生双翅，飞上高空俯瞰人间。

继读过《第三条道路》后，我又跑到西绒线胡同的内部书店——通过关系，买了一批富于真知灼见的译著，这些书的背面，都印有“内部发行”字样，其中就有鲁道夫·巴罗的《抉择》。将《第三条道路》和《抉择》放在一起阅读，令我心胸豁然开朗，意识形态的摩耶之幕纷纷坠地，我眼前呈现出社会存在的实相真相。

这是我一生中的低迷时期，也是我一生中的昂奋时期；这是我一生中的艰难时期，也是我精神的升腾时期。我拿出了与雇佣制抢生命的劲头充实自己的头脑，正如西班牙诗人洛尔加歌咏的那样：思想在高飞，我低着头，在慢慢地走，慢慢地走，在时间的进程上我的生命向一个希望追求。

我在西绒线胡同书店的书架上，还意外地发现了一本最新的《波兰团结工会成立记》。当然书后面同样印着“内部参考”字样。回到家我一口气将这本纪实之作读完，深为波兰工人的勇气与行动力量所感染。纪事中着重讲述了波兰女工的坚毅表现，读之荡气回肠，一种久违了的悲壮豪迈气概扑面而来。

日后当上总统的瓦文萨，没有表现出应有的治国才能，但在工运兴起之时，他确实是位了不起的斗士。可是波兰工人在英勇抗议之时，不曾设想到他们掀翻了一个压在他们身上的体制，却换来了另一个剥削他们的制度，这都是后话了。当着团结工会运动如火如荼的时候，它曾经一度激动过多少人啊？

那时我订阅《参考消息》报，每天都急切从上面翻找有关波兰动态的报道、评论。可惜那些文章多数模模糊糊，语焉不详，费人揣摸。我意外地得到的这本《波兰团结工会成立记》，引我身临其境，一饱眼福，真切地领略了波兰劳动者群众的非凡团结与英勇，读后大呼解渴。

1980 年的我是年轻气盛的我，热血在身，身受压制，盼望解放变革，是天然的自由民主主义者。尽管我看到了波兰工运的古典特征，但还是深受鼓舞。

不过话说回来，任何国度以内部冲突的形式换取变革，没有不付出代价的，首先是经济代价，还会搭上生命的代价。在现代民主制度下，这样的牺牲损失，已经可以加以避免了。

我在《参考消息》上看到有文章讲，任何古典形式的革命和社会动荡都会破坏已有的社会经济、技术积累，冲突与革命是最后最后迫不得已的选择。而在民主制度下，则可以完全避免这样的选择。因为一切重大问题，都可以拿出来谈论，都可以全民公决，都可以用投票表决的方法加以平衡、解决。因此，尽管波兰工运波澜壮阔，撩人心怀，永载史册，但它在很大程度表明的，是这个国家的制度体制，还很不现代，它迫切地需要向着这个方向迈进。工运可以被看成这个历史方向发出的呼声。

还有艺术研究院的老阎，他带给我的则是一场空前的艺术盛宴。一天，他来了，对我说：“我上次从你这儿取走了一套《世界名画全集》，太棒了。五千美元一套，全市只进了两套，中央工艺美院一套，我这里一套，棒极了，你想不想看？”

我说：“当然想看，行吗？”

老阎说：“你明天就可以来。”

那时我还是星期三休息，便对老阎说：“我星期三过去。”

星期三一大早我就带了笔和本去老阎他们图书馆了。老阎给我抱出画册来，让我坐在空无一人的小阅览室慢慢欣赏。他给我提的唯一要求是：不要拍照。

这套《世界名画全集》是台湾人编的，在日本印制。老大老大的开本，超豪华精装彩印的画册，五册一辑五册一辑地装在套盒里。我看完五册，装回套盒，交还回去，老阎再按顺序抱出下一个盒子给我。

于是一个层出不穷的顶尖级的美轮美奂的视觉艺术世界展开在我的眼前。这是万金难求的视觉盛宴，这是无与伦比的视觉享受，这是超乎寻常的艺术大学，这是最高规格的审美标准的授予。这是截止到目前为止我所见到过的最棒最美的画集，世间无出其右者。有机会亲瞻这么系统这么众多的世界美术极品，比去卢浮宫还过瘾。

算来为了充分领略这套出类拔萃的画集，我用去了三个月当中的全部休息日，并摘抄了一整本笔记。笔记内容里包括画家、画作、画派介绍，思潮、流派、背景介绍，画家画论等。时隔多年信手翻看旧本子，还依然令我怦然心动，心驰神往，惚如重回那间阅览室，重捧那些卷画册，同与那些旷世奇才饱赏天地美景人间诗意。

诚如马克思所言：如果你想得到艺术的享受，你本身就必须是一个有艺术修养的人。而人的艺术修养又是从那里来的呢？首先来自于对艺术作品的欣赏与学习，共鸣与会心。一位艺术家的审美情趣、审美创造力，根本离不开对于美学作品的观摩、品咂、领悟与揣摸。而看极品，看最棒的作品，又无疑是艺术学习道路上的上佳之路。我有幸在自己二十几岁的时候欣赏到这么地道的画集，无论在当时还是在日后，我都视之为三生有幸。我永远感念老阎当年给予我的这一番无价馈赠。它使我终生受益无穷。

这样说来，那份消耗掉我一年有半的青春生命的机关自取处的工作，也并不都是无益的可憎的。它是我的城市社会“大学”的第一学年，我付出很多，也有收获，更何况除此之外，它还让我结识了朋友呢？

那是什么样一种质量的三个月啊。睁眼闭眼，都是名画，山河壮丽，天光旖旎，仙后出浴，美女娇眠，铁马金戈，生力奔张，丽日月影，云卷涛惊。《梅杜萨之筏》，《孟特芳丹的回忆》，枫丹白露的《橡树林》、《德汉姆的河谷》。啊柯罗、透纳、康斯太勃……奇变瑰丽，隐艳馥郁，逸笔纵横，光影交响……目不暇接，美不胜收。全世界的美术馆，都开到我的心里来了。

今生今世，这三个月就长在了我的血肉里了，就长在了我的内在感性世界的万山丛中啦。

啊，老阎，方盘子脸的邀请我去看画册的图书馆员老阎，其时正当中年的老阎，走路快当如风的老阎，叫我如何不感念于你呢？对你来说，这可能不算回事，只是工作之便，可你知道你对于一位成长中的青年，你曾馈赠了怎样的滋养吗？

第十四章　乌鸦屎

1

有日子不见的江晓竹露面了。随着一声清亮悦耳的问候，她亭亭玉立在我的面前。我眼前一亮，向她表示欢迎。她亚麻色的眼睛在室内略作顾盼，依然是秀腿细胳膊双手插裤袋。她美丽的小脸庞比先时瘦了，嘴角长了水泡，头发也似乎比先前黄了。

“江晓竹你这是怎么了，怎么满嘴的水泡？”我注意地看她并且发问。她嘴唇干得直起皮儿，仿佛多日不曾喝水的样子。

她苦笑笑：“别提了，我现在是焦头烂额，‘未敢翻身已碰头’，一团乱麻，还有个不上火的。”她说的是感受性的语言，全是实话，但一样具体事都不叙出，我欲知其详，却无法探问。好在两天以后，造成她着急上火的人，随着她一起来我这里了。

“这一回我带了车来，还带了搬运工。我来介绍一下，我请的这位搬运工，是我们领导，我的室主任老费。”

费主任三十来岁的年纪，生得人高马大，肩膀宽得亚赛一扇门，走路晃肩且端肩，穿一身灰制服，留个板寸小平头，一张棕黑脸膛，阔口宽腮，腮帮子见棱带角，开口说话低音共鸣浑厚。晓竹特别介绍说：“我们费主任是唱男低音的，像他这种音质的，人群里少找，他唱歌剧里的男低音棒着呢。”

老费被她夸得有几分腼腆，大嘴一咧笑笑，瓮声瓮气道：“咱们的书在哪里？我来搬。”

这费主任干活不惜力，满怀一抱满怀一抱地往车里运送书捆。不一会儿一车书就被他装满了。看看他的背影，直怕他因为肩宽，卡在门框上出不去退不回。我暗想：长这么大还没见过脸长得这么大的人呢，那张大黑宽脸，跟平谷车把势连祥使的那把大铁锨似的。我心里铮儿一下蹦出了“板门店”这个词儿。

看看车已装好，江晓竹站下身跟我说话。她说她以后可能就不常来这里了，跑外的事由别人接替了她。“不过人手倒不开时，我也还是会来的。以后有事我们还可以打电话、写信。”她仿佛是要安慰我似的这么说。

变化来得突然，我有几分心酸，道："这算是告别？"

"咱们还是朋友嘛。"她拉开车门同我握手。

马达发动，她从车窗往外伸出一只手摇动。

"我们是惺惺惜惺惺。"她说过的这句话，在我心间反复萦荡。她还说过："我们都很不容易。"不久，关于江晓竹着急上火嘴上起泡的原因，便由她的继任者讲给我听了。

为什么当年我这么关注江晓竹，留心她的一颦一笑，一举一动，她的故事与境遇呢？除去惺惺相惜之外，还有没有别的原因呢？坦白说，有的。她的气质容貌曾经令我动过心，令我心有所慕。谈不上倾慕和追慕，是有所慕。在我眼中，她不仅是个比我年龄大的异性，还是个眼界高的异性。我清楚我跟她之间发展不出什么来，但她确是我当年认识的异性中的亮点，我对她另眼相看。因此，那位后来成了我的朋友的她的继任者吴展奋所讲的有关她的事，不免令我沮丧，不是滋味儿。

在我眼里，晓竹是位格调高雅的女子，可是她黏糊上一个有妇之夫，而且是一个老费那种模样的有妇之夫，着实出乎我的意料，亦令我不得其解。就算是两个人在一个办公室上班，日久生情吧，也多少得看着差不多吧，不说是郎才女貌，也得是女才郎貌吧。一个玉树临风，一个大号黑锅炉，怎么也站不到一块儿呀。别人看着无所谓，你自己看着也别扭哇。莫非真个是情人眼里出罗成？那老费从哪儿论挨得上罗成呀？连尉迟恭都不算，靠钟馗还差不多。这老费凭哪样儿吸引晓竹？

凭老费他爸是将军吗？可报上宣布他在一次事故中死了。人死了光剩件将军服顶什么用？是因为晓竹二十六七了，急着把自己嫁出去？还是情欲所致耐不住寂寞？一个办公室里还有别人，就流睛送目，眉目传情，桌子底下脚钩脚，晓竹至于吗？论长相，论气质，论才情，晓竹找什么样的男人找不到？怎么偏偏跟个老费纠缠在一起，在全研究所人的视线底下？兔子还不吃窝边草呢。

2

吴展奋跟晓竹、老费同在一个办公室工作，他眼瞅着老费的脚一次次够向晓竹的脚。起初晓竹报以嗔瞪、躲闪、回踢。渐渐地她的腿脚不躲了，接受了，并且还是受用的样子。见他们这形状，展奋在屋内待着不是不待着也不是。"这才叫'目中无人'、'色胆包天'呢。"展奋评论说。

展奋说，别看老费人长得粗，他却会用唱情歌引诱晓竹。老费乐感非常强，发音极准，会唱许多情歌，用美声唱法发音。晓竹被他音乐上的才能迷住了。展奋说："老费这种人本是纨绔子弟，逢场作戏，可这次对晓竹似乎动了真情。不知内情的人，一看到老费对晓竹的那副样子，便一下子明白是怎么回事了。所以，他们的事在全所上下已经是公开的秘密，只有他们自己还以为人不知鬼不觉呢。"

我突然问展奋："你是不是也暗恋江晓竹？"

他坦然承认："我是喜欢她。可老费在办公室跟个把家虎似的，我跟晓竹多说几句话，他都摔抽屉。这次他换我出来跑外，目的无非是把我支开，好屋里就剩他们两个人。"

"是这样……"我若有所思，"据你看晓竹真的喜欢老费吗？我印象中晓竹不是轻浮的人。从这回事情看，她以前似乎没有过真正的恋爱经验，否则她不会这么容易就落入一个未必值得的情网，而且还不能自拔，一条道走到黑。这可并不像她平时表现的那么精明，甚至还显得过于单纯了。"

记得晓竹以前说起过她父母常年工作在国外，她一直跟姥姥生活在一起。在这种环境下长大的孩子，会不会更单纯也更任性一些呢？

我曾经给晓竹拍过三张照片，她最喜欢其中一张她抬手拢头发的动态抢拍。她习惯做这种一手叉腰一手抬起向后拢头发的动作。她这一刻的神态，既自然又风雅，还非常之气派，眼望远方似有所瞻望。

这三张相片全都是黑白照，那时国内还没流行彩照洗印，用黑白照片再现她的秀姿倩影，较之彩照更为相宜，更能突出她的清逸之美。我后悔没有多洗一份自留，后悔连底片都一齐给了她。因为毕竟没有征求她的同意，而没有征得她同意而为之的事，在我看来是不磊落的。我确曾想鼓起勇气跟她要求这事，却终于没有张开口。我很可能是害怕遭到拒绝。遭到晓竹这样的异性的拒绝，在我眼里，是令人无地自容的耻辱，因此我不曾向她提过任何要求。因为我不向她提任何要求，她就一次也不会拒绝我。我和她之间的这点交情关系，十分脆弱，搁不住任何破坏。

在我得知晓竹与老费的纠葛之前，我曾设想她的私生活会是雅致的上档次的温馨浪漫的，没想到会弄出这么出戏来。尤其当我得知她因此饱受老费老婆凌辱的情节，我既震惊又感伤，继之以担忧。

老费的老婆，据展奋说也是高干出身，胖乎乎的十分厉害。她得悉丈夫的外遇情节后，于一天早晨找到晓竹家敲门。刚起床的江晓竹睡眼惺忪，一开房门便被费太太兜头泼了一身尿水。原来老费媳妇坐她父亲的小轿车寻晓竹算账之时，特意将她家的一盆宿尿运了来，端好了立在门外等晓竹开门露面。晓竹没防备，一开门便被她泼个正着。那女人泼人一身一脸尿不算，还发了疯似的上前厮打她的仇人，晓竹的脸被她抓出了血道子。那婆娘一口一个"婊子"地骂，招得街坊四邻挤满晓竹家门外。晓竹是个自尊心何其强的人，其心灵受辱之深，可想而知。

3

吴展奋的出现，给我平添了一位新朋友。在江晓竹应该来自取处取书的日子，他来了。哈，真是位仪表堂堂的男人。一米八几的大个子，宽肩白面，眉端目正，一副共鸣甚好的男中音嗓音。他穿着上班穿的工作服，直接就上街了。来过我这里的人里，只有他这么穿戴。而且那浅蓝带灰色的夹克式工作服，穿在他身上不仅不像工作服，看上去还是件很合体的路服呢，使他看上去像一位工程师。

我搬把椅子请他坐，他便毫不客气地坐下来跟我攀谈。这个人的坦诚和胸无城府以及良好教养，在人群中是显而易见的，一下子引起了我的好感。

就在我们第一次认识的谈话当中，他便直言告诉我他是一位妄想症患者，住过医院吃过药。我当时对这种病一无所知，没有往心里去，也没将这看成什么了不得的事。不过我还是没忘记问一句他这种精神疾病的起因。

他告诉我他曾经是“文革”中的工农兵大学生，被军垦建设兵团选拔进东北某大学读书。其时正赶上沸沸扬扬的张铁生白卷事件，他在校园里公开发表批张的言论。他所在的大学与张铁生就读的大学正好门对门，这下他捅了马蜂窝，遭到严厉的围攻批判，并受到了校方的处分。心地单纯的他，终于承受不住这样的压力刺激，做下了这么个病症。

他告诉我，这种病犯起来时满脑子是被迫害妄想，老觉得周围人都是特务在监视自己。我因见他思维清楚，谈吐清雅，一时间对他的自述半信半疑。他见我不相信，特意伸出手来让我看抖不抖。说吃这种药的人都会手抖，停药相当一段时间后，手才会停止颤抖。他说：“我已经停了一阵子药了，所以手已经不怎么抖了，不仔细看是看不出来的。”

从这天起，吴展奋成了来得最勤的客户之一。我们彼此都觉得说得来，便以朋友的关系相交往。往往为了两三本书，他也要跑过来坐坐聊聊。关于他的家世婚姻情况，他也向我兜了底儿，使我更将他视为心地坦诚的人。我们开始到对方家串门走动，一起晚间散步，一起看展览。当年轰动一时的第一届全国美展，就是他陪我一起看的。这个展览我自己单独看过一遍，同他一起看过两遍。

从展奋的自述中，我得知他父亲死于“文革”初期，曾任某省委的宣传部长，因遭受揪斗自感屈辱自杀身亡。这次事变曾加予他强烈的刺激，他的疾患的最初的根苗，便在那时种下。他说他曾一度感到天昏地暗，四面楚歌。

好在他母亲的健在，使他家依然保持了权势地位。他的母亲其时正担任着炙手可热的人事局局长之职，为众多人巴结唯恐不及。不久后的一天晚上，我见到了这位为人之母的人事局长老太太。

展奋母子住在红砖楼房的一套三居室单元房里。室内陈设极为简单。他母亲坐在一张旧式八仙桌边，一只胳膊肘枕放在桌上，是一位矮个发胖的白面妇人，黑色毛衣外挂一件蓝布坎肩。她儿子将我介绍给她，她表示她已经知道有我这么个人。她神态里无疑透着隐隐的官气，但外形上怎么看也像个家庭妇女。她的一张白圆脸鼓嘟嘟的，目光深沉甚至阴沉，似乎只一眼便能看到他人的心里去，给人以语迟眼毒的印象。她的眼神本身似乎就是一种权力。

展奋指着黑漆八仙桌和两把硬木旧椅介绍说：“这几样家具是我父亲的遗物，‘文革’中被抄家抄走了，粉碎‘四人帮’后清退，只退回了这几件，其他的都下落不明。最可惜的是我父亲的那些书，全都散失殆尽了。”

做母亲的看一眼她的儿子，臂肘动了动，那表情仿佛在听别人家的故事。

见礼完毕，她做个手势道："去展奋屋聊去吧，我心脏不好，不能多说话。"

一进展奋屋内，他便不满地嘟囔："她老是这么阴阳怪气的，让人受不了。她永远也改不了她的官僚心理。"

展奋的房间更为寒素，只有一张木床和一桌一椅。床上铺条白布单子，乍看像间病房似的。他房间里最突出的装饰，大概要算窗下的暖气片了。

我问他："你离婚前的双人床呢？"

他答："卖了。眼不见为净。"

时年三十四岁的吴展奋结过婚后来离异。他说他娶的是一位高个子冰美人，她跟他的目的是想利用他母亲的权力调进机关。他说她在跟他干那种事的时候，一点表情都没有，冷漠得像一具尸体，而她在认识他以前有过相好的。婚后，她背着他跟前情人还暗通着曲款，一旦达到了目的，二人就会把关系公开。

通过他的叙述，我想象着那是一位骨感瘦高的美人，知晓利害，清楚自己要什么。她来自外省份，不满足于已得的利益，在看重情爱的同时，更看重个人的前途，稔知在中国这块土地上，让权力为自己办事，是达成个人前途的捷径和保证。与此同时她又是一个舍得付出，肯于咬牙，不改初衷的女人。可是如同许多外来的女子那样，她们高估了自己的心计，而低估了首都官僚的心术，最终败在了展奋母亲的手下。

"她给我戴绿帽子，我跟她摊牌，把她给休了。我眼睛里不揉沙子。"他余恨未消地说。

一个谢径，一个吴展奋，都是我在机关科时结交的朋友。谢径认识我于我到机关科之初，待吴展奋出现的时候，我在机关科的日子已经临近尾声了。

4

警告性的打击开始往我头上落。起初我以为是乌鸦屎，原来却是鞭子。

这天午饭后机关科的团支部书记小廖过来找我谈话。她声明是科长臧兰池和副科长徐灯草指派她来的。小廖与我同龄，他们认为派她找我谈会较易于沟通。小廖开宗明义便说科里要对我上班时间看书的问题做扣除奖金的处理，她来做工作的目的，是叫我写一篇认识深刻的检查书在会上念。我说罚了不打，打了不罚，我写不着检查。小廖说领导的意思是叫你对自己的错误有一个认识，以儆戒他人。针对我是不是真的做错了事这个问题，她跟我磨开了嘴皮子。

小廖是个眉眼标准的大女孩儿，一对大大的杏核眼，眼球黑白分明，但不知道她脸上什么地方带点男相，我猜她一定长得像她的父亲。她皮肤不白，但透着红润之色，高矮胖瘦都很适中，就是有点罗圈儿腿。穿裤子时看不太出来，夏天一穿裙子便暴露了，从大腿肌肉那儿就宽。自从发现了这一点，我为她深为惋惜。假如不是这两条腿拖累了她，她该算是图书公司的第一美女了。

我印象中她工作勤谨，安静本分，别人跟她开开玩笑也不急。在这次谈话中，我数次苛言苛语地反问她批驳她，她也仅仅是报以一笑，不跟我红脸。我私下里想：她这人倒真是贤妻良母的性格呢。

她参加工作比我早好几年，因为她没有下乡插队，高中一毕业就干起了图书这行。我问她你觉得你这几年过得有意义吗？充实吗？你觉得这几年当中，你比上学时是长进了还是后退了？我的这些问话令她很为难了一阵子，然后反复说一句话："上班下班，挣钱吃饭呗。"

我说："我明人不说暗话，你，小沙子，机关科的几个年轻的，我真为你们悲哀，除了上班下班，挣钱吃饭，你们还剩了什么？全都那么随遇而安，越活越俗，怎么着，让我向你们看齐，变得跟你们一样是不是？"

小廖眨动着一双黑白分明的大眼睛，直吸溜气："你这人怎么这样偏激呀，人都是随大溜儿，你随不就结了呗，想那些干什么？活起来多累呀。"

我们之间的这次交锋，促使我想到了这样一件事，就是任何一位有抱负有才华的学生青年，在进入等级制的社会组织之后，都要经历一番被压缩退行的过程，就如同削足适履一样。你必须得牺牲或至少潜藏压抑你的部分或大部分个性与天性，意志与自由，你才能合乎那个组织的规则要求，适应那个环境。这个过程与经历，并不是人格的进步展开，而是人格的削减倒退。

我向小廖和盘托出了这个感想。她思索片刻后点头同意，说："也是，我也觉得自己不是从前的自己了，可是又无能为力。"

她的这两句实情流露，使我对她的成见发生了转变，觉得她与自己还是有共同点的，能跟自己共鸣到一处。至此，这个女团支书不再提让我写检查的事，转而说起她的业余爱好。她说她和她爸都是京戏迷，还都喜欢京韵大鼓。逢到休息天，经常是她演唱，她爸拉胡琴伴奏。忽然她问我听没听过京韵大鼓《雨霖铃》？我说我哪听去呀。她说我回头把唱词带来，你抄一份。那唱词别提多有味道了。

"马嵬坡上草青青……"她还真的哼唱起来。

《雨霖铃》讲述的是唐明皇和杨贵妃的故事，马嵬坡是李隆基被迫下令处死杨玉环的地方。鼓词虽为叙事体，但语言精美，富于元明套曲、诸宫调的韵味。我看后把玩赞赏了一番，小廖听后十分快活，面带满足地离去。

我底下还有想法呢，她没有来得及听到，那就是我从不相信在权位悬殊的男女之间，会产生什么真正意义上的爱情。当女人面对着一个随时有权要你的脑袋的男人，能自然无羁地表现天性，心口如一吗？她的所谓爱情，又掺杂着多少利欲因素呢？并且我还想，天底下平民当中的男情女爱多的是，为什么把个帝王的烂事没完没了地吟来唱去呢？这种帝王故事不管写得多么凄艳，站在"五四"以来的新文学立场上读之，总让人觉得有那么股子旧气息，令人产生不适感。起初这种不适感仿佛是出自本能，经过自审我才明白，原来自己骨子里是一个平权主义者，因此才会对任何建立在不平等关系上的事物心生反感，这种心理不可能不延伸到阅读与艺术欣赏领域。恰好这时期我正好读了卢梭的《民约论》、《论人类不平等的起源》和巴枯宁的《国家制度和无政府状态》，这就大大支持了我的最初得自于文学的自由平等信念。

小廖的私底下的同情，没能动摇科里开我批判会的计划。我觉得眼前的这鸡一嘴鸭一嘴，事先被分派好的会上发言，简直就是北图书库部批我的那种会的重演。区别只在于换了面孔，与会人数的多寡以及开会场地的变换。而如出一辙的地方却太多了，发言人的思维、口吻、语气，会场上的气氛，整个会议的程序等等，全都是那个时期的产物，一样一样，别无二致。

想当初在北图时，我是个刚回城的毛头知青，对在城里单位上班的人们的心理、习性、风气懵无所知。而这一次我好歹有了点感性经验，已经不再处处被动不知所措了。我坐在会场中央，安静带笑地听人数说自己的不是，不急也不恼，时而回敬一两句，没怎么拿这些人的攻势当回事。一说批判会结束，便笑哈哈地打个舒展走人。

不会等到发工资奖金的日子，我被告知被扣除了两个月的奖金。我心说扣就扣吧，我该怎么干活还怎么干活。我跟大头科长明言：“你既然扣了我的奖金，那我就更可以看书了，否则我就等于让你白扣了。我不能里外里都吃亏。”

话虽这么说，在班上我还是有所收敛，看书时尽量避开科里的人的眼睛，唯一难以避开的人是黄荫凤。

说来也怪，在这两个来月里，我的那些来来往往的客户们，对我表现出更浓的亲热感，见了面，不笑不聊绝不肯就走。难道他们预感到了与我行将分别不成？其中的一位被我叫做老太太的资料员，还热心执意地给我介绍对象，另一位某部委图书馆的女资料员，三番五次地盛邀我去她家做客，要将她的女儿介绍给我。

说实在的，我对自取处这个工作岗位全无留恋，而离开了我这些熟熟络络的客户，却让我心头惘然若失。这么几千号人，不可能都像谢径、吴展奋那样跟我成为亲密的朋友，但我跟他们当中的不少人，确实建立了良好的熟人关系，大家一下子不再见面，我确实感到若有所失，尽管这些人曾经占用去我的一部分生命。

5

调我离开机关科自取处的命令是人事科长程鱼雁下达的。大头科长进屋来叫我放下工作去趟人事科，他的表情是严肃的不容分说的。

人事科长程鱼雁被公司的人私下里叫做“阴德福”。那时她已是五十岁的老太太，半高半胖的身材，走路端肩挺腹，一张黄瘠蜡黄的横肉脸，从颧骨往下分三层叠下来，一叠压一叠。大概大权在握的人都爱收下巴梗脖子以示威严的缘故，她下巴下的松肉挤成了半个救生圈的样子，里边有东西一动一动的。她召见我的时候，就这样收着下巴颏面色威严地盯着我，一字一板宣布她的决定：

“你听好，你现在就停止你在机关科的工作，去声像室报到。从今天起你被调到声像室，不再是机关科的人了。听清楚没有？”

这事来得像突然袭击，打我一个措手不及。我按照我的习惯问她为什么调我？我怎么了？她答也不答睬也不睬地不耐烦摆手：“这是组织的决定，组织有组织的考虑，你不用多问，让你怎么样你就怎么样，哪儿那么多啰唆。”

我眯眼打量她那双习惯于主宰他人命运的雌性老权棍的肿泡眼。这个嗜烟成性的老女人的下眼袋里，一定是装了两兜篓烟油，否则不会这么不成人肉样，这么阴辣阴辣的。她的夹惯了香烟的两根手指，焦黄难看，失去了女性手指的基本特征，我想象不出世界上有哪个男人会愿意去触碰这样的手指，去跟这么具老烟油子味儿的躯体，在一张床上同眠共枕。这种人也曾有过恋爱的季节，娇柔的时刻吗？可能吗？要了命也想象不出。

肖斯塔科维奇曾经专门谈到过粗暴。他说：“如今，我不能容忍粗暴……我最恨粗暴和残忍。我认为粗暴和残忍永远是联系在一起的……不，不，要指望一个粗暴的人会干什么好事……不论在哪里，他总想当独裁者、暴君。他总是要压迫每一个人。结局总是很坏。这是规律。”

我曾经不止一次地跟别人说起过这样的话，我说我平生最恨三种人，一种是说话不算话的人，一种是动不动就翻脸的人，一种是粗暴残忍的人。

在憎恶粗暴残忍的立场上，我与肖斯塔科维奇完全一致，别无二致，可是这个老黄脸婆，这个浑身细胞浸透了尼古丁黄烟油子的官僚权棍，以如此专横的粗暴方式对待我——一个无论禀赋和智力都强过她多倍的人，她凭什么？她算个什么东西？她离开了她屁股底下的那点权位，到大街上站站，看有没有人眼睛里夹她？

反抗和不平之气从我心头升起。

我眯眼看定她，开口提问：“去哪儿都没关系，但你要讲出理由，给我一个解释。”

她面呈愠怒之色，凶巴巴说道：“我给你留着面子呢，你是敬酒不吃吃罚酒。有人向我们反映你，说你跟客户搞私人关系，这下你知道了吧。”

她的这个所谓的解释出乎我的意料，令我顿生荒谬感。我说：“我为客户服务周到，人家才对我好的，人家对你的工作不满意，谁会来近乎你，这么简单的事，难道你们会不懂？”

“我不要听你诡辩，不要听。”她用她的南方普通话，一个字一个字地咬着吼喊。“没什么好讲的，你去声像室听候分配。”

我也吼道：“你可以用权压我，但我根本不服。你总有听到真实的一天。”

她抡巴掌拍桌子：“你不要再搞造反有理这一套。”

我冷冷一笑：“你听好了，‘造反有理’这句话，什么时候都不过时。‘哪里有压迫，哪里就有反抗’这句话，什么时候都不过时。”

第十五章　活受场

1

1949年后隐居经年日后重露峥嵘的无名氏，在他的《绿色的回声》的修订本序言里写有这样的话：

> 我现在毕竟满襟夕阳，对四十年前那些“少年愁滋味”，有时不免莞尔了，仿佛站在昆仑山巅，用望远镜观看山下儿童积木戏……

他发这番感言的时间，是1989年12月23日夜。初读他这段话时，我便心生共鸣。那次共鸣的时间是在1995年的春初。时隔十年重温他这段话，我依然深有同感。作此感想时节的无名氏“毕竟满襟夕阳”，人到老年，而我还在壮年呢，怎么也会和他一样地看待昨昔呢？难道我的心提前老了么？抑或是种提前的超脱？假如这种超脱同时意味着一个人从生活中提前退役的话，那又该是多么的可怕，多么的为我所不愿意。

我看这是一种距离，一种视角，一种沧桑。不管站在21世纪地平线初端的我愿不愿意，我现在回首去看自己当年的所经所历，所置身的时空，真的有一种遥远之感，俯瞰之感，甚至隔世之感。但是不是像“儿童积木戏”？我不敢说。因为我哪里有玩积木戏的儿童的人身自由？如今俯瞰往昔望中可见的那里外两间的声像室平房小车间，又算是个什么？那两间既非笼子又非牢室的摆了几台复制机的屋子，如何就能将我圈在里头、困在里头呢？

> 它的目光被那走不完的铁栏
> 缠得这般疲倦，什么也不能收留。
> 它好像只有千条的铁栏杆
> 千条的铁栏后便没有宇宙。
>
> 强韧的脚步迈着柔软的步容，

步容在这极小的圈中旋转。
仿佛力之舞围绕着一个中心，
在中心一个伟大的意志昏眩。

只有时眼帘无声地撩起。——
于是有一幅图像浸入，
通过四肢紧张的静寂——
在心中化为乌有。

里尔克写豹的这首诗的副标题是 ：“——在巴黎动物园。”他明写动物园里的豹子，隐喻的是受困于外力的人的感受。他是在写我，写困于八小时工作制，从事简单、机械、绝对异己的毫无兴趣和乐趣的劳动的我的真实状态。可是就凭那么两间破屋子，就凭黄脸婆子人事科长的一句话，如何就能圈住我这么个自由不羁的人呢？凭什么？说白了，不就凭那么点工资吗？不就凭那么份人事关系档案吗？一当你将这两样东西抛在一边，它们就什么都不是了，连股屁烟儿都不是。可是置身到活的具体的生存情境中，一个除去自己的脑袋、光杆四肢之外，连一分土地都没有，连在城市里所能利用的任何生产资料都没有的无产者青年，你潇洒自由奔放一个看看？看你能不能活得下去？

这是天底下最厉害的“治道”。让你的经济基础薄弱得近于零等于无，你不受役使也得受役使，你不听吆喝也得听吆喝，你不受剥削也得受剥削，你不做苦工也得做苦工。你还想从事自由思想吗？你还想从事自由艺术创造吗？先顾你的小命顾你的嘴吧。等到有一天你想起你的抱负了，想玩玩自我实现了，你已年过半百，垂垂老矣。你的大好青春，大好年华，大好生命，都被他人挤榨得差不多了，利用得差不多了，侵占得差不多了。脚底下剩下的属于你自己的生命之路，离坟墓离火葬场不远了。

1980 年的《参考消息》上刊登的一组国外人统计的数字，令我非常不爽。其中一个数字说，中国县长以上级别的官吏约有 2000 多万人，是大革命时期的中国工人阶级总数的十倍。这些人不从事物质生产，却享受着优越的生活待遇。他们的物质供给都是从哪儿来的，不是小秃儿头上的虱子——明摆着吗？而多少年如一日地宣讲劳动光荣的，也恰恰是这帮子食利的人。这绝不是什么统计着玩儿的数字游戏，而是真实无妄的阶级状况现实。这叫我到哪里去找光荣感去？叫我如何去体验劳动的快乐 ?

那时候，每天关在点着日光灯没有窗户的作坊式的录音复制车间里，我感到悲惨极了痛苦极了无奈无助极了，咯吱咯吱地任人用钝锯钝刀割自己的无比宝贵的一生只有一次的生命，一个挟着抱负和才华的生命。这种日子什么时候是个头儿？我的生命什么时候被割完？我一点也不知道。我只知道这样下去，我这一辈子就完了。可是出路何在？解脱之日何在？我不知道。就如同白毛女度日于山洞，不知道解放的日子何时到来一样，就如同受困于铁笼子的那头豹子。

我好像只有千条的铁栏杆
千条的铁栏后便没有宇宙。

更贴切的比喻，出自泰罗。

“凡是记住泰罗关于‘受过训练的猩猩’的说法的人。对于这种‘对最终目的认识’至少会觉得滑稽可笑。”葛兰西写道。“泰罗的确极端恬不知耻地表达了美国社会的目的：在劳动者中间发展机器和自动的技能至于最大程度，打破要求一定程度地发挥劳动者的智力、幻想和主动精神的熟练和专业劳动的旧的生理心理关系，把一切生产作业都归结到它们的体力和机器的一面……这一阶段所不同于以前各个阶段的是具有很大的紧张性，而且表现的形式更为野蛮。”

可是我的心是多么强悍广大的存在啊，它活着，勃勃欢跳，憧憬着畅想着，仿佛永远不死。因之我的痛苦就别提多大了，大到苍茫浩瀚。

“天底下最妙的，是幻想。一个大脑皮层，平平凡凡，偶然灵机触动，便幻化一架电影放映机。你一闭上眼睛，银幕立刻涌现一幅幅画面：古代摩利斯湖的埃及迷宫、耶路撒冷白鸽子、奈亚加拉大瀑布、巴西蓝宝石、亚热带绿色橡胶园、凡尔赛玫瑰大理石宫舞会、但丁‘永恒的玫瑰’的彩衣仙女，……几乎想什么，有什么。你的灵感变成阿拉丁神灯，只要你高兴，宇宙万事万物，都会一呼即至，被你召唤到面前。”

躯体被圈死的时候，思维却在驰骛不息，有声有色着。

往复制机里插空白磁带直至录好“起锅”的空当，大约有三分多钟，这时我拿起书来急读一页两页。如此破碎的时间格子，当然也可用于思考，但机器嘎登一停，你就得跳起来去摁键“起锅”，夸夸夸地将满把磁带戳放进塑料盒子，然后再坐下来默想三分钟的心事。并非有意的，肯定是心情使然，这时我常常默诵《呐喊·自序》里的段落——

夏夜，蚊子多了，便摇着蒲扇坐在槐树下，从密叶缝里看那一点一点的青天，晚出的槐蚕又每每冰冷的落在头颈上。

那时偶或来谈的是一个老朋友金心异，将手提的大皮夹放在破桌上，脱下长衫，对面坐下了，因为怕狗，似乎心房还在怦怦的跳动。

“你抄了这些有什么用？”有一夜，他翻着我那古碑的抄本，发了研究的质问了。

“没有什么用。”

“那么，你抄它是什么意思呢？”

“没有什么意思。”

“我想，你可以做点文章……”

我懂得他的意思了，他们正办《新青年》。然而那时仿佛不特有人来赞同，并且也还没有人来反对，我想，他们许是感到寂寞了，但是说：

假如一间铁屋子，是绝无窗户而万难破毁的，里面有许多熟睡的人们，不久都要闷死了，然而是从昏睡入死灭，并不感到就死的悲哀。现在你大嚷起来，惊起了较为清醒的几个人，使这不幸的少数者来受无可挽救的临终的苦楚，你倒以为对得起他们么？

然而几个人既然起来，你不能说决没有毁坏这铁屋的希望。

是的，我虽然自有我的确信，然而说到希望，却是不能抹杀的，因为希望是在于将来，决不能以我之必无的证明，来折服了他之所谓可有，于是我终于答应他也做文章了，这便是最初的一篇《狂人日记》。

……

需要说明的是，在那种条件下默背这种长度的文字，必定是断断续续的，中间要间断数次才能背完整。这种默诵他人作品的活动，对心理的抚慰作用微乎其微，却反而使自己的曲抑感更加深重，令自己觉得自己更像是一个活死人，一个肢体紧忙活的活死人，一个生物学意义上的“动物”。

雇佣劳动制度下的工作制是副定制的套子，让所有具备不同爱好、不同秉性的人一律都钻进去，长的你要变短，短的你要变长，不适应的强迫你适应。戴上了这种轭套的人，“不过是一架为别人生产财富的机器”，“——而在现代制度下他是不得不这样做的”。马克思指出：

“虽然工人每天的劳动只有一部分是有偿的，而另一部分是无偿的；虽然正是这一无偿的或剩余的劳动构成产生剩余价值或利润的基础，但是从表面看来，仿佛全部劳动都是有偿的劳动。”在雇佣制下，“劳动的有偿部分和无偿部分是不可分割地混在一起了，整个交易的实质都因有合同存在和周末支领工资而完全被掩饰了。这种无报酬的劳动在一种场合似乎是自愿的，而在另一种场合则似乎是强迫的。全部区别就在于此。”“这种虚假的外观，就是雇佣劳动和其他历史形态的劳动不同的地方。”

明明白白我的生命是我自己的，却不得不交由别人支配，这种支配又完全地背离着我自己的生活目标，意志指向，我成了为他人的目的、意志存在的工具，我沦落成为物、生产工具、生产力，成为实现他人的生产计划、利润目标的生产力、生产工具，而我自身在这一过程中，天天在流失，几乎是白白地流失。每月三十六块钱的工资，每日一块一毛多的报酬，就买走了我一个高贵的人。我成了什么了？跟白抢有什么两样？这是完全不等价的所谓交换，是彻头彻尾的欺负人，是彻头彻尾的集团式剥削，还一天到晚的哄着人当劳模，真是老太太靠墙——背壁无齿（卑鄙无耻）。中国的官僚老爷们，这份劳模你们怎么不去争当？真是要死活人不偿命。

假如有一天劳动被去除掉异己的异化的性质，而呈现自主的、主体的、为人自身的面貌，那它所带给我的，将会是怎样一种创造的快乐啊。

2

声像室这个名称听起来有点怪，在当时属新生事物。当时这是一个新组建的部门，背景是当时中国大陆刚刚时兴听录音带、看录像带。声像室起手时制作过一阵音乐磁带。如约翰·施特劳斯的圆舞曲、波尔卡，外国名曲选辑、电影歌曲什么的。这个阶段时间不长，以后就专做外语教学磁带和教学录像带。一直到我离开时，它还在做这个，只是越做越萎缩，从鼎盛期转入下坡路。

这个部门直属公司经理室，原因之一是它是由新任总经理王贵显倡议创办的，因此王要求这个室直接归他管，而不经过中间环节。王贵显给这个新部门选定的负责人，是复员转业兵谭正军。这个人我在早晨上班的路上遇见过几次，在单位院子里也时常走碰头，只是没有说过话。他进进出出总是急急匆匆，一副身负要职的样子。我这一调到声像室，就得归他节制了。

他第一次同我说话的态度不阴不阳："来了，以后你就归我调遣。我这人不跟别人过不去，但别人也不能跟我滋毛儿。我开明，不像机关科那帮人。我就一条，你给我干好活儿，没活儿的时候，你爱干什么干什么。"

"调遣"、"滋毛儿"，听上去怎么沾点儿匪气。听话茬儿他对我网开了一面，允许我在上班时间看书自修，这已经强似那大头科长了。可临到正式上起班来，我才知道，这个新工种在我自修上给不了我多大的便宜，它其实更接近于卓别林默片电影中表现的流水线工人的状态。我——一个大活人，被降低成了索尼牌磁带复制机的一个附件，一副简单重复的机械手。我被和另外的几个人编成两组，两班倒上机录带子。起初分工并不固定过细，遇有抢运货物的时候，全室一齐出动搬搬扛扛。

令我印象深刻的一次是往清华大学音像部运磁带。两百盘磁带一箱，一人一趟提两箱，上光溜溜的楼梯，满满的一卡车，连提带抱，没完没了，真把人累得不善。

在这样的一所大学干活，我的心情酸楚而复杂，如同打翻了五味瓶，酸酸辣辣的一齐在心里翻腾。这时我还担着一份也许是多余的心，就是怕撞上在此校就读的高中同学。高中时班里学习成绩排得非常靠后的一位女生，就在这所大学念本科。当年在她面前，我是高高在上显鼻子显眼的高才生，而她什么都不是。有一年期末考试，她居然得了八门六十分的成绩，全都是擦边球，全年级都为她叫绝，觉得不可思议。现在要是一抬头碰见她，有几个地缝儿也不够我钻的。

我们班当年有六十来号学生，五十个都比她强，居然全年级两个班的人中，只有她一个考入清华，这真是所谓乾坤颠倒，世事难料了。她的事令所有当年知道她的同学，全都惊呼："瘸子放屁——邪了门儿了。"这位女生，小学跟我同班，初中跟我同班，高中跟我同班，少言寡语，相貌偏差，学习上没见出众过，只是跟着大拨走，居然爆出冷门，多年来让人觉得是个谜。可话说回来，事后开窍的也大有人在，不可以把人看死。可是如今要是让我在这个地点、这种场合遇见她，那我肯定心情复杂，相当难堪。

是虚荣心作怪吗？是；是自尊心使然吗？是；是怕熟人看到自己的生存窘境吗？是……什么都可以是，就是不是自卑感在起作用。自卑感的实质是承认了别人和自己加于自己的低评价。而我却从来不承认这个，也从未做过这种自我评价。我只承认我目前的工作不好，可从不承认我的人格禀赋低于他人。我一向自视甚高，即便在我人生落拓的时期，也莫不如此。我相信自己的自视有根有据。也正是根源于这样一种自我评价，才使我更加地看清了自己的境遇的凄凉，也才促使我开始回避以前的同学，以免自取其辱。

我相信这种回避只是一时的，而绝非一生一世的。日本作家安部公房，早年不得志，受到周围人的轻视，他决定外出去闯荡，他暗暗发誓：我会回来的，你们会知道我是什么人的。安部这时的心情是惨烈而悲壮的，他由此认清了周围世界的势利嘴脸，也从中获得了动力。他被迫去与这个世界搏斗，并最终迫使这个世界承认他的价值。

路遥小说《人生》，写民办教师高加林，被别人挤掉了职位，迫不得已去集市上卖馒头，他羞于张口吆喝，害怕遇见熟人。他的心情我太理解了，与我这次在清华大学干活儿时的心态，太为相像了。

中国的知识青年放不下心上的这个架子来，其心理原因太复杂了。在我看来，与其说是这些人看不起干粗活儿的，不如说劳动在中国这块土地上，被踩得太深重了。“劳心者治人，劳力者治于人。”治人者肥得流油，治于人者穷得叮当响。不出力不干活儿的做人上人，出力干活儿受苦受累的做人下人，“取不足以奉有余”，社会存在形成流行的社会意识。即便是高加林和我将这事看得天透，也敌不住这么一边倒的社会眼光与见识。

反过来，一个社会如果货真价实地实行着“劳工神圣”、“按劳分配”的财产、利益制度，劳动就会得到尊重，而不会再有那么普遍的高加林意识了。

那天下午在清华大学主楼搬运完磁带箱，谭正军留在房间内跟这边音像部的负责人谈事，其他人就地休息，我则走到楼外的台阶上透气。

透过西北边的篱笆我望见了农田，瞬间我的思绪飘回到了乡村。乡村的亲切感刺痛着我。我想起我曾经熟悉的在那里生活着的人们，我记忆起了一些场景和片断。这些场景和片断曾经令我心有所动，但并未在当下形之于文字，而现在它们似乎都排着队来催促我：是时候了是时候了，快把我们写下来吧。

这是一个阴云覆满天空的下午，空气潮冷潮冷的。我刚刚出过汗，脊背开始发凉，我顾不得许多，掏出小本和圆珠笔，便立在楼前西边一侧台阶上疾写起来。刚写成一首诗，下一首的句子便涌过来。这次我一共写了五首诗，算作一组，加上一个总标题。五首诗草就，总共用了三十几分钟，快于我以往的写诗速度。

我刚将本子装入衣袋，谭正军几个人便从楼里出来，招呼我：“上车了。”

这一次的写作动机有些反常，我事后回过头来琢磨这事。我何必非在那个地方写诗呢？是跟什么人较劲吗？较劲？是有那么点较劲的意思在。跟那位就读清华的高中同学较劲呢？还是跟大学较劲？很可能是在找一种心理平衡。是要表明自己的才能吗？向谁表明？谁看见了？谁会知道？

车子驶入校园的时候，自己为什么突然不适，突生不平之气呢？看别人夹着书包进出教学楼，遨游学海，自己却在做苦累，这怎能叫自己不顾影自怜，心生悲戚与不平？可是为什么坐在返回的车里，自己心静如水，一派坦然呢？就因为写了几首诗吗，还是因写诗抒泄了心头的积郁？一路上我沉浸在自己营造的诗境中，在思维里对句子做着若干的改动，近边的俗念琐事被远远地挤开，无暇虑及。

值得称庆的是，我在这个小复制车间干活儿的时间不算很长。我因为一次不得已的人事冲突，被总经理王贵显下令发配到声像室的库房。在这个少为人知的库房小环境里，我竟然一待待了下来。

如果说，复制小车间具有现代工厂的属性，那么这个库房组的工作特点，便更像工业早期的手工工场。

3

这座临时充做磁带库房的大平房，位于已拆成平地的一片大空场的深处，离大街有一百米左右。空场地面坑洼不平，散落着砖块瓦砾。这里原来是图书公司的一片平房，拆平了准备另起高楼。除了这间屋顶很高的形状如一个大集装箱的平房之外，北厢还保留了几间平房供基建科办公使用。

大平房被隔成里外两间，外面一小间放两张桌子一张木板床，供库房组的人写个单子住个人用，再往里去才是堆放磁带箱的库房。库房里灯光昏暗，潮气烘烘，旧墙皮芒硝味儿冲鼻子眼儿。地面上铺的大方块儿青灰砖，早已经起伏不平，四纹八裂，往上泛着说不清道不明的陈年土腥味儿。这些砖底下究竟活着多少虫子和微生物，从来没有人研考过。依我对北京老平房的了解，这房子至少是建于清末。

我来库房组之前，这个组就两个人，组长石瑞祥带一名组员闳鑫。加上我三个人，这才勉强算得上一个组。在这个组上班，又像上班又不像上班，有时觉得像居家过日子。屋里有床，有炉子，有锅碗瓢盆，有石瑞祥的媳妇坐在床沿上。没活儿的时候，她就那么坐着跟我们唠闲嗑，东家长李家短，穿插着些乡村生活琐事。中午了，闳鑫在炉子上热饭盒里带的饭，老石两口子切菜做饭，我因离家近，骑自行车回家吃。

我初到库房的时候，石瑞祥对我待搭不理，叫着我干活时也出语简单，多一句没有。给我的印象是他抵制并且不欢迎我的到来。见他这样，我也不多理他，上班来下班走，干完活就坐在一边看书。倒是闳鑫是个话篓子，你不跟他说话，他得跟你说话，除了东问西问，就是爱说他自己的事。其时他正在跟衬衫厂的一个姓常的女工谈朋友，故而成天价常彤彤不离口。今儿跟常彤彤怎么拌嘴了，明儿又怎么怎么亲了她了，等等。

就这么着沉沉闷闷地过了半个多月后，老石才和颜悦色地对我说道："品了你这么些日子，觉得你这人还行，不像有人跟我传的那样，以后咱们就在一个锅里搅马勺了。"

我说："你听谁说我什么了？"

他转转眼珠笑而不答。半晌，他才又道："什么事都是耳听是虚眼见为实呀，若是让我错待了好人……你……啊，别记恨我。"

我笑："这话从哪儿说起，你怎么着我了让我记恨？谁不是一回生二回熟？"

他说："就是就是，一回生，二回熟。路遥知马力，日久见人心，工夫大了，你就知道我是什么人了。"

这个四十七八岁的男人本来在中国人里算个中等个头，但由于长年干活，已习惯半驼背站立。他是个瘦人，但由于长年干储运工，他练出了搬箱子的力气，一箱子一箱子的磁带被他移来搬去，似乎不费什么劲儿。他照着单子配货点货时绝对认真，一丝不苟，那专注劲就像在手心里数芝麻似的，所以他配的货从不出错。

他翻来覆去地跟我说起过他的家世。他说他爷爷曾经是通县有名的地主兼一方豪强。他爷爷骑马挂铃铛，行至土匪劫道的地方，人家从马铃铛的响声上就能听出是他爷爷来。"是八爷吗？"人家先问，一听说是，立马给闪道。到他父亲这一辈，几个兄弟一分家，家势就弱了。好在他家在京城里买了房产，可以送他到城里念书。他说1949年建国典礼时，他是作为高小学生被安排去参加的，同学们都穿了新制服。

建国后，他在京城读完初中，考上了一所技校，那技校设在张家口，因此在张家口他度过了两年。技校毕业后他没有服从分配，而是跑回北京参加工作。起初他在书店混到了门市部主任，然后才调到图书进出口公司。"'都说人挪活树挪死'，可在我这儿，是树挪死人挪也死。我在这地方又根本没人赏识，一直不得烟儿抽，凡是不好的活儿，都支着让我去。'四清'下乡让我去，三年'自然'灾害开荒种地让我去，下干校让我去。你就数吧，自我到了这个单位，好事儿就没一件落到我的头上。只要一开会传达说有什么倒霉的事派下来了，我就想：得，准跑不了我。还真是一次都没拉下。你说我这是个什么命？整个一个丧门星。得，多半辈子完了，眼看着黄土就埋半截了……"

见我看书，他又说："我年轻的时候也没少看书。《红楼梦》、《太阳照在桑乾河上》、《保卫察里津》……没少看。年轻、住宿舍，天黑了干吗去呀，整天价看小说，没少看。可这些都就饭吃了。我年轻时心也高着呐，也想轰轰烈烈干一番事业，可人在矮檐下，不由你不低头啊，这一来二去的，就绝了念了。人活一世，草活一秋，怎么着也挡不住死呀……

"可我这前半辈子，也不能都是苦呀，也有点儿乐子。要全都是苦的话，谁也活不下来。你们谁吃没吃过刺猬肉？没吃过吧，我就吃过。那刺猬一见人不都团成一团儿了吗，你使手不没法拿它吗？我就用黄泥把它糊起来，搁到灶膛里去烤，等熟了一剥泥壳子，就全是香肉了，蘸点咸盐下酒吃，别提味儿多美了。

“你们见过刺猬怎么吃枣吗？没见过吧？嘿，那小东西，鬼着呐。你们猜怎么着？它先爬到枣树尖上去，使劲晃，把枣晃到地上，然后它一缩身子团成一团儿掉到地上就地一滚，它身上就扎满了枣儿了，它颠颠跑到僻静的地方享用或者运回窝里，再上树摇。这小东西，你说谁教它了？它会动这个心眼儿。我这可不是听人说的，也不是从书上看的。哪本书上写过这个呀？我都是亲眼看见的。你瞧，那时候住农村晚上干什么呀？在树底下闲溜，听见枣树上哗哗响，往脑袋上掉枣，拿电棒一照，是这小东西在上头使劲呢。”

“那么聪明的小动物，你忍心逮来烤了吃？”闳鑫听到这里插嘴抨击老石。

“你瞧，正是大小伙子呢，粮食不够吃，又没油水，可不得自个去打猎，打打牙祭嘛。哎哟，你们可不知道，一到了夜里，那种小东西多了去，出溜出溜在你脚底下跑，拿电棒一照一个，一照一个，多了去了。哎呀，那新烤出来的刺猬肉还特别鲜特别细乎。好吃，就是好吃。”

4

石瑞祥的媳妇倪琬珍是冀中某县大槐庄人，她跟老石结婚多年，一直都是农村户口，这造成了他们长年两地分居的局面。他们生有一女一儿，都是农村户口。图书公司老婆孩子家在农村的老职工，不止他一个，人家都托门子找关系或者花钱将老婆弄成了北京户口，唯独他没有办成这事。一是他确实不认识什么手里有实权的人物；二是他脸皮薄自尊心强，不肯为了自家的需要委屈一时，去低声下气地巴结人。所以这件他家的头等大事，就这么一直延搁着。长大成人的儿子闺女，全都在心里和口头上埋怨他们的爹没本事。

1964年发大水，老石回家探亲的情形叫他终生难忘。他下了火车以后一路步行走了两天两夜。公路全都断了，连辆马车都搭不上。天黑了，没有旅店，他便找个破庙忍一宿。他身上除了攒的工资，还扛着半袋粮食。遇到水大的地方，他脱下衣服，和粮口袋一起顶在头上下水前行。走了一里又一里，涉了一程又一程。待他精疲力竭摸进家门的时候，心头掠过一阵恐怖，因为房中寂无人声。他跑近炕边一看，发现媳妇已经奄奄一息。他背起人来就往公社卫生院跑，这才救下了媳妇一条命，保住了他的家。

他媳妇那回命垂一线，是连病带饿所致。家里断了粮，她挖野菜回来吃，吃得浑身浮肿，倒在炕上。多亏男人回来得及时。老石说：“那时心里就一个念头：回家。前头就是刀山火海，也得过去。你们没见过发大水是怎么回事，茫茫一片，你不过你就是回不了家。我心里想的是，过过过，过一点儿离家就近一点儿。掉头回去？没想。就一门心思要回家，要见到媳妇。这个声音特别响，就好像从天上传下来的声音，像是说，你要是不快回去，你就见不到她了。”

我和闳鑫调侃他，让他说说他跟他媳妇搞对象的事，老石也不回避，眉飞色舞地给我们讲他俩人的初识，他说 :“别人原来给我介绍过两个女的，谈了谈觉得合不来，不是我想象中的。我姨说正好有教友介绍亲戚家的孩子，你去见见。那天见面的地点安排在东四，我老远就看见过来两个女的，我一眼就觉得其中矮点的那个是我要找的人。到跟前一介绍，果然是她。当时我心里就定下了她。”

闵鑫说 :“一见钟情呀。”又转头对我嬉笑，“你知道这叫什么吗？这叫王八看绿豆——对上眼儿了。”

老石也嬉笑 :“你瞧，要不怎么叫千里姻缘一线牵呢。她家离北京那么远，怎么来一趟就捞上跟我相识呢？”

“哎，这叫命，对不对？”闵鑫道。

“不对，那可不是什么命，命是佛教的说法，是迷信，是蒙人的。在我们天主教来说就是上帝的旨意、上帝的安排。上帝不叫我们到一块推儿，我们哪儿就到了一块儿了？”

闵鑫开始撇嘴 :“那你就是歪理了。照你这么说，你们的上帝连你吃喝拉撒都得管了，他管得过来吗？你们俩夜里干那事，也是上帝叫你们干的？我们伊斯兰教就不这么看问题。我们的安拉是抓大事的，不管这些鸡毛蒜皮的小事。”

“那干吗还允许你们一个人娶几个老婆？”老石反击他，“我们天主教只许可一夫一妻，这才是正教。宪法采纳的也是我们的教义。你说是不，小余？”

“嘁，你这么说，我有话等着你，你敢说中国皇帝一人娶三千个老婆，也是我们教义教的吗？从前中国男人妻妾成堆，难道也是跟我们教义学的？你老小子说实话，你除了你老婆，就没惦记过其他的女人？你们院儿的那个寡妇，你老婆不来的时候，没有引诱过你？你没动过邪念？”

闵鑫一副的嬉皮笑脸，不依不饶。

老石扳正颜色，一只手胡噜自己的寸头，一只手指天 :“你净胡吣。我们那口子了解我，我要是有什么不轨之处，天打五雷劈。”

“天打五雷劈不是迷信吗，你怎么也这么说呀？”……

石瑞祥和闵鑫，一个是天主教徒，一个是回教徒，这两个人在聊天的过程中，扯着扯着就扯到宗教上去，相互攻讦一番，然后不了了之，这成了库房组的一景。

每逢他们互相讨伐彼此的教门、教义的时候，我并不劝解，也不插话，而是饶有兴味地听他们争论，直到争得面红耳赤，彼此争累了为止。时常的，两人还因此怄半晌气。毕竟二人谁也不是神父、阿訇，对各自的宗教著作，仅限于一知半解，争论也争论不出什么水平来，反倒像是两个少年抬扛，谁都爱拣大头抬。

石瑞祥在城里有间单位分给他的小房，由于又小又简陋离家又远，他便住在库房，他媳妇每年来探亲，也就跟着他住库房。夜里，他们在木板单人床外接块板支上，便充做双人床。白天我们上班干活或闲说话，他媳妇便陪在一旁，有时还帮忙递个锤子，找个钉子什么的。

有一天早晨上班，我与闵鑫同时进院子，支上自行车，他突然发现屋门外的垃圾箱里多了一堆新鸡蛋壳，他用手指给我看，狡黠地笑。我说："这有什么？"他说："你瞧，这你还不明白，这叫蛛丝马迹，昨天夜里他两口子淘气来着。老家伙岁数大了，他媳妇立马给他补。"我说："你净捕风捉影。"他说："啧，他媳妇昨天来的，能放过老家伙？干柴烈火，不点都着。我这双眼贼着呐。天上的家雀儿放个屁，我都能瞅见，什么也逃不过我的火眼金睛。这叫明察秋毫，群众的眼睛是雪亮的，你多学着点儿吧。"

我们三个人的活儿，主要是储货发货。录制组的人录好了磁带，先存入库房，然后由我们按照订单配货，发送出去。本市的部门要货，或者人家来人来车取走，或者由我们送过去。外埠的货，则由我们三人装木箱运往邮局，由邮局递送过去。因此配货啦，装箱啦，钉箱盖啦，去邮局啦，便成了我们常干的活计。通常是一批订单来了，干上三天一个星期，将货发出去了，我们便可以消停几天。在这种情况下，我赢得了一些自修的时间。

跟老石、闵鑫混熟了以后，我索性从总务科要了一副课桌椅，搬进库房，放在不碍事的地方，擦干净了做自己的书桌椅。试一试见光线不行，便找条绳将吊着的钨丝灯牵近了些，没事的时候便猫进去看书。

当然也不是凡空闲的时间都用于读书，听着外间屋来了有意思的人和正在展开有意思的谈话，我会扣上书出来听上一阵或者加入谈话。

我刚到库房组那年，闵鑫二十八岁。那年他跟他的对象正处在好好吵吵的阶段。有一次他宣布说他把女友干了，感觉美滋滋的，过了段时间又宣布说人家跟他要吹，两个人转入冷战。这段时间，他便长吁短叹着望着门外发愣。

闵鑫是家住西街的回族青年，一张两颊带红的长脸，粗胳膊粗腿长个头，说话挑高音，嗓子不豁亮。每天一到班，先沏一大缸子酽茶。干活之前，他得先抽完一支香烟，干活中间休息的时候，也得点支烟抽上。如果烟吸到半截老石招呼我们干活儿，他便说："忙什爪儿呀，让我把烟抽完。"老石在地上转悠半圈儿，重新坐下来等他那半支烟。

闵鑫爱在外人面前表现自己好色，每逢我们这里来个女的，他便爱说些暧昧的话，他说暧昧话的对象，通常是些已婚妇女。有段时间他情欲亢奋，老提一个他上下班时遇见过的女子。那女工就在库房这条胡同里的一家工厂上班。闵鑫非说他每次遇上人家，人家都用特殊的眼神看他，是冲他调情。我和他一起下班时碰见过他说的那名女工，他用手指给我看，并用特别大的声音说话，以求引起人家的注意，他满脸涨红，显得激动不已，说那女的就是看上他了。他宣称："别看我没上什么学，可在看女人上，我是大学毕业的水平，是卡巴裆里攥蛋——十拿九稳。不信咱们打个赌。"

不久，他又向我和老石宣布：他和他的女友言归于好，重新明铺暗盖。

5

在库房组的时候，我不怕闷在屋里干活，就怕出去发货，尤其怕去邮局发货。因为去邮局发货得推着平车走大街，走在街上我生怕遇熟人，尤其怕遇见同学，怕被他们撞见了，在同学中间传说我。由此我发觉自己的自尊心、虚荣心真是太强了，是一种典型的“高加林心理”。尽管我自认为自己对社会流行观念认识得很清楚，批判得很彻底，但轮到自己时，还是陷于其中不能自拔。自己其实也是一个中毒很深的人。正如革命者既是旧世界的破坏者，同时又是旧世界的观念的携带者一样。

让思想冲破牢笼很难，让思想彻底冲破牢笼更难。

要彻底抛掉一种社会意识，有时候得死掉一代以上的人才行。在我们活着的置身其间的人而言，这一过程极其漫长难熬，而在造物主看来，却是简捷而易行的。

2004 年 12 月的一天，我从一家报社办完事往外走，在电梯里听到两位报社女员工的对话。其中一位穿黑呢大衣的矮胖女子，伸手摸她高个同伴的外衣，说：“你这件灰外衣不错，多少钱？”

灰外衣瘦身女子答：“三百多块，我一个朋友开专卖店，还给我优惠打折了呢。”

黑衣胖女说：“上礼拜我逛商场买裤子，碰上我们一同学在那儿卖裤子呢，真不可思议，我们同学里还有人干这个。”

“是挺不可思议的。”灰衣瘦女应和着。

“居然还有人卖裤子……”黑衣胖女若有所叹。

她们二人的共同意思是：她们同学中有人在商场干卖裤子的售货员这一情况，出乎她们的想象，新鲜而稀罕。而她们自己跟这种低下的职业是不会沾边的，低下的职业是不会落到她们的头上的，她们属于职业、地位优越的世界。边听她们的对话我一边就想，假如当年我推着一车磁带箱被我的高中同学撞见了，他们在背后会不会也这样地谈论我呢？肯定一个样。

事实上，我从邮局发完货出来的时候，确曾有两次遇见高中时的女同学，一次被我躲开了，一次没有躲开。没有躲开的那次，我站下来和人家说了话，但不愿意多说，敷衍几句走人。

躲开来的那一次，不幸遇见的是我最不愿意在那种场合遇见的人。那是名叫李依然的容貌标致的高中女同学。

那次我从农村回城办完转人事关系的手续，从街道办事处出来，刚好遇上我们学校分配组的孔老师，她一向器重我，为我的事操心。她说：“我正想找你呢，想给你介绍个对象。”我问：“谁呀？”“你们一起插队的李依然。”我说：“我确实心里惦记过她，可我现在身无分文，脚无立锥之地，哪儿有资格谈婚论嫁？以后再说吧。”

孔老师的眼球在近视镜后圆了起来：“人家已经表示愿意了，我如何去回复呢？这屁股太不好擦了。你再考虑考虑。”

“等我有了工作行不行？”

“唉，过了这个村就没这个店了，我想让你捷足先登，我喜欢的人才会给你说合，你……”

那天上午从街上迎头朝我走过来的，正是此女。她装束已焕然一新，全然不是在乡下时的旧衣旧裤，看上去真的光彩照人。要命的是她身边还走着一位相貌儒雅的男士，不是她的男友便是她的丈夫。更要命的是我跟老石、闳鑫三个人，一身蓝大褂工作服，横一字走在街市便道上。假如我的这副样子被李依然看到，她一定会为她当初对我的意向的落空深感庆幸，并且她会投掷我以怎样的眼神呢？

我的心一下子提到嗓子眼儿，头嗡一下变大，额上沁出冷汗，手心凉冰。我忙隐在一位身材高大的行人背后，小心翼翼往前走，警觉级别提到了极限。幸亏这时她正低下头，双手在风衣里面整理衣服，才没有给她看见我狼狈不堪的艰窘万状。

我想到了分化的概念。我再次强烈地体验到了分化。

6

库房的外间屋，是我们几个人干活、休息的地方。不忙的时候，它又像是个小会客室、小谈话室。前来配货、取货的人，常常完了事并不马上走，而是坐下来且聊上一阵子才开拔。没有哪个部门的头头会跟了来监视他底下的人，所以来到这里的人，心情都是放松的。来人中有一位当了多年“右派”的李百年，他每次来都给这间小屋带来欢笑和热闹。

单看他的模样人就想笑，他脸上正中间，永远地安着一个宽于常人的大红鼻子头，他哈哈一笑的时候，鼻头便更宽而且更加上纵。他两只鼓眼笑起来眯成两条缝，眼皮缝里闪闪放光。他的个头比中个矮，比矮个高，总是那么衣帽整齐的打扮，一身藏蓝的中山套装，一双锃亮的黑皮鞋。这人乐起来一脸的开怀，又总夹带几分狎邪和嘎气。

跟他交谈之前，我并不知道他当过“右派”，经老石一说才知道他还有这么个背景，所以赶紧请他讲讲当年是怎么回事。“哎呀，那些陈芝麻烂谷子有什么好听的？”他先是大嘴岔一咧，拨楞脑袋一笑。老石说：“让你说你就说，卖什么关子。说，少来劲。”老石跟他以前都是储运科的，多年同事，说话十分随便，“说说？那就说说。”于是李百年开始绘声绘色地话说当年。

尽管听他自述前，我从有关报刊文章中知道“反右”是怎么回事，可我还是不曾想到，眼前这位“右派”曾经被关进过劳改营。像他这样的，可能算是“右派”当中遭受惩罚较重的一类人。他被划成“右派”的时候，只是个二十出头的小青年，因为什么就打他个“右派”？他没讲，我也忘了问。我记得“十一”单位聚餐的时候，他借酒发疯大闹过一次。当时公司本部大院都被他嚷动了。

那次全公司要求以科为单位同时聚餐，食堂给做了好肉好菜还预备了酒。酒喝到半截，突然听见有人哭骂着从后院深处冲出来，一直哭骂到总经理和党委办公的小灰楼前。骂声直接点的是公司党委书记的名字。那哭骂声简直是呼天抢地，惨绝红尘。人们全都愣了，停下手中筷子杯盏，有人跑到屋外去观看。

“刘某某，我 x 你八辈祖宗！我 x 你八辈祖宗！你个黑心烂肺的王八蛋！你出来！你出来！你赔我青春！你赔我这一辈子！刘某某，我 x 你祖宗！我 x 你祖宗！你黑心烂肺！你有种的出来！……”

只见他哭骂得满头满脸通红，脖子粗涨出绷绷跳的大筋。

那次大闹聚餐会的不是别人，就是眼前的这位李百年。

“那时候我年轻啊，爱吃点儿好的穿点儿好的，高兴了就去下下馆子，那王八蛋刘某某，就在‘右派’的名单里上报了我。我孩子出生刚满月啊，就把我抓进了劳改营。我不明白是怎么回事呀，我不明白我招着谁惹着谁了？我一个参加工作没几年的小青年，我反党？我拿什么反党呀？我不明白呀，稀里糊涂就进去了。进去一看呀，人那些‘右派’呀，全都是高级知识分子，全都说话文绉绉的戴瓶子底儿眼镜。我在里边是这个……”他掐出一截小手指给我们看。

“就因为我什么都不是，封了我一个分队长，管六十来号人，还发给我一张办公桌，而那些知识分子，就只能在铺上写个东西什么的。有时他们当中有人找我借桌子用。‘报告队长，能不能让我在你桌上写封家信？’我说：‘行，使吧。’对了，分队长的特权还有块铺板，不用跟他们睡大通铺，这简直舒服透了。

“你知道这些人睡觉怎么睡吗？你想都想不出来。六十个人一条大通铺，要躺下得一齐躺，如果其中有一个人想翻身，就得跟大家打招呼，大家同意了，一齐喊一二三，一齐翻身，那个人才能把身翻过来。挤呀，不足一个人的地方，你这身怎么个翻法儿？一个挨一个，跟沙丁鱼罐头似的。你想舒舒服服地睡觉？没门儿。他能让你舒服？我当分队长的好处，是自己有张桌子有个铺，夜里睡觉不用跟他们挤。特权，绝对是特权。

“那些人也逗着呢。全都是知识分子吧，全都会要心眼儿。一看天要下雨了，两人互相使个眼色，咣，这个脸盆掉地上了，那个就开骂：‘你摔了我的脸盆，我 x 你的妈妈。’这个也骂：‘没摔你的脸盆，我 x 你的妈妈。’‘我 x 你的妈妈。’‘我 x 你的妈妈。’全都是南方口音，骂起来文绉绉的，没完没了。这两人一骂架，别人上来假装劝架：‘老吴，他那天在背后骂你的妈妈来的，我亲耳听见的。’这么一闹哄，地也就下不成了。

“成天都有这事儿，跟看戏似的。成心的，我知道他们是成心的，我看他们戏演得差不多了，才找公安报告。公安一听：‘啊，不老实，关他们禁闭。’得，要的就是这个，正不想下地干活儿呢。

“我管的那分队里，有科学家，有作家。前两天吴某某还到这儿来找我呢，《大鼓山恩仇记》就是他写的。就是戴一礼帽那老头儿。在劳改营里，他经常借我桌子偷着写小说。

“还有名声比老吴大的某某某，也是我那个分队的。他现在说什么要写光明面，要歌颂美好，你问问他上没上过吊？你问他是不是李百年把你从上吊绳上抱下来的？‘绝望呀，心如死灰呀，死是最好的解脱呀’，你问问他这些话是不是他说的？啊，现在人五人六的了，就好了伤疤忘了疼，唱他妈的高调，装什么孙子呀他？他敢当着我面说这些，我非大耳刮子扇他不行，我非问问这是你的心里话吗？他，骨头烧成灰儿我都知道他是什么变的。人五人六了就玩假招的。他这是歪曲历史，是欺世，是欺骗子孙后代。这是知识分子里顶没良心的一种人，是败类……”

李百年越说越气，愤怒一发不可收。

“你人进了劳改营，外头的家属怎么办？”我提出这样的问题。

“哎哟，那就别提了。”李百年乍叉着双手嗟叹。“我没收入了，光指着我老婆那点工资养孩子，没辙可想呀。你们知道我的心成什么了吗？八瓣儿，碎成了八瓣儿。一听说放假探亲了，那人跟疯了似的往家跑，就想赶快看见老婆孩子。那心情，没法形容得上来。这是我们在里头活下来的唯一的支撑啊。要没这个，一多半人得自杀。你们知道我怎么数日子吗？在墙上画‘正’字，数数有多少个‘正’字了，就知道该不该让我们回家看看去了。一说放假了，全劳改营人全都是军事速度，跑得比兔子还快，全跟疯了似的奔家。唉，别提多凄惨了。”

李百年是我第一个认识的有劳改营经历的人，他的那对浮肿的眼睛，笑起来总是那么开怀，那么玩世不恭，在你以为他这人有那点歪歪嘎嘎的时候，他却会嘻嘻哈哈地跟你严肃地讲述生活，就在他义正词严的时候，你却会觉得他有点说着玩儿，有点儿不正经。只要他打开了话匣子，荤的素的，全能一套一套地抖落。在你觉得他有些狎邪的时候，他的嬉皮笑脸却又常常是含着泪的。

他这人我只是认识而已，他对我的生活道路没有任何影响，而我之所以至今不能忘记他，是因为他的生活道路令人难忘。

1998 年我遇到了他的女儿，知道他退休在家安度晚年。三年后我再次见到他女儿时，则听说他已经去世。

一个人的一生，就这么完了，连同他所经历所体验过的一切。

联想到他，石瑞祥觉得自己的命运还算是好的，我觉得自己是幸运的。这使我想起那句印度格言：我为自己没有鞋穿而悲伤，直到在街上见到一个没有脚的人。

7

曾经当过工人的这段经历，为我日后所不愿提起。遇有别人问及你以前是做什么的问题时，我都避而不答或者含混其辞。是我虚伪不说实话吗？从表面上看，是的。可是为什么我要这样呢？我不是一个以说真话至少不说假话自任的人吗？我难道不是因为说真话令心情舒畅，说假话让人内心阴郁，疙里疙瘩，并且毁坏自我同一性，而厌恶假话吗？却为什么在别人问起自己从前的职业的时候，我每每加以回避？就如同兔子瞥见了老鹰的影子，本能地逃避一样呢？

对了，自我同一性的概念有助于剖析我的相关心理，剖析我的那一段历史。不过，我们先不要忙着借助于概念，而应当问问自己的感情。千真万确，我的整个的感情世界，我的整个的尊严系统，在那个时期遭受了不堪回首的酷毒与暴虐，那些看不见的酷刑留在我内心深处的伤害，深藏于内，至今无人知道，连我亲爱的人都不清楚它们的存在，而我知道。

1981 年春夏之交的一天，我与老石、闳鑫正在库房外屋聊天，门市部的范娇丽跨进门来闲坐。外屋门槛较高，她往里迈的时候，高高地先进一条腿，又高高地提进另一条腿，也搁上她矮点胖点，所以身子一拧一侧，腿和臀愈显饱满。她跟我平常没说过几句话，只能算是认识。她跟老石、闳鑫东一句西一句地聊着，中途忽然转向我，对我说起进口科的科长巫典国，她说道："听说你们是同学，你们现在可是地位悬殊，天壤之别了。哈哈哈哈哈哈——"她的一张标准粉颜色的白而细乎的四方女脸，突然爆发出狂笑，不知道她哪儿来的那股高兴劲儿，让她笑得那么肆无忌惮、那么毫无节制。她的笑声可着劲儿地上扬，她双肩耸动，双乳抖颤，两个脚尖绷直往上挑，双手插入大腿内侧，笑得癫狂而忘我，洋溢着幸灾乐祸的快乐心情。

这个女人那年三十岁上下，肩宽个矮，皮肤白而细腻，走路时若有所思，薄嘴唇平时老抿着，别有一种性感和韵味。听人说她原先在某植物园当过会计，婚前因手脚不干净受到处理，在原单位待不下去了，才托人调进城里。平常我跟她既不熟识，也无冤无仇，她跟我发哪门子难？看她这时的一张小嘴儿突然拉扯得老大老大，一口整齐的小碎牙连同牙龈，这时全部暴露出来，既好看又说不出的丑恶。

她拿来和我作对比的巫典国，其时是图书公司的一名中层干部，上初中时和我同班，我曾经是他的入团介绍人。他的父亲是一位电影放映员，一副土土的木讷的样子，他的母亲是不识字的家庭妇女，小白胖子，短胳膊短腿，走路扭扭的跩跩的，嘴巴能说会道。

做同事以前我并不知道这个巫典国是小人。他从云南通讯部队转业回来，被分配到一家大宾馆当服务员，他觉得没前途，找我商量办法。他因为在通讯部队学过英文，干过监听美军无线电通讯的业务，想进图书进出口公司，苦于不认识人。我一听他有这个意思，便把我认识的图书公司的一位副科长饶亦才介绍给他，经饶介绍他进了公司。他比我进公司早一年多。他有了工作就不再理我，等到我也进了这家公司，他对我的态度爱答不理，再也不像从前。

巫典国对我的前恭后倨的态度变化，我没怎么往心里去也没有去深想，现在这个范娇丽把他扯出来奚落我，十分出乎我的意料，是一支突射的冷箭，阴毒而又致命。

范娇丽的话语和她的狂笑，顿时间撕开了一面幕布，将我平常不愿正视的严酷现实，赤裸在我的面前：在别人的眼里，你是个什么？

假如说我一直以来还保持着自己的清高与自尊心的话，那么撑持着我的这种自我感觉的，只是我的这点文才，我的不曾丢弃的对于文学写作的偏好，我自己对自己的智力水平的评价和对于自己的抱负的信念。而周围的人、所有认识你的人，都不这么看你，他们按照你的职业、你的社会身份看待你，按照现实社会通行的等级观念、等级评价看待你。

在城市社会的等级系统中，工人群体处于金字塔的最底层，而直接从事体力劳动的工人族，则又是沉淀于最底层的那个等级层。这是从上等阶层到下等阶层，包括工人阶层的成员都明确无误地观察到的事实。人们普遍地鄙视烙印有工人身份的人，确是社会等级意识教导他们这么做的。

我从来都不肯像有些人那样说这种话：咱一个臭工人如何如何。我从不肯说那种话，从不愿意如此自贬。我的一向高傲的自视，使我强烈地抵抗着人们对工人身份的轻贱的目光，可是，在整个阶级都被社会评价瞧不起的时代氛围里，你身为那个阶级中的一员，接受着那个阶级普遍忍受的经济、权利待遇，在划定给这个阶级的劳动领域里，从事着指定给你的劳动，你又怎能挺直腰板、扬着脖子，要求其他阶层的人们和自己阶层的人们高看你呢？

白胖女人范娇丽的怪笑和言语，还显示出了这样一个事实：一个人在其卑微的社会地位上，越是有才华志向，便越是引起别人的不快。比你社会地位高的人，会对你心怀嘲笑或怜悯，而和你同一个等级层面的人们，则会因为你跟他们不一样，而视你为异类而加以排挤。他们会因为你这人具有逃脱他们的等级的潜力而对你心怀不悦，心怀恶意。当他们看着你年复一年地还停留在他们的队伍中，则不免感到满意，不免为你的努力的失败而幸灾乐祸，他们宁愿看着你一辈子不好，一辈子怀才不遇，一辈子跟他们拉不开距离。

如果有朝一日，你离开了他们的队伍，上升了一块，则他们心里就会顿感失落顿感郁闷。离开的人并没有拿走他们任何东西，但他们仍然会感到若有所失。因为别人的逃脱，使他们再次看清了自己的社会地位的卑微与无奈。如果这个离开的人，上升的人，是他们所认识的、所稔熟的，他们所产生的不适感便越强烈越深刻。

白胖子营业员范娇丽的哈哈畅笑乃至于狞笑，再清楚不过地表达着她对我当前处境的轻贱、满意与毒瘾发作般的幸灾乐祸心理。

首先得肯定她是一个直率的人，她没有掩饰她的卑污的意识。她这么表露的时候，又表明她是一个自私而刻毒的人。她不惜把自己一时的快意，建筑在一个与她平时没什么交往的青年的痛苦之上。

她是一个随手往别人伤口上撒把盐，拍拍屁股就走的女混蛋。

话说至此，现在再拾起自我同一性被毁坏的解释，来分析我身在工人阶级队伍中时的内心冲突、心灵搅动，重新回顾我所身受的屈辱与隐忍，则多少能看出一些头绪来。

当然借助概念虽有助于分析，却同时不利于原生态的感性生活的再现。

达于清醒的自我认识，无论在今天还是在昨天，无疑都是最重要的。否则，一个活了半辈子的人，不能直面自己过去一直留存下来的心理症结，那是不是也活得太不清不楚、不明不白了？

虽然当年我所被迫接受的劳动工人境遇，使我真切地感受到了阶级歧视的可怕、可憎与可厌，使我在看清楚自己以及整个阶级的卑微处境的时候，苦恼不已，悲愤横生，并且观察到了自己所在的阶级的意识活动的丑陋、扭曲部分，但我绝不认同那些或明或暗地流露于各阶层人言论中的鄙视劳动的倾向。

北伐革命时期的重要口号之一“劳工神圣”的提法，真实地道出了人类生存的真相。“劳工神圣”的思想，是从劳工低贱的反面说话的。创造人类基本生存条件的劳动活动，之所以在观念形态上成为低贱的活动，完全是由阶级压迫阶级剥削的社会事实一手造成的。我们读惠特曼的《斧头之歌》，观赏照片上他穿牛仔裤、戴草帽的劳动诗人的形象，难道会心生轻贱劳动的念头吗？正相反，我感受到的是扑面而来的健康豪迈，阳光与大地的味道。

马克思的名言：无产阶级如果不能解放全人类，便不能最后解放无产阶级自己，是绝对的大实话。如果不能彻底消灭地球上现存的剥削原则，剥削性社会结构，则劳动工人之作为一个阶级的等级存在，就会持续下去，连同整个社会意识强加给它的评价，就不会消失。我前面述说的那些带有鲜明阶级烙印的心灵伤害、心灵伤疤，也还会代代相传、难以愈合。

不过，把解放人类的重任，放在一个连自己都解放不出来的阶级的身上，这件事本身就不切实际。在任何取得胜利的解放斗争中取得解放地位的，都是取得政权后的胜利者，而不意味着他们脱身出来的那个阶级就不复存在了。作为一种功能而存在的阶级，并不因为斗争胜利者的脱离，而无人再补充进去。设若社会的底层阶级统统做了解放者，那哪里还会有什么统治阶级？它去统治谁呀？

从心理学的角度说，一个受到歧视和贬抑的阶级，就如同一个幼少年时期不幸福的人一样，是会在他的精神成长中造成人格缺陷的，乃至于形成扭曲心理。

鲁迅就观察到了这样的现象：上海的工人一旦做起了老板，他是绝不肯取消老板的称呼的，对付起工人来，他比他先前的老板凶到绝顶。

一个基本的道理是：健全的社会只有由健全的人类来建立。在阶级分化的社会历史进程中，没有一个阶级的阶级性格、阶级心理，是天然、纯洁、健康、健全的，因此指着谁来解放全人类，都是不切实际的空想。

这样说来，我们就只有等着全人类的心理思维都健康、健全、纯洁起来吧。可是酱菜缸里的萝卜，如何使自己回到新鲜萝卜的质地状态呢？

历史就这样把它的混账悖论推给了我们。我们还是把它踢还给历史吧。历史的混账嘴脸，我算领教够了。

毛泽东写在《给延安评剧团的信》里的话，何其精彩啊，每次想起都令我感慨万千，赞同有加——你们把曾经被颠倒了的历史，又颠倒过来了……而那曾在中国历史的一瞬间，被一批心怀理想的高洁之士颠倒了一下的历史，又被再次颠倒了回去……

一当实践的颠倒与意识的颠倒全部完成之日，那么把被颠倒了的历史，再次颠倒过来的时日，还有指望吗？

8

范娇丽提醒我想起巫典国，这个我甚至是有意识地不记起的中国式的基普。

巫典国的过河拆桥、卸磨杀驴的行为表现，擦亮了我的眼睛，使我看清了他的小人本性，教会我对他做出结论。尽管如此，我还是曾经自问什么地方得罪过他？

初中毕业时，升高中的人的名单里没有他，他报名入伍，被调拨到云南省当通信兵。当时正值越南抗美战争，中国政府和军队站在“同饮一江水”的越南一边。他们这批经过英语培训的通信兵的任务，是负责监听美军方面的无线电通讯，截取相关情报。他的从军经历和英语底子，对他在图书进出口公司的发展十分有利，加上他会看眼色行事，拍对了领导，加之是党员，所以一步一步由科员升到组长，由组长升到副科，由副科升为正科，可谓马踏春风，两眼向上。

大约在 1989 年前后，巫典国爬到了公司副总经理的位置。跟他并列副经理的庞人美，在原版科曾是巫的上司，是他的擢拔者，后来接替了退休的王贵显的职位。五十好几的庞人美上台后干的第一件事，就是将巫典国逐出了图书公司。庞人美公开对外宣称的巫的罪名是：“过河拆桥，不是东西。”巫典国当上副总经理，不再将庞人美放在眼里，转而紧拍当时的总经理王贵显。庞人美发觉后，毫不客气地逢人便骂巫典国忘恩负义。到头来我的这位初中同学，是成也在跟人，败也在跟人，灰溜溜地消失了踪影。

多年以来，我唯一能想得出的得罪这个人的一次，是在初中二年级的第一个学期。那时学校组织我们在操场东头挖防空洞，休息时我们班的男生坐在土堆上，我突然发现我右边一侧的巫典国，正在用拳头楞子猛击蒋结实的太阳穴。一拳下去就在蒋的太阳穴附近打起个包来。他第二拳打在蒋的左额角，立时又鼓起一个包。

我见状勃然大怒，抬手一搡巫典国，质问他干吗手这么黑？“平时看你挺老实的，你竟然这么凶残，对人下死手，你的心是肉长的吗？”

我清清楚楚地看见巫在用拳角打人时狠咬牙关，牙龇龇出的凶狞表情。他的这种样子为我平生所最恨。我当时是学生干部，又素爱打抱不平。我怒恨已极地对被打傻了的老蒋吼叫：“他怎么打你的，你怎么打他，我看他还敢打你！”

老蒋缩头缩脑地用眼一瞄一瞄地怯觑巫典国，手动了动不敢往他身上送，转而举手至头揉鼓起的大包。我鼓励他：“以其人之道，还治其人之身，你不用怕他。”

巫典国的脸已然是煞白煞白的，只从牙缝间迸出冷气。

见老蒋这副熊样子，我泄了气，心想你也配跟蒋介石姓一个姓？我数落了巫典国几句便走开了。

巫当时惧怕于我，从此再没见他动过老蒋一手指。反过来看，他越是因为那件事长了记性，越是把我牢牢地记住了。他是那种记人的坏处而不记人的好处的人。他当时的眼神里的藏也藏不住的恨意是明白无误的，他的烧鸡大窝脖儿心态是明白无误的，他的敢恨不敢言，也是明白无误的。他的那颗特号蒜头鼻子上的两个窟窿眼儿，本来就长得朝上翻哧，这下子往上翻得更邪乎了。他的大鼻孔假如是两个蛇窝，他一定会放出毒蛇来咬我的咽喉。

相反地，我倒没将这事放在心上，因此我该对他怎样还对他怎样。他入共青团，我做介绍人；他入伍当兵，我送他到火车站，看着他披红戴花上车；他从部队写来信，我每信必复，情真意切；一直到帮他找到满意的工作。

他不光跟我初中同班同窗，还跟我是街坊近邻呐。从他家院子走到我家院子，总共不到二十米。他后来娶做老婆的小阚，跟我的妹妹同班同窗，成天趿拉着拖鞋往我们家跑，一天八趟的时候都有。我们全家从未慢待过他们，可以说是有求必应。

对啦，巫典国当年远在云南边防的时候，逢年过节，我都去拜望他的父母，陪他们说说话，听他们念叨念叨儿子，看着他们抹一阵眼泪。这些情况，我这位同窗全都清楚。

无论从哪个角度上看，我都是对得起巫典国的，唯独没有想到他会对不起我。那是绝对的少年单纯啊。我可以认为自己被他成功地利用了，但他就是那种人，爹妈从小就那么教他的，那是他自己的为人之道，我无权干涉。怪只怪我自己瞎眼，看错了人。不过，我倒是还得感谢他教会我看人呢。

他太像《大卫·科波菲尔》里的小人基普了。狄更斯笔下的那位手像蛇一样冰凉的贫家子弟基普，表面谦卑而野心勃勃的基普，不择手段忘恩负义的基普，曾留给我深刻的印象。我但愿自己永远不要遇上这种败类，结果还是遇上了。

愿他们早日安息。

第十六章　你我她

1

让我们还是回到1980年的12月吧。

就在我在生存场身处困境，被他人之手拨拉来拨拉去，处于彻底无权的地位之际，我却在另外一个世界领受着纯洁的眷恋与喜悦。

一想到这个年度的这个月份，我便心怀明媚，情不由己。这个美好的月份是那个名叫陈奇娅的女孩儿馈赠给我的，我的春圃般的快乐明媚的日子是她送给我的，我的维苏威火山似的轰轰喷发的激情爱意是她送给我的，我的如酿如醉的柔波浸润的隐秘心事，是她送给我的。我们频频会面，展读彼此的信函，说不完的思念，说不完的话，没有够的相处，没有餍足的欣赏。

自从认识了陈奇娅，我才真正知道了什么是两情相悦？什么是纯粹情感？什么是爱情的精神性？什么叫深情似海，柔情万丈，牵肠挂肚，魂不守舍？什么叫无限忘我，心中只有对方？什么叫打开了感情的闸门，什么叫沉睡心灵的彻底苏醒？这种纯感情的体验发生在我的身上，是前所未有的，是极为空前的。

起初它令我吃惊，甚至心生疑虑，疑虑会不会自己掉进去的是一场火灾，会把自己活活烧死？反过来说，假如它不是美好的美妙的美味无穷的，我又如何会不辞劳苦地与这个孩子沟通交往，频频会面，日思夜想呢？

这个时期我和陈奇娅的交流方式有三种：见面、通信、通电话。三者当中，通电话的次数是有限的，我无法打给她，只能由她打给我。她所能借用的电话，只有他们学校传达室的那部，而那时我们各自的家里还都没有电话。拥有电话作为当时的一种特权，与我们这样的家庭是无缘的。

我们见面在一起的次数，大致是可以统计的，仍然是以每星期的周二、周四中午的一起散步为主，辅之以少量的晚间见面和周末约会，也有她们下午忽然被通知没课，又恰好我在家休息，她跑过来看我的时候。她自己单独来过，但一般都是叫上赵海湄陪同她来。

至于通信，那可就多了去了。光是12月一个月当中，我写过去或回复她的信函，就不下十六七封。我去信她必回信，她来信我必复信。你像1980年12月20日我写给她的信就这样开头——“小娅：回家的路上我还在想，你的信该到了。进院后打开信箱，见到有你两封信，我大喜过望，你的气息扑面而来。那是你的小手上的气味儿，是你小鼻孔呼出的清芳。这样的清芳气息，只有每年院子里的海棠树含苞待放的时节，才能嗅到。……”我1981年3月1日的信里有这样的话——小娅：两封信我今天下午同时收到了。我同时收到的还有梁珊瑚的一封信。我太高兴了……

两颗心处于热烈灵动多感的状态，彼此心思情致的每一张每一弛，每一呼每一吸，每一涟每一漪，都会马上被察觉到，成为对方的重大心事，迫不及待地作出呼应与反应。

我们所有的信都是有感而发的，即兴急就的，扑面而去的，真情互动的。那种对对方的心理活动，情绪震颤的关注重视程度，胜过了电磁感应，胜过了国家大事，谁看了都会羡慕。不过这正如我们从码头登上游轮去赏海景，在海湾里的行驰美景宜人，真正驶入公海，船只的起落颠簸，才开始使人头晕目眩，五脏不适。

有时候我一天会收到她的两封信，这一封还没有回，下一封又到了。也有时候，我刚给她寄出信去，忽然又有想法和心情想让她知道，便又提笔狂书一函，返身再跑到邮局，四分钱邮票一贴，将信送入邮箱，舒出一口气，如同又往河里放了一盏水灯。

她给我的信，是她放给我的水灯；我给她的信，是我放给她的水灯。莹莹澈澈的水灯，排着队来，排着队去，流韵绝美无限。

年轻就是年轻。青年不光用身心体验幸福，他还用嘴用笔讲述自己的幸福，忍不住地就要将自己的飘飞起舞的喜悦，茶花蜜般的秘密幸福，告诉自己的同性知友。我那时候就是这样，我不止一次给远在鼓浪屿的同学老麦写信，发布有关自己的秘闻。其中有一封信是这样写的：

青山：

你好吗？小郦好吗？她身体怎样？肚子显形了吗？你知道怎么照顾孕妇吗？赶紧找本书学学吧。真快呀，曾几何时，我们还是傻知青，转眼就有人要当爹了，无形之中，我也长了一辈儿。想到这里，我的这颗奔放惯了的心，便弥漫开温情的暖泉。我和你一样期待着这个小家伙的诞生。

今年冬天，我的心里除去对朋友的怀思之外，又增添了一脉新的情感。怎么对你说呢？一个名叫陈奇娅的女孩儿，正走进我的生活。她今年高一，可爱极了，浑身内外透着透灵。她一双眼睛凝望我的时候，别提多专注；活泼起来的时候，它们比两只灵动嬉戏的小猫，还要活泼百倍，自由无羁的快乐发自她的内心。这还只是她的外表给人的印象，你想象不出她的诗写得多么漂亮，她的聪明劲儿真是令我又惊又喜。

她是在一个叫谢径的朋友的引领下认识我的。（省略）初次见，我跟她谈了一下午，并以诗友的名义送了她一本中英文对照的《英诗译稿》。后来我们便通信、通电话、见面。说真话，我一看她的诗便喜欢上她了。我看出，她对

我也充满了热情。（省略）

最近她下午给我打电话，我都没在单位。这几天老石回家有事，我替他晚上值班，白天不上班。她不知道这个情况，我的同事阂鑫白天接听到她打到班上的电话。

阂鑫说："他不在，你是谁呀？"她反问："你是谁呀？吃河水长大的。"

阂鑫说："我叫阂鑫，是他的同事。你有什么事我可以替你转告。"

她说："红心，你还挺革命的。"过后，阂鑫对我笑言："小丫头还挺贫的，说我的名字挺革命的，真有意思，嘿，真有意思……"

于是她便于晚自习下课后打电话给我。我说你别让传达室师傅说你。她说，没事，我跟人家说过好话了，人让我打，算是特殊照顾。

尤为感动我的是上星期一的晚上。电话里她的声音都是发颤的。拿起话筒，我一听是她，便说："你讲吧，我听着。"你猜她说什么？"其实，也没什么事儿，就是想听听你说话……嗯……你说吧。"于是我跟她聊开了。

我怕传达室人想早休息，提醒她时间不短了，她却说："不，你接着说。"过一阵子我又劝她挂电话，她还是说："不，你接着说。"你猜她最后对我说了句什么话？她说："好好儿睡觉，做个好梦。"她说话的声音别提多依依不舍，别提多动听可爱了。

"做个好梦。"她希望我梦见什么呢？是希望我梦见和她在一起吗？那梦的背景，是榴色的还是粉色的还是海蓝色的呢？这孩子擅长形象思维，说话常带寓意，让人左右回味，琢磨遐想。

我觉得，我现在正在获得一种真正忘我的境界，同时我深处的自我意识，正在彻底地觉醒。我这么想，我就这么陪她七八年，将来她翅膀硬了，愿意跟我就跟我，不愿意我也不强留。一个男人，一生中能有这么一次真纯珍贵的体验，即便到头来什么也没得到，也是莫大的福气了。

老麦你可曾想到过么，你的这位原本硬当当的哥们儿，竟然翻作了这么一脉的温柔儿女情长……你要笑话，你就笑吧。

《简明美学辞典》是昨天才买的。一共买了三本，你一本，谢径一本，我留一本。我真希望看到朋友们早日冲杀出来，给这个乌七八糟的世界一个振荡。

快些给我写信来，多写点，叫小郦也写。片言只语，我也高兴。

2

在 1981、1982、1983 这几年当中，能听到我讲述个人私事的人里，有一位小我一岁的女性陶枫丹。其时她正念大学经济系二年级。她第一次登我家门，是由和她同班的森子领来的。森子是我插队时的高中同学。我办病退回城，跑到县医院替我抽血的，就是这位小个子讲义气的仁兄。陶枫丹在系里以写诗出名，森子和她谈起诗的时候，每每提到他有位姓余的同学擅长写诗，便将他们系里的这位才女领了来。

在我见到陶枫丹本人之前，孔祥森将她描述为弃妇，说她的诗多写弃妇之怨。他的这些话给我造成了错觉，让我误以为她与某男发生过很深的情感和肉体关系，之后遭到了遗弃。可是当我亲眼读过陶枫丹的几首诗后，我看不出错觉中的那种事，只看到些伤怀的惋叹性的咏唱，好像也没有要死要活的印象。我感觉，小陶心中的伤痕要深刻得多，但落到笔头上，却表达得不够充分，字面上生发出的撞击力，说不上强烈，不像发生过什么大事似的。

彼此相熟之后，我提到森子对她的转述，她真情辩白道："听他瞎说，我和那人连手都没碰过，只是产生了恋情而已，这家伙居然把我想到那儿去了，还居然跟你这么说，真是无中生有，让我无端地蒙受不白之冤。这个老孔，我得找他算账。"

陶枫丹第一次见我面时，盯着我愣怔了好半晌。以后她来得非常勤，每周末来一次。她第二次单独来我家做客，才说出她初见我时犯愣的原委。她说："你长得酷似跟我分手的那个人，身高、体型、面容，说话的声音甚至走路，都跟他十分地相像。这太让我惊奇了，天底下还有这样相像的人。"

她的这番话令我不快，我说："我就是我，我是独一无二的，你到底是来看我，还是看你心目中的什么人？你要是拿我当你旧日情人的替身，我可一点也不喜欢。我以前跟你什么都没发生过，我们新近才认识不久，你可别把我弄到你的幻觉里去。那种角色不怎样。"

我这么说了以后，并没有挡住陶枫丹来我家。她家住城西，上学在城东，我家在城市中央一带。周末放学回家，她总要中途下车，到我的小屋里坐一阵、聊一阵，然后再步行到车站，乘公交车回家。她离去的时间，多数在晚上 9 点半左右，她说再晚了怕她妈着急。但也有那么若干次，我们俩都想出去透透气，便一起散步于夜色中，不知不觉便走到景山对面的紫禁城护城河，走到紫禁城的北门，然后沿着城墙根漫步。

不了解内情的人，会以为我们是一对情侣，其实我们只是一对互相倾听的朋友。我听她讲她与前男友的事，她听我讲我与陈奇娅的事。我的事，周围好几个人知道；她的事，据她讲只对我一个人说起。她说她的这段烙伤了她的心的初恋，一直闷在她的胸中，备感煎熬，一直没有找到值得倾诉的人。我说你让我受宠若惊，倍感荣幸。不过我又说我是沾了长得像那个男人的光。她有些歉意，十分坦诚地说道：

"我向你坦白，我一开始时是想从你身上寻求他的影子，但熟悉你以后，我觉得你与他完全是两个人，是不同类型的两种人。你有完全属于你自己的思想、信念、性格，并且我也十分欣赏你身上的这些东西。我现在是把你作为余奔滔看待的，而不会把你和他混在一起。只不过我们在一起时，我还是会联想到他而已，希望你能理解我，而不要介怀。"

我们往回走到一条小街上。灯影稀疏，夜色幽幽，只映出她的面部轮廓和眼睛的闪光。我相信她说的是真话，表达的是真情实感。我感到走在我身边的，是一位通情达理的女子，说话可以入心。只可惜我的心正被陈奇娅占据着，她的心还没有从往事的阴影下走出，我们二人只能这么在朋友意义上做朋友。

“你的小朋友最近怎么样了？”“你新近见你的小朋友了吗？”“你们进展如何？”经常从她的唇齿间问出这样的话来。这时候的我，就像谢径一样，开口赞美自己的心上人，深情款款地讲说她的每一细微小事，历数她的可爱优点。陶枫丹这时一次都不来打断我，只是静静地倾听。

可是她究竟爱听不爱听？听的时候心里想些什么？这些我都不曾虑及，只顾自己说着宣情舒心。这时候的我，忽视了一个简单的事实，那就是陶枫丹此时正孑然一身，适值恋爱、择偶的年龄。我顾不上去倾听她喉咙里的轻轻叹息，顾不上去探寻她想等待什么？

“旁观者清，当局者迷。”一次她这样旁白道。“我自己何尝又不是这样呢？”她补充说道。

我当时不是不知道她把我作为一名考虑对象，但我有意无意地阻挡她这么想。因为陈奇娅在我心间占的分量太重了，所居位置太高了，并且先于枫丹捷足先登，我不想让自己辜负于她。

回过头来仔细想一想，陶枫丹在自打认识我以后的大学学习期间，没有间断过来我家的步履，这本身就不是平常现象，是需要一种动力来推动她的。而这动力不是来自于心，又来自于何地呢？

说在那两年当中，陈奇娅打败了我认识的所有异性，一点不夸张。

一名小小的高中女生，她如何能有那么大的力量呢？

3

“给，这是你的。”陈奇娅一见到我，便笑吟吟地递过一支钢笔。“多好的金笔，英雄牌的。”

我接过来一看，真是英雄牌钢笔。这是响当当的名牌钢笔，平常人舍不得买来用。我启下笔帽，在手心试写一个娅字，笔尖触划过手心的感觉，柔滑细腻，果然是好笔。

我将笔递还给她，道：“这笔我是使不起的。”

奇娅道：“说是你的，就是你的，快收起来吧，也好完璧归赵。”

见我疑疑惑惑坚辞不受，海湄从旁笑道：“你告诉他吧，别让他一头雾水了。”奇娅也笑：“他自己做过的事，自己都记不得了。你忘了你给我出的那副对联了？对联竞赛的评比结果出来了，这是学校发的奖品，你得的是一等奖。这下你该清楚是怎么回事了吧？给。”

我一听便笑起来：“还真得一等奖了？”我把笔拿在手里转过来转过去地欣赏，然后我再次将笔交还到她手上：“是你的就是你的，别推来让去了。平常你又爱用钢笔写字，你不使谁使？我有支圆珠笔足矣了，快收好吧。”

谢径在一旁嬉笑：“这人还真够实诚的，非要弄个钉是钉铆是铆的干什么？你的他的不都是一回事嘛。你拿它多给奔滔写几封信不就结了吗？”

“可我拿回家，叫我爸看见了，他问我怎么办？”陈奇娅面带疑虑犹豫地提出这么个问题。平时谈话中，陈奇娅常提她爸。听得出，在他们家，她跟她父亲的关系，远近于她跟她母亲的关系。在大事小情上，她都要听取她爸爸的意见，而她爸爸对她的关心程度，又胜过了一般人家的父亲，简直带着股子忘年情人的味道。在这种关系面前，连她的妈妈好像都被闪在了一边。这种气味一旦被我嗅到，便在我内心引起了不适感与不安感。但我将之视为亲密的父女关系，视为有利于她的智力成长的事。嗅出这一层的不光是我，连上高中后才和奇娅同学的赵海湄，都对此有所觉察。海湄说：“小娅爸爸跟她的关系，既是父女，又有点像情人，他们之间无话不谈，他们家有什么事，她爸都先跟她商量，然后才轮到她妈。所以奔滔你有一个潜在的劲敌，你要多多留神啊。”

起初我对海湄的善意提醒置之一笑，没有当真看待。事实上，在这之前，我从未认真观察、研究过父女关系问题，没有探究过这种关系对女孩的成长及其一生的影响。我把那位陈先生对他女儿的感情，只看做特别浓烈的父爱，而父爱永远都应该是有益无害的。在我看来，自从《小二黑结婚》成为短篇小说经典以后，家长干涉子女婚恋的时代，已经画上了句号，至少已经不合时宜了，因而误以为中国的家长们，多数已经开明，成了自由民主主义的拥护者。显然我错了，我高估了他们。

基于这种不现实的认识，我没有重视陈奇娅的担心，反而大大咧咧地笑话她多虑。

“你拿了奖品回家，你爸爸有什么不高兴的？”

“他会问我这是什么奖，然后让我把获奖的对联念给他听。他一听，我就露馅了，麻烦可就大了。”

“何以见得？”

“这你还不明白？我编对联的水平我爸会不清楚？他一听就知道这对联不是出自我手，他一定会问：这是哪个大人替你编的？你叫我实话实说呢？还是叫我说谎呢？”

说到这里，她紧攥双拳，做发慌打抖状。

“噢。”谢径和我都若有所思，咂嘴咋舌，无可奈何。

我一冲动道：“那你就实话实说，看他还能吃了我？正好我也想会会他了。”

奇娅一听，紧张得两眼睁圆：“哎哟，你行行好吧，饶了我吧。那么样一来，你可就给我惹了大祸了。你知道那意味着什么吗？那将是大难临头。你可千万别干冒失事。答应我，行吗？”

我说：“瞧把你吓的，谁不愿意相安无事，没事闲的我捅什么马蜂窝呀？你把心搁到肚子里吧。”

转到下一次散步的时候，她告诉我她还是将英雄金笔带回了家。她爸爸问她这是哪儿来的？她说是奖品。她爸拿笔在手端详了片刻，看了她几眼，没有多问什么。

“谢天谢地，总算过了一关。”她拍抚着自己的胸口庆幸。

我说：“说你多虑不是。他的女儿这么优秀，得奖还不是在情理之中？想得什么奖，就得什么奖。”

“行了行了，别一说咳嗽你就喘了，我这儿还惊魂未定呢。”她嘴里说着惊恐，脸上嘻嘻笑着。

4

谢径扯住我的衣袖，意思是叫我放慢脚步，听他说悄悄话。待奇娅、海湄走出一段距离了，他才十二分严肃地指责我道：

“不是我说你，你的注意力光放在陈奇娅一个人的身上，却对赵海湄关心不够。你没有注意到小湄这两次都是在强颜欢笑吗？你偏心眼儿不能表现得太明显了，一碗水好歹也得端得差不多了，是不是？”

我点头认责：“你说得对，我是忽略了海湄，我会注意改善的。可我看她不是挺好的吗？她跟你一直东说西说的，没什么异样呀？”

谢径蹙额摇首：“要不我说你是骑驴的不知赶脚的苦呢。她跟赵今晖的事你过问过吗？”

“今晖？啊，好像听说过这个名字。今晖怎么海湄了？”

“你瞧你瞧，以前我跟你提起过她跟今晖的事，这耳朵进那耳朵出了是不是？”

我想起来了，早在我们秋天去香山的路上，谢径就提起过赵海湄、赵今晖怎么怎么样的话头，可是我那时连海湄的面都没见过，他那么一说，我那么一听，便过去了。在最近这些天散步的路上，他二人往往并排走在一起，明显的是给我和奇娅提供单独说话的机会，而我猜想谢径这时一定在跟海湄讲关于梁珊瑚的内容，却全然没想到海湄还有什么个人隐情。直到这次听谢径细细道来，我才知道这个月牙眼睛笑意迎人的女生，竟然装着一肚苦水。

我深感自责，自责自己的自私与疏心。我望着前方与奇娅并肩行走的穿薄呢外衣的女孩，想到她那总是心怀善意的目光，她那善解人意，舒缓而谈的言语，想到自己每次来看她们，她总是笑吟吟地陪在奇娅身边，向自己表示着纯挚由衷的欢迎。而我，一个被她像兄长一样看待的男人，究竟倾听过她多少呢？我心生冲动，想跑过去拉住她的手，向她说对不起。

谢径示意我不要现在去问，他说海湄的事，陈奇娅不知道。目前知道这件事的，除去她自己，便只有他和梁珊瑚两个人。“加上你是第三个。”

“这孩子干吗把自己埋得这么深？”

“可这种事她没法说呀。”

海湄的初恋，无论放在今天还是放回到上世纪 80 年代初叶，都算是出了格的。她爱恋的不是别人，是她的一位姨表亲——她生身母亲的姐姐的儿子。其时，她的这位叫赵今晖的表哥，已经参加工作，在河北省 H 市的一家工厂上班，年龄比我略小一点。

今晖是 H 市人，他跟海湄的恋情，发生在海湄情窦初开的时节。那时海湄正上初中三年级，今晖来北京游玩闲住，寄住在海湄家。原说只住十天的，却推迟为二十天，又改推为三十天。到他走的时候，二人已是依依不舍，全跟丢了魂似的。这中间的细节，谢径所知不详，日后海湄也跟我说不出个究竟，可恋情就那么萌发了，攫住了两个人的灵魂。在随后的时间里，二人虽然没有再见过面，但往来书信不断，情感挡不住地加深，却心知肚明不会有结果，还生怕着一旦为人所知，必将招致的诟病。

赵今晖为何等样人，对我一直是个谜，但好孩子赵海湄会迷恋上他，说明他必有可爱之处。海湄年纪小，而他已是成人，因此他们之间的事，我认为主要责任在他。但情这个东西，又不是是非二字所能断得清的。趋利避害是人生行事的一般原则，因此在跟她涉及这个话题的时候，我只能把话说到这个份儿上。而海湄却只会流泪、摇头，一声声叹息。

海湄对今晖的恋情，根本不同于梁珊瑚和陈奇娅的。后者是在社会一般原则的框架之内行事的，前者则触犯了现行人类婚姻原则的底线，生命活动禁忌的底线。后者有没有结果是或然性的，前者没有结果却是必然性的。

他们的恋情是死结，非挥刀砍之不能使其脱困，走向新岸。

“你看吧，这是今晖刚来的信。他的亲戚朋友都在张罗着给他介绍对象，他问我应该怎么办？我……我无法答复他。他说他经常在梦里梦见我，梦见和我抱在一起哭。他说他打算这辈子独身。”

我手托着寄自 H 市的这三页信纸，仿佛托着三块热山芋。这确实是一个棘手的难题，问了还不如不问，任何一个局外人对此也什么办法？恋情发生在两个人的心里，能行与不能行。他们自己都清楚，就是一个能自拔不能自拔的事。心出来了，人才能出来，心出不来，谁也没辙。

女孩儿的初恋，在她一生中是多么重大？那是她一生中的开天辟地的事，她的心灵纪元由此拉开帷幕。这海湄到底是什么命呀，不闹天不闹地，偏闹这么出表兄妹恋，血缘还这么近。常言所说的“宁拆一座庙，不破一门婚”，对他们就不适用。我嘬着牙花子，向海湄提出几个问题：

“你们互诉过衷肠了？”

她点头。

“日后两个人都不要孩子，你接受吗？”

她不语。

“不顾及你们父母的反对，到年龄了你就和他生活在一起，你敢吗？”

她不语。

我说："假如你们都打定了主意不生孩子，又不怕周围人反对，那你就和他好下去。如果你做不到，那就长痛不如短痛，快刀斩乱麻。你说呢？"

"我不知道，我真的不知道。"她眼里又涌出了泪水。

我半晌无语，干看着她丧魂落魄地抽泣。见她开始用手背擦眼泪，我走近前对她说道："看来只有由我出面做一回恶人了。这样，我给今晖写封信，向他陈述利害，你同意吗？"

她拿小手绢的手垂软下来，好一会儿才点头："行吧。这上面有他的地址。"她把信封递给我。"我求你不要骂他，他现在很不好受。"

我叹一口气："照理说是疏不间亲，到头来我两头不是人，兴许我这是冒傻气。……"

看着她哀哀怜怜的样子，我不再说下去。

5

恋情跟偏心应该不是一回事，要我对陈奇娅、赵海湄完全一视同仁，一碗水端平，是件难事，陈奇娅恐怕就先不干了。可海湄这孩子确实更需要别人的关怀。毕竟，陈奇娅的父母弟弟，都是原装原配的，而赵海湄的妈妈则是她爸的续弦，她上头的一哥一姐，跟她是同父异母。因此她妈妈说，海湄这孩子从小就孤独，跟今晖早恋也是事出有因。

从这时起我身上又多了一份责任，在呵护陈奇娅的时候，还得时时看护着赵海湄的心灵冷暖。就拿买书来说吧，陈奇娅说想看《九叶诗选》，我在王府井新华书店看到了。一买就买三本，自己要一本，奇娅、海湄一人一本。这个拿到书高高兴兴地看，那个翻着书喜眉笑眼地读。这样子，我心里才觉得踏实。至于陈奇娅喜不喜欢我这么做，我没听她说起过，也没去探问过她。就常理而言，一个人如果知道她得到的不是唯一的，她领受时的内心满意度，是会下降的。

一天听小娅抱怨说《成语小辞典》内容太少，好些成语查不着。几天后我在书店看见新出版的《成语辞典》，其词条、诠释之详备，为当时所仅见，我倒空钱包，一买买走四本。前三本是给奇娅、海湄和我自己的，第四本是留给谢径的。

两位女生各自接书在手眼睛放光。"这么厚的书呀，太棒了，够我用一辈子了。"陈奇娅欢呼。"也有我的呀……"赵海湄轻声自语，有些愧领似的捧过书去。

陈奇娅急切地浏览词条，突然想起什么，看一眼她的朋友："你沾了我的光。"海湄抿嘴一笑，不语。好半天才说出一句："他也是我哥。"

元旦过后，我收到了陈奇娅写给我的信。信上说，元旦这天她父母领她去亲戚家做客，她躲在亲戚孩子的房间里给我写这封信。她信里有一处提到，她在亲戚家吃到了一颗酒心巧克力糖，十分的好吃。我一看，哎呀，她爱吃这个，于是转天就去王府井百货大楼买了二十几块钱的酒心巧克力糖，装了多半书包，咣咣咣骑车，兴冲冲送过去。也不说是什么东西，一股脑推到她的怀里。

她解开包一看，吃惊地“啊”了一声：“我的天，全是酒心巧克力，这得多少钱呀？你想甜死我呀？”她半乐半嗔道。

我用衣袖擦拭头上的汗水，喜滋滋地看着她：“你不是爱吃吗，那就吃个够。”

“这么多？半年我也吃不完呐，你想齁死我呀？”

“没说让你吃独食，别忘了分给海湄吃。”

“这得几斤呀？这么沉，你有钱没地方花啦？你留一些吧，别让我吃伤了。”

“不，我不留，统统是你的。”

“你尝过没有？”

“没尝过。”

“你没吃过酒心巧克力？”

“嗐，不就是巧克力包点酒嘛，谁没吃过酒呀？”

“你怎么那么傻，买回家为什么自己不吃几颗？”

“你瞧，啰唆了不是。”

“那不行，你得吃。”说着她剥开一颗糖的锡纸，硬往我嘴里送。这时我和她正站在大桥栏杆旁，桥上车来人往。我偏头躲闪，提醒她别这么张扬其事的，给路人洗眼睛。她极其执拗地继续往我口里塞糖。“你不吃就是不行。你不吃我也不吃。”

糖一进入我口，破开了，酒液直冲咽喉，我爆发性地咳嗽起来，噙着糖，脸一下子憋涨了。她紧张害怕起来，用一只小薄手轻拍我的背部。我示意她不必如此，我咳出来便通畅了。

末了，她不忘追问我：“这到底花了多少钱？”我伸出两根手指。“啊，干掉了你半个多月的工资？”

“这你就不懂了，你没听人说‘有钱难买人乐意’吗。”我自得而又自赏地说，“还有一句话叫……”

“停停停，你别说，让我来说：千里送鹅毛——礼轻人意重，对不对？你是不是要说这句？”

“贼丫头，我还没说呢，你怎么就知道？”

“嘁，我是你肚子里的虫儿，你心刚一动，我就知道你想什么。”

“吹牛不上税，你知道我现在想什么吗？”

“这个嘛……”她打起了沉吟，“你闭上眼睛，我给你拿一样东西。”她示意我闭上眼睛。

我说：“别打马虎眼，你倒是猜猜啊。”

“你心里在想要这个。”说时迟那时快，她把一张小照片举到我的眼前，几乎快贴上了我的鼻子尖。

我用两根手指小心翼翼把照片接在手上，拈到眼前细瞧。只见黑白照片上的奇娅站在操场上，双手插裤兜，偏着头微笑。她脚上没穿丁字带黑皮鞋，穿的是一双白色网球鞋。她解释说，那天刚上完体育课，她爸带着相机来学校看望她，便给她拍下了这个镜头。

这是我平生见到过的最小的照片，只有一张 135 的胶片那么大。我极不满足地抱怨照片太小，得使出全部目力，才能看清上面的鼻子、眼睛，可是看这么小的照片，眼睛难以保持稳定的目光，看看便模糊起来。我说："这个权且押在我这里，回头你得给我换张大的来。"

她说："这批照片是我爸在家里洗的，拉上红灯泡，我帮他看着洗的，我们家没有放大机，洗出来全是这么小。"

我说："我就要大的，你把底片给我，我找地方洗去。"

她说："这张你要不要？"

我忙将它郑重地装入内衣口袋，靠左心口的地方，用手拍拍道："你在这儿了，天天贴着我。"她这才抿嘴笑了。

在上世纪 80 年代，送照片给异性，被视做意义重大的事，通常具有定情的含义，包含"我把我交给你了"的潜台词。因此，虽然我收到的照片很小，但我仍然深为激动，视之为决定性的一刻，把这视为她对我做出的再明确不过的肯定我们关系的保证。

我说："这下可好了，什么时候想你，什么时候都能看到了，就是老得拿着放大镜。"

她嬉笑："先生你先将就着点吧，朦胧有朦胧的味道，看太清楚了，回头再看到眼里拔不出来了。"

第十七章　救　美

1

歌德说：“恋爱能使生命燃烧，使生命充实。”华莫理说：“恋爱的真正价值在于强化一般性的生命力。”对此我深有体会。正如太阳，它燃烧的过程，正是充实强化的过程，不能想象一个不燃烧而实现自身内部运动的太阳，也不能想象一个离开了内部运动而光芒万丈的太阳。

真恋爱仿佛是一场高速撞击运动，它把原本平静的男女二人，由常态中撞出，让你产生热核反应。蓄能越大的人，所产生的热当量便越大。陈奇娅这一回，遇到了她少女生涯中的第一次真正意义上的释放机会。我也是。我们以往各自所经验到的或暗或明的对于异性的心灵启动，似乎都是为了这一次的实践所预做的热身，所开设的预备班。

就拿我来说，这时期我内心的多情、多思、易感，达到了空前的密度和强度，令心灵燃烧到了白热化。往往仿佛身高八丈，激情磅礴地行走在大地上，仿佛自己听得见地心的熔浆之动，地心听得见自己的心跳与歌唱。仿佛每天从东方地平线升起的太阳，是自己的化身。

万里稼禾，大地清新，鸟语花香，草尖上滚动着晶莹的露珠，世界在向自己开敞，莽原奔赴向自己的怀抱。我感到自己像萨福一样敏感，像彼特拉克一样丰情，像泰坦一样的强大有力。瑞雪纷纷，大地洁白，我步行在回家的路上，怀想着刚刚度过的与自己的美丽女孩的漫步倾谈，心情温暖欣悦，明媚如春。“我走在洁白的雪地上，心中有一朵小花开放……”吟咏脱口而出，心间暖流淙淙。春夜的雨点敲击屋檐棠叶，雨脚走遍城乡，思念的情诗流泻自笔端：“淅淅沥沥的雨弹奏我心中的思念／我的思念是子夜春雨幽悠迷漫／迷迷漫漫如织如烟……”

当年我为陈奇娅写下的情诗有三十来首。诚如司汤达所言：“恋爱是唯一以自铸的货币支付的热情。”这些诗的艺术水准高下不一，却皆发乎真情。有的是柔情万端不能自已时，于灯下提笔写就的，有的则是走在路上，诗句躁动于心，掏出小本子快速记录下来的，这些诗或早或晚，都飞到了她的手上。由于心情急切，有的诗草我从小本上撕下来便寄给了她，如果它们至今还在世间留存着的话，那也是以唯一的形态，在她的手里。

维克多 · 雨果说 ：“一个青年男子恋爱的第一个征象是柔顺 ；而一个女子却是勇敢。”此时此际的我两者兼而有之。当我面向自己的女孩儿的时候，我是柔情脉脉的，当我面对天地自然，社会人生的时候，我又是勇敢坚毅，豪气干云的，当然主要不是在实践上，而是在心态精神上。这时李白、拜伦、惠特曼的自由奔放的诗歌，最切合我的心意。鲁迅《摩罗诗力说》里概括拜伦，说他“立意在反抗，旨归在行动”，我恰恰是在这一倾向上，心仪拜伦的。当然还有雪莱。这位长得像一位淑女的浪漫主义诗人，把他除旧布新的西风的吹息，把普罗米修斯的大义不屈的形象，吹送进、植根在我的心里。在身陷极为个人化、极为私生活化的爱河的同时，我身上原本就不缺少的社会意识，获得了一轮新的觉醒和扩张。这轮觉醒、扩张，既体现在我与陈奇娅的日常谈话、通信中，也集中体现在我这一时期所写的诗歌当中 ：《关于命运之神》、《叛逆之歌》、《自由魂》、《怪物》、《戴镣之舞》、《波兰独立工人运动颂》、《致亚鲁泽尔斯基》、《对着风雪啸歌》、《狂热之歌》、《死巷》、《啊，人》等。

其中，《关于命运之神》，写我在当年的认识水平上对于命运问题的思考 ；《叛逆之歌》把青年的叛逆精神，作为人类历史的辩证运动力量看待 ；《自由魂》是一首长长的自由颂歌，当中结合进了自己当时的个人际遇 ；《怪物》是首自况之作，写自己的孤傲清高，与环境的格格不入，对所执理念的矢志不移 ；《戴镣之舞》仍然包含了自况的内容，但着笔点放在了体制对人的束缚作用上 ；《波兰独立工人运动颂》作于 1980 年 10 月 6 日，为初闻消息时的即兴之作，但将运动阐释得淋漓尽致，为自己当年诗歌写作上的一个骄傲 ；《致亚鲁泽尔斯基》起因于铁腕军人执政，严厉镇压波兰工运 ；《对着风雪啸歌》和《狂热之歌》，皆写于认识陈奇娅不久，预示自己的内心热情即将喷发 ；《狂热之歌》以浪漫派直抒胸臆的排比句写法，宣泄胸中涌动的热潮，将青春狂热称颂为积极的正面的事物 ；《死巷》写当时中国城市社会的狭窄空间、僵化体制，与青年自我解放、自我实现要求之间的对立；《啊，人》，放眼国际反观国内，呼唤自由解放，讴歌人道主义。

上面枚举的这批诗习作，陈奇娅都读到了。它们无论在诗风上还是在内容上，都超出了学生诗人的视野，但却在陈奇娅那里受到了热烈的欢迎，这令我大有同声相应，同气相求，知音近在眼前之感。

站在纯诗艺的角度，我不给当年的这些青春之作打高分，而称之为习作，它们的问题是写作技术上的，而不是思想内容上的。它们的手法单一了一些，基本上是浪漫派的直接抒情手法，直露，说理性强 ；而在情绪氛围和主题内容上，它们则代表了一个特定的历史时期和我个人的一个成长期。它们具有无法重复的性质，它们的价值也正在这里。我无法把它们说得一钱不值，更何况它们曾经鼓舞了陈奇娅，曾经令她热血沸腾，睁大了审视世界的眼睛。

郁达夫《闲书》中有《谈诗》一文，其中言道 ：“至于新诗的将来呢，我以为一定很有希望，但须向粗大的方面走，不要向纤丽的方面钻才对。亚伦坡的鬼气阴森的诗律，原是可爱的，但霍脱曼的大道之歌，对于新解放的民族，一定更能给予些鼓励与激刺。”我这一时期的这一批诗习作，走的便是郁达夫指示的“向粗大方向走”的路子，带有鲜明的雄性特征。这种诗风与纤丽女孩儿陈奇娅的诗风，形成了对照。强烈的反差和强悍的雄性气质，无疑对学生女诗人构成了磁性吸力。

2

列宁曾经评价普列汉诺夫说他是“思想的巨人，行动的矮子”。屠格涅夫也曾用类似意思的话，影射过巴枯宁。一度我也曾经觉得自己也是这么回事。

是的，在星空下，在台灯影里，在书信中，在诗行间，在思想驰骋的独处时刻，我真的是意气风发，自由无羁，精骛八极，心游万仞，想怎么想就怎么想，想怎么写就怎么写，一切皆出诸我心，出之于自己的判断和思考，天上地下宇宙人间，任我上下往来，真正是天不怕地不怕，什么都不怕，什么都不服从。可是在生存场上，在八小时工作制内，我扑腾不起来，没有人身自由，没有个人意志的自由，生产分工、劳动纪律要求我干什么我干什么，没有要求的，一律不能干，我充其量是一个生产力，是一件生产工具，一件完全被动的，受控于他人的工具。我作为人的主体性，自我意识，在这种条件下，如果不被清除掉，就得万分憋屈地收敛起来，收缩成可怜的一点点，如同质量大过火车头的白矮星上的一个颗粒。

大约正是这种强烈受抑，强烈被矮化的生存状态，反弹出了对于自由的强烈热爱与渴望，反弹出了憎恶一切压制、控制、操纵与利用以及憎恶一切扼杀性环境制度的思想信念，并内化为我的一种基本感情。大约也正因于此，我才去寻求每周六天工作日，每天八小时工作制以外的身心舒展，行动空间，尽管是低层次的，相当局限的。当时我写的一篇随笔的题目就叫《冲破狭隘》。怎么冲破呢？当时我所能做的大不了就是谈恋爱、交友、读书、写东西、逛书店、听讲座、串门、组织文学社团，还能数出别的来吗？旅游根本谈不上，一没假期二没钱。对了，还可以算上合理化地打架这一项，也就是平常所说的行侠仗义。

我 1980 年两次和别人动手，都发生在 12 月份，即都发生在认识陈奇娅以后。

自从乡村返城参加工作后，我明显地感觉到单位是一种纪律的社会，一名单位的在册成员在外头惹上的任何事端，都极易被捅到你的所在单位，那样带来的只会是麻烦，轻则处分、劳教，重则收监判刑。所以参加工作后我告诫自己少管闲事，少惹麻烦，事不关己高高挂起。可是与聪慧女孩陈奇娅之间发生的恋情，极大地鼓舞提振了我的自我意识，激发扩张了潜伏于我身心内的生命之力。这时在任何人的面前，在任何事件的面前，我都觉得正气在身，正义在手，像泰坦一样强大，像赫拉克勒斯一样英勇。于是我又忍不住干起“路见不平，拔刀相助”那种草莽之辈的事。

十二月二十几号的一天，我乘坐无轨电车。在靠近车门的地方，因挤撞发生了争吵。争吵发生在两名北京男子和一名南方男子之间。两名北京青年男子身穿黑色棉衣，身材壮硕，那位操南方口音的外地中年男人，身无冬装，外面只罩了件军绿色的单衣，看上去很是单薄。

车至东四站，南方男人跳下车，两名北京男人纵身跟下，二虎扑食一般狠击南方男子，拳头冰雹似的落在他的头上身上，他眼眶瞬间青紫，鼻子被打出了血。我见状心头火起，心想这两个北京人太欺负外地人了。我本能地趁车门没关上之际，也跟了下去。我抢步跟到了其中出拳最凶、虎背熊腰的一名北京打人者身后，伸出右手抓住他右肩部的棉衣，使了一个八卦掌中的千斤坠地的劲，他用力挣了挣，却被我坠在原地不能动。我高喊一声：“住手，打死人你们不偿命啊？”

我这一嗓子还真管用，另一名打人者也住了手。我眼看着就这么点工夫，那穿单衣的南方男人就被打得没了人形，鼻青脸肿一脸血。我示意他：“还不快走？”他这才蒙头转向，跌跌撞撞地往南走去。

我原准备着两名北京凶汉掉过头来打我的，可他们耸肩理衣，看看我没说什么，走了。我的蓄满劲力的胳膊胀胀得沉沉的，还挺不得劲儿。事后自省，我发现自己并不只是去拉架，而是暗中希望那两个人来动手打我，我好有机会出手打他们。看上去这两个人的体格都强过于我，在街头打架的人里算得上是凶猛的，可我潜意识里还是想跟他们一试身手。

陈奇娅听说这事后，沉下小脸，蹙紧双眉。我原以为她会褒扬我两句，没想到她会如此不快。有顷，她面沉似水以手点指我的鼻子道：“余奔滔你给我听好了，这种事下不为例，我一点儿也不欣赏你的行为，而是正相反。我禁止你以后再这么干，你不可以这样的青年心理，不负责任。你给我听清楚了吗？”

一旁谢径在我肩背拍拍打打：“嘿嘿，开训了不是？卤水点豆腐—— 一物降一物，老弟呀，气管严的日子日后长着呢。”

赵海湄抿嘴，陈奇娅不笑。

我心怀顽态，暗笑她的小大人样儿，心想她这是在练着管人哩，练着当老婆。

“谢径，咱们里就你年长，你应该说他才是，却反过来鼓励他，一个劲儿地煽风点火，他就更不知道天高地厚，自己长着几个脑袋了。我今天把话搁在这儿，一旦真出个人命什么的，谢径你也逃不了干系。”

说这番话时，陈奇娅脸色煞白，没有一丝笑模样。谢径和我面面相觑。自打认识以来，我们还没见她这样过。

3

事有凑巧，正是所谓树欲静而风不止，平地无风三尺浪。1980 年阳历 12 月 28 号的晚上，我去拜会一位据说才华十分了得的业余青年诗人，相谈至夜间近 11 点钟。从他位于白纸坊的家中出来，我独自骑车往回走。走不多远，进入一段缺灯少光的小街，见到了菜站前发生的一幕。我单脚踏马路牙子，停车在一棵槐树后面。

不远处是一溜白菜垛，白菜垛上苫着草袋子，白菜垛的那一面聚集着几个纷然扰动的人影。定睛细瞧，看清楚了，是三男一女，一女在当中，三男围成了个品字形。他们之间仿佛在交涉着什么。

女声："让开路，放我过去。"

男声："注意你好几天啦，陪爷们散散心就放你走。"

男声："盘儿够靓的，拿什么劲儿呀。"

女声："让开，我不认识你们。"

男声："叫我们仨一人一声哥。"

女声："凭什么？我不认识你们。"

男声："爷就叫你认识认识。"

女声："我要喊人了。"

男声："这条街是我们的天下，没人敢挡横。"

男声："那是谁呀，瞧什么瞧，没瞧见过你妈你爸呀，快滚蛋。"

他们发现我了。我哐一声支上车，上了便道，冲被扯住手臂女子说："红霞，这么晚了，你怎么才回来？"

为首的一名男青年晃着膀子晃至我的跟前，上一眼下一眼地打量我，即俗话所说的犯照。

"你谁呀？挡什么横呀？"

"我是她男朋友，每天晚上接她。朋友，我就住这一带，低头不见抬头见，别伤了和气。"

"我看你是找打。"

他上前揪住了我的棉衣前襟。我瞄一眼他的手臂，抬右手攥住他顶在我胸前的右手，这时只要我以迅雷不及掩耳的动作，用左臂尺骨反关节磕击他的腕部，他这条手臂就非残不可。这是擒拿格斗中的常见招数，专门废人的手腕关节。

这小子虽然流氓成性，在技击上却是个外行，像这样近前薅人的脖领子，是搏斗中的大忌。在这种局势中，我上可用二龙探珠的手法，击瞎他的眼睛，中可截断他的手腕，下可用弹腿攻击他的裆部，再往下还可用截腿攻击他的膝部，哪一招出去，都会伤残他。就在我正欲突然拧身实施截腕攻击的刹那，我的心软了，迟疑了。我不忍心，不愿意毁人。这是我的老毛病，这一次又犯了。

"打丫挺，打。"冲上前来的另两个同伙于暗影里吼叫。

我丧失掉战机。薅我衣领的小子在我脚下使绊儿。我就势团身，倒地，蜷腿，踹击。就在我倒下的那一刻，那小子抓着我衣服的手松开了。他往我身上扑，想骑上来往死里打我，却被我当胸一脚踹了出去，噔噔噔，倒退着跌倒在白菜垛下。

"哇"的一声齐吼，他身后的两个小子跳闪开在了一边。

我双脚打地，一个金刚铁板桥仰面跳起，向右横跳一步，马步立定，双手做接招引手。

两个小子回过神儿来，“哇呀”叫着向我打来。我偏头躲过了先到的拳头，低下身起右腿踹晚到的一个。我以截腿的击法击中他的小腿骨，他哎哟一声痛叫，随即我起脚向他身上踹去。可惜冬天身上衣服厚，起腿起不高，否则我非踹碎他的喉结不可，那样一来就击人太重了，闹不好能要了他的命。可我这一脚踹得也很是地方，攻击点在他的胃部，我以脚上的翻毛皮鞋撞击在他的胃肋上，他哀号着跌坐在地。

说时迟那时快，我右脚甫一落地，便拧身成马步，一个挑肘挑在了另一个小子的软肋上，他也当即歪在了地上。我抢步向前一个下栽拳，打得他仰面朝天。

“啊！”我怒吼一声。这吼声与其说是出自愤怒，不如说是出自舒畅与欢畅。他妈的回城这几年可把我憋屈死了，总算出了一口恶气，舒了舒这身筋骨。

格斗技击这东西，要说就是这么简单，讲究的是一招制敌，像武侠小说、武侠电影里打来打去，飞高飞低，纯粹是为让外行人看着热闹，在实战中并不是那么回事。当然啦，我这次占到了便宜并不是我功夫多么好，而是遇上了外行。若是我遇上的这三个小流氓全都是练家子或者是复员的特种兵，那我可就瞎了。

我环顾一眼硝烟落定的战场，急忙招呼还在傻站着的那位姑娘：“同志，快上我的车。”临行之前，我抓过三条草袋子，往三名地痞的头上一人扣了一条，骂了一声“妈的”，这才踢开了车支子，蹁腿儿上车。我慢慢骑，让姑娘追几步，坐上来。可能是因为惊魂未定的缘故，也可能是她从来没这么坐过男车的后架，她一上两上都没上来。无奈，我捏闸，停车在马路牙子边，候着她上来坐稳了，我这才蹬车前行。

坐在我身后的姑娘双手抓紧我后腰上的衣服，手还在哆嗦。只听她颤声颤气地说着：“反了，方向反了，我家不在那个方向。”

我双腿用力蹬踏，头也不回：“是得反着走，先出了这条街，你再指给我怎么走。你不能把你家的方位暴露给小流氓，那样你就没有宁日了。”

4

大约骑了二十分钟的车，感觉到身后的手拽我，只听她说：“到了，我们楼到了。”吱的一声我捏了闸，车身一颤，她落了地。

她说：“累了吧，我是不是不轻？”

我说：“哪里，像驮个布娃娃似的，看，连汗都没出。”

“那是冻的。”她说。

我说：“你一路上哆嗦，看来也是冻的。”

“哎呀，你取笑我。都快 12 点了，地上都结霜了。”

“不是我说你呀，一个女同志黑灯瞎火的一个人只身走那黑街陋巷干什么？不明摆着是找出事吗？”

“哎哎，都怪我。我一看天这么晚了，怕我爸妈在家里着急，便抄近路。都怪我。

真后怕。要不是你出现，后果不堪设想。”

“你父母也真是的，一个女儿家，这么晚的天还往外放，太大意了。”

“我今晚是去听一个讲座，地点是在海淀，主讲人收不住了，延长了时间，所以……以后再也不敢了……你刚才叫我什么来着？红霞。我不叫红霞，叫蔚晴。真逗，你干嘛叫我红霞？”

“这不是狗急了跳墙、人急了上房嘛，也是急中生智，把我一同学的名字安你身上了。不叫出个名字来，我如何出师有名？”

“那你就冒充人家的男友？我，我还没有男朋友……还没人敢冒充。”

“得了吧大小姐，是脸面要紧，还是……”我想说“贞操”，但改成了“性命”。“还是性命要紧？”

“是呀，你说得对。我现在身上还在抖。”

“进家吧，赶紧进去吧。”

“不不，我再平息平息，现在这样进家会吓着我妈的。啊，我脸色是不是很恐怖？”

“惊魂未定。”

“那你就好事做到底，陪我再多待一会儿。”

“不打紧。”

“谢谢你。”

“何必言谢？要说谢，我还得谢谢那三个坏蛋，是他们给了我一次合理打架的机会。你知道吗？刚才在菜站那会儿你左一次右一次上不来自行车，我才着急害怕呢。那三小子都是亡命徒，万一有一个爬起来，从后面朝我们砍砖头，那我们不伤也得花，想走都走不了。”

“那你为什么不骑车自己走？”

“瞧你说的，你不是说的好事做到底吗？”

“英雄救美。”

“救美算是吧，英雄可谈不上。是他们先开口骂我，我想不过去都不行了。”

“你真会打呀，我刚闭了一下眼睛，他们就都被你给打倒了……好像你先被他们打倒在地的，伤着你了吗？我看看。”

“快别提了，让你见笑。都怪我心慈手软，险些吃了大亏。要是赶上个练家子，那我就真完了。别说救不了你，我现在恐怕都断气儿了，你还得受辱无疑。”

“你方才说合理化打架是什么意思？”

“你真爱刨根问底。你想啊，好人你不可以打吧，平常人你不可以打吧，坏人走你对面了，他不来怎么样你，你不能打他吧，可是今天晚上就可以打，走到哪儿去，都没人说我不对，可在形式上它就是打架，所以才叫合理化的打架。”

“听着有点绕。你别绕我了，请告诉我你在哪里工作？”

“我……唔……”

“请留个电话给我。”

“唔……我……”

“跟我进家坐坐，暖和暖和，你看上去挺冷。我爸妈会当面谢你的。”

“甭了，都十二点多了，我得赶路，我家还远着呢。别让我的出现吓着你的父母。”

“远？多远？你家在郊区吗？”

“那倒不是。”

“你说给我听，我要知道。”

“那何必？”

“保密单位宿舍？”

“听我一句劝大小姐，以后不管是听什么讲座，即便是国家级的保密报告，到点抬腿走人。自己的人身安全比什么都重要。后会有期，再见了。”

“你等等，我还是害怕，请你看着我进了楼道再走好不好？”

“没问题。你现在就一直往前走，不要往两边看……”

继续赶路的路上，我告诫自己：今夜的事可不能叫陈奇娅知道。

5

不日，我还是把这次经历说给了谢径，最后没忘叮嘱他：“保密，不可让陈奇娅知道。”谢咂嘴，心有余悸道：“我是那么不长记性的人吗？”

接下来他指出：“我还真得奉劝你一句老弟：下不为例。人有失手，马有漏蹄，逞强逞多了必会吃大亏。你知道对方是什么人？你不知道吧。你知道对方身上带没带刀子？你不知道吧。我还告诉你，人身子都是肉长的，给你一刀是一刀，身上一带伤，你会什么也打不动了。你只要挨上了一刀，后头就有十刀等着你，你相信不相信？好武者伤于武，什么都讲个适可而止。下不为例，下不为例啊。你还是听陈奇娅的话吧。你不为自己着想，也得为她着想，还没怎么着呐，你忍心让她守寡呀？谁知道呢，没准儿哪天一高兴，你就管不住自己的嘴了……”

“等等，等等，你容我想……”

突然一道闪电划过我的脑际，我击掌叫道：“是她？”

“谁呀？一惊一乍的。”

“那姑娘，我见过她的。八成是她，我怎么当时眼拙……”

“人不是直问你电话、地址吗？你干吗不告诉她？”

“你有所不知，我没法告诉。你想要搁在平常，我巴不得告诉她呢，可前头有这么档子事，我还能说么？让人领情？来报答我？那多不带劲呀，不明摆着是在图回报吗？所以没法儿说，一说就走了味儿了。还是三十六计走为上。”

“那倒也是。有缘千里来相会，无缘对面不相识，这天底下的事，谁说得好呢……哎你怎么说你见过她？”

划过我脑际的闪电，展开成画面：中国书店里正值人稀，我信步跨入店堂，扫视着架子上的书籍。我是这里的常客，只要有新书上架，一望便知。我讪讪然若有所失。蓦然我看见对面书台前站着一位身姿亭然的姑娘，一件橄榄绿的呢子外衣，端庄宁静的脸和颈，暖玉般的肤色，优雅的站姿与神态，悠然流溢的淑雅气韵，像从古希腊画廊中走出来的。高贵娴雅而不沾带艳俗。一时间我气不敢出，暗问：这是从哪个书香世家出来的女子？没有三辈子的熏陶，绝出落不成这样。我想起了另一位姑娘，她正在课堂里上课，她的眼瞳缓缓转动朝我望来……这间店堂我是待不下去了。我不敢正眼去看那位异性，只感觉到她的影像的压力。我折转身走进买期刊的小店堂。可是当我平静下心跳翻看着期刊，并且感觉没的可看的时候，却再次看到了那静美的面影。她这时已踱到了我所站立的刊架前，仰脸察看。天爷，她站的位置正把我堵在一条小窄道里，要想出去，就非得推开她不行。我无心再看什么，待下去又惶惶不安。她的气韵是我前所未见的，我因她高贵，因这高贵离我太近而局促承压。我极为轻贱我这时刻的心理和表现，可我无法安妥地协调好自己。我额头开始冒汗，待也不是走也不是。她如果气质不这么高贵的话，我或许会随便地跟她说几句话，交换几句对这里的书的看法，但是在她面前我成了哑巴，只有目瞪口呆的份儿，气不敢出的份儿，木讷紧张的份儿，以至于没能看清她的五官，只是记住了她的出众的气韵……一个场景，是少有女孩子光顾的古籍书店；一个场景，是月黑灯稀，凶险四伏的陋街菜站……娴静与惊恐……叫我如何联系得上？何况这天夜里她穿的是件白色外套，发型由马尾式变成了披肩发，一路上气氛紧张，黑灯瞎火……

我逃离书店时候的心情，极为复杂，痛失机缘，痛别美景，丢魂失魄，只此一面，再难相逢。“秀才三年一个，美人千载难逢。”你何必急着走？书店乃是公共场所，她可以待，你也可以待，她看她的书，你看你的书，你可以直着眼去看她，可以暗暗地去看她，你有权利看她，她有权利看你，店堂里横竖就你和她两位顾客。店家愿意你泡在那里，谁也不会轰你出去，你急急慌慌往外跑什么劲？跑出来了，你就再也看不到她了。你不知道她住在哪里？在什么样的时间往来于什么地方？一面，只此一面，你没有机会再见到她了。她将成为你心存的永久的瞬间，永久的一面。你没有勇气跟她搭讪，没有勇气走至她近前。她的高贵的气质令你却步令你渴慕，令你望洋兴叹，戚戚惶惶，遗憾绵绵。陈奇娅的谛视警醒着你的神志，可你的心神难道没扰动不宁吗？你没有见异思迁，可你的心为什么狂跳不止呢？你并没有见异思迁啊。你的慌乱多半引起了人家的注意，人家会觉得你这人奇怪哩。你害怕自己冒失，害怕自己出乖露丑是不是？你跟她只此一面，再难相逢啦……

6

恋爱中的人话多，有说不完道不尽的话，几近于“话痨”。纪德说：“恋爱之后的最大幸福是：是为自己的爱而自白。”在我和陈奇娅见面、散步的过程中，直接抒发式的爱情表白反而不多，因为它们被集中写进了我们的书信、诗歌，面对面了反而羞于出口这些言辞，倒是叙事的内容多于抒情的内容。因为这时彼此都想更多地让对方了解自己，了解自己的亲身经历。这些叙述本身就是一种自我释放，是一种想尽量把自己交付给对方，克服潜在的陌生感的努力。

每当陈奇娅讲述她自己的时候，我总会全神贯注地倾听。而轮到我讲述我自己历史的时候，她便是我的最安静的听众。唯有她的一双大眼睛，或黯然神伤，或明波闪动。

陈奇娅的历史太短了，短到相当于歌剧序曲的头一个乐句。她能说出的她的历史，只有小学、初中、正在进行时的高中；她的爸爸、妈妈、弟弟，还有两次至今令她伤心裂肺的与私情相关的经历。其实琐琐碎碎的事，诸如同学怎么样，老师怎么样，她能谈出不少，但是发生在她身上的，算得上事件的，大约只有初中一次，高中一次（不算跟我的这一次）的两个故事。

这两件事在她的日记、诗歌和记忆里，是那么的刻骨铭心，足可见这孩子的内心感情之深刻、细腻。连缀起她片断的跳跃的叙述，两档子事的轮廓大致清晰起来。

陈奇娅初中就读于本市的另一所重点中学。她所在的班，形成了几个自发的学习互助小组。随着接触的日益增加，她与其中的一名男生互生好感，男生首先给她写了信。

在几乎所有的中国学校，这种信通常被叫做示爱信、求爱信。平时伶俐活泼的陈奇娅接到这封信后，如同收到了一枚炸弹，一时间小庙里着火——慌了神。情急之下，她将信交给了班主任老师。班主任老师如破重案，及时处理了那位试图早恋的多情男生，陈奇娅得到了及时的保护，得以平静地学习。可是她因此再也无法平静。那名男生自此变得沉默内向，少言寡语，由排在靠前的学习成绩，一路下滑，以至于中考失利，连高中都没上成。

倒霉的是他人，心怀负罪感的是陈奇娅，她虽然在学习上没有被压倒，心理上却留下深深的创伤。她在回复我的信中，凸显了这件事留给她的烙印，她的自责，她的深重的自我评价。她在写给我的其他信函里，多次流露这种自我谴责，说自己是“叛卖者”，是“害人精”，自问是不是勾引者？自问是不是勾引他人在先，毁伤他人在后？我感到从那时起到现在，她一直在设法弄清到底是谁的错？谁是主要的过失者这样的问题。弄到最后，她自己甚至都疑惑不清，以至于她文也哀哀，诗也惑惑，这也就是我在读她的诗的时候，从中感觉到的那么股凄婉迷离风格的原因所在。

而她诗册的后半部分流淌的那股怅然若失的思泉，则源于她升入高中新校后的一次心动。她在致我的信里，也提及了这件事，但所述全在她的心里感受上，全在这一心理事件留给她的心理影响、怅惘遗憾上。

陈奇娅叙及此事不止一回，但始终是言辞跳跃，语焉不详，那男生姓什么叫什么，是高是矮，是瘦是胖，是黑是白，她没有交待，只是传达了她自己的心理活动：眼前一亮，心跳加速，呼吸急促迈不动脚步萦绕心头，想再见到他，惆怅绵绵……

倒是赵海湄的侧面叙述，为我提供了实景：

时间是在上高一时，地点是在学校操场，动作是那男生正在操场的沙坑上练跳远。他身手矫健，腾空而起。其人相貌长得黑黑瘦瘦，呈健美之姿。行至操场边的陈奇娅望见了这一幕，被强烈吸引。在此后的数周里，陈奇娅一直心有所系，希望再次见到那名跳远的男生，但其人踪影杳然，销声匿迹。后来她才听人说，那名男生跳远时骨折，就医出院后，转学走了。这事成了她的终生遗憾。

在大量阅读奇娅的文字的同时，我也读过海湄带给我的她写的作文。海湄的散文，一写就篇幅挺长，娓娓道来，叙事清楚亲切，犹如与你对坐倾谈。奇娅的散文，则似文而近诗，可当作散文诗来读。她的着眼点一向都在自身的感受、意象上，从不按事情的顺序写，更不重视叙述事情的过程，而是十足跳跃的，抒情写意的，她只写她的主观情意明亮的地方，而不及于其他。因此读她的文字，所获得的是强烈的情致意象,而非事件本身的过程。而这种文章通常都写不长。因此在我的印象中，奇娅的散文，多数以精炼见长。

这两个女生的各具特色的文章风格,在叙述同一件事情上,也是那么的殊异,“文如其人”。

我隐约觉得，陈奇娅的生命走到这个阶段时候，她亟需一场真实的恋爱来充实滋润心田，并借此冲淡、覆盖从前的阴霾与伤痕，使自己获得振拔与拯救。

她隐约认为，新的经验与经历，能开阔她的视野，提升她的心理成长等级，这意味着她本人在向前看，向前走，从而起到抵消她往后看的作用。

“还是小学好啊。”奇娅由衷感叹，“小学时代是多么的天真无邪，无忧无虑，要是能倒退回去该是多么的幸福。”

“只有你才这么想，我则不然。成年人社会加于我的第一次重创，正是在我迈出小学校门的前一夜，降落到我的头上的。你知道吗？那才叫伤人至深，不堪回首呢，打死我也不想倒回去。”

于是我开始给她讲我的这段完整经历。她倾听时的注意力是那么的集中，那么的只字不漏，设身处地，以心换心，令我深为感动，心想：她在这样的年纪便有这么好的理解力，这么的善解人意，大了一定了不起，会是个好女人，好妻子。看来我没看错人。

一个星期后，我把写好的一篇东西交到她的手上，说道：“我给你讲过的我小学时的那段遭遇，都写在这里了。说的总不如写的好，写出来心里舒服多了。你慢慢看吧。这事在我心里闷了这么多年，自己一直不敢碰，也不让别人碰，要不是遇到了你，我还会一直闷下去。这是我心里的一个疙瘩，这下算是解开了。谢谢你啊，这都多亏了你……”

她神色黯然，隐隐有泪光，扫了一眼标题——第一伤害。

全文如后——

第十八章　第一伤害

1

我小学四年级的时候经历了一次搬家，从距铁路一站地的地方搬到了市中心。时间是“文革”开始后的 1967 年。我被转到四年级一班。

欺生，在任何地方都是一样的，在这里也不例外。第一天的课间，六年级的一个毛发很重肩脸横宽的男生，趁我不备，用一根烧着的木头烫我的后脖子，火木烙上的地方，正好是我发际部位。我疼得一惊，然后难言的疼痛感陡然剧烈起来。我急了，质问横宽脸我招他惹他了？他嘻嘻笑着又有些怏怏地走了。

再一堂下课铃打过之后，横宽脸闯到我们班教室要打我。他大概回去琢磨了琢磨，觉得我的反抗是他不能容忍的，便又来找碴，这就欺人太甚了。我跟他，他与我，相互盯视估量着对方。他没想到我这个低他两年级的外来生敢跟他对阵。这是一个心地无聊而又残忍的人。他抽出皮带向我抽来，我伸手抓住了他的皮带带铁钎子的一端，往怀里一带他，他趔趄了两步，我回身去抄椅子，他一见，吓得逃出了教室。他往出跑的时候有些发蒙，咣的一下，头在门上撞了一家伙。

没出三分钟，又一个浑身痞相的六年级男生闯进来，他手里同样拿着皮带。他恶狠狠地瞪着我道：“听说你挺狂的呀，今儿我来收拾收拾你。”

当时我并不知道这小子是什么货色，事后才知道他是这一带有名的流氓，跟烫我的那小子一个班，曾经被抓去劳教过。这家伙不再多说什么，抡起皮带照我就打，他皮带上的铁钎打在我的手背上，腾的一疼，我向后退了一大步，一只手扶在了椅背儿上，两臂用力就将一把木椅子抡了起来，照他头上砸去。他一见连忙双手抱头掉过后背来防御。就在椅子要砸到他的当口，我的心软了一下，控制了一下手里的椅子，但这一下已经砸到了他护头的手臂上，打得他落荒逃出了门外。

我余怒未消，嘿的一声把椅子摔在了地上，木椅子裂成了几部分。事后，在老师的要求下，我不得不又将这把椅子攒起来，重新钉了钉。我对那个姓张的只教了我半年的班主任老师十分的不满。高年级的人闯到班里来打我你不管，事后什么交涉都没有，为把椅子你倒不依不饶的。

这就是我转学到一个新学校的第一天遭遇上的事。回到家，我也没跟家里人说。

可就是这么相连的两架，一下子使我这个新生在班里引人瞩目了。因为就是这个班里的最强壮、最厉害的男生，也没人惹过高年级的，更别说惹那个出名的痞子了。这样一来，那些原本在心里盘算着想欺负欺负新生的男生，不得不打消了念头。而在女生眼里，我一下子成了不简单的男生，以至不久，班里的几名比较出众的女生，就都开始围着我转了。但是其后引出的事态，就又够我一辈子刻骨铭心的了。

2

出了小学校门往北一拐有一座不高的灰楼。我所在这个班的四个女生，都住在这座灰楼里。其中许橙那时就已长成了她后来的个头，走起路来总是腾腾的，可却长着小手小脚。她天生就是个瘦人，生得很骨感，也很有股子俏劲。倪亭比许橙矮一点儿，生张粉白的俏脸，一双很大的眼睛，看人的时候，时而专注，时而忽闪忽闪的。林芬在四个人中身量最高，模样却极不好看，她走起路来一晃一晃的身架上面，是张总显得臃肿的脸。她天生的小眼睛肿眼泡，两只眼睛两条缝，黄头发自来卷儿，头发总是显得乱蓬蓬的。至于姜艳燕，我那时跟她接触的比前三个人少，没留下什么特别的印象，只是觉得她虽然早熟，也有点风情，但我不喜欢她那种体态和脸型。那时我就已经断定她的身材不会再长高了。倪亭的胸部那时已经相当发育，可也没有姜艳燕发育得那么厉害。

学校有个爱好文艺的男老师，他在小学校拉起了一个在当时很出名的文艺宣传队，倪亭、姜艳燕都是队员，演出的时候在第一排跳舞。那时她们演出活动非常多，常常是几个星期几个星期地不来上课。倪亭是班长，学习上要强，总是尽量地补作业。不知为什么，班里那么多的同学的作业本她不去借，偏偏看上了我的作业本。于是经常是这样，她身穿绿军装，腰束棕皮带地跑到我跟前来，挑着一双大眼睛跟我借作业本。她穿的那件的确良的绿衣裳里面，还衬着白衬衫，整个人看上去十分爽利干净。她刚刚从门外跑来的时候，身上还带着股凉飕飕的清鲜气息，使人感到舒畅。

"你给我削两支铅笔吧。"她有时对我这样要求。我削铅笔的技术的确没的挑，削好的铅笔不仅好用而且美观。她每次都高高兴兴地拿在手里端详一番，然后回到她自己的位子上。当她的眼睛望着我的时候，总焕发出一种特别热情，特别喜悦的光芒。她从我手里接作业本或铅笔的时候，有意无意跟我的手指搭碰在一起，给我以说不出的奇妙感受。她手长得白润好看，她手的每个动作都有一种特殊的韵味。现在想来，那时她真的是早熟，并且是个身心已开始流露风情的女孩儿了。

3

我们班开始升到小学五年级的第二个学期。

那时我们是半天在校上学，下午的时间，老师安排学生们到家庭学习小组做作业。我在新小学上的第一个学习小组是在许橙家。她家住在灰楼的半地下室里。来之前我听说她爸解放前是小业主，所以她的家庭出身就是小业主。

那是一大间光线挺暗的屋子，我们在她家的一张方桌上做功课，屋顶上的日光灯开着。同组的除了我、许橙，还有一个刘希杰。刘希杰的鼻子始终让我看着不得劲，他的鼻子比较趴趴，可鼻梁上还隆起一个鼓包，给人以老拖着两条鼻涕的感觉。事实上他就是爱拖两条稀鼻涕，并且拖着两条鼻涕跟人逗贫。许橙是个小辣椒脾气的女孩，走路冲冲的，说话冲冲的，薄眼皮儿薄嘴唇。我感觉，在他们家的时候，她还是挺保护我的，只可惜，这个学习小组，我也只上了两天。

第二天下午，我们正在做作业的时候，她大哥从另一间屋里出来。他刚睡醒中午觉，打着哈欠。他看见我写的等号呈波浪形，便说："你这叫等号吗？以后你们学到的约等于号才这样写。"我争辩了两句，他很不高兴，道："好话听不进去，你就是欠揍。"我一听觉得是受到了威胁和侮辱，收拾起书包就往外走。许橙拦了拦我没拦住。

第二天上学，我跟老师说我不去许橙家上学习小组了，要求调组。我把头天的情况说了说，老师说人是跟你开玩笑呢。我说不管他是怎么样，反正我是不去了。老师想了想，说："在你们家设一个小组吧，叫倪亭去担任组长。"倪亭是班里的班长，叫她过来，说明老师还挺重视这个组的。

同时被分到我家这个组的还有一个叫柴冬瓜的男生，是一个很坏的小子。他在男生里个不高，真正动手很多人他打不过，所以他就常常欺侮个小的男生和女生。班里有个个小的女生叫齐佳，她刚转学到这个班时，柴冬瓜就骗她说老师找她，把她带到了男厕所门口，一抱就把她抱了进去，一直把她抱到了男厕所里面，放下她，他便跑了出去。

那次吓得齐佳直哭，回到家后跟父母亲说这个学校太可怕了。

许橙是我到新学校后认识的第一个女生，倪亭是第二个。因为在一起上学习小组的缘故，我跟倪亭熟识起来。

4

倪亭属羊，比我们大一岁，她那时就有一种会哄人会规劝人的能力，加上她的一双大眼睛，就很让人喜欢亲近她。老师指定她当班长，是有一定道理的。后来学校挑选她进入革委会，她成了学生中职务最高的，每次全校大会，上台念发言稿的都是她。

一次春去夏初召开全校大会，她念完稿下来，回归队列，只见她上身穿了件桃红兼紫色格子外衣，外衣里她的一对乳房一颤一颤的像一对兔子十分抢眼。我注意到了这个，很多同学也都注意到了。我们都是坐在砖地上，她是迎面走来，她身上没有什么是不被看见的。那次看得我脸烧耳热心直跳。那次是我第一次感受到发育的概念，意识到她已经发育成熟了。那次我的心情比别人复杂，因为，那时她已经开始了私下里跟我传纸条的活动。

传纸条的方式是她发明的。那时候她已经不跟我一个学习小组了，上课的座位隔得又远，单独说话的机会很少。有一天中午放学我走出校门，她追出来，表情有些奇怪地交给我一个字条。“你回家再看。”她临跑走前说。我走到胡同里就展开了纸条，只见上面写的是她约我某天几点钟到哪儿交换作业本的事。末了，她写了几个字：看后撕掉！

在我当时的感觉里，这种联络沟通方式的确让我感到新奇。她让我看后撕掉，又增加了这种事的神秘性，使得她跟我的关系不同于一般。她的这张字条我没有照她说的马上撕毁，而是在书包里装了几天，没人的时候拿出来品味上一会儿。当她再次见到我，得知我还没有撕掉字条的时候，她有些发急发慌，连连催我快撕掉。

从这张字条开始，我和她的交往方式中就多了一种方式。最初的几张条是她偷偷交给我，我偷偷交给她的，后来改成由我的同位子，和她住一楼的林芬当通信员，负责倪和我之间的字条的转交。林芬很乐意担当这个差使，因为她不仅可以看到字条，而且同时也卷入了一个浪漫事件中。她虽然不是当事人，但她从中可以获得知情的乐趣，这是情窦初开的年纪的女生都不拒绝的事。

差不多有十天左右倪亭没来上学，林芬说她病了。我写条让林芬带过去，说我想看看她。林芬带字条儿回来，上面说让我下午四点钟，到林芬家的一个小屋子见面。

林芬家的这间小平房在灰楼的后面，地是三合土的，屋子里有潮味，林芬说床底下放了吸潮剂。我到达时，倪亭先已在房中了。这天她穿件天蓝色毛衣，脚上是白袜子、拖鞋。这天下午林芬很活跃，话很多，倪亭和我的话反倒不多。倪亭看上去有时是陷入到心事之中，有时在脚上做出动作来。她知道我在注视她，便把眼睑垂下去，时而又忽闪着大眼睛朝我这边望过来。

这时候的林芬便显有点不识相了，她自始至终不离这间屋子，充当着监视器和监护人的角色。她自己一点也没有觉出来，哈哈笑着说这说那。

回顾起来，那一次是我跟倪亭之间的唯一一次的像那么点样的幽会，也不过就是这种样子，连句情话都不曾说过，连个手指尖都不曾碰过。只不过好像有那么点意思，在非学校的场合，见了会子面而已。可是即使这样，经人嘴一传，可就是事儿了。

5

一天中午，我跟倪亭都在学校门口的传达室里，班主任老师冯碧薇指着我们对别的老师说：“这是我们班的金童玉女，我的一对宝贝。”言下之意是她很喜欢我们俩，同时又暗示她知道点什么。

冯碧薇那时未婚，她脸宽、肩宽、胯宽，身量高。她肌肉结实，上唇上有一层小绒毛，梳着两条齐肩的辫子。她课讲得不错，也挺能带班。对我，她的态度似乎矛盾。我属于班里那种学习好的闹生，事儿也给她惹，学习上也给她好成绩。现在回想起来，她教我们的那两年，还真没放松教学，这是她带给我的益处的一面，可我不清楚为什么她后来又整我？

说冯碧薇不喜欢我是假的。一次上课时我跟别人说话，她把我叫起来，作为惩罚让我背《为人民服务》。我吓了一跳，这篇文章我只浏览过，从来没背过。当我看到冯碧薇的自以为得手的表情的时候，我决定背这个东西。那次也邪了，语感一找对，一段跟着一段，居然全背出来了。冯碧薇显然又惊奇又高兴了，她轻轻做手势，让我坐下。自此，我在她的眼里就有了分量。当我再犯了什么事，被她叫到办公室批评，我每每不服，把她气得忿儿忿儿的时候，她也并不真的记恨我。可话虽这么说，她如果真的对我心无所恨的话，那么为什么要在六年级毕业的时候，她重重地给我那么一家伙呢？

冯碧薇不止一次地跟别的老师说我思想复杂，说我过早地从小说里看了些爱情之类的东西。她说我思想复杂不是指别的，就是专指我看了些长篇小说，而这些小说里又少不了写男写女。她的话符合部分事实，比如倪亭吧，我就把她跟《晋阳秋》里的蓝蓉联系在一起过，觉得她们在外貌上挺相像，气质性格上也有那么点接近。至于照冯后来的想法，把事情想成不堪，那就既不是我看过的那些长篇小说里提供的，也不是我那个年纪上所能及得的，反倒是她的年龄阶段，生理心理阶段的一种折射和反映。

倒是她自己在不经意之间，把她身上的不该在不适当的地点不适当的人面前暴露的地方，暴露了。

那是一次中午她留我跟柴冬瓜谈纪律问题，地点在教室后面。她穿裙子坐在教室后靠墙的地方，我跟柴冬瓜坐在她的前面，三个人呈品字形分布。冯碧薇那时也跟现在的不少外地妇女那样，怕脏了裙子而把裙子一撩，直接让里面的裤衩着地。这其实是很不卫生的习惯。她把裙边搭在双腿的膝盖上，可是这样一撑，她的大腿和大腿根儿就暴露无遗了，她里面穿的一条灰旧三角棉织裤衩，很松，松搭拉儿的打溜儿。她浑然不觉，依旧在以一个班主任老师的身份和口吻指出、批评、训导着。

冯碧薇的小腿上有黑色的汗毛，没有男人那么密，但每一根都不算短，在一定程度上印证了她上唇的微黑的汗毛与她身体激素之间的关系，她腿上的皮肤一点也不白，呈棕色。她的两条小腿真是非常壮实的小腿，甚至给人以沉实的印象。当下我心想，都说弱女子弱女子，她可是一点也不弱呀。

这是你不得不看到的风景，紧张是可想而知的，一种犯罪感摄住了我的心。可是究竟错在谁呢？错就错在我不是瞎子。

那天中午的柴冬瓜喜上眉梢，眉飞色舞，眼睛不停地闪闪烁烁。他尽量地跟老师耍贫嘴，尽量地延长这次谈话的时间。有两次他冲我挤鼓一只眼，冯碧薇自我欣赏并沉醉在自己的政治思想工作中，没有察觉到柴冬瓜的表情，更没有察觉到自己的失雅。

很多场合就是这样，它的庄严性中一旦掺入非庄严性的成分，就不成其为庄严了。

6

后来冯碧薇得病，我跟倪亭、林芬、许橙去她家看她，她的孤独、寒怆的生活，一下子被我们看在了眼里。那天晚上我们几个人是踩着积雪去的。走进冯老师家的院子，我们被引到一间用黄胶泥糊墙的屋子里，屋里只有一张嘎吱嘎吱响的木板床和两把破椅子。屋里冷清清的，连个小煤火炉都不生，这就难怪她会得急性肺炎。

在当时，她若想改变居住条件，看来就只有结婚嫁人一条路了。我们听说有人给她介绍过对象，她也确曾前去见过，只是一时还没有遇上合适的。

正说话间，冯老师的妹妹进屋来。她是个比她姐姐还要高大的女子，皮肤比她姐姐白一些，脾性口齿也比她姐快捷活跃。她一边跟我们逗着贫嘴，一边拿来一个心里美萝卜招呼我们。她将萝卜带皮切成角块，分给我们。她姐姐一吩咐她什么，她便说："好的（音地）好的，足矣足矣。"冯的这个妹妹如果这天晚上不出场，气氛是会相对沉闷的。

从冯家出来的时候天已很晚，街上已经没有行人，被车轮压得光滑棒硬的冰溜子，在路灯下反着乌光。几个人都很冷，嚓嚓地走着。倪亭跟我走在一起，但彼此却不说什么话。这个小圈子里的几个人都知道我们传条的事，因此我们倒心有顾虑，心事重重起来，接触起来反倒不如原来自然了。

那个时期的时代风气是排斥男女之间的任何浪漫现象的。更何况你是学生，还是小学六年级的学生。连朦胧之想都属大逆不道，都是要予以掐灭的。

我当时无论如何都不会想到，留足了长指甲来掐我的，会是其时身体里正奔流着荷尔蒙的冯碧薇，不会想到她竟然会对一个于她无害的少年人，使出在她的权力范围内所能使出的最重的重手。

那天晚上我还是感到了一些满意，毕竟跟一个和自己有那么些意思的女孩，轧了一回马路。只可惜路程太短了，只一站地就到了她家的楼门口。我很想约请她往前再多走一段，然后送她回来，但是她跟林芬到家门口了，我什么都不可以说了。

我带着一身寒气，独自过马路。过了马路，我独自在寒夜中站了一会儿。我想起就是在这边的便道上，我跟这一带的流氓头儿打过一架。那天白天我跟他走了个对头，他左挡右挡不让我过。我本无心打架，他以为我是害怕，上来就揪扯我，把我的裤子撕开了一条口子。我转身往北跑，跑到刘安家的院门洞里，伸手从吊在墙上的一捆竹条子里拽出了一根，约有一米多长。我提着竹条子往回跑。那痞子正站在马路边上得意呢，我放轻脚步跑到他背后，抡开竹条子就是一顿暴打，打得他双手抱头，没地儿躲没地儿藏。一米多长的一根挺厚的竹条子，最后打得剩下不足一尺。我眼看着这个无事生非的家伙的手背流出了血。

这事发生后，无疑使我在同学的眼里显得更勇了。倪亭听说了这件事，她过来看我的手破没破。她责备和关切地说："以后不许跟人打架了。少某某是什么人呀，你也去惹他，万一他把你打了怎么办？"我辩解说不是我要跟他打，而是他存心找碴儿。她说尽管是这样，你以后也不能再打架了。

看上去是在履行班长的职责，可她的神情语调中，就是有种不同的东西，就仿佛她是你的什么人似的。

7

我家住的院子春夏季节像个小花园，很多同学都爱利用学习小组的机会，到这里来玩儿。院子里最高大的两棵树是海棠树，一棵白海棠，一棵红海棠。靠近我的窗户的，是一株白丁香树，对面是一棵比房高的柿子树。外院里有一棵枣树，一棵绒花树，一棵香椿树。一进院门的白墙前，还种着一丛绿竹子。春天百花吐芳的时节，两株海棠树便同时开花了，整院子的上空，遮满粉簇簇白滚滚的海棠花。从外面回来，离院子还多老远，就可以闻到空气中的花香，听得到忙忙采蜜的蜜蜂的嗡嗡声。人一进院子，立刻就陷身在香的花影的包围中。

夜里睡觉的时候，都能把人给香醒了。

这个季节一到，我们就可以在院子里做功课了。

自从倪亭被调离我家的这个学习小组，冯碧薇便调许橙来做组长。许橙那时候常穿一件肉色的外罩和一件蓝底白点子的平纹布外衣，脚上是一双系带的黑布鞋。她说话或者闲待着的时候，老喜欢钩脚尖。这现象被柴冬瓜发现了，一个劲地瞅许橙的脚，嘴里叨咕："嘿，小脚丫，小脚丫。"这个三轮车工人的儿子，平常老爱说这个好色那个好色，其实在全班男生里，最好色的就属他。像在许橙跟前，他就老想动动手脚，每次都让许橙搡搭他，斥搭他，他则笑嘻嘻地仿佛得到了某种喜悦某种满足似的。许橙的小薄嘴唇，呲搭起人来，巴儿巴儿的，就像放小红鞭炮似的。她每次都急，每次都是急过去就过去了。

柴冬瓜是班里的闹生，又阴坏阴坏的，冯碧薇把他调到跟倪亭一个学习小组，这让我心里很不痛快，甚至忌妒的不行。不久年级里又搞什么一帮一一对红活动，冯碧薇又让倪亭帮助柴冬瓜，结成什么对子，而冯则让杜燕跟我结对子，并让她换走了许橙，到我家来做作业。这样一来，冯碧薇就把我和倪亭分得开开的了，并且让杜燕把我监视了起来。对冯的意图我当时并不意识，只是对柴冬瓜能够有机会接近倪亭而妒火中烧。

这时节已经是杜燕跟我同桌，林芬被调去跟别人坐一块。杜燕在班里是个小干部，挺能在班会上发言的，每次发言稿都写很长，充斥着大量的套话。论脸盘，在班里女生中她还是可以的，大约排在倪亭、许橙之后吧，可她有一个天然缺陷，那就是腿短，屁股长得靠下，走起路来，屁股总是在衣服下摆下面转悠。她说话有些男嗓，不像女孩说话，腿上还长着长黑的毛。夏天，她偶尔穿裙子来上学，在教室门前整队的时候，另一位学生小干部陈紫霞发现了杜燕腿上的异常，惊呼："杜燕你腿上怎么有那么长的黑毛呀？"杜燕脸一红，拽一下裙子，阴森着脸说了句："没事。"从此以后，她就再也不敢穿裙子来上学了。

有段时间杜燕跟我挺合得来，我很信任她，不过我是看倪亭信任她，我才信任她的。毕竟我是后转来的，以前没怎么接触过她。倪亭给我写了纸条，不再通过林芬而改由杜燕做通信员。杜燕似乎很爱干这个，上课的时候她一捅我的手，写有倪亭字迹的纸就到了我的手里。

对杜燕这人我以前从没好好地分析过她，以至于吃了她的大亏。那时的我就像贾宝玉一样，把女人都看成是造物主的美好创造，看成是好人。在男性里我遭遇过一些坏小子，并跟他们交过手，可我就是没想过女性还会害人。

相当长的一段时间里，我和倪亭之间的沟通，就靠着杜燕传纸条，而杜燕那时就像长在了我家似的。她几乎每天不上学的时候都到我家来，一来就是半天。写作业还是其次的，大部分时间，要不聊聊天，要不她就闲待着。慢慢我看出来，她是挺想跟我有那么点意思的，可是有一个倪亭了，她插不上来。可我竟没有看出她对此有什么怨言，也没有看出她会是一个告密者。

8

我看到，倪亭当时的压力很大，她是学校的红人、顶尖的学生干部，恨不得明天就进团中央似的，她对名声的顾虑比我要大。事实上，越到后来，她跟我在接触上就越是谨慎了，变成了几乎不过话，仅靠着一个杜燕带带纸条保持着一线联系。

有一次我想见她想得厉害了，便爬上海棠树，顺着树干上了自家的房。面朝着远处的她家的灰楼站立。她家住二层，窗户朝向马路，正朝向我家这一边。我希望她这时走到窗前，透过窗子能看到我。站累了，我坐在房脊上，一个小时一个小时地面朝她家坐着远望。无轨电车的两条长辫子划过电线，空气雾蒙蒙的有些阴沉。

我眼前又闪出下雪游行的一幕。"文革"前期领袖每发表一条新语录，全市的党政军民学就要上街游一次行。那次毛泽东发表了"吐故纳新"的谈话，学校组织我们到天安门去游行庆祝。我走在队尾，学校军代表走在我的后面。

走到天安门前时，全体高呼口号，我觉得挺傻，便不出声，语录本也不往头上举，只是略略动动胳膊。军代表在后面提醒了我多遍，也不见我改正。回到学校，他就把我传到了办公室，口气严厉地逼令我写书面检查。我争辩得挺厉害。此事一直闹到了午饭之后。不得已，我在一张纸上写下了字老大的检查，才放我出来。倪亭从不知什么地方冒出来，急切地问我到底怎么处理我了。她的眼神再次显出那种跟我关系不一般的关心和关切。

我说："还能怎么样，让我写检查呗。"她说："你怎么写的？"我说："也没怎么写，我并没认什么错，军代表让我写了好几遍，最后一看我就认识到这样儿了，他也就没辙了。"

她说："你干吗那么恪色呀，别人怎么做你就怎么做呗。"

尽管她说话的内容是责备和规劝的，可我感到有一股暖流流过我的心头。

那一次她出现得多么意外多么适时啊，在别人都走光的时候，她却一个人在露天地里等我，由此可见出她对我的在意。

9

期末毕业考试我得了双百。不久我就要走出这所我待了两年多的小学校，进入一所中学了。

另一个得双百的是倪亭。柴冬瓜从办公室偷出了卷子，给倪亭和他自己看了。倪亭弄了个满分，他却只不过弄了个及格。

这天放学后，冯碧薇留下了倪亭、杜燕和我。冯碧薇一反常态，极为震怒狞厉地把一沓纸条摔在桌上，大声吼着："这些都是你干的好事！你仔细看看，这些是不是你写的？纸是包不住火的，要想人不知，除非己莫为。我们一定要严肃地处理你。"她说我要给你写进档案。两年来，她动不动就跟我们说："你们要是表现不好，就会被写进档案，让你背一辈子黑锅。"长大以后我才知道，小学是根本不设档案的。

那天在场的倪亭脸色煞白，失去了往日的粉红，面带怯懦与愧色。我盯视着她，想问她这些字条是怎么到的冯碧薇手里的，是不是她出卖了我？我心里的声音反复说：是她把这些交给的冯碧薇，是她把这些交给的冯碧薇。人怎么可以这样翻脸无情呢，人怎么可以这样翻脸无情呢？她面无血色地坐在靠窗的椅子上，回避着我的目光。似有难言之隐。我想她不会傻到主动交出这些东西的，那样，她无疑把自己也出卖了，可是冯碧薇一找谈话，一威逼利诱，你就可以出卖我吗？我恨透了她了。连起码的义气都不讲的人，怎么能跟她做朋友，又怎么能跟她发展深层关系呢？

从那一刻起，我知道我跟她之间什么都不存在了。我懊悔自己甚至悬想过跟她的将来。

再看杜燕，她坐在迎门的地方，一脸的严肃与做了对事的优越，她的嘴和脸连抿带绷，就跟鞋撑子撑紧的皮鞋似的。仔细比较，她跟倪亭两个人的心态与神态还是差别很大的。倪亭也是事件中人，难逃干系，只不过在老师的启发下，她先坦白了，甚至推卸了责任，得到了可以不受处理的承诺。而杜燕作为揭发者，是在老师面前立了功的，是整人的人。她不仅整了我，也整了倪亭。我拍着桌子质问她："杜燕我平时对你怎么样？你为什么要害我？你说，为什么？"

那时节我真是想事太简单了，我以为经过这次谈话，事情也就过去了，没想到第二天一到校，教室里的气氛就不对劲。冯碧薇宣布今天开会批判余奔滔的资产阶级生活作风。她指着坐在后排的两个中年女人说："区教委的领导也来参加我们的会了，希望大家保持纪律和保证大会的严肃性。"

到前面发言的除了杜燕还有一个陈紫霞。杜燕的发言似乎不长，而陈紫霞的发言则很长很长，"腐朽""糜烂""败坏""下流"等等词句就都用上了。我感觉到，她的这个发言是冯碧薇早就布置的，否则她不可能写得这么长。我在脑子里急速地搜索着，自己在什么时候什么地方得罪过陈紫霞呢？否则她为什么这么糟蹋我、侮辱我呢？一样，一丁点都不曾有的。难道就是冯碧薇的一句授意，她就这么干的吗？

这样的批判会是我以前从来没有遭遇过的，哪怕曾经经历过一次，这次我也不会怕了。那天中午散会后一出教室，我感到天旋地转，巨大无边的耻辱感绝望感压迫着我，包围着我，冷漠着我，使我无地自容，痛不欲生。我甚至不敢走出操场，走出学校大门。我蹭在北面的大教室台阶下气喘吁吁，走不动路。

我不晓得自己是怎么到的家的，只晓得自己是发着飘儿过的马路，我心里只有一个声音：女人，毒蛇。女人，毒蛇。

从那一刻起，我不再相信那些把女性写得美好无比的小说了。

我觉得我一下子历经了沧桑。

10

上中学是人生的一个转折，也是一个告别。我原以为进了中学一切都会重新开始，过去的就会退到身后，可我没有想到随着一个柴冬瓜跟我分在一个班，我的愿望落空了。

那时实行的是就近入学。倪亭、许橙、杜燕、陈紫霞都跟我分在了一个学校一个年级，但不在一个班，小学同班的，只有一个柴冬瓜跟我分在了一个班里。

起初我根本没想到这个人会给我使什么坏，在班里十分活跃，跟几个男生成了班里的骨干。那时班里男女生之间关系相当融洽，开会、做事都很自然。可是突然之间男女界限划得泾渭分明，异性之间谁都互相不说话了。造成这种局面的不是别人，就是柴冬瓜。他不断地哄这个哄那个，说谁谁搞对象，谁谁流氓，结果弄得人人都怕担嫌疑，人人都噤若寒蝉了。

说来还都是年纪小，整整一班人都被这个智商不高的人拨弄了。

这还不算，柴冬瓜开始在同学中散布我小学时和倪亭如何如何的流言。他散布的流言传得很快，不久全班的男、女生就无人不知无人不晓了。跟柴冬瓜住一个院子的女生张某某，居然指着我喊："瞧你小学时干的那些事！"这是她在班里的唯一的一次出头露脸，使人看清楚了她说话时下嘴唇比上嘴唇长出了多少。从她的吼叫里，我能听出柴冬瓜在她面前编造了些什么。

可是不久不少人都知道了，真正干了鸡鸡狗狗的事的，是他柴冬瓜和张某某。最先知道他们俩的偷鸡摸狗的事的，是跟他们住一个胡同的男女生。真的是纸里包不住火。

我们当时学的英语课本里有一句 leading class。这个柴冬瓜根本学不进英文去，可他却注意到了这个词，把它利用来整我。Leading 与倪亭有点谐音，他便以手挡嘴在几个男生的耳边撒了一番坏，于是几个人纠合在一起，聚在教室门口喊 leading class。起初我并不知道他们在喊什么，很多人也不知道他们在喊什么。后来当倪亭从我们教室门外经过时，他们冲我这么喊，我才明白他们在干什么。他们极为得意极为快乐。

这帮小子很狡猾，当你要找他们算账时，他们说他没说你，他们是在念英文呢。他们的这种做法，起初让我很难堪，经过一段时间后，我慢慢有些适应。与此同时倪亭的日子也不好过。她们班的教室跟我们班在一个楼道里，她每日进进出出，非经过我们班教室不可。只要我站在自己教室的门外，她经过时总是红脸低头，很窘迫很紧张的样子。柴冬瓜往往总是抓住这个时刻，纠集几个人喊“leading leading”。倪亭见状就更加紧张，她加快脚步，鱼贯而过。

柴几个人二十分地得意。

我没有让他们一直得意下去，我借其他冲突的当口，让他们尝了拳头。

那是一个普遍禁欲的年代，也正因于此，人们对任何一点带颜色的新闻，都会发出异常的持久的兴趣。我遇到的情况正是如此，因而初中三年我活得十分压抑、十分阴沉。日子没有光亮地滞缓而又匆忙地流过去了。

11

值得一提的是初中期间我遇到过一回冯碧薇。那次她到我们胡同的一个学生家做家访出来，与我不期而遇。我还叫她冯老师，她也跟她从来没整过我似的。她还是一年前的面貌体型，脸色看上去比原来光润了些。我听同学说她跟个什么人结了婚。结婚这年她 30 岁。

从内心里说，我是深憎着她的，是她给我造成了巨大的精神创伤。她是怎么对我的，她自己心里很清楚，但她对自己的行为是否曾有所忏悔，却没有人知道，那次她也没有丝毫的表露。她那次谈话的话题都集中在倪亭身上。

“倪亭是一个生活作风有问题的人。当时的事，责任主要在她身上。你跟她分开是很明智的。”冯碧薇说道，“我听说她现在跟一些不好的人混在一起，穿着蓝制服在大街上显狂。”

我追问她倪亭还怎么不好了，她说不上来，只是说她听好多人都说倪亭不好了。好多人都是谁呢？我问，她支吾了，没说上来。不过她谈话的主旨我听明白了，那就是，我这人还是可以的，不好的是倪亭，是倪亭引诱了我，带我走上了歧途，现在的她，对她当年器重的学生倪亭已经没有好看法、好评价了。

我意识到她大肆攻击倪亭的目的之一，就是意欲转移我的仇恨的焦点，让我去恨倪亭，而不在介怀于她。从她对倪亭的情绪上我也看出，毕业后的倪亭没再去搭理她，对她以前给予自己好处，没有再去表示报答，这使得冯碧薇很是失落和懊恼。试想当年冯碧薇如果不向学校举荐倪亭，她能在学校范围内那么红吗？当时几乎班里所有的好事，冯碧薇第一个想到给的就是倪亭。可是冯碧薇也不想想，在经过了那么一场逼诱揭发、亲自导演的人为事件后，倪亭难道还会对她心怀好感、心怀感激之情吗？在这个背景下，作为受害人之一的倪亭，在没有任何利益关系的状况下，不再去理她的前老师，难道不是再正常不过的了吗？你冯碧薇怨怼什么呢？路是你自己走出来的。

她说给我听的有关倪亭的那些坏话，我并不相信。倪亭天天从我教室的门前过，她什么样儿，我还不知道吗？她的确穿过蓝颜色的制服，可她还老穿小学时就穿的天蓝色中式袄罩呢。况且穿衣服又能说明什么呢？

站在露天跟自己以前的小学老师说话，我觉得我跟她平等了。她也不得不跟我平等了。她管不着我了。她再也没机会像从前那样自上而下地对我说话了。现在即便再有一大把我和什么女孩互相写的条子，到了她的手里，她也奈何我不得了。当年她之所以能往死里整我，无非是借助那么一些组织，那么一些权力，那么一点从属关系。如今，在我跳出了她的手心之后，她就不得不借助一点可怜的智巧，在我面前来达到她的目的了。

我忽然想到，那次她那么整我，那么兴师动众，她是想捞一票的，否则她不会把事情捅到区里，从区教委搬了人来听会。她把我和倪亭的事说成是“阶级斗争新动向”，而她就是抓住了“新动向”的人。她想借助这么个事情这么个批判会，在区教委挂上号，引起重视，受到重用。可是一年过去了，她引起重视了吗？捞到什么了吗？

我们谈话结束她离开的时候，她显然挺高兴。她觉得她在我的身上达到了目的，觉得我还尊敬着她，还像以前那样的好蒙哄。她的显像管电视机似的宽大的屁股一拧一拧的，显示着她走在路上的心情。

这个女人留给我的创伤，是我有生以来第一次遭遇到的来自成人社会的打击，虽然它毕竟教给了我一点浅显的见识。

第十九章　雪心深深

1

少年时期的这段奇耻大辱，多年来成了我的一处心理禁区，不堪回首，不敢回首，只有逃避能使我照常向前生活下去。别让我听见“倪亭”这个名字的同音词，听见人说“霓虹”，我的心都会咯噔下子，忽忽沉降，手心冰凉，暗生恐慌。逃避、绕行、不去想，打包、封存、冷冻，成为我保护自己的一种基本心理策略。这是极为沉痛的过程，需要一个漫长的适应期。但我毕竟挺过来了，没有倒下。

多年来这是我第一次对别人提及这段往事，并且我居然将它写了下来。这对我的心理是一次考验，也是一次庄严的释放。陈奇娅这孩子给了我动力，给了我这样一次契机。七九河开，我解冻了。我对自己的内部变化又惊又喜。我感激前来解放自己的女孩儿，把这看成是上天的派遣。

陈奇娅的来信再一次表明她是一位心地善良的人。她的信笺上有清晰的泪迹。

她写道：

你小时候的苦难压倒了我，令我泣不成声。我哭你那么小小的年纪，就独自承受了那么大的折磨；我哭你纯洁的心地，把世界想得那么美好，却差一点被它所吞噬;我哭你在人面前是那样的开朗健谈，却隐藏着那么深的屈辱痛苦。滔哥啊,我多希望我早降生八年,由我去替你分担一份打击,去安慰你滴血的心。滔哥啊，从此以后你再也不会孤独了，再也不会四顾无援了。从此以后，你的眼泪就是我的眼泪，你的欢笑就是我的欢笑。滔哥我想让你知道，人生路上虽多风雨劫难，但有一副瘦弱的肩和你紧靠在一起……

她还写道：

今天是周末，我独自留在宿舍里看你的故事，直到晚饭以后。我推车向校门走，走到传达室的门口，我的眼泪再次涌出，模糊了视线。就这样，我一直流着泪到家……

读到这里我急了，疼怜与气火交迸，几乎要顿足捶胸起来：这孩子怎么这么不知道爱惜自己？要哭你在屋里哭完了，等眼泪干了你再上路啊。这一样一边流泪一边骑车，有多么危险！多容易吹坏了眼睛！落下个迎风流泪眼的毛病，可怎么办？陈奇娅陈奇娅，你怎么这么不知道轻重死活？你心疼死我了。等见了面我非跟你没完……

又见她写道：

进了家，我先去洗了脸，然后坐下来吃爸爸给热好的饭菜。我强颜欢笑……

啊，这样的孩子，我又能说她什么？

在收到陈奇娅的这封令我心房震颤的信的同时，我还收到了她写于初中阶段的一个粉皮活页本。本子里的主要部分是新体诗和日记，还有少量稚嫩的明显学习练手的五、七言诗。

早些时候，我曾提出想看这个本子，她没说不行也没说行，表现出明显的迟疑，可是现在她却主动地将它带给了我。我把这视为她对我的深度信任，视为她向我心灵的深度敞开。

这回该我涕泗滂沱了。

2

当晚轮到我在单位值夜班。在值班室的钨丝灯下，我彻夜未眠，逐页翻阅奇娅的这册一号本。起初它笼罩在一层雾气中，仿佛在飘飘荡荡的晨雾里遥望海水中的岛屿，朦朦胧胧，若隐若现。然而不久，雾淡了雾散了，岛影可见了，岛心可见了，岛树与礁岩历历可数了。可是这样的结果是我悲从中来，涕泗横流。

本子里分明记录着一次情窦初开的始末。《含羞草》、《你在想什么》、《来了又去了》、《等待你的脚步声》等诗中，影影绰绰闪动着一名男生的身影。这身影晃动在实景中，晃动在含羞草的花瓣间，也晃动在如梦似幻的心象中。它新奇，迷蒙，具有无限的可能与不可能，绵延在无限的试探之思里，近在眼前远在天边，伸手可触，又遥不可及。接近与躲避，渴望与惧怕，欣悦与焦虑，构成了这些少女诗的脉络基调，真实婉曲，情致幽邈。她的这些诗令人想起萨福，想起萨福笔下的女儿心情——

我觉得同天上神仙可以相比，
能够同你面对面坐在一起，
听你讲话是这样令人心喜，
是这样甜蜜；
听你动人的笑声，使我的心
在我的胸中这样的跳动不宁，

当我看着你，波洛赫，我的嘴唇
发不出声音，
我的舌头凝住了，一阵温柔的火
突然间从我的皮肤上面溜过
我的眼睛看不见东西，我的耳朵
被噪声填塞
我浑身流汗，全身都在战栗，
我变得苍白，比草叶还要无力，
好像几乎我要断了呼吸，
在垂死之际。

大致正是这样。只是到了中国女孩陈奇娅这里，她表达得更为含蓄、闪烁，但主导倾向是清楚可感的，不致使人误读。

初次的情动的战栗，震颤了初中女生陈奇娅的全身心，这玫瑰色的生命的闪电，美丽、炫目，又令她惊悸莫名。她如登春山，如临深渊。她心间扬起蕙的风，响起湖畔歌声。突然间鸟羽折断，哀声凄切，“惊风乱飐芙蓉水，密雨斜侵薜荔墙。”接下来，忧郁、悔伤、哀叹、凄楚的文字，笼罩了本子的后半部分内容，饮泣自罪之声此伏彼起，绵绵无已，你甚至仿佛可以看到一名少女奔跑在旷野上，时而双膝着地，高举双臂问天。这样的苦情悲绪一直一直地不肯沉入地下，平息下去，而是日日夜夜鞭打着她，使她难展欢颜，没有宁日，备受煎熬。如此贴近她，看着自己视为娇花明珠的女孩儿，遭此深重劫难，心灵惨剧，叫我如何不心痛欲碎，悲慨弥天？我难以自抑，突然失控，一场眼泪的洪水爆发了，直呜咽得长夜难明，昏天黑地，桌子地上一派水光淋漓。

好在屋子里只有我一人，可以尽情呜咽号啕。深重成倍的两个人的苦难，从我的身体里倾泻而出，倾泻而下，汹涌滔滔，上气不接下气，哀情恸绝古今。我不知道自己是怎么了。我不知道自己因何如此喷发？我习惯性地阻抑自己，可是完全无用。我终于知道人的意志力还有失效的时候。

小娅啊，你的苦难压倒了我。我哭你小小的年纪，就独自承受了那么大的折磨；我哭你纯洁的心地，把世界想得那么好，却差一点被它所吞噬；我哭你在人面前是那样清新美丽，却隐藏着那么深的伤口……小娅，我原想你生来该是无忧无虑的，倒霉伤心的事只属于我而与你无缘，可是命运弄人，谁想得到啊。与此同时我也哭我自己，哭我自晓事以来的跌跌撞撞，百事不顺，举步艰难，虎落平阳，诸般屈辱，志气不伸。

正是“同是天涯沦落人，相逢何必曾相识？”小娅，你我来自不同的人生之河洲，来自不同的年份，可为什么我们都早尝辛酸，早伤情怀？咱们招谁惹谁了？为什么思不能思所思，想不能想所想，爱不能爱所爱，却受尽他人的压抑钳制？他们是谁？有什么权利？可是小娅你知道吗？今夜我哭得畅快呀，因为我的泪是和你流在一起的，这是我活了二十四岁绝无仅有的。我不羞愧，不害臊，都说男儿有泪不轻弹，我没有轻弹，我是重弹。

啊，我的心渐渐化开了，渐渐轻松起来了，如天边洇出的鱼肚白，我的心渐渐宽敞轻快起来了……军营里的起床号该吹响了。小娅你醒了吗？起床了吗？你看见黎明的晓色了吗？那是我们擦干的泪眼。

啊，天地洁白，夜里下雪了。1981 年的第一个月份冒雪而来。泪飞顿作漫天雪，苍天知我心。

3

上午我独自在家补觉。忽然门被人推开，急促的脚步响至我的床边。来人是谢径。我强睁双眼，抵抗着困意起床下地。我想我的眼睛肯定是红肿的，看上去反常，可是我的这位朋友没注意到这个，只顾说他自己的事。他脸色苍白，神情焦急匆迫，仿佛第三次世界大战刚刚爆发，这与他平常日子里的悠然稳重风格判若两人。

“小珊和我决定私奔，我们忍无可忍，只能以这种方式反抗了。”

“什么什么？私奔？往哪儿奔？因为什么？”

“令人发指，忍无可忍，已经没有退路了。他妈的小珊她妈向我们发出最后通牒，要我们彻底断绝一切关系。”

我说：“别忙别忙，我还是不清楚，她妈到底怎么你们了，别脑子一热出此下策。”

他说：“这主要是小珊的意思，她说这次必须得坚决斗争了。上次她妥协过一次了，同意去哈尔滨上学，可终究没有用。这次必须给她妈一点颜色看看，让她知道我们的心。”

“那也不能漫无目的，逮哪是哪儿，你们想好去哪里了吗？”

“去荆门我爸我妈家，我已经拍了电报。我们的计划是，先沿途去几个风景名胜，最后一站到荆门，在那里住上些日子。什么时候小珊的妈妈收回通牒，我们什么时候回来。我来找你是求你一件事：跟你借点钱，我盘缠不够。我想遍了所有朋友，只有跟你能开口。”他这样说道。

我说：“钱不是问题。梁珊瑚人在哈尔滨，你们怎么会合？”

听我如此问，谢径诡秘一笑，伸手道：“先拿钱，然后我领你去见一个人。”

我吃惊道：“你是说，小珊回北京了。你干吗不带她来我这里？”

谢径摊手道：“我跟她说奔滔不是外人，你跟我去他家，可她还是怕生。她怕你反对我们的计划，给她泼冷水，动摇她的决心。”

“哎，那就赶紧吧，我拿钱。”我拉开抽屉，取出一个信封，倒空，将掉出来的整钞票交到朋友的手里：“这是我上班以来的全部积蓄，都在这儿了，给你。这点零钱我留着吃饭。你装好，咱们去看梁珊瑚。”

踏着厚厚的积雪，他领我往美术馆走去。在美术馆门前的空地上，我第一次见到这位如雷贯耳的女高中生。她一见到我便开口一笑，露出山口百惠似的小虎牙。我第一眼瞄见的是她的大奔头，跟她说的第一句话便是：“奔头下雪不发愁，不用草帽不用伞。”

她笑着拧身，伸出戴手套的手去拍头发上的落雪。

我说：“别忙让我好好看看，看看你究竟魅力何在，勾得谢径神魂颠倒。”

“看吧，想怎么看就怎么看。”她跨前一步离我更近，毫不扭捏地歪着头。

我上下左右地端详她。只见她脚上穿了双棕色翻毛短靴，身上罩了件银灰色呢大衣，光着头，粉乎乎的嫩圆脸，凹眼窝，前额高高凸凸耸然惹眼，是副聪明样儿。我像电影《英雄儿女》里的张国华打量王芳那样，打量完梁珊瑚，然后对谢径点头：“眼力不错，行。”

谢径笑开了花儿，对女友道：“我这兄弟眼毒着呐，自信吧，得意吧。”

我花短时间听完他们的具体打算。原来他们想买到今天下午开往荆门的火车票，连一天都不想多等了。

“不过……”我看看这一个，又看看那一个。“有一个住宿的问题……谢径，你可得对她负责任啊。”

谢径憨憨一笑：“我没有问题，不信你问她。有问题的是她……我可揭发了啊？有一次我们俩看卢梭的《忏悔录》，看到卢梭跟华伦夫人同居的那一段，她拿眼睛瞟我，还拿鼻子哼我，意思是瞧人家，瞧你那保守劲儿。所以问题不会出在我这儿，我倒担心……我没瞎说吧？”

梁珊瑚起初有点不好意思，但很快地她一扬头，对我说道：“我们谢径是君子，绝对可以放心的，是久经考验的。”

看来梁珊瑚跟我是自来熟，这归功于谢径在我们之间传递的信息太多。我对梁珊瑚的大奔头兴趣盎然，征询他们二人，说想弹她一个脑奔儿。谢径笑眯眯望着他的小珊不语。梁珊瑚大大方方说道：“弹吧，别太使劲。”

我弹了她一指，送他们上路。

临上车前，梁珊瑚突然转过身给了我一个西式的拥抱礼，由衷地对我说：“谢谢你对我们的支持。你弹得我有点疼。”

她的这一举动出乎我意外，把我弄了个大红脸。谢径万分欣赏地注视着他的小珊。

真行啊这丫头，有那么股子劲儿，敢作敢当。目送他们远去，我暗暗称赞。

4

这场雪下得豪迈，直至傍晚我从邮局出来，雪花还在飘落。行间，脑际泛出《水浒传》第十一回里的句子：

时遇暮冬天气，彤云密布。朔风紧起，纷纷扬扬下着漫天大雪。

我心间挂念着两位出奔的朋友，悬想他们现在到了哪里？是在列车上，还是已经到了什么地方？如果是在列车上的话，此时肯定出了河北省地界了。他们正在做什么？是靠在一起观赏车窗外的雪景吗？他们快乐吗？兴奋吗？激动吗？幸福吗？梁珊瑚学也不上了，考试也不管了，千里迢迢从哈尔滨跑回来，不就是为了这样的时刻这样的感觉吗？哈尔滨不有的是雪吗？嫌市区郊区的雪景不过瘾，还可以上长白山，上大兴安岭，什么样的雪景看不到？可那里没谢径，没有她朝思暮想的恋人。只有跟以心相许的人一起观看的雪景，才是最美的雪景。他们在雪景中拥抱了吗？接吻了吗？换了我，能与陈奇娅肩并肩一起在雪地上漫步，便十分满足了。我们最好能从田野或树林走起，多么洁白静谧的世界，听得见雪花擦蹭的声音旋转滑翔的声音触碰鸟羽的声音落入河曲的声音轻轻抚摸我和她的脸颊的声音。雪精灵有意识地在同一时间将同一种感受传达给她和我，让我们在洁白纯一的境界中同化为一。

拜伦歌咏：

啊，成千颗心都为爱情而跳动，
像笼中的鸟儿渴盼飞往太空。

我刚给陈奇娅发了信。信写得匆忙，并没有尽意。我知道她急切地想知道我看过她的一号诗本后的反应。我要说的话有千言万语，可千言万语都难以尽意。匆迫中我抄录了美国女诗人狄金森的两首短诗，聊补自己言词的匮乏——

如果我能使一颗心免于哀伤
我就不虚此生
如果我能解除一个生命的痛苦
平息一种酸辛
帮助一只晕厥的知更鸟
重新回到巢中
我就不虚此生

第二首是——《爱，先于生命》。

爱，先于生命
后于，死亡
是创造的起点
世界的原型

在信尾我告诉她：朋友赠了两张诗歌朗诵演出的票，时间在这周末的下午，地点在北京人民艺术剧院小剧场。我以商量口吻说，如果那天她下午没课，我希望她跟我一起去听，届时我在家中等她。

街灯初亮，雪再次下得密集起来。在接近路灯的空中，密舞的雪花呈现奇异的光影，像成团飞舞的野蝴蝶、野蜜蜂，像瞬间抖落的箔片，像五月岭头落英缤纷，像童话剧拉开了序幕。刹那间世界宁静，街道上的行人车辆，仿佛都在缓慢无声地移动，地面上的一切都白绒绒变厚，变得莹洁单纯，令人心怀喜悦与崇敬。

又是莹莹爽洁清凉无菌的世界了
远方山林于慵倦中醒来
以清爽的神志听雪
苇荡子于晚九点白了桨橹

桨橹白了，湖心亭如何呢？——

“雾凇沆砀，天与云与山与水，上下一白。湖上影子，惟长堤一痕，湖心亭一点，与余舟一芥，舟中人两三粒而已。”

今夜降雪曾有预报
我的心还是怦然惊异
迷迷漫漫的乳雾似的纵深
又把一种新的真实降落下来

给蒙垢的国土播撒关于洁白的概念
给蒙垢的人类屋顶
普降一种叫诗意的物质
我甚至想雪可以改变我们人类的世界观

我把雪叫做一种诗意的物质，一种具象化的世界观，这个世界观中的主人公名叫白雪公主。透过白夜似的天色，我望见在诗句砌就的宽阔长阶上，正走下衣袂飘飘的女孩儿，她一边走一边向空中播撒雪花……

我惊异于眼前的雪景，为它深深地魅惑打动。我在雪地里伫立多时，忽然决定先不回家，而改去学校看陈奇娅，约她和我一起踏雪漫步。我没有把握准能等到她，可我还是决定走一趟，仿佛不这样做，就愧对上天普降的这一场美雪，愧对我自己。

……

5

上世纪70年代末80年代初，北京流行诗歌朗诵演出，并拥有相当数量的听众。

这与当年的政治形势有关，也与听众对朗诵这门艺术的鉴赏力有关。多年后我还是坚持认为，一台好的诗歌朗诵会远比一台流行歌曲演唱会，好听好看得多，打动人心得多。当年登台朗诵的，多是些经验丰富的著名老演员，像殷之光、周正、董行吉、朱琳、狄辛等。虽说阵容上年龄偏大，但他们的朗诵才能的确没的挑。构成真正缺陷的，是演出单上的作品选配，内容偏窄偏“左”，其中少量新作，多是配合形势宣传的，令人不能满意。我不愿意断定这样安排是主办者的本意，因为他们上面还有审查机关管着。

当年首都剧场我没少光顾，演出几乎场场不落。我们家的一位朋友是人艺的员工，源源不断地送我赠票，以至于有时候都觉得工夫搭不起了。但那时年轻，不会计较投入产出，更不会计算生命的总量，只要是一听这事能引起兴趣，抬腿就走。不过带着女友一起来这里看演出，我平生还是第一次，所以意义非同寻常。

在当年要买到火车卧铺的票，需要出示处级以上级别的证明；北京图书馆的专门借书证，只发放给专业研究人员和处级以上干部；西绒线胡同的内部书店，明文要求只卖书给厅局级上的干部。以前我不知道这些情况，回城后不久被我接连遇上，愤懑之余，我开始琢磨这个人民国家到底是怎么一回事？而看电影、看演出就给人以比较平等的感觉，没有等级方面的限制，你只要拿得出票来，就没人不让你进去，进去以后你就是一名大大方方的观众，中场休息的时候，你就有权各处走走，有权掏钱买瓶汽水，站在人群里或坐在座位上，或紧或慢地将它喝干。

陈奇娅是第一次进首都剧场看演出，当我领她上二楼进小剧场入座后，她四下环顾着问我道：“就这么大点儿呀，我想象中应该是挺大的。”

我告诉她这是小剧场，大剧场在楼下。“这里多雅致呀，演员上台就如同跟我们面对面，类似于听室内乐。”

从寒冷的露天进入温暖的室内，我鼻子有些不适。我逐兜儿掏手绢，结果发现忘记带了。她眼露微笑，掏出自己的小手绢递给我。她的小手绢柔软、干净，散发着淡香。我低头看着嗅之，不忍心用它揩鼻涕。她轻声说：“我新洗的，你使吧。”

我说：“可惜，让我糟蹋。”

我从未摸到过这么小的这么细软的手绢，手感觉到的仿佛是只出生时间不长的小猫小鸡，那么娇气温顺。小手绢的气息跟我身边的女孩的气息，是多么的融融一体啊。她此刻就紧挨在自己的一侧甜静着幽放着，安安静静等待着开演。

我将手绢展开观看上面的图案。“这上面是什么花你知道吗？”我问她，“是羽衣茑萝呢，还是勿忘我？”

“是勿忘我。”她眼波灿然一闪回答。“我选这块手绢时，就是冲着它的图案。我喜欢勿忘我。”

“为什么？”

“那还用说？哎呀，你怎么还不擦？该不会是嫌我吧？”

“怎么会？我是想多感觉一会儿，一擦过我的鼻子，就不是这味儿了。”

“喜欢，你就留着吧，经常带在身上。”

我笑，心想，一个大男人怎好在公共场合用女用手绢？我会将它保存在衣袋的深处，用手摸到它就会心头柔软，就如同她在身边；独处时拿出来看一会儿，亦可聊慰不能见面之苦；万一以后她离开了自己，那可就真是睹物思人了。

“来，我给你擦。”她拿过手绢到我鼻子底下一擦一拭，嬉笑道，“这下能用了吧。搁你自己，恐怕一天也下不了使它的决心。”

她说话的声音很小很轻，嬉笑的时候低着头。当她的小手和她的小手绢贴近我的鼻子的时刻，那股勿忘我的淡香增倍了，花气扑面。我的心柔柔的漾漾的，细腻地感动着。我在心底里低低说：好孩子，为了你恩赐我的这一刻，我会报答你一生。

6

从剧场出来，天色还很亮，看看手表，指针指向四点十分。我们二人并肩北行，逛街逛到东四。在长虹影院门口，见牌子上公告正在上演日本电影《远山的呼唤》，买了票，我们走进影院。这部电影我看过三遍，加上这一次四遍。陈奇娅是第一次看，看得敛声屏气，全神贯注，中间还潸然泪下。场灯亮了，她深深地抽气，不好意思地看我。“我控制不住自己。”她长长出气。

“手绢让我给占乎了。”我掏出她给我的手绢，欲递又止。

“没关系，用另一面。”她接过手绢揩揩眼角，似哭似笑，然后将手绢交还我。

“不要急着起来，等人走完了咱们再走，别让风吹了眼。”

从影院出来，她一路不语，我知道她还沉浸着，便陪在一边，不说什么。天黑下来。我知道她该饿了。抬头见一块黑底金匾，上刻“白魁老号”四字，便领她跨入。

1981 年的中国街衢上，只分布了数量很少的国营饭馆或集体所有制饭馆，内中陈设，多为木桌板凳，饭式极为简单。我为她要了一盘滑溜里脊、一盘炒肚丝、一碗米饭、一碗鸡蛋汤，为自己要了四两饺子。

时间过去好半天，服务员才将我们的饭菜端来。我划分了一下她吃的和我吃的，递给她一双筷子。她问：“为什么咱俩吃的不一样？”

我说：“你成天吃食堂，今天多吃点荤的。”

她不再多问，开始动筷子。吃着吃着，她突然抬眼问我：“谢径这次私奔是不是跟你借钱了？”

“是啊。”我回答。

“你这月钱不够花了吧？”她眨眼又问。

“能行。吃你的，别管那么多。”

“我要吃你的饺子。”她挺颈耸身这样要求。

我说：“不行，各吃各的。你吃了我的，我吃什么？”

“你得吃肉，要不我吃不下。”她执拗起来。

我说："小孩子家，怎么婆婆妈妈，快吃，吃完还得送你回家。"

饭馆里没炉子没火，饭菜凉得奇快，我紧往她饭碗里夹肉。她趁我不注意夹了个饺子吃，我笑而不语，将盘子拉远，不让她再夹。

常言说淡饭粗茶分外香，又说哪里有自己的爱人，哪里就是天堂。可那天因为有陈奇娅在身旁，我一点都没吃出饺子的味道，连是什么馅的都浑然不知，并且永远也想不起来。原因是那天晚上在东四白魁老号里，我的注意力全放在看陈奇娅吃饭上了，正所谓秀色可餐。

最后只听她说："全让我报销了，我肚皮都快撑破了。"

她吃饱喝足的样子极为娇憨可爱。

刚看完的电影在心间引起强烈的共鸣与感触，趁着陈奇娅饭后休息的工夫，我掏出小本子记录自己的思绪，写下四节直白急就的无题诗。开头一节是：

雪野一样洁白
草场一般自然
既然相遇在一起
又是金子一样的心肝
怎会不深深地爱恋

这其实是篇电影观后感，有与陈奇娅交流共勉的意思。写毕，我从本上撕下这三页纸，交到她手上。她展开欲看，我说："回头看吧，天都大黑了，我快紧送你回家，你父母要起疑心了。"

她望望窗外，脸上现出惊慌紧张之色，嘴上却说："没事儿，以前我也有回家晚的时候。我刷刷牙洗完脚就上床睡觉，不给他们盘问的机会。"

她的话抵消了我的担心，也加大了我的粗心，使我忽略了她将我的字纸装入外衣口袋这一致命动作，而没能向她发出警告。这次粗心的结果，事后看是灾难性的，对她，对我。

第二十章　早　潮

1

万佩泽对陈奇娅的评价出乎我的意料，令我难以置信和接受。他说："姓陈的孩子是个聪明人，也很可爱，但遇事会动摇，不太靠得住。那个叫赵海湄的，倒是个朴实善良的孩子，比较可靠。"

他说这话的时间已是1981年的春季，是在他和迟小进第一次见过陈奇娅、赵海湄之后。这次见面以前，我跟他二人说起过我的这件私事，讲到过女学生陈奇娅，因此巧遇后我一介绍姓名，他们并不感到陌生。

那天下午万佩泽、迟小进前来我家串门，正巧赶上陈奇娅、赵海湄在我屋中。我为他们作了介绍，他们互相看了几眼，基本上没说话。奇娅、海湄已经坐了老半天了，见来了生人，便适时知趣地起身告辞，说："我们也该走了。"我送走两位女生回屋，询问万、迟对陈奇娅的观感。小进说他只看到几眼，难以下判断，要回去想一想再告诉我。万佩泽则闪避不答，王顾左右而言他。事后我向小进打听佩泽的看法，小进才转述了上述的话。

"他根据什么这样说？"我吃惊，不快，难以置信这样的评断，深为自己的所爱受到贬低而不平，并从心里护着她。

"佩泽说他也没什么根据，只是直觉这样告诉他。他说他注意到了那个女孩儿的眼睛，是从她眼神的游移闪烁中感觉到的。"小进说佩泽这个人社会经验丰富，直觉非常厉害，他那双眼把新见到的人扫上一眼，便知道对方是怎么回事了。"我太了解他这个人了。"小进肯定地说。

我抿嘴摇头，心想佩泽只想出语惊人，卖弄聪明，其言过于离谱。我猜他兴许还心怀嫉妒呢。

迟小进是我在文学讲习所结识的朋友，我们相识后他随即将万佩泽介绍给我。这两个人都长我几岁，其时都从云南返京不久。迟小进从昆明的工厂调到北京的一家集体所有制的小厂当车工。万佩泽是以副处级身份办工作调动回的北京，被分配到北京市政府某局任副处长。他的大学学历是最末一拨工农兵学员。

迟小进时年二十八岁，万佩泽三十岁。二人的前身都是云南农场的北京知青。

二人在同一个农场相识，混得厮熟。以后他们各自通过自己父母的社会关系参军入伍。小进在昆明警备部队站大岗，佩泽去广东沿海当海军，练得一身好泳技。复员转业两个人都被分配回昆明市工作。恢复高考，佩泽考入云南大学读政治学，小进虽说是初中毕业，但因赶上“文革”初期停课，连初中的课程都没学完，虽奋力参加了高考，却没能如愿，继续留在西南疆当他的车工。

据小进讲，在昆明期间，他们一帮子北京青年结成了一个稳定的沙龙——照他们的习语说是“圈子”。万佩泽是这个圈子的主脑人物。他们聚在一起的主要话题是纵论天下，研讨时政。小进说这个沙龙的风气非常自由，无事不议，无话不谈，不受政治气候的左右，大有远在天边，雄视内地之概。其中前来参加讨论会的，还有身居要位的政府干部。小进说他们的沙龙持续活动了很长的时间，成了当时昆明城的民间思想论坛中心，举足轻重，凝聚了一批雄心勃勃的才智之士。

小进说那时的昆明城很小，一提起谁谁谁，互相间都知道。万佩泽在那里大名鼎鼎，连省、市府要员遇到事情都找他咨询、讨教，一副小学生般的虚心样。

小进说在那个圈子里自己是小萝卜头，万佩泽们侃侃而谈，他立在一边留心听，他们既没有拿他当回事，也不对他设防。在长期的参与过程中，小进连听带看，增长了许多见识，尤其丰富了他的思想思维能力，再加上他自小从身为军官的父母亲那里受到的熏染，造就了他在同龄人中的成熟、有城府、知人善察、精明内敛的性格特征。

我在讲习所发起组织文学社团之初，迟小进是第一个跑来热心参加的人。那天晚上讲座快结束的时候，我将一个纸条交到讲习所负责人高谋功的手上，字条上写的就是倡议组织文学社团的事。高谋功登台念了我的字条，说想参与其事的人，散课后可留下来找余奔滔聚议此事。于是那天晚上散了课没走的四十几号人，就都成了这个社团的成员。

起初我孤零零地立在礼堂的灯光下，心里有些紧张，暗忖自己是不是多事了？做冒了？万一一个前来响应的人都没有，那岂不是太下不来台了？场子里的人在纷纷往外走，高谋功的眼镜片反射了几道光后，也下台而去。时间停顿僵凝了，我的意志和脸皮经受着考验。

突然我眼前出现了一个穿白汗衫的清秀男青年，他语音悠然清晰地对我说道：“我叫迟小进。你的倡议正中我的下怀，我支持你，做你的第一个报名者。”

我悬虚着的一颗心啪噔一下落了地，涌过感激之流，伸手与之相握。我四下环顾，原以为人都走光了，却见到周围正有一些身影聚来。就这样，一个有四十几位来自不同行业的男女青年参加的连名字都没有起的社团形成了。原本只想首倡完了就完了的我，被公推为这个小团体的首脑。

万佩泽在得知北京有这么一个小社团的消息后，立刻让迟小进安排他和我认识。

万佩泽太习惯于昆明时期的沙龙生活了，他初回北京孤独寂寞，不摸边际，想迅速找到他心目中的“圈子”，一听迟小进说这里有一个圈子，便迫不急待地找上门来，实在有点张冠李戴，不搭界。小进说佩泽的真正目的，是想通过找这种圈子，找到都城的政治圈子，并通过这种政治圈子，接近政治权力的中心，通过这种接近，找到晋身之阶，以实现自己的抱负。小进说，万佩泽的这套路数在云南行之有效，算得捷径，回京城后他想故伎重演。

一开始我就觉得，如果不是迟小进在万佩泽面前夸大了这个小团体的形象，就是万佩泽找错了地方，高估了我们这帮人，再不就是瓜菜代，饿了糖也充饥。

“他很快就会失望的，因为我们不是他所要找的。”我对小进如是说。不过，毕竟因此我们认识了。

2

我和万佩泽、迟小进初认识的时间，不是在1981年的春天，而是在这之前的冬季。

我初次见到的万佩泽，外穿一件铁灰色的鸭绒服，出现在我的屋门外。他双眼皮大眼睛棕红的面皮，目光炯炯，神态岸然，鼻梁端正，鼻翼轮廓分明，显得刚毅成熟，他嘴唇自信地紧闭，开口说话露出一口白牙齿。我们一起并肩步行的时候，我从侧面看到他生就着一副大耳轮。小进曾言，万佩泽曾指着他自己的这对耳朵，自谓有成佛作祖之相。佩泽肩宽，手大指粗，身高中等，步履稳健，行速适中，基本上是边走路边想心事的样子。他的一张棕红圆脸，使他跟白面书生划清了界限，可是他单肩挎挎包的上路习惯，又隐然透出一层大学生经历的存遗。他以青年政治家自诩的强大意识，没有妨碍他从学生身份向国家干部身份的转变。

在私下的可以充分放开说话的场合，他一点也不掩饰自己的政治雄心和权术机谋知识。他酷爱中国古代史，与他研究政治权术的爱好、需求密切相关。

我请万佩泽进屋，见他放在桌上的挎包鼓囊沉重，问他里头装的是什么？他回答说是明史，他刚从北京图书馆借的。他说他近来一个人闷在宿舍里看《资治通鉴》，颇有些心得。

这是我们的初识，以后他成了我家的常客。有时是专门过来倾谈，有时是办完公事顺带脚过来坐坐，有几次赶上了饭点儿，他也像谢径那样留在我家吃晚饭。但是长时间谈话的场所，我们多半选在迟小进家，这也是小进本人的要求。

小进家住在总参谋部家属大院宿舍，他和太太、孩子住在他父母拨给他的里外两间的楼室里，这在当时的京城青年当中，已属阔绰。在这里做沙龙式的谈话，的确十分相宜。小进本人有意识地安排这样的交流相会，他说他乐于做一名聆听者，以便从中获得收益。我一直认为迟小进是一个有心路的人，由此即可见一斑。

让别人在那里滔滔不绝地做主讲，自己坐在一旁洗耳恭听，看上去谦卑低调，实则是更具优势的。他可以汲取，可以肯定，可以臧否，可以指摘，可以钦佩，可以讥笑。他可以将自己的心理活动表现在脸上，也可以默默地流淌在心里。别人在台上，他在台侧；别人在明处，他在暗处；别人在张牙舞爪，他在静观默察。别人的精彩精到之点，被他学了去；别人的失误、笨拙之处，被他看在了眼里。他知道自己和强者有差距，可是他心怀骄傲，对自己有信心，他是一个攥着拳头拉屎——暗中使劲的人。迟小进给自己的儿子起名叫韧，他自己本人就隐藏着那么股子韧性。这韧性幽幽地掩映着，在他平静清秀的外表下，个别时候你能感觉到内中隐现着某种杀气、某种决然之气，某种谁都不服，永不服输的心气。

据我观察，在迟小进、万佩泽都在场的情况下，万佩泽似乎永远占据着优势位置、老大的位置、精神领袖的位置，可是他永远也逃不开迟小进对他的观察，对他的客观冷静的评断。万佩泽可能终有一天会察觉到这一点，也可能永远都不察觉或不屑于察觉。我曾私下里探问他对小进的评价，他只说了三个字："他不行。"其时，他的神情是轻视的、高高在上的。显然他忽视了迟小进成年后的成长，低估了这个他看着长大的小兄弟，而愿意他永远地是他的一名仆从。作为旁观者我看得清楚，小进的缺陷只在于他少年时期被耽误了在学校的学习，欠缺着一个扎实的基础，可他对社会世态的观察是早熟的、贴近实际的，他长年积累下来的知识并不少，虽然缺少系统性。他坚信勤能补拙，尺有所短寸有所长。而他不止一次地叨咕的这两句格言，他的老朋友万佩泽根本就不需要。

在这两个早熟于我的男人之间，我被安排了进来，作为主讲人万佩泽的谈话对手，也作为观察者迟小进的观察点评对象，坐在京城市中心的一间屋子里。

3

我们之间进行的最重要的一次座谈，是在我和陈奇娅听朗诵会，看《远山的呼唤》以后的一个星期左右。

照例是万佩泽到家找我，我们一起步行去小进家会合。

"我儿子非常结实、聪明。"边走佩泽边谈起他的儿子，还从挎包里掏出他儿子的照片让我看。他儿子今年五岁，生得圆圆胖胖虎头虎脑，身穿一件红色对襟中式小褂，头戴一顶老虎耳朵小帽，小帽正中绣着个黄颜色的王字。

"还真是小进说的，虎头虎脑。"我间接地夸他儿子。

佩泽接过照片又端详了几眼，深情小心地将它装回证件夹。"你看他长的还像我吧？"他问。

"比较像。"

"他也吸收了他妈妈的优点。去年夏天我去上海看他，非常招人疼爱。"

小进曾特意叮嘱我不要问及佩泽的婚姻。他告诉我，佩泽跟他老婆离婚时曾抱头痛哭，长跪经时。这桩失败的婚姻是他心中的创伤，别人不能去触动。他老婆小文是一位电影演员的千金，长得窈窕漂亮。他们曾经拥有过一段美满的共同生活，令周围的许多人羡慕，一提起来就说："瞧人家万佩泽那小两口儿，形影不离的。"

因小进提前嘱咐过，我才绝口不问佩泽的婚配状况。

“我的婚姻是失败的。”没想到万佩泽自己先挑起这个话头。“孩子判给了他妈妈，我每年可以看孩子一次。这太残酷了些。”

“离婚会对孩子产生不利的心理影响吗？”

“那倒不一定，黎烈文丧妻，写文章哀叹孩子从此失去母爱，鲁迅认为这倒未必是坏事，孩子反倒可以少受管束抑制，或许会成长得更生猛一些，独立性更强一些。话虽这么说，等我儿子长大懂事了，我会教他一些东西的。”

“就是离得远了一些。”

“这也并非坏事，我自己的时间可以更多一点，可以有些整块的时间做自己想做的事。离婚很伤人，消耗最大的是感情。消耗感情最伤人，一两年都恢复不过元气来。嗐，提这有什么用？女人如衣裳嘛，‘唯女子与小人难养’，天要下雨，娘要嫁人，随她去吧。”

少顷，他又说道：“我劝你对那小孩儿，也别太认真了，否则最后吃亏的是你自己。一定要有所保留才对，那样的话一旦黄了，才不至于受害太深，才比较容易自拔。我是过来人，这都是经验之谈，你要好自为之。”

他的这番话听来推心置腹，相当生活化。我想他这人并不是只有政治性格和野心，还是一个性情中人，他对我没有保留他的经验。只是他跟刘备一个腔调谈女人，令我不舒服。把一个以身心相许的女人等同于一件衣服，我难以苟同其论，从感情上也通不过去。

我说出我的反对看法。他淡然一笑：“刘备的意思是说，老婆是可以更换的，而兄弟是不能更换的，这就是手足的意思。衣服可以今天穿这件明天穿那件，手足却不能卸来换去。因此，刘备才说：兄弟如手足，妻子如衣裳。他没什么地方不对。再说刘备是政治家，他有自己的抱负，关、张是他实现政治抱负的主要依靠，他当然要把他们三个人的关系排在第一位。他一旦当了皇帝，什么样的女人没有？”

我叫万佩泽说得心里咯噔咯噔的不是滋味儿。他的意思里包括对陈奇娅的贬低。小娅可是我心目中的美天使、小女神，自我们认识以来，她使我活得心灵激荡，心情浩瀚，牵肠挂肚，柔绪万端，我可不允许任何一张嘴亵渎她、贬低她。我直想激烈地批驳这个人，可碍于情面，话到唇际，没有撒出口，只在脸上换作了不以为然的神气。

我们这样一路谈谈说说，五四大街过了，眼前一溜红墙，说话间我们已经走到景山公园东门口了。我记得我与谷溪莼的第一次会面，就在这个地方。那天上午她先我到达，手里拿着事先约定好的《光明日报》作为识别标志。规定这个标记其实多余，因为东门外除我俩以外并无他人。

“你是……”

“你是……”

我们确认出对方。

时间已是深秋，秋风一起，树叶哗哗哗地斜飘而下。她大胆专注地往我头部看，说："你头发上有片树叶。"我抬手去撣。"没掉。"她说着伸过手来把那片树叶拿下，拈给我看，以证实确有此叶，非她虚设。

我脸有些热。她居然用手触碰我头发，在这之前还没有人这样碰过我。她找了一个非常合理的借口。这么大的风，一片落叶在我的头发上难道能站长久吗？

她的这样一个亲近的动作，还是拉近了我们的距离。我下意识地偏头躲闪，动作幅度很小，没有引起她的不快。她的手指挨到我的发际的时候，很有分寸，轻重适度，目标直奔落叶，同时流露出关怀体贴之态。

我们相识的这第一幕，没有她信中期待的那么热烈，比较平静，主要谈论些书本上的事，虽不拘礼，但也绝无失礼处，足以为我们日后的友谊奠定基础。

或许她对日后有所预见吧，我那时却没有。

谷溪莼最近干什么呢？该跟她通通信了，我想。

4

在迟小进家的这次座谈持续的时间很长，我们仨人兴尽方散。当晚回到家，我凭记忆做了份笔录。以下是这份记录的摘要——

万：历史不是按照事先的计划行事的，如果纯按理性的推理去行事，那什么事都不会发生了。历史上的一些起义成功，往往是由突发的意外事件促成的，辛亥革命成功就是个例子。任何历史事件背后，都包含着人的冲动。

我对中国人性有研究。中国人很贱你知道吗？你给他民主，让他鸡一嘴鸭一嘴，他就会瞧不起你，不拿你当回事，而你命令他去做这个做那个，他反倒会崇敬你。中国当前最需要的不是民主，而是强权。只有用强权强制推行改革，改革在中国才行得通。等生米煮成熟饭了，他们习惯了，也就会接受改革，没话说了。所以，我认为中国当前需要的政治，是类似韩国的李承晚、全斗焕统治下的强权政治，强行推行一套新东西，而对于反对派，则应该把他们摁下去，不要去顾忌他们的反应。

余：你的意思是说，强权并不总是坏东西，就看用它来干什么。同时也是说，只要目的合理，手段便是合理的。

万：合理不合理的依据是什么？是要看它管用不管用。不管用的手段无合理可言，因为它只会误事。

余：你的意思是说，强权可以为人民谋幸福。人民要想过上好日子，就得先忍着当些年奴隶。

万：对。

余：谁能保证你用强权强制推行的改革，是好的，是善政，是对大多数人有利的呢？并且是向着公正社会靠近呢？

万：核心层的少数几个人知道在干什么就行了，多数人没必要什么都清楚，他们不会很快地认同新事物的，需要经过一个强制习惯的过程。

余：照你的意思，中国人民应该举手欢迎一个新专制的时代。可是我问你：既然谁都没有中国搞过民主试验，你怎么能断定中国人民不适合民主制呢？你不让人民获得民主训练的机会，他们便永远也掌握不了民主制的秩序与活动方式，反过来你又依此断言，中国人民不具备民主素质和按民主规则行事的能力。照我的意见，这事应该先从基层做起，从村、乡、县，从企业内部做起，比如村长、乡长由选举产生，由企业职工选举厂长、经理。

万：谈民主问题，不能离开具体的时间、地点、条件，谈任何斗争策略也是这样。你像甘地的“不抵抗主义”，它运用在英国殖民地下的印度行，移植到中国就不行。在中国就只能靠武装斗争。你到俄国搞个不抵抗主义试试，大皮靴早往你头上踩了。无论民主还是集权，没有绝对的好与不好，关键是你需要什么？哪个管用？管用的就好，不管用的就不好。

某某某是妇人之仁。如果换了我，我就把某咔……〔他绷平手掌做了一个斩杀的动作。〕把他秘密干掉……某的江山不就坐稳了吗？

余：舆论会大哗。

万：舆论？〔他用鼻孔轻哼一声〕舆论机器掌握在你的手里，你怕什么舆论？欲加之罪，何患无辞？发布他一个罪名有何难？一时舆论大哗也不要紧，很快就会过去。中国人非常健忘，你的新政策给他们带来好处，他们就会忘记你的暴行，成为你的拥护者。知识分子同样如此。他们在底下骂骂皇上，转过身就来投靠你，永远都是这个德行，怕他们干什么？到时候你还是一位伟人，一位带领国家前进的舵手。顶不济你还能落个三七开。斯大林处决了多少人？他不还是三七开？

你的暴行只是手段，而不是目的，你有你的坚定的计划，知道自己的目标。

妇人之仁是政治家的致命的弱点。某这人有沽名钓誉的毛病，所以他才一败涂地……要说他可是权重一时了吧？党政军权集于一身，可是他不懂权术，马基雅维利的书他没有好好看过，他也没看过《资治通鉴》，看他那笔字就知道了……反过来，某比他就不知老练多少倍……所以这两个人谁胜谁败，是有其必然性的，从一开始时就可以知道。

〔天色已晚，小进让我们喝他沏好的茶水，自己也端起了茶杯。喝着茶，我们转入流行话题，聊起存在主义和精神分析学。〕

万：萨特我看倒没有什么大不了，时髦一阵就会过去，弗洛伊德不可小视，他的影响在中国会深远而持久，会引发一场性观念行为的革命，类似于西方的性解放运动。这是应该引起足够重视的，而不能只将弗洛伊德当成一个普通的心理学家看待。目前中国思想界热捧萨特，而对弗洛伊德轻描淡写，是缺乏远见的，真正厉害的我看是这个人……

〔说到这里万佩泽在沙发上打了一个舒展。话题的转移使他想到了性，他开始谈论起女人，谈论起两性关系的生理学意义，但此话题持续的时间不长。〕

万：在这个世界上，谁离了谁都能活下去，而且未见得活得不好。塞翁失马，安知非福？失之东隅，收之桑榆，千万别把这种事看死，我更不主张过于认真，所以在来这里的路上我跟你提《三国》里刘备的观点……

〔迟小进看我，又看看万佩泽，双手交叠于膝前目光闪烁不语。〕

余：我觉得刘备太过分，把女人贬低得太没人了。一个人能把同床共枕的媳妇不当回事，他是什么心肠？会真把兄弟当回事吗？正所谓可以共患难不可以共富贵。刘备真当上皇帝，会不会还那么讲兄弟情谊，我打个问号。

〔万摇手。〕

万：这是另外的话题。

余：刘备留下好名声，是因为他死之前还没成事。

〔万再次摇手。〕

万：我是想让你从刘备的话中明白一个道理：女人并不是最重要的，天底下的好女人也并不是她一个。关键是发展壮大你自己。你事业上成功了，女人会排着队来找你，怕你得挑花了眼，何必在乎这么一个人？我这里无意贬低你对她的爱情，我也不是说爱情可有可无。我是说你得给它一个恰当的位置，而不能将其看得高于一切。

余：昆仑山并不比一位聪明可爱的女孩儿更有价值。我斗胆问一句，当年你的恋爱是怎样一种色彩？

万：我……提我干什么？我的情况不典型，有特殊的历史背景，我只是就一般的情况做泛泛谈。

〔他以少有的搪塞态度应付我的问话。〕

5

晚上10点钟回到家，我摸黑打开信箱查看，摸到一个信封，进屋在台灯下一看，笔迹是谷溪莼的。我没有即刻拆封，而是热了饭菜来吃，洗漱完事了，才坐下来拆看这封信。

从去年暑假到现在，七月八月九月十月十一月十二月，她已经快半年没有音讯了。去年夏季那天她走出我家以后，到现在没有露面。那天她走得很难过、很尴尬，甚至很狼狈。

我跟谷溪莼的认识纯系偶然。

我下乡插队后期的那个冬天的一个早晨，我从市里回平谷办病退手续，在长途汽车上认识了自称在靠山集插队的知青何琼，她和我互留了通信地址。在这以后我们通过一段时间的书信。

何琼与谷溪莼是高中同学，既同班又是一条胡同里的邻居，近到门牌号紧挨着，下乡插队二人又在一个村。高考恢复头一年，两人都考入大学，一个读医科，一个念中文系。何琼上大学后给我写过三封信，第一封很长，第三封很长，第二封很短。

我收到她的第三封信的时候，她已经快读完大二了。她的前两封信的调子是兴奋的、昂扬的、自信的、洋洋得意的，而到了她的第三封信，则换成了灰暗、渺茫、迷惘的情绪。这一次我给她写了封很长的回信，天上地下地谈了许多话。

何琼收到我的信的时间，正好是个星期天。谷溪莼到何琼家串门，在桌上看到了我的这封信。她一口气把信读完，向何琼要求允许她把信拿回家再看看。她对何琼说我一定要认识这个人。她在来信的一开头写道：

我一口气读完了你写给何琼的信，一边读着我的心开始狂跳不止，我感到我要找的人远在天边近在咫尺……

又说：

我刚刚经历了一场感情危机，处在心情的低谷，命运的十字路口，绝望之中是金观涛的《公开的情书》拯救了我……

经她这么一提，我赶紧把这本薄薄的小书买来阅读，却令我大为失望。没写出什么东西来的一小本三四流之作，谈何拯救云云。这是个什么样的女生？

她的信是用稿纸写的，这跟我的习惯一样。她字写得熟练秀气，是不太连的行书。她下笔时显然心情亢奋，因此在有些笔画的衔接处，用力过大过快，看上去潦草。她还使用了多处省略号，以表示她心里有很多话要说，却一言难尽。她信上说她是在学校图书馆给我写信的，急于一口气把信写完。看来这是个非常情绪化的人，也是个急脾气。“让我们早日见面吧”，她在信尾呼吁。

及至在景山公园东门口见到她的时候，我的审美期待和好奇心才平息下来。

她是一个容貌平常的女子，戴一副白框眼镜。虽是素昧平生，她跟我却一见如故。她的脸在我看去显得稍长了点，身材高挑，皮肤应属细腻之列。一问才知道，她比我小一岁。假使按照高中毕业即上大学算，她这一年应该毕业了，因此这一年的她看上去不怎么像学生。原因是那时节进入大学校园的人年龄差异很大。她衣着朴素，脚穿一双旧黑皮鞋，留着女干部式的短发。

比起她来势迅猛、激情澎湃的书信来，她在这次初次见面的过程中，还是显得拘谨了些。或许是我的平衡沉静抑制了她吧，她与我交谈时的神态文质彬彬。我们的谈话在漫步中持续了一个半小时，然后宣布告一段落，下次再谈，便再次回到了东门，取了自行车各自回家。

这是我正式参加工作以前的一幕。这时我还没遇见白玉，更没遇上陈奇娅。

谷溪莼没有让我一见钟情，但她是我回城以后认识的第一位跟我有共同语言的女友，彼此都是文学青年，可谈的话题很多。争论和见解上的你高我低是在所难免的，由于是初次见面，她的好争辩好较劲的性格，还相当地收敛着。“你与我想象中的不太一样，实际的你没有你的信那么奔放，不过我对你还是挺满意的。”她当面对我坦言观感。

我们再次见面是她领我去听一个露天的诗朗诵会，地点是在公主坟交通要道的一片树林空地上。这个地方后来变成了公主坟环岛，不复有昔日的面貌。

这个朗诵会的主角，是当时还不为官方所承认的朦胧诗派的几个人。这几个人谷溪莼都脸熟，与我们一路同行的她的同学希索拉——一个脸大的女人，则是这个地下诗歌团体的联络员，她鞍前马后，忠心耿耿地为他们效犬马之劳。

我们仨人骑车行至长安街电报大楼，希索拉忽然朝正在路北一侧步行的一位男士高声打招呼，那位身穿一身蓝中山装的男子冲这边招手。谷溪莼告诉我道："这个人是食指。"

我说我在西单民主墙接到过他们散发的油印刊物《今天》第一期，上面有署名食指的诗。谷溪莼指着希索拉说："那东西是她印的，那台油印机就在我们屋。"我说："撒《今天》的人，撒完就跑，神气极为慌张。他蹲在墙头上东张西望，突然打开提包往外掏东西，东一把西一把塞给路人，然后提起包来奔跑，跑得比兔子还快。"

希索拉说："雷子说到就到。不快跑能行吗？那点刊物可难印了，我一宿一宿地干，把眼睛都熬红了，落了一个眼角干的病。"

在公主坟林地现场，我见到了百来号听众，松散地分布在树空之间。"那是大流氓某某。"谷溪莼指着该派的一位诗人对我讲解。她又指指前方正在朗诵的一位女士告诉我，那是谁谁。那朗诵者看上去太矮小了，穿一件腰里转的皮夹克，往上拔着脖子恨天高。麦克风出了毛病，起不到扩音的作用，她的声音断断续续，只能听见"帆""海"几个字随风入耳。

主办者显然借鉴了"飞行集会"的形式，朗诵会持续了将近四十分钟不到，便草草收场。

收场前我看见希索拉在人群中穿梭联络，形迹十分紧张。我问谷溪莼她在干什么？谷溪莼说："她这人人来欢儿，好虚张声势。"

我问她："警察会来抄这里吗？"

她满不在乎地一摆头："抄就抄呗，反正法不责众，这么多的人，他知道谁是谁？我倒想尝尝小窝头儿呢。"

正闲说间，我们二人突然被人推了一把，只见希索拉跳至我们的跟前，张皇其事地催促道："还不快走，已经有内线报信说警察正往这边开来。快，跟我撤。"

我一看，人群中出现了骚动，即将呈鸟兽散状。

我问："你们真的消息灵通？"

希索拉朝我神秘一笑。

这一派诗人是承担了风险的并且是幸运的。没有经过太长的时间，他们便得到了官方的承认，转到了地上，被册封为"新时期"诗歌的正统。

他们得到的地位是他们应得的，因为在他们崛起之初，的确看得见牢狱的大门，他们并未因此而退却。他们赶上了转机，但这并不抹煞他们的勇敢。就当时而论，又有哪些诗人具备这样的勇气且付诸实践呢？反过来说，如果转机迟迟不出现，那等待着他们的会是什么，是不言而喻的。

据我观察，早期朦胧诗派的这几人，之所以出息不大，源于他们的先天不足。

第一思想理论的底子薄，第二才情较窄。这直接导致他们在获得了发言权和活动空间以后，反而拿不出什么像样的有分量的创作来。在我看来，真正的诗人应该具有磅礴不息的创造力。我告诫自己绝不重蹈他们的覆辙。

参加这次活动对我没有实际的意义，但使我看见了一件事：在中国还可以做地下诗人，与所谓正统的地上文坛分庭抗礼，并且完全蔑视它。

在这以前，在活着的中国大陆诗人中，我是知道几个人的名字的，认识当中的个把人，这些人把持着报刊的相关园地，为官方所钦准承认。这似乎是大陆的中国诗人存在的唯一方式。而参观这次诗朗诵会，使我看到事情并不全是这样：别样的诗人照样做的。

做一名从指挥刀下歌唱的诗人，是没脸面的，是下作的。而写作抽屉文学，未必不高尚。

第二十一章　红尘边上

1

再见到陈奇娅的时候她面露张皇之色，没经我追问，她便说出了事变。

原来，我写的那首跟她一起看《远山的呼唤》的诗，被她父亲发现了。

她把我的那首诗带回了家。她回到家中上床睡下后，她爸爸蹑手蹑脚偷翻她的东西，从她衣服口袋里翻出了我的诗草稿，拿到灯下去验看。其时陈奇娅将睡未睡，眯缝着眼看到了她父亲的举动，想喊而没敢喊，结果被她爸爸拿到了证据。

她说她父亲将那几页纸看了很长的时间，然后又轻手轻脚地将它们放回到原处，然后关灯睡下。陈奇娅装作熟睡的样子，心提在嗓子眼儿，耳听得啪一声熄了灯，她紧张慌迫得无法入睡。

陈奇娅的父亲陈昌明，虽是在空军机关工作，却不过是一介营级干部，享受到的住房待遇，是与另一名下级军官的一家人，合住一个单元中的两居室，一家住一间，同走一个门，厨房归两家共用，等人家做完饭，陈家才能开火做，反之一样。厕所亦为同楼层人的公厕。

陈奇娅多年来跟父亲、母亲、弟弟，挤住在一间十五六平方米的屋子里过活。这样的家庭居住条件，迫使她的父亲为她申请住校资格，她因此才成为住校生。

我曾经就住校的原因问过陈奇娅，她含糊其辞地答曰家住得远。可是后来我发现海湄家距离她们的学校更远，可海湄并不住校。疑惑从我脑际一闪而过，我未曾去深究，只是从奇娅关于这次事变的慌乱叙述中，我才明白了她做住宿生的真实原因。而此时此际，这并不主要。

主要的是陈奇娅那夜一宿未成眠，早晨起床后还得装着若无其事；主要的是她已无法心安理得地享受恋情，而心无挂碍了；主要的是她的个人私密一夜暴露，她的心理自由行动自由马上就要受到限制了，她还没有长大到完全拥有个人自主权，决定自己的事务的年纪；主要的是她就要承受巨大的心理压力，遵从家庭、学校对她的要求，遵从个人前途向她发出的命令；主要的是她自此就要身陷矛盾之中，头上阴云笼罩，而她又缺乏相应的阅历和人生经验，积极应对这一切。

其实难以入睡的还有其人，那就是陈奇娅的父亲陈昌明。陈奇娅非常熟悉父、母、弟弟入睡时的鼻息声与鼾声，谁睡着谁没睡着，一听便知。怎么能听不出来呢？一家人在一个房间里睡了这么多年。

耳听着爸爸翻身的声音，她很想坐起来对他说：爸，咱们开诚布公谈谈吧。她终于没有坐起来，而是二目圆睁瞪着天花板，心里打着小鼓，想对策。

女儿在外面交了男朋友，这对大多数中国父亲来说，都是重大事件，举足轻重，福祸攸关，更何况是陈昌明这样的一位父亲。仕途不遂心，婚姻勉勉强强，半生已过，他将自己的爱与希望的绝大部分，都倾注在女儿的身上。陈奇娅时常因此而心感温暖，也因此而深感责任重大。“我是家里的老大，以后这个家就全靠我了。”她对我这样说过，对赵海湄也这样说过。对此海湄归纳道：“爱其实也是一种负担。”

陈昌明对女儿的望子成龙之心，与其他的中国城市父母相比，是有过之而无不及的。初识陈奇娅，她就告诉我，她小时候的名字叫陈奇，是个男名，寄寓了他父亲的意愿期望。她父亲起初是想要男孩儿的，见生下来的是个女孩儿，便把她降生之前就起好的名字，原封不动地放在了她的身上，寓意长大后这个孩子不同凡响，出人头地。

我曾经问她：“这个名字对你的性别意识有没有影响，会不会把你的心理往男性上拽，使产生一种半男半女的心理？”

“不至于吧。”她哈哈大笑，“你该不会把我说成二椅子吧。”

“我在郑重地问你，你还没有回答我的问题。”

“没那么严重，没那么严重，它倒是使我挺要强的。我早上一年学，在班里老比别人小一岁，可我在功课上老是名列前茅。没准跟我爸给我起的名字有点关系。”

“可为什么又叫陈奇娅了呢？”我追问。

“唉，老被人误解为是男生，不加个字也不行了。你拿上高中住宿来说吧，人家根据名字把我分到了男生宿舍。一搬行李，我才发现被人望文生义了。”

“那‘娅’是怎么个来历？”

“卓娅呀。我上小学时喜欢看《卓娅和舒拉的故事》，一说要改名字，我说就叫陈奇娅吧，这样不伤筋动骨，还锦上添花。我爸就依了我。”

陈昌明明确地对女儿表示过希望她读到博士学位的意愿。这在当时的大多数家长只以孩子读完大学为满足的情势下，已经是十分的超前、十分的奢望。从中可看出，做父亲的将自己一生的怀才不遇，郁郁不得志的痛苦，转换成了新的希望，希望在自己身上实现不了的东西，实现在自己的子女身上，以求得间接的自我实现。

这看似是两个人的事，就根子而言，却是一个人的事，这当中包含有秉承的意思，包含有代人雪耻的意思。作为一个要强的女孩儿，陈奇娅会自发地产生步步求上进的意愿，但她因为有了这样一位父亲，她的目标追求，就并非来源于自发性了，至少在其初始期是如此。

时间行驶到 1981 年，绝大多数中国城市居民都已看明白一个既成事实，没有大学以上学历的青年，一定会被国家干部的等级系统拒之门外，不管你的实际水平如何。这已经成为一项国家干部政策。这就难怪陈奇娅早在初中的日记里，就把考上大学叫做“中举”。这时，将考上大学视为逃避沦落为下等社会阶层成员厄运的必由之路的认识，已成为普遍的共识。小小高中女生陈奇娅，也无法摆脱时代的拘囿，将此作为自己的奋斗目标。

在这种社会目标和家庭目标的裹挟之下，任何分散精力与注意力的事，都被视为绊脚石，视为有害之物。弗洛伊德认为现代文明将快乐原则和现实原则强烈对立起来，快乐原则往往牺牲在现实原则的脚下。此等的情形，会不会再现在陈奇娅的身上呢？

一时之间我还看不出什么迹象，但她的秘密为其父查抄到这一事变，的确打破了她的心理平衡，在她心理上造成了紧张恐慌，造成了迷乱。

我问她：“你打算怎么办？”

她说：“我还朝你要主意呢。”又摇头顿足道，“我一时大意了，没提防我爸爸会干这种事。我真应该制止他，可他同样会起疑心，我怕反倒欲盖弥彰了。起初我心存侥幸，寄希望于他手伸进我衣袋摸两下就完了……事已如此，我是叫天天不应叫地地不灵了。”

“他问过你什么吗？”我问。

“没有。他这人，可有城府了，比谁都有耐性。我琢磨他不知道我发现了他的行为，他不找我谈，是怕影响我这次的期末考试。等着吧，雷霆在后头呢。”

2

陈奇娅的张皇其事和我的掉以轻心，形成了对照反差。以前听她说起害怕我们的事被她父亲洞悉的话题，我就不太以为意。她说那样的话便会发生悲剧，我觉得她过于言重了，小题大做。我说我们不是偷鸡摸狗，是堂堂正正地相好，是天地间最正当不过的，没什么见不得人的。“丑媳妇早晚要见公婆。”她被我说笑了，笑得有些勉强苦涩。

在我的潜意识里，我们的恋情有朝一日被她的父母知道，不一定是坏事，它也许会使我俩的关系再前进一步，得到他们的承认。我甚至想到试着和她的父母交朋友试试混熟，大家常来常往，共同对这孩子负起责任来。

我过于自信，过于自负了，而没有仔细想想人家会怎么看待、评价你，会怎么看待你的社会地位、社会身份？我太拿自己的个人优点当回事儿了，太拿自己的这点书本知识，这点小才小华当回事了，以为就凭着这么点东西，这么点资本——如果算资本的话，就能征服一对父母，让他们拱手同意自己的掌上明珠，去做一名图书工人的未婚妻。

我算是天真到家了，犯了一厢情愿，以己推人的错误，更忽略了奇娅的年龄和她正在面对的人生课题，这样明摆着的现实。

她的现实就是她的父母亲的现实，就是她全家人的现实。在她父亲的期望里，女儿前途无量，前方有大量的未来与可能性等在那里，等着她去捡拾。而一个无足轻重的小人物，出现在她女儿的生活中，无疑是破坏性的力量，是她女儿的绊脚石，是家庭前途的埋葬者，是他们的敌人。

我认为真诚的爱情高于一切，它是真正的依据和理由，而忘记了别人并不这么看问题，也有权力不这么看问题。因而直到这时，我的心情并不像陈奇娅那么沉重焦虑，反倒是一副若无其事、从容不迫的样子，甚至幻想着会有好的风向。

在我们这次的会面谈话中，陈奇娅不再避而不谈她的家境及邻里关系。说起她家的“同居”者，她义愤填膺，脸气得涨红，历数那家人的败德行为。她说两家做饭都使煤油炉，那家人老偷她家的煤油用，她家煤油瓶子里的煤油，经常没使几天就见了底。她这次回家，妈妈就告诉她，家里新打的一瓶花生油，已经剩了不到小半瓶，虽然没有抓住偷油的手，但可以断定是邻家所为。

“放着他自己家的油不用，偷着倒我们家的油炒菜，这叫什么事儿？”奇娅忿忿然，“我妈要去找他们评理，我爸压制着不让去，说都是同事，闹出去好说不好听，还是隐忍着吧，等什么时候他们欺人太甚了再说。我妈说我爸是马善让人骑，我爸说小不忍则乱大谋，他不愿意让矛盾升级，闹到连目前的这点关系都维持不下去，搞得剑拔弩张。”

“我要去质问他们，问问他们有没有公德意识，别人的容忍是有限度的。”她以少见的激愤情绪高声说着，像一只乍起了翅膀的小母鸡。

我闻听慌忙道：“这种事绝对轮不上你出面，那家人既是无赖成性，你就不要指望他们跟你讲理。这样，我去找他们，以你家朋友的身份。你只要给我指指谁是就行，我在路上拦住他们说话。”

陈奇娅急急摇头否决我：“那可不行，我爸正愁找不到你呢，你倒自己送上门了。不行不行你这是馊主意，万万使不得。”

我说：“使得使不得，我也不让你去冲锋陷阵，牝骡子上不得战场。况且你与他们的距离太近，他们伤害你很容易，你的主意也使不得。”

陈奇娅恨恨然道：“那就这么便宜了他们不成？你不知道他们有多么可恶，他们不光偷我们家的煤油、花生油用，连酱油、醋都趁你不在厨房时使你的，连烧水的壶，他们都省着自己家的，用我们家的，你说差劲不差劲？天底下有这种邻居吗？怎么让我们赶上了呢？这么忍下去什么时候是个头？分明是姑息养奸。”

啊，这个孩子的生活中还有这一面，从她的诗歌里可是一点都看不出，她的美丽灵慧的诗思一点都没受到污染，她是如何做到的呢？她的心灵居然没有受到这样促狭的生存条件的挤压，而保持着自己的明媚鲜美，她是如何做到的呢？我目不转睛地端详她的脸，力图看进她的灵魂。啊，相识相知这些天以来，我还是第一次看见她神情激忿。这个孩子也有脾气，急起来也敢冲敢拼。她的美丽天性中，还蕴含着刚毅的一面，这在应付将来的困难与危难的时刻，会发挥积极的作用，这也正是自己希望看到的。如果她纯是柔美的小鸟依人的性格，是并不适合并肩奋斗的。

“你倒是说话呀，我等着你出主意呢。”

“啊，我的意见是由你爸出面跟他谈谈，做一次正式的谈判，把他们家人的行径摆到桌面上，请其自爱，不要再犯。当面锣对面鼓，比掖着忍着暗斗心眼要奏效。即便他不认账，也是一次敲山震虎。你说呢？”

“也是，我今晚再回一次家动员我爸。”

“你不会冲动吧？”我对她放心不下。

“哎，他们不会拿我当回事的，这我自己也很清楚。兔子急了还回头咬鹰呢，何况是人。我就是气不过。”

“考试第一，你还是不要分散精力才好。‘风物长宜放眼量’，把事情看长远点啊。”我用哄小孩儿的口气哄着她。

“明白明白。”她模仿电影《东进序曲》里的国军参谋长的口吻。

“那说好了考完试以前咱们就不见面了啊。”

“行，不见就不见，你干你的我干我的，有时间了我再给你写信报平安。”她说这话时的表情是坚毅果敢的，旌旗猎猎的，但不久就神色低迷起来，像一架落帆。“当学生的还不如牧羊女，牧羊女多自由啊。”她低低叹道。

3

四十几口子的文学社聚在一起搞活动，正经也浩浩荡荡的。起初大家都是陌生人，聚会发言每个人都自报家门，说明自己擅长哪种文体，都写过些什么东西等等。起初根据居住地的分布，我把这些人分为小组，指定了四位小组联系人，意思是以小组活动为主。可是我很快发现这些人更喜欢全体在一起的活动，小组联系人几乎不起什么作用。不得已，我只得尊重大家的意见，尽量满足大家想集体聚会的意愿。殊不知人多固然热闹，效率却十分低下。

四十几个人围坐一圈，每个人分配不到多少发言的时间，到后来，有的人竟然把这种聚会场合，变成了个人作品朗诵会，以满足他的发表欲，挤占了其他人的交流时间。面对这种情况，迟小进、杜齐民、冯继山、史河东几位核心组成员，互递眼色，表示着不满。我不得不站出来重申一开始说过的话：作品交流采取私下传阅的方式，聚会时间主要开展口头交流。

时隔不久，在文学社的聚会上，又有人热衷于将注意力放在倾诉家事上面，大谈特谈其父母在“文革”中如何受冲击，如何被发配到外地乡下，大谈特谈搞对象难，单身成了老姑娘等，只字不涉文学写作方面的议题。对此我无可奈何，末了，只能提醒他们，大家时间宝贵，尽量的还是以谈文学为主。

当时我周围的几位热心文学社活动的骨干，全都年长于我，其中中纪委的处长冯继山，曾经当过营教导员，年长我十四五岁；杜齐民那时是重型机械厂的一名六级技工，中专学历，“文革”初期当过红卫兵的副总指挥，他私下里自述手里有过好几条人命；史河东自述是从东北建设兵团回来的，已婚，党员，在某大学实验室当技术员。“工人”，他自我介绍时不忘强调这一条。这个人身材长大，面皮灰黯无光，喜欢表现自己的世故和心计，发表的言论有时一语中的，切中要害，有时又浅薄得可笑，让人摸不清底细。

我当年使用过的一个本子上，保留着一份出自那帮人手笔的名单。本人联系电话、单位名称、家庭住址、几车间几班组，写得清清楚楚，一目了然，哪个行业的人都有。对我而言，这是全面熟悉京城各行各业人的生存状况的一次机会，可惜我当时只想着形成文字的文学，忙于这点子组织工作，而没能跟这些人做深入的交流，因而所获寥寥。不过其中也有接触了解得较为多一些的人。如杜齐民，当然还有迟小进。

杜齐民是我当年遇见过的官心巨大的一个人物。起初他的这个特征尚无显露，他只是以一名文学社活动积极分子的姿态进入我的视野的。于是我把他和迟小进一起列为骨干成员，有事找他计议。有两次活动他是下了夜班赶来参加的，又有一次他参加完活动后，才急急忙忙赶去上夜班。这都给我和大家留下了深刻的印象。我把他视为一位优秀的产业工人的代表加以尊重。

他给我留下深刻印象的还有他的愤懑。那天在景山公园的夜色下，他讲起他所在的车间技术革新小组研制出的新材料，一种强度、韧性非常好的合金钢。“专家在电镜下看了我的材料后击掌叫绝，说你们的材料的结构太好了。你们的成果填补了这方面的空白，应该大力推广生产。可是这么棒的新型材料，到现在还被打入冷宫，没人理睬。有关部门我们都找遍了，全都是一派官僚嘴脸。研制的时候，我们投入了满腔热情，夜以继日地干，吃住在车间，没想到会落这么个下场。我的心彻底凉了，不是一般的凉，是透心地凉，从头到脚透心儿凉，你能体会吗？我们把我们的分子结构式往黑板上一写，专家的眼睛就亮了，说：‘领先，在国际上绝对领先。’可偏偏那些手握实权的人不搭理我们。他们是国家的罪人，民族的罪人，是在拉‘四化’的后腿。我们在生产一线拼死拼活，他们高高在上养尊处优。有朝一日我大权在握了，全都把他们下大狱，这帮畜生、王八蛋。”

说话的这位瘦高个男人蹲在石阶上，棱角分明的脸腮骨一绷一紧地咬牙关。

“在中国当个臭工人，没你说话的份儿。你的声音连蚊子叫都不如，谁听你说呀？我算悟透了，就一个字儿：权。”

他说完失意又说失恋。他说他死死恋着的女子是某博物院院长的千金。他说他爱她爱到疯狂，他说他吻遍过她的全身，逐分逐寸地狂吻。他说阻力来自她的父母，他们禁止自己的女儿和一位在车间流臭汗的工人来往。杜齐民说那女子到目前还在听从她父母的旨意，为此他痛苦万分。

他说：“我杜齐民今生今世非她不娶。”

他说：“我杜齐民宁为玉碎不为瓦全。”

他说："我杜齐民宁为鸡头不为凤尾。"

他说："苍天总有开眼的一天，苍天不负有心人。"

他一边说这些话，一边牙关一咬一咬的。

一天迟小进忽然好意对我说出这样的话："我发现老杜在架空你，他背着你组织过活动。"

我听罢一笑，道："我们本来就是自发形成的，架空不架空又能怎么样？他多操心我落个省心。"

小进说："他可是打的你的旗号，因为大家还是认你的。"

我说："我的本意是大家平等自由交流，互相学习切磋图个长进，谁要是存着心把它弄成个等级组织，那就一点意思没有了。一旦出现了那种情况，我立马退出。我这人没有领袖欲和支配欲，也不愿意被别人领导、支配。我的作用就是将这些人聚在一起，让大家实现平等交流，再多的，就非我所图了。"

小进叹息一声道："今天的局面来之不易，大家都需要这个团体，不可轻易丢弃啊。"

文学社成立之初，我曾特邀民主战士王千川来参加活动。他应邀前来，座谈结束后他俯在我耳边发表了看法，他说这些人鱼龙混杂，参差不齐，他不会再来参与这种聚会，他不愿意与这些人为伍。"道不同不与谋，我只跟纯粹的人有道德的人在一起，他们必须得是精英，是先锋队。"王千川目光灼灼，一字一顿地说。

我说："百人百性，不必求全，水至清则无鱼。"

他不容争辩地用力一挥手："宁要十个精英，也不要一万个庸人。庸人再多也是庸人。"

我说："千川你别忘了，民主是千百万人的事，而不是少数精英的密谋或突击行动。蔑视普通人，这本身就有违于民主精神。"

他扳紧我肩膀，紧皱着双眉恳切说道："我奉劝老弟你一句：鸡肋，既然食之无味，弃之还是趁早为好。好自为之吧，恕不奉陪。"

言毕，他转身扬长而去。

4

王千川的看法不无见地，我也没有对这个草台文学社寄予太大的希望。但我的确看到了这些人的孤立感和交流的愿望。他们这些人在本单位是难以找到共同话语的，作为业余文学青年，他们是不被看重的。他们也非常希望知道那些有相同爱好的人们，都在做些什么？想些什么？他们渴望冲决隔离，寻觅知音，找地方说话。其中的一些人，水平的确不行，基础薄弱，并且是因为没地方发泄能量，没地方显山露水，才挤到文学这条窄道上来的，一旦新的机会新的风气来临，他们会顺风转舵。但是既然走到一起来了，就应当相互尊重，彼此倾听，看取别人的真实生存状况。何况这些人当中，的确有笔头劲健者，在我和他们认识之初时，他们就已经写成了一到三个电影剧本。

文学不是讲深入生活吗？和这些人聚在一起，也是一种了解生活的机会。所谓深入生活，无非就是深入他人的生活和深入自己的生活。把活生生的一群人视为群氓视为垃圾，是失真的不客观的，是缺乏沟通和了解的反映。在民主共和制下，这些人中的每个人都持有一张选票，每个人都有投票选举权，没有政治家敢无视他们。

与王千川的态度截然不同，陈奇娅倒是饶有兴趣地打听这个野团体的活动情况，让我给她讲讲这个人讲讲那个人。听我讲的时候，她眼波闪动，十分专注，时不时点点下颏。

我有时会突然停顿下来问她何以爱听这些？她晃晃头道："这不也是你生活的一部分吗？"

我说："这只是个野组织，没人委任没人承认，自生自灭，你别以为会怎么样。"

她说："我这不是学校门——家门，学校门——家门，两点一线，想多了解一些成人的世界，让自己成长得快一些嘛。"

脑海里晃动着她的这些音容笑貌，想到她考完试一放寒假，我们就得好长时间见不成面，我的心就空空落落酸酸楚楚。在这漫长的备受煎熬的日子里，我动手整理誊抄写给陈奇娅的那些情诗，一遍又一遍地读她写给我的厚厚一摞书信。于今回想起来，那真是难以复制的人生享受，心灵美景的极致。

我总感到你好似可爱的雪球花，
那冬之骄子，它能激发人的思想，
从一片荒芜中升向蓬勃的春光；
或如一轮明月冲破地面的暮霭，
将晶亮的光芒不断洒向人间，
当忧郁的黄昏进入深沉的夜晚。

5

就在学校放寒假的头两天，我收到了谷溪莼寄给我的新年份的第二封信。这是一封短信，信中用语突然，是她一贯的风格，纯是她的心情使然。她写道："在这个污浊的世界上，唯有从你那里向我吹来清风……"她的这些话让我心情紧张，忐忑不安。她又遇到了什么人什么事？她的这些话的背后又发生了什么故事？她又躁动出了什么冲动？

在信尾她说："见我信后，不必回信，我马上要放假，我们会见面的。"

依旧是她的我行我素的作风。哪天门铃一响，之前连招呼都不打，她就会出现在我面前。尴尬已成往事，她来了又会怎样呢？在这个学期里，她又领教了什么人同什么人发生了感情纠葛吗？她一到这种时候就想起我来，我在她心目中究竟是什么角色呢？今年冬天的谷溪莼穿什么衣裳？是那件浅蓝色的平纹布袄罩呢，还是那件深蓝色白点子的平纹布袄罩呢？谷溪莼是个生活简朴的人，我认识她两年来，没见她穿过什么亮丽值钱的衣服，但一向都是干干净净的。

谷溪莼是个自立、简朴的女大学生。后来我才知道，她的自立简朴的生活习惯，跟她的家庭构成密切相关。她的父母感情不睦，长年分居。谷溪莼的父亲工作在外地，母亲是家庭妇女，平时除去做做饭，并不怎么关照孩子，像缝缝洗洗的事，都由孩子自己打理。

她父亲个头不高，人生得瘦身瘦脸，前额略秃而明亮，穿一身洗旧了的灰色干部服。我唯一一次见到他是在谷溪莼家中，他正在手握拖把擦地板。

"这是我爸。"谷溪莼做介绍。

中年男人停下活计，点了一下头。"坐吧。"他只说了这么两个字，便不再言语，然后就撤退到外间屋去了。从谷溪莼口中得知，她父亲正在休探亲假。

不一会儿屋里进来了一个女人，她说这是我大姐。不一会儿又进来一个女人，她说这是我二姐。至于她母亲，我一进门便见到了，她坐在迎门的床边，两只大铃铛眼，看人的时候瞪着，看上去像是生气，又像是看谁都不顺眼。

那次我虽在谷家待的时间不长，却也明显地感觉到气氛不爽，缺少正常家庭的热乎气儿。空气中潜流着冷漠甚至是敌意。谷溪莼身上洋溢出的热情，似乎与这个环境格格不入。她对周围的一切，似乎已习以为常。

"我妈多丑呀。"时隔多年，谷溪莼这样谈论她自己的母亲。我说："你怎么说话呢？"她说："这么说怎么了？这是不是事实呀？"我说："儿不嫌母丑，狗不嫌家贫。"她说："我说她长得丑，并没不承认她是我妈呀。幸亏我没长得随她，我随了我爸。我爸五官挺清秀的是吧？他的缺点是瘦小了点，这我倒没有随他，把个子长猛了。"我说："你爸好像不爱说话。"她说："他平常就是沉默寡言的。""也不理你妈？""根本不理，一句话都不跟她说，从来都不正眼看她。""那孩子是怎么生出来的？""这事你问他们去，我怎么知道？"

我所了解的谷溪莼，就是这么个人，讲话直言直语，近乎鲁直，不讲究分寸感和情面，往往没轻没重，与人争辩起来，有理没理都不退让。她是她家的最小的女儿。

粗算起来，我和她认识的时间不算短了，中间插进来过白玉，又插进来陈奇娅，却没有跟她发展出恋情，这当中自有原因。

"我们屋门前的石榴树长得可大了，每年都结好多好多石榴。"时隔多年后她在电话里忽然对我大讲她家院子里的石榴树。"比你见到的时候高多了，那时还是小树，现在都成参天大树了。"

"参天大树？我不信，你又在夸张，石榴树能长到哪儿去？"

"你瞧。我骗你干嘛，不信你可以实地看看来嘛。"

"恍然如梦，时间过得太快了。"

我是在那年的秋末冬初认识她的，新年元旦她便邀请我去她家做客。那天上午我寻进她家院子，在来自几个方向的目光的注视下，向站在院当间自来水龙头前的人，打听谷溪莼住哪屋？正问话间听得一声门响，她单手插裤袋跑至我的跟前。

“欢迎你，新年好。”

为着她的这一番迎迓，这一声问候，我就当纪念她一生的，尽管我无法给她我给不了的。

第二十二章　独木桥

1

和谷溪莼认识的第一年的冬天，我收到她从学校写来的邀请信，信中说这周六晚上在校礼堂举办讲座，由金观涛讲用控制论研究中国封建社会的新观点，请我务必前去，她在学校正门接我。

她领我进入礼堂入座的时候，我有点紧张难为情。礼拜堂里灯火通明，认识谷溪莼的人将目光投向我，而她则俨然是我的女友的样子，并有意识地引起别人的注意。她的这种神气令我有些不适。她领我走到比较靠前的地方找座位，我看见有两张空椅子，便建议就近坐了。

这是我第一次进高校听讲座，稠人广众，四下里坐的都是该校的师生，外来旁听的好像就我一个人。没有正式身份的感觉，名不正言不顺的感觉，浑水摸鱼的感觉，短暂地袭过我的心头。坐在我右手边的谷溪莼则是一副熟门熟路、本乡本土的气度。

她这个人本性孤傲，全然不在乎别人怎么看她。今晚在她的身边坐了位男士，大有给她增光之概，而我担心自己会给她减分的顾虑，则全然是多余的。从她与我交谈的神色中，看出我在她的眼里还是拿得出手的，她关照我的地主之谊，增强了我的自信心。

渐渐地，随着场上人们对于主讲者的不加批判的钦服之情的增长，使我不由自主地开始瞧不起他们。

讲座中间休息的时候讲台前围满了听众，向金观涛提问求教。谷溪莼拉着我也往前挤。我不想求教他什么，只是想看看这位小个子中年男人长什么样。看清楚了，我就往回走，谷溪莼不情愿地跟我回到座位上。

我评论说："他衣服的垫肩高得夸张，脸长得像马立本。"

她一听笑了："你说话可得注意点儿，我可是他的崇拜者。"

我也笑："就他那本薄得可怜的《公开的情书》，你也崇拜？你今年多大了？"

"我比你小一岁，怎么了？这跟岁数有什么关系？"

"小儿科呀，老大不小了，怎么还这么小儿科？才写到哪儿呀？浅浅的那么一丁点儿。”

她抬手捅我一拳：“还没人敢这么挤对我，你是头一个，换个人，我早窜儿了。”

散场以后我们之间发生了一番争论。她是金某观点的全盘接收者，我则是五五开，同意一半，反对一半。我说：“他把中国封建社会看做一个控制系统是有启发意义的，可以用于分析一些历史现象，但也有许多地方解释不通。他今晚讲的最有价值的部分，是说古代地主庄园，是再生封建王朝的母块基的观点，我以为很对。然而他说农民起义总体来说是起着维持、修补封建社会结构的作用的观点，就是不分青红皂白，缺乏具体分析，经不起大量史实的检验，经不起证伪。他翻来覆去列举的就那么几次众所周知的起义，多了就说不上来了，他好像没有下工夫读史。‘例不十，法不立’，你总得弄清了事情的全貌，才能归纳总结出有价值的规律来。照他的观点，等于一律地将农民起义说成是反动的反历史的。农民成了永远的倒霉蛋，不反抗不对，反抗也不对，还叫人有没有活路？与此同时我也承认他的这个观点还是有些客观性的，对我不无启发。我总体的感觉是，他今晚用控制论讲中国古代社会的历史运动，还是显得生搬硬套，不无牵强之处，给人以机械论的印象。”

我和谷溪莼都没有正经研读过历史，对中国古代史一知半解，争论也是瞎争，是缺乏根底的外行之论。但如实说出自己的感受和观点，毕竟是件愉快的事，加之年轻气盛，好自我表现，不惜口舌唾沫，于是我们便从礼堂辩论到林荫路。

通过这次辩论，使我看到了一个绝对争强好胜、嘴上不输人的谷溪莼，一个即便是理屈辞穷了，也还要争辩到底的谷溪莼。最后我不得不说：“我们不要迷信这个金观涛，他对中国历史是一瓶子不满半瓶子逛荡，何况他还是半路出家。”

跟女人过多地去谈论历史啦，哲学之类的话题，是与女性交游的败笔，即便坐在你对面的是知识型女性也如此，除非她是这方面的专家，并醉心于其间。一般的知识女性想听听你在这些方面的见解，也无非是想测测你的智力水平和知识面如何，以便于她对你下判断。女人更喜欢感性的话题，生活化的话题，经验层面上的话题，话题扯远了扯抽象了，没几个女人真心喜欢。你跟她这种话题说多了，她会在心里骂你书呆子，大傻帽。

这是我人到中年时的经验谈。可惜我二十岁挂零的时节，对此浑然无觉。假如我早知道如此，我会尽量少跟女人言及那类抽象的领域。自己所知既少，积累亦薄，干那份费力不讨好的事干什么？可反过来想，如果那时的我便如今日这般地了解于世故，那还是青年的我，血气方刚的我吗？还会有因无知，因对世界充满好奇心了解欲，而生发那种种冲动与行为吗？设若青年时期的我，压根儿就没有那种种不成熟的热情与不知山高水低，那还有意思吗？

萧斯塔科维奇回忆说：有一次，格拉祖诺夫听我和一个朋友视奏勃拉姆斯的《第二交响乐》。我们弹得很糟，因为我们没有听过这首乐曲。格拉祖诺夫问我们过去听过没有，我老实回答说：“没有，没听过。”他叹了口气说：“你们真幸运，年轻人有那么多美好的事物等着你们去发现。而我呢，什么都已经涉猎了。不幸啊。”

那天晚上从礼堂到林荫路上的争论，就具有青年男女之间的那种热情的不知山高几何水深几何的特性。彼此都认真投入坚持己见，九到十分的意气风发。虽然我们争得激烈互不相让，但我看出她并不生我的气，甚至有意想把争论延长。这时她忽然想到了一个自然而然的问题，她说："你既然这么有独立见解，为什么不上大学深造？"

我说："一言难尽，三句话两句话说不清楚。"

她道："我的问题可能冒昧，可我确实很想知道，我们之间应该开诚布公。我这厢洗耳恭听。"

她领我走上一条僻静小路。我仰头望见星空，透过寒战的疏枝，感到有些眼晕。我说："大路朝天，各走半边。你走你的阳关道，我走我的独木桥。不管白猫黑猫，抓住老鼠就是好猫。"

这是开场白。

我从我插队办病退给她讲起——

2

我们那拨高中插队知青中的大部分人，在插满了两年的时候，分配回了北京。我比他们多插了一年半，总共在农村待了三年半。我的这点插队史，跟去东北、内蒙古插队的那些老知青没法比。咱俩属于一种情况，都是在"文革"中上的高中，高中毕业后下的乡。我是"文革"中的第二届高中生，你是第三届，比我低一年。还有就是咱们都在远郊区平谷县插队，说起来也算是老乡。

赶到插队插满三年的时候，留在村里的为数不多的这几个知青，开始人心浮动，各自盘算返城的事。这是各自为战的行动，正所谓小鸡不撒尿，各走各的道。正在这时，我母亲的朋友介绍了一位县医院的医生给我，我专程拜访了她。她建议我查查肝功，然后由她给我开具一个因病在身，无法从事农业劳动的医院证明，然后我拿着这个证明去办病退。我说我的肝功指标现在都正常，没法儿查。她指点迷津："你可以找个人替你查嘛。"

我们这两个高中班的知青多灾多难，下乡后的第一个夏天赶上痢疾流行，我们无一幸免，全都一天几十次几十次地泻痢，把肠子的内膜都拉完了，一个个全都脱了形，其中有人还险些丧命。接下来又遭遇全县乙肝流行，我们这些男知青无一逃脱。我是其中发病最晚、症状最轻的。别人都是急性黄疸型肝炎，而我查不出黄疸异常，指标刚刚超出一点，于是医生将我定为急性无黄疸型肝炎患者。我在连续吃了七十多服的板蓝根为主药的汤药后，再去查肝功，指标归于正常。

大多数人陆续病愈下地了，最后只剩下八队的孔祥森肝功指标还偏高，但不碍吃不碍喝。替我去抽血这个事，非他不可。孔祥森是我的一个铁哥们儿，走路喜欢驼着背昂着脸，小眼眯眯眼镜老滑到鼻子翅儿上，我把这难题跟他一说，他一拍胸脯满口答应。

第二天起大早，我们二人搭拖拉机赶到县医院。我填单子，他拿着去抽血。十点钟结果出来，说血浑了，气得森子两眼直翻："我今儿早什么都没吃，血怎么会浑？准是你们试管没洗干净。"县医院人说："那没办法，你只能改天再抽一次。"

森子够意思，一拨楞脑袋："再抽一次就再抽一次，反正我这儿有一腔子血呢。"他一拍自己的一向喜欢凹着，挺不起来的胸脯。

中午我们俩溜达到县城中心最大的餐厅，要了好几盘炒肉熘肉和两瓶小香槟酒，饱餐一顿。当然是我付账，眼看着鲜浓的一管血被抽出了他的身体，怎么着也得给他补补呀，更何况改天还得抽。

苍天有眼，再次抽血的化验结果，正是我们所要的。随后我几经周折，终于将放在公社大院里的人事关系档案袋，拎回了北京城，拎给了街道办事处。

这当然是作弊，但也是自救，当时的政策是逼良为娼，大家都在干不得已的事。能这么干的也是一种觉悟。不，我从不隐讳这件事。我感谢森子的哥们义气，我逢人就说我们是鲜血凝成的友谊。

户口回到市里后，我在家晃了不多的几天，便经人介绍去北京图书馆当临时工。主要工作是拿着读者填写的借书条，一趟一趟地到书库里找书，送到前台。那是一段暗无天日的日子，差一点把我窒息成傻子，我无法说它一句好话。

在办病退这件事上我的确考虑不周。孔祥森他们之所以不愿意办病退，是怕档案里夹个有病的记录，回城以后不好找工作，而我则不管那么多，想的是走一步说一步。此时我觉得我继续在村子里待下去，已经是在无谓地浪费生命。比我们晚一年下乡的知青中，出了几个极品无赖，都在我这个生产队，我急于远离这几块料。他们都是你们那届的，我们这届里，没有这种人。你知道他们坏到什么地步？全宿舍公用的水缸，他们往里头泡脏衣服。……

事后证明，森子他们是对的，比我虑事周全，他们等到了全国恢复高考的历史时机，剩在村里的几个老知青，多数考上了大学。孔祥森从头到尾的备考复习，都是我帮他弄的，他几乎天天找我来问问题。我文科是强项，这在两个高中班的同学里是公认的。可是我档案里的一纸病退证明，挡住了我第一年参加高考的路。办事处的人说："你是病退的，今年不能报考，只能明年再看了。"

说心里话，我当时的心理，对上大学并不积极。我原来对自己的设计就是，边深入社会边自学边写作。那时我把深入生活看成头等大事，有些急于求成。当时我心目中有几个现成的样板：左拉、高尔基、萧伯纳、纪德等。我不太相信大学能把我培养成一流的诗人、作家，并且我自信自己自学得已经不错了，再自学个一两年就会有眉目。也就是说，面对新形势，我没有放弃原来的自我设计，加以及时的调整。不过这仍然不是关键所在。关键所在是我这个半农民对城市社会一无所知，不知深浅，对贯穿其内的组织人事制度，全无了解，也没想到去问问别人，也没有区分开带着作家身份深入生活，跟谋生糊口进入分工系统之间的天壤之别。人家是出入自由，你却是在充当齿轮和螺丝钉，活活地就能把你钉死在那里，连人身自由都谈不上。总之是我对我所谓的深入生活，抱有不切实际的幻想。

幻想起源于无知，我栽跟头就栽在无知上，当然还得加上个自以为是。自以为是其实也是一种无知。

3

青年进入社会是瞎子摸象。你知道你前面将遭遇到的是什么吗？你知道城市成人社会是什么性质吗？你两手空空的一个小青年，满眼热诚，一腔理想，它会对你格外开恩吗？全都不知道，就生生的敢拿自己的青春乃至一生作赌。这就是我——余奔滔，你面前的这个人的一贯作风。

眼看着高中时学习不如我的同学，纷纷跨进大学，我心有未甘地在北图书库里给人走来走去找书。天一亮进去，天黑了才出来。空洞的过道，窒闷的书库，到处是霉味儿尘螨味儿旧书皮子味儿。成天见不到一个活人，只有我一个人的足音空空然跫跫然。假如我栽死在书库的某个空当间，十天半月都不会有人知道。假如我就这样老死在这个岗位上，那我就是一个不折不扣的看不见的人，默默无闻的无声无臭之物。

虽然我刚二十岁多一点点，但我等于已经判给了坟墓。在书库通道里疲于奔命的时候，我联想起坟墓的墓道。我一点都不夸张，那种感受真真确确，今天由于时间关系，我也只能给你轻描淡写。

我刚进馆报到那天，人事部长许诺说："干得好会给你转正的。"可这时我则想：我决不能老死这里。倒找钱我也不干。

你知道在那个时期——尽管我只在那里干了十个月，但毕竟是我的履历中的一个有特殊内容的时期——我最渴望什么吗？你猜吧？算了，你猜不着。我最渴望见到天色，见到自然光线。每天里我只要是能晒上十分钟的太阳，那我便是神仙了，连娶媳妇洞房花烛夜我都不换。对，我真是这么感觉的，我宁可罄尽我的所有，去换取这十分钟的阳光。你永远也无法想象我咣当走出书库的铁门，让第一缕阳光抱紧我的感受。那纯粹的阳光味儿呀，别提多好闻啦，别提多滋润灌溉肺腑啦，别提多醉人神魂啦。假如这时四外无人的话，我肯定会对着铂光灿烂的太阳喜极而泣的。

就在这时，库长来找我谈话了，人事部长那铁青脸的女人来找我谈话了。他们几下里一致地指责我下班以后不回家，钻在书库里看书，说有人反映我了。我说我用我休息时间看书，犯了哪条法了？他们说不管你犯哪条儿，就是不许你看。那位库长明白地对我讲："咱们是干书皮儿学的，书里的字不是我们看的。"

就为我看书这码子事，他们给了我三次处分，召开了三次书库职工大会，集体围攻我。等到他们第四次找我的时候，便是宣布赶我走了。

在北图书库的这段日子，长了我的见识，让我认识了一些人，一些人的嘴脸，他们的窄小的心，他们的灰暗细小的思维，他们的扭曲僵化的规则，他们的既叵测又卑鄙的小市民的心计。我从心里嘲笑他们。

他们认为是他们赶走了我，而我却觉得是我驱逐了他们。

只要不让我再进入那活棺材活地狱般的书库，不再见到那些面无人色的、地窖幽灵般的、自认为还算是小小知识分子的小市民，我就谢天谢地了。

他们开围攻我的会的地点，就在北京图书馆的后花园，哪天你跟我过去，我可以精确无误地指给你。那些平日跟我小余长小余短的师傅们，在会上全都翻了脸，毫不留情地朝我开火。上年纪的职工这么干，我不觉稀奇，年轻的职工也都不甘落后的表演，却出乎我的意料，令我难以理解。那种墙倒乱人推，鼓破人捶的场面，让人心寒齿冷，透心冰凉，也激起我深刻的蔑视心理。

那是我回城以后瞧不起的第一群人。

4

我不得不拿起了高考复习资料。

可复习资料上的东西是多么的呆板无生气，多么的扭曲浅薄、谬误百出呀。你看它出的那些政治、历史、语文考题，你看看它叫人死记硬背的标准答案，到底有多少科学性、真理性？伪知识充斥其间不说，有多少偏颇、霸道之论，强迫人非得鹦鹉学舌，照本宣科不可？不留给人半点独立思考、具体分析问题的空间。

每每拿起这些东西作复习的时候，我都气不顺，气不打一处来，但还得强忍着硬背。

在这上面我大约花了四个月的时间，在我觉得差不多了的时候，我便天天蹲北图去看自己感兴趣的书去了。

我在北图当临时工之时，他们发给我一个临时借书证，离馆之后还可以用上一年，我充分地利用了这一便利。这段日子过得艰苦而充实。中午带个凉馒头，喝一缸子白开水，一直到闭馆才回家。这回我撒开欢儿来读书，一解那些人不让我看书之恨。这期间我写成了一篇研究性的东西，很长，是从探讨汉语诗歌形式的规律入手进而研讨现代格律诗的形态的。中国现代格律诗，这完全是我自己研究出的心得，我为此而满意。至今我都认为我总结的东西非常正确，至今除我之外还无人得出这些结论。除此以外，我还写了一点汉语学的和美学方面的札记。

别着急，这就要说到考试了。

蹲图书馆期间，我认识了几位爱好文学的男青年，大家形成了一个自发的小组，交游与讨论，成为我们的活动内容。临近五月时，他们当中有人告诉我中央戏剧学院戏文系设考招收二十名学生。闻知此讯，我和一位姓高的朋友，决定去一试。而这时距离中戏开考的时间只剩下五天了。

为什么相较之下，我对考戏文系更有劲头儿呢？原因之一是直接学习创作，原因之二是我数学不好，戏文系不考数学。钱锺书考清华大学时，数学考了十五分，我考也只能考到这个分数，而考中戏可躲开这一关。

我屁滚尿流地抓紧五天时间看了几个剧本，有莎士比亚的，有莫里哀的，有契诃夫的，还有一本是卓别林的《舞台生涯》。易卜生、萧伯纳、曹禺的剧本以前看过，这次只能过过电影。就这么着，五天一过完，我便上阵了。

跟我一起参考的小高是中戏教师子弟，内部消息灵通。他说这次报考戏文系的各地考生，共有五千多人，录取比例极低，但他对自己被录取有十足的把握，全然一副心里有底的劲头，与我们这些连中戏的门朝哪儿开都不知道的人，是完全两样的心态。打个比方说，同是一帮想出国的人，他的口袋里已然暗中被人塞进了签证，而我们还在大使馆门外排着队东张西望，等待问讯哩。长话短说吧，这次戏文系考试，初试我轻松通过了，复试没有过去。参加复试的有三百人。考试具体分为写作、文艺理论和口试三项，集中在三天里进行。复试中我的作文不太理想，抒情调子重了，没什么戏剧冲突。文艺理论我答得最好，得分也最多，笔头子飞动起来，观点源源不断。统一发下的纸不够用，我一次一次地跟监考的人要纸，那每张纸相当于《北京晚报》的一版，正、反面都写满。考分出来后，小高兴冲冲地给我报信，说我的文艺理论答卷得分名列前茅。可是这消息对我已没什么意义，因为我口试的情形很糟。

复试口试是在罗鼓巷中戏的校本部举行的。每人手里拿着号等在外面，就跟等着刑讯似的。一个鼓肚子的男人领我走进考场。一进屋，见一横溜人端坐在一排桌子的后面，个个铁青着脸。位居正中间的主考官，是位瓦刀形瘦脸的老男人，还有一位是个大鼓脸膀眼泡的老女人。

他们先问了我几个文学知识类的问题，又具体问作家作品，我一一作答，自我感觉还行，可是突然间他们给我设套了。他们抓住我提到的一本屠格涅夫的长篇小说《烟》，反复盘问我，问我怎么评价这本小说。我从我的阅读感受出发，而不是从文学史上的定评出发谈论这本小说，肯定地认为这本小说有很高的艺术性和感染力，在思想倾向上也并不像苏联评论说的那样消极，而是最终转向了淳朴善良，转向了真实自然的生活，是一个"繁华落尽见纯真"的结局。我说屠格涅夫这样子处理小说的结尾，包含着他自己的生活教训和人生经验，对人有启发、指导意义。

考官们互递着眼色，突然抛来一个问题："你评价一下这本小说的结构，与作者前几部小说的结构有什么不同？你谈谈它的缺点。"

我不假思索回答："有研究文章说这部小说结构松散，线头杂，我认为这不见得是缺点，倒是作家思想日趋复杂的一种表现。他内心充满矛盾，他要将这些矛盾表达出来，手法线条就无法保持单纯……"

"好了，你不用说了，你下去吧。"

我感到自己是被逐出了考场。

从考官们的场上表情，我看出他们的否定态度，他们对我抨击定评的言论显露不悦之色。可这时我已经无法改口，并且也不想改口。一时间我觉得我与他们之间不仅存在分歧，而且简直是对立的。

时间不允许我察言观色，盘算对策。与其顺风使舵猜着考官们的心思说，不如光荣地讲真话，那样还不至于被人瞧不起。只可惜我不是考官，假如我是考官的话，我是不会欣赏照着定评去谈论具体作品的人的。在我看来，既然是谈具体作品，就一定要好好地读那本书，具体细致地去感受它，尊重自己的真实感受，然后才有权说话。

口试结束后，时间已是中午，我和小高又聚在一处互通情况。他一听我这样答的题，惋惜得直跺脚："哎呀我的老兄，你这是犯忌的，你就得按照权威的文学史答，哪能从阅读出发回答呀？你呀！"

我说："写文学史的人未见得读了原著，他要是好好地读了原著，就不会想怎么说就怎么说，而不尊重作家的本意。"

"哎哟喂，你以为那些考官是谁呀？你以为每本书他们都看过呀？他们讲课左不过也是鹦鹉学舌耶。什么叫教书匠你知不知道？你以为他们个个都是杜波罗留波夫呀？唉，看起来你真是不懂这里头的事。"

我埋怨他："你知道你也没告诉我啊。事先我还问过你，甚至还想请你透透题，可你对我守口如瓶，够不仗义的。"

他脸腾地涨红："你这是赖我呀。哎哟喂，这可是绝密的，刀架在脖子上也不能说，说了我得吃不了兜着走，这怎么能说是我不够朋友？哎哟喂，你要真这么想，我也没办法。你这是拉不出屎来赖茅房。"他两手连摊摊带乍叉。

我说："那你现在又何必教训我，说什么都是马后炮了。不过我还跟你讲，你就是事先告诉我该怎么说了，临场了我可能还得照着自己的想法说，从本心上我就不愿意说违心的话。凭什么把人屠格涅夫苦心孤诣的东西一笔抹煞，给人扣帽子？我跟你说，这就是布尔什维克得势以后的偏见。凡有利于他们的就都是好的；凡不利于他们的，就说人是消极的虚无主义的甚至是反动的。拿党见代替艺术分析是非常有害的，是强加于人的。要说屠氏哪本小说写得不太好的话，我倒觉得被捧的很高的《前夜》不怎么真实，有概念化之嫌。英沙罗夫那个人物你不觉得他造作吗？多亏屠格涅夫没有落在他们的手里，要是落在了他们的手里，他的小说一本都通不过审查。我真没想到，好歹还是学府吧，这地方的老师跟苏联审查机关一样的霸道。"

"得得，消消气消消气。别人都看咱俩了，以为咱们在吵架。咱们找地方吃饭去，我做东。"

"你考得怎么样？"朝饭铺走着，轮到我问他。

"我？"他神秘地眨眨眼睛，"我应该没什么问题，不说是胜券在握吧，也是板儿上钉钉。"

我说："你让我十分地嫉妒，十分地不佩服。"

小高说："连我都不佩服我。我这是'近水楼台先得月，向阳花木早逢春'，不得白不得，不逢白不逢。这事你还不能怪我不够朋友，第一，天机不可泄；第二，谁都有私心，谁也不愿意多一个竞争对手是不是？你还可以去参加高考，而就我这功课底子，高考没戏。人各有命，人各有命啊。”

5

听着绕脖子了是不是？我这就说到我参加高考的事了。

参加完中戏的考试，离夏季高考的日期就很近了。虽说不爱看那些高考复习资料，我还是捏着鼻子重新拾起来。准备得应该说是八九不离十了，末了问题还是出在我的性格上。

原本我就不喜欢教科书上的许多提法，等到临场看到卷子，我的那些被抑制下去的情绪，一下子浮了上来。平常光用嘴背背叨咕叨咕还显不出来，一提起笔来，我就管不住自己了。我写出标准答案之后，又另起自然段写我自己对同一个问题的看法。你像关于鸦片战争，我就说像对任何事物都要一分为二一样，对鸦片战争也要两面观。一方面它是侵略战争，给中国造成了灾难，但从另一方面看，它也给中国带来了外来的资本主义新因素与讯息，以外力的形式给了满清王朝以打击，催促它的灭亡。我说假如没有外来力量的冲击，辛亥革命可能会晚爆发许多年，或者根本不会发生。我说要是单凭中国本国内部的力量去动摇满清暴政，是极其困难的，非得把当时的中国置于世界的大变局中，中国的社会变局才会真正发生。鸦片战争在客观上就起到了逼迫闭关锁国的王朝与外界发生联系的作用。在答题中我引用了马克思的话：“战争是一种特殊的交往方式。”

你再像答明末资本主义萌芽那样的题的时候，我引用了从傅筑夫的《中国经济发展史》里看来的观点。傅筑夫认为拿着些织布机的量的增加，作为明末中国有资本主义萌芽的证据，是不足为训的。他认为中国的资本主义是早熟的，早在春秋战国时期就出现了，体现为土地资本主义的生产方式，其首要之点是建立起土地买卖制和土地契约制，这是和封建采邑制封建领主制的土地占有方式大不一样的土地占有方式。他引用《资本论》中关于地租、土地资本主义的论述支持自己的立论，我感觉非常靠谱。他还在有关章节中谈到了春秋战国时期的大规模的商业流通。我听人说，傅筑夫写这个多卷本的《中国经济发展史》的时候，全部是口授，桌上连一本参考书都没有，材料都装在他的脑子里。

你说我是有病，其实还真没病。我一向对自己的要求是永远不在纸上写假话。从学写第一首诗我就是这样。文学要写假话就太没意思了，纯粹是吃饱了撑的没事干，耽误自己也耽误别人。这种心理成了习惯，拿起笔来就管不住自己，一任心里的东西顺流而下。我跟你说我从来不肯写检查，写也是写自己的真实想法，绝不违着心委屈自己，尽管一时的委屈能换来这样那样的好处，我也不愿意干。

我有一个观点：人一旦在纸上开始写违心的话，有第一次就有第二次、第三次、第四次……世界上的伪文学，都是从第一篇写起的，就像招上了海洛因一样。违心话写顺了手，坏毛病就形成了，多好的文笔也得给写坏了。于是一提笔我就得往自己认为是对的地方写，而不去计虑后果是什么。你说得不错，就像狗改不了吃屎、猫改不了上房一样。

总之，我一时性起就那样答完了卷子。语文、政治也都是那么答的。我甚至还幻想,有水平的老师判这样的卷子,是会给我加分的,嘿,你说我幼稚到了什么程度?

总之我就是那么答的高考卷子，当时还觉得心里挺痛快，过后一想，这是干吗呢？这不是在拿自己的个人前途寻开心吗？你要是全赶上不欣赏你这么答题的判卷老师可怎么办？我原还指着文史类卷子给数学卷子背分呢？这还能背得成吗？其结果，喏……就是我今天这样子……

6

听我抖落这些陈糠烂谷子的谷溪莼，眼镜片一直闪着幽微的星光，这时她突然照我肩头猛推一掌嚷道:“你真是太傻了。考大学是敲门砖,你跟它较什么劲?哎呀，你要能在平谷县参加第一届高考就好了。我跟你说，管得别提多松了，随便你抄书，没人来抄你的卷子。监考的人还说呢:‘这些知青挺不容易的，应该让他们回去了。’人家根本不管你，就瞪着两眼让你抄书。那样的话，你准能跟我们一块儿进大学。你急着回城干什么呀你？城里考试看得多严呐。你呀错失良机，错走一步棋。”

她说的情况令我吃惊 :“你说的是真的，竟有这种事？”

她嘴里咂巴一声正色道 :“不信你问你们同学去，一个教室空半间，全都挨坐在一起，交头接耳、翻书、传纸条，全随便，别提多好考了，谁像你非要赶第二年？越往后越正规，这事你还看不出来？你呀，我太为你遗憾了。”

我说:“得，你也别为我遗憾了，还是那句话:性格即命运。我这人道理都知道，也能劝别人,可轮到自己了就不行了。有时事先我也告诫自己,别使性子,低一次头，小不忍则乱大谋。可是一到临场的时候,一感觉到心里不得劲儿,腾地头就扬起来了，爱什么什么吧，就不计后果了。其实用一次违心一次低头，换取一生的顺利一生的前途，是值得的，可不知为什么我就做不来。可见我这人一辈子都顺不了。”

她说 :“我得谢谢你呀。”

我说 :“谢我什么你？”

她说 :“谢你让我了解了你这么多。”

我说 :“得了吧，就你的耳朵不值钱，能耐心听这些陈年旧事，你不让我倒找你钱就可以了。谁谢谁呀？你看光顾说话了。你看这是走哪儿来了，好像不是学校里了，咱还得往回走吧？”

她说:“这是教职宿舍区，往东走有门，我会把你带出去的。我住的宿舍在那头，离这儿不太远。找个时间我也想跟你说说我的事。咳……”

我说："好啊，看你的方便。我回城后就像个堂·吉诃德，到处碰壁，是'未敢翻身已碰头'。"

"其实我也是伤痕累累。"她轻叹一口气。

"咱俩是鱼找鱼虾找虾，乌龟专找大王八，惺惺惜惺惺。"

她说："爱当王八你当，别饶上别人。"

我说："哎，你帮我看看表几点了？别是后半夜了吧。我爬回家得什么时候？"

"你别走了要不，我给你去找个床位。"她好心地建议。

我说："三更半夜你敲谁的门？"

她说："我不信找不出个空床来。"

我说："再折腾天就亮了。"

她说："你就这么走？"

"噢，握一下手。"我摘下冻硬的皮手套。

"算你懂事。"

第二十三章　总有一天

1

谷溪莼对我有所不满，从她一句“算你懂事”，就可以品出来。怎么做才算是懂事呢，分手时跟她拥抱一下，是不是就达到她的懂事的标准了呢？那夜分手时，我明显感觉到她身体内部有一股往前拥的动能，我自己的体内也产生了这样一种力量。我们都僵滞了片刻，抑制住了，没有使之外显转化成行动。但你身体里有什么？我身体里有什么？彼此都能感应得到，彼此又都心照不宣，维持着斯文矜持。

女人说男人不懂事的时候，往往并不是指你不懂通常意义上的人情世故，而是埋怨你没有按她的意愿去做。可她这时通常并不把自己的意愿明说出来，反而是一种庄重的样子，叫你无从去断定她的真实心思。假如你误读了她的意思或者莽撞行事，惹得她翻脸，那岂不是大跌眼镜，大煞风景？因此糊涂一点是安全之策。在男女之事上，真糊涂的男人有几个？他往往游走在明白与糊涂之间。真的连糊涂都不装了，往往是出事或者得罪人的开端。

谷溪莼是个任性的情绪化的人，凭一己之兴一己之愿行事。以往她来我家，都是突如其来，突然袭击，说闯来就闯来，事先不打任何招呼，这一次她居然事前写信通告，真是太阳从西边出来了。

我对谷溪莼的感觉一直复杂而矛盾。我知道她拿我还是当回事的，我对她也心存一份情谊，与此同时，我又觉得她与我若即若离，我并不了解她的真实生活，我不在场时的她的真实活动。我觉得她这个人我难以把握，也非我所能驾驭的。保持适当的距离，可以跟她不错地相处，拆掉了这点距离，则会事端百出，无有宁日。我跟她始终没有走到那一步，因此我这么想缺乏事实根据，但是我非常相信我的这个推断。她曾经神色不满地批评我为人冷静、谨慎，其实只是看到了表面现象，而没有弄清我心里是怎么想的。

自从去年夏天我亲耳从她口中得知她的私生活的秘密后，我对她的态度就更加复杂难言了。

阅读谷溪莼来信的这天晚上，恰巧陶枫丹来了。她一眼撩见了桌子上的信，我确信她从信封上看清楚了寄信人的学校名称，并且心有所动。她没有多问什么，也没有再往那个信封上看。

我觉得我应该告诉她给我寄这封信的人的简况，但转念一想，三五句话根本讲不清，反倒越描越黑，还是不提为好，随她怎么去看，反正原本是互不冲突的。

陶枫丹的到来令我意外："今天非节非周末的，你怎么有空儿？"

她回答："我们学校今天放假了，当然有空儿。"

我说："哟，你们倒早，别的学校还得几天哪。"

她说:"我们期末考试都考完了，还等什么？你瞧我连家都没回，就先看你来了，多够意思。"

她伸头往外屋看看，示意我关上门她有要事说。见她表情神秘郑重，我一时闹不清她葫芦里卖什么药，催促她快说。她踟蹰半晌，才吞吞吐吐道："我见到他和他的那个了。"

我明白她说的"他"是指她的旧情人，"他的那个"指她旧情人的老婆。

"你找他去了？"我问。

"不是，我在街上碰见的。今天中午我上街办事低头走路，一抬头迎面撞上他们，连躲都来不及，这不是冤家路窄吗？我一时措手不及，狼狈透了。"

"你肯定做梦都想着碰上他吧，这不正好如愿以偿了。"

"你别拿我取笑。我立时就傻了，呆若木鸡。"

"他老婆什么样儿？都跟你说了什么？他们的状态怎么样？"我连问好几个问题。

"他老婆嘛，人长得一般，也是工厂的。他的反应倒还及时，为我们做了介绍，他老婆态度挺客气的，问了句：'你们早就认识？'还说：'上大学多好哇，比我们有出息。将来坐办公室。'我当时脑袋里一片空白，张口结舌说不出话来，样子肯定傻透了。他嘛，我觉得比以前老了好几岁，气色憔悴，说话有气无力，从前的干练有力劲儿已经不见了，眼睛也失去了昔日的光彩，我甚至觉得他身上多了层平庸气。我为他感到悲哀。"

我说："你怕是带了有色眼镜看人家吧？把人家看憔悴了看悲哀了，你心里好受一些。"

陶枫丹争辩："我是眼见为实，他的确较之以前变化很大，我能看出他的婚姻并不幸福。当初我和他好遭到我妈的反对后，他闪电结婚，找了现在的这个女人。他心里真爱的是我。他是在破罐破摔。他远没有我想象中的那么成熟。唉，是我害了他。"

"眼不见心不烦，这一见之下便丢了魂了是不是？"

"是，心里乱透了，打翻了五味瓶，家都不想回了。"

都说初恋是女人一生都忘记不了的，何况是近在眼前的，伤口张着的，心肝依然被其揪扯着的，新的依托尚未抓到的时期。

陶枫丹在和这个她不肯对我说出姓名的男青年的恋爱中，陷得不浅。为此她深受震撼过，痴迷疯狂过，神魂颠倒过。这男士是她原来上过班的食品厂的工人，担任个小组长之类的职务。他们在工作中建立了感情，在枫丹考入大学后，他们联系更加紧密，情感达到了高潮。在情感高潮的驱策下，陶枫丹按捺不住激动将事情告诉了母亲。她妈一听便炸了马蜂窝，倾尽全力干涉反对。这大大出乎枫丹的初衷。她原以为她会从妈妈得知自己恋爱的消息的喜悦中，增倍扩大自己的幸福感，却没料到收获的是一天冰雹。

她自述她妈对他们采取了隔离措施，假期中真的将她关在家中不让她出门。为此，她妈专门请假在家监视她。陶枫丹以绝食的方式抗议，捍卫自己的初恋，前后坚持了三天。她妈无奈之下找到她的男友，搬他前来劝说女儿进食。事情过去后，她妈找她男友谈话，表达了坚决不允许他们结合的态度，说了一些刺伤她男友自尊心的话，终于拆散了他们。

这个过程发生的时候，我还不认识陶枫丹，等到孔祥森介绍我和她认识时，暴风雨已经过去，故事的主人公正在痛定思痛，独自舔舐自己的伤口，旧帆落下，新帆未举。她这时期拿给我看的她的全部诗作,都是吞咽咀嚼这件事及其心理影响的，孔祥森将它们诬称为“弃妇之作”、“弃妇之吟”，虽然是戏言，却欠缺着那么点设身处地的同情心。

“弃妇”一词，听上去是说一个女人被男人玩弄后抛弃的意思。森子用这样的词语谈论他们班的女生，如果不是用词不当的话，便是加入了想象。这等于是在我不明真相的情况下，给我面前的这位女性，下了歪曲性的定义。而陶枫丹本人对这样的曲解竟毫无所知，还真心实意地将自己的伤怀诗拿给这些同学看，表明她那时确实相当的单纯。

2

当晚我陪同陶枫丹走了好几站地的路，直到看着她上车离去。

一路上我作为倾听者，倾听着她发自肺腑的唏嘘感叹，也照例地向她通报我和陈奇娅的关系的现状。我们的事她似乎是有意无意问起的，但却听得一字不漏。很多时候，她在我面前都保持着温情、理性的态度，既推心置腹，又不说过头话，没见她忽冷忽热，没见她掉头而去，就这么不即不离地守在你的一边，你都不知道她守什么等什么？我对她的这种态势感到比较满意，因为这不使我感到有压力，不干扰我对陈奇娅的感情。

换到陶枫丹的角度上看，我这时期心里只有那个女高中生，是针插不进水泼不进的。对这样的一名“候选人”，选取保持接触加观望的策略，是恰当适宜的，除此以外也没有别的办法。在这一点上她比谷溪莼明智。这当中起作用的，不光是经验，主要还是性格。

这期间，我隐约觉出陶枫丹一直在从旁观察、分析我，她把我列入了她的择偶候选人榜，在我和某个人之间搞等距离外交。从纯精神上，她比较偏向于我；从未来利益上，她比较偏向于另外一个人。那另外的人，没有我的诗才，却会有比我好的工作和社会地位。

她在静观默察，静观待变，在等待中挑选。

当年，我不知是从哪些表象上，隐约觉得陶枫丹是一个偏于理智的、比较实际的人，可是她多年间的经历，却向我表明，她恰恰是一个迷于情用于情，以至于弯转了自己的生活道路的人。她当年把自己表现得成熟深沉，是一种假象，是一种自以为是。

她其实多年来一直活在自己的梦想中，直至这梦想使她成为流落异国他乡、无力回归的人。

当晚送走了陶枫丹，她的话言犹在耳：我看你的情形不妙，你不要掉以轻心。那孩子她爸偷了你的诗，他不会看看就完了，响水不开，开水不响，你要有点思想准备。你要知道，这一代做父母的，要多功利有多功利，他们才不管你梁山伯与祝英台呢。希望你警惕啊。

当晚我心里很不平静，思东想西的隐隐有不祥之感。我想找谢径说说话，请他帮我分析分析情况，给我一点安慰，可一想，他跟梁珊瑚此时正在外地，无法联系上，什么时候回来也没个音信。我想要是有机会能调调工作就好了。既然这个社会中的人那么看重人的社会地位权势，社会地位权势来自于阶级等级关系，阶级等级形成于社会分工的基础之上，那么要想改善自己的社会身份，就得想办法改变分工身份。是的是的，这事真得当个事儿办了。你无法消弭社会等级差别，消除人们头脑里的贵贱等级观念，你只能设法去缩小与你所爱的人的社会等级差别，否则前景不容乐观。目前陈奇娅对你的恋情，还没有掺杂进什么社会因素，但以后这些因素会越掺杂越多，因为你无法阻挡她成长过程中的社会化，你无法阻挡她像这个社会中的其他孩子们那样去实现社会化。

不管这种社会化与人本主义的理想多么背道而驰，但它毕竟是现实，是极为普遍的广大人群都跟着走的现实，这现实又被装进了广大人群的头脑，形成了他们的意识观念、价值标准。成千上亿的人一边倒地看世界权衡事体，少数持理想主义思想的人，只不过是空气中的几朵飞絮，几朵虚像，什么什么都抵敌不住。

蓦地，我记起我在北图书库当临时工时的一幕情节：

这天下午，我在送到书库里来的借书条上面，发现了自己当年所在中学的一位男教师的名字。早在上初中时他就认识我，高中时他给我们班带过一段历史课。初中二年级时，他与我们一起去东北旺林场劳动，休息时上场和我们一起打过篮球。那次他没带运动裤衩，只穿了三角裤衩上场。前不久我听人说他早就离开了学校，目前正在读社会学的研究生。有机会在北图这地方见到认识自己的老师这件事，令我心怀喜悦。我找好他要借的书，拿着跑到前台，亲自送到他的手上。

一见面我热情地叫他司徒老师，他先是一愣，叫出我的名字，问你怎么会在这里？我告诉他我在书库当临时工，他哦了一声，瞟一眼我身上穿的劳动布工作服，一脸的漠视冷淡。起初我尚未察言观色，只兴冲冲地询问他的近况和原学校的老师们的情况，并问他借《列宁全集》做什么用？这位四十岁出头的老研究生答曰：他正在写学位论文，要对照核实一下。我热情不减地还想跟他多聊几句，突然觉察到对方眼神中的冷漠、轻贱、高高在上的神色。我随着他的视线，低头看见了自己身上的土呛呛的工作服——自己当下身份的标志。

他的神色已然明白在讲，这个学生的现状是他所瞧不上的，是不值得他搭理的，而他俨然是鸟枪换炮，属于另外一个体面的世界了，不久就要飞黄腾达，壮志凌云了。

他的脸上明白无误地烙着“势利”二字。这是把我烧成灰也读不错的字样。这是这个城市社会的最典型的脸孔，一霎间被我读透了。他优越到了全然不必掩饰内心活动的份儿上，势利到了连最基本的礼貌都不顾及的程度。

记得那天傍晚，在东北旺林场打完篮球下来，他毫无遮掩地对我们几位学生干部大谈他怀才不遇的感慨，一副痛心疾首的样子：“王海荣跟我是大学同学，你们看她现在爬得多高呀。当年我是高才生，她对我须仰视才见，可我现在落得个当孩子头，这命运太不公平了，老天爷太不开眼了……谁叫咱没人王海荣那背景呐……人比人得死，货比货得扔……”

见我们似懂非懂地听他说话，似懂非懂地拿眼睛望他，他用毛巾擦拭几把汗，摇摇手，郁郁地走开。

当年他不经意间泄露的这番牢骚，如今言犹在我耳，却已然物是人非。他俨然已经和他的旧日同学王海荣平起平坐了，眼里怎么会夹这么个给他找书的人？这就是那个你兴冲冲跑上来一见的昔日的老师。

齿冷，真他妈冷掉牙齿啊。成年社会的嘴脸。

还跟他客气什么？冷脸对冷脸，突然起身离去，让他一个人在那儿琢磨吧。

记住这经典的一幕。永远长足了记性。

3

说起调动工作之想，在我已非只一日。去年秋天我和谢径上香山之前，我就试过一回，退缩而归。那次，谢径的一个朋友介绍我去一家电扇厂看看，我如约前往。谢径的朋友的同事，认识那个厂的厂长，传话说厂里正在物色一名兼管宣传工作的文化教员，叫我去面谈。

那家小有名气的电扇厂，地处城西的一条胡同里，从一个破旧的小厂门进去，一问就找到了厂办所在的老旧房子。从一截露天旧铁梯上去，推开一扇颤乎颤乎的木板门，就是厂办的几间办公室。厂长办公室是一间用纤维板隔开的小屋，里面烟气腾腾，一屋子人正在开会传达中央文件。我进屋问谁是厂长，并说明来意。一个方楞子头的中年男人说等会儿散了会咱们谈，你先去车间熟悉熟悉情况。

我照着他手指的方向，沿着一截旧铁梯，下到一间说小不小说大不大的车间。

这个所谓的车间实在太简陋了，墙壁屋顶破旧不堪不说，地上竟然连层砖都没有铺，全部是高低不平的土地，连层最起码的三合土都没夯。

诚如那位厂长所说，上午停电，几台旧机床静静地瘫痪在湿土地上，一些工人正在干着手工操作的零活，个个灰头土脸，身上穿着油污不堪的工作服，手戴着脏黑脏黑的线手套。铁件叮当碰撞着，伴和着榔头的击打声。我俯身拾起散落在地上的电扇扇页，察看上面的油漆面，心想立在自己家中的被当作贵重物件的电扇，原来就是从这种地方出来的，摆在百货大楼里它们干干净净，漆得瓦亮，却是这等出身。

车间里的人们注意到了我这张陌生面孔，眼皮一撩一撩地朝我看过来，有的索性停下工具，坐下来吸烟。我走至一块黑板的跟前，猫下腰观看。

一位年龄看上去长我两三岁的男青年，正蹲在地上专心画板报。他手里的粉笔勾勾勒勒，勾画着他头脑中的图像，一会儿一组人物出来了，一会儿一个场景出来了，手法传神洗练。我不由得评论道："真是好功夫，画得真不错。"

画板报的青年知道有人在看他画，一直没吱声，听我夸他，才撩一撩眼皮夹我一眼，慢声开腔："怎么意思，你懂画儿？"

我赔笑道："略知一二。"

他直立身子，闭目几秒，活动活动腰身，掏出支香烟衔在嘴上，眯眼欣赏自己的手笔。又从烟盒里弹出支烟来，示意让我拿，我取出自己的烟盒来请他尝尝我的。他一看："带过滤嘴儿的，抽你一支。不是来检查工作的吧？"

我向他说明自己此行的来意。他皮笑肉不笑地吐云吐雾不置一词。

一支烟抽完，他踩灭烟蒂，冲我招手："走，我领你透透风去，参观参观。"

不到一刻钟的工夫，他领我将小厂子转了个遍，最后把我领到了犄角旮旯处的一间小砖房里，让我坐在一张木板开裂的破椅子上。"喝口水，抽支烟。"他倒坐在另一张破木椅上。他上一眼下一眼地看我，欲言又止。我被他来来回回地看得好不自在，又不便发作。

只听他将水缸子往木桌上一墩，慢声开口道："我把你研究来研究去，没看出你有什么毛病来呀，可是你看你弄的这个事，又让人不得不往这上头想。这么说吧，我觉着你这人怪。"

听这话茬，是话里有话，我忙问："此话怎讲？我人生地不熟，请老兄你明示。"

他摇摇头晃着指间的烟说道："这地方知道是哪儿么？宣教科，就在这儿办公。你来了就在这儿上班。你看这地方怎么样呀？好人有在这儿窝着的吗？我这人说话直，你别不爱听。你在干什么你知不知道？人往高处走，水往低处流，要饭不还得挑挑地方吗？您到这地界要饭来？那不是脑子里有屎吗？到这等地方来高就，您连热乎屎都吃不上，我明跟你说。

"我这人天生直肠子不带拐弯，我这么说你准以为我是在排挤你，害怕你抢我的饭碗。抢啊，谁抢都行，我早不想端它了。可咱俩素不相识，没冤没仇的不是？我诓你干什么呀？要我说，趁早您呐，打道回府，此地不可留。

“你就拿我来说，这笔画儿怎么样？不赖歹吧，你都看见了，画这么个板报，外带刷刷标语什么的，就是我的全部作为。屈才啊，欲哭无泪啊。您还要来给我做垫背的？积点儿德呗。”

一踏进这家厂子，我已经大失所望，再听这位先生的一席言语，我不觉后背嗖嗖发凉。

原来这位美工小伙子，说是宣传科的专职美工，却是以工代干。平常他手头有任务的时候，画画板报，出出专栏，写写标语口号，完了事他还得下车间干活儿，哪里缺人手就让他填补哪里，专职和兼职之间，没有明确的界限。我原来所设想的，一边在宣传科搞搞文字工作，一边便利地去接触车间生活，在这里行不通。到时候，只要厂级头头发一句话，我就成车间熟练工了，再想提拎书捆都没地方提拎去了。

更令我不寒而栗的，是这里对待人才的心态。据这位美工仁兄讲，他曾经在“文革”后期高校招收工农兵学员的时候，偷着报考过中央美院。美院方面通过了他的考试，决定录取他。可是直到美院开学了，也迟迟不见这位新生来报到。原来是录取通知书寄发到厂子里，被厂部扣押了。最后美院派人到厂子里寻找这个学生，遭到了意想不到的阻挠。车间主任红口白牙地对美院来人称：“我们这里没这个人。”干这件阴损事的不是别人，就是这个厂子的现任厂长，即我在开会屋子里见到的那个人。

就是这个人的这么一次欺骗行为，便完完整整地断送了美工仁兄的锦绣前程。说起这码子事，这位仁兄恨得天昏地暗。天底下竟有这等阴损的心地、黑暗的心理，真真正正的损人不利己，缺了八辈子的德了。“丫挺的不得好死，得是他妈的横死。你猜丫挺的跟人怎么说？他说：‘想从我这儿鲤鱼跳龙门，没门儿。’这人他妈有多坏。因此我说，您还要来？来干吗？找闷死呀？有我这么一个倒霉蛋还嫌不够吗？我是叫天天不应，叫地地不灵，你惦记给我陪绑来是不是？您趁早儿，哪儿凉快哪儿歇着去吧。今儿老天爷让你遇上我，算是你走运，这烂泥沟子，你也要跳？”

厂部的会终于散了，我跟那位长方楞子脸厂长的对话十分简短，从中证实了美工的话。

“下月我们厂开办职工学校，你过来吧，来当教员兼秘书，归口在宣教科。”

“请问我来了算哪个系列的编制？”

“算以工代干。”

“职工学校结束了我干什么？”

“那到时候再说，车间需要人你就去车间。”

车间？我一想他的那个车间，心里就起腻，就这种工作场所，比起自取处来，条件又恶劣多了，一派脏乱差，比杀猪场强不到哪去。难怪左拉和高尔基都把工厂写成人间地狱。在工业时代欲找寻地狱的图景，只需到这种具有早期工业特征的工厂车间转转就够了。都说这山望着那山高，这一望望出那山低来了。由此可知，在社会等级的最底层这部分，也还是存在着更细的等级层次的，在图书公司当工人，跟在这种小破工厂当工人，还是不一样的，起码工作条件、卫生条件还是强不少的。

到了这种车间里，那你就真的成了不折不扣的生产工具，不折不扣的齿轮和螺丝钉了。在这种破旧嘈杂的车间里工作，比起在天空下种大地差远了去了，起码天空、土地、空气是干净开阔的。假如同样从事奴隶劳动，我宁可选择露天，而不选择这种烂工厂。

我说："我都听明白了，咱们再见吧。"

这次的见闻，给了我强烈的刺激。回家的路上，我耳边还在回响着那位美工对我说过的话——人往高处走，水往低处流。我问自己，有这么调工作的吗？你还嫌自己所受的奴役不够吗？从一个奴役场所往另一个更为糟糕的奴役场所钻？我庆幸自己亲自跑来看了一趟，没有稀里糊涂办调动手续，否则一旦木已成舟，就真瞎了。等于平白地将自己送给根本不认识的人和机构去欺压、宰割，给人多送了一块脚下泥。就那位阴德福厂长，还不如大头科长是人呢。他稍微看着你不顺眼，就能一句话把你发配到车间最脏最累的地方去，让你永世不得翻身。到时候，那才是叫天天不应，叫地地不灵呐。

那家伙是谁？一个胸无点墨的工头。可他手握绝对的权力，骑在百十号人的头上说一不二，作威作福。像你这样的人，一旦落到他的手里，他不捏死你才怪！

再看看他屁股底下的那些叠床架屋的厂级机构吧——什么工会，什么团支部，什么人事科，什么生产科，什么技术科，什么财务科……算上党支部，一共十三个科室，每个科室都有正头有副头有科员小兵。这些人组成了一个寄生层，既和生产相联系又不直接从事生产劳动，所得收入还高于一线工人。在这个寄生层的上面，端坐着这个小国里的没人敢惹的两个人——厂长和党委书记。

我这一次欲办的所谓调动，不过就是打算加入这个寄生层，到车间工人的头上去分一杯羹。虽然你的目的是圆创作梦，可你还是在去分羹，你择不清你自己。可这哪里是一碗羹啊？根本就是一把钉子。

4

在陈奇娅放寒假的这段时间里，我的心情极不踏实，几乎是数着天数度日。收不到她的信和电话，不知道她每天干些什么？和什么人在一起？想没想着我？"响水不开，开水不响"，陶枫丹的话时时被我记起。变故，陈奇娅家中该不会发生什么变故吧？在此期间，我将她写给我的全部信件又重温了一遍，体味着当中的字字句句，细细梳理归纳她发出来的情感信息，回放着跟她在一起的每一时刻，每组镜头、场景中的细节，她说过的每一句话，确认着她的真实立场。

我想她不写信来一定有她的难处，或者作业量大，或者缺少独处的空间、机会。我用秦观的诗句"两情若是久长时，又岂在朝朝暮暮"来宽慰自己。又正是：

蓼岸风多橘柚香，

江边一望楚天长，
片帆烟际闪孤光。

谢径倒是有信来了。信上说他和梁珊瑚现在正住在荆门他父母亲的家中。他母亲热情地欢迎梁珊瑚的到来，给予了细致周到的款待。“小珊大为感动，有宾至如归的感觉。”他又写道：“我们还会再住些天，也许会住到小珊开学。我们是以逸待劳，静观待变，要坚持到小珊她妈妥协，接受我们的条件。我的存假快用完了，我得给党校写封信请假，假如他们不批，我准备豁出去了。”

我想他们俩胜利在望了，轮到我的麻烦来了。我又想，有梁珊瑚榜样在前，陈奇娅也应该是坚定有主张的。她既然对以前的软弱作过那么沉痛的反省，她应该跟以前大不一样了。我想人的成长就像小孩学步，总得经历一些摇摇摆摆，跌跌撞撞，方能成人。对她一定要有信心。就在这些念头袭扰我之际，陶枫丹匆匆跑来找我。她一进门气喘吁吁，见到我才面露神定之色。

“快换件衣服，跟我去见我大表姐。”

我说：“你大表姐？她见我干什么？”

她说：“你只管跟我走就是了，边走我边告诉你。哎我说你就没有别的衣裳了？”

我说：“你到底要我干什么？是相亲还是怎么的？我这衣服不是挺好的么，干吗五次三番叫我换衣服？”

她前进两步，后退两步，上一眼下一眼地打量我：“不是相亲，胜似相亲，你还是装扮装扮比较好，不过朴素也有朴素的好处。那咱走吧。”

出了街门她才抖开包袱，说明原委。她说她今天中午在表姐家吃饭，听她表姐说一家中央级的著名杂志社，正急于物色一名文笔好的编辑。她说当时我便想到了你。她说她表姐的同学在那家杂志的思想评论部当主任，委托她表姐给物色人选。

“我表姐直为我可惜，说你要是今年毕业就好了，过去舞舞文弄弄墨，挺适合你的。我说我向你推荐一个人选，这个人文笔比我强，比我更合适。我表姐一听便说：‘你马上领他来见我。’”

我说：“怪不得你说跟相亲差不多呢。买马不还得看看牙口吗？”嘴上这么说着，我心里开始忐忑不安起来。我要见到的这位表姐是位什么样的人？她的脾气、好恶是什么？她跟我投缘不投缘？

陶枫丹这天情绪格外高涨，为朋友办件大事的喜悦，跳动在她的眉梢笑靥上，仿佛是她给自己找了份好工作似的。她今天走路的脚步格外轻快，脚掌富于弹力。她眼神四顾流盼，面颊微微泛红，笼罩着一层微微的水汽。我发现她今天比平常话多，脸颊泛着红晕，表姐表姐不离口，净说些她表姐的事。渐渐地我被她说得心生惊奇，睁大了眼睛。只听她说——

“我表姐是‘文革’开始那年大学毕业的，念的是外语系。你知道她学了几门外语？四门，英法德俄，全都能读原著。她是校花，大学里的风云人物，人送绰号小六妹。为什么叫六妹？她醉心于社会理论研究，公开说马、恩、列、斯、毛，她是老六，是未来的第六位大理论家，所以得了个小六妹的外号。她没认为自己大言不惭，还引以为荣呐。她公开宣称一生独身，为自己的理想奋斗。平常在生活中，她也按照一名大革命家的要求锤炼自己。盛夏骄阳似火的时候，别人都在凉快地方乘凉，她一个站在太阳底下暴晒，一晒四个小时，还拿眼睛直视太阳，要求自己不眨眼；刮风下雪时，她单裤汗衫在雪地里走，练习适应严寒；暴雨天，她一个人在操场上跑步，一边跑一边朗诵高尔基的《海燕》；她还一年四季洗冷水淋浴……她说在未来的斗争道路上，什么样的艰难困苦都可能遇到，什么样的恶劣条件都要能够战胜。”

我听得嘴巴大张：“这不整个一个拉赫美托夫吗？”

陶枫丹撇嘴：“她才看不上拉赫美托夫呐，她眼里只有马、恩、列、斯、毛，言必称这五个人，以老六自许。”

我说：“她别是有自大症吧？”

枫丹道：“她很正常哇，头脑非常清楚，逻辑性不是一般地强。见到她你就知道了。”

5

陶枫丹表姐小六妹帮我调工作这事，起初进展顺利，成事在望。我由衷地感谢我的这位朋友，感谢她为我的事如此上心，出此无私的援手。枫丹却道：“肥水不流外人田，你道我是为谁？”我说:“此话怎讲？”她说:“我拿你当内人呗。”我说:“甭管你拿我当什么，这份人情我记着，容当后报。”她说：“瞧你又说见外话。”我说：“别人为你做了事，你不能觉得是理所当然的，而应当记住，知恩图报。”枫丹说：“什么报不报的，你好了我不脸上也有光吗？努力吧弟兄们。”

那日，我遵照陶枫丹的吩咐，怀揣了三首诗去见她表姐。小六妹当下展读我的诗稿，读罢她面呈笑模样，抖抖手上的稿纸，扬声说道:“还真有股子劲啊，很好很好，我很欣赏，我通过了。我很快就会把你介绍给他们，这三首诗就留在我这里。我的同学李傲寒是部主任，在进人上有发言权，她和我是好朋友，买我的账，何况咱们还有过硬的作品摆在这里。过去以后好好干，别丢我的脸。”

小六妹其时住在靠近使馆区的一座低层楼房里，是里外两间的单元房。她让陶枫丹坐在三屉桌边的木椅上，招呼我挨着她坐在靠墙的长椅上。她的这张长椅样子看上去像公园里的那种，漆成白颜色，只是木条更为宽厚，式样更为古朴琢实。墙上挂着拉力器，墙角放着小杠铃。沿墙一溜儿书架子，上面戳满中外文图书。其中，光马、恩全集，就有三种文字的版本。我心生羡意，心想读外语系的优势，从这里就看出来了，能看原文，不受劣等翻译的愚弄。

小六妹这天穿着一身深灰色的运动衣裤，足踏一双枣皮色红帆布面回力球鞋，动作沉静中见利索。我原来想象她是位瘦高个宽肩膀的女性，面部棱角分明。相见之下，却见她个头中等，容貌并无出奇超常之处，一张颇为南方化的面庞，深眼窝，小刀片嘴唇。一进屋我差点脱口说:你怎么长得像苏联电影《丹娘》里的女主人公?我暗中观察她的眼仁，想知道她当年那么直视太阳，是否灼坏了她的眼睛。看样子不像。她的眼球黑白分明，连丝儿血丝都没有。她看书肯定比我只多不少，可她连眼镜都不戴。我想，她看来是天生的好体质，扛折腾。可我听她说话却是细声细气的，既不高亢也不嘹亮，像是绣花女之间的喁喁私语。听着她说话，我心想，女人到底是女人，性别是改不掉的，她即便是天下第一豪杰，她也还是女人。

在来的路上，我便琢磨着我即将见到的这个人，琢磨她的思想性格的来源源自何地?我觉得这个人不是“文革”中常见的那种极“左”派，也不同于受所谓红色教育熏染过深者。那种人的特质是膜拜偶像，自我丧失，而这位小六妹则是抱负不凡，志在做人类的精神明灯，行动的导师。一旦真的见了面，和她坐在同一张木长椅上，看着她在房间里走动，我数度默想“人不可貌相，海水不可斗量”这句谚语。

一个人是什么?不是什么?他的决定论在哪里?首先在他的心里，在他心里想要自己是什么。硬想要的，你很可能是不了，但如果你想都没想过，那就连半点可能都没有。我想中国不缺匍匐在地的顺民，缺的是情志飞扬、横睨一世的巨人。能不能成为巨人是一回事，想不想成为巨人是另一回事。我想我面前的这个人，可能会因为自定的人生目标过于宏大而难于实现，可能会因为生不逢时历史过于吝啬，不给她施展抱负的机会，可她自会获得一份充实。我甚至对她隐隐心生怜意，担心她的一生将会活得很累，很悲壮乃至于凄凉。凭我朦胧的直觉，我猜未来的中国社会，将会进入一个极为功利、实用的时代，像枫丹她表姐这样的人，将失去生存的土壤，将难以觅到现实的行动力量。

小六妹坚信“没有革命的理论，便没有革命的运动”，歌德老家伙却说：“生活之树常绿，而理论是灰色的。”小六妹对此的解释是：死的理论是灰色的，活的真理是绿色的。

有表妹在座，交谈中自然会扯到表姐的学生时代，小六妹全部认账，不过她承认自己那时不算个理论家，刚好处在起步的阶段，由于无知和醉心的缘故，把本应划清界限的一些东西，混淆在了一起。

我提问：“时至今日，你还承认把马恩列斯毛放在一起的提法吗?”

“当然不。”她熟练地转动着手中的铅笔。“马恩是马恩，列斯毛是列斯毛。把马克思主义和列宁主义拼连在一起叫马列主义，是一种重大的理论混淆，在马克思、恩格斯的理论中，从来就没有列宁的《国家与革命》里的那些提法。列宁的纲领为工人政权官僚化开辟了道路，却没有为解除这一变化提供可行的方案。因此马义和列义以此为界，然后才有的斯大林主义。”

她的观点引起了我的兴趣和思索，我说：“这本书我读过，给人以非常雄辩的印象。细想，还是觉得有地方模棱两可，似是而非。”

小六妹目光灼烁，以笔击掌："列宁后来果真将他一手奠定的上层建筑，形象地概括为'用苏维埃的油膏轻轻抹过'的官僚制度，取代沙皇的官僚制度。对此，他在《国家与革命》里进行了高超的诡辩和一厢情愿的幻想。因而他的这本书既明白晓畅又自相矛盾。它的自相矛盾不是靠事实，而是靠高超诡辩加以调和的。后来的历史发展使他的这些雄辩言词失去了光彩。毛泽东日后试图用发动'文革'来解决列宁留下的问题，结果以失败告终。因为他本人正站在他想要铲除的土地上。"

我笑："谈中国的事还是绕不开毛泽东。"

小六妹没有笑，她用笔杆在空中画了一个奇怪的符号，然后画出一个长长的水波纹，继续说着："毛泽东的情况有待研究澄清。他的早、中期思想与马恩理论框架中的基础部分联系不大，其注意力集中在解决中国革命的战略、策略问题上，目的在于减少弯路，乘势取胜，实现民族独立和早期工业化。"

她略加停顿，大概是要留给我们一个消化的时间，然后继续引申发挥道："马克思、恩格斯一向讲的是在资本主义生产力高度发达的基础上实现社会主义，而列、斯、毛所面临的历史课题却是在落后国家早日实现工业化。因此他们在旧制度和社会主义之间，加进了一个国家资本主义的发展时期，我们今天将这个解释为在历史夹迫当中的被迫的选择。"

"毛泽东的《新民主主义论》，可以看做中国版的《国家与革命》。它既是一种思想的延伸，更是历史夹迫的产物。在它发表之时，人们并没有看懂它，在毛泽东思想与马克思主义之间，也以此为界。当然也还有其他的界限，但这条界限最大，是分水岭。"

听到这里，枫丹插言戏谑道："表姐这下子可就乱套了，你没地方排了，当不成老六了。"

表姐快接一句："那就排老三。"

"难不成叫小'小三妹'。"枫丹动动眉梢颠颠头。

表姐笑言："少跟我贫你，你敢叫我'老三姐'瞧我不罚你倒立。"她又正色道，"理论的使命是探索真理、揭示本质，不是聚义厅排座次。这是自找苦吃坐冷板凳的差使，没有太多的荣耀可言。我要是想做官往上爬，凭我的资质和能力，上去该不成问题。可是谁让我爱上真理这个帅哥了呢？世间最大的苦恼是理论的苦恼，我现在就陷在这种苦恼中，不幸着而又幸福着，像一个有苦难言的情人。"

"表姐表姐，我看出你还是想男人的，放弃你的独身主义吧，青春易逝，时不我待，岁月不饶人啊，表姐表姐，真理再好当不得婚姻。"

陶枫丹使出老大的气力，摇晃表姐的双膝。她大声嚷出的话，说给她表姐，也说给她自己。

6

小六妹说话算数，将我推荐给了她的同学李傲寒。李傲寒在约见我的谈话中，表达了乐意接纳我的意向。几天过后，她传来可喜的消息，说是社领导听了她的汇报，口头上表示了同意的意见。她第二次约见我的时候，自始至终展露笑颜，满面春风。她甚至说到这个份儿上："我们马上要做同事了，你跟我说话不必客气，应该再随意一些。"她还在一张公用稿纸上给我写下了她的家庭住址，说欢迎我去她家做客。

事情顺利得让我有些发蒙，我不太敢相信这会是真的。陶枫丹甚至向我说了提前祝贺的话，要我事成之后请客。

我说："这些年的经历，使我不敢想望会有好事落到我的头上，倒霉在我已经习以为常。"

她说："瞧你干吗这么悲观？我表姐都说这事没跑儿。平常时候看你挺乐观的，没想到你骨子里还是个悲观主义者。"

我说："我要真是悲观主义者，恐怕就活不到现在了。我不是宿命论者，也不相信什么命运之说，可是我这些年的经历中，确实是好事不找我，坏事老上门，因此凡遇事，我都不免多往坏处想，少往好处想，这形成了习惯。"

她听我这样说，面呈惋叹之色，宽慰我："风水轮流转，山不转水转，这会儿这块云彩该给咱下下雨了。"

她说的是"给咱"，而不说"给你"，这令我心有所动。我说："借你的吉言，这回真的顺利的话，你挑地方，你说去哪儿咱去哪儿。"

她鼓掌道："去全聚德。"

我说："你就这种标准呀，太好打发点儿了。"

她抚掌道："我不是不忍心宰你嘛。"

虽说不敢做乐观想，但毕竟已霞光初现。我开始设想我将有一张新办公桌，将有许多自由支配的时间，工作跟自己的爱好将不再发生根本性的冲突，自己将要面对的材料、信息，将或多或少地对自己的文学修养的增益有帮助，将要结识新的面孔新的同事，将有机会出去采访，探访自己没有去过的地方，眼界将大大开阔，所见所闻所思，将源源不断流向笔端，这个部门虽非文学性质的，但好歹还是有文章可写的，写评论、随笔，还是本职工作范围之内的，这两种文体自己本来就喜欢……

李傲寒打电话到单位，叫我过去见社里管人事的干部，我如约前往。

一位五十岁上下的妇女笑着跟李傲寒打招呼，打手势让我就座。她说："我们尊重业务部门的推荐意见，傲寒是我们杂志社的业务大拿，说话管用。我们社目前缺人手，你来得正是时候。恢复高考后的第一届大学生都还没毕业，青黄不接，对你正是个机会。我有言在先，你刚来得以工代干，等有名额了才能转。情况就是这些。傲寒你看呢？"

我由衷地感谢李傲寒和这位人事干部，用心记下她们的相貌神态，记下这个时刻。听李傲寒说 :“好了，我们先去了。”我起立随她回编辑部。

正往外走间，我迎面撞上一个正往里走的人，我和他都打了个愣沉。白西亭，我差点叫出他的名字。

白西亭也一眼认出了我，他张张口没出声。我脱口问他 :“您怎么在这里？”

他声音不高地回答 :“来办公事。你……走了？”

“我还要再待一会儿。”

他说 :“好，过一刻钟我找你有话讲。”

白西亭的出现使我刚刚高兴起来的心情沉沉下落，添了几分烦乱。他认识这里的人事部的人，他马上会问出我来这里干什么。他会不会破坏我的事？他找我要谈些什么内容？他怎么看待我和白玉的分手？白玉是怎么跟他解释这个过程的？我心头罩上一层不祥的阴云。他现在要对我实施报复可是易如反掌。我怎么偏偏在这个关键时刻，落进了他的势力范围？我该如何应对他？

正在我东想西想的时候，白西亭推门进来。见屋内有其他人在场，他朝我招呼：“请你出来一下。”

我随他走至楼道顶头的窗前站下。时隔一年，我们两位老对手再次面对面。

7

白西亭说 :“你的事我知道了。你有这种意向可以早来找我嘛，我可以帮助你。我跟他们主抓人事的社长很熟，可以帮你说上话。刚才接待你的，是人事部主任，我也认识。我的条件是，你和白玉恢复关系，跟她结婚。”

我说 :“你的意思是说，你帮我说话是有条件的。他们已经说要我了，你还来帮我什么呢？”

白西亭的眼睛深处掠过不易察觉的寒意。“我搞人事我清楚，只要一天不调档案，任何谈话都不能算做最后的决定，因此你不要高兴得太早，所以在你的这件事上我还能起到作用，就看你识不识时务了。像你这种条件的人，属于可调可不调之间的。你该答复我的条件了。”

我心里的烦乱已经带到了脸上 :“我说白先生，我调动工作跟你和白玉应该没什么关系吧？咱们井水不犯河水。”

白西亭眼瞳深处的寒意更深了，那里头仿佛是两个冰洞的洞底，但随之洞底燃起幽微的蓝火。那是冷光的火，却也包蕴着热量。

他说 :“我女儿还一直惦记着你，她没能留住你，却把账记在我和她妈的头上，乱发脾气，说些难听的话。我实话跟你说，一开始我是反对我女儿搞个工人对象的，但后来我看你是个有骨气的青年，我开始对你另眼相看。特别是你在知道了我女儿的过去时，不肯抛弃她，使我转变了看法。所以，你也不要把我们看得一成不变。我的条件，你可以考虑。”

他的口气越到最后变得越软和，使我记起他突然之间双手端碗茶水到我面前的情形。啊，他正在转一个父亲的心肠，他眼睛深处的蓝火，是父爱之火。可是他为什么老是掐住别人的要害，以要挟威逼来迫人就犯呢？这个人怎么专会这一套？假如他只单单跟我说白玉对你还情未了，我建议你们不妨做朋友，我大概不会回绝他。可现在他要求我跟他做笔交易，如果我不答应他，他就会让我得不到这份我想要的工作。也就是说，如果我想得到这份工作，我就得接受一个我不想要的婚姻。

在他的观念里，任何人都会认清利害，做出合乎实际利益的选择的，他面前的这个余奔滔也不例外。在他的经验中，人是趋利避害的动物而不是相反。没有人拿着感情和尊严当饭吃。

在跟白玉分手的这一年多时间里，我虽然尽量将她拂开不去想，尽量淡化心头的伤痛与阴影，可是随着时间的推移，她的狰狞泼恶的一面越来越远了，她的对我好的时候的情景却为我所记着。我开始反省自己是不是太绝对了，是不是还可以恢复跟她的来往，是不是还可以做普通的朋友。当然啦，有过这种关系的男女再做起朋友来，怎么也普通不到普通朋友的地步了，可一刀两断不相往来，却是不必要的。毕竟她真心待过我，我真心待过她。再怎么着，我也从她那里上过"女人课"。假如机会凑巧她跟我走对头了，我也许会主动跟她打招呼，重新说话。那也许彼此会感觉比较自然。可是她的父亲，这位别的单位的人事干部，一个专门玩儿人的老手，却在这里摆开谈判的架势，要通过交换达到目的，并且他紧紧攥住被他意外抓到的我的要害，以逼勒之姿来要挟我。

这种感觉让我再次蒙受屈辱。假如我因此而答应他，对他说好话，那我的自尊心和人格意识就会深受挫伤。可是假如我说我不接受你的条件，他眼睛里的蓝火就会来吞噬我了。他眼睛里的火苗的柔情，是留给他的亲骨肉的，其杀伤力则是留给外人的。

我该怎么办呢？

只听白西亭说："我给你三天时间考虑。三天中的任何一天的晚上，你都可以来我家答复我。23点之前我等你。"

回想自己二十出头的年纪上，有许多次因人因事气炸了肺，假如放到如今再让我遇一遍那些事和人，一定是多数的场合我都会泰然处之，而不会伤肝动气。假使那时节我是青年的岁数，中年的阅历，那我肯定就会圆通许多，而不至于到处碰壁，历经坎坷。

可惜那时我只有青年的阅历和经验，所以我只能以那个时期的思维、行为方式去回应白西亭的通牒。是的，我当时的意识里就是蹦出了"通牒"这个词。而他的口气和神态，表示着他所握有的权力和能力，足以使我乖乖就范，跟着他的驯兽棒走。

我偏不。我这么激烈地想。我的逆反心理被他激惹起来了，我的反抗的天性被他激溅起来了，我的缺少耐性的青年的脾气，冲动起来了。

8

“不必三天，我现在就可以答复你。”因尊严受辱而备感痛苦的话语冲口而出。“我觉得你这是在讹诈，是在欺负人。你有什么要求可以说什么要求，没必要搞讹诈这一套。明明我可以答应的事，面对讹诈我就不能答应。因为那样一来，我就成了软骨头，成了屈服于要挟的人。可惜我不是那种人，我向来耻于和那种人为伍。你找错了人了。”

“你这样的不理智是不好的，很快你就会后悔。只知道逞一时的意气，于事无补，只能说明你年轻幼稚。我白某人年轻时也曾经是你这样的脾气，从你的身上，我看见了我青年时的影子，可那毕竟是影子了。我比你理智，知晓利害，不像你这么顽固，所以我才会有今天。还是那句话，我给你三天时间去考虑。顺便说一句，你不定非要进这家杂志社，我们报社你也可以来。我升了，现在是人事处副处长，分工管进人。”

他升迁了？我想，怪不得他底气比原先足了。自己先前不是也想过进他们报社吗？那时他权力尚小，不那么管用，听口气他现在今非昔比。他的提议确实挺诱惑人的，跟他说句妥协的话要不？怎么妥协，妥协到什么份儿上？难道你也要攀附权力了吗余奔滔？一个声音这样问我。你为什么如此讨厌权势呢？在这个社会上，谁不知道有权好办事，近权先得利？可你想想看，一听到人家说今日有权了，便软下来妥协，便屈从于他，那自己成什么人了？白西亭会看得起你吗？而像他女儿白玉那种秉性和底子的女人，你能要吗？你有足够的能力和思想准备，跟她缠搅一生一世吗？你又有几个一生一世呢？何况我今天要是答应了他，就等同背弃了陈奇娅——一个寄托着我的生活理想美学理想的女孩儿。可是如果我能得到一份体面的工作，不是更有把握得到自己的所爱了吗？可是那样一来，我就再也无法面对她了。这样想着，我的话就冲口而出：

“我现在就回答你，你女儿是什么样的人，你比我更清楚。将来跟她一起过日子会是什么滋味儿，你也应该能想象得出。我宁可当一辈子工人，受一辈子苦累，也不要一门活受罪的婚姻。既然两者都是受罪，那我宁可选择前者。因为好歹罪是我一个受，我只需哄我自己就行了。”

“站住！我的话还没说完。”白西亭的脸色已然非常的难看，他内心的痛苦和愤怒，比我还要强烈。他这个人有忍气的功夫。他忍气之时眼窝深深地凹陷，太阳穴上的青筋绷绷跳，牙关紧合。

但不久，他发出了笑声：“年轻人，气概可嘉啊，只可惜智谋不足啊。你为什么不动动心眼儿呢？结了婚你还可以离婚嘛。你可以在达到目的以后，再解除婚姻嘛。这也不失为一条计策。让我来教教你吧，年轻人。”

他的嘲弄的口吻激怒了我。我紧撵着他的话尾反击他：“这年头儿谁比谁傻多少？你以为你能想得到的，别人就想不到？我也教教你吧，涮人术并非只有你会，区别只在于为与不为。干那种下九流的事，没意思，脏了我的手。”

“唔，啧啧，高尚高尚。高尚是高尚者的墓志铭，这是你跟我说过的话吧。”白西亭的眼窝凹陷得更深了，脸色忽然少见地通红起来。他伸手上前揪住我的前襟，厉声吼叫：“你到这里干什么来了？我问你，干吗来了？你不就是想逃避体力劳动吗？不就是想跳出工人队伍吗？不就是想当个脱产的小文人吗？你难道忘了自己的目的了吗？你难道还想在社会的底层扑腾一辈子吗？人在一生当中，鲤鱼跳龙门的机会也许只有一次，机不可失，失不再来，过了这村就没这个店。何去何从，还要我来指点你吗？”

这家伙冲我吼叫的时候，几乎和我鼻尖对鼻尖。他口中喷出的股股烟臭味儿，像破麻袋片一样往我脸上糊，隔绝了我四外的氧气。他的焦黄的小而碎的一口牙齿，恨不得要咬下我的鼻子来。他鼻头上的带黑根子的汗毛眼，一张一扩地在我眼瞳前放大着。喊完末尾的一句话，他的喉头梗阻了一下，说不下去了，手劲随之松软。他的额角上沁出了豆大的汗珠，大口大口喘粗气。

这个人的确不简单，不愧是个老人事，他把我的处境和诉求都看透了。

他们这种职业的操人手，这些掌控他人上下进退的职业官吏，虽说既没有科学家探索自然奥秘的智力，又没有艺术家的创造想象力，也没有手艺人的一技之长，但他们只需会一门技艺，就足以衣食无忧，高居人上，那就是倚权仗势玩人。中国老话里说的，将谁谁玩于股掌之上的技能，一定是出自于有权有势的人，全无权势可言的人，是无此伎俩的，他们也难得此种俯视戏玩他人的视角。

白西亭呀白西亭，你把我所在的哪个阶级都扯上来嘲弄了，你抓住了我的要害，卡住了我的咽喉。可惜你并不真懂我余奔滔是谁呀，你跟所有的人一样，低估了我，小瞧了我。回敬他，回敬这个对自己发射的火箭弹的命中率把握十足的家伙。瞧他盘起了双臂，在等着他的猎物倒地，哀鸣，投出最后的绝望的眼神。

我再次开口：“不错，你说得不错。我确实是想跳出阶级底层，因为它所遭受的劳苦和歧视太为深重，我在里面感受到百分之二百的难受，不堪重负。这个阶级里的所有的人，没有不盼着翻身解放的，我并不是一个特殊的例外。他们当中的许多人，都把升入上流社会当成艳羡的目标。他们一旦进入所谓高一等的阶层，就会反过来像你一样轻贱那些还留在底层的人们。可我不是那种人。我跳出工人队伍，不是要跟这个阶级一刀两断，而是要返回身来为它做事，用我的笔，为它所遭受的苦难和不公正而呼吁，为它争取自由的意愿呐喊。我会为此尽我所能。”

啪啪啪，白西亭双手鼓出掌声。

“好好好，你高尚，你尽管高尚，爱怎么高尚就怎么高尚。我白某人年轻时也会背诵‘仰天长啸，壮怀激烈……’可是壮怀易碎，现实都是不以人的意志为转移的。好了，我累了。我跟你费的吐沫够多了，我最近身体不好。我今天跟你说的话，超过了我在家一年说的。你可以再高尚上一天，两天，可是第三天你务必三思啊。我白西亭也不是个吃素的……好了，你自便吧。我太累了……”

9

回家的路上我心怀悲愤，又为自己的不屈表现而稍感自豪，与此同时心里也打起了小鼓。往好处想，白西亭多少应有点君子风度，不会挟嫌报复，坏我的事。往坏里想，在我而言可能是唯一的一次调往文化单位工作的机会，就葬送掉了。这是不是又是一次不管不顾的行为呢？

是就是吧。去他妈的吧。

我再一次使出了不计一切后果的性子。

人的意识活动有时像涟漪，一块石头落入水中，水面会以涟漪扩散的形式，一圈儿一圈儿地消化那突如其来的力。白西亭跟我的这次会面在我心间激起的反响，也不是三时两刻便消弭掉的。

在事情刚临头的时候，屈辱的意识，危机的意识，觉得这个人不择手段，面目可憎的意识，占据着我的心。渐渐地，我转向身为人父者的立场去评价白西亭，才越来越看清他原来是一片爱女之情情切。为了满足女儿的要求和利益，他不惜做任何事情。他是腰里别着权势，怀里揣着父爱，来跟我谈判的。从几次打交道来看，这也是个硬性子男人，可他却拿了老脸来与我谈交易，要我重新接纳他的女儿，他这么做也是需要勇气和决心的。

别看他仗着权势和影响力，在我跟前面容凝重，撑着架子讲话，不忘他的身份地位，可其实他却是色厉内荏，在充当一个乞求者的角色。从表面上看去，决定我命运走向的权力握在他的手里，其实在他眼中，我更有能力影响他们一家人的未来生活，因此他的内心并不像他外表上那么强硬。说到底，他是想利用他所能利用的手段，为自己的女儿赢得一场婚姻。他不应被划入卑鄙之列，而着实的用心良苦。

他说他能把我调入他们报社，应该不是虚言，他会说到做到。我为什么又想到这上面来了？我后悔了吗？去干跟写作有关系的工作，是我多年的宿想，误入图书公司以后，此想与日俱增。此番如果我答应了白西亭的条件，就意味着可以梦想成真，人生就此步入坦途。

在当今社会，无论在中国还是在外国，有多少人都是仗着有利可图的婚姻而摇身一变，改善处境和命运的？不可胜数。别人能为了眼前的实惠，一闭眼跳进非己所愿的婚姻，我为什么不能？不能就是不能。假如你能够那样的话，为什么你偏偏做不来呢？为什么你无法屈膝妥协呢？因为你的心不允许你那样。你的心已经长成这样了，它不允许自己背叛自己。“人的身躯岂能从狗的洞子爬出？”

白西亭就是在给我设洞，胁迫我去钻它。他以为我跟世上那些贪图小荣华小富贵之徒没什么两样，随时准备出卖尊严、自由意志以及私生活的选择权。他是一个地道的东方式小官吏，他在尽享一个奴才所能得到的好处的时候，不知自由为何物，自由意志为何物。他知道生死关头苏格拉底是怎么说的吗——“从一开始在危险中我就决不想做出卑躬屈膝的奴才相，现在也决不追悔方才申辩的措辞。我宁愿因那样的措辞去死，而不愿以失节的言行苟活。无论在法庭还是战场，我或任何人都不应当不择手段地祈求免死。”这叫“宁可站着死，决不跪着生”。

假如我被允许进入天堂，条件是在进入前先下一次跪，那我宁可不进。假如我真的跪了下去，那么即便我进入了天堂，我的曾经的屈服与牺牲过尊严的记忆烙印，也便被我一起带了进去，令我想起来就羞愧，我的心便永远不能像天堂那般纯净美丽了。进入天堂的门票，难道是可以用一跪去换取的吗？假如我的心不是天堂了，那天堂还是天堂吗？

假如我急功近利只顾眼前，钻了白西亭设的洞，我的社会身份是改变了，可我也就成了他们家的奴才，断了脊梁骨的奴才。

退一步设想，假如白玉不是那么刁泼悍野的一个女人，假如她的文化底子不是那么瘠薄，假如她不曾小小年纪就放逸，我还会拒绝白西亭的提议吗？可是假如白玉如人所愿地理想完美，她的娘老子还会把她许配给我一个穷小子吗？我第一回去她家时他们的反应，不是早给出了答案吗？在白西亭的眼里，女儿的失身史、堕胎史，使她变得不那么值钱，使她变成没人爱要的女人。而我是知晓了这一切的男人，还曾经表示了包容的态度。把女儿交给这样的一个人，是降格以求，退而求其次的选择，是替骨肉着想。在白西亭看来，经过他的一番提携后，这个人成为一名体面的文化工作者，再配他的女儿，比找其他人来得更现成，更省事，也还不算有辱家门。否则，他永远都不会平白无故地去搭理一名小工人的，尽管他早年也在报社印刷厂当过排字工、班组长。

归根到底，在白西亭提议的这场交易中，我是弱势群体中的一员，要靠着别人拨动手指，给我或者赏我一个位置。归根结底，我的命运走向，取决于他人的意志，而不取决于我的意志。而那所谓别人所仗恃的，绝非他们自身，而是某种现实实体。他们仗着那个强大的实体而强大，离开了它，他们什么都不是，只是一些软体动物。

照理说，我是我自己的主人，是我自己的人生命运的主人，我理应是一个自由人。可是就有那么种力量将我框死在我不喜欢的地方，框死在低矮的小方格子里，那个无形的框子竟然如此法力无边，形同铁监。我想，终有一天我要自己做自己命运的主人，而不由任何人、任何组织来调遣我、驱策我、支配我。终有一天，我要与这世上之人建立完全自愿的平等合作关系。别人有事可以找我平等协商，但他不可以指挥我命令我奴役我。我想我要的就是这样一种人与人的关系。它是遥遥无期的吗？我总相信会有那么一天。伊勃拉莫夫写伊朗革命的小说题为《总有一天》，是的，总——有—— 一 ——天……

第二十四章　达摩克利斯剑落下

1

达摩克利斯剑落下来。

走在街上，终于可以看见学生们背着书包上下学了，也就是说，寒假结束，学校开课了。我又可以见到陈奇娅，又能和她通信了。

从荆门回到北京的谢径，如约和我一起去会赵海湄、陈奇娅。

梁珊瑚妈迫于情势做出了妥协让步，承认了女儿与谢径的恋爱关系，同意让珊瑚回京上学。可学校不是他们家开的，她还得托人找校领导协商，能不能转回原学校插班，还在两可之间。这期间，为了不耽误功课，珊瑚还得去哈尔滨上学。“庸人自扰，没事倒臊。早知今日，何必当初？什么地方有这种人，什么地就会生出无边的是非来。折腾死人不偿命。”谢径一肚子怨气，一腔的怜香惜玉心。

四人小组的午间散步，还照放假前的惯例进行，大家都表现出久别重逢的愉悦神态，不过我还是察觉到了陈奇娅神情背后的游离之色。我们四人当中，她的笑容停留的时间最为短暂。

没走出多远，她塞给我一个牛皮纸信封，我用手指捏捏，感觉厚于她以往的信件。我狐疑的目光像海上搜索的探照灯，一遍遍照到她的脸上，停驻在她眉目间。她的目光与我的目光一相碰撞便游移开去，而不再像放假前那样迎着我闪动明波，旖旎妩媚，她的瞳睛深处分明阴云蔽日，翻涌弄雨。怪呀，分别月余，她为何变得看上去生分？她的身上发生了什么事？有话就直说吧，不要让我费猜寻。

“假期我写了点东西，你看看吧。”

“是全部吗？”

“是主要的。不要拆，回去你自己看。”

她给我看的是她假期里写的三篇散文。一篇叫《血色》，一篇叫《夜光》，一篇叫《山那边》。

《血色》写寒假中的一天，她爸给她擦洗、维修自行车。她的自行车锈得很厉害，她爸给车卸了轴重新上油。当她爸将车装好，用丝绵揩擦手上的油泥的时候，天色已是黄昏。她爸吃力地直腰起身，突然因疼痛弯下身躯，手捂肝部。她害怕地问他是不是肝病又犯了？她爸爸摇摇头，一声不吭地扛起自行车，将车子扛上楼。这时暮霭浓浓，夕阳如泣，仿佛淌着殷红的血。她内心发出颤抖的感叹：爸爸老了，转眼之间衰老了。

《夜光》写父亲和她的一次极为严肃的谈话。她知道这场谈话迟早会到来。这天晚间她妈妈带弟弟出门去了，家中只留下她和爸爸。“好了，今晚我们可以认真地谈谈了。”做父亲的这样开场。谈话持续的时间很漫长，听得见时钟针的走动，世界鸦雀无声。在这篇散文里，她基本不涉笔谈话的具体内容，却极写谈话时的室内气氛，光影色调，空气的滞重感，她父亲的语气神态以及她的沉沉下坠的心绪。在这次长谈中，她父亲和她达成了一项秘密协议。

《山那边》使用了意象象征，写一个人艰难地翻过了一座大山，惊喜地看到山那边原来是蔚蓝广阔的大海，她忘情地朝海奔跑过去，扑向未来，扑向未知的生活。

这三篇东西的幕后内容是什么？是一桩连续性的事件和事件在她内心发生的作用，中心事件是晚间父女俩的那次长谈。所幸，陈奇娅在《夜光》一文中透露了她和父亲间的零星对话，使我多少把捉到一点他们的心迹。她记述道——

我问爸爸：“世界上究竟有没有爱情这种东西？”

沉默，长久的沉默。过了许久，爸爸才缓缓地答道：“真正的爱情……或许会有的吧……”

“那你和妈妈呢？”

爸爸窘住了，低埋下头去。又过了许久，他深深地叹了口气说：“人是很复杂的，许多时候，人的迁就性……是……很强的……”

这就是回答。这就是爸爸。

他们之间谈到了爱情，十之八九谈到了我。是断断续续谈出的，挤牙膏式谈出的。看得出，这父女俩之间交谈，喜欢采用暗示的隐喻的藏头露尾的迂回曲折的话语方式进行，营造些此时无声胜有声的氛围。这种语态氛围写入文章相当入味儿，别具韵致，易出文采，可我此番不是作为纯阅读欣赏来读它的，更远离了“奇文共欣赏”的雅兴。此番我是当事人之一，事关祸福生死。黑云压城，战云笼罩，不祥的蝙蝠成群飞临。我听见了肖斯塔科维奇《列宁格勒交响曲》第一乐章中的持续进逼的侵略者的脚步声，一百七十五次小鼓，在逼进的腾腾杀气中愈敲愈紧……祸事临头，苦难将至，我倾情爱恋的女孩儿正被一条鸿沟划隔到对岸，我的倾情献出去的心正受到践踏。那个人，那个我所不认识的看不见的人，站在我的女孩子的背后，向我射出恶毒的子弹。我知道他在那里，可是我够不到他，无法与之肉搏厮杀。我不能眼看着自己坐以待毙，我要奋起保卫自己的爱情果实。可是我的战斗难以展开，只要我发射炮火，就会打到陈奇娅的身上。我寄希望于陈奇娅对自己的情感的忠实，对自己的诺言的忠实。

在我看来，陈奇娅父亲的答语，基本上反映出他自己的婚姻状况的真相，可是他借此向女儿灌注爱情怀疑论，却是用意阴险的，不计后果的。他这是釜底抽薪，连人世间有没有爱情这种被相传为美好的人类感情都是问题，你还爱什么爱？信什么爱？接下来的推论，便是爱情虚假论，据此可以怀疑一切爱情表白的真实性，而视其为假。此招用在成年人身上不管用，可用在陈奇娅这样一位刚刚睁开眼探寻世界真相、生活真谛的小女生的身上，却作用非常，顿时在她内心造成了迷乱，巨大的迷乱。何况此论出自她的相依为命衷心爱戴的生父之口，何况还佐证以她的双亲的出乎意料的感情缺失，更何况她是这样一个认真求索的人。

在这以前，爱情、异性、感情世界，在她眼中充满着诗意，流溢着七色光彩，可是突然之间，她的父亲——一位老肝病患者的无限绝望满面愁苦的内心景象及其扩展，吓得她目瞪口呆，浑身冰凉，踉跄后退。浓浓的迷雾平地腾起，遮蔽在她的眼前。穿过它至少需要时间。这样一来，这位肝硬化患者的目的便达到了。这个上海男人极为聪明狡诈，他顺手就在他女儿的脑袋里钉了个楔子，让她头脑不清，罹患疑病，牢牢地为他所掌控。这时他顾不上去管这根楔子一旦楔入，日后如何拔除？由此会给他的爱女留下什么样的创伤及心理后遗症？

他在回答女儿的提问之前长久沉默，是踟蹰，也是在盘算，盘算如何作答才能取得他想要的效果。

第三篇《山那边》的弦外之音，也是隐约可辨的，篇中回响着她父亲的开导和她对于这开导的理解。篇中的意象是说：陈奇娅你目前高中阶段的课业学习直至高考，就是在翻越一座大山。山那边才是真正丰富的有价值的生活和人群，到了那时，优秀的有前途的男青年多的是，随便你挑选。因此，你眼前的东西肯定不是最好的，不足惜，不要在一棵树上吊死。反之，如果你被眼前的东西粘住了，绊住了，那么你就翻不过那座山去，丧失掉奔向大海——有前途的学业、事业、生活及婚姻的机会。未来虽然尚在未知，但却是存在着的，它就在山那边招手。

由此，我看到了自己的另一位敌手——陈奇娅的未来。敌意深深，警号响起，我如何赶超到它的前边，把自己提升到足以与之匹敌的水准呢？这个世界不是我的，我逾越不了的城墙太多了。

2

让我稍感安心的是，虽然发生了不祥的状况，陈奇娅与我尚保持着形式上的联系，心理上的纽带也还强固。前后比照，这之前她的心情是开放的、自由的、快乐的；这之后，她变得收敛、拘谨、抑郁，偶尔热烈欢笑一下，心里便有一个声音发出警示。一度被她驱赶得销声匿迹的检察官，再度重返她的内心，以她的父亲的形象。这个检察官与她意识深处的意愿是对立的，但她同时也承认着他的合法性，承认他的立场同自己未来的实际利益是合辙的。因此，她的内心发生着剧烈的冲突，心理负荷空前加大。在外在表现上，她变得目光低垂，沉默寡言。

以往四人组午间散步的时候，她有说有笑，风情蓬勃，跟我在一起待不够，谈不够，每每怨时光匆匆，如今她跟我们在一起，虽走着相同的路线，却只是走在我们的身边，一副心事重重，不即不离的样子。我感觉她既不愿意放弃跟我们在一起的机会，又无法回到先前的状态。假如这个时候叫她退出中午的活动，她肯定会失落，她肯定害怕在这个时间段孤单独处。她一方面自我节制着，一方面享受着与我在一起的时光。

她是一个感受力极强的孩子，以往我们相处相知的一点一滴，她都不会漏掉忘却，都深深地烙印在心。可是如今在她的脚下，赫然画出了一条黄色警戒线，她低头便看见它，她迫使自己裹足不前。然而她内心的过剩的热量，在抑制中压缩着压缩着，总量却并未减少。

我试图亲耳从她口中听到事情的原委真相，可她要不就沉默要不就摇头，要不就是说："我能说的，都写在那几篇东西里了，再多的我不能说，我答应过我爸，我不能违反约定。"

转入这个时期后，她的诗风文风发生了明显的变异。她在一篇散文里写到她去过天主教堂听弥撒，出现了原罪、阿门的字样。在另一篇散文中她开始谈论淡漠的人生态度。这两篇东西再次引起我的恐慌不安。我感觉到来自宗教和虚无主义的危害。因为这个女孩子的感情热力，一旦被宗教吸走，它们就会离我而去，而不再往我身上奔赴了，而为虚无主义统治的灵魂，会沿着冷漠、疏离、寡情的斜坡一路下滑，背离积极、热情、健康的人生路途，背离自然感情，背离爱，甚至使人变得阴冷可怕。

或许是我夸大了她的这番心理变异的危害性，或许这只是她心理上的一种自我保护方式，一种表面上消极，实际上积极的自我心理平衡。一时间我顾不得细想，接二连三地撰文撰诗回应她，试图为她纠偏，使她回到自然明媚的天地。针对关于淡漠问题的话题，我就先后写了两首相关的诗《关于淡漠（一）》、《关于淡漠（二）》。她看后只是把一双大眼睛直勾勾地看了我好半晌，不置一评。每当她这种样子的时候，我拿她最没办法。我深深叹气道："人都是会变的，人不能两次走进同一条河。"

"我没变，就是没变。"她小脸紧绷，目光严肃地回应我，"变了的只是形式，我还是我。"

她的话使我稍稍放心。

"你说过跟我永远不离不弃。"

"我不收回我说过的话，我说到就做到。希望你看人不要只看表面，要透过现象看本质。"

我说："我太愿意是这样了。"

她说："路遥知马力，日久见人心。"

"可是你看看你的脸色，成天价晴转阴多，阴转晴少。太怀念你以前的阳光灿烂了，但愿不会是昙花一现。你现在是千金难买一笑。"

"是吗？我这是苦恼人的笑。我求求你不要再挑我的理了行不行？我现在是猪八戒照镜子——里外不是人，老鼠进风箱——两头受气。”

她的话说得哀哀怜怜，凄凄楚楚，令我的心为之酸软。我眼前升起希望之星。感到她的心还在我这里，她还是我的陈奇娅。我伸手抓住她的袄袖，再次感觉到她的单薄。她的胳膊细细轻轻，袄袖薄薄软软。我心疼地嗔怪她：“你出来又不穿大衣，瞧小脸疼成什么样儿了。”

“我忘了。其实中午没那么冷。”她再次闪现出俏皮的神情。这次放完寒假，眼看着她见瘦，面带憔悴，像是大病初愈的光景。她的一双本来就大的眼睛，尤其地变大，在眼眶子里逛荡。“我有时真想大哭一场啊。”她猛不丁冒出这么一句。

她心里很苦，咧嘴一笑都是涩涩的。

我说：“要哭我都没有眼泪了，我的眼泪都在看你的一号诗簿的那天夜里流完了。我想喊，想找一个没人的地方痛痛快快地喊一阵，泄泄心头的闷气。你看这是我新写的一首诗，题目就叫《想喊》。”

这首《想喊》是首苦闷自嘲之作，大意写一个人在四面碰壁的生活境遇中备感难受，老想找个地方喊几嗓子。他来到一片空场清清喉咙刚想发声，便听到身后有人走来；他寻到城墙根，觉得是个可以喊喊的地方，却又被行人打断；最后他来到一条废弃的河的枯柳下，刚说要放开喉咙了，却被手提铁桶肩扛钓竿的人冲撞。总之，这个苦闷的人在整个城里转悠了一圈儿，一喊都没有喊成，最后他得出结论：这个城市根本就没你喊的地方，喊也只能在心里喊喊罢了，源于人内心的自然愿望，在此地是难以实现的。

奇娅看完我这首打油诗，当下就开颜大笑起来。

“太逗了，太是那么回事了，我深有同感，就是没想到像这样写出来。”

我说：“我最近看美国女作家奥茨的短篇小说《在冰山里》，有心得。文中的主人公坐在车中忽然领悟到：‘上帝也曾经爱过的呀。’”

她说：“这篇小说我也看过，很喜欢，看到这个地方时我心跳加快。”

我说：“这篇小说是反冷漠的，你有共鸣，说明你并非真的冷漠。”

她说：“女人的心很复杂，不能一句话概括。”

3

和陈奇娅之间的这种谈话，带给我希望和鼓舞，我天真地以为我们之间会一直这样相处下去，有望会回到我们最快乐相投的时期。可轮到下一次再见面的时候，她又是一副不苟言笑的样子，让我跟上一次的约会接不上茬。我在信中大惑不解，愤愤不平，用“翻云覆雨”形容她。

她的翻云覆雨还表现在她写来的书信上。她亲手写在信末尾的落款，在我看来就是她与我的关系的心理晴雨表。她时而自称陈奇娅，时而自称小娅，时而自称妹妹，每次都不一样，显得混乱不统一。我知道这不是她随便写的，每次都跟她的心理活动有关。我内心深处希望的是一种稳定牢固的恋爱关系，她给我的却是摇曳不定，扑朔迷离，搞得我心情忽上忽下，起起落落，缓缓急急，很累，很紧张，不得消停。我很愿意将其看成是小女孩玩儿的心理游戏，可她以前怎么不玩这个呀？我无法确切形容出我对她的感情是多么的认真，但我可以说我的神经跟她的神经是连上了，她那里这么一动我就这么一动，她那里那么一动我就那么一动，真正是千丝万缕，千牵万挂，心肺相连。我写信恨然抱怨："我挺大一个男人，怎么就操控在了一个小屁孩儿的手里？我的喜怒哀乐乃至整个命运，竟然都握在了一个小妞儿的手里。她是谁？她算老几？她哪来的这么大的魔力？"

多年后常听人说男人贱，我当时对这个女孩子的心思，岂止是一个"贱"字所能了得的，那真是千回百转，牵肠挂肚啊！她的一颦一笑，眉梢的每一次挑动，似乎都关乎着天下大事，世界的兴衰，是头等头等的要事。我甚至哀嚎道："你不要再折磨我了，给我一个定准行吗？"

我把我的惶惑气恨说给谢径听，他的反应是："这叫卤水点豆腐——一物降一物，项羽厉害不厉害，弱女子虞姬就能拿住他，叫他为她英雄气短，儿女情长，舍生忘死。女人属水，水能穿石，无坚不摧。学着点吧徒弟，这里头学问大了去了。"

人在这种时候，才最需要挚友，才最需要耐心的真心实意的安慰宽解，设若没有谢径的友谊在身边，很难想象我怎么度过这个时期。这一时期，只要从电话里一听到我心情惶惑苦闷，谢径的反应总是："你等着，今天我去看你。"或者说："别急别急，今晚我过去咱们分析分析。"于是，从颐和园中央党校到市内的公交车上，就挤进他的瘦瘦的身影。

在灯下，他再次让我翻出奇娅写给我的那封被他定性为情书的信来，重新展读。经过一番一而再再而三的分析解读后，他得出的结论依然是：这是她写给你的情书，千真万确不容怀疑。

我将陈奇娅写给我的信件通通堆到桌上请他研究比较。他蹙着额头凝神翻阅着，琢磨着，末了一拍桌子："维持原判，她爱你没跑儿。"

他的权威解释，缓解了我的顶胀心头的紧张焦虑心态，我开始有说有笑，时不时幽默两下子。谢径也得意忘形起来："服气吧哥们儿，我老谢是金睛火眼。得说姜是老的辣。"

我毕竟不是孩子，不会因为一个人说是怎么回事，我就确信那是怎么回事。正像毛泽东写给江青的信中，说他自己又自信又不自信，身上有虎气也有猴气一样，我身上的猴气一上来，便禁不住又不自信起来，于是便大晚上跑至赵海湄家，向她打探陈奇娅的真意。海湄十分肯定地告诉我，据她观察，奇娅对我的感情就是爱情，她说："我成天跟她在一起，太了解她心里是怎么想的了，在她的心目中，你就是她的恋人。同样是你妹妹，我就不能对你那样，可她就能，她觉得那是她的权力。你想一想，不是恋人的关系，她敢那样跟你说话吗？我怎么就不敢？你就把心搁在肚子里吧，别成天价一惊一乍的了。"

我说："她好像特别不乐意我信里提到'将来'、'结婚'这样的字眼儿。见到这样的字词，她十之八九会在回信末尾落款'妹妹'、'小妹'。"

海湄笑道："多新鲜啊，我们才多大岁数呀，将来呀，结婚呀，都多渺茫呀，离着我们还十万八千里，敢恋爱就不错了，谁敢去想结婚？你知不知道，这就是年龄上的差异，想问题的起点的差异。人干什么事都要讲个阶段性对不对？你得走一步说一步，千万别把她吓跑了。你不认为眼前你能得到的，才是最重要的吗？"

"有道理，有道理。可我心里就是不好受怎么办？"

海湄说："你以为就你一个人不好受呀？你觉得小娅会比你更好受吗？今天下课做值日的时候，小娅突然大声唱起《都有一颗红亮的心》来。她可着嗓子唱，正在搞卫生的同学都傻了，全都住了手，面面相觑，不知她是怎么回事。我看见她的眼眶里有泪花。唱完了，她长长呼出一口气，愣了一会儿神儿，才不声不响地又抄起笤帚。我真担心她会憋出病来。"

海湄讲的事，把我的心紧紧揪痛了。奇娅这孩子，如今正在负荷大大超出她的年纪所能承担的心理重压。她内心里交织的痛苦冲突，超乎了我的想象。她的心本来就比一般的女孩敏感多思，她的感受力本来就比别人纤细强烈，此时此际，她的心里该是怎样的抑郁不舒，进退维谷啊。不仅仅是这孩子心重，还因为这是她的初恋。她投入的感情心力，不在我以下，并且她是在考试频仍，升学压力巨大的情形下，向我献出她的投入的。余奔滔啊余奔滔，你总是想着念着你的投入你的情感你的感受，她的感受你想足了念够了吗？你只顾一时痛快，在信中发泄你的不满，可你想过没有？无形中你就将你的痛苦转嫁到了她的身上。这一切你都是在爱的旗帜下干的，可你仔细估量过她的承载力吗？你就不怕最后一根稻草压倒骆驼吗？

你自私了自私啦，你应该设身处地地多替她想，不要让她从你这方面白饶上许多压力，你有责任有义务去保护她，自己去扛黑暗的闸门，放她到光明的天地里去。

4

我很想知道造成我们痛苦的人长什么样儿，我提出想看看她爸爸的照片，她满足了我的要求。

她从家里偷偷带出来给我看的，是她爸年轻时的一张半身照。照片上的小伙子清秀爽气，长方脸，大分头，穿一件中式对襟衣服，两道文雅的横眉毛，一对有些凹陷的眼睛，一只双眼皮儿，一只单眼皮儿。我一眼发现了他这个。陈奇娅偏头望望我道："你眼还真贼，这是他的一个特征。我有时候用手指给他一翻，能把那只眼翻成双眼皮，只可惜待不了多长时间。"

听到这里，我和谢径、海湄都不禁笑起来。海湄道："你再给你爸把眼睛翻瞎了，要不再给翻成肚脐眼儿。"

陈奇娅闻听，咯咯咯笑个不停。"我还爱给他掏耳朵，我爸的一只耳朵，被我掏得有点不太好使，有时听声音，得把那只耳朵侧过去。"她指着照片让我仔细看，"你发现没有，他的耳垂特别大。看清楚没有，是不是比一般人的大？所以我有时候就管他叫刘备。哎哎，怎么样，我爸爸长得一表人才吧？"她扯着我的袖子，歪着脑袋追问。

我调侃："刘备外号大耳贼。照这相时他多大年纪？"

奇娅答："二十三岁。"

我说："他不是当兵的吗？怎么老百姓的打扮？"

奇娅说："这是他入伍前照的相，照完这张相后，他便参加志愿军去了。是我爷爷亲自送他参的军。照片上的我爸爸，是上海炼钢厂的炉前工，劳动模范，敲锣打鼓戴红花，是厂里的风云人物呢。"

奇娅的爱父之情溢于言表，从中也透露出他们之间的亲热情景，我自叹自己捞不到这样的机会和待遇。

通过这次看照片，我清楚地明了了这位对手的位置以及自己的弱势地位，也清楚地明了，为什么这个人的干预，会在陈奇娅的心间矗立起那么大的障碍，给她造成了那么大的困境与自我冲突。导演这一切，她爸爸使用的不是别的武器，而是爱，根深蒂固的，砸断骨头连着筋的亲情之爱。我一个后来者，抵敌不过这么深厚的东西。

为什么要敌对呢？我不是可以和他联合，可以同他成为朋友吗？这样想着，我转过身去在小本上草就了一首《致老陈》，拿给奇娅看。她一看便满面春风了，一个劲儿地说："真有意思，真逗。没收了啊，这首诗归我了。将来有机会给老陈看看，准把他逗乐了。"

望着她笑吟吟的模样，我眼前呈现出这样的图景：我，一个半成熟的青年，和这位中年人老陈并肩站着，以欣赏疼爱的目光，注视着女孩儿陈奇娅奔跑在朝晖照耀的原野上。我和老陈和睦相处，分享对这个孩子的爱，有几分像电影《英雄儿女》的片尾，王冬与王福标并肩站在山头，目送王芳上战场的画面。直到这时我才觉察，原来我对陈奇娅的恋情当中，还夹杂某种兄爱和类似父爱的成分。这一察觉令我吃惊不小，一时未得其解。

这天的相处，带给陈奇娅多日不见的快意，她乐颠颠地晃头晃脑，手揣裤兜一蹦一跳的，时不时惬意地摆晃身子。一霎间，我眼前仿佛重现出上一年十二月间我们相处的良辰美景。她太可爱了，太可爱了。我在心里一遍一遍说。

解散往回走的路上，我向谢径和盘托出我方才的奇异感受和内心图像。他击掌道："一样一样，太一样了，人同此心，心同此理，没什么可大惊小怪的。"

我问："此话怎讲？"

他说："无独有偶呀，我对小珊，情人、大哥、爸爸，哪样没当？全都当了，就差着她拉屎我给她擦屁股了，就这样人老人家还有时候不满意呢。从思想精神到日常生活，从知识学习到喜怒哀乐，你说我哪样不得呵护到？差哪样儿都不行。你以为女人找男人就为找个恋人？才不是呐，她要的可全乎了，所以你得恋人、父亲、哥哥一身担，这才能满足她的需要。所以你刚才说的那种复杂感情，一点都不稀奇。”

我轻叹一声：“奇娅的性格意志，要是像梁珊瑚那么强就好了。”

谢径闻言两眼放光，来了精神，赞美起他的小珊来滔滔不绝：

“希望嘛，当然我也希望，可十个手指还不一般齐呢不是？要我说，陈奇娅能挺到这份儿上，就已经相当不错了，你不能对她要求太高。至于说小珊嘛，我说句不带夸张的话，那是个奇女子，不可以随便拿人来跟她比的。要说在学习上、聪明上，奇娅、海湄可能跟她不相上下，可是在性格抱负上，却不是一个路子。你要让从我口里评价她们谁高谁低，那不大合适。跟你这么说吧，你知道她崇拜什么人吗？说出来你都会吓一跳，她崇拜格瓦拉。你可以提拎四两棉花，可北京市的学校纺纺（访访）去，看有几个女生崇拜格瓦拉的？她喜欢格瓦拉喜欢到什么份儿上，你猜？她一捧起《格瓦拉传》来，就浑身热血沸腾，激情澎湃。你听说过哪个女生像她这样的吗？格瓦拉头戴贝雷帽的模样的确英俊盖世，小珊把他的大照片挂在自己的床头，每天都要看上会子。有一次她忘情地冲照片飞吻，可把我鼻子气歪了。你飞他干吗呀，不飞我？这小珊见我真火了，紧着劲儿嬉皮笑脸哄我，说什么谢哥哥宰相肚里能撑船，大人有大量。我们谢哥哥也不赖歹呀，跟王心刚不相上下，我们大活人谢径怎么会吃一张照片的醋呢……”

我若有所悟……是该让陈奇娅看点英雄传记了，这对我们的事定有益处。我问谢径能否将小珊那本《格瓦拉传》借小娅看看？谢径两手一摊：“这书她走到哪儿带到哪儿，跟着她去哈尔滨了，要借也得等她回来。”

我低头想想，也罢，看不成《格瓦拉》，让她看看《康帕内拉》，效果也一样。

5

在陈奇娅、赵海湄两位学生面前，时为社会青年的我，身后拖了一段短短的苦难史。可要跟了不起的葛兰西与中国知识分子硬汉华岗相比，那我就什么都不是了。若跟康帕内拉比，我的这点经历岂止等于零，简直是等于负数。

我平生最为佩服的，是在铁窗大牢里著述的思想家。在我心目中，这些人是真正的精神意志勇士，是另一种于无声处走惊雷的实践的英雄。

没能来得及实现自己的抱负的葛兰西，在墨索里尼的铁窗下，写成了著名的《狱中札记》、《狱中书简》。他没能像康帕内拉那样活着走出牢房。

身为革命活动家、史学家和哲学家的华岗，步康帕内拉和葛兰西的后尘，在他本党的监牢里勤奋著述，写成洋洋洒洒的《美学论要》、《自然科学发展史》、《中国历史的总翻案》等著作。他 1955 年遭关押，1972 年瘐死狱中。1981 年出版的《美学论要》序言里说他：“曾为打碎旧中国这座黑暗牢笼而英勇战斗，谁会料到解放后却被关进了‘自己的’监牢，并且受到严重的精神和肉体折磨以致瘐死狱中呢？在人间所有的不幸和不平中，还能有什么是比这更大的不幸和不平呢？要说创伤，又有什么比这更深重的创伤呢？然而华岗同志不是用眼泪来敷抹伤痕，而是以自己特殊坚强的品质和独特的方式来完成这个特殊的考验……他在完全失去自由的境遇中，却没有失去他的自由思考的精神……”

理论家华岗与小说家路翎不同，路翎在牢狱中精神垮了，而华岗的铁窗作品里，字里行间流荡着生命意志的勃勃生气。

关于康帕内拉，我是先读他的传记，后读他的《太阳城》的。我高中二年级读到《康帕内拉》时的心情，与梁珊瑚看《格瓦拉传》十分相像。我从这位经受了三十三年之久的残酷囚禁而斗志不减，思想熠熠生辉的思想先驱的身上，感受到超凡的精神力量，真理的鼓舞力量。这次阅读给予我的震动与感动，是地震、台风的最高级别。这位早期的意大利超人所表现出来的心灵的纯度，人格的亮度，意志的强度和忍受虐刑的本事，是我此前读过的书中的人物所不及的。我对他敬佩不已，赞叹不止。拉赫美托夫不就是睡睡钉板吗？牛虻和保尔·柯察金虽身遭伤残，却享有人身自由。让这三位跟康帕内拉换换，他们未必能像他那样坐穿牢底，矢志不渝。三十三年的铁窗囚禁生涯，骇人听闻的非人折磨，几死几生，他居然挺过来了，并且在狱中从事他的研究思考。在严禁他使用纸笔的监控管制下，他凭着机智和执著著书立说，成就了一桩人类思想史上的壮举。获释出狱后，他继续从事斗争，直到死神光顾。这个人的生命意志和乐观精神，还表现在他钻空子，在大牢里同偶然见到的女人谈情说爱上。

我将康帕内拉其人其事讲给陈奇娅听，兼带着念叨念叨葛兰西、华岗。陈奇娅是第一次听到《太阳城》作者的名字。她忽闪着大眼睛看定我，聆听不语。

不久，我在王府井新华书店的书架上，见到了重版的《康帕内拉》传，我二话没说便买到手，兴冲冲跑去送给她。

内心里，我是想给自己也买一本的，可那样一来便得挤掉别的书。我既高兴又心怀憾意地踅出书店，走上长安街。

若干天后，她读完了我送给她的书，我问她有何读后感？她说了如下一番话：“我是个软弱的人，不坚强，我可受不了那样的罪，做不到康帕内拉那样。我还是做一名普通女人吧。再说现在也没地方让你去做那种人了，还是饶了我吧。”

她说话时半严肃半微笑，纯然一副半小不大的女孩儿的神情。我意识到我们各自身后的时代背景的差异，意识到女人跟男人的社会角色社会期待的不同、生活需要的不同。

陈奇娅发表的那一席谈话，当时没有引起我的重视，我只当它是女孩儿家的自娇语。我没有将之看成是她思想性格的真实流露，也没有把这种流露跟她与我的关系的前景联系起来考量。多年后想想，她的这类心理性格的流露，对她日后的变化是有所预示的。假如我当时就把这当中透露出来的东西，当成重要的信息依据看待，我应该不至于陷得那么深，也应该对日后的变局有所预知，而不至于那么义无反顾，孤注一掷。

身处和平年代，即便是和平的社会变迁的时期，少有女孩子推崇康帕内拉式的英雄，这现象不难解。他的生活道路跟她们不搭界，让她们如何发生共鸣呢？现时代给她们设定了她们所要面临的现实的课题，这就够她们应付和头疼的了，她们哪儿有闲心闲情去遥看其他时代的巨人呢？即便那人多么的卓越不凡，感天泣地。

随着时间的推移，世相更是如此了。像康帕内拉这样的为人类的自由与和谐奋不顾身，不惜以身殉之的高士，已为新成长起来的人们视同陌路，不去理落。那些在台上丑扭一气，咿呀几首单调重复平庸寡瘠的烂歌的瘪三歌手，倒虏获了如过江之鲫的男青女青，把个他们痴迷得跟无脑人似的，让人误以为误入了弱智国。

去年有报道说，话剧《格瓦拉》在大学生中受到欢迎，这与弱智追星族的盲从形成对照，显得很另类。报道肯定是属实的，这当中反映出的是不是另一种类型的青年的心理需要？这一类型的青年是否一直就存在着，还是绝种之后忽然又长出来了？

欢迎格瓦拉的心理需要，与当前要求人屈服于生存条件、现实关系，甘做资本机器和官僚机器的仆从，默认巨大的贫富差别的社会现实之间，是格格不入的。

现实中国之所以成功地走上资本主义的发展道路，在一定程度上，是得益于流行文化对雇佣劳动大军（包括白领和蓝领）及其预备军的心智的有效的弱化与矮化。

流行文化的总倾向，是不让人群产生英雄精神，产生反抗情绪，产生思考社会不合理现象根源的动机。突然间上演一个格瓦拉出来，对于厌倦了苍白翻不出花样儿的流行文化的人群来说，显然是一个新刺激。但是，很快的格瓦拉便会被当作信息社会的一条信息，而被淹没。

格瓦拉也好，康帕内拉也好，葛兰西也好，在这个社会里目前无所作为，但不见得永远无所作为。

国内上演话剧《格瓦拉》的消息，使我想念起梁珊瑚。我不知道时过境迁，她是否格瓦拉情结依然如故？《格》剧演出剧场的观众席间，是否出现过她的身影？

第二十五章　祸不旋踵

1

这日是我的休息天，一大早便见小进急匆匆敲我的房门。他的神色一如往日矜持平稳，语音却低沉重大："莫大勇出事了。昨晚我得到的消息，他媳妇把电话打到我家。"

莫大勇是我们文学社的成员。他第一次参加我们的活动时自报家门，说他是黑龙江 Y 市话剧团的一名美工，因为迷恋写剧本，专程跑到北京来听讲座。他说他请了长假，希望在这里多结识一些志同道合的人。他是他们省美术家协会的会员，Y 市的人大代表。

他第一次出场就留给人奇异清新的印象。一百九十公分的身高，细细瘦瘦的身条，有些含胸驼背，双臂长长的下垂，肩膀上架着一张白白的小面孔，与通常印象中的东北男人的方面大脸毫不搭界，他高高挑起的鼻子下，薄嘴唇一乐露出整齐的牙齿，说话带着点口吃。他的书生相里透着股子执著和与人为善的秉性，言语间流露着对北京青年拥有获取知识上的地缘便利的羡慕，表达了他对文学写作的一往情深。他说他们剧团没什么戏可排，他会争取在京多住些日子，争取多参加我们的活动，他还盛情邀请我们去他家乡做客，"我们那里是林区，城区占地面积很大，居住很分散，城中分布着一些林带，别有一番风景。"

他是我们文学社的唯一的外地成员，上次活动没见他露面，还以为他回黑龙江了，没想到他却身遭横祸。

据小进讲，出事那天，莫大勇从美术用品商店买了些颜料、画纸乘公共汽车，下车的时候动作迟缓了点，被车门夹住画纸卷。他要求司售人员停车开门叫他下去，司机没有搭理他，一直把他夹到了下一个车站，才停下来开门。大勇新买的老大一卷画纸被夹得不成样子，他要求司机售票员赔偿，双方发生了争吵。司售人员说："你跟我们去总站。"大勇说："去就去，我要找你们领导讲理。"到总站后，售票员将他领到一间小屋里，让他等着，不一会儿她叫来了两名警察。两名警察关上屋门，对大勇实施了刑讯。事后大勇才听人说，那其中的一名警察是售票员的相好。售票员恼怒之下，勾人来替她报私仇。

这私仇一报报过了头儿，两名警察对大勇刑讯半天加一宿，一定要他承认是破坏治安的流氓分子。半天一宿不让吃不让喝，从夜里开始便拳打脚踢，左一脚右一脚地踹他的腰，打得大勇肾脏破裂，尿了一地血。

凌晨时分，打人的警察扬长而去，从昏迷中醒来的莫大勇，一寸一寸地爬出汽车总站的小屋，爬了将近一个钟头，才爬到大马路上，被人送进协和医院。

我原打算利用这个休息天去李傲寒的杂志社打探消息。自从上次在那里遇见白西亭后，迟迟不见那边音讯，使我感到不安，凶多吉少，照着李傲寒的乐观估计，这个月初他们就会来我单位调档案了，可是至今没有动静。现在小进突然带来莫大勇蒙难的消息，我只得改变计划，跟他一起去协和医院急诊室。

探视完莫大勇，小进和我坐在走廊的椅子上，商议这事该怎么办。小进说，我们和大勇相识一场，应该尽力帮他。我说，今晚叫杜齐民、冯继山、史河东过来，咱们一起交换一下意见。他媳妇刚才提到医药费的事，她带出来的钱不够垫付的，咱们得动员大家伙，给他先凑凑，等大勇回单位报了销，再还给大伙。

我们方才劝大勇，当务之急是治病，可是悲愤至极的他，心思集中在讨公道上，他口口声声说要告，要告那个民警中队，要让他们赔礼道歉。从急诊室出来，小进朝我微微地摇头，说大勇真是书生一个，人都伤残成这样儿了，赔礼道歉有什么用？最要紧的是叫打人方赔偿医药费和身体伤残费。“赔礼道歉，赔礼道歉管个屌用？”小进从鼻孔微微冷笑。

尽管小进叙述的情况令我吃惊不小，可亲眼见到受伤在床的莫大勇时，还是叫我极为震惊。一介白面书生，几日不见走遒得没了人形。他原本清秀儒雅的面孔，一夜之间肿胀如斗，青紫斑驳，淤伤块块，两只明亮有神的眼睛被拳脚封得只剩下一条皱纹缝，两颗门牙掉了一颗，断了一颗，下齿摇摇晃晃，他的裤裆上满是血尿，洇下去，染红了病床的床单。

“不要让我爸妈知道，暂时不要通知我哥哥。”他都这样儿了，还不忘吐字不清地如此这般叮嘱他妻子。

“大勇太傻了，怎么能让去总站就去总站？不明摆着是去让人收拾吗？好汉不吃眼前亏，要我先脱身再说，找他领导什么时候不行？这大勇真傻。”

小进同情大勇的遭遇，但不同意他的做法。“书呆子，书呆子……”他连续说着这几个字眼儿。

2

小进说他有日子没去岳母家了，要顺便去看看，我们便在医院门外分了手，看看手表，时间已经不早，赶到李傲寒那里紧紧张张，还说不准她在不在。正犹豫间突然有人风驰电掣地从我旁边擦身而过，飞奔向前。凝神看背影，像是大学生齐颂国。“齐颂国。”我喊了一嗓，那人没听见，照样狂奔不止。他手里甩楞甩楞地拿着根铁链，影响着他的奔跑动作。

看样子他是在追一个什么人。街上行人闪躲的闪躲，惊诧的惊诧，马路对面的人则驻足观看。狂追出半站多地的齐颂国，没有追赶上他的目标，步伐慢下来，干脆不跑了。我紧走慢走赶上了他，朝着惘然若失的他打招呼。他两眼瞪的跟铃铛似的，大口大口喘粗气，好半天才认出我来。他气急败坏地把手里的铁链子掷在地上，顿足恨骂。

“王八蛋，算你跑得快，今天便宜了你。”

我上前扯住他的一只衣袖道 ：“怎么了你这是？放着好好的学不上跑这地方给人洗眼睛来？”

“你别管我，韩蓠呢？这个骚娘们儿。”

“那不是韩蓠吗？”此时韩蓠正躲在一棵街树的后面，往这边探头张望。经我一指，她便不见了踪影。

我说齐颂国这一阵怎么不露面了，闹了半天他搅和在三角漩涡里无暇他顾。

原来这一段时间里，齐颂国的未婚妻韩蓠护校即将毕业到医院实习，一个女学生即将步入社会走上工作岗位。不久齐颂国听到传闻，说韩蓠跟一位男病人打得火热，关系非同一般。起初齐颂国不太相信，怕是疑心生妄鬼。可是几次事先约好了幽会的时间，都左等不见韩蓠右等不见韩蓠，害得他望穿秋水，火冒三丈。

在再一次被韩蓠晾了鱼干之后，他狠狠地抽了自己两个嘴巴，痛骂自己天真。当晚 10 点 40 分，他直扑韩蓠家，想找她问个明白，可韩蓠的爸妈却声称女儿值夜班，今晚不回来。颂国干笑两声，说好一个值夜班，怕是值到什么男人家里去了。他说我刚从医院回来，人家护士长说根本不安排实习生值夜班。韩教授说，这中间一定是有什么误会，有事明天再说。颂国转转眼珠儿说好吧，起身做离去状。

这天夜里，他没回学校宿舍，也没回自己家，而是守株待兔一般守候在韩蓠家的楼下，等着看这位与自己订了婚约的未婚妻，究竟回不回家？这一夜把他冻坏了，也冻伤了，夜露濡湿了他的头发和衣裳。他又困又冷，从头寒到脚，极度的怒火与妒火交迸熊熊燃烧。他一想到自己赤诚相待的心爱女子，此时此刻正淫乐放佚在别的男人的床上，他就用双拳捶打自己的脑袋，恨不得手执利刃去手刃了那个鸡巴男人。

直到第二天近晌午时分，他才在医院的去餐厅的路上，堵住了睡眠不足眼圈发青的韩蓠，韩蓠拨拉开他的强硬的手，说:“我正在上班，有什么事等我下了班再说。以后我还要在这里工作，你要照顾我的形象。”

好好好，你的形象，我照顾，我照顾，可他妈谁照顾我的形象啦？没结婚就让人戴绿帽子当大王八，我成什么了？好好好，你的形象，你他妈还要形象，他强抑制住自己的狂躁，忍气后退。他将一腔喷气冒泡的忿火一压再压，等到晚上。

韩蓠情知纸里包不住火，当晚供认了一部分对不住未婚夫的事。齐颂国歇斯底里地叫嚣着 ：“他是谁，你指给我，我勒死这个畜生。”

于是，就发生了我在协和医院外面目睹的那一幕。

发生在前边的一段细节我没有看到。那天齐颂国不知道从什么地方找来一条铁链子，缠在腰间，他逼迫韩蓠跟他一起守在医院门口的传达室内，让韩蓠从过往行人当中，指认出那个男人来，正当齐颂国手执铁链，朝韩蓠手指的那名男人接近的时候，韩蓠突然大声发出警报：

“快跑哇，有危险！”

男人一回头看见豹子扑食一般的齐颂国和他手里的那截铁链，他大惊失色，像穿马路的老鼠一样急奔逃命。他在奔逃中不停地躲绕着行人，跑出蛇行的路线。一位身体不灵便单手扶腿踱蹭的老者，被他撞翻在邮筒前。奔跑中他的衣兜在垃圾车车把上挂了一家伙，把垃圾车兜了个急转弯儿，横在了路上，恰好挡住了齐颂国的道路。等齐颂国绕过垃圾车重新起跑的时候，那男人已经钻了小胡同，消失了踪影。

3

当天晚间，齐颂国同韩蓠做了一次长谈，地点还是他们约会的老地方：人民英雄纪念碑。他们之间有这样的对话——

“你可以把我看成是一个坏女人。”

“我希望我不这样看你。我想不通的是你为什么背叛我？我哪点儿让你不满意？”

“我没有背叛你……我……”

“你把属于我的身体献给别的男人，还说不是背叛？我想不通。你想怎么样？我都满足你，而且我也满足你了，你为什么还要这样？”

“你干吗一定要知道为什么？”

“你说，说开了我好原谅你。”

“要听实话吗？”

“要听实话。”

“跟你干那个不够新鲜刺激。”

“什么？你是说我乏味？”

“是。”

“所以……你……”

“所以，我想寻找替代。”

“你找什么人不行非找一个病人？兔子不吃窝边草。他他妈胆子比兔子还小，你凭哪点看上他？”

“他会调情，让我开心，他比你会。”

“既然这样，咱们分手。”

“我没说要跟你分手，我想你应该允许我去尝试比较，这无损于我们俩的关系，到时候我会成为你妻子。在这之前你不能太限制我，你不是老说你自己是自由主义者吗？”

“两码事，你不要偷换概念。我先问你一句话，你还承不承认我们的婚约？”

“我从来都没有不承认啊。咱们俩是必然，和其他人都是偶然，你推崇的萨特不就是这样对伏波瓦说的吗？这还是你告诉我的，你难道忘记啦？”

“你不要利用我的话为自己遮盖。假如我现在说我原谅你这一次，你打算怎么做？”

“我接受你的原谅，不再和那个人来往。咱们言归于好。”

“你不想知道我为什么原谅你吗？因为你是我的初恋，是我长这么大唯一爱过的女人，是把你作为终身伴侣来选择的。你辜负我是罪该万死的。”

一星期后，齐颂国在我的屋子里复述了他和韩蓠的那番对话。

见他这天神清气爽，尘埃落定的样子，我诧异于他的转变之快。他说：“夫妻没有隔夜仇，一场狂欢就什么都洗掉了。”

我一笑：“洗掉了？有那么彻底吗？”

他眼珠转转，坏坏一笑：“自己的锅让人用了，自己刷呗。他妈这种事得睁一只眼闭一只眼，要不然得死得过。”

他眼外角的放射状的皱纹，在他一笑之间变深变宽。

我说：“向前看。”

他说：“就得向前看，往后看没几个人还想活下去。韩蓠实习结束就要面临分配了。我不想让她留在协和医院这个是非之地，可她死活愿意留，他妈的为她的事我还得去求我舅舅，她学上得比我少，倒比我先挣钱。”

“你还得上一年吧？”

“还得再混一年。”

“毕业论文打算写什么？”

“车到山前必有路，活人还能让尿憋死？实在不行摘抄一篇呗，那些平庸的老师极好糊弄。”他狡黠一笑。又道，“咱们这辈人根本不用去在意他们，像我爸，像老韩，这些人高不成低不就，武大郎攀杠子——上下够不着，说是知识分子，其实非常勉强，已经注定了不会有什么出息。我们用不着跟他们太认真，对付对付就完了。他们用不了多久就会退出历史舞台。数风流人物，还得看咱们这一代。”

我说：“你看得挺透。”

他说：“这代知识分子，跟胡适、鲁迅那批人没法比，中学中学不行，西学西学不行，非常他妈浅薄，还爱端个虚架子，让人一眼看到底，想不看透都不行。所以我们不妨狂一点。我们在他们面前老师长老师短的，那是照顾情绪，哄他们玩儿，他们有什么资本为人师？”

几天后我去校园看老韩。说起女儿的婚事，老韩一副无可奈何的样子。“生死有命，富贵在天。清官难断家务事。他们的路只能靠他们自己走。父母把她养大成人，就算是尽了义务了。”

我说：“以前你跟我提到过韩蔼小时候做过心脏手术的事。”

“不能生小孩，生小孩有生命危险。”老韩低眉垂目。“这孩子的心理跟一般的女孩子不一样，我也搞不太懂。一辈子不生小孩的女人有不少，但是她比较特别，我搞不懂。小齐对她还是蛮投入的，我担心她没有这个福气。”

“韩蔼不可以生育的事，齐颂国知道吗？”

“怎么不知道？我跟他开诚布公地谈过。他表示他不计较这个。”

“小齐父母知道吗？”

老韩挠挠头发，点点头又摇摇头：“也许知道，也许不知道。他爸爸妈妈可喜欢小蔼这孩子啦，视同己出。我担心我们这孩子身在福中不知福啊。说说你近来的情况……”

4

为大勇蒙难的事，文学社的几位骨干聚到迟小进家专门开会。大家对集资凑钱帮他垫付医药费的事，都持赞成的态度，至少在口头上没人说不行。史河东问了句：“假如莫大勇还不回这些钱，如何向大伙儿交待？”杜齐民眨眨眼想一想，又眨眨眼，双手向前一送道：“大勇不像是那种人，我们这么义气待他，他应该不会以怨报德。”小进说：“我们把钱交给他老婆的时候，请她写个借条拿给大家过目。”

史河东认为在这个事件中，莫大勇的性格问题，是给他招灾的原因之一，他说：“夹破了纸，你下了车还可以去再买，大可不必与司售人员争吵，更不应该胶着恋战，三十六计走为上，光棍儿不吃眼前亏。”

小进的看法是：“大勇这人的优点是刚直、不委曲求全，换一个场合便成了缺点，凡事都要考虑到具体的时间、地点、场合。当那两名匪徒一样的警察对他刑讯逼供的时候，不妨乱认一气，他们让你认什么罪你认什么罪，先逃出魔掌是真的。等人安全了，什么供词不能翻？大勇的确有欠灵活，不会斗智。后面的事其实还是可以避免的。假如是换了我，结果就不会是这样。”

议事当中老冯的一个提议，成了在座人的一个难点。老冯的意思是，应该找家报纸报道报道这件事，给打人者所在的民警中队施加点舆论压力，迫使他们惩处凶手。大家都说这个意见好，可都面面相觑，想不出哪家报纸肯做这事。我知道老冯认识两家报纸的部主任，他当场不提，我便不好点他。史河东看看我提示：“你不是认识一家大报的人吗？”

我说：“那是文艺副刊，不发报道。”

“托他们转个弯托托人不行吗？”

我说：“可以提一提，但恐怕一提就给毙了，那报纸是怎么一回事，你是知道的。咱们只能是有枣一竿没枣一竿子，试试看。”

小进冷笑："那报？没戏。"

闲谈间，老杜眨眼时候多，说话时候少，时不时自言自语一句："这叫什么事儿。"中纪委的冯继山中途离席早走，说还有事情要处理。临出门前他交给我二十元钱，说是他摊的那份儿。

见冯继山走了，老杜这才活跃起来，他掐灭了烟头恨恨然道："这俩民警就是俩披制服的地痞，前身就是他妈俩混混，这种败类当初要是落到红卫兵手里，当下就得乱棍打死。"

"唔，他们是狗仗人势。"小进努嘴概括着。

凑钱那天，文学社的四十几口子人，齐集在史河东打理的化学实验室，两事并作一事，先听了会子《银熊镇》作者的创作经验谈，然后大家开始掏腰包，其中的一位女士把手腕子上的银镯子都贡献了出来。杜齐民招呼着大家到他这里登记备案，史河东负责收钱点数。

我坐在一旁静静观看着，心间隐隐涌动着暖流。我想，今天这样子才像是个团体，才像是一群互助的劳动者。中途史河东附耳对我旧话重提："我不怀疑莫大勇夫妇的人格，我只是担心他回单位报不了销。"

我说："报得了报不了，都是后话，怎么着也得先让他治伤，一旦出了最坏的结果，我担着。"

老史笑笑："我谅你也不趁这么些钱。你拿什么担？你连担保金都拿不出来。"

我说："边走边看吧，没有人会认为咱俩吞钱。"

"那倒是自然。"他勉强一笑。

5

莫大勇遭民警殴打的事件，最后还是在李傲寒的杂志上报道了出来。报道的标题是《人大代表遭殴打，肇事民警逍遥法外》。起初李傲寒提议由我来写这篇报道，她的理由是我熟悉情况，不用再采访。我说我写肯定倾向性很强，语感上会显得不客观，还是派记者写更好些。

她沉吟片刻，道："也是，调你进社还悬而未决，你写是不太好。"

我对李傲寒实话实说："我们也找了北京的报纸，都避之唯恐不及。"李傲寒说："我们是中直系统的，北京市管不了我们，地头蛇压不得强龙。"我说："万一对不住你的乌纱翅儿呢？"她说："撑死胆大的，饿死胆小的，办刊物的谁不想弄点响动出来。我先给你透露点风儿：要改革啦。"

"是吗？"

"咦，你怎么无动于衷，丝毫不兴奋？这可是天大的新闻啊。"

我说："我看见什么了我就非得兴奋？"

"改革，你知道吗？改革的机车就要隆隆启程啦。'春江水暖鸭先知'，然后就是‘东风夜放花千树’。破天荒的历史巨变就要发生了啦。’你应该激动应该兴奋才是啊。你应该不是个冷血的人啊。”

我说：“李大姐，你比我大，经事比我多，你总知道这些年中国人爱犯的毛病是什么？轻信。耳听是虚眼见为实，他既然说了要做什么，那就让我们看看他做了什么，然后我才能下结论，我凭什么早早地瞎振奋？我在《参考消息》上见有外电说：如果中国出现改革，也是自上而下的，这就从一开始便注定了它的局限性。”

李傲寒被我说得有几分扫兴，批驳道：“历史不会因噎废食，一场历史运动，只要主流是好的，是积极的，我们就应该为之鼓与呼。不能因为有局限性就否定改革的进步意义。”

我说：“跑题了，算我说了多余的话。为千万个莫大勇讨公道，才是切实的实事。”

我是在邮局见到李傲寒的这期杂志的，高兴之余我打电话给她，代莫大勇向她和她的同事致谢。话筒那一端，李傲寒的语气有些急躁，叫我赶紧过去一趟，说有要事相告。

不出我的意料，李傲寒要告诉我的，是我调他们杂志社的事黄了。具体的背景原因她没说，只是讲社领导临时改变了主意，通知她暂时先不往里调人。

“我们的确很缺人手，可是胳膊拧不过大腿，你的事只能先放在这里，等时机适宜的时候，我再向社里要求。你是猫咬尿泡，我是竹篮打水，都空忙活一场，中国的许多事就是这样。哎呀，我跟小六妹都没法交待。”

我说：“承蒙你关照我一场，我领情，容当后报。彼此以后是朋友。”

她说：“说心里话，我很想有你这个同事，做这行你会是一名优秀的编辑、记者，会成为我的得力干将。我为我们领导的有眼无珠而悲哀。多多珍重，还会有机会。”

“白西亭……”我心里浮现白西亭的影像，不经意自言自语出来。

“你说什么？什么白了？”

我咧嘴忍笑：“没什么，我想起一个人。也不在他……我这人一向不走运，不走运是我的命运主题。”

这事过去数月后，我买了一套婴儿装去家里看望李傲寒。这时她正休产假。我笨嘴拙舌地说了几句贺喜的话。她没有拒绝我的好意，只是说：“你不该这样客气。看不出你还会送礼。”

我说：“如果我心里不想送，你拿枪顶着我，我也不会送。”

第二十六章　另类隐私

1

李傲寒的杂志在上世纪 80 年非同小可，发行量大，覆盖全国，级别又高，因此莫大勇的遭遇经它一披露，便在读者当中引起广泛的关注。小进这天到班上找我，约我中午去医院探视大勇。他亲耳听到老石和闳鑫议论这事。

老石道："你们一块堆儿的挨打的那个人，还是人大代表呀，从照片上看岁数不算大，就混进人大去了。"

小进道："他是地方上的文化名流，弄到人大里是个门面，到首都就没有人认了，被当作流氓看待。"

"令人发指，太令人发指了。谁你也不能不问青红皂白上来就叮当五四打呀。他好赖还有个名头，能引起关注，搁咱们白丁百姓身上，恐怕上报的资格都没有。"

闳鑫插言："你祷告的时候把这事报告给你们的上帝听听，让他给评评理。"

老石左手一拨拉耳朵反唇相讥："还是你们安拉厉害，你不如让他拿把剑，把那俩打人的坏蛋劈了。"

闳鑫道："杀鸡焉用宰牛刀，家有家规，国有国法，还用劳我们安拉的大驾？我早先就跟你声明过，我们安拉是抓大事的。"

这天中午我和小进走进大勇住的病房的时候，杜齐民和史河东先我们到达。大勇说上午来过一位记者，问了问情况，表示想跟踪报道事件的进展。他说还来了个叫王千川的，劝说他将民警中队告上法庭，逼迫他们公开道歉。老杜、老齐对王千川没什么印象，我说我认识这个人。大勇说他很同意王千川的意见，想告民警队。小进沉吟半晌，缓缓发表看法，说谁打的你告谁，让他赔你医药费，何苦要告一个集体？并不是他们全体打的你。我说那样一来事情就闹大了，着力点就离开了经济赔偿，大勇的当务之急是疗伤，疗伤需要钱。看样子大勇倾向王千川的思路，想告民警中队，他转述王千川的话，说这事闹好了，会成为国内首例民告官的官司，推动中国大陆的民主法制建设的进程，意义非同一般。大勇说，如果将他的遭遇理解成个人之间的恩怨，就没了典型意义，他这顿打就挨得不值。

史河东闻听笑笑："这事倒有那么点儿意思了。"他双臂交盘在前胸，双腿呈稍息姿势站立，前面的一条腿一颠一颠的。

杜齐民松开牙关说了句："自古民不与官斗，这事我看得三思而行。渺茫，成功的希望渺茫。"

若干天后，某半大不小的报纸以《被打人大代表欲民告官》为题，发表了一篇不长的采访记。紧接着，行凶的民警所在的民警中队的队长、教导员，亲临医院看望莫大勇，带去了1500块钱赔偿费。他们明确表示要给打人的两个民警以记大过的处分，希望被打方打消控告他们中队的意图。大勇说他所身受的伤害和侮辱，绝不是这点钱所能抵消的，他请他们把钱带回去。他义愤填膺地说，他们是穿着警服来殴打我的，是以警察的身份刑讯我的，我当然要告你们警察。对方说，事发当时，我们做领导的毫不知情，没有我们任何责任，你不要扩大打击范围？大勇说，假如不是你们平时就横行不法，你们的手下也不会出这种败类，你们脱不了干系。

我和迟小进不赞成莫大勇扩大打击范围的做法，认为这样一来反倒保护了实际的凶手，迫使凶手的上级领导与凶手站成一道，共同来对付受害方。在中国，从来都是上级让下级做替罪羊容易，上级给下级承担责任难，干吗放着容易的道不走，非拣难道行？照万佩泽的话说："这个姓莫的脑袋里进了屎。识时务者为俊杰，他这是以卵击石，不自量力，自讨倒霉，专政机关难道是吃素的？"

2

那天中午在医院里，史河东把我拉到一边附耳低语："我把你的单位电话告诉给一个叫王荔的女的。这女的最近老找我，要给我讲她的身世，我甩也甩不开她。我让她找你诉诉，你来应付应付她。这个人新近死了男朋友，神神叨叨的，你跟她谈谈看。她的故事也许对你有用。"

我说："老史有你这样的吗？不征求我的同意就把我的电话告诉给我不认识的人。你把祸水往我这儿引，你自己金蝉脱壳。"

老史说："这女的值得同情，你就接待她一下。我的情况跟你不一样。她老来找我，叫我老婆知道了那还得了？我老婆厉害着呢，而你就没有这层顾虑。替我挡挡替我挡挡。"

我说："老史你这人真够可以的。己所不欲，勿施于人。好女人你绝不会往我这儿送的。"

他说："积德行善，积德行善。拜托拜托。"

不出三日，我果然接到了一个陌生女人的电话，她自报姓名，说自己叫王荔。我接她电话的时间已近傍晚五点，屋影树影已然拉至全天的最长。我说："今天太晚了，有什么事明日再说吧。"她说："我人就在你单位的门口，你能不能出来接我一下？"我走出屋门往院子门口一望，果然见有个生人正往这里张望。

站在高大笨重的木栅栏门旁，她看上去给人渺小的印象，女干部式的短发，脸色黄黄的，额上有紫痘，脸一侧有抠青春痘留下的斑痕，近看脸上散落着些小痦子，衣着简朴至极。“史河东介绍我找你谈谈。”她落落大方地解释着来意。

我说：“你应该电话里先约一下。”

她说：“我这人做事爱先斩后奏，说见谁就想马上见到。”

我说：“这是个临时的地方，不好找。”

她说：“我鼻子底下有嘴。我们去你家。”

我一听心想，这人怎么这样，请你了吗你就要去人家，给街坊邻居看见，人家怎么想？这人好像不那么自爱，感知分寸上似乎有点问题。我说：“家里谈话不方便，我们找个地方聊。”

那天自近晚至天黑，我听她说了差不多一个半小时。她说我听，全是她讲她自己的事——她的近事和远事、她的身世、她所受到的伤害。

她新近受到过严重的刺激，伤恸欲绝，急于找到精神的依靠。说着说着泪水涌上她的眼眶，一个劲儿地打转，不久便泪如雨下。她的一根手指摁在藤萝架的木桩上，说一句话摁一下，下意识地盲目地用力，无休无止，眼看着那根手指就要因为过度弯曲而折断了。

这个当时年仅二十一岁的小女人的出现，在我的生活中阅历中只是一个极小的插曲，短暂而又倏忽即逝。我对她没有任何男女间的感觉，却多年难以忘却。为什么呢？因为她的个人遭遇超出了我的日常经验、日常知识，初听之下我瞠目结舌，匪夷所思，惊异于这个世界上还有那么龌龊的角落，那么黯淡的人生。

她的自叙传的第一部分，先讲她的男友的因病去世。她说她的男友是一名电工，去世时年仅二十六岁。她在医院里一直伺候他到死。他是死于癌症。她说她在病床前看着他咽下最后一口气。她说他死时两眼大睁着，是她用手合上的他的眼皮。

她说她男友生前脾气古怪暴躁，经常和她吵架拌嘴，她为此一度与他分手。当她得知他得了绝症的消息后，毅然决然地回到他的身边，陪伴他到最后。

她的叙述缺乏细节缺乏铺陈。从她潸潸而下的泪水和她手背上尚存的指印来看，这一切确乎全是真实。死者在生前疼得死去活来的时候，曾死抓着她的手，将指甲抠进她的手臂，留下了这些伤痕。

她伸出手来给我观看的时候，我看清这是一双粗糙的女人手，手掌较宽较大，内侧有很硬的膙子。我说：“你没搂过锄杠，手里哪儿来这么多膙子？”她说：“我从小就在家里干活儿，在厂子里是熟练工。”

她的故事写成报道，是可以上当时的《人民日报》的。我就曾读到过一篇题为《胜似花前月下》的报道文章，讲外省市的一名教师，妻子身患绝症，他不离不弃，守护病妻到临终。当年类似题材的报道十分常见，其中心主旨似乎不在写爱情上，而着重于宣传无私奉献之德。故此，王荔的事迹我乍听之下有似曾相识之感，她本人也在有意无意之间肯定自己的舍己为人精神，而掩饰了男情女爱方面的内容。假如她当时将她的叙事重点放在这个地方，我会相当感动，可是她更多地将自己的选择，看成是一种道德行为，从而冲淡了私人的情感的色彩。

我站在我的立场上，将她的行为看成是一种仗义之举，把她说成是一个讲义气的女人。

不久，当她的这段叙事告一段后，她引申出了出乎我意料的表述。她说："我这人就是这样，一根筋，一旦跟了哪个男人，就会忠诚到底，善始善终。如果你能接纳我，让我从从前的痛苦阴影下走出来，过上新的生活，那我就是你的人，至死绝无二心。"

我脑袋嗡一下子被她说大了。我说："王荔你在说什么？这都哪儿焊哪儿呀？你怎么能对一个刚刚见面的人说这些，这不正常你知道吗？言归正传，你接着讲你的事吧，否则我撤了。"

3

"你别走，我收回我刚才的话，我今天一定要说完我的事，不然我会憋疯的。我憋了这么长的时间了，一定要找人说一说。我已经是千疮百孔，你千万别再我心上扎刀子。史大哥说你是个能倾听别人的人，请你不要让我失望。"

我说："我有女朋友，你不提刚才的话，我就会听下去，咱们订个条约。"

一阵突如其来的危机，稍稍平息下去。她改变了身体的朝向，转而面向一面红墙。我和她那天说话的地方，在劳动人民文化宫离东门不远的地方，这里的红墙年久失修，有的地方露出了青砖、石灰，上面的墙皮松松耷耷一碰就掉。这王荔的一只右脚，就在这墙皮上一下一下地蹬踹，蹬蹬就蹬掉一块墙皮，蹬蹬就蹬掉一块墙皮。

就这么机械地一蹬一蹬，表针滴滴答答地走过。我耐着心静候她开口，她反而吭吭哧哧，半天说不出个所以然来。我眼看着她的额角沁出汗珠儿，越沁越多越沁越大。终于，她艰难吐字：

"我不是一个好女人。"

"怎么个不好了？"我问。

"我……失过身。"

"这不能算是不好的根据。"

"我……很早……"

"早到什么时候？"

"五……五岁……"

"瞎说，五岁你懂什么，你还什么都没长出来。"

原来，她五岁那年遭到了她的亲生父亲的奸污，导致她下体撕裂出血。事发那天，她母亲正在厂里上夜班，她和她父亲在家中看电视。她父亲拿出点心来哄她，然后便对她犯下了罪行，随后连哄带吓地告诫她不要往外说。

"我流了好些血，疼得浑身哆嗦，哭了很长的时间。我妈下夜班回来，说这孩子怎么老叉着腿不敢走路，带我去医院一查，才知道是怎么一回事。我妈气疯了，骂我是烂货、臭婊子。回到家，她不由分说便抄起钩炉灰的铁钩子打我的脑袋，我当时便晕过去不省人事。等我醒过来的时候，已是一个星期以后。我睁开眼最先看见的是我妈哭红的眼睛。我说：‘妈你干吗打我？’”

讲至此处，王荔用双手分开她头顶的头发，让我看她头上的伤疤，她让我用手指摸一摸，感觉一下她头骨上被打出坑儿的地方。我用食指很轻地摸了一下，害怕用力会摁到她的脑子。她说你用点劲就能摸到。她说：“我当时太小，醒过来以后觉得窗户很亮，从床上爬起来就蹲在地上玩儿了。”

我说：“你妈打你最没有道理。你是受害人，应该受到同情和保护才是。这人太可恨了。”

她说：“多年来我一直想恨她，可就是恨不起来，也不知道是为什么。”

从王荔口中我得知事发当年，她妈是她所在的那家集体所有制工厂的厂长，她爸是市劳模，一位埋头肯干的好工人，他在厂里的普遍口碑是：这个人老实。她母亲处理这件事的办法是，一不离婚，二不家丑外扬，三打晕了女儿。

对这个女人的反常做法，我当时无法理解，反复问王荔这是为什么？她到底是怎么想的？王荔拨浪鼓似的拼命摇头，说她也不知道。我说你妈向你道过歉没有？她再次摇头，说一次也没有，只是在她长大以后，对她比以前好了。

我闻知此事的最初反应，是首先想到“虎毒不食子”这句俗语，随后我又用行为上的返祖现象来解释这种事。又想，中国民间历来管干这种事的人叫“畜生”，是最恰当的概括。可是我听人说，出于保持种群强壮优势的需要，马群是严格禁止近亲交配的，王荔父亲那种人连畜生都不如。我说：“你爸是工人中的败类，他现在在哪儿？”

“他死了，前年。他死前我连医院都没去。他毁了我，自己也生活在他干的坏事的阴影下。他死于肺病，年年冬天都喘，上不来气儿。他活该，活该，死有余辜。”

我不再做声，默默地望着眼前的这个女人，心头交织着复杂的感觉。“你现在是不是觉得我很脏？”她问。我说：“我倒没有那么想，只是想你太倒霉了，怎么生在这么个王八蛋家庭。你现在大了，自食其力了，你该跟这个家庭一刀两断。”她摇头说：“断不了，我妈老了，她得有人养。”我说：“你给她一棍子，然后给她养老。”她说：“那哪行？毕竟我是从她的身体里出来的。”我心里暗暗地骂：奇怪的家庭，真不知道他们想什么，该死。

我曾在著名的葛兰西的《狱中札记》里，读到过如下的话：“乡村发生最多离奇的性犯罪，流行着鸡奸和兽奸……在议会 1911 年对南方的调查材料中载有：在亚布路息和波西利加大，百分之三十的家庭里发生过近亲相奸，而且看上去直到最近几年来，那里的情况也没有改变。”

1911 年正值中国辛亥革命，葛兰西文中提到的“最近几年来”，已进入墨索里尼统治时期，到了王荔幼女蒙难的时间，中国刚好爆发“文革”。历史走了这么远，葛兰西指摘的部分人类成员的逆伦现象，究竟有没有改观呢？

虽说听知王荔的遭遇在前，阅读葛兰西的书在后，可是我初次看到这个地方的时候，还是惊愕了片刻，与此同时我马上想到了王荔和她的生父。

王荔幼年苦难的家庭悲剧，一下子将一种丑陋不堪的阴暗人生推到了我的眼前，在令我震惊、窒息之余，思索良久，难以释怀。我根本无法用一般的社会政治学说去解释这种事，一般的人性学说也难以囊括之。它给我以强烈的超政治超经济超阶级的印象，让人真想对我们这个人类碎口吐沫。

从五岁到二十一岁，一个女人就这样诞生了，直到她老去，那伤损的印章将一直盖在她的身体上心灵上。她说："我一直想抓住一根救命稻草，可刚刚以为抓住了，它却漂走了。上帝为什么这样虐待我？难道我前世作了什么孽？我太不甘心了。"

4

在转入这个话题的叙述过程中，王荔的右腿一直与另一条腿呈九十度角地蹬墙，没完没了。墙根地上渐渐落下了一堆墙皮。我提醒她注意保护古建筑，可是她仿佛根本没听见，依旧一脚又一脚地蹬蹬蹬……我忽然想到，她的这么个下意识的动作，会不会跟她的早年遭遇有什么联系？会不会一想到那个晚上受到的伤害，她便本能地诱发出身体的记忆？否则，此时此刻她的身体表情为什么不反映在上肢而反映在下肢？她方才不是讲到事发后她一度疼得老叉着腿吗？

看来是关于当年的疼痛的记忆，反射成了今天的这种动作，与叙述相伴随。渐渐的，我觉得我开始理解她同情她。思绪间飘过陈奇娅的面影，冰清玉洁，清纯健康，诗意芬芳。

作为倾听者，我觉得我这时候应该对王荔说几句宽慰话，于是我说："那些已经成为历史，历史可以尘封，你可以用遗忘把它淹埋，放下包袱向前看，人也可以好了伤痕忘了疼。人最重要的是心，活的就是一颗心，你要想开才是。"

她脸上绽放出有所释怀的笑容："是的是的，我也是这么想。"

我说："所幸你那时太小，没有发育，不至于怀孕。"

一听到"怀孕"二字，她的身体打了个寒战，笑容瞬间消失，好像一碗白糖水泼在沙地上。

"我就都告诉你吧，我怀过孕，在初中一年级的时候，所以我对你说我是个坏女人。"

我眯缝着眼睛看她，不想再多说什么。我暗暗在想，幼年被生父奸污，少女时代早孕，这个人可是占全乎了。我再次记起左拉《萌芽》中描写矿区贫民窟的章节。在那里，乱伦、早孕、偷鸡摸狗，比比皆是，连小孩儿都公开地模仿性游戏。贫穷与苦役与淫乱相伴，一派人间地狱的景象。我竭力想象眼前这女人的早年的生活环境，眯眼一想便想成了《萌芽》里的矿工生活区。我明知道那样想象是不贴切的，跟她从小生活的北京南城是不一样的，可不知怎的，老是有左拉笔下的图景溜入我的想象空间，挥之不去。

可是其实我想错了。初中一年级时候的王荔并没有与人鬼混，破罐子破摔。她是因为遭到了第二次强奸，才导致怀孕、堕胎的，正是所谓黄鼠狼单咬病鸭子。那天的午后，王荔正跟胡同里的小伙伴跳猴皮筋，玩兴正浓。冷不防她身后的一扇小街门里伸出一只手来，突然将她拉进院子，咔嗒一声下了门销。拉她的人是一名刑满释放在家的男青年，住在一个破旧的独门独户小院里。那人持一把尖刀逼迫王荔就范，直到下午才放她出来。

这一次王荔牢记上次的教训，没有跟母亲说，可是无知的她终于被呕吐所出卖。

出事那天中午的情形十分的奇怪，一群玩得热闹的小女孩当中，突然少了一个人，仿佛被魔鬼吸走了一般，居然没有引起大家的注意，该怎么玩儿还怎么玩。她们当中似乎有人说了句："该王荔了。"另一个人头也没抬地接了句："她撒尿去了。"

王荔说："假如不是因为我对生活怀有一份热爱，我早就喝敌敌畏了，你也就见不到我了。在我的内心里，我是个死过好几次的人了，目前尚苟延残喘。"

当年我没有特别看重她使用的"苟延残喘"四个字，多年后想想，她没有半点虚张夸大，而是她真实生活的真实写照。

临近分手之时，她说："我得谢谢你，你让我说得很痛快。很久以来我就盼望这一天，你让我如愿以偿。你可以鄙视我瞧不起我了，我痛快淋漓了，我值了。你给我判分吧，判什么都行。"

分别时我们握了手。她的手很粗很硬，是一双女工的劳动的手，与陈奇娅、谷溪莼、陶枫丹的手全然不同。光是这只手留给我的记忆，就够我嚼咀一辈子的了。

5

莫大勇的官司真的升级了，由刑事诉讼告成了行政诉讼。事情的进展不如人愿，开审的日期一推再推。莫大勇没有看出这背后的玄机，只当是官僚作风使然，照告不肯撤诉。大勇得到了舆论的支持，情绪高昂，社交活动增加。他自认为正义在他一边，出出进进坦坦荡荡。

莫大勇诉讼之路的推动力主要来自三个方面：第一方面来自他本人，第二方面来自王千川，第三方面来自不超过三家的媒体。

起初王千川出现在莫大勇的病床边，没引起我多想，只当他是出于正义感和同情心的一般性探视，本来大家一起听过讲座，一起搞过活动，有那么几面之交。但是越到后来我越发现，他的真实目的是想扩大事态，把这件事弄成个影响面很大的准政治事件，甚至想借此整出点什么运动来。小进幽幽地轻声对我说："这个王千川来者不善。"我说："他倒也没什么错，只是这样一来倒霉的是大勇。被人当作政治工具来使用的人，结果都会很惨。"事情发展到这一步，我们文学社的这些人作为莫大勇的朋友，已经没有什么发言权。

这一天我接到王千川的电话，说下午 1 点 30 分在什刹海边上召开一个记者会，叫我招呼上文学社的人去参加，烘托一下气氛。我说人都去有困难，第一都通知到来不及，第二大家都上班，多数出不来。电话中他的口气有些不悦，说还是尽可能地打打电话，能来多少算多少。

撂下电话，我想了想，觉得呼啦一下子去这么多的人，会引起注意，会被误以为是搞什么集会，引来不必要的麻烦。文学社就是文学社，不关政治，不宜将大家都卷进去。在与小进、老杜、老史几个人通过电话后，我们决定就我们几个人去看看就行了，不将动静闹大。

午后，我和迟小进沿着什刹海左岸往里步行，走不很远便见到席地坐了二十几口子人，有拿笔记录的，有举着照相机拍照的。人堆儿里有人朝我们招手，一看是先到的史河东，我和小进拣个靠水边的地方坐下，史河东拍拍屁股上的土，往我们这边坐过来。史河东说，杜齐民原本说来着，可是又打电话说跟车间请不下假来，只好算了，他说请我们几位代劳，他非常抱歉。

还没有到七九河开的季候，溜冰场已经封场禁滑。每年的这个时候，都有不怕死的人在溜冰场以外的冰面上冒险享受冰上乐趣。随着气温开始和严冬脱钩，有些地方的冰表层已经开始发白，出现了融冰前夕常见的麻坑，岸下的冰界已经是收缩分离的沟缝。瘦了一冬天的垂柳枝条，隐隐约约变得粗胀了。

莫大勇微驼着他瘦长的身躯，站在人群前回答着提问。听底下人议论说，今天到场的还有一位大学法律系的教师，是专程义务来提供法律援助的。在这种场合里，我和小进、老史都没有发言的份儿，只有当听众的资格。

王千川的穿针引线作用，在这次水边记者会上若隐若现，到场的几位记者都跟他认识，开场的主导发言由他来做，几个关键性的提问出自他口。只听他口才极好地演说道：

“这件事通过媒体的报道已经引起了政府的注意，但注意得还很不够，我们应该趁热打铁，利用这件事唤醒人民的民主法律意识，启动我国大大落后于先进国家的法制建设的车轮，以期中国人民的福祉，早日降临这块古老的大地。我们的斗争不是孤立的，已经有国外的报纸转载了我们的报道，这将造成极大的国际舆论声势，有助于莫大勇案件朝着我们期望的方向发展。我们手无寸铁无权无勇，没有哪怕是街道主任那样的行政权力，可是我们正义在手，真理在胸，胜利一定是属于我们的。”

史河东双手拍击，“啪——啪——啪”鼓响了掌声。他的掌声引得众人回头看他，他若无其事地观看冰面上的人跌倒爬起。忽然他站起身朝四外察看，然后快速蹲下来，以手罩口对我和小进低言：“这附近有几个闲走的人十分可疑，他们来回来去走过好几趟了。这里已经被监视了，事情不妙啊，我们……”

小进往四外撩撩眼皮，幽幽然道：“不要慌，先看看再说，真被抓了，我们就说是过路人看热闹的，不还有个首犯必办，胁从不问吗？不会有什么太大的事。你们看好了，监视这里的便衣不会超过五个人，一对一的盯梢根本做不到。等一散会我们便进北海公园，从东门出去，他们不会盯我们的。”

听他二人谈论有便衣警察出没的情况，一开始我不由得心情紧张，眼睛顺着史河东提示的方向张望，望了会儿泄气道：“风声鹤唳，哪里有便衣？”

小进低低道：“别张望了，我当过站大岗的卫兵，我能认出他们。”

我心绪渐渐平静下来，自忖既来之则安之，这些人没干违法的事，谁也无权怎么着，即便说这是集会，那也是宪法上写明的公民权，是受保护的。再说了，即便是真有什么不测的话，也不能这时先行退场，当众站起来一撤，太没面子了，会让人瞧不起。又想这一回是受了王千川的策动，被弄得上不来下不去，进退维谷。以前自己告诫过自己不做任何人的政治工具，这一次还是没经住蛊惑。可是从纯粹的个人感情的立场上说，自己难道不是站在莫大勇的一边，希望他讨得个公道出来吗？

6

近日听大勇媳妇说，打人凶手所在的民警中队派出人谈判，提出将原先答应的1500元赔偿费，增加至2500元，要求莫大勇在接到这笔钱后，撤销对他们单位的行政诉讼，保全他们的面子和形象。大勇回答道：

“我本人很想接受你们的条件，可那样一来，我没法向公众和媒体交待，等待我莫大勇的将是万人唾骂。”

就本心而论，我是希望大勇拿到这笔钱的，因为他太需要了。在1981年的上班族当中，能有个两三千块人民币的积蓄的，为数不多。将这笔钱用于吃药治伤，在当时来说不算个小数，可解大勇一家的燃眉之急。接下这笔钱而撤掉行政诉讼，在我看来对莫大勇更具实际意义，事情也相对简单许多。作为朋友和同好，我向大勇夫妇表达了上述看法，为了加强说服力，还请了迟小进、杜齐民向他进言。结果事态转上另外的轨道，我们只有为他扼腕着急。

记者会散会，走过王千川身旁时他叫住我，问我对今天活动的观感。我说：“你想听好还是想听歹？”他说：“想听真实的。”他以一个成竹在胸的政治家的目光望着我，等待我说出他想听的话。话至口边我咽了回去，道：“已经这样了，说有什么用？只是不该让大勇丢了那笔赔偿费。有了那些钱，他就不用东借西借看病了。”

千川驻足，理解地一笑：“古人有千金买一笑的，也有不为五斗米折腰的。牛奶会有的，面包会有的，一个全新的自由民主时代的到来，将消灭种种社会病象，荡涤掉大地上的污泥浊水，带给人民崭新的生活，也将全面地解决他们的生活困难问题。毛泽东说革命可以解决一切问题，我说民主可以解决一切问题。这和你口口声声提到的那2500块赔偿金比较起来，孰轻孰重，不是昭昭然若揭吗？”

王千川把道理说得很大，一时竟把我噎住了。等我回过神来想反驳他时，他已经走出几丈开外。

我紧撵几步冲他后背说：“千川你站住，毛泽东说得不对，你说得也不对。革命没有解决一切问题，民主也不可能解决一切问题。你说的那个好时代我做梦都想，可是历史不可能跳过去。我看你是太激进了，老想一蹴而就，历史不是你们家的，它不会听你摆布的。”

王千川再次停步，目光奇特而严肃地瞪视我，静默片刻后才说：“我一直以为咱们都有过共同的下乡插队的经历，在看待中国问题上，会有共同语言，看来我想错了，我们之间存在根本的分歧。你大概很少读国外最新的理论著作，不太了解最新的理论动态。一般来说，社会变革有两种基本形态，一种是突变，一种是渐变。渐变拖泥带水，往往留下历史的尾巴；突变快刀斩乱麻，雷厉风行，干净利落，长痛不如短痛，是社会变革的首选。”

我说：“千川你是在痴人说梦吧，我在基层我知道中国普通民众现在想要什么。他们想要多拿奖金，想买到进口的洗衣机、电冰箱、彩电，想有权利选举厂长、经理，再大的事他们现在不想，起码是目前不想。你自己也吃人饭拉人屎，你干吗要鄙视大勇应得的赔偿金？你把他的钱搅黄了，他看病吃药的钱你掏是怎么的？”

千川脸色骤变，一时非常难看，看得出他对我心生厌烦。突然间他做出出乎我意料的举动，近前来揽住我的上身，拍拍我的臂膀，做出大人不记小人过的样子，道：“历史不是靠耍嘴皮子耍出来的，而是行动的结果。行动高于一切，我们的哲学是行动哲学。政治本身就是最功利的事，我们不排斥功利，不排斥功利。我这个人的毛病是理想主义色彩过浓，你的毛病呢，是你看问题的立场是工团主义的，一叶障目，不见泰山。切记啊老弟，朴素的感情是不能代替理论的。让我们共勉吧。”

他的前辈加老大哥的姿态，具有很强的亲和力和化解力，一下子消融掉我内心刚刚生发出的争强好辩情绪，让人不好意思再跟他犟嘴。他的手拍打在我的臂膊上，显得十分平易近人，亲切熟络，弄得我挺不好意思。

我脑际忽然闪现一念：这个人一旦执掌生杀大权，他第一批要杀的人里跑不了我。这世界上凡是热衷于将自己的意志强加于他人的人，不管他是出之于极权主义的面貌，还是出之于民主主义的面貌，一旦与权力结合，他们必然走上强权之路，并视此为毕生的事业，而绝不改弦易辙，除非被更强横的势力推翻。

多年以后，我会有时再想起王千川其人其貌来，咀嚼回味上一番。我内心深处的对他的私人评价私人感情，一直都矛盾而复杂，一言难尽。好在我们大家都还活在世上，太阳照常升起。

第二十七章　冲出冰山是伊甸

1

永驻我心的这个多雪的冬天的最后一场雪，普降大地。起初它以均匀无声的细雪形态静悄悄到来，一当它听到发自心间的惊叹与欢呼，便继之以鹅毛纷飞的酣畅迷漫。突然之间它中止了，闪出一派山泉净水洗过一般的清澈鲜明。让一些急于下结论的心思说：就下这么一层啊，今年冬天算完了。可是等到了夜幕降临的时候你再看吧，雪姑娘部落的狂欢节才正式开始，那闹闹腾腾滚滚而下的棉花雪飞云雪，简直是千车万车地一股脑往下倾倒，三眨两眨眼的工夫，就将个地表面铺得老厚老厚。嘎吱嘎吱树枝折断的声音，嘣吱嘣吱冰面下沉的声音，钝响在夜空彤云下。忽然之间雪住了，云开了，满天繁星闪烁，狂欢尽兴的雪族仙女们，如林妖散去一般销声潜踪，只在大地上留下了她们的作品。

这是入冬以来雪景持续的时间最长的一次，也是我平生在北回归线附近见过的最恋恋不舍不愿化去的一场雪。连孩子们用这场雪堆成的雪人，都长时间地保持原貌，在白昼与夜晚，神采飞扬。

大约是在潜意识里感觉到这是今冬的最后一场雪了吧，八成是意识到了这场雪的不可重复性，在雪霁后的同一个晚上，我和陈奇娅不约而同地走进了雪地。彼此事先没有互通电话、信函，鬼使神差地我去了她的学校，她现身在操场。

“哎呀，果然是你。”

“鬼东西，你怎么知道我来？是特意等我吗？”

“哈，我掐指一算你就得来，果然不出我之所料。天公真给咱们作美啊，走走去。”

“走，要的就是你这句话。”

“我提一个要求你必须答应我：不说话。此时无声胜有声，今晚咱们只用心感应。”

“行，走。”

吱吱的踩雪声在足下，柔美的呼吸声在身边，满天星斗鸣啭出水晶鸟的歌韵，一钩新月静明崭新莹洁透亮，像一把风笛临河吹奏情深致婉的乐曲，是苏格兰恋人爱吹的那种，是诗人彭斯为自己的诗篇伴奏的那种。熟悉的街道，蓝中透白的雪地，路灯稀少，雪色莹莹，长天寥廓，大地岑寂，只有我们两个人的足音、呼吸，目光的流转交接，体温的互递。她的头时而低低地垂下，时而高高地扬起。眼波共明月一色，心跳与心跳相和。

双双步出学校大门。我破天荒地抬抬臂肘向她示意，她破天荒地顺理成章地将手臂伸进我的臂弯，轻轻挽住，毫不坠人，柔若无骨。刹那间我的胳膊麻了，头皮麻了，脚底下飘了，步履如醉。她身上的清润的气息顷刻间包裹起我，像一个巨大的透明的柔软的茧，包容着我，浸泡着我，漂浮着我，漫游浮行在天街云海上。她的体温，她的小姑娘的天生丽质鲜美含情的体温，直透进我的骨髓，透入我的灵魂，发送纤纤丽丽千言万语的密码。我迷迷糊糊地往前走，高一脚低一脚，深一脚浅一脚，我腾着云驾着雾如仙如醉般地幸福着、战栗着，无餍足地领受这痴醉迷魂的天赐良辰，美到极致的感受。我不敢再进一步奢望，不敢做分毫的身姿修改，唯恐损失掉眼前所得到的一切的万分之一的万分之一。我生怕哪怕是略微略微地动一动小手臂，眼前的至福就会不翼而飞，就像做好梦的人生怕自己醒来。

此时今夜，我的神经全部都迷醉了，全部都沉入了梦海，可全部都敏感着，睁着眼，张着全部的感应细胞神经末梢，分毫不差地捕捉着她传导给我的一切的一切，一切的一切。全息地，毫无片面和偏差地饕餮般地感应品赏，细腻入微精致到家地感受我的女孩儿的至柔至美感人肺腑的亲昵。

啊连她棉衣布面的布纹我都感觉到了，连她棉衣里的棉花纤维我都历历能辨了。轻依着我的臂肘的，分明是她的小胸乳啊，她居然让这么至纯至贵的地方挨到我，这竟然是真的吗？是真实无妄的吗？她知道自己给了这个男人什么吗？她意识到了吗？察觉到了吗？她是有意识的呢？还是无意识的呢？至柔之宝啊，我可配得上她如此的慷慨，如此的恩赏？我的宝贝孩子，你叫我拿什么去报答你呢？罄尽我的所有，我也报答不了你百分之一，千分之一啊。让这一刻永驻，永远凝固不变，即便不再扩大，也不要有一丝一毫的减少。延长它，延长它，无涯无际地延长它，让我永做这芳心柔息拥偎着的伊甸居民吧。

孩子你的身体怎么直打抖？有我温暖着你烘烤着你你不会冷的，可你为什么抖啊抖的？

我不敢让手臂有丝毫的变动啊，可我真想用这条胳膊拥抱住你，让你更暖和一点，可是我生怕破坏了现已得到的一切啊。假如这时我的这条左手臂变成一根树杈，我会让它赶紧长出另一条树枝，用它去揽住你，揽紧你，使你不再颤抖。那样一来，我就既不会失去这个臂弯所得到的，又会增加成倍的新幸福。快长出来，快长出来吧，我的第三条手臂。

啊她的女儿家的腿胯挨到我的腿胯了，依依挨挨的不再分离。就这样默不出声地身挨身地往前走，混融着彼此的气息，共鸣着双方的心跳。小街太短了，长桥太短了，湖岸太短了，车站与车站灯杆与灯杆之间的距离太短了，还没有走，就走过了，还没有过呢，就闪到身后了。透明透亮的下弦新月还在为我们吹奏风笛呢，它吹的时间不短了，已经从半天空吹到天正顶了，一抹丝巾一样的细云，在它的下方飘啊游啊，做曼妙的伴舞。

时间太不悯人了，我们得往回走了。好孩子你跟我多么默契，多么知我心啊，我们的手臂一开始怎么挽上的，一直还怎么挽着，你的美美的胸乳，温润的小胯，从一开始跟我挨上，就一直不离弃我不背叛我，给着我足足实实充充分分的享受。直到我们走上送你回学校的路了，它们还是那样子不离不弃，忠实如故，柔情蜜意如故，纯美可人如故。啊这样的时刻这样的夜晚，嘴是多余的，舌是多余的，话是多余的，一切尽在不言中，尽在你的身体语言中，在心意和心意的对接交织中，在血液与血液的协奏交响中。

我弯转右手臂，小心翼翼地捏一捏我臂弯上的你的手指，你含羞浅浅一笑，回捏我一下。说通了，全都说通了，雪夜如歌，爱情如歌，幸福如歌，两心同歌。

2

伊甸之夜，至福之夜，午夜钟声响过，该来对付一下贪心了。我臂弯的力量将我的女孩引导到她的学校门口，苍天有意，学校大铁门上的角门居然没关，大敞着，校园内白皑皑的操场扑入我们眼帘。一脚迈进去吧孩子，我们的手臂就要暂时地分开。我动一动肘弯，示意是不是松开？她迈进门槛的腿又抽了回来，肘弯勾挂着我往回走。

傻孩子非要送我。

两双腿压着脚步，一点一点地往前挪，那也像飞滑翔机一样，顷刻就到了街口。我挽转她往回走。脚步说慢一些，再慢一些，慢一分就多一分美好幸福，慢一分就多享一分彻腑之恋。

还得往回走，舍不得分开。空敞无物的学校角门像弹簧一样，又把我们弹出来。我心里惊喊惊呼：不得了啦，这孩子的情义情爱有多深多博，简直没法测量了！

我心头热浪滚滚，眉下眼眶潮潮，感动得天摇地动，真想顷刻之间跟她融化在一起，不用再顾虑分开。

以别提多缓慢的速度踱行到了大街上，两个人的手臂不约而同往回带，不由分说又是一轮相送。

3

我心想这该是最后一趟了，我的胳膊无论如何得松开了，可是只见她立定在校门口，望也不朝里面望一眼，双目含情抓紧我的衣袖，开口说话：“别赶我进去，你再惯我一次，就一次。”

我乐了：“校门开着，你知道不会被关在外头，就变本加厉。”

我再一次接受她的陪送，再一次走这条属于我们的恋情的小街。一地铺雪，两三盏路灯，午夜阒静，缠绵不尽的热血柔情，分离不开的紧紧吸在一起的两颗心。

这又何尝不是我的所愿呢？我们的心与身粘得那么牢，一说分就揪得疼，我怎么会愿意生生扯开呢？我用臂肘往门里拱她的时候，心里的声音却在说：她不会进去，不会离开我。她跟我是这样的息息相通，心心相印。我刚一怎么想，她就在怎么想。岂止是“心有灵犀一点通”？是心有灵犀万点通啊，是心心相通，通着无线电磁波，是全息的燃情的心灵互感，是两颗心的合二为一。

尽管我们相挽着走得很慢，可还是走至小街的中腰了，这就意味我们今夜的美好时光，马上就要结尾了，画句号了。好不甘心呐，实实出于无奈。我要是能像孙悟空那样，变个小飞虫，她上哪儿我上哪儿，就好了。再不就变成她衣服上的一颗纽扣，跟着她进学校回寝室，看着她入睡，当一宿她的守护神，该有多好。

我早注意到，在小街中腰的路面一侧，有一片大空场，那里的雪层一马展平，无人踩过，在星河月下莹洁有光，沁凉爽气，别具韵味。这里原来是一片平房院落，推平了准备盖楼。不清楚什么时候才会动工。谁会想得到呢，就是这么片平常普通的空场，竟然造就了我生命史上的一章瑰丽诗史，一座永不磨灭的生命雕像，一曲魂牵梦萦，奏鸣千古的宝典音乐。

啊，就在我们相挽着走过片空场前的路段的时候，发生了意料不到的状况。

突然，一股突如其来刮起的猛烈的大风，突然平地而起，以突如其来之势朝我们袭来。这阵风挟带着稠密的雪粉兜天卷地而来，吼啸着，打着旋儿，以猛虎扑食之势席卷而来，直扑我们俩。它那白风沙般的风头，高高陡陡立扑而来，以眼镜蛇似的进攻之姿，如蛟龙之奔袭猎物。

说时迟那时快，我下意识地急侧转身，以整个后背去迎风，一把将陈奇娅搂护在胸前。我左手臂连胳膊带身子揽紧她，右手伸开巴掌捂护住她的脑袋。紧急惊恐中的她扑入我的怀抱，她前胸紧紧依偎着我，头埋进我的肩胸部位，急迫间我低下头遮护她的头顶，这样一来，我的双唇便吻进了她的头发。

雪地突然战栗起来，满天星宿乱飞，月亮滑向天边，灯杆摇摇欲倾。情况发作得太突然了，搂抱发生得太突然了。完成只在瞬息之间。一经完成便定格在那里。四外的一切荡然无存，只有我与她，只有凉雪旋裹着我们，灌入我的衣领，像不间歇的海啸，扑上来扑上来扑上来。我略一松手，它们再次袭来，一而再再而三再而四。

啊，自打认识以来，我们还从未这样亲密无间地相拥过。我搂她她搂我，不约而同，心照不宣，瞬间完成，天衣无缝。瞬息之间只是一个动作。一经搂定便凝然不动，成雪景中的烘烘热热雕像。这样的时候盼望过吗？盼望过，可是不敢多想不敢奢望啊，害怕惊扰亵渎我的天使，可是今夜，今夜的这阵猛风，适时而来，成人之美，令人满意地持续发作，在看似将停之际，旋踵又奔袭而来，稳定我们的造型，给足我们理由。啊这样的头发我曾经想闻过吗？闻吧，深深地吸吧嗅吧赞美吧咏叹吧。爱丽丝的头发没有我的小娅的头发这般芬芳，这般乖顺，这般风情依依，曼妙销魂。

啊，我怀抱里的小女孩儿浑身哆嗦成筛糠了，她的前额抵在我的脖子上抖动不已。啊我的脖子被什么打湿了，热热乎乎的。“啊你哭了，不要怕不要慌，风很快就会停的……又来了……”她被我搂护得更紧了。她的小手紧紧抓住我身后的衣服。“快把眼泪在我衣服上蹭干，不要在乎衣服。别抬头，风会伤眼睛……好家伙，后脖子里都灌满了……这回好了，风好像不来了……”

“别松开……就这样……我幸福得哭了……不是害怕……眼泪止不住……”

“来，让我用嘴唇把你的泪水吸干净……”

“你看你，眼泪可不好吃……”

“甜甜的，一点儿都没浪费，我全咽了……你脸上发大水了，一片汪洋……赶紧埋在我胸前，我给你挡风……我上衣袋里有你送给我的手绢，用它擦。”

她的哭还是令我有一点惶惑生疑。“我没有征求你的同意，你……”

她愣愣地，微笑，摇头。“我快乐极了——从来没有过的……”她的声音从梦幻中飘来，穿越了很长的路途，才传至我的耳朵。她的眼睛既不是看着我，也不是看着某个某个具象，而是凝视深处的什么地方，迷幻而深情。这神情使她美丽成了玫瑰公主，恍如漫步天堂的仙子。

我将里外蘸满她的泪水的小手绢珍藏入衣袋，扶住她的肩头问讯：“能走了吗？”见她用力点头，我便不再谦谦，用右手臂盈盈满满地环揽住她的身体，送她走到校门口。

我说：“你一条腿迈进去，我一推你，你就往前走，不要再回头……”

目送雪地上她渐行渐远的背影，我的眼眶湿润了，视线开始模糊。恍惚中，她的身影在楼门前站住，好像朝我扬起了手臂……

4

无梦之夜，如真似幻之夜，星斗明月眷顾之夜，白雪作证之夜，夜空如昼光华大放之夜。今夜降临的一切一切都是真的啊，非虚非妄，可感可触，苍天作证、大地作证，雪地上的我们的脚印作证，我的这一条胳膊作证，我的衣襟上的泪痕作证，我的口袋里的手绢作证，我的幸福盈怀的怀抱作证，我的鼻孔里长存的她的头发的香气作证，我的舌尖上的她的甜蜜泪水作证，我和她的火热的生命作证，我和她的永不消逝的感性记忆作证，我们的每一次的记忆与陶醉与感动作证，我的可爱女孩儿的比我更为强烈的战栗与震撼作证。

一切的一切都是真的，真实无妄。她太能爱，太会爱了，能把人爱晕烧焦，柔化成蜜水。她简直是天降的爱神，是爱与美的化身。她是从哪里学来的呢？这般的柔情似海，这般的醉人心魂。这是非人间的功课，没有任何书本能教会。真正是好透了的天性啊，像天籁一样的自然天成，美不胜收，无疵无瑕，是造物主的杰作。

知足吧余奔滔，你有何德何能，竟有幸获得如此隆盛的泽被，如此百年难求的超高端之爱。你明明知道这一切都是真的，刚刚发生，可你还是恍如梦中，恍如梦中人。你被从天而降的幸福击昏了，你被不期而至的快乐冲昏了。曾经的时间与当下的时间，失去了界限，混融在了一起，岁月无界，年龄无界，地域无界，在此在彼无界，任你驻留沉浸，任你品味重温，让你一生一世地放映再现，重返“此刻”，置身“此刻”，一切如新，如当下，原封不动，就是那一天，那一夜，光华如昼，绚丽如霞。

5

寒假开学以来，奇娅的情绪很不稳定，起起落落进进退退。我理解她，也失望于她。我期冀着她回到去年十二月，也担心着她倒退到跟我刚刚认识时的温度。我在心里拿她和梁珊瑚作比照的时候，不止一次地暗暗叹气。可是谁曾想，这孩子竟然一夜之间迸发出这么强大的爱能，不亚于黄河决堤火山喷发晴空闪电。她的拘谨小心、沉郁自抑、畏首畏尾、摇摆不定不见了；她的逃避之态、淡漠之歌，不见了；包在她身上的那一层冰壳，爆裂脱落了。她出冰山了，一夜之间冲出冰山了。是什么催化了她，推动了她，让她如此的毅然决然，真情毕露呢？爱什么什么吧，反正她是出冰山了，反正她用行动表明：她和我彼此拥有了。

得之不易，姗姗来迟，石破天惊，可歌可泣，于山重水复处矗立起一座里程碑。一座可遇而不可求的里程碑。云开雾散，雾散云开了，苍天不负苦心人。我没有看错人，我爱她爱对了。她的内心风景之丰富，我真的难以蠡测啊。小娅我真是服了你了。

屠格涅夫说得太好了，他说——

“初恋——那是一场革命：单调、正规的生活方式刹那间被摧毁冲破了；青春站在街垒上，它那辉煌的旗帜高高地飘扬——不论前面等待着它的是什么——死亡还是新的生活——它向一切都致以热烈的敬意。”

“春潮带雨晚来急”，我的春潮来了，我们的春天来啦。我在心里一遍一遍地欢呼。小娅小娅，你也在同我一道欢呼快慰吗？

6

快慰之余，我的潜意识里还隐隐地有某种不安与疑虑游窜。不安疑虑什么呢？令我疑虑的是，我那天的举动是不是走得有点太远了？超出了她的接受范围？使我隐隐不安的，是我怕她会由此把我看成是一个喜欢动手动脚的男人，会对她构成威胁和侵犯，使她多了一份对自身贞操安全的担心。再怎么着我也是个男人，对此她不会没有意识。她已经是说小也小，说不小也不小的大姑娘了。一旦因为这天夜间的我们的亲热，使她对我平添防范之心那可不是我希望看到的。那不仅不会增进我们关系的发展，还会使之倒退。

我的这些多虑，是没有什么实际依据的，只是一种推理而已。不过它既经闪现过心头，便难以根除掉了。这是蓝天白云下的阴影，是畅想曲中间的不谐和音。带着这快慰而又复杂的心情，我去赴我们的约会，竭思尽力地想从奇娅的谈吐举止间，捕捉她的真实态度和想法。忍了又忍，我还是有枣一竿子没枣一竿子地对她说了这样的话：

“那天晚上我没有冒犯你吧？如果有所冒犯，还请你包涵。”

她的目光从我脸上扫过，不予作答。她的眼神再一次像那天夜里那样迷幻而奇异，她的嘴动了动，没有出声。只见她变戏法儿似的拈出一封信来，在我鼻尖前一晃，敏捷地一掀我的兜盖，将信顺入我衣兜，低低说了句：“别疑神疑鬼的啦。”

散步途中，她的胳膊数次与我的臂膊相触碰，若安若闲地，令我身心暖意融融，缠绵缱绻。

这天中午，海湄始终走在前头，奇娅同我殿后。我们俩走得慢如牛步，我戏称我们这是老牛拉破车。奇娅不怎么说话，也不要求我说话，即便我说上句什么，她似乎也是漫应之，全然一副沉浸的样子。见她这样，我甚至想，我在她身边好像是多余的，我偷偷溜走，她恐怕都不知道。我放慢脚，让她一个人单行独步，她回过头来望着，等着我赶上来与她齐头，才继续悠悠嗒嗒地前行。我如此重复试验了几次，她才察觉到我是故意，用小拳头捅了我后背一拳，嗔怪地瞪我，眨眼之间，脸上飞满了红霞。

回去上班的路上，我骑车骑到中南海对面便忍不住想看信。我捏闸停靠在马路边，一边脚蹬马路牙子，一边坐在车座上急慌慌展开信纸忙忙阅读。一读之下我再次中电，再次醉了。这一路车骑的，摇摇晃晃，腿瘫脚软，像抽去了筋似的，车把左撇右摆地不听话。外界有什么？班上的同事是谁？我手里在干着什么活计？什么人在对我说话？我浑然无觉，心里只有奇娅，只有她的一双柔情万丈的眼睛，她的亲甜彻腑的话语，她的感天动地的心声。

无奈这是在班上呀，我哼呀哈呀地应付着周围的人，恨不得哗啦一声天黑，我好回家去看信，好重温，好确认，好确认我的记忆是否有误。

晚饭后我推说要早睡，插上小屋的门在台灯下重温奇娅给我的最新一封信，重回那永福至美之夜。奇娅的信内文如下——

哥哥我的好哥哥，我最亲爱的人：

我在心里一遍又一遍地唤着你的名字，无论行还是站，睡着还是醒着。睡梦中，我会唤着你的名字笑醒。睁开眼没有黑夜，只见花团锦簇包围着馥郁香甜。我被巨大无边的快乐包围着，我快幸福得透不过气来了。

这一切都是因为有了你啊，我的亲爱的人。昨夜大风突然刮来，我吓坏了，往你怀里藏。你像一座厚实的城墙那样将我挡得严严实实，大风连我的毫毛都没吹到。依偎在你的胸前，我安全极了，温暖极了，像一只小船躲进温暖的港湾。你宽厚的肩膀是一道伟岸暖和的墙，我靠着它偎着它，说不出的温暖快乐，我的身心一点一点地酥软着融化着……我愿一生一世地这样依偎着，幸福，撒娇……你允许吗?

我不是恐惧害怕啊，在你有力的暖洋洋的怀抱中，我心里非常踏实。我流泪是因为我无比的快乐幸福，我身心震颤，落入了蜜罐。这一切都源自于你啊，我的世间最疼我呵护我的好哥哥。

可是说来奇怪，突然有一股恐惧感袭过我的心头，假如有一天这座墙忽然撤去了，不让我偎靠了，可怎么办……一想到这不祥之念，我顿时像掉进了冰窟，手脚冰凉。

告诉我：不会的，不会有那一天的，你无论何时何地，都不会丢弃你的小娅，让她一个人去经受人生风雪的，你一定一定要答应我……

你的可怜的小娅

某年某月某日

于宿舍铺上

第二十八章　驿动的心

1

受到这场天降美雪激励的，非只陈奇娅和我，还另有其人。这原本在情理之中。这个人是赵海湄。

赵海湄晚间的突然到来，打乱了我惯常的生活节律。星期六晚上我洗过脚，趿拉着鞋到桌前看书，忽然见有人闯进我房间，随即挟带进一股寒气。

“奔滔，我要办一件急事，你要帮助我。”

在我尚未看清来人是谁之际，她已急急开口说话。

她挑选的造访时间十分反常，无论是她还是陈奇娅，从来都不曾这么晚了还来找我，这让我吃惊不小。“出什么事了？是你还是陈奇娅？陈奇娅出什么意外了？”

“不是她的事，是我自己的事。我要去看今晖，现在就去赶火车，你送我去车站，我一个没坐过火车。”

海湄的决定看似突如其来，她说她就是要去见今晖，非见不可，一天也不能等。她一反平日的舒缓谈吐，急如风火地向我说明她此次的计划。她计划乘坐今晚的火车去 H 市，明天一早到班上找今晖，然后乘坐明晚的火车回来。她说她回程的车次于明晚 11 点 30 分进北京站，她都打听好了。她向我提出了两项特别的要求。她要求我今晚送她上火车后，赶紧去趟她家，代她向她妈说明情况。因为她是偷着跑出来的，离家前什么也没告诉母亲，她妈一定正急得团团转，四处找寻她的下落。她恳求我为她做的第二件事情，是要我转过天来到车站接她，陪护她回家，以帮她抵挡她妈妈的雷霆之怒。我一一答应下来。

海媚将自己的车存在北京火车站马路斜对面的日夜存车处，跟我约定明晚 11 点 30 分在这存车处门口等她，不见不散。

当夜送海湄坐上火车后，我返转身骑自行车去她家报信。来开院门的是海湄的同父异母姐姐。进得正屋来，劈面便见海湄妈正气咻咻地原地转磨，慌作一团。我说明来意，简略地向她说明了发生的情况。她羞愤交加，双手拍膝，大叫：“这个不听话的秧子，作孽呀，要遭天打五雷劈的。她要和我妹妹的孩子结婚，简直恶心死我。我牙打掉了只可往肚子里吞，胳膊折了只可往袖子里屯，恶心呀，羞死人呀，这是家丑，奇耻大辱啊，这个秧子，我八辈子怎么修出这么个孽种。恶心死我啦，我真想撕下我这张脸皮。奔滔你说说，你说说，这叫他妈什么事儿？我没缺八辈子德呀。”

这个女人以前见我，一向都是客气礼貌的，不远也不近，从不见说粗话，今夜她是急疯了气坏了。接下来她向我数叨她是如何做了他人的续弦的，她是如何极其不易地拉扯孩子长大的，是如何地怕这孩子遭受委屈，遭受孤独的。她说她那年之所以张罗着让今晖来北京玩儿，就是为了给她解除孤独感的，没想到会弄巧成拙，造成今天这种可悲的局面。她说她一个织布厂的女工，工作又忙又累，回到家里，洗衣做饭，满指望着孩子会出息，不承想她这么不争气，竟然弄出这种伤风败俗的事，她为自己这些年的付出叫冤。

我自认为自己一向在她面前还是有面子的，便直言不讳地安慰起她来，从各个角度向她证明海湄是个好孩子好学生，她不能用那么重的话骂她，往她的头上扣屎盆子。我向她保证，明天夜里一定将海湄安全送到她的面前，如有半点差池，她可拿我是问。

她一直送我至院门外，反复叮咛我一定要接到她那可怜的孩子。

2

虽说时令已近冬天的尾部，可在这样的夜间站在露天里等人，那滋味儿着实的不好受，何况是连续站上三个半小时，一直站到后半夜。

前半夜我唯恐火车提前进站，提早四十分钟便来到了站前。我将我那辆二八永久自行车靠在一棵街树上，那棵树的四周是些冻硬未化的雪。在等候的大多数时间里，我要么就在存车处的门口处干站着，要么就是附近踱步走溜。表针蹭过 11 点以后，站前一带已相当的冷清，存车处口已经没什么人出入，里面的一盏钨丝灯泡，爱亮不亮地泛着暗弱的黄光，像烟囱口垂下的冰挂的颜色，低调、黯淡，打不起精神，像一首老掉牙的老歌曲，像老日记里的一页发黄的旧纸。

空气的清凉爽腑是毋庸置疑的，但是渐渐的，对于空气的清洁感的评价，完全地被彻骨的寒意所顶替，肺管子里仿佛灌满了冰碴。这些冰碴在我的脏腑里越灌越多越灌越满，并且越来越下沉。这是一种内外夹攻的寒冷，身体里的温暖层越变越薄，越变越不管用。我的身体开始变僵，手脚由疼痛转为麻木，转为即将失去知觉。我尽可能地来回走溜儿、搓手，以图通过运动来提升体温。我借助一则讲阿凡提搬石头取暖的故事激励自己。我四下里踅摸，想找见一个能让自己动动力气的物件来，以便像阿凡提那样暖和暖和身子。由阿凡提我联想到藏族民间传说中的智慧人物巴拉根仓，想想不觉暗笑，缩紧的肌肤略感舒展。笑过之后反而更冷了。

我走溜儿，干站着，时而倒换着双脚跺地，两眼紧盯着马路对过的出站口。一批到站的旅客过完了。又一批到站的旅客过完了。提大包的过去了，拎小包的过去了，由蜂蜂拥拥，到稀稀落落，到空旷冷寂，迟迟不见赵海湄的身影。十一点半过去了，12 点半过去了，1 点半马上就要到了，时间早过了海湄预先说好的火车到站时间。这完全出乎计划之外的变故令我备受煎熬，备尝心意悬悬之苦。我眼前一再闪现上车前的海湄的神态。当我陪着她蹬上车厢落座后，一霎时她竟然显得那么沉静安详，面容平和。她的年龄依然是那么小，神态看去却像是个去赴生死约会的贵妇人，尊贵，从容，义无反顾，为强大的目标所吸引。

"一路上小心。"

"你下车吧，我不会有事。"

我在车窗外朝她挥手，她嘴唇动了几动，我猜她是在说别忘了按时来接她。

可是现在早过了约定的时间，她却如同石沉大海。莫非是见到今晖后难分难舍，她要在那边过夜？莫非是她也要效仿梁珊瑚、谢径，闹一次私奔？总之看样子这孩子今夜回不来了，总之我今夜的冻是白挨了，总之我现在还不能走，万一我刚走她人到了呢？什么叫不见不散？没见着面就得死等叫不见不散，宁可她负我不可我负她叫不见不散。再坚持坚持再坚持坚持，不要让她的希望落空，不要让她的眼睛落空，不要让她的信任落空。啊，已经是后半夜 2 点了，万籁阒寂，大地凝寒。我怀疑手表会冻出毛病来走不准，我弯转手腕凑近耳朵倾听，滴滴滴答答答的指针行走声清晰悦耳。

常言说下雪不冷雪后冷，化化冻冻的冻雪之夜，几乎要吸走生物体身上的最后一点热乎气儿。我又记忆起只身行走在朔风凛冽的平谷山区的要死要活的时刻来了，我又记忆起"池中泛白是寒冰"的乡居夜游的时辰来了；我又记忆起西风漫卷屋檐草，破纸窗间狂语的村屋夜寝来了；屋中炉火熄灭，一床跑絮的旧被难挡风寒；"剑河风急"，"沙口石冻"，直冻得马蹄脱落。我的臂弯的常忆常新的感觉记忆，是陈奇娅臂弯的温软和颤抖。今夜赵海湄的臂弯上，可留有赵今晖的体温吗？

在上半夜的 10 点 50 分至下半夜的 2 点 50 分这段时间，我除去死守存车处外，中间曾两度跑过马路去出站口探看，希望提前截住出站的海湄，结果都大失所望。我匆匆忙忙又赶回存车处，唯恐与她失之于空当。这样折腾过两回之后，我确定就在这地方死等，哪儿也不去踅摸了。午夜 12 点钟一过，看车的老太太上前打量我两眼，问了句："你等的人还没来？"便进她的值班棚屋睡觉去了。我想我应该问问她棚屋里生没生炉子？

终于，功夫不负苦心人，后半夜 2 点 50 分的时候，赵海湄的身影闪现在存车处门前，我喜出望外，鼻子发酸，差一点没委屈出眼泪来。她十分疲劳，我九分疲劳。

当护送着她精疲力竭地到达她家的时候，我借着月光抬腕看表，时针正指在 4 点钟的位置。待到我跋涉到自己家的院门外掏钥匙开锁的时候，时间已近凌晨 6 点，天色已近放亮。

"海湄你可害苦了我了。"头进门前我自言自语，与此同时我感到自己脚底下发飘，饥肠辘辘，前心贴后心，身体少有的空乏。我自忖觉是睡不成了，吃点东西就得去上班了。24 小时没合眼，继续连轴转，这事闹的。

海湄并非存心害我苦等，可她那天的确情不由己延误了时间，没能赶上预计中的车次。误了那趟车，她就只有后半夜抵京的这趟车可坐了。照她的性格，她是一定会在星期一到来之前返回的，因为她从不旷课。正是基于对她这一点确信，我才会在几度绝望之后，继续等候她在寒天下。

3

关于这次 H 市之行，海湄叙述得很简约，省略掉了细节和对话部分，不过在我们再次会面的时候，她还是给我勾勒出了他们那天见面的图景。她说她下火车后先找公用电话，打到今晖的单位，今晖刚好到岗，跑出厂门外接她，然后将她带到一个大库房的后面，在那里和她抱作一团。一见面两个人便哭了，哭得哀哀恸恸，撕心裂肺。海湄说她还是第一次看见男子这么哭，直哭得号啕不已，几乎要气绝。海湄说，和今晖的哭比起来，平常见到过的我们女孩子的哭，就只能算是毛毛雨了。海湄说她也一直在哭。她说两个人从一见面就抱在一起，从抱在一起一直哭到松手。海湄说由于一直哭个不停，他二人都没能说成什么话。我半信半疑，不会什么都没说吧？总该说点什么吧？她说她倒是从今晖的自言自语里听清了几句，今晖说："我们命太苦啦，世界上数我们俩命最苦。"他还说："我们生不能成夫妻，死后我们一定要埋在一起。"海湄说，他越这么说我越伤心，哭得越厉害，有好几次我哭得差点出不来气儿，吓得今晖又掐我人中又掰我的手指。

我说："你们竟然能从早晨一直哭到天黑？"

海湄说："天黑了我们平静了下来，他领我到一个地方吃了饭，然后拉着我的手一直送我上车。"

"算是永诀么？"

海湄摇头："不知道，不过我们都感到轻松了一些。"

苦命人，我想。说不清道不明的苦。阴错阳差，不定错搭了哪根弦，便酿出一段苦情缘来。细想在我们几个人当中，最不幸最凄惨的，就要数海湄了。在这个问题上，分开来说，风俗观血统观都没有错，感情也没有错，两者撞在一起便麻烦大了，就如同两条铁轨只可平行不可交叉一样。我为海湄能渡过这一关而稍感安慰。

那天后半夜 4 点敲开海湄家门的时候，她妈也一宿没睡。正房里亮着灯，海湄妈背墙迎门而坐，手里反握着鸡毛掸子。海湄进屋后，她妈将手里的鸡毛掸子高举了几次，却没能落下来。

海湄柔声说："妈，我饿了。"

她妈恨声道："饿死也不多，你个挨刀的。"

这时辰家家还都在酣然大睡，街上空无一人，户扉紧闭。初进屋时，我已然观察到海湄妈的眼角掠过喜色。毕竟母女连心，在这种时刻，女儿的生死安危才是头等重要的，千般的不是都在其次，可细细再论。因此我想我离开之后，这个家庭当闹不出什么大动静。

临出赵家前，海湄妈上前对我恳切言道："这次的事都是因为这孩子太孤独闹的。海湄很相信你，你今后要多和她谈谈，随时了解她的思想动态，多关心着她点，遇事不能由着她的性儿。"

这番话我当真对待，在后来相处的日子里，遇有我认为该说的事，我都直截了当说了，有时说得还挺厉害，甚至带了骂碴儿。过后我担心海湄接受不了，转回头来哄她，她却说："你不用打三下揉三揉，我妈不是把上方宝剑给你了吗，你有权利呲儿我。"遇有这种时候，我自问是不是管得太宽了？又深为这孩子的温婉性格所打动，愈发觉得不能丢开她不管，一种无形的责任感，就这样于无形中在我心间扎根。同时牢牢地生长住的，还有凌晨 4 点钟的那座小院子里的青青莹莹的灯光和那个冬令的寒夜。

多年后，我曾经琢磨过一个连笨人都能想到的问题：假如当年没有陈奇娅的话，海湄和我会怎么样？这个问题当年也曾经划过我的脑际，但却遭到了我自己的强烈抑制。一出现就将其掐灭。我的这种自我抑制，也同时对海湄构成了抑制。几年后她为此抱怨过我。说实话我也曾约约隐隐看出些苗头，可我只能假装不知道。因为这时我已经没有权利再对她说什么。放到二十年后来看当初，当年的所谓有权利与无权利的问题，其实是有些虚幻成分在内的，可以顾忌，也可以不顾忌。当年我选择了顾忌，在很大程度是由于我的性格使然。

接触日久我愈益发现，海湄其实是一个极度渴望爱情而又极度用情的女孩儿。她用起情来有股子不计功利不计后果的劲头。和陈奇娅相比，她的性格更偏于温婉含蓄，待人更为持久可靠。这正好印证了万佩泽对她的第一眼印象。

4

万佩泽近来白天去市政府上班，晚上闷在宿舍里看《资治通鉴》，用心应该是很深的。有一次他对我说：

"人们面对新的情况，往往看不清大势，拿不出办法，把事情搞砸，多半是因为不读历史，不清楚历史事件的细节。其实人们通常所说的新情况新问题，一点都不新，历史上都曾经发生过，是历史的重演。熟悉历史，你便会马上知道眼前发生了什么事，直接借鉴到解决的办法。"他举例充实自己的观点，"周恩来那些人跟毛泽东差在哪里？首先就差在不懂中国历史上。不了解中国的过去，就难以真正了解它的现在。所以他们组织几次城市起义就黔驴技穷了，到头来还得请教毛泽东。"

在那次匆忙的会面中，佩泽面带神秘地透露消息给我，说近日有一位省级的负责人要来北京，有认识的人拟议安排他去跟他见面晤谈。佩泽讲，传闻中这位要员有可能会进中央，日后将炙手可热，因此这次晤面对他而言就意义不凡。他说这位要员虽说是出身寒微，却号称通读过《资治通鉴》，因此他得事先做些准备，以便能跟人家侃到一起，高出一块，让人家赏识他。

对万佩泽读《通鉴》我没有非议，但对他为邀人赏识背课似的读书，我却不以为然，心想你平时那样指点江山，雄视万物，如今却挖空心思去结好一位官员，言行之间反差太大，惹人鄙夷。“你见他有用吗？”我随声漫道。他黯然答：“这种事只能是有枣没枣先打一竿子，埋下一个关系在那里以后再说。这就像蹬梯子一样，有的梯子让你踩，有的却是空的。不管怎么说，是机会就不要错过，最终会出什么结果，多数时候还要看缘分，强拧的瓜怎么也不甜。”

关于万佩泽日后的走向，我曾和迟小进一起探讨过。小进讲，在目前的体制下，他是不会脱离仕途的轨道的。他肯定是要抓钱的，但他不会直接下海经商，他天生是个搞政治的人，兴趣和志向都在政治成就感上。他抓钱也是利用别人的手去抓，而不会把自己全搭进去。他这个人是不会出国发展的。他多年来一直潜心研究中国问题，去国外他没有用武之地。他从来认为他的舞台在中国，他的所爱所憎在中国，在其他国家取得成就，对他构不成吸引力。

据小进讲，佩泽对毛泽东是完全折服的，说他是中国古今第一政治天才。他很少说到周恩来，认为他是等而下之的，充其量是个相材。他真正看得起的，是乱世得天下的少数几位开国皇帝。他仔细地研读过这几个人的传记，对他们津津乐道。

“他有强烈的帝王意识是不是？”我推测着。

“是的。”小进点头，“根据我多年的观察，他以自己具备帝王之材自居。他曾经说过，如果他生于群雄并起的乱世，他必是出来收拾天下，扭转乾坤的人。当年我们圈子在昆明讨论时局时，他就表现出一副雄视天下的劲头。他说我们当中的老苏有宰相之材，言外之意是说他自己有帝王之材。这种话他说过多次。

“他说孙中山更适合做宗教领袖而不适合做政治领袖。当时没有更合适的人选，所以才把他推举出来，完全是时势的产物，而不是最佳人选。他其实更适合做宗教领袖。

“他说袁世凯是个有手腕的政治家，是个精通权术的人，他败就败在世界观上，没有认清历史方向，旧营垒气息过重。假如他是新营垒里的人，再加上他乱世取势的手腕，他会成为再造历史的伟人，历史给了他这么好的机会，却因为主观上的因素，没有担当起来，他这人有点可惜了。还有黎元洪，历史都给了他们机会，他们却都不足以担当大任。因此他强调政治家的个人修养，有意识地往这个方向上培养自己。

“他对大学嗤之以鼻，说大学只是培养一般性人才的地方，傻子和天才都进不去。毛泽东那种人，只有他自己能把自己培养出来，没有什么教授能教得出。他对北大要培养学贯中西的大师的教学口号，嗤之以鼻，他说那些教授自己都不是大师，他拿什么培养大师？大师是自己把自己培养出来的，只有你自己想成为大师的时候，你才能成大师。”

“你真是位不简单的观察家，把他观察得那么深入透彻。”我赞美小进，同时也在褒扬佩泽。我说："佩泽读历史确有独到之处啊，不过总觉得他身上有某种味道，让人感觉不对劲。"

"你闻到什么了，你说说看？"

我说："总觉得他身上有股子阴森之气，让人不舒服，甚至还有那么点血腥味儿，这与当今世界的民主潮流格格不入。如果让这种人在中国掌政，咱们就只能生活在强权铁蹄下，做一群有吃有喝的奴隶，任人奴役宰割。但愿这种人不会太多。"

"唔……"小进摇头，"有多少不好说，至少有那么一批人吧。反正从我们昆明的圈子来看，怀抱野心潜身民间的能人真不老少。一旦时机到来，这些人都会登上历史舞台。由此可见，中国这地方潜藏着巨大的政治能量，只是目前还没有什么渠道将它们吸收分流。如果不能给这些人以释放的正常途径，早晚会是个事儿。"

我说："释放能量的领域非止政治一途，什么释放场不能放放？活人还能让尿憋死？"

小进浅笑："憋可憋不住他们，佩泽这种人插上毛比猴还精，随时都在窥伺时机，你只要有一点小缝儿，他们就会撕开大口子钻进去。搞政治的没有不会钻营的，万佩泽这人是早晚会爬上去的，对他只是一个时间问题。你没见他一回到北京就四处活动，寻找圈子吗？我们昆明的圈子四通八达，各阶层、行业的人都有。他在这圈子里如鱼得水，很快就成为领袖人物。"

5

"这样说来，他对我们这个圈子肯定是失望的，我们不是他要找的那种。"我扯回到具体的事上。

"他讲过这种话？"小进点头，"不过他对你还是有兴趣的。"

"他怎么说我？"

"他对你的评价是：人才难得，怀才不遇。他还说，你跟他不是一种人，还沉溺在不切实际的自由民主幻想中。如果你去搞政治，一定会碰得头破血流的，连自己的尸首都找不到。不过他又说，当文学家跟当政治家是两回事，文学家立足于幻想才会有独特的创作，而政治家只能立足于实际，否则等待他的只有失败。他说从政是一场赌博，搞文也是一场赌博，两种人都是拿自己的一生下赌注。而从政的人比从文的人的风险要大得多。从政的人，很多时候依赖于外界条件、机会、运气，从文的人，更多依靠自己的才气和勤奋，他只要能写出好作品来，出版就是早晚的事。这家出版社出不了，他可以再找一家，可以一直找下去，总能找到出版的机会。他说只要你能在这条路上持之以恒，你迟早会成气候。可是搞政治就不是这样，很多人赌完了自己的一生，也没有如愿以偿，可很多人还是前仆后继地往这条路上走，为什么呢？因为诱惑太大了。"

我击掌叹道："知我者，非佩泽莫属。太入木三分了。他怎么当面不跟我说，转过身去说我这么多？当面锣对面鼓岂不快哉？”

小进也笑：“要不他是搞政治的料呢。他跟我讲这些话，就是要让我传给你的，经我传给你，不是比他当面跟你说效果要好得多吗，然后从我这里再反馈给他，他不一样可以知道你的反应，而可以避免你一时接受不了吗？”

我由衷地钦佩佩泽这个人的敏悟力和概括力，自思自己虽与他并不同道，但从他身上确实学到了东西，那就是直截了当地把握事物的关键的能力，不依赖现成观点，而从分析事实出发做出结论的能力。至于这个人身上的可怕的一面，在他跟高层权力结合之前，不会造成什么大危害，目前不必多虑。并且他与我之间既然存有一份情谊，即便他有一朝一日危害于世，也不至于先伤及于我吧？

我把这个想法说给小进听，小进首肯，道：“他这个人还是看重友情的，我们只要不是他的政敌，他就不会对我们下手。政治家只跟政治家过不去，就跟黑社会帮派专门火并黑社会帮派一样。不相干的人在他们火并时中了枪弹，只能怪你倒霉，他们的枪并不是冲你打的。不过话虽如此，有个情况我还是得提醒你……”

“什么……你说。”

小进沉吟着想词儿，或者在考虑该不该说。

“他这个人会随时换朋友，用新的朋友替换旧的朋友。到了一定的阶段，他就会甩掉一批朋友。在他认为不再需要一些人的时候，他就会果断地将这些人甩掉。”

“这是怎么一回事？他为什么要这样？”

“很简单。一是他不再需要这些人了，二是这些人对他知道得太多了，而他要以新的面目出现在另一些人的面前。”

“这又何必，多不自然。”

“我也这样问过他。他说这是必要的，是一种防范措施。我在昆明期间就见他这么做过。”

我说：“他倒没把你甩了。”

“唔，”小进微微翘嘴角，“也许是我们在一起的时间太长了吧，也许是他一直没把我当回事，因此也就不存在什么防范不防范的问题，甩不甩都无所谓。就好比一个人在别人的眼里连欺负都不值得欺负的时候，也就没人欺负他了。”略作停顿，小进又说，“离开昆明的圈子以后，他有孤独感，总得有人说说话吧。他把我看成是联系他的过去和回忆的纽带，至少还能跟我说说他的孩子，让我看看他儿子的新照片。他儿子长得像他，虎头虎脑的……”

类似的谈话，在我和小进之间发生过多次，兼带着还会叙及我们共同认识的人的近况，观摩一下彼此新写的诗文什么的。一直到两个人把心里话吐畅快了，才将身子靠在椅背上，休息，吸烟，望窗外树枝上方的天空，感觉时间的流淌。

6

小进每次来我家闲坐，都爱讲一些他们云南知青的掌故。他说起他们当中有人偷越国境，加入越南游击队同美军作战的事眉飞色舞。我表示惊奇，因为这超出了内地知青的经验范围。他说他本人就差一点成为志愿军，他说他都越过国境线了，经过了一番思想斗争，他又退了回来。

"你这么瘦弱的人也能打仗？"我道。

"唔，你没见过越南人呢，比我还矮半头，肩扛火箭一架一架地干掉美国飞机。"

"佩泽也干过这种国际主义？"我问。

"他吗……"小进浅笑，笑里有笑，"那时他已经结婚，后来又忙于交换老婆，正无暇顾及其他……"

于是小进娓娓讲起当年他们农场知青生活的另一幕景象。

首先是年长的几对知青男女热烈恋爱，然后登记结婚成家。起初日子过得忙碌、平静，工余时间大家串门、聚会、学毛著。一次，有人倡议集体学习恩格斯的《家庭私有制和国家的起源》。于是，一本书轮流朗读，大家边听边讨论。

讨论中，有人提议照着书中提到的原始群婚制时期的两性关系做一次实验：几个家庭之间互相调换老婆，ABCD 轮换一圈，一直到厌倦为止。"当时都年轻无知，被好奇心驱使着，于是他们就真实行了。"小进语意悠悠地说。

"真交换了？"

"真交换了。佩泽把自己的老婆换给了别人一起住，换走他老婆的男人，让自己的老婆住进佩泽家，一起睡觉、做饭，形同夫妇。几对夫妻轮换了一圈后，原配的夫妻又回到一起过日子，结果谁都回不到原来的感觉中了，谁都觉得不是味儿，结果到最后这几个家庭都散伙儿了。有的男方带走了孩子，有的女方带走了孩子。本来还说好等换老婆的活动一结束，大家坐下来交流心得体会，结果座谈会也开不成了。"

"你怎么知道得这么清楚？那时候你还没资格结婚。"

"唔，他们每次开会我都旁听，他们拿我当小孩儿，连他们谁往谁家送老婆，都叫我跟着去。佩泽和他老婆是自由恋爱，一个父亲是电影导演，一个母亲是电影演员，算得上是珠联璧合，郎才女貌。经过这一番换老婆，他们的婚姻再也维持不下去了，成天吵架，互相嫌弃。办离婚手续的前一天，两个人都大哭了一场。"

沉默片刻，我才说道："恩格斯是借摩尔根的《古代社会》，从研究两性史入手研究社会发展史的。他从蒙昧时代、野蛮时代讲起，讲的是发展史，不是倒退史。我猜倡议集体阅读《家庭私有制和国家的起源》的人，一开始就是动机在先的，知道自己想干什么，他借读书诱导大家，为自己的目的披上理论的外衣，使之合理化。他很可能事先就对谁家的女人垂涎已久。"

小进说："是有这样的人，但也不能一概而论。在换老婆这件事上，佩泽起初持观望态度，有时还风言风语嘲弄几句，后来才卷入进去。卷入进去以后他才发现得不偿失，可这时他已经把自己的老婆交换出去了，生米煮成了熟饭。自这以后他们夫妻的感情再也回不到当初，直至发展到决裂。在这件事情上佩泽表现得极不成熟，不像他在政治上的作风，倒像个馋嘴的孩子，看见别人吃到了自己没吃过的东西，便忍不住上去吃了。他说自己在婚姻上是一名失败者。”

“想不到他还有这样一段生活，听着像是海外奇谈。”

“唔，全部是真实发生过的，我是历史见证人。你以为‘文革’当中都是禁欲主义吗？礼崩乐坏，无奇不有。”

我说：“怪不得他爱引用刘备的话‘兄弟如手足，妻子如衣裳’。你说那一段经历对他这个人的两性观、爱情观有没有影响？”

小进凝眉用食指抚弄鼻尖慢语：“我相信会有，可我也说不太清楚，肯定会有的。他常爱说人是历史的人，了解了一个人的过去，就可以知道他的现在；了解了他的过去和现在，就可以知道他的将来。”

我若有所悟：“难怪他说弗洛伊德比萨特厉害，影响更深远，将会在中国引发一场性解放运动，原来他早就亲身实践了，算是先驱人物。”

小进莫测高深地含笑：“‘文革’中的先驱人物大有人在，如今他们都进入了成熟期，正值年富力强，他们随时都在观察形势，窥伺时机，以求一逞。你等着瞧吧，在不远的将来，中国的许多领域，都会落入这些人的掌中。”

万佩泽和他的那些男伴女伴们走得够远的，着实惹人遐思。他们的所作所为，对习惯于现代婚姻制度的人们来说，是不敢去想的，可是他们却在一个偏远省份的农场里，身体力行地亲历亲为过了，算得上是骇世惊俗。他们越过了文明的底线，还有什么不敢去测试的呢？还有什么禁区会放在眼里呢？这样的人，还会在乎什么习俗常规吗？

7

冬尾的这个月份过得匆匆迫迫曲曲折折，仿佛山腹深处的江曲，急流湍湍，千回百折。

新近从美术杂志上看到的一幅新画《七九河开》，刚好切合着我在这个季节的感受。正当我们念叨着“九月九日登高日，遍插茱萸少一人”的时候，谢径出现在我们的面前，重新回到我们午间散步的小组当中。海湄、奇娅和我热烈地欢迎他归队。他也仿佛像凯旋的勇士一般。

我们三个人将谢径围在当中转着圈子看他，观赏、品评。海湄说他白了，比原来胖了；奇娅说他春风满面，两眼放光，人逢喜事精神爽；我说他跟喝了十全大补汤似的，有脱胎换骨之相。海湄拍着他的肩头笑眯眯说他：“看样子在外面过得挺滋润啊，你得如实对我们招来。”奇娅双脚蹦高跳到谢径的跟前：“带人来，带梁珊瑚来让我见识见识。”

谢径乍叉着胳膊领受着朋友们的围剿，只是站在那里笑，这时才说："那你赶紧买火车票追吧，她妈妈把她遣送哈尔滨了。"

"哟。"陈奇娅一听泄了气，"那又得猴年马月了。她妈怎么这样儿啊。"

谢径当众宣布，即便是这样，他和小珊的斗争也已经取得了预期的胜利。她妈已经正式承认了他们之间的恋爱关系，说将会以未来女婿的身份待他，他们家的大门，他谢径随时有资格踏入。但要想正式地出双入对，得等小珊考上大学。

"原来如此啊。"陈奇娅惊叹，"我说他怎么跟得了阿里巴巴四十大盗的宝藏似的，原来是批准他做乘龙快婿了。你们俩的春天来了。"

谢径喜眉笑眼，伸手刮刮奇娅的鼻梁："要不你也弄个私奔给我看看？"

奇娅一伸舌头，一缩肩："您饶我一命呗，我就是有贼心也没贼胆儿呀。要真有那么一出，我爸爸一辈子都不会原谅我，我太了解他了，他可不是梁珊瑚她妈妈。我还是免了吧。"

当晚谢径随我回家，灯底下，他告诉我戴安丽结婚了，很迅速，男方是谁，事先她家人都不知道。"我好歹还是他干哥哥呐，事前一点风声都没得到。这小丽真不知道安的什么心。我跑去问她是怎么回事，她说大不了就是闭眼一跳，是死是活都无所谓了。哎你说女人的心我真是摸不透了，当初我让你接下她你不接，接下了，她就算有了归宿，你看这事闹的。小丽这孩子人很不错，重情重义，也非常的可爱，可不知道她在个人问题上为什么老倒霉运。我是心有余力不足，眼睁睁地看着她祸害自己。"

听到戴安丽的这个新消息，我心里也挺不是味儿，既为她担心，又仿佛自己若有所失似的。沉静片刻，我叹口气道："可能是你的这次外出促使了她这么干，他一看你带着别的女孩儿双雁双飞，住到了一起，便认为大势已去，木已成舟，彻底断了指望，才出此下策。她心里想的是惩罚你，却惩罚的是她自己。"

"女人太不可思议了。"谢径一下下用右手指搓他的左手心。"有人欢喜有人愁，这事你叫我怎么办？我这次回来心情挺快乐，一见这事，啪唧就打了折扣。其实要是没有小珊的话，我是会娶她的。你瞧这事弄的！"

说完戴安丽，我和盘托出我面临的两个情况请他帮我分析定夺。

我跟他说的第一个情况是有关王荔的。近日王荔频繁给我打电话，弄得我招架不住。电话里她不光是提出要和我见面，还提出要我去她家。像上次那样在公共场所见面谈谈，不成问题，去她家却非我所愿。去干什么？算是什么关系？她那样的母亲，我见她干吗？

我说出的第二件事，很可能错处在我，可我现在不知该如何挽回。

8

事情起因于一个叫简芳玲的中年妇女，她是我在自取处工作时一位客户，国家某部委图书馆的资料员。最近机关科从日本进口了一批录音机，除一种索尼牌双声道的外，还有一种三洋牌的砖头机。这些录音机是按人头份卖给本公司的职工的，不对外销售。简芳玲找到我，托我给她弄一个砖头机，说是给她正上大学的女儿用，我从别的同事手里匀了一台出来，满足了她的要求。她高兴得千恩万谢，抱着机器回家讨女儿的欢心。

交钱提货的那天，简芳玲没带够钱，我给她垫了。本来说好她改天带钱来还我，可拖了些天后她却叫我去她家取。这事有点蹊跷，我还是去了。去了之后倒生出枝节来，闹了个干了好事不落好，人家跟我反目成仇。如今那简芳玲见了我恨歹歹的，好像我害他们家倒八辈子霉，弄得我心里沉甸甸的。

那天晚间 8 点钟左右，我骑车找到简芳玲家，上到二楼一敲门，出来的是简芳玲的女儿。简芳玲跟我念叨过她女儿正在读大学财会系，学习上很要强。

一见之下，我发现这母女俩长得太像了，她女儿简直就是一个小简芳玲，脸盘一模一样，个头一模一样，眼睛眉毛一模一样。看见做女儿的，便知道做妈的年轻时长什么样儿了。这女生长一张平易近人的圆乎脸，短发，肤色偏白。领我进屋落座后，那女生和我坐在一张沙发上聊天，当妈的手托腮帮站着听，笑容可掬地看看这个看看那个。我觉得奇怪，也颇感不自在。做女儿的一口一个我们学生很幼稚，很浅陋，不如你成熟，弄得我上不来下不去，尴尴尬尬的。

谈话进行当中，简芳玲的丈夫推门进来，说他正在加班，回来取趟东西。简芳玲介绍她丈夫给我，说 :“他是咱们部的人事局局长，管人的，你以后有什么事，尽管找他。不用客气。”

男人一挥手插断老婆 :“我实在是太忙了，要不然可以请你喝两盅。下次吧，下次你下了班直接过来吃晚饭，尝尝老简的拿手菜，她炒菜是把好手。”

简芳玲是个没什么知识，没什么城府的官太太型女人，爱听好话不经夸，丈夫在外人面前夸她几句，她便喜得合不拢嘴，高兴得乍手乍脚的。

简芳玲的丈夫是一位精瘦干练的男人，小平头，黑胡子碴，脸上肌肉分明，不似母女俩的肉乎乎模样。他毫不拿架地手插裤兜同我叙话，说道 :“你帮我们买录音机，还借钱给老简，我们全家都非常感谢你。老简在家常夸你，说你是个人才。这次认了门，以后你就可以常来常往，我们都欢迎你成为我们家的座上宾，我是管人事的，咱有权，说了算，以后你有什么用得着的地方，可以直接来找我。我在这楼后面办公，一问都知道。我现在正在加班处理一批积压的文件，不能多陪你，你们接着聊，失陪失陪。”言讫，他急急匆匆走了。

简芳玲望着男人的背影补充解释 :“上级限期处理一批历史上被错划的人，天天都这么忙。”她又以十分自得的老板娘的口吻言道，“他厉害着呢，在部里没人敢惹咱家，他一跺脚地都四下里乱颤，一天到晚的有人追着舔他的腚沟。今天算清静的，让你赶上了，平常都是排着队找他，等半天，几句话就给打发了。今天他跟你说这么多话，是很少有的，太阳从西边出来了。”

简芳玲的男人，从气质外貌上看，像是个工人出身的干部，不像是知识分子。他作风看上去雷厉风行，说话用语极为简洁，只拣要害地方说，直白得有些过分，以至于给人以大权在握、小人得志的印象。也许他是一个本性质直的好人，却偏偏留给我这么种印象；也许是我过于敏感了，将别人的好表现，看成了观念和立场问题，也许是我戴着有色眼镜看人，眼镜的颜色过深。总之，结果是他走后没多久，我起身告辞出来。

本来我下楼骑上车走了也就走了，偏偏简芳玲张罗着让她闺女送我：“小丫，小丫，你去送送你哥哥，送远一点，多聊聊。”

她的声音里洋溢着别有深意的喜悦情绪，尾音拖得很高很长。

那女儿本来拉开架势想长聊一阵的，见她妈这么说，忙紧跟着送我，一边示意她母亲不要跟出来。简芳玲在廊子里跟了几步，笑着，理解地挥挥手，回房了。

那女儿一直送我到自行车跟前，说要陪我走两站地。到这时我已经看出些苗头，觉出这孩子明显是要黏糊我。我想这事还真麻烦，还是早些截断为好。我说：“你别送了，赶紧回去吧，功课要紧。”她说：“话刚开了头，还没有畅所欲言，边走边说多好。”我说：“你没穿大衣，在外面待长不行。”她说：“我回去穿去，你在原地等着我。”

一股燥热上来，我心里有些起急，示意她一定不要再送我。这时我心里更多地想的是陈奇娅，一幅幅画面都是她的神形容貌。我害怕一旦跟这女生黏糊上，无法去面对她。并且在我的心目中，陈奇娅超过了我认识的所有女子，这个女大学生跟她相比相形见绌，不会让我动心。既如此我跟她连连什么？给人以希望又不接纳人家，岂不是玩弄别人的感情？更主要的是这女孩儿的家庭精神状况为我所不喜欢，不是我赞赏的家庭类型。那男人倒是不摆架子，一副满够意思的劲头，可明显地是一个权棍。而简芳玲则是一个庸俗的妇人，基本上是胸无点墨，仗势张狂。这样的人家我去一次就够了，不想跟他们长期相处。这样想着，又将自行车支子再次支上，跟那女生说：“你要送我我就不走了。”

女生说：“我们学生从校门到校门，想听你多谈谈人生经验，增长点见识。”我说：“我一个做工的，不值得你重视。你们家的好意我心领了。你送我两站地，我岂能黑灯瞎火让你一个人回家，必然还得重新回到这里，送君千里终有一别。”

简芳玲女儿起初只以为我是客气，不久才看出我对她没有意思，一下子挂下脸来，失却了笑容，讪讪地转过身去。

过后想想，她要送我就让她送吧，干吗死活撅人面子？喜欢你不喜欢你，都是人家的权利，你窝人家干什么？今天晚上你让人家落一个高兴，明天你不去她家不就完了吗？干吗让人下不来台，让她回家没法面对她的母亲？

女生临转身对我说了句：“我好歹是个高才生，追我的男生不少，我就那么招你烦吗？”

我那天左了，确实左了，不该那么办事，我跟那女生的父亲犯了一个毛病，那就是太直露。我让内心的紧张焦虑占了上风，而没有顾及到别人的感受，没有顾及到她背后的那个家庭。说重点，我等于是侮辱了那个家庭，侮辱了她的父母。人家是一番好意，而我的反应与人家的期望南辕北辙，反差太大，而且竟然如此生硬，搁谁谁都受不了，可是我那天就那么做了。等我像躲刀似的骑上车走远了，才算松了口气，而那女孩回到家中后发生的一幕，则超出了我的经验。

总之他妈的我干了桩夹生事，得罪了人。

转过天来刚一上班，我便接到了简芳玲打来的声色俱厉的电话：

"你给我解释清楚，我们家姑娘怎么不好了，你那么对她？你这人怎么这么不识好歹呀？你那是什么态度？我们家姑娘一进家就哭，你怎么委屈她了？我原来一直挺欣赏你的，觉得你知书达理，没想到你是这种人。你实话告诉我，你们都说了些什么，让我们姑娘冲我和她爸撒气。她骂我们没文化没修养，就知道满口权权的，一点知识都没有。这丫头倒怨起我们来了。你说你一个小工人有什么了不起的？我们姑娘看上你是你的福气，你怎么这么不识抬举？我们姑娘那是金枝玉叶，是大学生，哪点不如你？你倒还得脸了。我们孩子她爸特意跑回来看你一眼，把话都跟你说到那份儿上了，你竟然目中无人。我真是瞎了眼睛，弄得孩子也骂，丈夫也骂。以后我再也不想看到你了。"

说完她那头啪把电话就挂了。

我原想说托她代我道个歉给她女儿，可是她劈头盖脸一通雹子，根本不容我插言。我简大姐简大姐地想向她解释，她连听都不听。这女人平常挺好脾气的，以前每次来自取处，都挺好相处的，不是笑眯眯的，便是站在一旁安安静静地往我这边看，不张扬，挺低调，这次却一下子跟我大翻脸，凶如夜叉。

你说这事弄的，现在如何是好？

9

谢径眯缝着眼听我讲述，眯缝着眼笑起来，他右手背往左手手心里一击，坏笑道："人家这是选女婿哇。明是叫你去取钱，暗是一家人相相你。你以为人家男主人中途回家是巧合呀？人家事先是合计好的，我问你那位简大姐是不是打电话了？"

我想想道："仿佛好像大概是打过，没见说几句话。当时她闺女正拉开架势跟我拉呱，我没注意她电话里说些什么。"

"你联系起来想一下不就一目了然了吗。你琢磨琢磨那孩子她爸爸说的那些话，都是什么意思？那不是都明告诉了吗？你要是跟人家孩子好上了，工作调动、职务升迁，都可以帮你解决。什么叫有权？这就叫有权。一句话能让你上天，一句话能叫你入地。你呀老弟，这回可是天上掉肉饼啊，砸你脑袋上了，你愣不吃。这种机会多少人打着灯笼都难找，让你傻小子给遇上了。你怎么搞的，好好的事让你弄成这样，我都为你可惜。"

谢径一边说着一边一只手胡噜下巴颏，一边嘴啧啧着嘬牙花子。

“你想着陈奇娅这是对的，可也犯不上跟人那闺女搞僵啊，你和和缓缓跟人家交个朋友，没什么不可以，你何必紧张成那样，好像明天就拉你进洞房似的。容我想想，我想，就像我和茅云燕、戴安丽的关系这样，认她个干妹妹不是也挺好吗？她要送你你就让她送，下次要送你还让她送，等话说到这地方了，你再跟她讲明你的情况也不晚，她家你还可以照样去，有什么事求人帮忙，你还可以求。现在倒好，人也得罪了，路也堵死了。你说你这事办的，叫我说你什么好。嫩，欠练。”

我说：“他一口一个咱有权，咱说了算，我听着很反感。我拿眼睛往她家一踅摸，连个书柜都没有，你哪怕就一个书柜呢，我看着都舒服些，感觉会不一样，我可能都会愿意多坐一会儿。我问那女孩儿你平时看些什么书？她说基本上就是学校发的那些。我问了她几本书，她都没看过。我跟她没什么共同语言。”

谢径往后仰靠在椅背上，闷声不语地瞅了我老半天，长出口气道：“人家能拿到权力，那是一种本事。你看不上人家，你有权吗？你说人家是‘权棍’，你把那个‘棍’字去掉，不就剩下‘权’了吗？权是什么？它不是你想的那么肮脏不值钱，那是货真价实的力量，能把一个人翻上来，也能把一个人翻下去。能叫你做人上人，也能叫你下十八层地狱。人家家庭挑你是工人了吗？人家挑那个干吗？想让你换张皮，那还不是一句话的事？人家不把你的社会身份当个问题，先看你是不是个人才。哎，有权没权的区别就在这地方，只有没权没势的小老百姓，才成天嘀咕这人是工人还是干部，而根本不管你是什么人品，有没有才能。有权的人才看瓤不看皮。皮就在人家的手里，想给你张什么皮，就给你张什么皮。人那才叫英雄不问出处。‘枪杆子里面出政权’，为了取得权力，枪炮都动用了，为什么？还不是因为权力是好东西。我跟你讲余奔滔，古代文人那些话不能全信。表面上看，他们轻视权势，什么‘不为五斗米折腰’，什么‘不食嗟来之食’，什么‘不事权贵’，我问你他们为什么都爱谈论这种话题？说穿了这是他们心里的中心问题，他们太关注这个了。这是中国古代文人非常虚伪的一面。在对这一家人的看法上，我跟你不同，我倒是觉得这家人不错，不势利眼，会看人，讲情分讲义气，也很天真可爱。倒是你错看了人家。”

我说：“谢径你什么意思？让我甩了陈奇娅，去巴结他们是不是？”

谢径瞪眼道：“用不着你去巴结，人那不是巴结你来了吗？是你看不清利害轻重，对有权的人心存偏见。我没说让你负陈奇娅，我是说你完全没必要将可以兼顾的事，搞成对立的，水火不相容的，以至于葬送掉重要的机会。这样的机会以后怕难再有喽，太可惜了。”

我说：“老兄喂，请神容易送神难，真黏糊上了，你让我怎么脱手？怎么跟人家解释？到时候那人更难做了，这你想没想过？利益我可以不要，但人不能不做啊。”

谢径一个劲儿地晃脑袋：“也是。梁珊瑚她妈就是一个典型的权棍，我从心里讨厌她，着实害怕同她周旋，将来却还得叫她声妈，这叫他妈什么事儿，她也配？”

我说:“这不结了？己所不欲勿施于人，你自己都不爱干的事，干吗逼着我干？我跟你说谢径，人家那些人，要多功利有多功利，老简男人跟我说的那些话，明摆着是有前提的，是一场交易，如果我不要他闺女，他凭什么还会帮我？我看你也是一厢情愿，想问题天真？人家成天玩儿人，不会让你玩儿的。我不如避而远之，免得日后难堪。”

“那你实话告诉我那姑娘人怎么样？真那么不行吗？”

“能考上大学，要说不笨。一米五九的个子，不漂亮也不难看，皮肤挺细乎，聪明肯定比不上陈奇娅。”

“能要是吧？”

我说 :“又来了。你知道契诃夫为什么结了婚又离婚吗？”

谢径连连摇手:“算了算了，这种事已经说不清了。对那个王荔你打算怎么办？你还想像这样子伤人吗？”

第二十九章　底　色

1

当年一度与我同过事的希克昌，是个不折不扣的小人。他是庸人加小人，并且是庸人中的小人。明人吕坤有九等人之说，说是“人流品格，以君子小人定之，大率有九等”，当为不虚之论。

一个人在其一生当中，总会多多少少知道些事，认识些人。这些人中，有的你终生难忘，有的都叫你不易记起。在这些令你不易记起的人当中，又大致有两种情况。一种是他留给你的印象过浅，因而易于淡忘，一种是他留给你的记忆过于恶劣，你因厌恶而不愿想起他们，从而在心理上产生对于这块记忆的抑制。希克昌就属于这后一类情况。我之所以偶尔还能记起他来，在很大程度上是因为他以闲来生是非的方式，传递来我久违多日的黄荫凤的信息，向我揭开了这个女人的真实面目，在激起我的愤慨的同时，揩亮了我的眼睛。说实在的，由于时间和距离的作用，我对这个妇人心存的反感，一天一天淡化，可是经这个希克昌一挑搅，那种远去的感觉顿时轰然而至，并且加倍增量。

天气转暖，时令渐近阳和，人们纷纷脱掉身上厚重的棉衣，穿起过渡性的绒衣，手指也可以露在手套外面，晃悠于露天底下了。图书公司总经理王显贵忽发奇想，决定利用声像部库房门前的那片准备盖楼的空地，举办一次图书节，这在当时国内尚属首创。我与其他部门的几个人，被临时抽调充这保卫人员，在逛书市的人群中溜达巡视。这种活儿没什么大不了，只要能忍受嘈杂就行。

这天我正溜达到库房门前，打算进去喝口水，忽见场地里驶进一辆厢式小货车，车门一开，从上面跳下希克昌来。他冲我招手，喊我的名字。其时这个人正在机关科自取处跟黄荫凤搭档。我离开自取处，接手我工作的是一位胖圆乎脸中年男子，看报已经开始戴花镜的左长泰。左长泰在自取处干得很辛苦，最近又被黄荫凤挤对走了，希克昌接的是左长泰的班，算是我之后的第三任。

说来悲哀，我在图书公司上班期间，没有遇上过一位志同道合的同辈人，这在我最初参加工作的一段时间里，一度令我感到郁闷。我并非没有在青年职工搜寻过，但结果令我十分失望。古谚云：“十室之内，必有俊士”，可在这个单位我找不见俊士。直到有一天，分书组的青年工人希克昌，工作间歇时坐在书堆里画速写，我才心一动，想：这儿有一位文艺青年。

只见这位常往我那里送书的男青年，一副郑庄其事的样子，在画纸上涂涂抹抹，擦擦改改，一抬眼一抬眼地观察给他当模特的同事。因为手边还有急事，我没敢多待，急匆匆跑回自取处。自这以后，在院子里遇到这小希时，我会站下来跟他扯几句绘画。他表现出浓厚的兴趣，将之作为他自己的唯一特长来谈论，于是我们之间的交谈次数开始增加。不久他拿他画的速写给我看，我看后没有贬低他，也没有夸奖他，不管怎么说，他还是画成了东西，尽管离专业水准还差着距离。不过就这样他还是很高兴来自取处，找我的次数明显增加。

我觉得一个人首先得有爱好，有骨头不愁长，自学是可以出人才的。我将这个看法移到希克昌的身上，事实证明是误用。

再往后，希克昌到过我家，我也应邀去了他家。他的母亲和姐姐都是贤淑的女性，他姐姐还格外叮嘱我，说："我弟弟特别看重你这个朋友，他为人实诚，你以后要多多帮助他。"

他姐姐的话我听进了耳朵，装进了心里，因此一当美编室的美工老太太叨咕着需要添一名助手时，我三番五次地竭诚推荐小希，并让他挑了自认为最好的画给我，由我带给美工老太太。终于有一天，美工老太太转动慈心，说："你带他来找我，我跟他谈谈。"终于，希克昌由分书工摇身一变，当上了美工助理。

但是好景不长，美工老太太开始对我啧有烦言，抱怨我没有给她推荐好人选，弄得她现在请神容易送神难。我问到底是怎么了？她说你推荐的人我让他画幅宣传画，他吭哧两星期都弄不出来，害她屁滚尿流赶活儿。"不行你倒是提前跟我说呀，他也不说，你瞧你多给我误事，要不是你说他这么好那么好，我才不会要他。"

"不至于吧他。"我将信将疑，心想别是老太太过于苛求。

"谁骗你谁是小狗，你回头到我画室看看他怎么干活儿的，你就全明白了。我告诉你，耳听是虚眼见为实，我这回是犯了偏听偏信的毛病。可是生米煮成了熟饭，你叫我现在怎么办？"

"培养培养，培养培养，你是前辈，一回生二回熟，一回生二回熟嘛。"我涎着脸为自己圆场，为希克昌说情。

终于，趁着黄荫凤挤走左长泰的当儿，美工老太太将希克昌挤出了美工室。我为此一度感到别扭。

就是这个希克昌，和我同龄的男青年，到书市一下车便可着嗓门冲我喊出如下话语：

"嘿，听说你在自取处干得不怎么样啊，那些客户都在背后骂你，你居然是这样的一个人。"

他高喊这番话的时候，他身后面就是熙熙攘攘的书市人群，身侧就站着公司保卫科科长。他的叫喊声引动了众人注意力，将目光投向他，然后弹射向我。

2

这突如其来的攻击令我诧讶、光火。我勃然大怒，忿指希克昌质问：“小希你把话说清楚，我在自取处时怎么了？你这话从何说起？跑这儿来血口喷人。”

我声色俱厉，一反常态，怒发冲冠，往前指人的手气得直哆嗦。

“你火什么火，我……我也是听人说的，那是不是事实呀？”希克昌见我真急了，有些不知所措，有些想往回收。

“放你妈的个松花卷绒毛儿蓝屁，谁说这话你领我找她去，让她当着我面说。姓希的我余某人待你不薄，你怎么能恩将仇报，跑到这儿来冲我发难？你是个十足的混蛋加傻蛋。”气急之下，我把从平谷农民那里学来的骂法运用上了，用得恰到好处。

“哎，你干吗骂人？群众的眼睛不揉沙子，要想人不知，除非己莫为，你干的好事，黄荫凤给你记着账，你是赖不掉的，我好心好意跟你说……”

“赖你祖宗。”我的怒吼声有增无减，“姓希的我一向拿你当朋友，原来你是这等货，是非篓子。从今往后咱们一刀两断，你从我眼前滚远远的，永远消失。”

那天天气已近仲春，可这希克昌身还裹着件棉衣，稀疏干细的头发下，是他那副千度近视镜，瓶子底眼镜片后，是他那双圆小如豆的恍惚的小眼睛和尖瘦瘦颧骨。他这人生就一副柴样儿，有几分奸，有几分迂，有十分的不仗义。突然之间我认清了这位同辈的同事，突然之间我伤感万分，心痛如割，突然之间我意识到跟这个人的交往百分之二百的是不值，百分之三百的是浪费，百分之四百的是误读，百分之五百的是瞎了眼。

这时磁带库房的门开了，石瑞祥跑下台阶，闳鑫跑下台阶，刚来工夫不大的谭正军跑下台阶。他们为屋外的吵闹声惊动，一起跑出来拉架。上前来拉架的还有保卫科长。

谭正军睖睖希克昌几眼：“这是谁呀，这么鼠眉，别搭理他，搭理他跌咱声像部的份儿。”

闳鑫手背朝上地朝希克昌扬手：“走你的，有什么事儿干什么事儿去。”

石瑞祥用力往房门里拽我：“进屋进屋，有话屋里说，咱不给人家洗耳朵。”

我气咻咻进屋坐下，大口喘粗气：“这个婆子，我原说看在同事的份儿上，井水不犯河水，她居然还去背后踩我，真他妈良心太坏，这人心真不知是怎么长的。一参加工作就跟这种人搭档，真是倒了八辈子霉了。”

“那是八辈子血霉。”老石意味深深地幽幽微笑，颠动脑袋，“这娘们，阴着呐。”他用圆珠笔杆笃笃敲击桌面，背出几句民谚给大家听，“仙鹤顶上丹，黄蜂尾上针。这皆不算毒，最毒妇人心。”

听他这么一念，我脊背阵阵发凉，问他此话怎讲，又说他打击面过大。当即我脑际闪过陈奇娅、赵海湄的面影，想着她们的千般可爱千般好，她们的存在直接否定着老石肯定的民谚。我不便拿两个女孩子作例证，便道：“别忘了你媳妇你妈都是女的。”

老石胡噜胡噜寸头，不慌不忙拆解：“好人坏人里有男有女，这几句话的意思是说，女人一旦狠毒起来，男人都比不了，毒得都出圈儿。药死武大郎的王婆子你们都知道吧？吕后、武则天你们都知道吧？老年间，当婆婆的恨儿媳，当儿媳的恨婆婆，都怎么恨呀，你们不知道吧？她们做个小布人儿，拿针往布人儿的心口窝上扎，手里扎着，口里还带诅咒。用纳鞋底的锥子，一天扎几百下，都是往死里扎。这是一种农村巫术，认为这么扎多了，小布人代表的那个人就得心口痛，你们说毒不毒？”

“真事儿，是真事儿。我听我妈和我们牛街的老太太说起过。”见谭正军双手交叠愣愣眼，闳鑫连忙从旁佐证老石讲的掌故。

石瑞祥颔首：“这是老辈人从生活中观察提炼出来的，不是谁诬蔑谁，你像这黄荫凤，不就是现成的例子吗？嘿，这娘们，不是省油的灯，你们才见着多一丁点儿，这么点儿事儿就把小余气成这样？太少见多怪了。你要是知道她的历史……这话我不该说……林子大了，什么鸟都有……你知道因为什么把你发配到这地方来做苦累吗？就出在她身上。起先我还纳闷：这人得罪谁了，闹了半天你跟她在一块堆儿，那就难怪了。别说是你一个刚参加工作的小青年了，是个人都得让她给扒层皮，左长泰岁数大吧，不也栽在她的手里？我说怎么你刚一来本库房组，就听到那么多关于你的坏话呢。不是她在背后扒叉你，还能是谁呢？那些话一开始我都信了，要不然你刚来时我为什么对你不阴不阳？”

我说：“石师傅，你一开始对我怎么样，我还真没往心里去。一个人新到一个地方，别人不了解你，指着别人上来就对你好，那不现实。凭良心说，我没什么对不起黄荫凤的地方，她说她喜欢李清照的词，我把我唯一的一本《李清照全集》给了她。她给我讲她的前夫被打成右派的事，说得眼泪麻花的，我十分同情她，陪着她一起长吁短叹。”

老石摆手截断我的话：“快别提她那段夫妻恩爱史了，她还有脸跟人说呢？他俩怎么离的婚你知道吗？那男的被划了右派以后，是黄荫凤哭着闹着提出离婚的。那男的原来是出版社的编辑，一成右派就什么都不是了，她还会跟人家吗？她那男人都跪下求她了，说看在孩子还小的份儿上，咱还是维持名义上的婚姻吧，孩子不能没有爸爸，我不可能没有这孩子呀，求求你了不要抛弃我。你们猜猜她怎么说？

谭正军摇头：“我们哪儿知道去？”闳鑫道：“你瞧，给你点染料你就上色，还卖起关子来了，快说吧你老小子，别这儿逗我肝儿痒痒。”

“你们想不出啊——”老石越发地语境深长起来，“黄荫凤当时扬手就给她丈夫一个耳帖子：‘你是谁爸爸？我的孩子怎么会有你这种右派爸爸？要是有你这种人做爸爸，我这孩子就永远别想有出头之日。’猜不出吧？这话换你们谁能说得出口？一日夫妻百日恩，那恩还在哪儿呢？你们想，那男的但凡心缝一窄，一跳楼就玩儿完了。”

“她还舰着脸跟你说夫妻恩爱呢？你们没听过老话说吗，‘生生世世说恩情，死后急急去扇坟’，这娘们儿，活人都得让她扇到坟里头去。”

闳鑫插话：“黄荫凤好像有个闺女是不是？”问完这句话他喝了一口茶水，扬脖子咕嘟咕嘟地漱口，然后一伸脖将漱口水吞进肚里。

“她是有个闺女，长得跟黄荫凤的二婚男人一模一样，就像脱坯脱出来的似的，就底下缺个茶壶。碎牙，尖下巴颏，下兜齿，别提多一样了，个儿高，个头随她爹，这里头还有故事呐——”

3

“黄荫凤那婆子，离了男人她哪儿守得住空房呀？她一眼就贼上了跟她住在一个院里的高中生。那高中生再有半年就该考大学了，她变着法儿地往自己屋里勾引人家。一会儿小高呀你看看我这炉子怎么生不着呀？一会儿是小高你过来看看我的闸盒怎么了；一会儿是小高我病了，你帮我把这药熬了吧；一会儿是小高呀，你来帮我洗洗脚吧。就这么一来二去，那十七岁的傻学生就进了她的被窝子。你们想，十七岁正是思春的年纪，黄荫凤是久旱渴雨，两人到一块那还不是干柴烈火？这事让那孩子他妈发现了，劝说黄放开她的儿子，否则她儿子的前途就毁了。你们猜黄荫凤怎么答对的人家？她说你儿子把我肚子弄大了，我还要找你们问怎么办呢？我要去告发你们，告你们欺负我一个带孩子的单身女人，告你的儿子强奸了我。这娘们儿这张嘴，当时就把那学生他妈气挺了过去。”

“后来呢？”我们三张嘴一起追问。

“我也甭问你们了，问你们，你们也猜不出下文来。那男孩子后来不再理黄荫凤了，低头不见抬头见，走对头了也不跟她打招呼。你们猜黄荫凤真怀孕了没有？没有。她为了弄假成真，假戏真做，你们猜她使了什么招？”

“我说老石，你要是再卖关子拿捏人，我抬屁股就走……”闳鑫啪啪拍桌子催促老石。

“趁着那孩子的父母不在家，她炒了几个菜，预备了一瓶酒，叫那孩子陪她吃一顿饭，说是最后的晚餐，分手的酒。吃着喝着她就把那孩子灌醉了，三鼓捣两鼓捣把人鼓捣起来，她这才正式怀上那高中生的孩子，就是现在她的这个闺女。

“等她肚子一显形，她就去跟那高中生父母谈判，说你们看见没有，我一个孤儿寡母，肚子里装了你儿子的骨肉，你们让我怎么出去见人？我身上长多少嘴也说不清楚啊。你们要不现在就让你们儿子跟我办结婚，要不我就死在你们跟前。啊，她把一瓶敌敌畏放在人家桌子上，你们说这娘们儿心计深不深啊？

“就这么着，一个十七八岁的孩子，娶了这个比他大十几岁的女人。要不怎么说她是带钩儿的呢？她钩上谁，谁就没个跑儿……那男的？那还用说，还考什么大学呀，到最后了落得个进小学校当小学老师。你们没见这些年那男的叫黄荫凤都淘换成什么样儿了？整个人都脱了形了，腮也嘬了，背也驼了。十七八岁的孩子，你们想还没发育成人呐，哪经得住一个饿狼似的老娘们儿的淘换？早早就没了人形了，什么时候见他，什么时候脸是青灰青灰的。你们想，这年岁的人都还正在上学踢球呢，他让什么人在哪儿淘换呢……”

我听到这里开始摇头：“不会吧，那男的怎么会不知道爱惜自己的身体？”

闳鑫在一边龇牙笑，老石连连摇头：“你一个没结过婚的人，跟你怎么说呢？这么跟你说吧，那黄荫凤老拿手拨拉男人底下那玩意儿，男的能踏实睡觉吗？她不让人上了她，她能善罢甘休吗？闳鑫就是眼跟前的例子，你看他哪天不是有上气没下气地嘿哟嘿哟地气短？天天中午他得睡一觉，为什么？虚呀，你问问他哪天干活时不出虚汗？甭问他就知道他媳妇是怎么回事。你想早睡觉，人家还不想早睡呢，是不是闳鑫？哎，凭我多年的经验，要知道一个女人知不知道心疼丈夫，你只要看看她男人的气色和走路就知道了。找个懂得爱惜自己男人的媳妇，是男人的福气，找个就知道让人给她蹭痒的女人，那是在要你的盒钱。你说是不是闳鑫？”

“我这可是半天没言声了，越不理你你越是蹬鼻子上脸，给个梯子就上房。明明在说黄荫凤呢，你干吗把我老婆扯出来说事儿？我们怎么得罪你了？是把你们家祖坟挖了，还是把你孩子摁水里了？别这儿夹枪带棒搞阶级报复，要不然你们家怎么是地主呢？瞅着我们贫下中农就有气。就许你们地主三妻四妾，我这才一个，你就看着运气了？嘁。哪国诗人贝多芬的诗是怎么说的来着，爱情诚可贵，快乐价更高，若为快乐故，生命诚可抛……”

“行行行了你。”谭正军听不过去，站出来维护名诗，‘知之为知之，不知为不知，是为知也。’这是孔老夫子的名言。你知道贝多芬是干什么的吗？哪个老师告诉你说他是诗人了？那诗人叫裴多菲，知道吗？是哪国人来着？我发现我这一年来记忆力不如以前了。从前只要是我听过一耳朵的，立马就能反应出来，如今会打壳贝儿，不行了，真是不行了……论书本儿，你不行，以后多学着点啊。哟，这儿还有奔滔呢。裴多菲好像是罗马尼亚人吧？齐奥赛撕裤的老乡。我这儿班门弄斧了。”

我心里一笑，没有去纠正他。我清楚这是一个自以为是到家的人，你纠他一次错，他能记你一辈子，不定什么时候给你小鞋穿。

4

我想起了什么，一拍巴掌抢话：“石师傅你说的那个人我见过，有一次他到自取处找黄荫凤。高个，驼背，戴眼镜，瘦腮，尖下颏，下兜唇，走路有点半侧着身，穿件蓝棉衣，戴顶夜壶头套，耳朵上还挂个口罩，白不拉碴的脸，看着岁数比黄荫凤还大。”

“我说得没错吧，就是他。你亲眼看见了，比她小十几岁的人，都让她给抽巴成那样儿了，你们说说她是什么样儿个人吧？不是我编排她吧。你小余，连小谭你她都没放过，都背后说你们一堆坏话。”

老石今天打开了话匣子，大有知无不言，言无不尽的架势。

谭正军抬手一拨拉耳朵，呸了一声：“她那点花花肠子别跟我耍，我可不像余奔滔似的瞅谁都是善人，你让她有能耐当面说我呀。我是不跟她一般见识。有一天她落在我的手底下，我非像捏臭虫似的捏死她不可。跟我滋扭，她还不够格儿。到那时，我让她死都不知道是怎么死的。”

谭正军的神情语调是凶横不可一世的，恶狠狠的阴狠狠的，令我想起林彪整人时爱说的一句东北话：做死他。

谭正军这番话当然是针对着黄荫凤说的，可是也明显地含有弦外音，意思是说：黄荫凤她惹不起我，你们在场的人也同样惹不起，惹了我谁都没有好果子吃。

谭正军的心理取向我观察到多次了，他无论走到哪里都忘不了他手里有这么点小权，都忘不了他是一个有本事有手腕的人。在下属面前，他尤其时不时地要别人注意到这个。

他对权力这东西有自己的感悟与心得，但是可惜方向不对。他一向以聪明能干有手腕自恃，一向自以为得地，终有一天是聪明反被聪明误。

无论在当时还是在日后，像谭正军这种特征类型的能人，不在少数，他们活跃在我们这个社会的各个层面。不过那个时候他们年纪尚轻，羽翼未丰，虽已经有了一些官场钻营搏杀的经验，却还需要进一步积累历练。他们野心勃勃，嗜权如命，肯于付出青春和尊严，盯住目标不改志，敢于踩踏阻碍他们道路的人，对于来自周围的竞争者与威胁者，他们能一眼认出，利用一切手段和机会清除之。日后他们当中，除去不慎落马者或时运不济者外，纷纷大权在握，成为一级政府、一个单位、一个公司、一个企业的主事人。我们从他们的日常作风、言行举止上，依然能依稀看出他们昔日的身影。

昔日，包括谭正军在内的这一批人，虽已手捏小权，却充当着他人的宠臣的角色。那些人权力比他们大，道行比他们深，年纪比他们长。他们动心忍性着仰人鼻息，接受表扬或者批评。

他们的心理是矛盾的。一方面他们觉得自己受到器重，有个把靠山，前途在望，干劲十足；另一方面他们不满意于自己既有的职位，觉得自己受到利用和抑制，还有失宠之虞。他们的目标与野心，之所以不能成为眼前的现实，是因为有人挡在他们前面，那些人占据着他们所觊觎的权位，稳稳当当地踞坐着，自己得熬到他们退休或者猝死才得顺遂心愿。因此他们又是对自己的靠山心怀隐忍，心怀恨意者。

“总有一天我会把那帮老家伙都胡噜下去！”谭正军在一次酒后失言时这样怒吼。

可知，通常中国式的培养接班人的人的角色地位并不美妙，被培养者与培养者之间的心理关系，远非外人所见的那么简单。受到培养、擢拔的那些人，虽说是最大的受益者，可与此同时又是培养、擢拔他们的人的第一仇家。为什么呢？原因十分简单，那就是在等待接班、扶正的漫长时间里，他们的前途、命运一直操握在他人的手里，他经受着隐忍、伪装、顺从、妥协、企盼、沮丧、紧张、焦虑、自我克制等等的煎熬。一旦他真正拿到了期待的权力，他对那位不得不离开宝座，光荣退休的让位者，心所蕴存的情感，不是感激，而是仇恨。在他正冠登位之际，他的心间回响的不是感恩的话语，而是恨骂声。

这不是个别现象，而是权力场上的普遍规律。只要自上而下的授权制存在一天，便一天是这样。

至于说黄荫凤那一类人，由于她们身处社会等级体系的下层，所以无论她们的品行多么的不高尚，身上长了多少个心眼儿，她们的危害范围也十分有限，大不了就是一人一事，几人几事，损损人利利己或者损人不利己罢了。这种人使坏的矛头，多数时候是对下不对上，对周围而不对上司的。因为她们比谁都清楚，那么着她们不是个。相反，借助有权力的人整人，则效果事半功倍。虽说是萤火虫的屁股——没多大亮，可是谁挨上她谁倒霉。假设她危害的范围只是百分之一，那么落到谁的头上，那他的霉运就是百分之百。

说来我就是该着倒霉，要不怎么刚一正式踏进成人社会，就撞上她了呢？如今细思之，假如我当年初进职场时，跟我搭档工作的是另外一路人，那我在那个图书公司的命运走向，或许就会是另一个样子，至少不会更糟糕。不过话说回来，黄荫凤不过是那个人事环境的一个组成部分，我的个性特征心理走向，也并不是跟黄荫凤一人不合拍，而是跟那个庸人成堆的职场环境不合拍，跟其整个的组织制度不合拍。除非我放弃我的基本优点，俯首帖耳地做一个顺民，做一名他们心目中的好职工。

那种事下辈子都不可能。

因此，当1983年曾一度有意于我的一位女士，谈到我们共同认识的一位文学青年时称赞说“最主要的他是一位好工人”的时候，我心生反感。我说：“你所说的那种好工人，无非就是对自己的阶级处境、阶级遭遇毫无认识和知觉，心甘情愿地接受他人奴役的人，并期望有朝一日自己能从这种付出中受益。”

我心想，如此想事情的女人，是只可做朋友而不能做老婆的。假设她做了自己的老婆，那非得让她严要求死不可。

这位一度对我有求偶倾向的女士，从小到大接受的都是来自官方、学校与家庭的正面灌输，没听到过我这种离经走板的言论。她因惊异、恼怒和无法争辩而涨红了脸孔。

5

那天的那个时间，谭正军说完他会像捏死臭虫那样整死黄荫凤的那番话后，起身离去。老石、闵鑫和我互相看看，交换眼色。

闵鑫说：“怎么茬儿，指鸡说猴，敲山震虎是不是？谁怎么着他了？嘁，这路人。”

老石挤挤两眼："这也是一个属曹操的主儿。"

我说："他把心里想的挂在嘴上，说明他还不是个阴人。咬人的狗不叫，他先叫几声镇镇人，说明他还不想咬人。真不叫的时候，就该有人遭殃了。"

闳鑫将烟蒂扔在地上，用脚碾灭，起身打着舒展喔里喔嘟说着："说下大天来，活儿还得咱自己干呐，磁带箱不搬它不走，扫帚不到，灰尘照例不会自己跑掉。哎，毛老头儿这话不对呀，难道刮十级大风，灰尘也不跑吗？喊，真是的。呜一家伙，十级大风要是把银行的钱往我们家刮就好了，进多少我都让进。我敞开大门迎财纳福，呀依得依嘿哟……"

老石也斜眼揶揄他："做你的白日梦，做梦娶媳妇你想得美。"

闳鑫咧开嘴岔子乐："那敢情好，再给我刮进个年轻貌美的黄花儿大闺女来，我立她做二房。"

老石说："你成你成，你们的教义许可多妻，我们天主教可不许可。"

这两个人，一个信耶稣，一个信穆罕默德，闲言碎语间时常发生的教义之争，看上去有趣。他们那种各执一端的认真劲儿，外人看他们像假的一样，他们自己却是认真的。

只听闳鑫又说了："我说句话你准不爱听，你们信教其实挺伪善的。你想啊，你们今天向上帝忏悔，明天向上帝忏悔，说明你们做的亏心事多，要是不做亏心的事，忏哪门子悔呀。忏悔完了就算没事了，该干吗又干吗去了，那不是假的一样吗？"

老石脖子有些发僵，有些被他说恼。他声音开始变得生硬："你看过我们的经书吗？你就信口雌黄。我们天主教信教全凭自愿，觉得好你就信，不像……"

石瑞祥讲了一段闳鑫不熟悉的掌故，把他噎了个倒憋气。

闳鑫的脸红一块白一块："狗嘴里吐不出象牙来，你这是吃铁丝拉笊篱——肚子里胡编。"我一见他俩要抓破脸的架势，忙说道："嘿嘿嘿，说别的说别的，萝卜青菜各有所爱，各人自扫门前雪，勿管他人瓦上霜，换话题说别的。"

老石不愿真红脸，就势转舵说道："小余我说这话你信不信，当初要是我跟你一起干自取处，就不会有你这么多坏话。我们的教义在那儿管着呢，不许可我们办坏良心的事。"

闳鑫听见马上接话说："你什么意思你，我们……就叫人坏良心吗？"

老石道："瞧，我可没提你们教义一个字啊，是你自己说的。这世界上有捡钱的，没捡话的。"

闳鑫道："听话听声儿，锣鼓听音儿，旁人也不是傻子。"

我的心绪还集中在老石刚才讲的黄荫凤的历史上，心中暗想：闹了半天，我还一直被她的好话和假象蒙着，还跟她说了那么多真心话。在今天以前，我还一直相信她的恋情和眼泪是真的，也相信她自述的人生悲苦是真的。我也终于明白，她所自怜自爱的只是她自己。她并不因为自己遭受过苦难，便懂得同情别人的苦难，懂得慈善与怜悯，懂得不可以去给他人制造苦难。

因为经受过苦难而培养起了同情心的，是一种人；因为自己倒过霉，而希望别人也都倒霉的，又是一种人。后者以看着别人受苦受难，作为对自己的不幸史的抵偿，别人的不幸越深重，他们便越觉得自己的不幸有所减轻。

黄荫凤在流泪的时候，她的心是软的，但眼泪一干就不是她了，我却傻了巴唧地误以为她的心会一直如此。试想，谁会把一个喜欢李清照的诗句的女人，想成一把刀呢？

趁老石出去的空当，闵鑫压低声音神色严肃地问我道："上礼拜你说琉璃厂书店卖《古兰经》，是真的吗？"

见我点头，他从衣袋里往外掏钱："你什么时候还过去，给我捎带一本儿。"我说："我也没看定价。"他说："这么着，你先买回来，该多少钱我给你多少钱。跑腿儿费就恕不另付了啊。"愣神片刻，他咂巴咂巴嘴自言自语："等我把《古兰经》从头到尾看了，再找老小子理论，我非让他出出洋相不可。哎，认真看书学习，弄通马克思主义。学习学习再学习。活到老学到老。好一似汤浇蚁穴，火燎蜂房……"他拨棱着长脑袋，晃动着二郎腿，用大烟筒嗓子唱《沙家浜》里郭建光的唱段。

第三十章　倒春寒

1

春天在不知不觉中踏响了歌舞。忽然意识到换季节了，心头不免一惊。在潜意识里，我是希望时间牢牢地驻留在属于我和陈奇娅的那个雪夜那个热情澎湃的冬季的，而惧惮时序嬗替会夺走我的既得。

在北方，冬夏两季漫长而相对稳定，秋季最为怡人，却往往是跑步过完，而春天则是进进退退，一波三折，云谲波诡，不是姗姗来迟，就是非经几次倒春寒不可。心急的错认了节气的种子，早早出芽，一场春寒骤降，便冻死掉大半。正所谓："春天面，随时变"，"春寒冻死老牛精"。

1982 年春天，我的心情图谱极端不稳，大起大落，波折叠生，一言难尽。之所以会这样，百分之八十的原因来自于那个小女孩儿陈奇娅，来自于她出冰山后的倒退，彷徨，忽冷忽热，捉摸不定。这段时间，她写给我的书信多数反映着她的有别于前的心理变化，而我的回信则大多表现我的疑惑、不满、委屈、失落与叩问，其中也有风和日丽的短简，那多半是对她的热情重放的回应，是对与她的某次融洽会面的记录。可惜这样的时候比先前明显减少，可是她却申辩说自己没有改变，变了的只是形式。凡此种种令我疑窦丛生，苦恼不已。和她在一起的时候，我还得装得若无其事，该说说，该笑笑。其时北京正在上演台湾话剧《红鼻子》，我自况我就是那个红鼻子，红鼻子就是我。

最先引起我的不安的，是她随学校春游后写的三首小诗。小诗写成后，她便寄给我看。其中，《蝌蚪》一诗精彩可爱有童趣，映照出她小时候的影子。《墨镜》一诗里说，她登上山顶，戴上墨镜看天空，眼睛可以直视太阳了，这才发现，太阳原来也是一颗普通的星。我觉得她的这首诗的意象是有所指的，指向什么呢？至少是说原来看上去不一般的事物，说到底没什么特别。联系到她与我的特殊关系，我马上联想她可能是暗喻她原先视为神圣的爱情，也可能是说她原先认为出众的什么人，现在看来也没有什么。总之，由她这首小诗引起的诸多联想，使我感到不踏实。她所写的第三首短诗题为《山》，涉及到死亡的主题，令我读后更加的悸悚不宁。她写道：

不再板着严肃的脸孔
不再撑着神圣的威严
他把我托在他粗糙的掌上
艰难地举到眼前

我想他对我说什么呢
他默默地挑起眼帘
挑起一个沉重的秘密——死
那曾是我绿色的心愿

这是我从她的文字里第一次读到“死”的字眼，顿觉阴气森森。好好的一次春游，别人都兴致勃勃高高兴兴的，她却想这等不祥之事，可见她的内心沉重抑郁，缺少爽朗欢乐，甚至弥漫着悲观主义。面对着这首《山》，我心情说不出的复杂，遂提笔在它的底下写下一节话：

我想 生原是死之间的连接点
当我用力将它画得
很重 很大 很圆
然后就轻快地滑上
那一条永恒的射线
直滑进凝固的时间
那时 山就是我 我就是山

写毕，我想了想，在一张新稿纸上写下“合题”二字作为标题，先将陈奇娅的《山》的原诗抄录于上，去掉了她原诗的两节之间的空行，然后空过一行抄录下我刚写的那几句，将它们合并成一首诗。想，这样便是一个完整的人生观了。

随后，我提起笔来给她写复信，由《山》引申开来，跟她讨论人生观。

假如是跟谢径、迟小进这样的成年人，我是绝不会谈这种话题的，可是跟陈奇娅，我却觉得有必要谈，因为她岁数在那儿，正处在这个问题亟待解决的阶段。与此同时，我没有忘记写下自己的诗评，因为她在来信中要求我谈看法。

小娅在寄诗的信封里附了封信给我，说她新写的这三首诗与她先前的诗不同，风格不同，构思不同，她自己觉得挺满意，甚至还有几分得意，她希望很快听到我的反应。感觉得出，她很想听到夸赞之辞。

从诗上看，她开始玩儿深沉了。诗为心声，这孩子写诗不说假话。

2

陈奇娅的心境里缭绕着某种梦魇式的东西，它们不光搅扰她，也搅扰我。在春天正式到来的时候，我被它们搅进了乱梦，并且一搅进去便不能自拔，愈陷愈深。加上她那边的种种反常的反应，与我这边构成了诡异的互动，直搅得雾气昭昭愁云惨淡，昏天黑地。待到醒悟过来，为时已晚。其间，不断伴随着误解与怀疑，压抑与委屈。

多年之后，要想将当时的情形翔实地条分缕析地叙述清楚，着实是件繁难的事，就如同烂在锅里的饺子，皮儿混着馅馅混着皮儿，已经没办法还原。

总的感觉是，随着春天的到来，我的冬天降临了。

它来得过于早了一些。

继读到《墨镜》、《蝌蚪》、《山》之后不久，我又先后读到了陈奇娅新写的《四季歌》和《淡漠者的话》。《四季歌》清新可喜，有不俗的想象联想；《淡漠者的话》则仿佛是一篇宣言，宣布她进入冰期，将自己的感情冷冻起来。

这是最要命最令人恐惧的情况。热吵、热骂都不可怕，淡漠你又如何对付？一个人的心要是钻进了冰山，别人又能怎么办？

与此同时，我也在她的这首《淡漠者的话》里，读到了希望，读到了未曾真正熄灭的热情，你像其中有这样的句子：

> 眼泪在偶然中消失
> 欢笑在必然中存在

像她写道：

> 将今天的锚沉入水底
> 然后拉起一个辉煌的明天

她透露给我的信息是，今天的淡漠只是暂时的，是为了赢得明天不得不付出的牺牲。压抑与忍耐是痛苦的，也是与希望和未来同在的。

今天指什么？她心目中的明天是什么样儿？谁是她的偶然？谁又是她的必然？消失消失消失，她想让什么样的眼泪消失？是因我而流的泪水吗？她说她会重新欢笑起来的，那一天会有多久？还是会和我一起欢笑吗？这些几乎是抠字眼的索隐式的疑虑疑问疑云，在我的心间翻上翻下，去而复来，播云弄雨，增烦添恼。

她说今天的退却与自我克制，是为了明天更好地获得。她说的是真的吗？可能的吗？靠得住吗？谁能给我一个保证？这时我别提多怀念她和我相亲相拥的那个雪夜了，我害怕那样的时刻一去不复返。我曾经问她是否忘记我们之间的深情，她说她不会忘记，她会记一辈子。事实上，她除去在那封表达巨大幸福感的信里刻画她的刻骨铭心的感受外，还在另外一封信中表达了再次相拥的愿望。

我读出了她的意思，可是我害怕自己会误读，于是思来想去想到了岔道上。想那样的事近期不应该再发生，怕那样会引起她的戒心和恐惧，把她吓走。

我担心她会由我们身体的接触，想我会得寸进尺，要求更多。我觉得现阶段她还太小，要好应主要好在心灵上精神上，而不应涉及肉体。在我心目中她无比纯洁，不可以轻亵。我甚至想象那天雪夜我拥吻她过后，她已经把我看成了轻浮的占女孩便宜的男人。这样一想，我便禁不住向她道起歉来，并说不会再发生那样的事了。

这样做的结果，是招致她直用白眼翻我。我紧着问她我什么地方又做错了？结果她用一种我觉得不可理喻的眼神望我，说："我怎么可能生你的气？我说过我高兴，你就别疑神疑鬼的了。我要是还想那样呢？"她说这最后一句话时的表情，说不清是喜还是恼，倒让我搞不懂真假了。

将陈奇娅跟我讲过的所有的话全部梳理一遍，其间尽管不乏闪烁不明者，但在这件事情上，她却是始终如一的，没说过违心的话。她那天夜里所感受到的震撼与幸福，是真实无妄的，前所未有的，无与伦比的，终生难忘的。她一直都对此加以肯定。倒是我太缺乏对女性心理的了解，尤其不了解少女的心理，以为她会这，以为她会那，将事情想复杂了，想入了岔道。这正是司汤达指出过的那种情形："人一进入恋爱阶段，就连最相信的事也怀疑。"

3

正是出于这种画蛇添足的疑虑，我竟然去向她论证自己是一位持身自好的有定力的男人，并列举事实向其证明。事后我才发觉我干了件绝对的傻事，又一次地忙中添乱，画蛇添足，反而第一次真正地招致了她的疑心。等我再试图去抹的时候，已经悔之晚矣，越抹越黑。她居然这样子抢白我：

"行了，你别抹了，越抹越黑。"

我这时是哑巴吃黄连，把个五米肠子都悔青了。

忽然之间我无比地饶舌，成了十足又十足的话痨。在连续几次的午间散步时间里，我喋喋不休地给陈奇娅讲我自己的经历和故事，将自己身历过的大事小情，沉埋经年的陈糠烂谷子，全都晾晒出来给她看。连白玉、连谷溪莼、连陶枫丹、连陈凯梅都一一道出。关于倪亭我曾经专门给她写过，这次便从略。

我当时真不知道自己是怎么了，话匣子一经打开，便关也关不上，紧个劲儿地竹筒倒豆子。

为什么会这样呢？事后自审，我分析我是太想让自己爱恋着的人了解自己了，并冀望这种了解能促使她坚定对我的感情和信心。我对自己太自信了，觉得一旦将自己和盘托给人家，人家就会自然而然地欣赏你靠向你。可是这时的我却忘记了最简单的常识。

第一，你不是完人，凭什么你的历史都招人喜欢？第二，人们对任何感性事件，都可以从多个角度去观察审视，给出多个解释，引申出不止一个的含义。当你用一件事去论证某一个观点的时候，别人也可以利用它论证另外一个观点。第三，没有一个正在跟你恋爱的女性，会心无芥蒂地听你的情史和听你讲周围的女人。第四，听完你的事后，没有一个女子会心里没有想法，何况是正在进行时的与你有情感纠葛的女子。第五，将陈奇娅排除在有妒心的女性之外，是空想不客观的。

我再一次犯了不计后果的老毛病，紧个气儿地光顾自己嘴痛快，而没有察觉陈奇娅在听自己讲述的时候，脸一红一白，神色复杂异常。

这孩子太聪明了，这时她只是充当听众，而绝不打断我，也不置一句评语，她只是在那里双手撑着闸口，让我这个忘乎所以的人在那泄泄泄，让我像台自动扬场机那样，往外吐自己的生活史，而她则像是一片大场院，垃圾、庄稼来了都照收不误，她只是在那里收收收，登账，占有你的素材。这时你完完全全地站到了明处，而她则在暗处，尽管她已经有些透不过气来了。

千不该万不该，我不该在她面前深讲谷溪莼，因为那毕竟已经到了她的心理禁区的边缘。

为此，几天后她写来了反应异常强烈的信，一封长度超过了她以往信函的信。我这才吓了一跳，悚然猛醒，可是覆水难收，正所谓祸从口出，全是舌头惹的祸。

多年来我一直激赏邵飘萍的两句名言："书有未曾经我读，事无不可对人言。"这一次，我算栽在这上头了。傻了巴唧的我，竟然还用这两句话作为叙事的开场白，以为由此人家就会准确公正地看待你。可是你忘了邵飘萍是怎么死的？不就是死在这后一句话上吗？余奔滔啊你个傻瓜蛋，吃饱了撑的没事儿犯哪门子娄气？这下看你怎么收拾？

远藤周作是一位研究两性之爱的专家，他写道：

恋爱实际上是很错综复杂的，仅就恋爱双方互相取得信任这一点而言，就会出现很多一筹莫展的时候。恋爱破裂与其说是因为恋人们的意志薄弱，或是对方不诚实等理由，莫如说多数情况是由于身为当事人的他们，恋人们，笨拙地进行恋爱的缘故。他们无视恋爱的艺术和恋爱的智慧，只是盲目地进行身体的接触和精神的撞击。

他又说：

所以，我竭力奉劝大家在恋爱中"一点一点拿出来"。最好不要把自己心中的隐秘和痴迷之心（假设你已着了迷），全部向他暴露无遗。

书有未曾经我读，事无不可对人言。

竹筒倒豆子。

邵飘萍。

4

谷溪莼谷溪莼，谷溪莼成了我的陷马坑。历史事件的意义和影响，往往在它该起作用的时候，显现出来。这种显现，往往在人们制造事情的时刻，难以逆料。

拜伦在《唐璜》里说："夏天是一个危险的季节。"夏天？对，夏天一放暑假谷溪莼就来了，穿着齐肩露臂的小薄衣裳和过膝的粉裙，足蹬一双白颜色的塑料凉鞋，带着游泳池水的确凿无误的气味儿。时间在我辞了白玉之后，认识陈奇娅之前。

她以她一贯的作风来家里找我，事先不打一声招呼，呼一阵风人就刮到了。她午后光临，一进门我就闻到了。

"漂白粉味儿。"

"我刚游完泳。"

"没冲冲？"

"怎么冲也是这味儿。怎么了？这味儿多健康啊。"

的确健康。她的新晒过的皮肤上阳光味儿十足，带着层新出水后的干爽，她的过肩的头发干净而利索，一摇一散，开开合合，健康而富有生气。她浑身上下洋溢着充沛的体力和活力。她的脸色在冬天显得有些苍白，可是到了这个季节，再加上水上日晒，一下子变得血气充盈，精神饱满，甚至过剩。

她来得很是时候，正赶上我歇两天存假。我说："干吗不事先通个电话，你怎么知道会不吃闭门羹？"

"我一向有先见之明。你知道我要来，所以才想到休假。"

我说："吹吧你，我怎么不知道你有这两下子。"

"你？你一向从门缝里看人，什么时候知道马王爷有三只眼？我的第六感觉特别灵，一般人比不了。我从来都凭借直觉办事，才不像你那么看重逻辑推理。我一想是那么回事，它就是那么回事。我一想你今天在家，你就是在家。怎么样？服吧？"

她语意张扬，情绪高涨，进门一屁股坐在我的椅子上。我低头跟她说话的时候，她的泛着微汗的乳沟尽收眼底。

我收到过她放暑假前寄来的一封信，信上说她假期之初有事情要办，得等到十天以后才会来找我。

我问："你的事儿办完了？"

她说："嗐，计划还不是人定的，人想改还不容易。我是跟着情绪走，从不按照成法行事。"

她上一次来我家是在春节过后。她是算着我的休息日来的，不巧我正在睡午觉。她到来后在外屋待了一会儿，留了张字条便走了。

她到来之时，我母亲和她的一位老同学正在大屋里叙话，问要不要去叫醒我，她说不用，然后在纸上写了两句话，叠好，留在桌上。她纸条上写的是：

我来看你。

我祝你幸福！

我母亲看见了她眼眶里的泪花。她因忍不住要哭而赶紧离去。

母亲的同学问："这姑娘是谁？她这是怎么了？"

谷溪莼的字条，起因于我在信中向她报告了我和白玉的事。她没有写回信，而是直接跑到家里来问我，却不期然没能面晤。我给她写那封信，是出于初次有女友后的喜悦心情，而没有顾及其他，没有充分考虑到收信人的感受。因为自从认识她以来，我没看出她对我有什么特别的意思，没见她对我有什么温柔的表示。她常跟我辩论驳难，却不曾说过温存言语，也没说过半个爱字，所以我把她当成异性好友，有好事说给她听，不想这样一来，倒叫她泄露了心迹。

我内心既感动又愧疚，深觉难以面对她。当年我对女人缺乏一视同仁的态度，愧疚过一阵以后，没有采取行动，亲自到家去看望宽慰她。男人的不是东西，往往表现在这种地方。我觉得我那一次真不是东西，没能设身处地替她想。

一个大姑娘家，听说你有了恋人以后，觍着脸到家中看你，哭泣着跑回家，而且是迎风而泣，你就让她那么走，过后不了了之，确实不够意思，差劲的不是一星半点，对此我终身抱愧。可是同样的一个人，在隔过一个春季之后，又笑意迎人地登门来看你了：她有着怎样的胸襟？怎样的肚量？

她没有具体的事情要谈要办，就是来看我，就是来玩儿来了。她让我心怀释然，重获舒适与轻松。

我拿出几篇新写的文字请她看，她推拂在一边谈兴浓酣，不愿意费眼力。我随着她的兴跟她聊东聊西，有时打打嘴仗。

我隐约觉出她身上发生过某种变化。具体是什么样的变化，我一时说不上来，只觉得她不如原来单纯，不如原来拘谨了，比较火辣，比较随意。

下午的暑日晒进房间，气温很高，窗户外繁密的丁香树枝叶，挡不住干热辣耳的蝉噪。通常在这样的下午拉上半拉窗帘，有降低日晒的作用。房间很小很闷热，她和我各坐在一张椅子上，靠在同一张两屉桌上说话，彼此身上的散发出的气味清晰可闻，一呼一吸都是，彼此身体的热量，都在蒸熏烘烤着对方。

我将我的纸扇让给她扇，她扇过来的空气中有她的汗味儿，还有一种我说不出的气体味儿，我管它叫海味儿。

我下意识地再一次问她："你游完泳没有好好淋浴吗？"

她说："冲了呀，怎么没冲？冲了也还是一身汗。运动促进新陈代谢。"

我说："汗味儿我还闻不出来？你身上肯定还有别的味儿，挺怪的。"

"你别胡说八道了。"她阻止我探究。

5

第二天她来得更早。上午一游完泳便到了我家。中午她在我的书桌前跟我吃便饭，用凉茶漱了口，便靠在椅子上东南西北神聊。

又是一个响晴的夏日，蝉声依旧，浓荫依旧，无风依旧。院子里很安静，是牧神午后般的安静，邻居家人上班的都上班，在家的个把人也在午睡。我们的交谈自然而然地放低了声音。

不记得说到了哪里，我们都突然卡住了，只剩了彼此的呼吸声。

她进门之际，我穿着运动裤衩光着膀子。住平房的北京男人，都是这样子过夏天的，我也不例外。她进门后我本想穿上背心的，被她奚落了一句："别假文明了，真不嫌热呀？在这一点上，男人就是比女人优越，女人不捂不行。"

我说："北方农村妇女，凡生过孩子的，夏天都可以光膀子，司空见惯，没人干涉。"

她说："那你干吗不找个农村女人做媳妇？"

我说："我插队要是回不来，说不定真娶个村妮做老婆。有一个女生产队长，那年十九岁，还真让我动过心。冬天她在家里穿件红毛衣，曲线丰富得不行，我头嗡地一下就发蒙了，赶紧跑了出来。"

她说："这才说明你是男人，你吓得跑什么啊？"

我说："人她爸跑院里待着去了，屋里就剩下我和她，我能不紧张吗？十冬腊月的出一脊梁汗，三十六计走为上。"

她伸手掌剁我的胳膊，道："看看你有没有小耗子？"

我绷起肌肉任她剁，她剁完连连甩手："跟铁块儿似的，我手都疼了。"不一会儿，她又用拳头捶我的三角肌，说："我不信你就不怕疼？"于是我给她讲我练过哑铃、举重、扩胸器、单双杠、耍过刀剑。她用手指在我胸肌上划拉，说："用刀一拉准流血。"

呼吸声中，她忽然变得拘谨万分，像个大家淑女。她目光迷离地避开我的视线，一下一下地按压自己的指关节，喉头一动一动的。我浑身轰然燥热，身上像撒了辣椒面孜然粉，胸脯开始大幅度地起伏。一条鲜活生猛的巨龙在我的身体里转侧苏醒，呼风唤雨，生发出强悍的力。室内空气万分紧张，仿佛储满了炸药，随时会轰天巨响。

我觉得我神经的千万根弦马上就要绷断了。我身上大汗蒸腾，手臂上的汗毛孔像泉眼一般。她的手指用力摁着指关节，喉头干干地想说句什么，结果嗞了一声没说出话来。那种奇怪的大海的气味儿又涌过来了，就是海味儿，捕鱼捞虾的海味儿，赶海人的海味儿，新鲜海藻的海味儿，那海味儿就来自她坐的那个方向。

突然，她出声了："你要干什么？"

"不干什么。"我嗓音干涩，连自己听起来都别提多难听。

"谅你也不敢。"她也嗓音干干。

"你挤对谁？"

"你，就是你。谅你也没胆。"

完全是在同一个时间刻度上，我和她都腾然站立起身，几乎鼻尖对着鼻尖，彼此瞪视、窥视。

我心里默诵"非礼勿视，非礼勿听，非礼勿动"的儒家戒语，后退半步。身后的椅子响了一声。我心里想着，嘴里下意识地叨念出来。

她脸色变白，冷笑一声："老八板儿。"

我勃然作色："我让你见识见识老八板。"伸手拉她入怀。其实已经用不着我拉她，她已然把我抱了个正紧。简直是火炉子拥火炉子，分不清哪儿是哪儿的火了。

尝试性的接吻只持续了三五下，便中止了，因为我们发现谁都对此不在行。她那一边是怎么一回事，我不清楚。直到这时我才记起，在跟白玉在一起的时候，几乎没有经过一个接吻的阶段，便跳了过去，因此我没接受到接吻的训练，因此这时我缺乏技巧和经验，而显得笨拙不堪。

她和我晕头涨脑地坐到了床边，我轻轻一扳，她向后躺下。我闻得真真切切了，那浓浓的气味儿就发自她的身体。我伸手解她的裙扣，她顺势连裙带内裤一齐脱了下来。我惊呆了，无与伦比的汪洋大水把我看傻了眼。无与伦比的天龙傲啸长天，急于奔腾入海。啊，她自己解开了上衣，难于解开的胸罩，被她索性撩起。

该怎么办？下一步该怎么办？冲动滚烫的大脑开始冒出问题。怎么办？后果怎么办？不曾在白玉那里受到这一级次的训练。没吃过猪肉还没看过猪跑？可是看和吃是两回事。大了肚子怎么办？后果一触即发。只听仰卧着的她喃喃发出警语："你别毁我。"可是一边说着她一边纹丝不动，大水汪洋地在那里期待着。什么意思？多矛盾的指令，如何叫人执行？我这里连半个安全工具都没预备，叫我如何做到不毁你？你明白无误地在叫我去做，如何又做到保证不毁？

我立在原地呆若木鸡，阳刚之体猛烈地昂奋着，天地洪炉红透原野。克制、克制。我心里的声音在对自己说。想一想，多想一想，不要办错事。终于，我的脚下可以移动了，我开始在床边的狭小空地踱步，走了一圈儿又一圈儿。

你会娶她做老婆吗？我问我自己，你决定要她做老婆吗？把她肚子弄大了你肯定要她做老婆吗？你如果不能确定一定娶她，非她不可，那你就不要去和她发生关系。她可以不来赖你，可你会于心不忍，你将不再有权利拒绝，她会因这一次而身受伤痛。休止符休止符。弃城弃城弃城。我眼前清晰无误地呈现出音乐简谱上的休止符。

我发觉身体里的欲望和本能之力是多么难以驾驭的东西。理性在此地做不到万能，偶然做到了也是出于侥幸。

我以床为界独自在地上踱着步，时而看一眼床上的女人。她一动不动地躺着，原初的姿势丝毫未变。这时我脑海里居然浮现曾经读过的小说，想到了小说人物用意志战胜本能冲动的片断。当年读这些地方的时候，自己留有深刻的印象，对这样的人物心有感佩。

终于，在走了不知道多少圈儿以后，我近床俯身对女人开口讲话："不能，我是不能毁你。"言讫，我从抽屉里取出手纸为她擦拭。真是汪洋大水云梦泽啊，她整整用掉了我半卷卫生纸。

我扶她坐起身，只见她眼角泪光盈盈。

“你是个好人。”她说。

我说:“真悬，真悬，差一点就出事。你胆子太大。”钟表的秒针突然清晰可闻，像马蹄踏响山涧，我被吓了一跳，心头袭过恐惧。

6

帮她整好衣装，扶她重新坐到椅子上，我抚顺她的头发，平息我和她的情绪。

突然她泪流满面，无声地啜泣起来。我以为是我刚才的做法伤她太深，才引得她这样，却只听她断断续续地说：

“是我不好，是我引诱你。我……你一点也不了解我的生活……你一点都不知道，也不过问我干了些什么……我不是处女了……”

我顿觉兜头挨了一棍。

又一个不是处女的。不，这不可能，她明明是的，从我认识她那一天，一望便知。

“我不是了……现在不是了，已经不是了……你不会要我吧，你唾弃我吧。我无法欺骗你，不忍心看着你当傻瓜……我，我自作自受……”

“谁？什么时候？”我的心一裂一碎，落叶纷纷丧魂落魄。

“你不会要我了，我不配让你要……我再也没有资格……可是我爱他……”她涕泪横流，抹一把抹一把地止不住。我感到自己的脸颊骤然变凉，脸色必定变成铁青。

从她若断若续的叙述里，我听明白将她弄上床的是她就读大学的教师，一位工农兵学员出身的男人。“他的老婆也是我们大学的，她捉住了我们。男人下跪求饶，他女人上来厮打我羞辱我，他就在一旁看着，一声不吱。他现在一直躲着我，我被他玩弄以后抛弃了……不，他只是引诱了我，他没有强奸，是我自己送上门的……我是出于对他的崇拜，登门去请教问题。他不应该这样残忍。现在你又不要我。我还得去过冒险的生活。我别无选择……我，我把一切都搞乱了。我大姐骂我身败名裂……她们瞧不起我……”

我内心忽然静如止水，突然之间又万念奔驰。她今天是来干吗？她到底是什么意思？她想让我充当什么角色？这个人怎么这么肮脏，这么使心眼儿？拿我当擦屁股纸还是做障眼法？只听她边垂泪边坦言：

“我想把我给了你，从此就可以覆盖掉过去，给我一份全新的记忆，我就和那一段生活彻底告别，可是你不肯满足我的愿望，让我再一次落空。本来他答应放假带我去北戴河的，可是他却变卦。我现在恨他。可是他的处境也很糟，很可怜。这不能全怪我一个人。你要是早一点接受我而不是跟那个什么玉，我也不至于落到今天的下场。我也恨你。我的命太不好，我是不是妨人啊？”

这一天我没有马上放她回家，执意看着她脸上泪痕全无了，才放她出门。我无法断定我这一天的取向是对还是不对，可我知道这件事她会记一辈子，很可能恨我一辈子。

我在心里对自己说：总算渡过了一场危机。多么艰难的一仗。六次危机。我再一次联想起尼克松给他自己的回忆录起的怪书名：《六次危机》。

分手前我对这位女友说了句发自肺腑的话：

“谢谢你今天给我的一切……和你对我的诚实。”

7

在和谷溪莼的关系上，我有一个基本的判断：这个女子可以为近友但不可以为妻室。

谷溪莼本性善良，也有情有义，可她性格孤僻任性，自控力较差，容易轻信男人，想问题爱一厢情愿，耍起性子来富于攻击性。她智商不低，情商说不准，有那么点情、性不分或者误置的倾向，有时候以情为性，又有时候以性为情，给人的印象是在分寸感上有问题。这种女人往往容易出轨、上当甚或是愿者上钩。因此，我自感驾驭不了她，把握起来有难度。我曾预见如果娶她为妻，她早晚会给我戴绿帽子。我的推理是，既然是可以预见到的事，就截断它落到自己头上的可能。

谁也不愿意没病找病是不是？而且她日后添加的说翻脸就翻脸的脾气，更是我最难赞赏的。人与人之间的交往，本来就非常的脆弱，一方中止下来，交往也就停止了，怎么能那么不知道珍惜，只图一时之快？你想让别人永远谅解你吗？

当然啦，历史在发展，人也在前进，说不定日后的谷溪莼已然缺点渐消，优点倍增，人格脾气渐近胜境。可是谁叫我当年那么了解她呢，我无法跳跃过她当年的那个阶段去理解她。当然即便是到了今天，我也不敢完全肯定我当年对她的判断客观公正，因为，我并不真正清楚她在我视线范围以外的生活。

我认为我驾驭不了她。任何一个有理智的男人，都不会去和一个他吃不准的把握不了的女人谈婚论嫁的。倘若他真那么做了，那就只有两种解释，一是出于性需要，一是出于功利目的，舍此二宗，岂有他哉？

就我所知有限的谷溪莼日后的私生活史来看，我当年对她的判断是大致不差的。作为朋友我无话可说，作为没有上她的船的人，我多少有些庆幸。

与此同时，我认为我当年对谷溪莼的观察同样不差，那就是她这人不势利，不将功利置于情感之上。在我的印象里，她从没问过我具体干什么工作？一个月挣多少薪水？累不累苦不苦？体面不体面？似乎只要知道我是名文学青年，与她有共同语言便足够了。

她从不曾问我这方面的问题，从没谈及过如若将来她跟了我，我能否带给她物质生活上的实惠？我不知道她到底想不想这些问题？还是不将这些当成一回事？总之她不曾提起过。

在我看来，这是谷溪莼身上的最大优点。她似乎不曾觉得嫁一个小工人有失颜面，无利可图，在同学当中说不出去。这使她显得单纯而又高尚。在这一点上，她比我还像文学青年，比我还不入世，比我还乌托邦主义。

关于我和谷溪莼的交往由来，我向陈奇娅做了全面的交待，在散步时以口头的形式谈，在书信中以书面的形式谈。考虑到她年纪尚小，少女不宜，我把差点越界的那一段，用简略压缩的方式告诉了她。我没有隐瞒事情的经过，只是省略了细节。即便是这样，她闻听后的反应也异常地激烈。她旋即写来了长于平日的信，信中流荡着凄切呼号。她错愕，她震惊，她愤怒，她伤痛，她凄楚，她妒恨，她怅然若失，她苦恼郁闷，说不出的心里不好受。可当她提及当事人之一的时候，却仍然同情大度。她信里写有这样的语句：

"那位谷姑娘太可怜了，我十分同情她。设身处地站在她的位置上，谁都不会责怪她。"

她又写：

"这世界真是又疯狂又混乱，到处是看不见的陷阱，到处都是欺骗和谎言。我觉得我现在就像是一个看戏的人，原以为是真实的生活，原来竟然是戏。"

这孩子的信写得太重了，出语太重太极端了，可是我挡不住她这么看这么写。换了一个成年人，我还比较容易向她说明一切，求得理解，可是要想跟一名未经涉世的高中女生达到这一点，却超乎想象地困难。

她说我没有将事实全部坦白，事情显得不真实，在其中我隐瞒了我自己。她说："一个巴掌拍不响，苍蝇不抱没缝的蛋，你的描述对自己轻描淡写，避重就轻，不能令人信服。"

我争辩："我比你大那么多，又不是生活在真空里，怎么可能像你这么纯？你总得允许我接触人吧，再说我大节也没什么问题。你不能咬着个黄瓜尾巴不撒嘴，一叶障目，不见泰山。"她鼻孔里哼了一声，不听我解释。

我愁苦莫名，狼狈不堪，自知并不理亏，却弄得无地自容。"我这是木匠戴枷——自作自受。"我只剩下这句话可以自说。

这次我是栽到家了。我想，我脚下的陆地直坍塌。

"纸里包不住火；要想人不知，除非己莫为。"她用这样的话修理我。他妈的怎么冯碧薇整我的话，跑她嘴里来了？

"你低估了我，我会推理，你只要给我说出一点来，我就能推出全部。就是那么回事。"她说这话时，口气斩钉截铁。

第三十一章　阴影线

1

克雷洛夫寓言里有一句著名的话："对于强者来说，错的永远是弱者。"克雷洛夫不是在赞美一个真理而是指出一种普遍的现象。历来的统治者对此心照不宣，被统治者只有接受结果的权利。

不久，这样的结果便出来了。

这天晚间的本市电视新闻里，突然冒出来一条明显小题大做的新闻，说是一个名叫莫大勇的外地流窜人员，近日频繁出入北京大学校园，从事不正当的联络活动。近日校园内接连发生的几起自行车失窃案，均系莫某某所为，莫某某已对此供认不讳。鉴于莫某某的行为已构成刑事犯罪，目前已受到拘审。此案正在审理当中。

电视屏幕上播放了莫大勇的照片，却没有播出他被捕的镜头。镜头前出现了两名学生模样的男子，在那里指着他们的自行车作证。

完了，莫大勇这下子完了。对他下狠手了。眼瞪着电视屏幕，我心里这样惊呼。捏造，肯定是捏造。捏造的水平也太低劣了吧？捏造大勇偷自行车？让他偷点什么不好，让他偷自行车？大勇斯文一派，他会去偷自行车？猫狗都不会信。如此低级的捏造手段，竟然能上电视新闻，这背后肯定有来头。

当天晚上，我们文学社的几个人都聚到了迟小进家。杜齐民向大家报告说，他刚跟大勇的媳妇通过电话，证实大勇已被拘走。大勇媳妇连说荒唐，说大勇平时出门连车都不锁，怎么会去偷别人的车？

大家跟大勇是朋友，出了这种事不可能不震惊义愤。可是在座的几位社会青年，除了工人还是工人，说一说议一议，也只能是白费唾沫干瞪眼。

这天晚间的聚会没有通知冯继山，因为他毕竟是官场上的人，平常就比较怕沾事，叫他他也不一定会来。散会前，史河东自告奋勇说他明天去找找老冯，看他有没有渠道打探到大勇的消息。"我和他私下交流多一些，比较好说话。"他说。小进说万佩泽在市府上班，可以去找他问问情况。杜齐民闻听忙说这倒是一条路子，说不定还能托上人。送大家出来的路上，小进说他明天上班请不下假来，得烦劳奔滔跑一趟佩泽那里。

我这是第一次主动去找万佩泽，也是头一遭进市府大楼。传达室的人拦住我，往楼里拨了电话，让我填写了会客单，然后才放我进去。出电梯步行不远，便到了佩泽那个处的办公室门前。

他们办公室的门大开着，我一眼便看见了他。他招呼一声让我就座。我进屋后绕过摊开一地的自行车零件和蹲着的修车人，坐到佩泽的对面。我落座后他们继续方才的谈话，该说什么还说什么。

他们聊天的大致范围是当前形势和有关改革的话题。只听他们“国民党”、“共产党”不离口，一会儿又是“共军”、“国军”的。这样的叫法在报纸、电视上是严禁出现的，可却是这座机要大楼里的流行词汇，听着有种新鲜感。

渐渐的他们又扯到了党、政两块机构的不睦，“这院儿”“那院儿”地扯个不休。万佩泽数度引用市长陈某某的话，道陈某某说什么什么，陈某某怎么怎么说。中途他特意转向我解释：“陈某某是改革派，某某某是保守派，两派针尖对麦芒。我们市府这边都陈派。这时他才忽然像想起了什么，为我介绍蹲在地上修理自行车的中年男子：

“噢，忘了向你介绍，这位是我们处长。”

那位处长乍叉着满是油泥的手，显示自己的平民风范：“机关就这样，下雨天打孩子——闲着也是闲着，自己动手，丰衣足食嘛。”

万佩泽再次转向我说话：“现在的形势是外紧内松，在社会上不能公开讲的话，在领导机关里都可讲，陈某某在会上就提倡大家敢讲话，不要怕说错话，只要是不提反党，什么话都可以拿到桌面上来讲，因此现在的市府大院子，就像是个海德公园，说什么的都有。打棍子抓辫子，目前在这里是过街老鼠，没有市场。正如我以前跟你说过的那样，这次改革的最大特点是自上而下，推动力来自上层，人民逐渐地来接受。所以开明的风气，最先出现在领导机关，然后逐渐扩大到社会上。”

听着他们神聊够了，只见佩泽起身取挎包，道：“我今天早退一会儿，你先慢慢修车吧。走，咱们走。”

出来走在林荫道上，我才向佩泽说明来意。他听后哼了一声，评论道：“你们圈子里的这个人有神经病，放着大路不走偏走水沟，我看他脑子里是进去屎了。当然啦，他们连捏造罪名都不到家，伎俩十分拙劣，只有流氓出身的人，才弄这种事。”少顷，他又使用了“以卵击石”等字眼儿。他说：“作为朋友我奉劝你们一句：躲这个人远一些，他得罪了他惹不起的势力，人家正在虎视眈眈。据我所知，市长陈某某知道这件事。这下你该都清楚了吧？电视新闻，你们以为谁想上谁就上吗？转告小进，说这些话是我说的。别不自量力。”

见他这样说，我不再讲话，忽然明白小进为什么自己不来找佩泽，而将差事推给了我。他太了解万佩泽了。小进昨晚也只是说打听打听情况，而没有奢望更多。他说完话就后悔了，便决定自己不出面。这个迟小进心眼儿就是多。

我被迫变换话题：“你们那位处长倒是什么活儿都拿得起来。”

佩泽讥笑道："工农干部嘛，拿着工夫不当工夫，宁可自己动手干，也舍不得去车铺花钱，二分钢镚攥出汗来。那是一个庸人，一起同事。不得不周旋，没什么意思。"

我们的这次谈话，不同于以往，多了股子官场气息，为我所不喜欢，可毕竟是求人来了，我也只能听之任之了。好在这天下午天气晴好，走走正义路南池子，还算是一次不错的散步。

中途我调侃万佩泽："你什么时候官僚化呀？"

他微微一笑："那是永远不可能的，你记住这一点：真正的政治家和职业官僚，本质上是两种人。表面上看他们混杂在一起，骨子里根本不同。真正的政治家，只不过是在利用官僚组织达到自己的目的，而官僚却没有崇高目的可言。大多数中国人，把毛泽东的一些行为解释成权力斗争，是不了解他，是以小人之心度君子之腹。这很悲哀啊。这就是他为之奋斗了一生的人民。"

2

认识万佩泽以来，我曾两次有事相求，都是为别人的事，为我自己的事，我是不会向他张口的。其中的一次，是这次为莫大勇蒙冤的事而来，另外的一次，是为我小时候的一位邻居。

我小时候的玩伴李基的父亲李凤梧，是原国民党军队的军官，曾隶属东北军系统，1949 年投诚起义时的军衔是炮兵团团长。建国后他一直没有正式工作，我曾见他在房管局当过临时工，和和白灰沙浆什么的。我印象最深的，是他每天一大早在楼后的树林里打太极拳，极慢极慢地打很长的时间，让看的人都起急。楼里的人管他的这项运动叫"摸鱼儿"。有人背后指指点点，说这老家伙一心保命，等着变天。进入 80 年代，前国军军官的历史不再是问题，反而成了统战的对象。眼见着前国军将领中的许多人，出入国宴，扬名露脸，名利双收，李凤梧的心眼儿也开始活动。他盘算他是黄埔军校毕业生，第一步应该是先加入黄埔同学会。他听他儿子李基说余奔滔认识点子社会上的人，便毫不耽搁地让他儿子领他来找我。

这是我们搬家多年后，他第一次来串门。

他第一次行动的具体目标很简单，就是进入市府大院里的统战部，在那里挂上号。我想这事应该不困难，便跟万佩泽说了。万佩泽当下满口答应，说你让他下星期一上午来，打我的电话，我把他领进统战部，其他的事就不用管了。

李凤梧一听喜出望外，连说我是他的贵人，直给我作揖，闹得我挺下不来台。谁知他兴高采烈地跑到市府传达室，却吃了一顿闭门羹。

传达室的人把电话打到万佩泽的办公室，万佩泽却说他不认识这个人，让他直接去统战部。结果老头儿白跑一趟，拾回一肚子窝囊。

李基一家人因此气急败坏，说年轻人嘴上没毛办事不牢，遂派了儿子来责问我，问得我哑口无言。我一怒之下去找万佩泽，质问他为什么这样？

他一脸正色地解释道："这个人如果在统战部里闹起来，统战部的人一查传达室的登记记录，就会怪罪到我的头上，不利于我们两个部门的关系，所以我没让他填找我。他既然找统战部，就让他直接填写统战部好啦。"

我说："你明知道他那么填根本进不去。"

万佩泽说："进不去拉倒，他回家就是了。"

我说："老万没你这么办事的。要不然你别答应，答应了干吗出尔反尔，让我对不起人？你哪怕是头一天打电话告诉我不让他来了，我也来得及通知，不至于涮他。你这事弄得我怎么下台？"

我这是头一回跟万佩泽动气，说话气咻咻的怒言怒色。我说："佩泽我长记性，我要是再求你办一件事，我就不姓佘。"

万佩泽不愧是干政治的料，不跟我一般见识，他语气平缓，却振振有词，道："对这种事你大可不必较真儿。你听我跟你讲，那种人在国党时期三妻四妾，吃香喝辣，成了共产党的手下败将，早已经是历史的垃圾，过时的人物。现在一听说搞统战了，便都从阴沟里爬出来，想捞个一官半职的，再不济也弄点补贴什么的。这都是些蝇营狗苟之徒，台湾的国党军人根本就看不起他们，你替他效什么力？他给过你什么好处？你小的时候他正眼看过你吗？他今天只不过是想利用你，利用完就一脚踢开，然后理都不来理你。你不信等他真进了黄埔同学会，他才不会再搭理你。这些苟且之徒的人生信条是'有奶便是娘'，无一例外。所以我劝你把眼擦亮一些，不光我不让他利用，你也不要让他利用。他要是再来找你，你就说，我一个小青年，没有那么大的神通。所以呀，在这件事情上，你是不应该怨我的。你也是聪明人，应该一点就透。"

这个万佩泽呀，真有他的，什么时候都能讲出道道来，什么情况下都能位居主动，言之成理，不简单，确实不简单。经他这么一掰扯，我没了脾气，心头火气消散，面色改观，言语和顺起来，反觉得自己态度过分。

他拍拍我的肩，邀请我散步，又一边开导着："你强调道义没什么不对，可是相比之下认识高于道义，透过现象看本质，永远是第一位的。群众是容易被道义煽起来的，真正的政治家，则是审时度势，根据事态的真实情况做判断的，而不是盲从于道义。"

我说："我不是不愿意说话不算话嘛。我一向的原则是轻易不许诺，许了就给人家兑现，有困难，克服困难去兑现，实在无法办到的，当面跟人说清楚。"

他说："当面锣对面鼓，这很好，我欣赏你这一点，要不然我也不会跟你来往。可这世界上没有一项原则是死的，一成不变的，要看具体的情况。所以我说你不能从政，从政的话会死无葬身之地。历史上有多少人在坚守他们的诺言的时候，被人出其不意搞掉？这样的事例太多了。所以政治家处理事情，要像商人一样的机灵，也就是毛泽东所讲的'猴气'。你呀，读了点书，可还很不成熟，这只有假以时日啦……”

3

这次交锋过后，从迟小进嘴里传来的信息是，万佩泽对我很不满意。小进说：“你切记不要再拿具体的事去麻烦佩泽，他很反感，说：‘都什么阿猫阿狗的……’他已经开始反感你了，你不要再去惹他不快。”

“他还有别的原话吗？”我问。

“他说你太爱管闲事，有点蹬鼻子上脸。”

这一次我在小进跟前没作任何辩解，可我心里挺不是滋味儿。我承认是我多事了，也承认自己不成熟，可你万佩泽当面不是跟我这样说的呀。为什么这些话你当面不说，转过身去恶心我？他明明说他赞成当面锣对面鼓，为什么又要两面三刀？他跟小进讲的肯定是心里话，可哪里像朋友？那天我们谈得好好的，我表示理解他，他也表示理解我，背过身去却不是他了。

小进跷起二郎腿哑默片刻，眯眼思索，幽幽言道：“从一回到北京，我就知道我和他之间拉开了距离，我们分属不同的阶层。以前在云南插队时，差距主要是知识、见解上的，现在增加了阶级差别。他从没向我点明过这一点，可我们彼此心里都清楚。你看我从来不去市政府找他，他也不到厂里来找我，我们见面都在单位以外的地方。”他干笑了一声，补充道，“你没听说过那句话吗‘亲不亲，阶级分’。”

听至此我恍然大悟：怪不得为莫大勇的事，他自己不去叫我去。

“所以呀，我跟他的关系很微妙，我一直比较注意分寸感。”

一个休息天，小进同我一起逛街，他忽然问我想不想参观一下他们工厂，我欣然应诺。我把这看成是他同我不见外的表示，也是一种阶级认同的表示。我以为他会带我走很远的路，不想钻进一条小胡同后，走不多远就到了。

这是一家集体所有制的工厂，专门生产螺丝、螺母等被称作标准件的五金产品。小而破旧的厂门，空间狭小的车间，高低不平的土地。它使我一下子联想起我去过的那家电扇厂。我真不知道北京城的大小胡同里，究竟藏着多少家这样的厂子？

小进领我走进他干活儿的车间，指着土地上的一台机床告诉我，这就是他开的那台床子。他又指指地上的大竹笸箩，说做出来的东西都掉到里面，满了就搬走。我问这床子开起来震不震？他说又震又响，整个人都跟着抖，震耳欲聋。我问吃饭在什么地方？他指指地，就在床子旁边吃，关了闸吃。他捡起床子上的一副线手套，捡起又扔下，说：“我干活时就戴它。”

我问机床这东西会不会伤人？小进说：“唔，必须得按照严格的操作规章操作，才能不出事。工业这玩意儿，比猛兽厉害不知多少倍。”

原来这台床子就归小进一人操作，他一歇班，床子也就歇了。此刻，这间旧庙似的车间异常的安静，因为这个车间只有这一台机床，而此时正是工人们吃午饭的时间。

平常我所看到的迟小进，都是干净整洁的衣着，天暖时爱穿白衬衫，十分的斯文。我努力想象着他身穿劳动布工作服操作机床的模样。想，这个人真行，真有耐性，真能吃苦，在这么差的劳动条件里都能够坚持。换了我恐怕做不到。我视像上浮现他写的一笔秀气的小字，心有些揪痛，又殊觉与他同病相怜。

我说出了我的所想，他幽幽说道："结了婚的人，没个工作是不行的，首先老婆就不会答应，就是一个破瓷碗也得先捧着。不过我不会坐以待毙，我在等待时机。类似的情况我以前经历过，所以有足够的耐心。我工作的时候不想别的，当我看着一个个产品做出来，像看鸡下蛋一样，也是一种乐趣。"

他指指地上的两块红砖："坐吧，我吃饭时就坐它。你我都不是池中之物，今天坐一坐它，会让我们明天不忘本。我想无论我明天去干什么，我都不会忘记我是工厂的人，要为工人争取利益。"

出车间，从旁边的小破二层楼的铁梯上，踏踏踏走下一位穿工作服的男人。"王厂长。"小进恭恭敬敬地叫他，那留背头的中年男人看他一眼，"噢"了一声，匆匆而过。"这是我们厂管生产的副厂长，是一位实干型的干部。"

我有些不悦："这家伙目中无人，你还叫他。"

小进倒不觉得怎样，他的解释是："工厂的干部都这样，他居高临下，底下几百号人，名字都叫不上来，他不会来跟你讲平等。解放的办法只有一条，就是翻到他们上面去，让他来仰视你，舍此别无他途。"

4

小进说的"亲不亲、阶级分"这句话，并非是普遍性的通则。你像它适用于我和小进之间，就不适用于我和王荔。王荔是磁带厂的，属产业工人之列，曾频频向我示好，我却跟她亲不起来。在我看来这纯属个人感觉，跟阶级性无关。从我见到她的第一眼，我便知道她根本不是我所喜欢的类型。粗陋，丑，偏爱一厢情愿。如若不是了解到她的身世遭遇，我是不会见她第二次第三次的。

在现实生活中和影视作品里，我们都见过不幸遭遇过强奸的女人深得男人眷爱的故事。通常这都是有原因有条件的。可见的先决条件首先是这女人容貌脱俗，气质不俗，让人一见倾心，而不顾及于其他。而史河东嫁祸于人愣推给我的王荔，却与此全不搭界。一想起她，便使我想起人性中的恶相。她虽身为受害者，却无法在想象中择清，何况如果不是她本身资质粗陋，便是被她寄身的那个生活环境弄粗陋了。

我没有对陈奇娅隐瞒我新认识了这么个女人，也曾把王荔其人其事讲给她听。她听完以后睁大了眼睛，就像柔石听鲁迅讲说"人会怎样骗人，怎样卖友，怎样吮血"时的表情，并且说出的话也如出一辙：

“天底下会有这种事？不会是真的吧？”

经过一阵思索后，她轻声而小心地提问：“干这种坏事的父亲，你觉得会有多少百分比？”

我说：“这种事怎么普查，谁能说得准？”

她问：“你说做父亲的会不会对女儿都有这样的潜意识？有的人付诸了行为，多数人不敢去想？”

我停下脚步以手点指她的前额：“你这小脑瓜里在想些什么？你想让我说什么？有些话你让我怎么跟你说？你还是省省心吧，想想作业题。”

她的一双大眼睛忽而看远忽而看近，忽明忽暗，扑朔迷离。她有些困难地又十分执拗地要求着：“你不是说天底下的任何事情，都可放到文学的解剖台上剖析吗？为什么现在抑制我？你刚才讲的事情里，包含着很重要的人性问题，我觉得。”

我略作踌躇，开始认真对待她的提问，放慢语速，字斟句酌：“弗洛伊德倒是有‘恋母情结’、‘恋父情结’两说，倒过来推，也应该会有‘恋女情结’吧。早在蒙昧时代可能就是一种性兴趣，进步的结果是以爱代替之。这爱既是文明之花，也是击退人类蒙昧行为、意识的堡垒。以上问题涉及人类两性关系史，你自己去看恩格斯的《家庭私有制和国家的起源》吧，一看就什么都清楚了。”

“你别吓我了，成天让一大堆作业压着，我哪儿有时间看高深的书？”

“上大学再看好了，你本来就有点超前。世界上的事不是越早知道越好，在什么阶段看什么书，站什么山上唱什么歌儿……你怎么突然对这种问题感兴趣？”我突然袭击式地反问她。

她脸一红，避而不答。

我制止自己再追问下去，我知道，她一定是由别人的父亲联想到了自己的父亲，联想到了自己的亲情。这孩子太爱寻根究底了，这于日后做学问是有益的，可是会平添许多苦恼。我说：“看别人比自己，你是非常幸福的，别身在福中不知福。”

听我这样讲，她微笑，点头，手臂甩成正步式摆动。

不日，我有机会走进王荔的家庭，亲眼去看她的生活环境。尽管在这之前我拒绝过她的邀请，但这一次我还是去了，因为她邀请我的理由使我无法说不。她说她们厂团支部组织诗歌比赛，号召青年职工踊跃参加，她写了一首，请我帮她修改。

她家在南城，住在四面平房包围的一座砖楼里。一进门是南北各一间卧室，没有过厅，配备有很小的厨房、厕所。两间屋子门对门，从这屋可看见对面屋里的人。对面屋子里有一位干瘦肤黑的老女人，身穿劳动布工作服，或坐，或站，或走动。她的目光时不时往这边照来，半句招呼都不打。她年纪绝对超不过五十岁，可脸上的皱纹至少相当于六十五岁的女人，样子很村。

王荔低声告诉我：“这是我妈。”

那间屋里还有一个人一动不动地干坐着抽烟，面相看上去也很不年轻，穿一身蓝涤卡布新制服，坐相驼背，戴顶蓝布帽子。

“那是我后爸。”王荔用笔从腕下指那男人。

王荔这天穿了件浅驼色裤子，上身穿了件浅驼色粗线毛衣，高领翻卷，像是特意打扮过的。她脸上飘过一闻便知的雪花膏味儿。

她在吃饭的圆桌上摊开一张信纸，让我看她写的两节八句诗。这两节顺口溜似的东西，内容是咏菊花的，写道边的野菊花虽然蒙垢，为人视而不见，但开起花来却很鲜艳。她的文字基础太差了，除了显得差之外，没有达到任何效果。

从中我还是读出她想表达一种自况的意思在里面，我很可怜她，便拿起笔帮她润饰句子，又帮她增写了一节。她有意识地表示自己的固执，试图挑起一场争论，我觉得她水平低得不足与言，不接她的话，她有点悻悻然，有点臊眉搭眼。

我做完我在这里该做的事，起身告退，她拦着我不让走，要留我吃饭，说:“你帮了我，不能白帮，不能连饭也不吃。”又声音低低眼瞄那屋，“你怎么着也得给我点面子，别让他们看我的笑话呀，我都求你了。”

见她这样讲，我重新坐下，又多待了会子。

这个人家有股出奇压抑的气氛，处在随时随地的监控之下，让人无法自由交谈。王荔用极低的声音说话，我说话也好像在干偷偷摸摸的事。这两间屋子里的人似乎完全不会过日子，把个房间布置得粗陋不堪，土加俗气，房间的空气里弥漫着搌布味儿和裤裆味儿。

我终于没有在她家吃饭，还是好说歹说走了。

临走出这个人家之前，我的视线与王荔母亲的视线遭遇在一起。这是一对我根本陌生，根本无法了解的眼睛，它们冷漠中带股子凶横。

蓦然间，我眼前映现她毒打幼时王荔的情景。刚刚遭受过摧残的五岁小女孩儿的头上，落下她抡过来的铁钩子，一声惨叫，鲜血迸流……

我无法理解这种人，今生今世无法理解。

我看这种人时候的眼神，一定是难藏恨意的。

因为她也恶狠狠地看我。

5

我最后一次见到王荔的情形，耐人寻味。

那天我和小货车司机去磁带厂拉空白磁带。装好车，司机说抽支烟再走，时候还早。进厂时，我看见大牌子上的厂名正好是王荔所在的工厂，便想到去看她一眼。

我打听到她正在干活的车间，便寻了过去。隔着门玻璃，我看见一群女工正蹲在地上往箱里装磁带。我走到她们背后，喊：“王荔在不在？”有一人应声回头，我一看正是她。

她的第一反应是极其意外。她腾地站起身，脸涨成紫色。她张口结舌地问你怎么来了？我说我来拉磁带，顺便看看你。

她的窘态出乎我的意料，是一种恨不得我赶紧消失的心情。她起身只在我面前站立了一下，便迅速转身蹲下去忙活，她把头埋得很低，仿佛这样就能不被我看见。她身上穿的那件蓝工作服，尺码过大，袖子过长，扑啦扑啦来回扫。她用拼命干活掩饰自己的窘状。跟她围成一圈干活的，都是清一色的女工。

王荔的反应起初令我奇怪。我迅速排除了什么地方得罪过她的可能，而想到极有可能是被我看见了她的真实生存状况所致。我低头看看自己身上的工作服，想，我这不也穿着工作服？有什么怕人看的？我心想王荔这人还满虚荣的，不愿意让熟人看见她干什么工作。假如她的工种是看看仪表摁摁电钮或干点行政什么的，她见到我时的反应，一定不会是这样。这女人还有这一面，看不出她的虚荣心和自尊心比一般人都强。

从现象上看，像她这样的待客之道，是极不礼貌的，好像从没人教过她应如何待人接物，可是从心理上看，她是一时间极度慌乱，只顾着逃避，而不及于其他。这么说她是以自己目前的劳动为耻的，将其看成是见不得人的。

我想连历史上从事奴隶劳动的人，都不见得有这种心思。奴隶们会感觉到强制劳动的艰苦沉重，但不一定有这么强烈的羞耻感。

我这天在工作场所见到的王荔，跟在她家见到的让我帮她改诗的王荔，判若两人。她乐于给我看她的风雅的一面，却不乐于我看见她低人一等的一面。

原来，她也有“高加林心理”。

我油然记起自己身穿工作服，在街上遭遇女同学李依然的事。在那种时刻，自己不是也曾经惊恐万状，避之唯恐不及吗？

这世界上居然还有一种人类活动，被看做耻辱的标记。一些人被迫从事之，却害怕被人看到。

我知道我来错了地方，转身离去。

蹲在地上的王荔，往身后摇了一下手，连头都没敢回。

离去时我心里有种涩涩的感觉。

对比之下，这女人跟迟小进真不一样，迟小进是主动地请我去看他干活的地方，她却视这种事为灾难。区别的根据在哪里？根据在一个自信，一个自卑；一个把眼前的状态看成是过渡性的，一个则看成是无法改变的。

没想到这次尴尬的访问竟收到意外之效。王荔自此再也不来纠缠我，自此在我的眼前销声潜踪。

她大概永远也不知道她在我的经验史上留下了什么，也永远不清楚她带给我的复杂感受和永久性记忆，就像电影史给我们留下了《望乡》和《野麦岭》一样。

6

莫大勇的案子宣判得很快。宣判书宣布：判处人犯莫大勇有期徒刑十七年，立即执行。从莫大勇太太的口中我们得知，他被发送到黑龙江的一座监狱去服刑。

听到这样的结果，我们文学社全体都傻了眼。几个骨干坐在一起面面相觑。杜齐民、史河东、迟小进、我，都无话好说，只有冯继山说了句：

“以后我到那边出差时，想办法去看看他。”

我想到了王千川。我想我该去问问他，对大勇的厄运作何感想？他也许会说，要奋斗就会有牺牲；他也许会说，一个民主法制社会不会从天上掉下来；他也许会说，莫大勇的遭遇必将唤醒千千万万的人，历史会记下这一笔。我想我该对他说，莫大勇一生中没有几个十七年，十七年的牢狱生活，意味着毁掉他的一生。假如他当初真的能替这个具体的活生生的人着想，他就不会撺掇大勇去干不切实际的事。对他而言，是制造了一次社会响动，可对于莫大勇和他的家庭来说，却是灭顶之灾。所有的苦头，都得大勇自己和他的亲属去吃，而外人用不了多久，就会将他的名字淡忘，而移兴于新的新闻事件。

我想问问王千川，事先知不知道这样超前蛮干是以卵击石？知不知道碎掉的只是别人？我想对他说，推动社会前进是没有错的，可不是非得拿别人做垫脚石不可，尤其是在一个渐进的时代。

政治实用主义，无论是来自正面的还是来自反面的，是来自左边的还是来自右边的，都让我难以赞赏。它通常都将个体生命置诸脑后。

第三十二章　在轮下

1

爱略特《荒原》的头四句诗是：

四月是最残忍的一个月，荒地上
长着丁香，把回忆和欲望
掺和在一起，又让春雨
催促那些迟钝的根芽。

陈奇娅叫我尝够了四月的残忍。她既是残忍的发出者，同时也是品尝者。她与我一道煎熬在四月。丁香的脚下是荒地，丁香嫩绿得很艰难芬芳得很艰难，春雨迟迟不肯落下。

在这样的际遇里读《荒原》，别有一番滋味儿在心头。不过这时还不算是我和她的荒原，我只是预感到了荒原。我对荒原持拒绝态度。

进入四月，陈奇娅和她的父亲陈昌明之间达成的秘密协议，明显地在生效，明显地在我不在场的情况下，被一再地重申。起初我轻视了这个协议的作用，觉得时过境迁，会出现松动甚或解冻的迹象的。可是恰恰相反，时间越接近陈奇娅上高三，越接近高考，这个紧箍咒就念得越紧。

我无法确知他们父女俩之间的日常谈话中都涉及我些什么，但是有些时候，从陈奇娅对我的态度的暖冷变化上，我可以间接推断。每当我沉不住气追问她，她都避而不答，王顾左右而言他。

在这段日子里，陈奇娅身受着来自好几个方面的压力。划分开来说，有来自她父亲的压力，有每学期大小考试的压力，有来自决定命运的未来高考的压力，有来自她未知的难以确定的未来的压力，还有我没计算在内的来自当时的我的压力。这一年她进入十七岁，心理不成熟，应付事情的能力不足，无力左右局面，因此遇有风吹草动，便易于紧张、焦虑，于是就形成了来自她自己内部的压力。

来自她内部的这种压力是无形的，又是实有实存的。这么多种力量纠缠错综在一名少女的身上，着实够她一呛，这就难怪她忽阴忽晴，忽冷忽热，诡异乖违，莫衷一是了。

当年的状况放在今天看并不复杂，可是当年的情势放在当年的陈奇娅的身上，却足够复杂。她刚刚睁开了眼睛，赢得了一场令她心神激荡的恋爱，久抑的闸门一朝奔腾倾泻。她投入了，真情实意地投入了，快乐了，真实无妄地快乐了，她哭过了她笑过了，她夜不成寐了，写出了雪片样的书信，流盼了成千上万道火热的眼波，震颤了多少回身心的悸动，现在却忽然接到中止的命令，放弃的命令，都是以未来的名义，以她的个人前途的名义，以她的美好前程的名义。

一个声音对她说，美好的爱情多么美妙，感情原则高于一切；一个声音对她说，利益原则是不能弃之不顾的，任何女人以后都要过日子，没有物质利益的保障，你将身陷贫贱卑微，沦入社会的底层。一个声音对她说，从他那里我得到了多么巨大的幸福欢乐，它超过了我有生以来的所有快乐；一个声音对她说，真空里的爱情是没有的，人都是现实社会里的人，谁也别想迈过脚下的现实飞向未来，谁丢掉现实，谁就会丢掉未来；一个声音说，爸爸都是为我好，都是为我着想的；一个声音说，听从爸爸是多么的痛苦不情愿，一颗恋爱中的心难道是自来水龙头，说开就开，说关就关吗？一个声音说，暂时的压抑克制，尽管是痛苦的，却可以换来明天的福乐；一个声音说，情感的洪流一发而不可收，人为地强行制止人的自然感情，是多么反自然，多么窒息心灵，快乐的门窗要是突然关闭，人不是会憋得发疯吗？我将要葬送掉的不是普通的事物，而是神圣无匹的爱情，至纯至洁的初恋——去而难返，永不可复制。

实际上，这时期依然在顽强地维系我们的感情纽带的，不光是我一个人，还有陈奇娅。如果不是两个人都在用心去维系，那么这种纽带是一天也存在不了的。我一度以为主要的维护人是我，陈奇娅是破坏者。这种认识是片面的不客观的。

试想，如果这时节陈奇娅真心想放弃我们之间的关系，她就会切断我们之间的一切交流渠道，可是这期间她还在给我写信，表露她的内心痛苦、矛盾和进退维谷，呼吁我的理解配合。她试图达成某种调和折中。她重操故伎，再次在书信的台头和落款上耍起了小手腕。她的来信的台头称谓，再次出现“奔滔”和“哥哥”两种叫法，落款则时而是“小娅”，时而是“妹妹”，时而是“陈奇娅”。

她写信的这种变化，我观察到多次，大致有一个规律。那就是，一旦她在上一封信里热情亲昵流露得多了些，在下一封信的开头，她一定改叫我“哥哥”或者“滔哥”，以示和我是兄妹关系，而兄妹关系，不在她和她父亲的协定的约束范围之内，这样子，她就不算是说话不算数。而她一旦发现我写给她的信热情升温上扬，她便利用变换台头的叫法，向我敲警钟，提示我要自我克制，不要诱她违约。我在回信里讥笑她是在玩“小把戏”。

其实，作为一种带有自欺欺人性质的心理技术，她这样玩儿玩儿未尝不可，我却对她欠缺理解和宽容，不止一次地恼火问责于她，于无形之中增加了她的心理负担。我枉然地比她大了八岁。于今想来，殊觉歉疚。

2

在上述的情势背景下，正确的策略，其实应该是多一事不如少一事，以不变应万变，尽可能地帮她减压，可我当时却不明乎斯理，一味地做自己心理情绪的奴隶，不加节制和掩饰地倾泻牢骚、不满、思念和不安。在这样一些排山倒海一般的内心冲动的作用下，响动被我越闹越大，一时间翻波涌浪，想平定也平定不下来。如此一来二去，我的麻烦和内心折磨在增加，她的麻烦和内心折磨在加量，彼此都感觉心力交瘁。在这个茬口上，我忙上添乱，讲出了跟谷溪莼的那档子夹生事，更是雪上加霜，火上浇油，往伤口上撒盐，给自己帮倒忙。

在她那一方面，一定与她的成长有关，与当时大的社会思潮背景有关，这时期在陈奇娅的言谈书信里，又再次浮出宗教情绪，使用了基督教的用语，如“原罪”，如“救赎”，有时她在信尾还来上句“阿门”。言谈中她提到过存在主义，引用过萨特剧作中的一句台词：“他人即地狱。”我问她存在主义立论的出发点是什么？她说不上来。

我知道她这时充其量只读过一点出自半吊子学者的译介文章，没看过存在主义的专著。存在主义的哲学作品，这时还只有选译和节译，真正弄明白人家都说些什么的中国人，还没有几个，期刊上可见的，还都是些急于贩卖的人炮制的东西。这些人急于赶时髦，急于迎合市场。他们在将存在主义介绍给中国人这件事上功不可没，却也着着实实误导了差不多一代人，扭曲了他们观察世界的视线，使他们既没有看清世界，也没有学到哲学。

我禁不住用语刻薄地驳难陈奇娅：“我来跟你抠抠字眼儿，你爸爸也是他人，他是不是你的地狱？”

她当即反诘：“你偷换概念。”

我留意陈奇娅的信中出现过对“死亡”的赞美，把死亡说成是通往永恒的美事。这让我大感不安。我指着这个地方请她解释，她瞪着两眼望我，反问：“这有何不妥吗？”

我暗骂：你死了我怎么办？

从她眼神的暗影下，我似乎看见了某种阴森之象，心房禁不住悸颤。

“死亡跟诗意无关，就是一堆臭肉，谁都是一样。写死亡赞美诗的那帮混蛋，比什么人都怕死。”我气急败坏，“不信，你扒开他们的心看看。”

也许是我过于看重这孩子的内心生活了，所以总为她的这些极端情绪惴惴不安，生怕她一时想不开有个三长两短。这自然使我联想起时隔不远的一位女中学生卧轨自杀的事件。我生怕奇娅往那个方向走。这样七想八想，心里不免阵阵发毛。

那也是一个花季少女，正在读高中，倏忽之间凋零了，死在冰凉棒硬的钢轨上，尸骨残败。经过再三的犹豫掂量，我还是决定将这桩惨案讲给她听，以期引起她的警惕。在重新审视这个故事时，我才忽然发现，那死难女生的恋爱对象，居然也是一位在职青年，年龄跟我不相上下。所不同的，是那个女当事人明显地患有抑郁症的倾向。

但愿小娅不要出任何问题，平安再平安。我私心祈愿。

3

在刚刚过去的这个春节的初四，文学讲习所的主办人高谋功忽然来了情绪，提出要带我去见一个人。在去的路上他介绍说，此人姓遇，是一位文学编辑，还是位诗人，与他很熟络，有日子没见了。他说 :“没有不散的筵席，讲习所时间一到，就树倒猢狲散，我还是趁早给你铺铺路。他最早发表的第一首诗，发在我们文化馆办的小报上，是通过我给他发的，后来这首诗被大刊物转载了，他也因此被调去当了编辑。顾城也通过我发过诗，那时我觉得这小孩儿看着挺老实的。”

高谋功这人做事讲求效率，当下说的当下就办，于当天晚上便不由分说扯上我去造访那位老遇。没想到这一造访便撞上了人家家庭的不幸。

“我女儿自杀了……”

当主人老遇木讷地将我们让进客厅，沉默有顷，突然冒出这样一句开场白时，我们竟一时目瞪口呆 :“什么？”

屋外，三十那天降下的大雪，在朔风不减的北国大地上依然绵厚洁白，烟花爆竹啸响着窜上树梢楼头，发出一声接一声重浊的鸣响，把祥和喜庆的氛围弥漫在整个古城的上空。

老遇脸上的肌肉痉挛着，手中暗红色的烟头在昏黄的 25 瓦钨丝灯泡的光线下簌簌颤抖。他仰起头，双眼微闭，张开嘴，长长吐出一口气。看得出，他是极力在压抑自己，才没有让那痛苦的泪水夺眶而出 :

“这叫过的什么年呀！

“三十晚上，公安局把电话打到这边的公用电话，把我传了去。起先我不相信自己的耳朵，等 9 点半我们赶到现场才相信这一切都已无可怀疑。她妈一看就晕了过去，我站在铁道边一步都迈不动。唉，整个身子都没法看了，只是头部还保存完好,看上去竟没有一点儿痛苦的表情。这就是我的女儿！养到十六岁的女儿呀……”

泪水终于像漫过堤坝的洪水，一下奔涌出来。

4

大年三十下午 4 时许，十六岁的高一学生遇敏珠出现在北京城东南一段三百米的铁路弯道附近。这是她不止一次勘察过的地方。

她的一位女友事后恍然大悟地告诉人们——我说为什么秋天落叶的时候，本来说好去香山秋游，敏珠却偏要拉我陪她骑自行车沿铁路线转，还说是出来找写作文的素材。当走到她卧轨的那段弯道的时候，她竟然像领到了全是百分的成绩单那样看了又看，还说那是一块“风水宝地”。

铁路局的员工则把这里称为“死亡地段”。此段地处背静，又是弯道，两头有房舍、建筑物遮蔽，列车突然出现后，即便司机发现了意外情况紧急刹车，也已无能为力。据铁路局的人讲，截止到遇敏珠出事的那天，毙命于此路段的人，已达百名之巨。

起初，遇敏珠坐在一根折断倒地的水泥电线杆上，在一个本子上写了很久。一个搬道工曾看见过她，还以为她是美院的学生来写生。火车一列又一列从她面前驶过，当暮色完全笼罩了大地的时候，她才起身走上了路基，迈过排列均匀富有节奏感的道道枕石，一步一步走向鸣笛和传来隆隆震颤的方向，巨大的灯柱照亮了她的整个身姿，刺耳的刹车声撕心裂肺，钢轮与钢轨摩擦的尖啸，一直持续到弯道收尽之处。

一个十六岁的“花季”被碾碎了，一个再也没有耐心等待漫漫旅途未知的幸福手帕向她招动的倦行者，倒在了路边，青春的血肉染红了死神的轮子。

“现在细细回想起来，我女儿走上这一条路也是有其必然性的，事前不是一点征兆都没有。”老遇点燃一支香烟，右手托着下颌，一脸的痛苦与愧疚——

这孩子小时候是由她奶奶带起来的，她基本上没有得到过什么母爱。我跟我爱人长期感情不和，三天一小吵，五天一大吵，结婚至今，基本没有消停过。恶劣的家庭环境给这孩子心灵上投下了很重的阴影。我早就发现这孩子内心很灰。她妈干活是把好手儿，洗涮、做饭，都非常麻利，可是她性格粗暴，对孩子非打即骂，毫不关心别人的内心生活，也不知道该怎样去关心。

还是敏珠上初三的时候，有一次跟我要了几十块钱，想去买一双旅游鞋。她妈妈知道后劈头盖脸就把孩子打了一顿，我看不过去也抄起笤帚把她妈打了一顿。孩子大了，又是女孩子家，怎么能动不动就打呢？你还是教育工作者，小学教师，想想看，就这种素质，怎么教育学生？

我女儿懂事地把我给她的钱放回桌上，冷冷地说：“爸，别打她了，我以后再不跟您要钱了。”你知道，现在的中学生，哪个不喜欢赶点“时髦”？而敏珠却从来没有向家长提过什么过分的要求，衣着在她们班里怕是最简朴的了。她跟我们长到这么大，真没有吃过什么好的穿过什么好的。就这么让她去了，我这个做父亲的，对不起她……

你知道，我和她妈之所以走到一个屋顶下生活，是因为那时我刚刚经历了恋爱失败的打击，心灰意冷。她在这时给了我一些帮助，我就像捞了根救命稻草一样跟她结了婚。很快，我就发现我的人生走错了一步。女儿生下来了，我想到离婚，我父母坚决不同意，以后儿子又生下来。我曾经期待她能有所转变，结果落空了。你跟她产生不了理解和共同语言，就是在两性生活上都是如此，连一句夫妻间该说的像样儿的话都没有。对我怎么样，我都忍着，可你不应该那样对待孩子，连起码的温情都不给她。每一回我护着孩子，她都变本加厉地以更粗暴的方式对待女儿，使得我想关心孩子都不能，我不知道她这是一种什么心态。有一次，我们全家难得去颐和园玩了一天。在铜牛前，我给女儿照了一张相，孩子侧着头看了我一眼，她竟在一旁酸不溜丢地来一句:“嗬，够风流的啊！”唉，你听听，这叫什么话？那是……对我们的女儿说的！回家后，她让孩子煮饭，女儿嘟囔了一句，她兜头给了她一个耳光……

我插言：“你女儿内心深处非常渴望温情渴望爱，但她却一次次得到相反的东西。你也渴望爱和温情，你的妻子给予不了你，但你却可以通过婚外恋加以补偿。”关于老遇婚外恋的情况，我已有耳闻，只是未曾向他提及。这次脱口而出，自觉有些失言。

他并没有介意。女儿的死仿佛打碎了他日常的枷锁和伪装。他坦率地承认道:“有过那种事。我和那位女友保持了两年多的性关系。我爱人知道后，我们仍然保持了相当长时间的联系。我不在乎她怎么闹。但这件事却改变了我女儿对我的看法。以前，她有些心里话还愿意对我说，自从知道我有了另外的女人后，就不再和我说了。看我时，眸子里也总有一种幽怨的将要熄灭的光……

“她疏远了我。

“我这人多年来对自己的生活就非常悲观，在和孩子的谈话中，不自觉地就流露出来。离婚闹了几次都没离成。一看见孩子们眼泪汪汪地看着自己，心就软下来。再则，咱们好歹还是个知识分子，也不愿意闹得满城风雨，让人做茶余饭后的谈资。我这代人，上有老下有小，自己的生活乐趣没有了，却要为别人活着，连死的权利都没有。现在看来是我的厌世情绪，影响了我的女儿。

“近一年来她的学习越来越跟不上，我对她说，我不要求你考上大学，能坚持着毕业就行，以后找个工作，能养活自己就可以了。话虽这么说，可是我知道她心里是非常想上大学的。现在的青年人不上大学能有什么出路呢？

“后来我发现她在外面交了男朋友。我当然不赞成，想出面干涉，又怕激起事变。再一想，对一个整天生活都没有快乐和光亮的女孩子来说，这也许是她精神的唯一出口，于是就睁一只眼闭一只眼。这小伙子是个邮局的工人，看着挺老实，不过，文化知识方面好像不怎么行。我跟他明讲，一般交朋友我并不反对，但敏珠现在岁数还小，正处在求学阶段，所以我的意见是，第一，不要影响她学习；第二，等她长大些你们再进入恋爱那一层。

“常言说‘心比天高，命比纸薄’，我女儿正属于这种人。经过观察，我感觉她的这个男朋友满足不了她的精神需要，令她失望和痛苦。有几次我女儿跟小伙子约会回来后，情绪很不好。我看在眼里，也不敢多问。

“这孩子平常少言寡语，性格内向，把自己埋得很深很深，要接近她的内心太难了。但现在看来，她心思的蛛丝马迹也还是透露出来过。

“昨天，敏珠的老师来家里看我，她告诉我：敏珠初中升高中的考试成绩还是不错的，居中上水平，但高中第一学期其中考试以后，她学习开始显得吃力，特别是数学、物理两门课程，成绩明显下降。我想这可能有两个原因，一是家庭气氛的窒息影响了她学习的积极性和主动性，二来就是她学习方法比较死，没有能适应高中课程所要求的思维方式的转变。但她生性敏感，极好面子，很少向老师和同学请教。

“有一次敏珠非常困惑地问老师：‘老师，我每天好像都在垂死挣扎。我们现在这样拼死拼活地学习做功课，究竟是为什么？’

“老师开导地：‘为了你自己，为了你自己将来的前途。’

“她‘哼’了一声：‘老师，前途也许属于别人，但不属于我。’

“老师有些生气，说：‘遇敏珠，我希望我这是第一次也是最后一次听你说这种消极话。再这样消极下去，倒霉的不会是别人，只能是你自己。’

“也难怪老师生气，他们辛辛苦苦，殚精竭虑，教出的学生如果是这样一种精神状态，那么老师的工作还有什么意义呢？

“没想到敏珠换了一副极其超然的口吻对老师说：‘老师，假如明天我离开了这个世界，那么，还有什么倒霉的车头能够撞到我的身上呢？’

“敏珠出事后，老师很自责，觉得当时应该和孩子好好谈谈。其实，类似的情绪孩子也向我流露过，不是也没有引起我的足够重视吗？

“她说过:‘真够了’，‘人生就是苦海，有什么意思？’她还说:‘人本质就是恶，恶的世界不值得留恋。’有两次她妈从她的抽屉里翻出了安眠药瓶。她妈没有声张，偷着扔了。为这个，我严肃地跟她谈过，恳求她不要干糊涂事。她向我保证不再弄这个东西了。

“出事前两天，无意中听她们班一个女生讲起我女儿曾跟她们几个同学探讨怎么死最无痛苦,最无可能被救活。我感到事情严重。可又不敢直截了当跟她谈这事，怕那样做反倒会加速了她行动。我到邮局找到她的男朋友,问他们之间发生了什么。那小伙子说没有发生什么事。我请他抓紧时间跟我女儿谈谈，开导开导她。

“我绞尽脑汁考虑怎么样才能成功地跟她长谈一次。但赶上社里杂事多回家晚，人事纠纷搞得我心绪烦乱。就想，过几天要过年了，利用假日好好谈，谈透彻。谁知道这孩子都没等到过年……”

说到这里，这位身心交瘁的中年男子，痛悔地用拳头捶打着已见丝丝白发的头颅，泪水洒落在不知他什么时候拿出的一个血迹斑斑的白皮日记本上。

本子边缘斜露出一角照片。我轻轻抽出拿至眼前，这是他女儿生前的一张彩照。

照片的背景是凄凉的铁道和路基，这大约就是她自选的自杀路段。她身体侧对着镜头的方向，穿一件绛色的短风衣，留着齐颈的短发，额前有齐齐的刘海。一张瓜子形脸微微扬起，阴郁的眼睛里，隐约流露出某种眷恋和激情。她的一只手向上抬着停在半空，像刚刚捋完被风吹乱的头发，又像是伸向前方企盼着什么。那丰润的少女之唇微微开启，似乎有千言万语要向父母、向师友、向人们倾吐……

5

这次随同高谋功的老遇家之行，给了我强烈的震动和刺激，久久难以释怀。那个迎头走向疾驶的火车头的高一女生的影像，在我眼前一度挥之不去。直到为了忘却的目的，我将她写进一篇纪事，她才如远逝的列车，消失于我的当前视野，不再扰攘我的心神。可是当时我竟然顾不上去解析：为什么这个女生之死，会在我心间激起那么大的波澜？

一直到我觉得非把这个人的事讲给陈奇娅听不可时，我才充分注意到，她和小娅几乎同龄，同样是花季之恋，都是读高中的女生，生活在同一座城市，面临着近似的人生课题。

在眼下这个非常时期，我对这一年龄段的女孩子的际遇，格外地易感。就连远在中东的巴勒斯坦女学生集体中毒事件，都令我心潮汹涌，关切不已，提笔成诗。这当中流荡贯注的情感，当然和陈奇娅密切相关。

"完了，就这些？"陈奇娅出于礼貌看着我，眼波平静而迷蒙。"你为什么要告诉我这个？跟我有什么联系吗？"

"没有，当然没联系。给你讲一段故事，心想你可能爱听，仅此而已。"

"得了吧你，还不老实招来？我说过我是你肚子里的虫儿，你心里琢磨什么，别想我不知道。你是不是又在疑神疑鬼啦？你说实话。你说，你说。你要是不说我可走啦？"

见她如此单刀直入，我索性不再支吾，道："还能有什么？不就是怕你心理压力太大，嘣一声弦断了。"

哈哈哈哈哈哈……她爆发出一阵畅笑："我？我是谁呀？哈哈哈哈……你把我想成什么人了？风马牛不相及。"

笑完后，她的眼眶突然湿润，泪光盈盈地望我。

"我心里好苦。"

她以极低极细的声音喃喃。

第三十三章　意　外

1

陈奇娅对我的感情，因为被她撞见了我和谷溪莼在一起，而发生了微妙的也许是强烈的变化。事情起因于我帮谷溪莼运行李。

这次意外遭遇，假如不是天意毁我，也是命里该着。对此，我难以找到任何抱怨的理由，却永远对此迷惑不解。这种撞见，在概率上来说连十万分之一的几率都不存在，却偏偏让我赶上了。要是早一个小时能知道会如此，我宁可扛着行李步行，而不去乘公交车。或者假如邮递员玩忽一次职守，而投丢了谷溪莼写给我的求援信，那该有多好。

正是换季节的时候，谷溪莼来信说，她准备把宿舍里的被褥拿回家拆洗，她一个人扛不动，求我去服一次“劳役”。她信中的“劳役”一词使用了引号，算是玩儿一回小幽默。她一向缺少幽默细胞，大概是因为用人的缘故，才灵感忽至来这么一下。

这天我应约前往。我帮谷溪莼叠卷好秋冬春用了三季的被褥，捆成一个大行李，帮她拎出校园，登上公共汽车。

车上的乘客不多，可是座位都坐满了，我将包着塑料布的行李放下，与谷溪莼站着说话。汽车像平常一样出站进站，没有任何异常和悬念。

车行至西直门站停靠，开门放人上车。突然我眼前映视出幻影：陈奇娅和赵海湄说说笑笑着蹬上车来。只两步的光景，她们便到达我跟前，一抬头，俩人同时发现了我，同时发出惊喜的叫声和随之而来的笑声。又随即她们的笑容都停困在脸上，眼露惊疑之色。

她们的目光都凝定在我身旁的谷溪莼身上，接下来才眼珠骨碌碌转着打量陌生的女子，售票员喊了两声“买票”她们都没听见。

空气瞬间静默，世界无声滑行。我的头脑一片空白，身体坠入南极的冰缝，下坠，下坠，深不见底，寒气嗖嗖。

“见鬼，是你们？”

从冰缝深处传出奇怪生疏的声音。

“真会是你？这真是太巧了。”

陈奇娅的声音如绿色信号弹划过夜空，她的脸上还是现出诡异的笑容。

“你们这是打哪儿来呀？”

“你们”，她说“你们”。

啊，世界上最糟糕的情况发生了，月球一碎八瓣朝我头上砸来。你得说话，你得恢复反应，你得挣扎一跳，逃脱险境。这时我恨不得脚下有个裂缝能让我钻下去，能钻出车底盘，钻到车轱辘底下也好。完了，我上天无路入地无门。这时我多么希望谷溪莼和我灵犀一通，佯装不认识我，或者事先就站得离我远一些，使她们注意不到。可是谷溪莼刚还同我说话，此刻正面带微笑地望着认识我的小女生。她此时不便搭言，但对跟我说话的女孩儿心怀善意和猜想。

我的知觉瞬间复苏，连遮带掩地慌忙为她们打车票。只听海湄轻笑一声道：“这下可好，连车票都有人替我们俩买了。”又听见陈奇娅说：“我刚还和海湄说来着，今天咱们准碰上熟人，原来是你。”

我的心忽一下提到嗓子眼儿，心惊道，这孩子简直是女巫式的直觉，简直不可思议。这时一个声音在我脑壁间回荡：没做对不起她的事，你慌什么？又一个声音说：什么叫跳进黄河洗不清？现在就是，你现在就是长八百张嘴，也对她说不清了。

可是这时我居然感觉到自己脸上的肌肉在笑了，笑得有点突突跳。

“啊，你们这是干什么去了，不好好做作业？”

我又听见了陈奇娅的银铃似的笑声：“我们到这边儿的成文厚买东西，急等着用的，别的地方买不着。”

“啊，是这样，我……朋友，帮朋友运行李……拆洗……”

“这世界真是太小了。”又是陈奇娅清脆悦耳的声音。

突然见她们朝自己扬臂，挥手，转身，下车。

“我们到了，你们接着坐吧……”又是陈奇娅的声音。

“奔滔回头见。”海湄柔声说。

2

她们一下车我便一迭声地自语：“干了，干了。”

“怎么了？”谷溪莼高挑眉梢不解其意。

“干了干了，这背字走的。”我连连哀叹，“没事没事，你挡着点行李，别让人踩了。”这天是怎么进的谷溪莼家，又是怎么出来的，我浑然不觉，只是觉得天地混沌。

再次见到陈奇娅的时候，她不来深究我，只说了句：“那女的人看着挺好的。”

我说：“你知道她是谁吗？”

她说：“嗐，没准又是哪个热心人给你介绍的对象。让见就见两次呗，不足挂齿。你是我煮熟的鸭子——飞不了。”

我原原本本说明那天的情况，告诉她那人是谷溪莼，她顿时哑默，一言不发。

我观察到多次了，通常她一言不发的时候，便是她有一肚子话的时候，并且已然是险象环生。

我理直气壮地在一旁申白："没做亏心事，半夜敲门心不惊。"

那天我试图用一句歇后语"老太太吃蚕豆——闷了"逗她笑，却毫无效果。

为这事，我专门跑到海湄家细述原委，先争取她的理解。海湄听罢我的叙述，莞尔一笑："我会去同小娅讲，解铃还得系铃人，这事挺棘手的。"

为了宽慰我，她从家里出来陪我走出很远。她的温善的声气，温婉的目光，给予我别一种美好伴绕。

接下来的变故，改变了我们业已形成的常态，宣告我们四人集体的漫步史落下帷幕。造成这一改变的原因有两个。外部的原因，是奇娅、海湄她们年级先后取消了星期二、星期四下午的自由活动时间，而改回到上课，她们出不来了。内部的原因，则主要是陈奇娅的沉郁不抒的状态，败坏了大家聚会的气氛，难以归复到先前的热烈愉悦，时间一长，便觉扫兴。于是，由我、谢径、陈奇娅、赵海湄共同坚持达数月之久的这项曾经醉人心脾的集体活动，戛然中止。

作为替代的形式，是我们继续保持着个人之间的交往。会面的时间，有时在晚上，有时候是中午。

3

在本年度春末夏初的这段时间，我平生第一次有文稿变成了铅字，而且是发表在当时最有影响的报纸副刊上，位置抢眼，加了花边。随后，托李傲寒转交的我的诗作，也在他们期刊的文艺版上刊出，还配了艺术味浓浓的插图。

这两件事都带给我喜悦和鼓舞。我将这一报一刊都各送了一份给陈奇娅。她伸手接过去，眼波闪出喜色，嘴里没说什么。

我是带着报送成果的心情给她这两样东西的。我的潜台词是：看到没有，我不吹牛吧？你看我是不是挺有希望走文学这条路的？我相信我是不会辱没你的。

很快的，我发现我又犯了幼稚病。这是初次发表作品的人通常爱犯的毛病，当事人的现实感，这时总不及周围的旁观者。旁观的人看到的事实是，你虽然发表了东西，但你不是专业的，你该干什么还得干什么，该在哪儿上班还得在哪儿上班。例如谭正军见到我时就说："你的文章写得不错。你出了名我脸上也有光，一提起来你是我手下的，也给我提份，水涨船高嘛。"

对这一类话是不可以当真的，只可看做一时之谈。过了些日子他看你没有什么起色，依旧得在那里务工，他便知道犯不着对你另眼相看了，该怎么支使你还怎么支使你。

至于陈奇娅，我想她首先还是为我高兴的，不过她一定清楚一个业余作者脚下的路有多么漫长。即便是她有所盲目乐观，她的精明过人的父亲陈昌明，也会毫不留情地向她指明真相。

几乎所有的中国人都不相信期许中的有待实现的事物，而只相信眼前看到的东西。中国人的现实感，往往是跟短视捆绑在一起的，所以理想主义在这里没有土壤，也生长不出像样的浪漫主义。所以这里的人对待人才的态度，一向都是前倨而后恭，更不懂得发现保护天才。

中国人历来只敬重那些已有定评的不可撼动的出名人物，而对于处在萌芽状态中的天才，他们则持成者王侯败者贼的观点，甚至对其不怀好意。这是属于中国特色的世态炎凉的一部分。

可是万佩泽却从我发表习作这件事上，看到了可利用价值，这也就是小进说的，他这种人插上毛儿比猴儿还精，只要是有一点小缝儿，他就能撕开个口子钻进去。他在办公室读到了我的文章，随即便将他自己写的一篇杂文亲自交到我手上，要我拿给那家大报的编辑去发表。我二话没说便转了过去。

他这篇稿子的文字相当不错，中心是讲官僚机构臃肿，人浮于事的。他在文章开头引用柳宗元的寓言体短文，然后引用在当时非常著名的《帕金森定律》的观点，再转入对当前问题的揭示。我觉得他行文讲究起承转合，文字的分寸感很好，达到了发表水平。可是副刊的老编辑阅后却将这篇稿子毙了。他轻轻将稿子丢在茶几上，随口评论道：

“这样内容的稿子我们发过很多了，他的写法很俗套，没什么新意，你退还给他。”

我争辩道：“同样的问题，讲得好讲得透，读者也还是要看的。”

老编辑不以为然：“当编辑的成天看稿子，愿意看到有新意的东西。你的那篇文章是从生活中发现问题的，说出了旁人没有说出的话，所以我才给你发。你转告这位作者，他完全可以直截了当地从生活入手抓现象。像他这样东摘西引的，不是最好的写法。”

气氛僵凝了片刻，这事也就说到此为止了。我想我该做的都做了，尽了力所能及的。

事情并不像佩泽事先想的那么容易，他觉得只要我把他的稿子呈给编辑看，发表就不成问题，如今结果却是这样，一定有伤他的自尊心。

不得已，我把老编辑的话转达给他。他听后皱了皱眉，接过退稿装起来，淡淡说了句：“他没有看懂。”

我安慰他：“写了新的，我再给你转。”

他说：“这是我以前的一篇旧作，我只是投石问路。”

但是自此，他没有再托我给他转稿子，我猜他可能是怕再碰钉子。由此可见，他的自尊心不是一般地强。给我的印象是，他虽然推崇政治实用主义，可是他的个性往往妨碍他厚脸皮。

我唯恐他属曹操的疑心重，疑心我没将他的稿子送达，便强调了我亲自送稿子的细节，特别说明是亲自去了老编辑的家。他说："你肯定是为我尽力了，那编辑的话一听就是真的，编是编不出来的。"

明明稿子是别人毙的，可是没给朋友办成事的歉意，却让我别扭了好一阵。

万佩泽在将他这篇稿子托付给我的时候，特别说明这是为他的仕途计划服务的一个步骤。他在文稿的底下注明作者的工作单位。他说文章发出来，陈某某就会看到，就会注意到他，就会知道市政府里还有这么个人才……底下的话自然是"发现人才，重用人才"。他省略了，觉得我足以意会。

出师不利，我挺为他惋惜。

4

"一日不见，如隔三秋"这句话，不是讲普通的朋友，首先是讲情人。尽管我和陈奇娅的关系上阴翳笼罩，但面还是要见的。由于陈奇娅的自我抑制，这种见面有时候给弄得别别扭扭。自从中止了我们四人组的午间散步，我开始饱尝相思之苦，我想她也不例外。区别只在于，我没她那么多精神枷锁。

这些看起来并不曼妙的会面，主要集中在1982年春末夏初这段时间，随着时光的迁移，它们已不具备实质性意义，可是对于记忆而言，却是涂抹不掉的。它们是钢笔画而非铅笔画，因此用橡皮擦不掉。

情景之一：

在去往一座礼堂的小街上，我们如约见面并西行。我们走到了那座礼堂，并且转上大街。在这条大街上我们闲逛了一个小时。在外人看起来，这就是一对情侣，可是我们彼此都有难言之隐，难以再找回先前的欢愉。

这天下午是一个阴天，她是利用自习课的时间，跑出来见我的，她的书包留在教室里。

我在信中对那次会面评价很低，说她那天闪闪烁烁，很虚。我几乎以为认错了人。其实，那次会面的不融洽，我也有责任，假如那天下午我不问她些关于我俩的终极关系的话，而只听她聊些琐事，也许她就不至于紧张，不至于闪烁其词，而败坏了聚首的气氛。

那次她再次呈现退缩的态势，我太想知道她心里的真实想法了。

情景之二：

还是穿皮夹克的时候，有一天我想她想得厉害，到了不见上一面就过不去的程度，于是大中午的，我骑车去了她学校。

我进入校园时，还没下第四堂课。我知道她上课的教学楼，却不知道她在几层几室。我在高中教学区一带转悠，挨个从后门窗户往里看，却始终没有找见熟悉的背影。最后无奈之下我退回到楼外空地上，等候下课的铃声。最后我还是鼓起勇气招呼一位下了课的女生，央她去帮我喊陈奇娅。

工夫不大，陈奇娅骑着她的小自行车出来。她板着脸孔，目光紧张，东张西望。见她望见了我，我骑上车往大街走，她跟随在后。

我停在一条斜街的马路边。她气喘吁吁赶上来，开口问我出了什么急事？我说没出什么事，就是想看见你。她埋怨我事先没来封信，又埋怨我不该挑中午时间跑来。她说："你也太任性了，怎么就管不住自己的腿，这下在同学中全传开了，就差用大喇叭广播了。你怎么就这么不考虑影响，还老说别人不成熟。"

我身上热得直冒汗，顺手拉开外衣的拉锁。"你把衣服拉好，看像什么样子？"她说话的口气神态，全然像老婆呲搭男人。

"我热，这怎么了？"我当即抗辩。

"让你拉上你就拉上，什么怎么了。"她语气越发地像个正宗的人妻。

我笑她："哟，干吗呀，跟小大人似的，你还没成我老婆呢。"

她两眼瞪圆："严肃点，没跟你开玩笑。别嬉皮笑脸的。"她申斥道，"你说你，我以为出了什么大事呢，急得我扒拉两口饭就跑，肚子里岔了气儿，一阵儿一阵儿疼。你往后别干先斩后奏的事了，我真拿你没办法。你是不是还饿着肚子？"

这次见面，虽说她态度生硬严肃了些，可我还是挺高兴的，我觉得她跟我那样，是种人熟不讲理的表现，也暗示出她的角色心理。

情景之三：

周末傍晚我去看她，一直送她到公主坟。我们一路上边骑车边说话，一到公主坟她便不让我继续送了。我目送她的背影融入夜幕。

我怕前方路黑，本欲再送她几步的，可她一句话便让我止了步，她说："要再送，我就不理你了。"

我忌讳她说这种话，即刻记起了她的另一句话："我们俩当然铁了。"我心道：这叫铁呀，动不动以不理相威胁？我倒憋一口气，不再提一个"送"字。

自此我长了记性，无论天多晚，我只送她到这里。有一次她竟来埋怨我，说："你把我撂到公主坟就不管了，也不怕我在后面的路上让人劫了？"

我瞅她两眼没说什么，心里话：因为什么你清楚，却来倒打一耙。

情景之四：

时间是穿夹衣的时候，我如约在学校附近等她。那天我穿了件浅咖啡色的新上衣，她穿了件月白色的上衣，脚上还是那双丁字皮鞋。这次我们一直走到长安街上。走过一座桥，空中忽然掉雨点，随即越下越紧。我二人快步行至一地铁站外，立在房檐下避雨。房檐下大约躲了十几个行人。

雨越下越紧越下越大，开始斜潲。我把她护在背后，自己的衣服、鞋潲湿大半。雨最紧的时间持续了半小时。在降水过程中，西半边天一直晴光照耀。我心里丝毫不怨天公不作美，反而怨它下得时间太短。在雨忽然变小，雨丝丝金光闪闪之际，我们站得离人堆远一点，说悄悄话。

她说："上星期天，我和我妈去洗澡，我妈跟我说了好些家里的事。她说我爸因为家里有亲戚在海外，一直不受重用，心里窝了口气，他的肝病就是这么落下的。听我妈妈说，按理我爸爸应该是团级，可他好几次都没提上去，老有人压他，他为此一直耿耿于怀。我真没想到我爸是个功名心这么重的人，我一下从心里就瞧不起他了。我把我的看法讲给我妈，我妈说，你可不能这样，你爸对你那么好，你不能伤他的心。我说没办法不那么想。”

我说：“你妈还挺维护你爸。你爸跟她离心离德，她知不知道？”

她说：“她可能知道，也可能不知道。我妈是个粗线条的人，胸无城府，得过且过，她可能根本没有觉察到什么。”

我说：“你今天怎么忽然有批判精神了？是哪根筋活动了？”

她说：“我也是从这个事开始想的，以前我一直崇拜他，现在再也崇拜不起来了。我觉得他灵魂挺庸俗的。你以前对他的分析，看来是挺对的。”

我在内心为她精神成长而高兴，为她跟自己说这么多贴心话而高兴，为天降这场金光骤雨而高兴。

情景之五：

入夏，海湄、谢径、我、陈奇娅和刚回到北京的梁珊瑚，相约去游圆明园。临去的前一天，奇娅忽然变卦，来信说她不去了，要我转告其他几位。

对此我十分恼火，写信谴责她出尔反尔。令我真正难过的，是无法如期见到她。

她没有回应我的谴责，此事不了了之。

第三十四章　落　水

1

这个夏季的前半期，我为自己的爱情而斗争，在心事浩茫与浑茫中度日。上班干活出出力，似乎对心理压力有所转移。这日，我正在库房组外屋与老石、闵鑫闲说话，忽听外面喊有人找我。

来找我的人是机关科的班承志。小伙子热诚好学，我前脚出机关科，他后脚进。他生得一张大桃核脸，上宽下窄，从脑门宽起，直至腮部收窄，脸蛋有点肉，点缀着几粒壮疙瘩，双眼皮大眼睛，宽肩，一米七三的个头，是一副正派青年的样儿。这天他穿的是跨篮背心和短裤。

平常他和我是半熟脸儿，偶尔走对头了说几句话，没有深谈过。风传他同白玉搞对象，我更不便与之过话，所以一见他专程跑来找我，我大感匪夷所思，迷惑不解。

我请他进屋他不进，说要在院子里和我单独谈。我跟老石打了招呼，便同班承志在院儿里找石头坐下，就着一棵老泡桐树的阴凉，我听他长谈起来。

他开宗明义，上来就说要跟我核实一些有关白玉的事。我骇然起身，说无可奉告。他急红了脸，说我也有事要告诉你。我说那是你们的事，我没有义务知道。他说我现在跟她吹了，有很多的疑点，需要你的帮助。我说我告诉你小班，吹了你更不该跟我说她，这很不好。他说我觉得你对她的了解很局限，很浮浅，还被她蒙在鼓里，难道你不应该弄清真相吗？我找过苗净了，苗净是她的同学，以前跟她一起玩。苗净揭了她的老底，难道你也不想听？她从前不叫白玉叫白春丽，她告诉过你吗？她做人工流产不是在高中而是在初中，你知道吗？这些事你都不知道，为什么要像个鸵鸟一样将头埋进沙子里呢？我今天来找你，就是抱着开诚布公的目的，想跟你实实在在地交流的，你不应该将我拒之门外。

苗净？我知道苗净，白玉曾跟我提起过她。白玉口中的苗净早年放荡，先后堕过四次胎。白玉参加工作后，曾在路上遇见过她，与之做过神秘的交谈。

最初听到白玉勾上小班的消息时，我暗中撇嘴，心道，又一个傻小子上套了，她又会故伎重演。姜太公钓鱼——愿者上钩。不过我还想，这白玉多多少少会接受点教训吧，这一次她肯定会把自己埋得比较深，日后够这小班喝一壶的，且慢慢看吧。

又想，这女人在物色男人上，确乎有点眼光，机关科就剩这么一个像点样儿的小伙子，就让她给贼上了，还真不可小瞧了她。谁知，殷鉴不远，她又翻车了。这次翻得也还是太早了点。经过这一程子，这小班必有一番见闻，且听他说说吧，反正现在有空儿。

口里说着不要听他们的事，那不过是站在道义的立场，其实在内心深处，我没能抹净白玉，还是对她留存着一份关切，至少希望她向好而不是向坏。

我重新坐回石头上，洗耳恭听。

2

以下是我当天晚间记下的备忘录（有所删节）——

1981 年 8 月，我和白玉一起去承德玩了三天，那时我们认识已经有三个月了。

到达承德的第二天，我们一起爬山，累了坐下来休息，她爬到我的身上，情绪波动很大，温柔，浑身抽动。她死死地趴在我的身上，突然一下松懈下来。她起来后重新坐下，一副挺累的样子。

我问 :“完了？”

“什么完了？”她一乐，稍微有一点脸红。

当时我认为我们认识已经三个月，她挺相信我的，要不然不会单独跟我外出。事后，星期三在她家，我对她讲 :“要不是我，换别人就出事了。”

她说 :“不会一次就什么吧？”

不过她还是承认，我理智一点还是对的。

那一次她没有在我身上动手，就那么干压了一阵子。

1981 年 6 月份，她跟我吹了一次，是她写信先吹的。我没有哄她，她一到家就赌气，哄也不言语。

第二天我上班看见她在中途的车站等着呢，我下意识地下车，她递交给我一封信。信里说她受不了我的气，谢谢我对她的帮助，她不愿意和我再发展下去了。

那时我没有把她想得特别坏，也没想到别的方面。

我马上回了她一封信，从我的角度，一个人称都没用。这时我对她还只有一种隐隐约约的感觉，还不清楚她是怎么回事。我信上说 :“你在我这里失去了贞洁，一旦跟我吹了再跟别人，就算失了身了，这样对你很不利。”

其实她对跟男人吹这种事，根本无所谓，不在乎。平常一闹矛盾她就嚷 :“不行就算了。”要不就是 :“现在算就算了，吹灯拔蜡。”

我说 :“我跟你吹很容易，一身轻就走了，可你以后怎么办呢？我是为你的将来考虑。我不愿意对不起你。”

就这样，那次没吹成。她爸爸看她女儿和我这么吹吹谈谈的，也觉得挺不像话，为我们的前景担忧。

我们俩好上以后把钱合了，她开始经手存钱。这事她一提我就答应了，她还挑理：“我不说，你为什么不说呀？”其实我是想留点后手。

存钱期间，在买零食上板了她一点，每天比原来减少了一半花销。她没钱了就管我要。她花钱行，我一动，她就急。反过来她还说我：“我觉得你老跟我客气，钱是咱俩人的，也不能光让我一个人花。”

这些钱存到去年展销会，她要买东西。我帮她挑了一双牛皮鞋，她直说贵不贵？我说把你打扮得漂亮一点。她又看上了一件登山服，桃红色的。这样一花，我们存的钱就都出去了。我爸爸从索马里回来，带回两块女坤表，样子特别好，给她一块，给我弟的女朋友艾真一块，每块表约合人民币270块钱。她戴上以后挺高兴，却说：“这不值多少钱。”我弟弟说：“这人就是不知足。”

平时她装得挺不俗气，言语间对物质挺不感兴趣，原来都是假象。

平时她爱套人话，她想知道艾真的表是不是比她的好，便去套我弟弟。被我知道后，她先是急，然后不承认。

她背后说些艾真的不是，目的是表明她好，她老爱表白：“我这人挺直的，心眼儿好，有什么说什么，没心计。不像有些人那样，表面上装。”

我心想，有些东西不是靠你讲出来，你说的跟你做的不一样……她这人有一个特点，真正急了，什么词也没有，来浑的。一个是死不承认，一个是说“你别废话”、“废话”。一到没话可说的时候，她就这两句。

6月以后她说：“咱们好了这么长时间还没有一次，哪天有时间，咱们正式来一次。”

我说：“那得在结婚以后。”她说：“太晚了。”我说：“或者快结婚以前。”

星期三她休息，那天我没上班，去了她家。第一次她装疼，没弄成。第二次又装疼。她说：“老这么疼，以后怎么办？哪天，你就一下子，别管我。”

这种事开了头，就多起来，每次我都戴避孕套过去，她有时反对我戴，说那不是真的。我问她：“疼不疼？”她说：“特别疼，干裂似的。”她把从前的感觉说到现在来了。第一次进去时她做出忍痛的样子。我见她没流血，她赶紧说：“上中学时不知道是怎么一活动就给弄破了。白天待得好好的，突然流了好多血。”

她说：“结婚以后一天一次，我特别想。你不让怎么办呢？只要你想，我为你也满足你。可是现在怎么办？”我说：“根据条件来定。”她说：“我怎么老那么想呀？你怎么不想呀？一般都是男的提出，你怎么不跟我说呀？你以后跟我说吧。”

我说：“不想不可能，但人总有个理智，老那样儿对你身体不好。”

她说：“每回都是我说，下次你说。”

每次她跟我刚打完架，一好就又要那样，本来说好要控制住，但还是控制不住。为这她急过好几回。有一次她急得特别厉害，说站着放到颈口就可以。我说不行。她都快急疯了。

我试图跟她谈谈，我说：“照这样，以后结了婚你怎么办？”

她说：“以后结了婚就不这样了。”又说，“你这样为我想，你还是挺好的。”

类似的事有好几回，在没有措施的情况下，她就敢要求。都知道安全期不安全，她却说没事。

她老让我星期三请假，我借口说工作忙，会扣奖金。她经常问我这样的话："我是不是跟别人不一样？"我说："你可能就算比较热衷于这个的。"

她担心我以后不能每天满足她，这成了她的心病。进而她问我："我要是跟别人这样，你不生气？"

我说："生气是生气，我还会觉得你可怜呢。"

她问："那你抛弃我吗？"我说："不会的。"

"你相信我会和别人干那个吗？"她多次问我这种话。我不做明确的表示，点头、摇头，一笑。有时她会死追问个不停："你是相信，还是不相信？"

我敷衍："相信，相信。"

我当时有一种敏感，但没证据。

她就是这样，弄不成就急，什么事也干不了，学什么也学不下去。可怪，完了事她倒行了。她颠来倒去经常就这两句话："老想。想一天要一次。"完了，她还想弄，二十分钟还想弄。我分析：一、她可能有这个毛病，以前和刘鸣在一起时落下的。二、生理上特别迫切，正像她自己说的那样："一般都是男的提出，我比你高多少倍。"

我也看出她随时可能跟我吹，也觉得和她的关系不稳固。尽管她一再说不会的不会的，我都没有相信她，留了一点后手。

她说她不会跟我吹的原因是她离不了男人。我说："要是我几个月出差在外，你不行了，就该去找别人了。"

"不会的。"她说。又假装害怕地试探我，"可以吗？"

过后她又安抚我，说想起昨天谈的问题她就恶心，女人不能看见男人就走不动道。反过来她套我的话："你会不会跟别的女人？"

我说："不会的，别人我还嫌脏呢，只跟你。"

我在《世界图书》上发表了几篇文章，她却说："别学习了，玩儿吧。"

我们一起出门上街，她的眼睛不老实。她近视眼，但扫人挺快。跟刘鸣混的时候，她还搞过好几个男的，在车上搞的，交马路朋友。一次她和别的男人去工人俱乐部看节目，刘鸣去堵她，她妈正好也去，都堵了她个正着。

苗净从小学就跟她在一起。苗净会画画，还爱看点文学书，对以前的生活有认识。她现在找了个规矩的男朋友，想正正规规过日子。她因为以前刮宫太多，已经不能生育。她说如果现在的男友不计较这个，她就嫁给他。

苗净说白玉什么也干不下去，她还是希望她干点正经事。苗净跟她明讲："把你的过去告诉他，他会原谅你的。"白玉说："我不讲。"

苗净说："你不讲，就是不想改。"苗净为她惋惜，说，"她应该悔改。"

苗净说："白玉没长性，还不近人情，什么都没满足的时候。她当初跟刘鸣混时，让刘干什么，他干什么。她忽然想喝酸奶，刘鸣就得去西单买。刘鸣不会放过她的，就因为她，刘鸣才被判的刑，进了大兴县天堂河劳改农场。”

苗净说：“白玉是从小家里惯的，那么惯，不惯坏就奇怪了。”

苗净说：“她妈特坏，为人苛刻，挺浑的，为孩子可以和别人翻脸。她爸没能耐管教孩子。”

刚认识大概两天，在天坛公园，她就说：“我最不喜欢小孩儿。”

我说：“我也不喜欢，影响干事。”

她说：“那咱别要小孩儿了。我发现咱俩在好多事上，想得都一样。”

第三次约会，她试探问我：“你想不想要小孩儿？”

我说：“也不会带，可没有自己的小孩儿怪什么的……”

“还得过生的那一关。”她说。

第四次约会，她问我：“咱们是不是发展得太快了？你觉得快不快？”

我说：“快有什么不好？”

那时我们大部分时间在天坛、陶然亭约会。她动手挺熟练的，什么都敢。我怕别人看见，她无所谓。到第六次见面她就说：“咱们要小孩吧，现在就要一个吧。”稍停，她缓和了一下语气：“黏液特多特快，我老得换裤衩。”

从那时起她就老问：“你想吗？你想吗？”

“顾不过来，事儿多，也累。”我说。

“明儿以后我不气你了。”……

【备忘录记到此处中断。】

3

那天晚间，没能记完上面的那篇备忘录，我便上床入睡，没有像往常那样思前想后过电影。我觉得已经不值得我再去多想她了。我之所以要记下班承志的谈话，也仅仅是用于备忘，便于日后记得这世界上有这么一个人，这么一个女性，记得和自己同时代的女性当中，有这么一种类型。深究她，已经不是自己的事。谁爱跟她搅和，就让他搅和去吧，反正自己是成功逃脱了。

若干天后，我再次见到班承志，他兴冲冲地朝我扬手，兴冲冲地告诉我他和白玉彻底拜拜了。他的脸上抑制不住地放出笑容。他说：“我总的感觉是解放啦。一场噩梦结束啦。”

他脸上绽放出的笑容，是获得解放后的人才有的笑容。

他告诉我，他特意星期三请了假在白玉家楼外蹲守。“头一天我对她说我上班，不来她家。上午 9 点半，我果然看见一个男人进了她家。

“我有她家的钥匙，我突然袭击冲进去，逮了个正着。她立时就傻了眼。

“你猜跟她上床的那男的是谁？就是你说的那个人，他们部门的于天合，那个大个儿。

"白玉招认，跟她一块干活一块坐车上下班的小蔡，也跟她有一腿。她在几个男人之间轮睡。我叫她蒙得太惨了。你出的主意高，真高。开始我还将信将疑。真是猫走百里要上房，狗行千里要吃屎。她再也没话好讲。"

长谈那天，小班说出他的猜测，说他隐约觉得白玉在跟他搞对象的同时，还在勾搭别的男人。他的话使我联想起，当初也是在一个星期三，我忽然有事去白玉家，刚好看见先到一步的于天合正在她家楼门前锁车。他锁好车就上了楼。

那时我没往别处多想，只当是于天合因为工作上的事到家来找她。我在楼下逗留了片刻，不见于下来，觉得这时撞见他们部门的人不好，便骑车离去。

因为没往旁处想，我对这一幕也就没走脑子，忽略了过去，连问都没向她问起过。到如今听班承志一说，我心头豁然一亮，才建议他去蹲守捉奸。起初我也有点二乎，不敢十分确定，不想却如此的精准。可见这两个男女之间的性供应，开始得多且早，保持的时间很长。

我说："于天合平时看着挺正人君子的，在他们部门像个大师兄似的，逢人便关照，没想到暗地里干这个。白玉压根儿就没把他划入搞对象的人选，你说他图什么？"

小班骂："这个烂货，当初还在我面前假装处女，我真是瞎了眼。她跟小蔡的奸情，是我偶然探得的。有一天，她妈给她班上打电话，同事说她今天休息，她妈挺纳闷，说她说上库房了呀。她妈又给我打电话，我才意识到她有背人的活动。她口口声声说要和我结婚，却这么肆无忌惮地给我戴绿帽子，是可忍，孰不可忍！"

我说："我猜白玉将男人划分为两种，一种是纯粹的性工具，一种是既可作为性工具，又可视为婚姻对象的。这两种人她全需要。"

我祝贺小班及早逃脱魔爪，重获新生。他先笑，然后表情苦涩得差点垂泪，道："我损失掉的感情到哪儿去追回呀？我在她身上投入得太多了。"

我心里话，白玉这人是不适合进入一夫一妻婚制的，她适合一妻多夫，或原始人类的混交杂交，或者说她根本就不需要婚姻。等到她人老色衰，再也没有力气往男人身上爬的时候，她也许才会想到婚姻的好处。

我想，她这人的肉体里确乎存在着魔性。什么魔呢？叫超量的生殖能比较好听，她本人也会赞同。也许还是小班说得对，她早年的生活方式，给她的性取向定了型。

遇到这样的女人，我们面对的不是简单的道德问题和生理问题，而是直接关系到婚姻安全。换了任何一个男人，只要他不是傻子，他就不会对此不闻不问，除非他将婚姻视同儿戏。

末了，班承志对我说："你猜白玉怎么看待我蹬她这事？她说：'有人算计我。'"

我说："小班你看见没有，这人至死都不从自己身上找原因，还这儿东赖西赖呢。两字儿：不改。"

话说至此，我倒吸一口凉气：白西亭利用我调工作心切，想把他的女儿二度推给我，其用心真够损的，幸亏我没有就范，没有趋利而动。

我想：如果他得了逞，我可就万劫不复了。

第三十五章　误　区

1

我差一点就成为谷溪莼的老公。这几乎就是一念之间的事。

旧话本上爱说“光阴似箭，日月如梭”，真是一点不假。刚认识谷溪莼时，她还是名大一的学生，这三眨眼两眨眼的工夫，她就要大学毕业走入社会了。这事要是不经她嘴跟我说，我还真没怎么理会，似乎觉得她还且得读这个大学呢，少说也还得再念上一年，原来这个暑假一过，她就得卷铺盖卷儿离校了。

直到这时我才弄清：谷溪莼比陶枫丹早上一年大学，她今年夏天就毕业。这就难怪她考虑婚嫁的问题。可是她这人的思维就是这么奇怪，一上来就告诉我她的决定，而根本不讲理由和考虑的过程。又是一次突然袭击，好像她心里这么一想，我就该同她想得一样似的。

她找我来谈婚论嫁的行动，事先一点迹象都没有，就像是突如其来，心血来潮似的。

她是穿着一身夹衣和一双黑布鞋来我家的，显得很家常随意。没听见敲门，她人便进了屋。她一进来，屋里的人都愣了，她自己也很错愕。我说：“今晚我这儿是白龙庙小聚会。”

那天晚上，先已在屋中就座的是陶枫丹和孔祥森。这俩人并没事先约，因此，森子一见陶枫丹都有妒意了，说：“现在你倒比我是熟客了，现在我倒得让你来招待了，你说这事儿弄的啊。”

枫丹道：“谁叫你老不来的？”

森子说：“我来的时候，你还不知道在哪儿嘬奶嘴儿呢。”

几年同窗下来，他们已经熟得不行，口无遮拦。相比之下，森子的社会化程度要高一些，枫丹嘴头子上的功夫嫩不少。别人一逗贫嘴，她便没词儿回敬。

那天我的小屋子里春意融融，三个人天南地北地聊得开心，恰在这时，谷溪莼闯入。我赶紧从外屋搬进把椅子，请她落座。

一间屋里四个人，谷溪莼只同我熟，其他两个则完全陌生，这让她很不得劲。一听介绍，那两位也是在读的大学生，她不得不同他们应付些言语。互相先问问你们什么时候放假？学什么专业？哪个教授出名？哪个专业是强项？诸如此类。刚好大家都刚看过美术馆的展览，便借着这个话题谈论一番。

陶枫丹刚说完她对其中画作的观感，谷溪莼立即予以反驳，反驳得不留情面和余地。陶枫丹反唇相诘，谷溪莼锋芒毕露。几个回合争执下来，两个人都脸色不好看。陶枫丹生气的时候通常脸色发白；谷溪莼争竞的时候，一般面红耳赤。脸白的一方，显得沉静执拗；脸红的一方，显得躁进争强。

森子看看这个望望那个，觉得事出意外，他冲我耸耸肩摇头："这事弄的，怎么碴儿呀这是？"

在这种时候，我的态度应该是中立，不偏不倚，息事宁人，两头哄。可是我看出谷溪莼带有明显的挑衅意味和攻击性，而陶枫丹只不过有那么点炫才，不愿让对方看轻自己。我年轻时笨就笨在缺乏对异性心理的理解，把一点点知识上的对错看得过重，并且总是那么知无不言，看见什么说什么。这时我最不该做的，就是当面谴责其中的一方，说这一方对，那一方不对，可我恰恰这么做了。

我制止谷溪莼将斗嘴升级，说她得理不让人，不懂初次见面的待人接物之道。我之所以这么说她，是眼看着陶枫丹没经过这种阵仗，已经在那里坐立不宁，不知所措了。我觉得今晚本该是一场愉快难忘的聚会，不愿意气氛变糟，又觉得和谷溪莼关系更深一些，说也说得，打也打得，因此便说了她。

她这人逆反性就这么强，不说还好，一说就乍毛，反而气势更汹汹起来。我来了气，说她："你怎么就改不了老脾气？你不觉得很小儿科吗？"

我此言一出，她眼泪刷便下来了，坐在那里说不出话。

事后我反思自己，知道不对，可已然无法挽回。

本来嘛，谷溪莼专程来家想和我单独在一起，却意外地座上有客人，还有女客人。这女客人居然和她旗鼓相当，来意相近，叫她如何接受？如何忍耐？聪明成熟的女人，在这种时候会不露声色，保持风度，可她却反其道行之，自毁形象。这是她笨的地方，也是她单纯率直的一面，这跟她缺乏双亲的言传身教有一定关系。

我因为了解她，所以才直言不讳地说了她。可是刚一说，便把她的眼泪说下来了。陶枫丹、孔祥森一看情形不妙，主动先行起身告退。我对谷溪莼说你先坐着，我送送他们。

送孔、陶到院门外，我直个劲儿地道歉，希望他二人别计较。陶枫丹道："我也没说什么呀，她干吗不依不饶。我又不认识她，有这样儿的吗？"

森子忙说："没事儿没事啊，女人之间的事，都是叫醋闹的。你赶紧回去哄那位去吧，我送小陶去车站。"

我回到屋中，谷溪莼已擦掉眼泪，她直勾勾地看我，说："我有重要的事跟你谈。"

"我洗耳恭听。"

"这屋里太压抑，我们出去说。"

2

出院门，她问我：“他们往哪个方向走的？”

“往东。”

“那我们往西。”

她拧身往西走出几步，站住，讥讽道：“你现在好得意呀，左右逢源，美女簇拥，怨不得你乐不思蜀呢。”

我连忙解释：“这也是一个朋友，孔祥森介绍认识的。她认识我的时间，还不及你的零头儿。”她鼻孔哼一声，冷笑：“别这儿欲盖弥彰了，此地无银三百两。我是女人，那姓陶的来干什么，我一望便知，你什么都不用解释了。”

我说：“你是疑心生妄鬼。”

她说：“那好，我打算和你结婚。”

我愣了，半晌才道：“你没发烧吧，这可不是过家家随便说的。”

她说：“我想好了，大学一毕业就和你结婚。”

话听至此，我身上开始冒汗。我双手乍叉在身体两侧，一时心乱如麻，不知说什么是好。我心想这话从何说起？她事先没透露一点风儿给我，也没有表达过热恋的情愫，怎么想一出是一出呢？跟她结婚？一毕业？我转眼便成了有家室的人，这也太突兀了，没有一点思想准备。陈奇娅怎么办？我热恋的是她，说过永不离弃她，我们正在恋爱中，她没说过要离弃我。我中途转舵，如何面对她？谷溪莼不知道陈奇娅，她不打听我这方面的事。她不问，我不去主动说，有上次白玉事件的教训。在她的眼里，我是她放在银行里的存款，静止在那里，供她随时提取。可我毕竟不是门墩儿，不是静物，我有七情六欲，会有自己的生活，会遇上新的人，会有自己的心情和心理诉求，我不会老停在一个地方。

我们的这次漫步走的路太长了，比我插队时进山下棒子地走的路都远。这天夜里下雾，空气湿漉漉的，路灯稀疏，光线沉暗。渐渐的，我们的衣服湿潮起来，摸上去潮涩涩的。我步履沉涩，舌头拉不开栓，深感应付眼前的局面十分吃力。自打我认识谷溪莼以来，从未见她这么耐心过，这么耐力十足。

忽然之间，结婚成家这种在我看来十分遥远的事，变得近在眼前，触手可得。它是那么近切，近得只需点个头，说一声行。我被吓住了，心生畏葸。这事简直是太容易了吧，容易得吓人。在和陈奇娅好上的这些日子里，我已经形成了婚姻遥远的习惯心理，可是换一个女人竟就迫在眉睫，我无论如何转不过弯子。

在外人看来，我这小子艳福降临，可我却感到事情不妙。毕竟婚姻是终身大事，是决定日后怎么生活，和谁生活的大事，胡乱对付不得。

如今，跑到眼前跟我郑重谈这个事的，是一个跟我那么熟的女人，她曾经欲把她自己献赠给我，对我一腔信任。跟她说“不”，很难启齿。她本性善良，没有害我之心，她是为谋求自己的幸福而来的，她没有任何过错，她有这个权利。我们都是人，都是具备正常的生理、心理需要的男女。她跟我谈的是结婚，不是同居、苟合，这课题太重大了，我该何去何从？陈奇娅怎么办？我现在怎能背着她与别人议婚呢？

谈话中我了解到，毕业前夕，同学们人心惶惶，都在急着配对，下手晚的，这时都忙了爪，东一头西一头地急着找对象。外来的学生找北京的同学，目的是想留京工作，本市籍的学生搞对象，是为了分在北京的理由足够充分。她说她想跟我确定未婚夫妻的关系，虽然受到校园风气的影响，主要还是为自己的归宿考虑。她提示我，她并非事先没表示过意愿。

“我在一封信里说，在这污浊人世上，我只有从你那里才能感受到一股清新的风……那就是我在向你示爱。怎么能说我没先跟你打招呼？”

“我的天，那哪能算情书？你那封信里还说‘世人皆浊我独清，世人皆醉我独醒’呢，主调是愤世嫉俗，那能算情书？怎么着也得有场恋爱，才能谈婚论嫁呀，这……这在逻辑上欠通。”

“我们也可以先结婚后恋爱，像李双双和喜旺那样。”她猛然拽出这么句话。

我被她逗笑。我笑完看她，她一点不笑，表情执拗而认真。

我推说目前还没考虑过结婚。我犯了虚伪，设若换了陈奇娅来跟我谈婚事，我肯定同意得屁颠儿屁颠儿的。可我道出的理由也并非虚言。我说我现在连个像样的立足之地都没有，是泥菩萨过河——自身难保，没能力保证她过上好日子，更给不了她体面——城市女人所要的体面。

她说：“我不追求物质享受，只要和我看上的人在一起相濡以沫就行，咱们可以相互学习取长补短，共同奋斗，共同建设自己的生活，面包会有的，书桌会有的……在这方面，你是了解我的。”

从她口中出来的这些话，于今回想，都觉掷地有声，金光闪闪。我了解她，在这种事上她不说假话，她既然嘴上这么说了，就必是她心里这样想的。她这人平常连好话都不会好说，更不会讲豪言壮语，让她拿好话去填哄人，她做不来。

我直想说出陈奇娅的名字。在此当口，我说出陈奇娅来，应该是最好的挡箭牌，可我到底还是没说。想来想去，我觉得那样对她打击太大，也很残忍。我忘不了她在得知我和白玉的事后，在纸上写“祝你们幸福”，哭着跑出我家的情景。

这天夜间的这场谈话太艰苦了，不亚于一场艰苦的谈判，一场艰苦的心理厮杀。

3

谷溪莼可能一直觉得，那天夜里她处于劣势地位，我处于优势地位；我处于主动地位，她处于被动地位。这确乎不假，可是她一直处于进攻的地位，我只能被动防御，大有一筹莫展、捉襟见肘之概，也是实际情况。而她的顽强不懈的秉性，这一次彰显无疑。

我为自己能侥幸闯过这一关而额手称庆。

与此同时，我为那天的不幸气氛而难过，为自己朋友的忍辱负重而难过。我是造成这种局面的人之一，我为我使朋友难过而难过，我为自己在朋友面前玩虚伪，不说实话而心怀歉意。

可是她那天夜里确实说了些不像她说的话。

她说：“我谷溪莼从来没这么低三下四过。”

她说：“我谷溪莼从来没像今天这样求过谁。”

她说：“我谷溪莼从中学到大学，一直都是人尖儿。”

她说：“结婚后我会是贤妻良母的。”

我问她：“大学里有那么多男生，你为什么不找？”

她答：“我在大学里没有朋友，我只有你这么一个朋友。我都跟别人宣布了你是我男朋友。”

我噤声良久。四年了，在大学里居然没有朋友，她究竟是怎么过的？是别人的问题？还是她的问题？

我说：“难怪你盯上我，这都是选择范围太窄所致，有朝一日选择范围宽了，你会后悔的。”

她说：“我一人做事一人当，从来不买后悔药。”

最后我提出一个折中的方案供她参考。我的方案是：对外，跟学校方面，她可以公开讲我是她的未婚夫，只要是她在分配工作上需要，她可以这样讲。如果学校来调查，我会和她口径一致，前提是不真的结婚。起初她根本不接受这个方案，而要求货真价实的名分，我费尽了唇舌，直说得口焦舌敝，她才勉强点头。在谈话谈到山穷水尽之际，她忽然问我：“你是不是在意我的那段风流事？”

“那不是障碍。”我口不对心地回答她。另一个声音却在说：那是个障碍。斯宾诺莎的相关分析，再一次映过我的脑际，像一段完整的电影字幕。

只听她说：“你别那么封建，我还是我。”

我说:“是是是，谁说不是了？”可另一个声音却说:已经不是了。那个声音说，一辈子就娶一个老婆，还不娶一个纯点儿的。

我多么想对她说出我的真实理由，说出我对她的不容乐观的判断。可是说这些肯定伤她不轻，当时她就会跟我急眼，就会黯然伤心。我说不出口，做不出来。

所谓隐私，所谓两性之间的感觉，许多时候并不靠语言。那回暑假她在我家好事未成的第二天,她中午往我班上打电话,说话声音如风吹断丝,如重病人行将倒地。“你请假回家，我去找你。”她要求着。我说：“我班上正忙，请不下假。”她那边静默、喘息……我缓缓挂上听筒。我心里形成了一种感觉和判断，不敢再去招惹她。

这事压在我的心头，日积月累，渐渐竟觉得对不起她，自问：是不是残忍了？

当年秋季的一个晚上，我鼓起勇气去她家看望她。在屋中略坐了坐，感觉说话不便，便一起出来上街。

穿行胡同时，我说："我来负荆请罪。"

大黑天的她戴副墨镜，谈笑风生，全无芥蒂的样子。她挎紧我一条胳膊，我揽抱了她一下。这一下她的前胸便把我挤紧了。她的两个乳头抵着我的前胸，硬度分明地左碾右碾，动作十分露骨，引起了我的反感。其时我还没有像样的风情经历，对此道并不真正理解，因此当下心中不适，与她拉开了距离，也因此对她产生看法，觉得她骚。对于接下来的谈话，也兴味荡然。

"你胆小如鼠。"她揶揄我。

"你甭将我，我是吃葱吃蒜不吃姜（将）。你把我说成蚂蚁，说成太监，我都不跟你一般见识。死猪不怕开水烫。"

她扑哧一声笑了："你这人有时又可气又可爱。你刚才的表现就挺可嘉的。你看你现在走路离我八丈远，让人看着就跟媒人介绍刚认识似的。有时在街上看见那样的一对，我就想笑。"她摸摸我的外衣，"你穿这衣服挺精神的，显身材，有派。男人嘛，就该注意自己的边幅，男女都要为悦己者容。我对你今天的表现，还是颇为满意的。你要是再增加点中世纪骑士的冒险精神，那就更好了。"

说及暑期的那场尴尬，她说："你伤了我，我恨你。"

我说："我保护了你，你不该恨我，应该谢我。我可以对你不负责任，可罪是你一个人受，刮宫刮你不刮我。"

她默然，低头看地。走走，才道："你不懂女人，不了解女人的需要，所以你现在写不出好文学来。要想知道梨子的滋味，就得亲口尝一尝，不能浅尝辄止，身上溅点水花，便觉有所沾湿，狼狈起来，萧涧秋。"

谷溪莼是个很自我中心的人，不关注他人的心思感受，对于我心理上发生的变化，她毫无所察，依旧沿着她自己的惯性谈笑。

她不愿意我像萧涧秋，可我希望她像淑女。这是我们之间的重大分歧。她对我的希望不以为然。

那天晚上我是专程去看她的，原本计划和她多盘桓些时光，因为心理上的不适和情绪上的受挫，上街后没走多远，我便懒得陪她了。

而这天的夜间，在那块方圆数公里的街道上，我偕同谷溪莼走了好几个大圈子。在再次回到了我家院门前之际，只听她突兀发问："那你是不是准备娶刚才那姓陶的女的？"

我说："你想多了，人家没提过这个，我也从没提过。"

她想了想又道："我拭目以待，你如果喜新厌旧的话……"

最后，我坚持把她送到距她家最近的街角，目送她洒泪走远……

时间已过午夜。

夜风中留下她感伤的声音："我的求婚失败了……我将像浮萍一样继续漂泊……"

闻此言，我的心差一点软化，差一点对她说：我心疼你，回来吧。此言一出，可就驷马难追啦。

说了我会后悔，不说我也后悔——毕竟她是因我而哭着走的……毕竟是我伤了她的心……这是一种经年挥之不去的说不清道不明的负疚感，理智上过得去，感情上过不去……

> “若是你给我一朵残花，我也要把它藏在心上。”
> “若是那花上有刺呢？”
> “我就忍受着。”
> “是了，是了，我懂得你，谦卑的乞丐，
> 你是乞求一个人的一切所有。”
>
> ——泰戈尔《园丁集》

4

邵飘萍主义害我不浅，上次在陈奇娅面前我吃了它的亏，也告诫自己吸取教训，可我人一到她跟前，嘴巴就变成了漏勺，叨叨叨叨叨，把谷溪莼找我要结婚的事，又说了出去，夹带着还提到了别人张罗给我介绍对象的几档子事。

陈奇娅一听脸都白了，陷入阴郁的沉思。那天一路上，她什么话也不想说，完全陷入她自己的内心里。

中间她突然抬头甩出一句话：“该见还是要见见，说不定有好的呢！只要是有你觉得合适的，我让道，不耽误你。”言讫，她便金口难开。

见状我紧张得不行，一路小心翼翼地陪在一旁，搜肠刮肚地找词想挽回局面，可已经无用。嘿呀，又是“事无不可对人言”，又是坦白不从宽，好好的一次聚首，又叫我弄煳了。我心乱如麻抓耳挠腮，直想把自己的舌头咬下来。

“谁让道你也不能让道，我根本没有叫你让道的意思。你怎么听什么都拧着听呢？”

唉，我忽略了她这个年龄的女孩子的特点，尤其是她的心理特点。

她这时的心理特点之一是认真、当真。对听课认真，对作业认真，对面对的信息、消息认真，对老师、家长说的话认真，对友谊对感情认真，并且当真。现在忽然之间，我将我到了该结婚的年龄这个事实推到她眼前，将有人要和我结婚的事说给她听，叫她如何能当成轶闻、笑话对待，付之一笑？又叫她如何不认真、不当真看待呢？她这个年龄上的孩子的道德心的纯度，是大大高于社会上的人的。她一旦卷入道德困境，其内心冲突定然强烈于成年人。

“沉默的女人好像是无声的雷。”

果然，她心理冲突的结果出来了，几天以后她写信给谢径，宣称她对余奔滔的感情是妹妹爱哥哥的感情，而非恋人之情。她说自私的爱并非世间最大的爱，放弃也是一种爱，是另一种形式的真爱。一个人要是真心爱另一个人，就不应构成对他

的自由幸福的妨碍。爱的形式不应该只有一种。

谢径见信蒙住了，十万火急地进城来找我，追问我们之间到底发生了什么？

展信一读，我顿时也蒙了。我抖抖信纸再读，她信上的字句千真万确，全都是她的亲笔。她此前写给我的所有的信里，都不曾出现过这封信中的用语命意，她这回是怎么啦？她把这样的信写给谢径而不直接写给我，让我在朋友面前大失面子，她用意何在？有话，你何不直接跟我说，而让他人中转？

“假话，假话。她这封信一直在说假话。当初她写给你的那封求爱信，我是仔仔细细分析研究的，怎么会不是爱情呢？我的心难道瞎了吗？连这点事都判断不准？我当时的结论是千真万确的，不可能有假。开抽屉开抽屉，把她写给你的信全拿出来，我研究研究……真奇了怪了，我就不信了……”他让我坐到别的椅子上去看书，自己坐在我的书桌前，研读起陈奇娅的那一堆信来……

屈辱感。我心间翻涌着屈辱感。屈辱感的利齿咬啮着我的心，面子意识迅速地膨化，爱情似乎退居次要位置。回敬她，回敬侮辱了自己的人。我手里托着书本，心里翻腾着要写的信的内容字句……

我要如何回敬她呢？

你不是说你对我的感情不是爱情吗？我也说我一开始没有爱你，而是出于拔刀相助的义气。你当初写信向我求援，告诉我男生孙永波追求你胁迫你的事，我这才给你写了那封示爱信。它是情势所迫的产物,也可以理解成是帮你解困的一条计策。我说我爱上她是后来发展的结果，是那封信的延伸，是弄假成真。其内在逻辑是：既然说了爱一个人，就应该赋予自己的话以内容，结果一来二去地就真爱上了……

这当然都不是真实的情况，可我就这么写了，并且把信寄了出去。

我想她读到我这封信，也一定会异常地吃惊的，就像我看到她的这封信的反应一样。

这是一对恋爱中的人哄搞起来的一场自乱阵脚的混战。这场混战的兴起，虽然自有其内在的逻辑，但总的来说是愚蠢的、不理性的，是远藤周作讲的“无视恋爱的艺术和恋爱的智慧的产物”，是“笨拙地进行恋爱”的典型。

白纸黑字一经成既成的文字事实，她就会像分析课文那样的逐字逐句分析它，归纳出一个中心意思来，而不及于其他。她会据此彻底地误解你，让你浑身长嘴都说不清。

此举，是我和她的恋爱史上的最为愚蠢的一笔。这等于是抽掉了基本前提，抽去了我们之间的形形色色的感情纠葛的前提，使她脚下顿空，失去在爱情纠葛中的正式身份，至少将会把她推入困惑和不自信。

此举，在挽回面子和报复效果上，是很奏效的，但是在破坏我们的感情基础上，也杀伤力极大。

由此引发的，是一场信任危机。

出此劣招之时，我没有细想后果，后果出来后，我才知道重建信任和修复信任，是多么的艰巨。

5

心理学家埃里克森说："在相当程度上，青春期的爱是青年人对自己同一性作出界定的一种努力，其做法是把他的扩散的自我意识投射到另一个人身上，然后观察它的反射及逐渐变清晰的影像。"

陈奇娅从我传达给她的激赏与爱意当中，获得了多么巨大的喜悦与快慰，是苍天可鉴的。如今我突然告诉她：一开始你并没有那么可爱迷人，我是为了帮助你才说爱你的，她该会多么吃惊、失落？她的自信心会受到多大的打击？虚幻感随之而来。

她的镜子碎了。她的正在建造中的自我同一性受到了震荡。她内心的钟摆大幅摆动。

她在怀疑我的同时，也开始怀疑她自己。

她来信说她要好好地想一想，她已经不相信她自己，她要努力地认清她自己。

反思需要时间，需要静心。马上就要期末考试，她得全力以赴。

我已经把我生命的终始，
全部暴露在你眼前，
没有任何隐秘和保留。
因此你不认识我。

——泰戈尔《园丁集》

第三十六章　母与子

1

一个月没露面的吴展奋，突然出现在我眼前。他兀然闯进我家，头与门楣齐高，像一座白塔。他脸色很苍白，眼皮有些浮肿，手里托一个沉甸甸的布袋。他将布袋一倒，倒出一大坨子鲜羊肉，说："给你的，这肉怎么样？"

他的行为突兀奇怪，我让他赶紧装回去。我和他之间一向以素友交往，从不互相买东西送礼，而且彼此都瞧不起那种行为，今天傍晚他突然送来二十斤羊肉，这行为着实地反常。我说："展奋你人来比什么都好，就是不能带肉，你一定得拿回去。"

他发急道："让你吃你就吃，不吃我跟你掰，你要是让我往外拿，出门我就扔垃圾站。"

见他如此不容分说，我想先缓缓再看，便往自己的小屋里让他。他不理我，径直去开电冰箱，将羊肉塞进去。

以往他来我家，多半是找我聊天，或者约我外出散步，要不就是看个展览什么的，这一次他一屁股坐下后，跟我吃冰拉冰——没化（话），神志看上去十分地恍惚，不一会儿就扯开嗓子唱起歌来，越唱声音越大。

天暖以后，我家基本上房门大开，枝繁叶茂的海棠树、丁香树的树影花香，枝叶的婆娑，播映入室内，清芬怡人。吴展奋一来，他的歌声便传得满院子都是，邻居家听得清清楚楚。我提醒他将音量放小一点，他置若罔闻。他的洪亮的歌声透过纱窗，震得窗前的丁香树的叶子都跟着颤动，窗玻璃都跟着嗡嗡响。

听他几支歌曲唱下来，我发现他唱的全是外国歌曲，像什么《我的太阳》，像什么《今夜无人入睡》。他发声用的是不太专业的美声唱法，该高的地方，居然都让他高上去了。

跟他坐在一起听他唱歌，实在震耳朵，我将他留在我的小屋，自己躲到了大屋。母亲面露惊疑之色，问我这人是不是有神经病？我说说不好。邻居家的人站到当院，往我们家窗户里望了好几次，最后把门窗关严了。

就这么着，吴展奋一直唱到晚上十点半钟，还没有收工的意思，不得已，我进屋提醒他看看手表。他抬腕看了一眼，说时间还早呐。我努力劝慰他回家去睡，想唱明天再唱。几经劝说，他才不情愿地被我从座位上拉起，怏怏然走向车站。

2

第二天一下班，我直接去了展奋家，正好他母亲一人在。我问她展奋最近怎么了，为什么行为古怪？她回答说展奋看样子是又犯病了，妄想症发作得挺厉害。她说："这些天他老跟我闹，指着鼻子骂我，说我是老特务头子，派了许多便衣警察监视他，走到哪儿都有人跟踪他，还给他装了窃听器。这不，他把家里的电视机都拆了检查。他口口声声说要杀死我。他说他从小到大，我一直都在对他实施监视，一直都监控操纵他，我是受了克格勃的指使，拿了克格勃的经费，他说克格勃给我的最后一个任务，就是刺杀他，所以他不如先杀死我。这些天我紧张得要死，正在考虑要不要再送他去精神病医院……进那种地方对他其实也没有好处，药物的副作用很大，有可能把他变成废人……唉，我现在是一筹莫展。"

老妇人坐在"文革"结束后退还给她的黑漆硬木太师椅上，身体下坠，愁眉紧锁，样子无力而可怜。她说她上班到单位还得强装笑颜，装做什么事没发生的样子，其实她是坐立不宁，心焦如焚。

这个老妇人平时端着一副官架子，赶上这种事，一个无助的母亲的原形毕现。

她对我说："他对你还是很信任的，在家里经常援引你说过的话，你一定不要推开他不理。他把你当成一根精神上的救命稻草。我以一个母亲的名义，恳求你来关心他、帮助他。我会以我的方式报答你的。我这话不是随便说说的，我以一个有四十年党龄的老干部的身份，对我说过的话负责。"

展奋母亲对我说出这种话来，出乎我的意料。展奋犯病前跟我讲过的情况刚好相反。展奋说他看着我在目前的单位待着屈才，便跟他妈说帮我调个工作，他妈当时就驳了他，说她负责的是人事局，是管调动干部的，工人调工作归劳动局管。展奋批驳，说你管过这种事，王鸿基叔叔家的大鸿和小雁，你不都是从工人身份给他们调的吗？你之所以为大鸿、小雁办事，不就因为王叔叔是名人吗？你这是不是太有点势利眼了？最后展奋妈才跟儿子说出自己的真实立场。据展奋讲："她说你的思想有异端倾向，脑后有反骨，如果搁在'反右'运动，是非成'右派'不可的，因此这种人不能进干部队伍。"

展奋捯根儿，说："你有一次在我们家跟我妈辩论社会问题，说了真话，她对你形成了看法。她不愿意让我接近你，又觉得我需要你。她对你的态度很矛盾。我妈这人最擅长的，就是利用人，然后过河拆桥。我非常讨厌她这一点。"

"我讲话你听到了吗？怎么，你不相信？"

见我坐在那里想事不言语，展奋妈提高声音讯问我。她的目光向我斜扫过来，像慈禧太后扫视手下的大臣。她的一张白圆脸依旧鼓嘟嘟的，像我第一次见到时的那样，只是增添了萎黄之色，下巴底下的肉更加松垂。她在妇人中属于头大的类型，坐在深黑色老式椅子上，脑袋明显下沉，以至于看上去像老在猫腰似的，以至于她腹部的赘肉呈堆积之势。那种老式硬木椅就其高度来说，是给男人设计的，她坐上去并不合适，只够她用足尖虚虚地点着点儿地，因此她坐上去就不可避免地端肩探头。

在那次辩论中国社会问题的谈话中，这位人事局长老太太讲起她出身于官僚地主大户人家，为了寻求光明，她背叛家庭跋涉到解放区。我问她这次出走是不是跟包办婚姻有关系，她承认说是。她说一个受过新式教育的女学生，怎么甘心嫁给一个没有感情的人呢？所以她像许多新女性那样，选择了反叛家庭的道路。

我问："那你们当时想没想到日后会执政做官？"

她说："没想那么多，只是想别像其他战友那样牺牲就行，希望自己能活着看到胜利。"

这时展奋听得不耐烦，出来呲搭他妈："行行行了你，跟谁都讲那段革命史，把人耳朵都听出膙子来了，你怎么不说说你现在怎么当官做老爷的？怎么在幕后搬云弄雨的？怎么搞掉同僚的？爱给人讲，你倒讲讲这些呀？好汉不提当年勇。"

"你……混账……"当妈的遭到儿子的抢白，一下子气红了脸。她连连挥手，"去去去，回你自己的屋去。不知好歹的东西，没有我，就凭你，你在社会上寸步难行。我死了，看你怎么办？"

那一次展奋留给我印象相当好，我感觉他这个当儿子的，跟他母亲不是一路人，是官僚家庭的叛逆者。

从那次来他家到现在，时隔不算久，展奋的神志就出了这么大的毛病，一下子判若两人，着实令人难过。

这时，只听展奋妈又在对我诉说：

"我在这世界只有这么一个亲人了，他要是有个三长两短，剩下我一个人孤苦伶仃，我可怎么活呀？老天爷对我太不公平了。"

我闻听说道："展奋是我的朋友，我会对他尽一个朋友的义务的，您就不用多嘱咐了。展奋拿去的肉还存在冰箱里，回头趁他不在家，我拿回来。"

展奋妈说："他给你你就吃呗，可别往回拿。让他看见了，非怪罪到我的头上，不定怎么跟我没结没完呢……你……啊，我是说你不用担心，放心吃就是，他不会给你下毒的。"

3

自此，在一个不短的时间里，展奋频繁光顾我家，弄得我家人神经紧张，唯恐他会干出什么出格的事。我安慰家人，说尽管他现在精神有问题，可我相信他不会把我怎么样，只要我一如既往地待他，他就不会来伤害我。

这天下午我怕他在家里唱起来没完，便领了他去游北海公园。我们从北海后门进去，沿湖边往南走。行至一处拴船的岸边，他停住脚，仰起脸来唱歌。这一次，他唱的都是“文革”歌曲，连《大海航行靠舵手》、《我是贫农好后代》，都一一唱到了。

那一天，展奋神色严峻地告诉我，他正被一个无所不包的庞大特务组织包围着，他的一举一动都被他们记录在案。“我们现在谈的每一句话，他们都在窃听。”他手指远处徜徉的一个男人，神秘兮兮言道：“那个人，就是他们派来监视我的。他手里拿的那是步话机，正在向总部汇报我们的一举一动……我唱歌，就能扰乱他们的电磁波……这是我的一条疑兵之计。”

他这么常来常往的要求我陪他，极大地挤占了我的自修时间，也挤占了我思念陈奇娅的神思。不知不觉的，暑假就要到了。

这天，展奋忽然十万火急地要求我为他去看望一个人，非去不可，否则他就要疯了。他交给我的纸条上写着那个人的名字和地址：沈小怡。北京工业大学某级某系。他说：“你见到她以后提我的名字，说我很怀念跟她在一起时的谈话，说我有一幅名贵的挂毯要送给她，请她速来我家取。”

虽说心里觉得他荒唐，可看他那副过不去的样子，我还是去了北工大。

我到达北工大的时间是中午，经几位学生指点，我在食堂里找到了沈小怡。一见之下我差点背过气去。那名叫沈小怡的女生，独自坐在一张大圆桌前，尽管食堂里人声鼎沸，熙熙攘攘，可没有人与她共坐一桌。

只见这沈小怡生得一个大方楞子头，宽眉，宽眼，阔鼻阔口，横宽见角的大腮帮子。身高中等，却往横里奇宽，一张粗糙黑黄的面皮，还带着点子黑糁子，一头黄发蓬乱得像个公狮子头。她一张嘴说话，满口露出的全是黄牙。

“我不认识吴展奋，他没必要找我。”她表情粗鲁地回答我。

我说：“吴展奋说你们是在安定医院认识的，很谈得来，他很惦记你，让你去他家取一条挂毯。”

沈小怡霍然立起，凶巴巴道:“你告诉他，我对他毫无意思，我根本不认识他。”言罢，甩手而去，连午饭都不吃了。

我被晾在了原地，周围投来疑惑的视线。

及至去回复吴展奋，我对他谈出自己的观感，讥笑他审美眼光低劣，买茄子也不看看成色。他面露窘迫，说：“住医院时我和她谈过话，觉得她挺有个性的，也有独到的见解。”又道，“住过那种地方的人，都想对外隐瞒，所以她才拒绝我找她。出院的时候，大家都讲得好好的，说好日后联系的，她却居然说不认识我。你拿的那个纸条，就是她亲笔写的，足见我不是自作多情。”

我说：“展奋你听好了，再有这种事，你可别折腾我了，你就是给多少钱，我也不去招那个恶心了。这一次就算我晦气。”

展奋一眨眼，二眨眼，三眨眼，一米八几的大个子戳在地上，兀自噘牙花生闷气。

4

时隔不久，展奋母亲打电话找我约谈，说有要事相求。见面后，她说出的事情是要我去见一个叫朱燕的女的。原来，这朱燕是别人给展奋介绍的对象，原系一街道工厂的女工，以工代干在厂工会帮忙，其前身是车间团支部书记。她提出的条件是要调进机关工作，展奋妈允诺并照办了，不料事成后这朱燕又反悔了，提出退婚，理由是展奋患有精神病，以后老犯无法在一起生活。展奋妈气恼交集地说："展奋要是没有病，哪里会找她这种大龄女，还是工人身份？我要不是为平定展奋的病情，我根本不会答应她的条件。现在可好，她目的达到了，又出尔反尔。这次我劳师动众请你去，是要你跟她做一次谈判，争取她回心转意。你是展奋的好朋友，了解他的为人和病情，当然啦，你还是要以美言为主。这件事谈成了，你算首功一件。功德无量。这事宜早不宜迟，我就全指望你啦。"

正所谓"受人之托，终人之事"，第二天下午，我特意请假去找朱燕。历经两个多小时的唇舌鏖战，那朱燕终于回到原来的轨道上，同意给吴展奋做老婆。她说了这样的话：

"就算是吴展奋有病，他也比一般的正常人优秀许多。"她又说，"我知道自己几斤几两。第一我相貌平平，第二我智力一般，第三在婚姻上，我已进入超龄女青年之列，展奋对我来说，也许是最后的机会，过了这村就没这个店。总体比较起来，我还是亏少赚多。"

她对自己的犹豫和反复，表示歉意。

展奋妈闻听大悦，用"出师告捷，马到成功"，形容我这次出使行动。

接下来的事，就是她筹备儿子的第二次婚庆了。

至此，我与这一家人的交情，也就画上了句号。因为对他们而言，我这个人的利用价值，已经被用尽。

关于这一点，在我离开朱燕前去回复展奋母亲的路上，就已然像夕阳晚树一样，了了可见了。

我丝毫不悔。

我的道理是：既然承认一个人是你的朋友，就包括同意他对你有所利用。虽说朋友是一种有来有往的人际关系，可有来有往不等同于交换。有往不一定有来，善不一定要有善报。更何况展奋是一个患有被迫害妄想症的精神病患者。

抱持此种交友之道，有其优处亦有其劣处。优处是可以交到真朋友，有助于自己的心理平衡；劣处是容易被小人白白利用。尽管如此，我还是不改初衷，因为我不知道还有比这更好的选择。

展奋妈给展奋张罗个女人，自有她的道理，事后证明是奏效的。她是把这个女人当作一剂治病药来使用的。第一让他有一个宣情的对象，第二让他排泄肉体里的过剩能量，第三让他有一种归宿感，以安其心。这是一个过来人，一个母亲的心机，用心良苦，亦符合实际，算得一个聪明之举。

这老妇人动这个脑筋，亦含有解脱自己的考虑。她对我讲：“我快被他搞垮了，再也操不起这个心了。给他找了媳妇，关起门来打翻了天，我也不管了。我需要休息了。”

我最后一次见到展奋，是在当年入冬以后。那天我办事路过他家楼下，一想自从帮他说合成朱燕，就一直没见过他，一晃有半年了，不知他情况如何，朱燕到底跟没跟他？这样一想，我便沿阶梯走上楼去敲门。只听门内喊一声“请进”，我便推门进去。

进门一看，我的眼睛便睁成圆形。坐在屋角凳子上和展奋一起包饺子的朱燕，已然是腹部硕大，身怀六甲。

两人一见是我，都非常不自然。他屋里就两把椅子，让他二人坐了，我站在房间当中打量他们。展奋告诉我，他们准备元旦登记结婚。朱燕在一边用筷子捅他，他却高声说：“这有什么呀，都这么大岁数了，有什么见不得人的？”

我即刻意识到自己来的不是时候，亦不再为这两个人欢迎。他们不再需要我，而我对他们知道得太多了，属于应当灭口之列。看样子展奋的病情没有继续恶化，这我就放心了，也算对得起朱燕。

一进门直觉就告诉我，朱燕早就告诫展奋断绝同我的来往。原因就是我对他们知道得太多，他们深忌于此。而此种告诫肯定也会出自展奋母亲之口。

展奋母亲之所以要这么做，无非是怕我泄露她儿子得过精神病的事和逃避兑现回报我的许诺。她以为我肯为她儿子办事，是冲着她手里的人事权和她的许诺。她看人过于概念化，过于地功利了。她不懂友情是怎么回事，不懂得怜悯心、同情心，同样可以促成行动。

她没有将我和朱燕加以区别。朱燕委身于她儿子，是有先决条件的，你给我解决了问题，才可以谈下一步；而我为她儿子办事，是不提条件的，事先不要求做任何的交换。如果她主动地以举手之劳来帮助我，我不会拒绝，但我不会去求她为我做什么，也不会去要求她兑现诺言。我腻歪干那种事，而宁可在地狱里待着。

而那老妇人却把我看成一个被她巧妙地利用了，然后巧妙地甩掉的人。她满意于自己的老奸巨猾。她把这看成是一种政治上的成熟。

她认为这种成熟的价值，高于一切人道情怀。

此番上楼探访，也让我有机会看到展奋身上的奇特现象：在他病情发作或轻度发作时，他表现出坦直、叛逆、批判的倾向；而在他神志恢复以后，他则表现得像一个庸人，还带股子虚情假意，更像是他妈的儿子。

5

在那个夏季的傍晚，我安妥好朱燕，回复过展奋母亲，没有直接回家，而是一拐车把，去了杜齐民家。我想到他约我去串门约了好长时间了，再不去不合适，便拐道过去看看。

杜齐民写给我的家庭住址是前门后街某巷，我骑着自行车在蜘蛛网似的胡同群里穿来钻去，才在大栅栏附近找到了杜家。

这是一个类似上海棚户区的京城贫民居住区，小胡同里的低门小户挨挨挤挤地密集在一起，在胡同里骑车一过，就能闻见旧砖头、旧裤子和发酸的汗味儿。杜家就住在其中的一座大杂院儿里，往右手一拐，就是他家的两间小西屋。

我进屋的时候，老杜正手托饭碗，坐在小板凳上看电视。他碗里盛的是白面条，上面浮着几小段剩芹菜，那芹菜一剩便全无一点绿色。

他搬来另一条小板凳让我坐，然后坐下继续吃面条，吃了几口，想起来问我："你还没吃饭吧？来，我给你盛一碗，有滋味儿，挺好吃的，你尝尝。"

他手里的那碗白面条，让我大感震惊。一个三十四五岁的壮汉子，在工厂上一天班，到家就吃这个？连酱油都不放的一碗白面条，不见一点肉腥儿，这叫什么饭？他直说这是凉面，可凉面也没这么做的。一看他碗里的那几根变了色的剩芹菜，就知道他碗里的东西要多难吃有多难吃。

我拦阻他起来给我盛面："老杜老杜，聊聊天，别忙活。"

他真真假假地欠两次身，自知他的所谓凉面没法待客，便不再谦让，只管用筷子往口里扒拉起来。我们先扯了扯文学社的事，便说起他和女友关系的近况。他说他目前无法接近那一家人，因此情况不明。他说："她爸一直狗眼看人低，一个破博物院的有什么了不起。他女儿早就身子是我的了，他还那儿待价而沽呢？真是可笑。"

见我眯眼观瞧一张镜框里的老照片，他起身从老柜子上拿过镜框给我看，介绍道，这是当年红卫兵司令部成立时拍摄的一张集体合影。他让我拿近照片从几大溜人中找出他来。我从第一排居中的人里认出了他。他异常兴奋起来。

"你知道我是什么人吗？我可不是一般的人，响当当的红卫兵副总指挥，就是我。那是多大的威风啊，前呼后拥，一呼百应，我一跺脚，四城都乱颤，谁敢小看咱？就她爸，当年趴在地上舔我的鞋，他还想够够不着呐。现在他人五人六儿了，敢说我是满手油泥的臭工人了。我在台上的时候他敢吗？不定怎么八竿子打不着的转着弯要巴结我呢。说什么我的臭油泥手就配搬铁块儿，不配碰他家千金小姐。我不但碰了，我还摸了。十遍二十遍我都摸了，哪儿哪儿都摸了，没有没摸的地儿，怎么着了？他说不让我碰行吗？他闺女让，她舒服，她呻吟，她娇喘。他要是看见他女儿在我怀里娇汗淋漓的样子，他非气疯不可……他妈的他女儿我是要定了，这叫不蒸馒头蒸（争）口气……"他咽下一口面条，放低了声音，"我手里还有人命呐。所以，我是什么人呀，不是碌碌之辈……他说他不让我鲤鱼跳龙门，我是跳定了，泥腿子早晚要出水……"

正说话间，屋门口闪进一个红脸膛的壮小伙，个头没有杜齐民高，可生得虎背熊腰。老杜介绍说："这是我一奶同胞的弟弟，在市政建筑公司上班，是青年突击队的队长，干起活儿来是拼命三郎，是全公司的标杆。他走的是张百发的路子。"

见我们在说他，他弟弟冲我客气地点头，微笑。我问他是不是刚下班？他说他上公厕蹲坑儿去了，现在正要去上班。他说工地正在开展劳动竞赛，其他的队都在跟他的队摽着劲儿干，争夺锦标旗，他肩上的压力很大，已经一连几天吃住在工地，今天抽空儿跑回来看看。

目送弟弟出门走了，杜齐民对我动情言道："我这个弟弟是我的命根子，打仗亲兄弟，上阵父子兵，有朝一日我出人头地，我一定得拉拨上他。"

6

杜齐民的母亲见我们说得投机，也笑吟吟地过来加入谈话。我说："大妈你家人丁兴旺，两大儿子真撑门面啊。"

她说："美中不足啊，还欠着两房儿媳妇呐。"

我说："有地不愁庄稼长。"

她说："做人入世如种地，下心下力才给你长庄稼。我这俩儿子都干得很苦，不易呀。勤勉是咱工人家庭的本分，吃得苦中苦，方为人上人呐。哪一个成大事的人，不是从基层干起的？我老跟他们说，吃不得一时苦，就得吃一世苦。这老言古语，在理儿呀。"

我说："怪不得老杜这么要强，原来是出自您的家教。"又道，"两个儿子都娶了媳妇，您还得给他们找地方住啊。"

她说："船到桥头自然直，车到山前必有路，不愁。"又道，"当年我们逃荒到北京城，要吃没吃，要住没住，这不后来房也有了人也有了？"

杜齐民的母亲约摸小六十岁的光景，瘦脸颊，瘦身板，在她们那一代妇人当中，属于瘦高型的。她穿一件素旧素旧的褂子，很瘦的衣服穿在她身上，还显得逛里逛当。她面善，开朗、健谈、面带笑容，透着一股乐观、不坠青云之志的心气儿。

她是这个家庭的灵魂和导师，我想。这个妇人用她的人生观、处世观，灌溉、影响着她的身高体健的儿子，支持着他们到社会上去冲锋陷阵，去夺取他们想要的东西。中国式的夹带乡俗味儿的人生信念，就这样潜移默化地传承着。

这种人生观的核心内容是升官发财，出人头地，做人上人，没有多少先进性可言，却也使得这两间贫民窟式的小平房里，激荡着勃勃生气，激荡着一股子目标明确的野心，一股子悲壮之力，一股子誓要从底层翻上去的意志。

"文革"那次历史机会，没有解决他们家庭的翻身问题，他们毫不气馁，继续找寻新的机遇。这是一个磨炼忍性的历程，一个百炼成钢的过程，是一场事关生死，荣辱攸关的赌博。他们拥有的唯一资本是他们自己，他们手攥的唯一一张牌是他们的心气儿。但他们满眼光明，雄心勃勃，斗志昂扬。这是一些蓄满动能的民间力量，不可小视。历史正在远处排开仪仗，迎候他们出场。

苏轼《方山子传》里，用“环堵萧然”四字形容陋室，别提多贴切，杜齐民家也正是这般光景。山墙剥落，污迹斑驳，两屋之间连门都没有，只有墙框。环视房中，难见一副像样的家具。可是就在这样的生存条件里，却诞生着狂放的想象力，诞生着求翻身求发达的欲望诉求，诞生着要与强势阶层一争高低的强烈信念。

拉斯蒂涅，杜齐民让我联想到拉斯蒂涅。

从吴展奋家到杜齐民家，中间隔着大约七站地的路程，可是他们之间的差别何其之巨，他们各自所操心的事，何其的不同。杜齐民兄弟与吴展奋，他们各自的母亲，生活条件生存境遇，是多么的不同。我设想，假如换了展奋的母亲给杜齐民做妈，他的仕途之愿，是不是就如虎生翼了呢？假如让展奋生在杜家院子，他的命运走向，又当如何呢？

穷则思变，越没什么的越想要什么，也因此才有拉斯蒂涅。拉斯蒂涅是世界性形象，西方有，东方也有；外国有，中国也有。巴尔扎克这样写他——

拉斯蒂涅一个人在公墓内向高处走了几步，远眺巴黎，只见巴黎蜿蜒曲折地躺在塞纳河两岸，慢慢地亮起灯。他的欲火炎炎的眼睛停在旺多姆广场和安伐里特宫的穹窿之间。那便是他不胜向往的上流社会的区域。面对这个热闹的蜂房，他射了一眼，好像恨不得把其中的甘蜜一口吸尽。同时他气概非凡地说了句：“现在咱们俩来拼一拼吧！”

第三十七章 悬 挂

1

陈奇娅一考完试就来家找我。她一见面就伸出薄薄细细的小长手，跟我要她写给谢径的那封信。

"我收回我的那封信，快给我。"

她的突然光临，高兴得我直发昏。她上来就吵着要收回那封对我心理造成迷乱的信，让我又惊又喜。惊喜之余，我要她讲出理由。她说："嗐，你就快退给我吧，那里头说的不是真心话，我现在正式收回，这下你该踏实了吧？我想我要是不赶紧来一趟，你不定怎么误会我呢。其实我自己也绷不住劲了。"

"臭丫头，你害惨了我了。"我差一点冲上前用双手捧她的头。我故意逗她："这回你可想好啦，别收了又后悔，你让我到底信你哪一回？不过，我看这封信还是存在我抽屉里吧，以便有案可查，省得日后你说没这回事。"

她刘海下的一双妩媚亮眼，一撩一撩地瞅我，动手要来翻我的抽屉："你这是牵着不走打着捎啊，快交出来。"

她接过信封，抽出细看几眼，一合，又展开浏览一遍，才动手将信纸撕碎，又将碎纸片收进信封，投入自己的书包。

云开雾散啦！我在心里欢呼。我的画眉鸟又回来啦。我就说你那些话不是真的吧？我就说我不至于感觉错误到那种地步吧？"你是怎么一夜之间就想明白的？"

终于可以坐下来细细地谈话了。她说这两天她想了很多，反思了很多。她说："我无法不珍惜自己的感情，这一切都真真实实地发生在我们自己的身上，我无法漠视它，更无法抹掉它。我们之间的一切来之不易，我现在最多想到的词就是'珍惜'。现在该轮到你了，你信里说的那些话也不是真的，该你收回了。"

我说："我和你是连动的，只要你一说收回，我同时就自动收回了。我是忍痛写那信的，怎么会是真的呢？是真是假，有我写给你的那么多信作证，有我对你的好作证，一对比便知，如何在乎一时一地的言词呢？我这个人，嗐，没法儿说，自尊心虚荣心都用的不是地方。你该知道我有多么的放不下你。"

我拿出近日写的几首诗送她，其内容全部和她有关，即便是写悲写怨，也是缘起于她，都是些用情的文字。她当下就欲展读，被我拦阻：“别当我面看，有点儿酸，回宿舍再看。”

话说开了，我尚有那么点余怨未消，她冲我乖巧地笑，伸平小手来拍抚我的前胸：“您是宰相肚里能撑船，大人有大量，消消气消消气，谁叫你是哥哥呢？”

我绷不住劲儿笑了，道：“真想臭揍你一顿才解气。”

她歪过身子：“打吧打吧，想打就打我几下吧。”

我叹一口气，憨笑：“打也是高高举起轻轻落下，还不是给你挠痒痒？权且给你记上账。哎，好长时间没给你讲故事了。我给你讲苏小妹吧。”

她一听笑了，直摇手：“知道知道，‘去年一点相思泪，今日方流到口边’，苏小妹三难学士，知道知道，换个新鲜的。”

我说：“那给你讲席勒的《阴谋与爱情》怎么样？那个剧本拍成了电影，我看过，很不错。”

她一拍手：“完了你，这故事我也知道，不就是讲符腾堡公国宰相的儿子，和穷音乐师米勒的独生女路易丝的爱情悲剧的吗？我从学校图书馆借过这个剧本。看完后半宿没睡着觉……”

趁我不注意，她突然展开我刚给她的诗中的一首，用后背挡住我，轻声念起来。我顿觉羞臊，身上冒汗，可已经无能为力。

她念道：

淅淅沥沥的雨弹奏我心中的思念
我的思念是夜雨茫茫幽悠迷漫
迷迷漫漫的如织如烟
缭绕着你睡房的恬适的安眠

备考的日子如推滚石上山
你的甜睡就是我最浓的甘甜
多么想随风冒充雨点贴窗窥你
看你笑靥浅浅睡眉弯弯

咫尺天涯密雨把你我织进同一和弦
漫空抽长的雨丝都是我无尽的思念
绮梦中你将身娇娆翻转
莫非是梦见不眠人在为你祝愿

2

暑期漫长难熬。时间仿佛沾了胶，拔不动脚步，仿佛根本不化的冰凌，凝结着不滴水。喀嚓一声伏天的闸门落下，白昼酷热难当，夜晚闷热煎人，我常常辗转反侧，思绪纷繁，夜不能寐。时或中夜起徘徊，或者伏案写点什么。这是一天一天叠积起来的沉郁和焦虑，耐心备受煎熬，心潮跌跌宕宕。巨大的孤独感包围着我，无边无际的天地寂寥吞噬沉陷着我。一声夜鸟啼鸣自遥空传来，我都会蓦然而醒，起坐良久，驰思至东方既白。

暑期里陈奇娅不会出现在我面前，她要像一个好学生和乖孩子那样待在家里用功，她偶尔外出也要向父母说明去向和归家的时间。她在假期里计划看《呼啸山庄》、《悲惨世界》，还想看完她隆重买到的契诃夫小说的全部单行本。虽然我们讲好了假期不通信，可我还是暗中盼望收到她的来信。我常常独自悬想她这时正在干什么？和谁在一起？起坐行止是什么姿势？这样一想时，便柔肠万转，隐隐发痛。其间有两个时刻我实在打熬不住了，便骑车去找海湄打听奇娅的近况。

海湄的温婉关切，带给我缓解与感动。每次走出她的那间小偏房，我心里都好受一些，觉得自己又能扛些时日了。尽管放假期间她们基本不走动，她也不清楚奇娅的情况，但能跟她倾诉倾诉，谈一谈小娅，聊聊我们的小圈子，总是一种释放和安慰。

和海湄在一起有种和风细雨的感觉。她不吝惜拿出时间来陪我，从不说我作业很多，没时间之类的话。

终于，就在我不敢指望这个暑假会有过完之日的时候，学校开学了。作为这个日子到来的重大标志性事件，是陈奇娅又来家找我了。她这次来向我宣布了她的一项决定——也许背后有她父亲陈昌明指使。

她这项决定的内容是：暑假过后一开学她就升入高三，进入全力以赴的高考准备阶段，为了保证学习，复习专心致志，她和我一年不见面、不通信，直至高考结束。

从理智上讲，我承认她这一决定的合理性；从感情上说，我觉得这样做太残酷了，在实际中难以完全执行。她的态度极其郑重，而我则说，何必搞得这么机械一刀切？实在想见面的时候，还是应该可以见见的。她说："不行，我们都得遵守约定。作出这样的牺牲是必要的，也是对我们俩的一种考验。"

我冷笑："一年以后见，谁知道一年以后发生什么变化？"

她说："我是什么样的人，你是清楚的。我要你等着我，我需要你和我一起庆祝胜利。你要有足够的耐心，等着我的好消息，我会来找你的。一言为定。"

"拉钩吗？"我不情愿地信口问。

"拉一个。"她伸出一根手指。

戴维·洛奇这样解释"悬念"的概念："悬念一词源于拉丁文，意为'悬挂'。再没有任何处境比一个人用手指攀着悬崖吊在空中、且无望返回安全地带那样能制造出更大的悬念了。因而它的另一个名字是攀崖者。"

自这天起我成了一名攀崖者，一个用手攀着悬崖吊在空中的人，我被悬挂的时间为期一年，也许还要长。我用手能抠住的，是“我要你等着我”这样一句话，外带我和她之间的感情史。

我被悬挂了，上不着天下不着地，脚下空空荡荡，身体荡荡悠悠，等着别人一年以后来拉我上去，重返安全地带。一年以后，要等待足足四个季节，到时候，说好了要来拉你上去的人是否那样做，还是个未知数。那将是一种什么样的境遇？什么样的心理煎熬？什么样的缺少安全保障的悬吊？

攀崖者，你要被悬挂、悬吊一年，或者更久。

如果那个和你有约定的人，不再回到崖边来，那你怎么办？等着你的会是什么？

攀住，一年之内你不能松手。这是对你的耐力的考验。风来吧，雨来吧，太阳毒晒吧，寒冰侵骨吧，大雪漫灌吧，虫蛇啮咬吧。苏武持节牧羊十九年，康帕内拉坐穿牢底三十三年，一年时光，算不了什么。

“我等你。”我说，“一言为定。”我的手指和她搭上了钩。

在这次为了聚会的告别时刻，我们俩不约而同地提到了电影《柳堡的故事》里的歌曲《九九艳阳天》，和西蒙诺夫写于 1941 年的著名诗歌《等着我吧》。

我哼了几句《九九艳阳天》的曲调，说：“我会曲子，可没记全歌词。”她从书包里拿出一张预先写好字的纸，递给我：“我给你抄来了。”言讫，她抿嘴一笑。

3

天下事，都是说来容易做来难。人到中年后，学会了等待和忍耐，学会了判断时机和火候。他这时等待一个人、一件事，可以以年为期，而不慌不忙。青年的等待，却往往以天以星期为期，时间稍微一长，就忧愁焦虑，坐立不安，急于一蹴而就，急于知道原因和结果，尤其是当他处于伤于情困于情的时期。

阮籍《咏怀》诗道：

夜中不能寐，起坐弹鸣琴。
薄帷鉴明月，清风吹我襟。
孤鸿号外野，翔鸟鸣北林。
徘徊将何见，忧思伤我心。

汉朝诗人唱道：

迢迢牵牛星，皎皎河汉女。
纤纤擢素手，札札弄机杼。
终日不成章，泣涕零如雨。

河汉清且浅，相去复几许？
盈盈一水间，脉脉不得语。

孙光宪《后庭花》有词云：

玉英凋落尽，更何人识？野棠如织，只是教人添怨忆，怅望无极。

其《菩萨蛮》词又道：

极浦几回头，烟波无限愁。

明代的一首民歌唱道：

不写情词不写诗，一方素帕寄心知。心知接了颠倒看，横也丝（思）来竖也丝（思）；这般心事有谁知？

这些不胜摘引的长诗短词，全都是我那一年的内心生活写照。背负着这样的心情心事，怎能不是如牛负重，度日如年，度年如度一个世纪呢？又怎能不没完没了地写《枯塬》、《无雨的永昼》、《人鬼》、《十字架很沉》、《乌鸦》、《苦恋》……那样一些悲情诗呢？

“问君能有几多愁？”那还用问吗？

4

秋风秋雨愁煞人的季节总算踱蹭过去了，让我无限追怀的冬季姗姗莅临。可是在这样的时令、这样的天空下，我见不到去年人，那忧思与愁思便开了平方了，正是“海天愁思”。

元旦头一天，声像部的十几口子人聚集到库房组的外屋搞会餐。男男女女切肉的切肉，洗菜的洗菜，煎炸烹炒的煎炸烹炒，锅汤煮沸了，炒锅里飞出蓝烟，平日里并不怎么和睦的同事们,这时节都说笑成一团。守望着眼前涡流旋转的生活景象，我不由得又想念起陈奇娅，想象着有朝一日和她终成眷属的美景良辰。

我想象她大学毕业参加了工作，我也调到一个能施展才智的地方，她成了我的名正言顺的太太，我们下班回到家中或者是在星期天，也像这样子操持家务，其乐融融。她叫我剥葱我就剥葱，她叫我递盘我就递盘，被她吆来喝去地呲搭几句，我倒听着像莺歌燕语。我还想象她娇态依依地往我口中喂饭菜……

在这样痴痴的遐想中，我把这顿厨艺平平的集体会餐，吃得意趣盎然。我左胸前的衣袋里装有陈奇娅的小照片，因此我觉得她就坐在我的身边陪伴我，和我一起挑箸举觞。

1983 年就在这样的忧伤与幻景中踉跄到来。

说话就到了元月尾，我觉得我几乎就要被郁闷的洪水淹没了，我急于挣扎一下，透一口气。这时真正能帮助我透出一口气的途径，就是见一面陈奇娅。可是不能。尽管她就住在同一座城市里，我却去不得。比照着昔日的常来常往，说什么时候见就什么时候见的自然亲密，眼下简直不是人过的日子。生生的大活人，就被一条无形绳索捆住了。

我想我得出去透透气，要不然就得憋疯。我出门狂走的方向是东而不是西，与陈奇娅所在学校的位置南辕北辙。无论如何这是一次行动，是对心理极限的缓释。

衣袋里装着半个月的工资，只有一天的休假时间，又能去哪里呢？诚如日后一位广东女商人所言："一个人没有钱，他就走不远。"是的，我走不远，也没有明确的目的地。我就是想走一遭，消耗掉自己。直到走上大街了，我还不知道该去哪里，只是知道不该去的地方：陈奇娅的学校。我茫然地上了一辆公共汽车。下车一看，是东直门。再走就是长途汽车站。我上了一辆去平谷县城的车。

我从县城跳下车，在街角伫立了片刻，快步向东北方向走，而放弃了去我插过队的村庄的念头。

80 年代初的平谷县城还是老样子，街中心把角的大饭馆门前，还像从前那样停着马车、拖拉机。往东关走还可见当年的那家供销社，出出进进的净是些采购农具的农民。当年我那把使得锃亮锋快的铁锨，就是从这里买的。

不光是出于近乡情怯的心理，更多的是怕见到认识自己的老乡，怕他们问自己混得好不好？人心皆势利，农民不例外。他们一见你穿了件一般一般的军大衣，徒步进村，先就看不起你了。他们愿意看见走了的知青在城里做了官，当了干部，或者谋着斯文的差使。见了面他们一定会问，这个问了那个问，自己没什么可向他们报告的。于是我选择了回避，奔东北方向一路走下去。

出城关走在陌生的乡间大道上，西北风嚣嚣啸着席卷过原野，越冬小麦匍匐的畦垅上，奔行着的矮幛子似的尘土，成平头排浪和绦子边的动态形状，又宛似"野马尘飞羊角风"。天低野旷，朔风凛冽，恰赶上是一个阴天，地无半米阳光，"寒云直上三千尺"。

蓦然，见我前方的土道上，走着一位赤裸着上身的村妇。她下身围腰系了条破棉裤，上半身全然赤裸，一只手里拎着把短锄，像个薄木片儿似的移行在浅铅色的苍穹下。她背膊黑瘦寡肉，肋条骨棱棱历历，双乳蔫瘪有似无，一头蓬草乱发都赶了毡了。她仿佛是从冻土里钻出来的野鬼，兀然就出现在我的眼前，惊得我心惊肉跳，寒彻至脚。

我想这个人不是傻子就是疯子，否则不会在这种季节里赤身下地干活，全然不知寒冷。我想象不出这个人长着什么样的内脏，什么样的肌体，赤身走在零下二十度的野地里，竟然泰然自若？

起初我以为她是个上年纪的妇女，近了看她不到四十岁的年纪。想来她出来很长时间了，因为此处前不着村后不着店。

我不忍继续看她，加快脚步，超过她，没有目标地往前方赶路。

我一口气往前走着，离开土路，碴着田地走。见东北方向有一带寒山，便奔着山根脚碴过去，碴过去，直至不远处出现一个村落。听得见驴鸣犬吠声了，我才戛然止步，伫立张望良久。

我找了个高坎坐下来休息，翕动着鼻翼嗅大地的气息。几乎要冻穿鼻子的寒风冷气，令我心欢歌起舞，热泪潸然。

久违了我的土地，久违了我的含黛的苍山，久违了我的大自然。在我们离别后的这些年里，你知道我是多么想你吗？你知道我多少回魂牵梦萦吗？你知道我吃了多少苦受了多少委屈？尝了多少苍凉吗？今天我来看你了，来和你待一待，说说话，你该还认得我吧？

一发而不可收的激情热望，轰鸣于我胸间，一时诗思如潮。我起笔往奇娅赠送我的小本子上倾写热流，滚滚涛涛，风急浪高。

时间不允许了，屁股早已冰凉棒硬，天色将晚，揖别时刻已到。

我行行重重，走走停停，恨不能将眼前的山川景色吞进肚子里带走。

5

第二天我一上班就扎进库房，啪一声拉亮钨丝灯，在那副旧课桌上狂写不止。我装来了成打的稿纸，足够用的。一连五天都是这样，一上班就扎进去写写写……

这是一次反常的写作。我交替着在几打稿纸上倾泻。从这个思绪跳到那个思绪，因为思绪纷沓，抢着要出笼，所以往来跳跃十分频繁。我专门找了一张四张报纸那么大的广告招贴，叠成几叠，利用背面来写诗。想起来在上面写一首，想起来在上面写一首，感觉十分特别。整整五天，我的心灵处于极其易感亢奋的状态，不倾泻完不肯罢休。如果这个时候有谁来强令我停止或把我扯向别的事，我肯定会像狮子一样朝他怒哮，甚至大打出手。

头两天，老石推门往里看了我几次，没说什么。再往后他干脆不看了，我也根本不去看他和闵鑫干些什么。

第五天傍晚，我将写好的厚厚一叠草稿装回家，没有再带来。

到第六天，我上班后跟老石、闵鑫正式说话。老石问："还写不写？"

我说："不了，都写完了。"

他说："那今天能开始干活儿了。好家伙，这几天压了不少单子，一看你那样儿，我跟闵鑫说，得歇了吧，别干了。好家伙你这几天都写什么呐，跟疯了似的？"

这一连五天的纸上爆炸十分奇特，此前没有过，此后也不再有。其文体难以定义之。除去诗歌以外，其余长长短短，有叙有议，有时就是断章短语。放在一起没有常识上的结构可言，却真实地反映了我当时的思维心理状态。尽管其中有少量涉及社会的言论，但是其中的主要内容，是围绕着我和陈奇娅的感情纠葛展开的。有总体的回顾，有切成一段段，一个剖面一个剖面的描述，有不厌其详的剖白。写到自己身处的困境和矛盾的时候，我还用图画来表示。据海湄讲，陈奇娅看到这里时，笑了起来。

当时还没有复印机，我没时间誊抄，便将它们装入一个大信封，寄到海湄家，由她转给陈奇娅。

我之所以选择转一个弯子，是因为我曾答应陈奇娅一年不见面不写信，而我忽然一下寄去这么厚的东西让她看，明显的是违约，可是我顾不得许多，不寄出去不行，便想打一个自欺欺人的擦边球——从形式看，我东西寄给的是赵海湄而非陈奇娅。这明显的是强词夺理。可是这时我忍难再忍，再也沉静不住了，便不顾一切地寄了出去。

我知道这么做的后果是她会想我不守信，可要是把我活活憋屈死了，守不守信还有什么意义？我这次孤注一掷，豁出去了。老子想你还有罪吗？

我只从赵海湄的渠道，辗转听到了陈奇娅的几声笑，而不见其他反应。这丫头真够绝的，要不然她能考第一？

第三十八章 冬天的童话

1

1983年1月25日，这一天像美国电影《红河谷》里烙在马身上的标记一样，不可磨灭。头一天，亦即1月24日，赵海湄打电话预告说她明天要来我家。结果突然出现在我眼前的不光是海湄一人，陈奇娅也来了，确切地说是赵海湄陪着陈奇娅来我家了。我当时惊呆了，有好一会儿脑子一片空白，回不过弯儿来。

等我稍稍回过神儿，这才想起问她："你不是说一年不和我见面吗？怎么……"

她瞟我一眼道："既然都来了还问什么？不想让我来？"

我说："没敢想……没想到……"我转而问海湄，"你怎么只说你自己要来？"

海湄望一眼奇娅，没说什么。我明白海湄昨天的电话是陈奇娅叫她打的，不让提她，也是她的授意。我想，奇娅这么做一定有她的考虑，可何必叫我措手不及？你虽然说了一年之中不来找我，可你想找我我还求之不得呢，有什么必要不实说？赵海湄来和你来，在我而言隆重程度是不一样的。

坐定下来，我才听陈奇娅说起她想从我手中要走她写给我的那些信件。她的原话是："我想把我写给你的那些信，带回去从头到尾看一遍，对照着你写给我的信，我想梳理梳理自己的这一段，好好地想一想，总结总结。"

她说话的表情"也无风雨也无晴"，仿佛随口出之，可在我听来却犹如云层中流窜的闪电，那闪电似乎远在天际，但却挟着毁灭性的能量。不祥的预感，随着隐隐的雷声朝我袭来。我转念又想，她说话就要高三毕业了，跟我前前后后这么长的时间，她回顾回顾也在情理之中，通过重看她自己写给我的信，等于是她重温一遍她对我的感情，倒不是什么坏事。

我心里想的是抽时间将她的书信集中整理一下，择日交给她，嘴上说出来的话却是："我不能给你，给了你，就肉包子打狗——有去无回了。"

她被我折了一下，有些发急道："我就是借借，没说不还你。"

我疑虑重重地拿眼瞟她，想透过她的眼睛，看清她脑袋里的真实想法。只听她摇摇头道："你怎么不相信人？算了，不给就不给。"

我说："就是，你现在哪有时间干这个，还是好好用功吧。不让我分你的心，你倒自个分起心来了。”一边说着话，我一边快速地转念头：她写给我的最最深情的那几封信，我一定要抄录下来留个底儿，然后再让她把全部信带走，万一她拿走信后不还了，我至少还不是什么都没留下。那是我至今得到过的最大的幸福，无论如何不能连这也没了。

赵海湄看一眼窗台上的表，说：“都5点10分了，我得走了，一会儿天该黑了。”陈奇娅也起身：“哪，就走吧。”

无论如何陈奇娅向我要回信函的动议，都在我的意识上造成了影响，我开始克制自己的热情的流露，态度中增添了几分矜持。通常我都要将她们送出很远，这一次我送她们到院门外便止步。陈奇娅诧异了一下，说道：“不送送？”

我心情矛盾而又不好受。她们这次前前后后待了不到一小时，我很不满足。我有一肚子的话想说想问，可又无从说起，再见面又得半年以后了。

海湄和奇娅各自推着自行车，我将她们送至胡同拐弯的地方。她们对这条路早已经稔熟，我还是指画了指画，意思是不再送了。我出家门时没穿棉外衣，送人送不远，这时身上已经有寒意。海湄见奇娅没有骑车要走的意思，打个招呼自己骑上车走了。只听陈奇娅却说：

“我不认识路。”

我说：“顺着胡同走，上大街后直往南就上长安街了。”

她说：“我还是不认识。”

我已知其意，便默不作声地陪着她慢慢往前走。慢慢地走上了我那年冬天在心里咏唱“我走在洁白的雪地上，心间有一朵小花开放”的那条街道。我想：就到这里了，再送就贱了。我感到有一股绝望的黑潮朝我袭来，心情低落到了极点。我密切地关注奇娅的举动，只要她想跨上车子，我绝对不说一句拦阻的话。我这时有点听天由命了，抱着一种死猪不怕开水烫的心态。

我脚下咯噔一下站定，手指南方，说：“路已经很清楚了，你骑上去吧。”

这时的天色近黑未黑，彼此还都能看清对方的面容。陈奇娅目光怪异地紧盯着我：“你还得送我……”

我紧闭双唇不作一声，亦不迈步，和她僵持在那里。僵持中，我心里并不轻松，有种山穷水尽的预感。

2

陈奇娅的眼神越来越锐利了，继续盯着我的脸。突然她问：“你想什么呢？”

我说：“没想什么。”

“你骗人。”她说，“我知道你现在在想什么。你是在想我从此以后不理你了，对不对？”

我不做声，亦不正对她的眼睛。

“你为什么不说话？你说呀，你说呀。说说，你说。”她开始起急着恼了，变得沉不住气。

我的自尊心一路上已经拉起了旗帜，见她对我表露出依然用情的迹象，我内心的紧张略有缓解，自忖，自己的感觉可能不对，对她有所误解，或许就是自己想多了，事情没有那么糟糕。我想，再看看吧，看看她对自己的真实态度。这样想着，我开口表态：

“你以前信上说永远不离弃我，我也说过永远不离弃你，这依然是我的立场。只要你不先离弃我，我就绝不做离弃你的事。”

“到时候你就知道我是什么人了。”她极其坚毅地说道。

我说：“我拭目以待。”

她说：“考不上大学我就不来找你，考上了，我一定来。”

我心里高呼着：考上考不上你都要来啊，却说成：“考上了就不来，考不上，一定来，我等着。”

这是反话，不是我的心里话。她怎么会考不上呢？她要是连个大学都没得上，别的同学又当如何？我的这句话可以理解成，即使出现了最坏的情况，我都接着她，如果她前途一片光明，我就不耽误她了。但是陈奇娅也可以把我这句话理解成：她上大学的四年时间太长了，我不打算等她那么久，所以她考上了就不必来找我了。

渐渐的我开始和她边走边谈，话语变得流畅自如起来，她忽然偏头看我一眼，道：“能说也是一种才能。”

我接道：“你不也挺能说的吗？就是扎起嘴儿来的时候，够人一受。”

她不假思索地回我一句：“我要是能说了，以后老在一块儿了，谁训我呀？”

我没想到她会说出这种话来，我先是一愣，继而心头一阵狂喜。她说的是“以后老在一块儿了”，“以后”，“老在一块儿”？那指的就是结婚吗？这是一个多么明白无误的表示，不是暗示是明示。啊，这孩子是在给我吃定心丸呢，她终于说出实话了。

至此，我心间豁然起来，阴霾飘散。

不知是谁先提起了康帕内拉，她联系自己道：“我其实真想做那样的人，可惜做不了。”

我随口道：“主要是有那么点精神就好，没人对你提那么高的要求，康帕内拉就一个。”

以前谈及康帕内拉时，她说她不想学那样的人，还是饶了她吧，现在她的说法变了。我感觉到我心田的爱意又在潺潺流动，我对她的欣赏一如既往。她身上似乎比以前多了一股坚毅的气质，一种内敛的劲道，这是不是就是成长的表征呢？从高一到高三，从认识她的第一天到现在，她无论如何也是要成长的，而且肯定会成长，她究竟跨出了有多远呢？整整半年时间的隔绝，究竟意味着什么呢？

抬头已见夜色中紫禁城的东华门。城门上方木匾上李自成一箭射出的那个箭坑，我不用看就知道它在哪个位置。这是我从小学时代起就常来光顾的地方，我对这里的一草一木，一砖一瓦，甚至对地面上的每一条裂缝的熟悉程度，赶上熟悉自家院子了。我同白玉分手的最后一次见面，就是在这里的护城河边，不承想今晚又跟小娅走在这顶顶稔熟的地方，这顶顶稔熟的月上角楼的夜空下。

空里流霜不觉飞……
皎皎空中孤月轮

孤月轮虽有彩云相伴，也仍然逃不脱一个“孤”。

她的脚步声，我的脚步声，清晰可闻。她和我并肩走在同一条路上，但并非齐步走。我们肩并肩走在同一条路上，彼此想着各自的心事。

夜风向我吹送她的体香，她的头发的淡香。我确凿无误地记得她第一次来我家经过我身前的时候，我闻到了她身上的淡淡的清香。这香味儿究竟是接近哪一种花香？我说不上来，但可以让我一闻便识，闭着眼就能将她识别出来。这女孩儿就是带着这种神秘的香味儿，走进我的心间的。

3

我接过她的车把替她推车。我们依旧并肩而行，彼此碰不到对方的胳膊。如果是在夏夜，这护城河边的刺玫丛、大柳树的后面，便会藏满了相拥相偎的一对对男女，使这里成为一条情爱走廊，沿着护城河的矮墙赶路，不是被视为讨厌，便是被视为不知趣。天气一冷，树叶一落，这样的景象便消失了。今夜的这条走廊上，只走着我和陈奇娅，各想心事的一男一女。

“他人即地狱。”她突然石破天惊地放出这么句话来。

此语出自法国人萨特，传到中国已经有好几年了，既不新鲜，也没什么石破天惊可言，可是它出自一名女孩儿之口，在这样的场合，又如此具有世界观的性质，那便十足地可惊。我也是她以外的人，也属于他人之列，我是她的地狱吗？我怎么是她的地狱了？她这句话是冲我来的吗？

我问她：“你怎么突然想起说这个来了？最近有什么人和事刺激你了吗？”

她的情绪变化得真快，刚才还跟我时有笑声有来有去地说着话，突然之间便晴转阴了，真不知道她见了什么鬼？脑袋里钻进了什么虫？

她行走的速度比方才加快，沉默不语，神态肃穆，仿佛四下里有刀斧手埋伏，她要赶紧地走出危境。

“人本性是恶的。”突然她又抛出一句。

她拽出的前一句话已经令我紧张，这后一句就足够叫我心惊肉跳。持性善论、性恶论看待世界，绝不是豌豆小事，她说到的已经是哲学的出发点。持性善论的，会发展出一套东西来；持性恶论的，会发展出另外一套东西来。它们是两个方向，水火不相容。一个心怀善意和爱情的人，和一个性恶论者相处，将会非常地困难，受到猜疑，好心不得好报。

刷刷刷……

她的脚步声清晰可闻。

我暗暗叹气，蓦然眼前浮现从前和她在一起时的桩桩幕幕——“哈，真的是你们……哈哈……”她笑第一声的时候，两手清脆地一拍。“刚才自习课上我就直走神儿，在想你们怎么不露面了，真是说曹操曹操就到……”

那是我和谢径第一次去看她。

夜色下的陈奇娅，快乐得像一头撒欢的小鹿，一蹦一蹦地原地跳高，隔着夜幕都看得见她的喜眉笑眼，娇憨的欢颜。光听听她的银铃般的欢声笑语，就足以把人净化了。……

“你想我了吗？”

“我大老远跑来还不是证明吗？”

“我知道，可我还是想听你亲口对我说。”

“你知道什么是牵肠挂肚吗？”

“噢，这我就满意了。”

“怎么个满意？”

“受宠若惊呗。”……

“依偎在你的胸前，我安全极了，温暖极了，像一只小船躲进温暖的港湾。你宽厚的肩膀是一道伟岸暖和的墙，我靠着它偎着它，说不出的温暖快乐，我的身心一点一点地酥软着融化着……

“我愿一生一世地这样依偎着，幸福，撒娇……你允许吗？……”

眼前口出“他人即地狱”、“人本性是恶的”之语的人，会是那个天使般的小娅吗？

我身上掠过寒战。我出家门时没来得及穿棉外衣，上身只穿了件薄毛衣和一件的卡制服。可我这时还不能跟她喊冷。我舍不得离开她，也不可能将她一个人丢在黑路上。我希望看着她露出笑容，然后再分别。

午门、天安门中轴线上的光硬的石板路，已经开始结霜，我内心一派肃杀。

上了金水桥，我们略停了停。依旧是我熟悉的广场、城楼。我们走上了长安街。

4

突然我听见陈奇娅开口说话：“我饿了，我还没吃晚饭呢。学校食堂现在已经没饭了。”略停顿，又说，“对了，你也没吃呢。”我说：“同甘共苦。”她说：“我是女的，你是男的，对么？”

我头皮一时发紧，本能地伸手摸衣兜，这才想起平时钱包都放在棉衣口袋里，没穿棉衣出来，身上哪里有分文？她饿了，还没吃晚饭……一路上净顾了琢磨她和自己关系的前景了，净顾了品咂她的言行举动背后的含意了，竟然忽视了她吃饭的事。我的手还在掏摸衣兜，衣兜、裤兜逐一掏遍，我希望能侥幸掏到自己随手乱装的钱票，可是一无所获。

这下可崴泥了。

我心里跌足哀叹着：小娅我跟你从来没犯过抠呀，这你是知道的，你想要的，只要我买得起，我从来没含糊过，今天实在是事出意外，苍天可鉴。

一分钱憋倒英雄汉，我窘迫到了极点。我被迫向她说明困境。她嘴上说："没事儿，饿一夜就饿一夜呗。"言罢，她摆起双臂，啪啪啪走起了正步。她说她初中一年级时练习过正步，我赶紧说我参加国庆前卫队时也拔过正步。

见她情绪转好，我以为她没有真的在意没吃晚饭这事。她曾经跟我说过："将来咱们真的在一起生活了，钱少也不要紧，喝粥总喝得起吧？"连这样的思想准备都有，她还会把这一顿饭看成天大的事吗？况且事出有因。其中她起码负有一半的责任，若不是她的反常表现扰乱了我的心，我也不至于晕成这样，连近在眼前的生理上的事都视而不见。

啪啪啪……她在广场中央走正步，双臂前端后摆，啪啪啪……

我说："人家都在看你呐。"

她说："我就这样一直地走下去，你说我能走到天边吗？"

我说："你不成夸父逐日了吗？"

她说："走到天边会是什么感觉呀？"

我说："得出地球是圆的的结论。"

她说："遇到河我还能不能走正步呀？"

我说："照走不误啊。"

她说："好哇，你存心淹死我呀？"

我说："我好英雄救美啊。"

她说："还是得了吧，大冬天的，两个人都成落汤鸡呀？"

啪啪啪……正步走。

"侯宝林、郭全宝那相声你还记得吧？说山东军阀韩复榘的那个。韩复榘非让人家唱关公战秦琼，说人要是不唱，他就不让人吃饭。'你要是不唱，他就不管饭。'嘿嘿嘿嘿，真够好玩儿的……"

她一脸的嬉笑。

兜了一个圈子，她还是在说饭。我恨不得找个地缝钻进去。哎呀，瞎急着忙着往外送什么送？你倒是穿好衣服拿好钱呀，也不至于这么下不来台？见她那副样子，来索要那些信，不是就没想往远里送她吗？要是知道会出来这么远，天寒地冻的，哪能不穿棉衣？穿了棉衣不就有钱管她这顿晚饭了吗？何至于让她饿一宿，何至于让她这么夹枪带棒地拐着弯儿损自己？关键是她现在就饿了，忍到明天早晨太难受了。她是今天中午在学校食堂吃的饭，到现在也已经七八个小时了。哎呀，这可怎么办？

这丫头这会儿谈笑风生，比她生气骂我还叫我难受。此刻，我叫天天不应，叫地地不灵，还得苦着脸跟她往前走，手里推着她的自行车，像个跟班保镖似的。

她挺胸摆臂，额头反光，正步走，啪啪啪……

我蓦然联想起武训行乞办学的事迹，正所谓人急了上房，狗急了跳墙，情急之中，我横身跑到马路自行车道上，张开双臂拦截骑车的行人。

都是月薪几十块钱的上班人，让人家白捐三五块钱不易，捐个三五毛钱应该能行。我想我只要能从十几个行人手里乞讨到毛票儿，就能给奇娅凑出顿饭钱来，就能让自己的女孩今晚不挨饿。

陈奇娅看出了我的企图，她立时就急了，气、急、怒道："你要是敢给我做丢人的事，我马上就躲你远远的，永远都不再理你。"

她在威胁中使用了极言，我像泄了气的皮球，折了腿的蚂蚱。她见我停止了动作，这才停止了叫嚷，脸上掠过对自己的威力感到满意的笑容。那是一种能主男人事的女人特有的表情。说话间我们已经走到人民大会堂北门外的松树林子了，她说："你别送了，我骑上走了。"

我说："你身上有多少钱？够不够买个面包的？"我这说的其实是句废话。第一，长安街上没卖东西的；第二，她就是往前走到了商业街，街上清一色的国营商店，也都该关门打烊了，有钱也买不到东西了。

她回答我的也是一句犯晕的废话："你就别管了，不够，我还不会找同学去借？"

我说："对不起你，叫你空着肚子……"

她说："你怎么婆婆妈妈的，一顿不吃能把人饿死呀？哟，胃里还真有点儿烧得慌……"

我说："我今晚陪着你饿肚子。走吧，学校没准儿关门了。"

她轻叹口气："我这时回去就得敲门了，人得说，怎么又是你？"

见她这样说，我不再敢留她，催促她骑车上路，口里说着，一只手攥着车把不撒手。这时我眼见着她的脸色又沉郁下来，我一时又不知其所以了。一想到她得赶紧跟同学借钱去买吃的，便顾不得多问她因何不悦。

时间过得快如超音速火箭，我们之间连句亲近的话都还没说，便要分离了。"执手相看，无语凝噎"。她现在心里正在想什么？因何忽然闷声不语？这孩子的心理瞬息万变，又不明说，老叫人猜心，嗐，让她走吧。

"让我亲你一下。"我鼓起勇气这样要求。

她没点头也没摇头，算是默许。我上前扶住她的双肩，然后双手捧住她的头，用嘴唇在她的额头正中深吻了一下，然后果决放手，道："走吧！"

她一语不发，凝神看我一眼，转身骑上小自行车，上路而去……

5

她远去，不见了，我开始觉察自己身上的寒战。我说不清是因为冷，还是因为激动？这是我第二次亲吻她，亲完了便眼前空空。我后悔没有在护城河边便向她提出要求，那样，这一次便可以成为第三次第四次。没敢呀，没好意思，害怕她不让，害怕她起戒心，怕她觉得自己不够君子，可最后不还是亲了吗？

我仿佛是完成了一次重大的仪式，心间溢满神圣感、庄严感。我亲吻了世界上最宝贵最娇气的额头，那神圣的所在。我吻了她，她一动不动地让我吻，仿佛是接受加冕。

她的脑门被夜风吹凉了，她的头发也很凉，摸着感觉凉润。她的头生得巧夺天工，捧在双手上令人异常舒适。我的手指摸到她的耳朵了，她的耳朵给我的手指以秀巧的印象。我的嘴唇是小心翼翼地印上她的前额的，她的前额饱满而柔润。我的上唇依稀地感觉到了她额肤上的一粒细小的青春痘。记得有一次谈话时，我突然袭击用一根手指撩她的刘海，就在刘海被撩起的那一刻，我看见了她前额上的青春痘，不多，有那么几粒。她难为情地晃头，让刘海重新落下，嘴里说着："你这人真贼，人家就怕别人看见，你非要看个究竟，哪壶不开提哪壶。"我说："把刘海剪掉吧，你的脑门很好看。"她说:"那可不行，你还不如把我杀了呢。"我后来以为她的痘都消了，却居然还有一粒，被我感觉到了。

这一粒青春痘的发现，令我有些高兴。这说明陈奇娅是一个发育正常的女孩儿，她也有着正常女人的凡心。

过后我自思：我那一吻是不是不太对头？是不是过于文质彬彬？过于蜻蜓点水了？很可能她想要的，并不止这一点点，她也许还希望我拥抱她，拥抱着给她以热吻，再给她一次真正的激动与震撼。我是不是太笨了，没有女人会喜欢这副君子相的。

太君子啦，太拉赫美托夫啦。车尔尼雪夫斯基的一本《怎么办》，就把你教导成了一个木巴拉克。怎么就知道两片嘴皮子在那儿说呀说的？用情地抱住她，用嘴唇压住她的嘴唇，她怎能不跟着融化？你却用相反的方式待她，如何不叫她失望而去？

你拥抱她她不会觉得你粗鲁，相反，她会认为你是真心爱她，是舍不得她放不下她。这是比什么都直接明确的语言，胜过千言万语。

那天晚上我实际上是选错了行走路线，我不应该贪图和她在河边散步这一景——人虽在河边走，心无散步的心情，也依然不是散步。我应该带她走南河沿那条街，南河沿把口的地方，有一家国营饭馆，是这一带的唯一。别管身上有钱没钱，我可以先领她进去，安排她坐下，叫了饭菜让她先吃上。趁她吃着的工夫，我骑她的小自行车回家去穿衣服取钱。她没车人走不了，就得乖乖地在原地等我。

可是要这么做也存在着困难，因为这时期的国营饭馆的规矩，是先交钱开票，才给顾客动刀铲。可以多跟人家说说好话，把人押在那里，兴许能行。至少可以让陈奇娅先入座等我取钱回来吧。我怎么当时就没想到这个主意？忘记了她还有辆自行车？

我那天晚上的脑筋没往这个地方转，光思忖和她的关系的前景了，光顾了紧张焦虑了，却完全忽视了关键的环节——胃。这一忽视，跟我青年时期重精神不重吃穿的习惯，大有关系。可别人不是你，这是一个基本的事实。陈奇娅的营养能量来源，就靠学校食堂的一日三餐，吃东西不像在家那么方便，这一事实也被我忽略了。我当时为什么就不往她的身体上面去转脑筋呢？

那天晚上，我被远处的问题所困扰，而遮蔽住了近在眼前的问题，等到发现了问题，已经是束手无策了。可是如果我不犯这个错误，而是及早就注意到了眼前的问题，从一出家门就加以解决，是不是就能保住自己和她的关系的将来呢？恐怕管不了多大用。毕竟，在对同我的关系的取舍上，起决定作用的，是一些更具分量的因素和考虑。

6

我从直觉上感觉到了陈奇娅这次来访的重要性，因此萦萦绕绕的老在回顾品咂她此行的诸般言语细节。切碎了再拼上，拼好了再拆开，反反复复地过电影。因为这对我来说至关重要，它关系到我的感情归属，关系到我在今后的岁月里，是等她还是不等她？等她，是一种生活；不等她，又是一种生活。如果我一直等着她，就意味着我不能接纳包括陶枫丹在内的其他异性，拒绝任何给自己介绍女友的好意。假如我等着她，最后等来的不是我希望的和她所许诺的，那岂不是致命的打击，惹人耻笑？一腔热忱、全副投入付诸东流，跌入虚空，万劫不复。

我陷在了空前的焦虑困恼之中。为了更逼近地认清那天晚上的关键事实，我不惜笔墨地在纸上记录下那次发生的一切，还专门列了共时对照表来加以分析——

奇娅站在院门外不走了，说：“不送送？”	我心里不是滋味儿，想送，但决定不主动说送。
走到胡同拐弯处，海湄骑车先走，我也给奇娅指了道，她说“我不认识路”，示意我送她。	我心里轻松了一点，觉得她推开了一扇窗。
走至小马路，我再一次给她指路，她说：“我还是不认识。”她问：“你想什么呢？”她说：“你骗人，我知道你现在在想什么，你是在想我以后不再理你了，对不对？”	我心情紧张，有一股绝望的黑潮袭来。我说：“没想什么。”我一方面自尊心在作怪，一方面又产生了希望。我重申了先前说过的“永不离弃”的话，但加了一个前提：只要她不先离弃。
她说：“考不上就不来找你，考上了一定来。到时候你就知道我是什么人了。”	我说：“考上了就不来，考不上一定来，我等着。”我心里想说的却是：考上考不上你都要来。我感觉她是在向我表明她是一个重感情重承诺的人。

在往东华门去的路上，她说：“能说也是一种才能……我要是能说了，以后老在一块儿了，谁训我呀？”	我把她的这句话理解成暗示将来会和我终成眷属。 我心里变得豁亮。
她说到康帕内拉。	我心欣然。
走在天安门广场，她突然说：“我还没吃晚饭呢……对了，你也没吃呢。我是女的，你是男的，对么？”	我身无分文，着急、窘迫、欲向行人乞零钱。
她在广场上走正步，问：“走到天边会是什么感觉呀？”	我答：“得出地球是圆的的结论。”

在这个共时互动对照表上面，我没有看出什么特别不利的地方，也没有找到她欲背弃我们的感情的迹象。相反，其中倒是凸显了她准备坚守我们的感情的心迹。

这时节，我对自己的判断力已经不太自信，生怕自己一厢情愿犯主观，盲人摸象，于是我专程跑到中央党校，请谢径和梁珊瑚帮着我分析情况。他们认真地听取了我的复述，发表了郑重的判断，择其二三如下——

复述陈的原话	谢径的观点	梁珊瑚的观点
奇娅说：“到时候你就知道我是什么人了。”	“对呀，这有什么，人家觉得你不理解人家。她的意思是，她跟你好，但现在不能跟你说。”	女孩子的心，你一点都不理解。女孩子有自己的表达方式。
奇娅说：“我要是能说了，以后老在一块儿了，谁训我呀？”	“完了，完了，这不是再明白不过的了吗？”	“不用怀疑了。”
奇娅说：“我还没吃晚饭呢……对了，你也没吃呢。我是女的，你是男的，对么？”	“吃饭和男女有什么关系？拉扯到一起，是为了说后头的话。”	“这有什么？妻子是女的，丈夫是男的，她跟你好，就是一男一女。”

我的这两位恋爱中的朋友，一个从男性的角度，一个从女性的角度，都得出了正面肯定的结论，我还有什么可不安心的呢？

我当时根本没有意识到自己的对照表上落掉了重要的内容，即“他人即地狱”和“人本性都是恶的”这两句举足轻重的话。

这两句话当时硬是没有列上。不是有意识地不列，而是下意识地屏蔽了它们，下意识地不去正视，下意识地加以淡化。

第三十九章　伤　逝

1

想起龚桥，我庆幸我活着。

我为什么要提龚桥呢？首先是因为他的自杀发生于我萌生弃世之念之前，他用他的死提前震动、警示了我，迫使我远在天边近在眼前地正视思考生死大事。他的悲剧给予我的教训和警示作用，在 1983 年并不是可有可无的。

换一个说法，因为龚桥的死，所以我活了下来。这并非无稽之谈。

我之所以要提到龚桥的第二个原因，是他的经历、遭际和我有着太多的相似性、可比性。他的去世惹我心酸，惺惺惜惺惺，思别人想自己。

最后的一个原因，是他跟我太熟了。

一次在跟组织校庆活动的王老师通电话时，她说："你们这拨人中还有人去世了呢。"

我说："谁呀？"

她说："龚桥呀，你不认识？"

我说："高中我们俩坐前后桌，数学不会我问他，语文不会他问我，我怎么会不认识？"

龚桥的死曾经使我深受震撼，不仅仅是因为兔死狐悲，还因为我们初中、高中都在一个班，还因为在学习上他和我互补，尤其高中三年半，我们互助的时候很多。在学习上，我偏文他偏理，做题、考试互相问，有那么点谁都离不了谁的意思。高中时我因为近视看不清黑板，要求调座位，一调就调到了他后面，这一坐就坐了三年半。我们彼此住的都不远，走过一段相连的胡同，就到他家的胡同了，连条小马路都不过。

我最后几次见到他，是在 1983 年。小个子的他这时已经开始穿西装，但仅限于上衣，下面是条很不讲究的裤子。在他有生之年没见他穿过什么好衣服，他的那件西装上衣还是棕条绒布的。二十五岁上的他，已经隆起啤酒肚，走路往前甩胳膊，高中时他的外号就叫企鹅。他的体形随了他母亲。上学时他戴的是副白塑料框圆眼镜，参加工作后换成了镀金金属镜架。高中时向他请教难题的同学讨好他，管他叫博士，成年后他的外表看上去挺像个博士的，可这时他的社会身份是某集体所有制工厂的工人。在工人群中他是个知识分子，在知识分子面前，他是名工人，不管他怎么强调说他是车间技术革新小组的成员。

他终结于自杀，时间是 1983 年的元宵节早晨。

那天早晨他妈出门上班之前对他说："锅里给你热着元宵，一会儿起来你自己吃吧。"

龚桥平静地躺在木板床上，躺在从初中时就归他使用的被子下，眼望他母亲说："谢谢你妈妈……妈妈你慢走……再见妈妈……"

这位工科出身的母亲，似乎没有接触过心理学方面的书籍，心理洞察力相对薄弱，她没能及时抓住自己儿子话语神情中的信息。她给儿子拉了拉被子说："我上班去了，你再睡一会儿吧。"

龚桥又说："我真爱吃您煮的元宵。谢谢你妈妈。你走好妈妈。妈妈再见……"

他母亲已经跨出门外，身后又传来儿子的声音："再见……妈妈……"

这天早晨，龚桥服下了他精心数好的安眠药片，吃光了锅里的所有元宵。

2

在当年初中闹哄哄的课堂上，他显然是最用心听讲的一名学生，尤其是在数学课和外语课上。下课铃响以后，别人都到楼道、操场玩儿去了，他却围着一头白发的数学老师问这问那，求知欲超过了现今的所有在校学生。当然有时他的表现有炫耀家学和一己的聪明的嫌疑，有时他有意地要难难老师。可我们那位教数学的张老太太是老清华的高才生，某名牌大学校长的妈，岂是他区区一个初中生能难倒的？老太太虽然赞赏他在那样一个非常年代所表现出来的好学精神，却同时不无微词地说他爱耍小聪明。

那时中学初开英语课，他是班上除班长之外最先背下 26 个字母的。当其他人都还在用汉字给英文注音的时候，他已经学会使用国际音标了。

另一方面，他对政治学习政治运动表现出明显的无兴趣，对毛著也是一无所知。这倒不是他有什么先见之明和政治洞察，而是他根本就不走这根筋。在这方面，家庭教育对他起了决定性的作用。他不止一次地在同学中申说当年流行的口号：学好数理化，走遍天下都不怕。一次在校门外大家玩儿累了闲谈，他忽然大声说："我爸爸说了，即使学不好中文，也一定要学好英语。"

有同学批驳他："不学好中文，算什么中国人？"

他更加理直气壮地说："不学好中文能怎么样？不学好英文就不能出国留学出人头地。"

此言一出，众皆哗然。其时正是闭关锁国的时期，国内大专院校停止招生，更何谈出国留学？可我们当中就偏偏有个龚桥在大批判大字报的余浪当中，在三夏劳动的地铺上，做着另类的梦。

龚桥的父亲是一家国营大厂的工程师，他母亲是机关资料员，尽管都够不上大知识分子，却在家庭教育上，异常鲜明地打上了他们的知识观、生活观的烙印，以至于他们的三个孩子，从小就显示出与胡同里的工人家庭子弟迥异的气质、追求。在蓝制服褂子、国防绿衣裤的少年群中，他却穿了件捡他哥哥的洗得有些发白的褐黄色条绒衣，眼镜圈儿套圈儿，留着毛茸茸发黄的学生头。

龚桥一方面是个学习好的学生，一方面又进不了好学生的行列，因为他也具有闹生的一面，发作起来，有很大的破坏性。他打坏过教室玻璃，打破过玻璃黑板，即便是做好事修理桌椅，也是解气似的用锤猛敲。

那时我们学校一律都是苏式课桌椅，课桌和椅子连为一体，用料厚实，木质坚硬，油漆也讲究。同学们做卫生值日的时候，都要将连体桌椅侧立起来，扫净地面后再放下。别人干活儿时都是轻起轻放，一次龚桥劣性发作，用力往下一拽侧立的桌椅就往前跳开，任其惯性地发出巨响。他一连气哐哐哐拽下去惯下去，全教室的课桌椅都被他这样无情地摔着，满楼道轰响如雷，楼板震动。值日班长急眼了，大吼叫他住手，拿了笤帚拽他。就为他闯下的这些祸端，他那位四方脸络腮胡子、身体还算强壮的父亲，不止一次地被叫到年级组办公室（那时叫连部）听告状。他父亲于尴尬之余替儿子辩解，于是这位工程师在老师们当中留下了坏印象。他前脚走，后脚就被人戳脊梁骨。

早在初中，龚桥就表现出明显的偏好和偏才——重理轻文，理强文弱。我们初三的班主任是语文老师——一个一向以见解深刻自居的中年男人，对同样表现出自以为是的龚桥不以为然，对他的数学才能，也没有表现出特别的好感和当成回事。

班主任的不喜欢、校革委会老师对他的不良印象，这两层因素合并在一起，导致他被排除在了升高中学生的名单之外。这可是“文革”中恢复高中的第二届、本校的第一届呀。这是通往大学的桥，龚桥的一个梦。这事对他构成沉重的打击，以至于他滑冰时疯滑，冰刀崴进了冰缝，他脚踝骨劈裂。

我和另两位升入高中的同学去他家里看他。他一只脚上打着石膏，坐在光线昏暗的小平房木板床上，背后靠着被褥垛。一种强烈的失败加自卑加不服的心情，紧紧地攫住他那好胜意识极强的心。他的脸青一块紫一块，内心起伏着怨恨。我们的到来，在他看来是居高临下，可怜他来了。平时说话喉音重大嗓门儿，哇哩哇啦的他，这时变得沉默，心不在焉。最后他用目光送我们出门。

约摸一个月后，我忽然看见龚桥走进我们教室。原来因为我们班教室大，有多余的位子，学校又从刷下去的名字中，“平反”了几位，吸收到高中，其中就有龚桥。

高中期间，龚桥仍然像初中时那样，数学在班里拔尖儿，高二时，他开始接触微积分。外语方面，因为班里有个外交官之子，他屈居第二。语文、历史、政治几门课，他维持在勉强及格的水平。但无论如何，在全班六十几名学生中，他处在显眼的位置。渐渐地，由于在数学、物理上解题能力强，他赢得“顾问”、“博士”的美称，一些高大白净的男生，不得不一趟趟拿着笔记本、作业本向他讨教。他生性好为人师，一概予以解答，有时他身后竟然排起了队。求解者真会假会之后，纷纷起身离开，回到自己的座位上。

从初中到高中，我眼看着龚桥由一名黄发少年，长成有喉结的青年。他的拔尖的心理、小学者的心理、好为人师的心理，都曾在一定程度上得到了满足，尽管有些时候他也受到某几位求教者的耍戏。对于这些耍戏，很多时候他竟然看不出来，以为人家是在真心恭维他或者是和他要好。他到死都是一个单纯的人。

3

提起龚桥，我就想起在大华山的一幕。初中一年级，我们全校到郊区野营拉练，在平谷的大华山驻扎了几天。这天我到龚桥他们住的院子去串门，正赶上龚桥蹲在老乡家用秫秸围起的茅厕中解大手。

这时同班的一位官员子弟跟几名男生进院子，他从地上拾起根秫秸秸进茅房抽打龚桥的屁股。龚桥被从茅坑上赶了起来。他被追得手提裤子满院儿跑。姓葛的同学急撵着抽他的白腚，哈哈大笑。龚桥在跑动中哩哩啦啦排出些羊粪球状的干屎粒，哩哩啦啦沿他的奔跑路线落了一地。龚桥边跑边躲边嚷：

“你干什么？你干什么？我给你告老师去。”

葛姓同学哈哈大笑。其他同学哈哈大笑。

日后龚桥逢人常说：“葛某某太爱欺侮人了。”

上高中后，葛某某已经不再欺侮龚桥，按他在班里的学习成绩，他已经没有了欺侮龚桥的资格。龚桥本人似乎是记住了葛某某曾经加予他的污辱，因为高中三年半当中，他对其一直采取疏远的态度。葛某某呢，虽然自认为有一个高人一等的出身背景，在校园里却远没有龚桥出名。

从高二起龚桥开始热心于一些集体活动，例如在全校大会上登台朗诵诗歌，在全校文艺汇演上担任合唱领唱，写入团申请书等。当时班里出节目，让我写诗，由他登台朗诵，每次效果都不错。下台来他问我怎么样，我说好，他便自满得耳朵发红，眼皮发涨，好一刻说不出话来。

他最出风头的一次是为全班领唱《英雄们战胜了大渡河》，彩排不必说，等站在全校师生面前引吭高歌的时候，他确实唱出了气势。“嘿嗦嗦，嘿嗦嗦”的齐唱和他的男中音的领唱，在会场上掀起了热浪。

牛皮筏子，大渡河……他唱的是战胜波涛，而不是沉入波涛。

他不是一个笨人，不是一个一无所长的人，不是一个失去了基本生存条件的人，是一种什么声音，什么力量，召唤着推动着他蹈入死亡波涛的呢？

4

我们那帮子同学，是一帮曾经雄心勃勃，自以为前途无量的青年。20 世纪末的曙光，最早闪现在我们身上。

1975 年开春，我们这些人拿到了大红的高中毕业证书。在“文革”期间，这已经算是高学历了。我们这些人之所以没报师范、中专、技校，就是因为怀抱着日后上大学的希望。然而那时只有少数人获得保送入大学，成为工农兵学员，高中毕业跟上大学之间，并没有必然的联系。因此我们虽然心怀精英感，却终于被校分配组一分为二：一部分人留城工作，一部分人上山下乡。还有少数人早走一步——入伍参军。欢送插队同学的锣鼓响过之后，龚桥被分配到市内一个集体所有制工厂上班。

两年后的一天，满脚泥巴旧衣破帽的我在街上遇见了龚桥。我拉他踅进街边小饭铺，要了两瓶小香槟酒，一盘花生米，一盘木须肉，一人四两包子，边吃边聊各自的情况和所知道的同学的景况。龚桥讲了几位留城同学的概况，也说了说他自己。他说：“我现在被调到车间的技术革新小组，在单独的一间小屋里干活。车间挺重视我，遇到疑难的计算问题，都找我解决。”

那日直到天黑，我俩才尽兴而散。那日我根本没有想到过这个跟我一起喝香槟酒的人，会自己结束自己的生命。

上世纪 70 年代的最后几年，我们这届高中生的个人状况发生了不小的变化。我们下乡插队的这拨人中，几个军队干部子女，早早的就由老子的秘书和车子接进了军校和部队机关。经过了招工中幕后操作明争暗斗，少数人进了国家机关、广播电台，平民子女则被大拨轰进了工厂、商店、服务行业。高考制度一恢复，一些原本功课上一般的同学，杀入了高等学府，一位外交官的儿子，则享受到了公派留学的机会，一位当年考试在班里名次很靠后的长脸女生，居然进了清华大学。余下人等，有的升入厂团委，有的做了班组长，有的照旧当熟练工人。龚桥的境况大出人意料，他得了神经官能症，病休在家中。

我听一位同学讲：“他曾追求一个女性，因为失恋精神受到刺激。那女的我见过，比他高一点儿，说不上特别漂亮。估计是人家拒绝了他。”

另一位同学则讲述：“79 年我参加高考时，在考场学校的厕所里见到过他。当时他解完手急急忙忙往外走，我跟他打招呼他都没听见。后来再遇到他，跟他谈起高考的事，他说他没参加过高考。”

一位曾在高中班担任过生活委员的消息灵通的同学透露：“龚桥脾气太各色，跟厂领导和同事合不来。听他们厂的人说，他在厂里待不下去了。”

5

龚桥的确病休在家时间不短了，他曾亲口对我讲起过医生对他的诊断。他走在胡同里挺胸挺腹，昂头前视，见到熟人伸手握手，眼皮看上有些肿。

有时候他忽发奇想，就一定要干什么干什么，别人劝不住他。比如一次他看见我家院门洞上有个电表，就一定要动手帮助重新安装，拦也拦不下。又一次他找我。让我陪他去看望全班的女生，好说歹说才算推掉了这份尴尬。然而不久我听人讲，龚桥挨家走访了很多女生。

除去这些症状外，龚桥还患了失眠症，一宿一宿地睡不着觉。他在院子把角的那间日式小黑屋里，点着个小黄灯泡，不停地演算数学题。他的书架上，除一本英语辞典外，全是数学书。谁也不知道他的数学达到了什么水平，也没人关心哪儿哪儿窝着个数学才子。

给他以更大痛苦的，是他的一兄一弟的步步高升与荣耀，映衬得他像一条黑角落里的爬虫。他的哥哥在某高校执起了教鞭，他的弟弟考上了硕士研究生，并打算读博。

他的父亲对他表现出极度的失望与无可奈何。他的跟他一样挺腹的母亲则逢人就说："我家老二比他的哥哥、弟弟都要聪明，都要聪明，现在真是可惜了他。"

他的哥哥、弟弟进出家门之际，似乎都不再留意他这位大弟，他这位二哥，他们都很忙很风光，哥哥娶了有身份的女人，弟弟携女友双入双出。

这一切切一景景一幕幕，使从小就心高气傲的他，从小就自知有天赋的他，从小就认为自己长大会出人头地的他，有过绚丽梦想的他，感受到剧烈的刺痛。他感到窒息，苦不堪言。还有孤独，还有性苦闷。

我曾经推想，如果他的父母亲从小就以这样的观念教导他：知识和聪明才智，不是出人头地的资本和理由，而是为人类服务的条件……人生有多种方式和选择，做工务农并不可耻……韧性地坚持，弹性地思考，在寂寞中努力，在屈辱与无助中走自己的路……看破时代的帷幕与局限，不受其左右……如果他的父母家庭从小就这样告诫他，他也许就不会对自己绝望，而至今还活在人间。

他每月去厂里领回一笔小工资，然后就蜷缩在他小屋的铺板上，坐在被窝里，做数学演算。从家里能找到的布袋、纸袋，都被他装满了计算草稿。

了结生命前不久，他曾经到人大分校图书馆查阅资料，遇到了高中时的叫苏柳的女生。苏柳回忆说："他跟我说起谁谁出国了，谁谁在上师大、军大，可我什么也不行了。我为自己而难过。愣了一阵儿，他问我交没交男友，问我们关系如何，我说很好，他便说祝你们幸福，祝你们幸福。"

6

龚桥是社会转型期的牺牲者之一。早在20世纪的70年代初他就是一个呼唤者，当着他所呼唤的事物成为现实的时候，他却败在了他曾经憧憬呼唤的东西的门外，而没能拿到通行证。他所受的教育和他的基本意识都指示他说他是为进入那座殿堂而活着的，如果注定了进不去，那他便失去了活着的价值，存在的意义。

当年一边倒的舆论和用人制度以及家庭氛围家庭导向重重包围了他，湮没了他。他的眼前只呈现出一条路，而看不见别的路，在这时的他看来，别的都不是路。客观上的原因是，当时社会所提供的个人选择的多样性条件，尚未显露或尚未充分显露。他把作为人为事物的社会看得过于客观化了，当成了不变的或者变化遥遥无期的庞然大物。面对这一切的他，又是一个性情急切的人，而耐心不足，于是他看到了悬崖，看到了山穷水尽，看到了无边的黑暗。

作为当时处境并不比他好的多年同窗，我能理解他的心情，并且甚至他的那些感受，也正是我的感受。但是我还相信辩证法，相信自己和外界都处在运动中，事情不会一成不变。好死不如赖活着，活着一定好于死，留得青山在，不怕没柴烧，活着就还有机会，百分之百地死去，便是有百分之一百一的机会都没处找你了。倒退一万步，活着还可以感受痛苦，即便是感受痛苦，也比什么都不能感受了强得多。把对苦难的感受变成一种咀嚼，离人生放出光彩的日子就不遥远了。龚桥一定不这么想，所以他早早骑上了黄鹤。

新年前后同学之间通电话，很多时间话题是谈论各自的孩子。龚桥如果在世，也会是某个男孩或女孩的父亲了吧。当年班里长得最不好的女生，后来也都成了人妻人母，像龚桥这样条件的，放低些标准找个老婆，是不成问题的，可是他却陷在恋爱失败中不能振拔。在尚未穷尽所有尝试的情况下，过早地得出结论，就像他在学业职业上过早地下结论那样。

近日播放的电视剧《最后的棚户人家》中，有一段余姓老头儿的台词值得一引。他对孙子余恩说：你站在上海最高的楼上往外看，看到了什么？

余恩：能看到很多，模模糊糊的。

余老头儿：都说站得高看得远，狗屁，站那么高你一样都看不清了。你把眼睛放低，从上面下来，就会发现到处都是路。老鼠的眼睛低不低？在老鼠的眼里，到处都可以藏身。

我已经有鼓吹庸常主义的嫌疑了。庸常其实正是大多数城乡人的日常状态。这么多人都在庸常的生活中挺着，活着，其实就是一种不平常。庸常不可耻。得精彩时就精彩，不得精彩时就庸常度日，逐渐积蓄，蓄势待发都是活人的状态，怎么着也不可以自己结束自己。

因为那是犯傻，是傻到无可补救。

7

于今想来，龚桥真的是一个单纯的人。他可能就是死于他的单纯。高中时他曾经于晚上到隔壁的王姓同学家串门。这位同学一家住着部长级的宅院，家里那时就有电视机。电视开演后，龚桥也坐在那里看。不久，同学的父亲起身叫着两个儿子出了客厅，厅里只剩下龚桥一个人坐那儿看电视。又过了会儿，同学的父亲进来伸手关掉了电视机。龚桥傻坐了一阵，还沉浸在节目当中。他以为人家是怕电视机开时间长了烧坏了，凉一凉再开。他就这么无人搭理地坐了一刻，又坐了一刻，直到最后才明白了人家的逐客之意，讪讪地离去。

这一幕是我那位高干子弟同学多年后亲口讲给我的。

我为龚桥感到屈辱，也激怒于那位父亲的不容人。若是换了国务院一级的人的儿子进他家，他不定怎么笑脸相迎，巧言招待呢。

我心里暗叹龚桥的没眼力见儿，不识人的眉眼高低，更从中见出他的为人单纯和不谙世故。我对王姓同学说："换了我，你爸敢用关电视憋我，我踢门就走。"

龚桥真的是死于他的单纯。他单纯到以为选一个元宵节去死，他的未圆的人生梦，就可以圆乎了。当他准备好安眠药，跟母亲说"你走好妈妈……再见妈妈"的时候，他该其实是希望着，至少是在潜意识里希望着他的生身母亲看破他的计划，挽留住他的吧。

他去世后我曾经遇到过他母亲，并做了长时间的交谈。她说道："即使是这次我发觉了，制止住了他，以后他还是会走这条路的，只是个早晚的事。"

我不能去反驳一个母亲对自己儿子的观察判断，可是我将信将疑。以我多年对龚桥的了解，他不是这样的人——他曾经不止一次地表现得怕死惜命，怎么走入社会长大成人才几年，他会变化如此之大呢？如若真如他妈所言，那就更为可怕了。

在最初从同学口中惊悉龚桥辞世的消息之际，我感伤唏嘘兔死狐悲过一阵子。虽说是悲剧的发生地近在咫尺，可毕竟是他人身上的故事，没有伤着自己，因此，我这时还根本不曾设想自己用不了多久的时间，就将要面临一场龚桥那样的生死选择了。

鬼门关已然在朝自己招手。

第四十章　身体里的叹息

1

在我以往的叙事中，赵海湄似乎一直是作为配角而存在的，事实是，越到后来越不是这样，她所居的地位越发的重要。

在我遵守约定不和陈奇娅通信、见面的这一年里，我和海湄一直保持着直接的联系，走动相当频繁。有时是她单独来看我，更多的时候是我骑一小时自行车去家里找她。我需要从她口中打听陈奇娅的近况，诉说心中的焦虑苦闷，或者干脆坐在她的身旁唉一阵子声叹一会子气，接受她的同情安慰。同时海湄也愿意和我说说她自己的事。这样渐渐地，这种会面便成了我们俩人之间的交流、倾谈。

我去她家多次赶上她正在写作业，这个好心的孩子一听是我来了，便出来迎我进屋。我让她先做完功课再来管我，可她从来都不，而是放下手中笔，转过身来陪我叙话。

与她密谈于她那间窄条小屋里的感受，微妙而难忘。在燠热的夏季，她只穿件抱身紧绷的挎篮背心和一条半透明的衬裙，那衬裙短而透，基本上遮不住里面的粉色三角裤衩，她双腿的全部可一览无遗。这孩子毫不避讳我，就这么穿戴着行待客之道。她少女的裸露部分，看上去是那么的青春健康，赏心悦目，通体洋溢着果子成熟季节的韵味，令人心生欲望和遐想。这是此前和她在一起时从未有过的感觉，美妙而又使人略感迫促。

我尽量管缚自己的眼睛，不要往她腰部以下看，可是她最为魅惑人的地方在她的腰部以上，那里热带的果子饱满飘香。我忽然意识到紧张和忐忑其实是不必要的，海湄本人并不以我的视线为罪，倒是她反而乐意我发现她身上的季节特征，而不满意于我先前对它们的忽视。我眼前的女生不擅妖娆，但她的举止已然在告诉我她已不是孩子了，我应该关注她身上正在成长出的女人味儿。

灯光下，拖鞋里，她的脚依然是少女的脚，可是已然长得足够尺寸，开始焕发可爱的性感。当她起身背对我时，她的腰和臀已然是风姿万千。惊艳之余我暗想，我以前怎么没有注意到这些啊？这女孩子的成熟程度和风情指数，是超过了我所恋慕的那一个的。

在这样的夏夜，这样一男一女相处的时刻，她有意无意地要将我的注意力吸向她，有意无意地将我的心海掀动起来。并且她正是以这种接待方式告诉我，她和我不是一般的朋友，我们之间不见外。她特意指出，她长这么大，我是第一个有资格进入她闺房的男人。

海湄的这间小小的只够放张小床和书桌的小配房，在夏夜的灯光下，氤氲成情思舞场，暗香浮动，气息交融，闻得到彼此身体逸出的体味儿，她的小木床仿佛有熏衣草的淡香。言语所绕开的情思，是些无形的飘带，在空气中飘来荡去，触碰、对舞、纠缠、松开，飘飘荡荡，忽忽悠悠，撩人神思。异性相吸的互感性，以特殊微妙的形态奏响琴音。

海湄的诉求和心声，是可感的，但我不敢确定，并在意识层面有所抵拒。不敢确定使我的抵拒获得依据，亦使抵拒成为可能。假如不是我心里先有陈奇娅占据着位置，这种抵拒意识便不能成立，我与海湄之间就必定会发生一点什么，这就构成了当年我们之间关系的基本框架，后来的发展轨迹，悉出于此。

这个框架影响深远，既限制了我，也限制了海湄。这样一来，即便是高三年级的赵海湄的内心积聚了巨大的爱情能量，我们之间也难以跨越雷池，即便我们二人的心底都有潜流涌动。

其实，我早就知道海湄对我有种特殊的感情，缱绻而又蕴藉，也早就认识到她是个值得一爱的女孩儿，可是凡事有个先来后到，陈奇娅捷足先登，她俩又是同学好友，她只好站在下一级台阶上，我也只能给她一份持久的温情。

潜意识里的这些东西，还根本不构成移情别恋，却在一定程度折射出我对陈奇娅信心不足，存有疑虑。前途未卜的感觉，像一道魔影驱之不散，可我对她真真确确割舍不下，这与我的感情投入成正比。

海湄是个感情受了伤的人，正处于深深的压抑状态，我们彼此互相抚慰，互相需要着。互相舔伤，仿佛成了我们之间不言自明的义务。

2

海湄对今晖的恋情，是一场错爱，走到一定程度，她不得不止步。可是她身体里的风暴已然起程，悬停只能使能量愈积愈足。海湄的初恋透露的信息告诉我，她需要恋爱，渴望恋爱，她的爱情能量无比火热。

海湄是个外表平静而内里带火的女孩儿，她需要一个宣泄的河道，需要一次真正意义上的燃烧。假如没有陈奇娅捷足先登，她直接选定的目标八成会是我。假如谢径第一次只带她一个人来我家造访，那么其后的事可能就会发生在她和我之间。谢径和梁珊瑚，她和我，正好是两对。

谢径与我莫逆，珊瑚与海湄是小学、初中的同学，上述可能看上去顺理成章。而陈奇娅的出场，将她闪在了一旁。

海湄是个绵性子人，感觉和表达是需要时间慢慢展开的，她在心理特征和行事风格上，大大有别于陈奇娅。

在我被陈奇娅搞得疲惫不堪困恼无度之际，我甚至曾经推想，假如跟海湄恋爱，应该不会像和奇娅这么累，会相对的简单省心一些。海湄比较地能设身处地替别人着想。

我最初没有注意到她的失落和不满，直到后来才开始觉察。我差点把她当成了感情生活上的雷锋。日后从她身上感觉到的一切都告诉我：她是女人当中的一员。女人所具备的，她都具备；女人所需要的，她都需要。

她说过，小娅可以跟你那样，而我就不敢。她说的是不敢啊，言外之意是，不敢不等于不想。看来她真的是想过的。有时我仿佛能听到她身体里的轻叹，她身体里的呼唤：抱抱我。

我听到了，可我也是不敢。我害怕对不起小娅，想象着她知情后的反应。我真的是太在乎小娅的反应，太在乎她的心理活动了，我害怕她内心产生贬低我的看法。她内心发出的审判词，对我非同小可，仅次于上帝的发言。

我的心头所虑，写在了我的脸上，被聪明的海湄全部读懂，而她心中的所有忌惮，我又何尝不知道呢？

她家院门外的那条小路，我们一起走过多少遍？没有人知道。除去走这条路，有时她还陪我行至河边，沿河漫步。这是她从小便司空见惯的一条窄河，野草丛密齐腰，水流湍湍，她对它已视若无睹，因为我有新鲜感，她便不说什么陪我走上一阵。我穿长裤她穿裙子，我提醒她小心有蛇。她说："这地方还真有蛇，是水蛇，我就亲眼看见过蛇在水里游，游得很快。"

我说："那你就更得多加小心了。"

她说："我不招它不惹它，它干吗要咬我？"

我说："蛇知道你叫赵海湄呀？"

她恬静一笑，纯真得让人想摸她的头发。

每次从海湄家出来她都送我一程，赶上天色已晚的时间，我还要将她再送回到她家门口。这时她并不即刻进院，而是还要站在街角同我继续聊上一阵，才依依不舍挥别。

这孩子秉性善良温存，多情而执著，虽然她年龄比我小很多，可她的绵和的性情，有时竟让我体味到某种母性味儿，这让我感觉舒适熨帖。

我真是怀念跟她相处的那些时光啊，温情脉脉，四目相视，并肩而行，有说不完的话，有封在口边的话，有某种深邃幽秘，蕴藉，欲言又止，悠悠的，依依的，混合而又朦胧，近和远扑朔迷离，咀嚼，滋味悠长。

3

对于和奇娅的关系的态度，我曾向海湄表态说："只要她不离弃我，我就不会离弃她；宁可她先负我，我绝不先负她。"

海湄默然，不对我的立场发表评论。

到了这年的冬季，我发现海湄像一艘行船似的从我旁边绕了一下，驶向了别人，这让我吃惊不小，心里不是滋味儿。

寒假里，陈奇娅杳无音信，海湄也失去了踪影。我心里十分惦念，不知道发生了什么事。于是星期天我跑到海湄家问讯。

刚好她在，我问她这些日子都干了些什么？她说她近来在跟大学生交游，参加他们的活动。听她讲了些情况我才听明白，带着她跑来跑去的是一名叫罗贝的历史系学生。此人是从海湄所在的中学考入高校的，论起来算校友。罗贝常回母校看望教过他的老师，在教师办公室认识了海湄。话里话外，我听出这个罗贝正在追求海湄。因为不了解详情，也未见其人，我不便多言，只是说："距离高考你所剩的时间不多了，你哪儿有工夫去做交际花？他考上了倒是踏实了，就不替你想想。"

我略含讥刺地使用了"交际花"一词。她显然听出了我的态度，没有多加解释。

事有凑巧，时隔不久，我居然在海湄家正房里撞上了这位大学生罗贝。

那次我去赵家正赶上海湄没在，海湄妈接待我，迎在正房里说话。忽然推门进来一位瘦小个子的男青年，戴顶毛线帽，唇髭浓黑，未曾动过剃刀。他眉毛漆黑，瞳仁漆黑，眼睛长得像两颗话梅，眉型偏短，形状像两粒手枪子弹头。他身上穿的那件黑皮夹克上的白铝大拉锁扎眼而媚俗，第一眼就让我不舒服。

他一见我先愣了一下，开口问我尊姓大名。我通名报姓后他马上说："你跟陈奇娅的事，赵海湄跟我说过。"

我一听来了气："我跟陈奇娅如何，关你什么事？赵海湄跟你说得着吗？"

我不用他自报家门，就已经知道他是罗贝，他头戴那种俗称夜壶套的毛线帽的样子，给我以獐头鼠目的印象，再加上他上来就跟我提小娅，一下子加重了我对他的反感。陈奇娅也是你说的吗？

我当下直截了当地问他想跟赵海湄怎么样？他说他喜欢赵海湄，赵海湄也喜欢他。我表示不相信。我说你的形象配不上海湄，你还是有自知之明为好，赶紧离她远一点。要是因为你她大学考砸了，这责任算谁的？

初次见面的罗贝，没想到我会率直至如此，并且是当着海湄母亲的面。他毕竟还是学生，稚嫩有余历练不足，一时竟不知该如何反击，只会反复强调说赵海湄喜欢他。我说根本没这个可能，等她回来我自会问她。

连我自己都觉得那天火气过盛，对一个生人太不留情面。我来不及检视自己的动机和深层意识，只把这看成是一种迫不得已的条件反射行为，看成是对海湄的保护。妒火妒火，我难道就没有妒火吗？难道就没有一点私心吗？我是海湄的什么人？

我有那么大的权力吗？那罗贝完全可以反问你：我和赵海湄的事，关你何干？

罗贝一走，海湄妈却对我大表赞誉，说："你熊他熊得好，我也不喜欢这个人，可他老来。"

我说："那您为什么不提醒海湄？"

她叹了一口气："我这不是说好歹有个人跟她来往来往，好让她从和今晖的那事里转移出来吗？"

我说："那您就自私了点儿，明明不成的事，倒害人家认真起来，不是两耽误吗？"

她道："我知道这事有点不对，可一直都没磨开挑明说。今儿让你给挑明了，他以后就不会再来了。"

4

正说话间，海湄回来了。进到她的小屋没落座，我就急赤白脸地数叨起她：

"我说你怎么这么不知道自爱？跟这么个獐头鼠目的小子谈情说爱，你也不嫌掉价？要真是拿得出手我也不说什么，你要是跟他过一辈子，我都觉得恶心，到时候我理都不理你。"

海湄立在她的小书桌边，一语不发，听凭我发作。我以为她会中途发怒，谴责我多管闲事，可是她一直闷头不语，直闷得我都泄了气。终于她抬起头来，跟我说出实话。她说她对罗贝没动真情，她不会喜欢上他的，只是作为一种消遣。

她一说是消遣，我更恼了，我以指击桌道："什么都可以消遣，这种事也可以消遣吗？你这是玩儿人你知道吗？早晚会玩儿出火来的。"

被我说急了，她眼泪麻花地哭起来，一遍又一遍地用手背抹眼泪，抹得我慌作一团，心头一阵疼怜一阵酸楚。她脸上的皮肤本来就细腻，像果冻似的，经泪水打湿，再带上一抽一噎的颤动，就更如梨花带雨，楚楚堪怜。

"你知道人心里有多苦吗？谢径有梁珊瑚，你有陈奇娅，我有什么？谁来抚慰我？我心里的苦，你们谁知道？我再连这点都没有，你叫我怎么过？我也是有血有肉的女人呐……"

她的哭诉惊呆了我，震撼了我。她的孤独我是知道的，可是我没有进入她的体验，甚至忽略了她的体验。她的孤独感是隐忍的，浸透着苦水和悲怆的，是因对比而深重强化的，是凄美得令人透不过气的。我和谢径在需要的时候，都从她那里讨安慰，可是我们两个大男人，总共给过她多少安慰多少爱？她成了站在一边看着别人的看客，成了这个小圈子的公共感情保姆，自己却没份儿，搁谁谁心里不难受？

海湄呀海湄，今天我才算懂你了，你的内心的感受力的丰盈度，一点不比奇娅、珊瑚弱，只不过你平日含蓄得让人误以为你很平静，不很在意，甚至让人误以为你对我们要求不高，有友谊就挺满足。海湄，是我对不住你，对你的内心需要关心不够。你想怨就怨，想骂就骂吧。刚才她说她自己是女人了。我怎么今天才知道她这样看待她自己呢？女人是什么意思？女人想要些什么？她宣布她不是小孩儿了，她有权利要求女人要求的一切了。

她没有埋怨我，可她的确表达了幽怨和委屈。我说："想哭你就哭哭吧，也该好好哭哭了。"我好几次想给她擦眼泪，可都克制住了。我从后兜掏出一块新洗过的手绢，抖开，递到她手上，她左右拭了拭，长抽一口气，慢慢慢慢不哭了。平息片刻，她不好意思地一笑："我没事儿了。"

我说："真没事儿了啦？又哭又笑，一脸蛤蟆尿。"

她说："我也不知道是怎么了，就是管不住自己。谢谢你一直陪着我。"

"好一场暴风骤雨，你差一点没把我吓木喽。你刚才一乐，还冒了一个大鼻涕泡儿。"

5

我七八个不放心地走出赵家。我不让海湄往外送，她刚刚哭过，眼睛还红，不宜着风。她很听话，又忽然想起件事，道："我今天去学校，遇见了小娅，她说她下星期二要去区科技活动站。"

我记下了这个时间。海湄的用意是给我提供一个见小娅的机会。

星期二那天，我骑车东绕西拐，费挺大劲才找到那家科技活动站。只见里头冷冷清清，没几个人走动。我问工作人员今天有什么活动？答曰没活动。我在里面走了好几趟，扒窗户玻璃往里看，也没见到陈奇娅的影子。我确定她还没到，便去院门外等。我足足傻等了一个小时，也没见她一根影子毛儿，这才怏怏离去。

那种欲跟想念的人见上一面而不得的感受，那种想碰碰运气而碰不上的懊恼沮丧，那种望眼欲穿，"过尽千帆皆不是"的无奈与委屈，让人铭刻难忘，说出来又恐人见笑。

等到下次再见到海湄，我故作漫不经心地问她，小娅去科技活动站回来后说什么了吗？海湄道："嗐，那天她爸爸非要带她去她叔叔家，什么站也没去成。"

我暗暗叫苦不迭，下狠心道："瞎心的事，这可是最后一次了。"

我是怎么度过那个难受的一天的，陈奇娅大概永远都不知道，可是天知地知我自己知。

6

在我和陈奇娅的关系史上，赵海湄的两次做法，令我感到意外和猜不透。

临近她们高考的那年的冬天，我因为思念而不得一见，便将陈奇娅写给我的所有信件、诗文，反复重看了几遍，然后用一张牛皮纸把它们包成一个大包，用胶条封好，交由海湄替我保管。

我让海湄替我保管这些珍贵东西的理由，是存在问题的，是容易引起误解的。我说：第一，你保管我放心。第二，省得我老要拆包看，因为每看一次，我的心都很难平静，太伤神了。第三，谢径将他和梁珊瑚之间的通信、情书什么的，早早就寄放在海湄家，我也应当充分信任她。海湄说了句："我拿着合适吗？"便接了我的纸包。"你什么时候要，就来我家拿。"

这事我本来是不想让陈奇娅知道的，可是海湄却传了过去。一天她突然告诉我："小娅要走了那些信。"

我一听就急了，顿足不已。我说："你为什么要给她，没经过我的同意？"

海湄变色道："她非要，说那是她的，我不给也得行啊？"

我愤然道："我是那些信的主人，写给谁的就是谁的，哪有往回要的道理？你……你怎么这么靠不住，辜负我的托付？你……"我气得手指发抖，"她都说了些什么？"

海湄面带无辜和惘然："她就说她要拿回去回顾回顾，总结总结，清理清理头绪。回头还可以再跟她要回来嘛。"

"你说得轻巧，这事不妙。她一听说她写给我的信到了你手里，她会怎么想？她会把事情想走样，你知道吗？换了你，你会怎么想？她会觉得我不再重视那些东西，把它们扫地出门，哪里知道我是害怕睹物伤怀？她会想我为什么不交给别人，偏偏交给你？海湄海湄，你平常看着稳稳当当的，嗐，你把我坑苦啦你知不知道？"

我那天跑去海湄家，就是想要拿回那包宝贝的，因为我已经隐隐有种预感，结果还是迟了一步。

这个海湄，我真不懂她是怎么想的？我事先还特意叮嘱她，托她保管东西的事，不要告诉奇娅，结果她还是说了。她究竟是无意的？还是成心的？

海湄说她自己也是女人。是女人就有女人的私利、私心，有女人的所求所欲，有由此而来的所思所为。假如我不把她设想成天使、圣徒，就得承认她会做利己的事，备不住会损及到他人。从本心上，我不愿意去想海湄会有意识离间奇娅对我的感情，她一向似乎不曾这样干过，但这一次她会不会呢？

这半年来，陈奇娅隔绝我，她走近我，又一向心里不平衡，她真的能一直君子风范吗？女人的本性女人的潜意识，难道不会对她有所驱策吗？奇娅之所以要走那些诗文信件，首先是由于她知道了它们在海湄的手里。可是海湄为什么要告知于她呢？是顺嘴秃噜的？还是出于什么动机？是当好事说出去的？还是意欲向奇娅炫耀她同我关系近乎？假使她真有心插一杠子的话，这次的确是个顺风使舵的机会，可以使事情天衣无缝，无可指摘。其中的关键问题是：我这个人有那么香吗？我对此无法确定，因此便无从下结论。

我在愤愤中使用了"擦边球"一词，指责赵海湄在跟我打"擦边球"。

海湄那天的脸色的确少有的难堪、不自然。

我说："小娅要走信的事，我不问你就不说，你想瞒到什么时候？这至少说明你于心有愧，知道自己做得不对。是不是故意的，你心里清楚。"

“我没故意。”海湄咬定青山不改口，“我拗不过她，她一向在我面前占上风。”

我拿海湄没辙，只能自己卖后悔药。

女人，包括女孩子，我一向就没有将她们估透过，我必须得承认自己对她们是幼稚无知的。

我必须得承认自己又做了件错事。

我是哑巴吃黄连——有苦说不出。

发生这事所导致的结果之一，是陈奇娅开始冷淡疏远赵海湄。海湄说及于此，有一些伤感，有一些无奈。我给出的解释是：小娅这么做，是为了避免从海湄处听到我的行踪，从而避免分散注意力。

“也许是吧。”海湄曼声搭音，“我都不知道什么地方得罪她了。”她的脸上再次浮现无辜的神色。

我平生未曾脱胎为女性，未曾有过女学生结交为同性朋友的经验，对于女儿国里的千丝万缕，一向都是隔雾看花，不甚分明，只好概而括之曰：女人之间三天好两天臭的故事，天天都在上演。

先前我以为陈、赵俩人好得亲密无间又无私，看来是理想化了。既然矛盾是普遍存在的，这两位女友之间便不可能是纯粹的“君子国”。单就学习成绩而论，海湄在班里属于中游，奇娅则一直领先，作用于心理，就会带来差异，差异即是矛盾的一种形态，优势感和不服气甚或嫉妒心，就会滋生在她们中间。

一次，奇娅告诉我，海湄向校党委递交了入党申请书，同学中做这种事的，海湄是第一个。陈奇娅讲这件事时的态度，既是当成新闻，又很不以为然，言外之意是，赵海湄有政治投机之嫌，同学们都比较有看法。

“你还不写一份儿？”我逗她。

“才不。下辈子吧。有本事走遍天下，我不靠那个。”

及至见到海湄我问及此事，她腼腆一笑：“瞎写着玩儿，老师一撺掇我就写了。老师说，学生党员吃香。我一想反正没什么坏处。”

1983 年发生在两位女友之间的冷淡疏远，不等同于绝交。日后，她们将重新发现她们之间的友谊，并重新加以定位。

7

赵海湄干的第二件令我迷惑不解的事，是 1983 年春季她的一次突然袭击式的造访。她那次的到来前后仅十分钟，影响却难以估量。

这是一个上午，赵海湄突然现身在我上班的那间旧平房门外。她说她到这边街上买东西，顺便来看看我。自打我们认识以来，她这是头一回到单位造访我，有那么点破天荒的意思。

她在库房外间屋待了约摸十分钟，左看看右看看，里看看外看看，没说上几句话便告辞离去。老石和闵鑫四只眼瞪着，干坐着不出声。

我问海湄今天是不是有什么事？她上下打量一眼破墙，神色怪怪地答："没事。"又匆匆迫迫地说，"我得赶紧走了，还有同学等着我。"

"谁呀？"我说，"干吗不一起进来？"她言语支吾："你不认识的，她在商店里等我。"

赵海湄这天来去如风，突然出现突然消失，让我丈二和尚摸不着头脑。她明说是来看我的，可是她的注意力全在环境上，没跟我说上几句话。给我的基本印象是：她是来看我干什么工作和在什么环境里工作的。

我上班的这个地方破旧简陋是不必说了，我还特意解释一句："这是临时的，马上要拆，搬到新地方。"我有心叮嘱她不要将来此地的事说与小娅，可话到口边没出来。其实我也不想让海湄看到这些，不过我并不特别避讳她。我想她作为建筑公司职工的女儿，应该能正确理解这一情况，而陈奇娅却未必能。

同时我又想，何必呢，海湄知道什么该说什么不该说，她不会存心坏我的。如果她忍不住跟奇娅说，说了就说了吧，谁叫这是事实？奇娅应该不至于把这看成是永久性的，也不会因为这座破房子而看低我。话虽这样说，我对陈奇娅到底如何看待这一情况，并无把握。毕竟她在一天天长大，社会意识一年年增加，我无法断言社会存在决定人的社会意识的普遍观察，不适用于她，尽管我不相信这个规则在我身上管用——我以为，社会存在只对我的意识起有限的一点作用，在更大程度上，是修养决定意识，有什么样的修养有什么样的意识，我自己有选择地形成的精神修养，是超乎这个有限的现实存在的，它是更为广阔和深刻的，影响力持久的。

赵海湄那天来得蹊跷走得蹊跷，她的神情更加地蹊跷可疑，简直就像是个侦探刺探情报，又像是农村选择婚配对象的必走程序之一：相家。她真的如她自己所说是顺便路过，还是有计划有预谋地前来侦察？是她自发地要来的，还是受了什么人的指使？如果她是受指使的，那么指使她的人是谁？真如她所说，在外面等她的同学是我不认识的，还是我肯定认识呢？这人会不会就是陈奇娅？

直觉对我说，海湄提到的在商店里等她的那位同学，很可能就是陈奇娅。我此时无论叮嘱海湄什么话，都会传到陈的耳朵里，等于是多了一层鬼祟和罪。她们既然是有备而来的，那我还是少给她们送话把儿为好。

陈奇娅会跟我动这份儿心眼儿吗？会是她的父亲陈昌明指使她这么干的吗？都有可能，可我无法实证。

我当时没有盘问赵海湄，事后也没有加以追问。我相信海湄不会害我。假使我当下揪住海湄追问到底，说出我的猜测，我想她会用她的方式，让我明白是怎么回事的。她心眼儿没陈奇娅多，口也不像她那么紧。

退一步讲，就单纯将此行动看做是海湄自己的心念一动，与奇娅无涉，也保不住她会在聊天时说出去。陈奇娅听了会做何感想？一个在她眼里有个性有才华有抱负的男人，窝在那么个破地方，纵然他浑身金光闪闪，那也是凹头可鄙的。人凭衣裳马凭鞍，男怕干错行，女怕嫁错郎，谁没个虚荣心、面子意识啊？哪个女人不追求体面的人生？

生活里常见的情形是，人们刚接触一个人时，总是先问他你是干什么的？在哪儿工作？由此开始判断他的性质、价值，给他下定义。市民社会不懂得，康帕内拉进了监狱，还是康帕内拉；曹雪芹住进茅草房，还是曹雪芹；格瓦拉无论是置身政府大厦还是南美洲丛林，他都是格瓦拉。市民社会熟知的判断标准，是“成者王侯败者贼”。生前落魄的曹雪芹尝尽他们的炎凉，韩信在他们当中受过胯下之辱，被视为狗屁不是。

换位去想，陈奇娅或许还会觉得我瞒骗她呢；站在我的立场上，这种实话说它何益？假使她直截了当地来问我，在她目光的注视下，我是不会含混其词的。

在海湄离去以后的一段时间里，我并没有太将她的这次行动当成什么大事，但是随着后来事态的变化，我才发现这也许根本就不是件小事。它很可能起到了推动陈奇娅做出某种决定的作用，至少是对她做出决定有影响。

对于这当子事的背景与究竟，多年来作为一个疑题，间或闪过我的脑际。我在有机会问海湄的时候，一直都没问，以至于时至今日，它成了一个不解之谜。

第四十一章　第十九层地狱

1

海湄是春三月来的旧库房，春四月，声像部包括库房全体搬家，搬至三环路附近的一座小二层楼。至此，图书公司的这个下属部门才算有了正式的工作场所。

部门经理谭正军将一层楼划归库房组，把二层用做办公室、技术室、财会室和生产车间。搬家那天全员出动，车来车往的煞是劳累紧张。

下午，旧库房里的空白磁带和成品磁带箱全部运齐，我和老石、闳鑫马不停蹄安排归置。谭正军从楼上下来巡视，对我们的工作横挑鼻子竖挑眼。我听不过去，说道："这不东西刚运齐吗，也得容个工夫，你别骑驴的不知赶脚的苦。"

谭正军一听面呈不悦之色，鼻子里哼了几声，拂袖而去。

时候不大，一位复员转业的高个子李邢凑过来挑事，压低声道："小谭刚才还说你呢，说当初把你从机关科调过来的时候，人事科长程鱼雁说了，叫他过去是当装卸工的，你要好好地使他，杀杀他的锐气。"

我闻听此言，顿时如评书中说的那样"怒从心头起，恶向胆边生"。

我抬眼看看那李邢，作色道："你挺大一男人，怎么像个是非婆似的专爱嚼舌头？亏你还是党员，还当过几年海军，那海魂衫让你白穿了。"

他被我说得下不来台，羞恼万分："操……操……我好心好意给你报信……你这话从哪儿说起呀？"

我不再理他，一磨身从墙角抄起一根棍子，飞身上楼去找谭正军。我撞开一个房间，又撞开一个房间，都不见其踪影。我又冲下楼寻摸一遍，还是不见他。只听闳鑫说："他刚跟车走了。"我怒吼一声抡棍将水泥地面打起一道白烟。然后就乱棍如雨一通怒击，打起一屋的烟尘，棍声清脆如鞭炮。上百击打完，一条长棍打成了二十公分，无法再抡，我大吼一声将残棍抛出，从这面墙弹到了那面墙。我余怒未消恨骂谭正军是混蛋，有种的你当面挤对我，背后嚼什么老婆舌？老子是虎落平阳被犬欺，虎就是虎，犬就是犬，你谭正军别狗仗人势。

在我脾气发作的始末，石瑞祥和闳鑫一直在场，高个子复转兵李邢也站在楼梯口观望。不一会儿他转身没影儿了，是准备着去向谭正军报告。闳鑫长出一口气："是欺人太甚了，我也真想跟丫的抡了。”老石说 ：“行了，你就别拱他火儿了。”

那天发作完我再次发现，一旦发起火来，自己嚷着说话不仅激烈而且雄辩尖锐。平常拘着面子不肯说的话，这时全都奔逸而出，以毫不含糊的形态破堤而出，势不可当，越急话说得越顺。我分析，这种时候自己一下子豁出去了，不再有什么顾忌，心、口于瞬间解放，才会导致这样。

那天头下班时，谭正军神不知鬼不觉地闪到我的身旁，真真假假地对我说道：“听说我把你得罪了？嗐，这人说话有有意的，有无意的，如果是无意伤人的，就不应该怪罪。程鱼雁虽然跟我那么说了，我照没照着办，你心里该清楚。小李这小子，我回头找他算账，他巴不得你把我的脑袋打成烂西瓜，他好当这个部门的头儿。”

谭正军倒背双手在屋地上踱步，瞅一眼老石，瞅一眼闳鑫，又转回到我跟前，继续说道：“一个人再要强，也不能和命争，生死有命，富贵在天，凤凰落汤不如鸡，人在矮檐下怎敢不低头。所以我劝你啊，还是和为贵，忍为高。我说得对不对？”他望一眼闳鑫，望一眼老石，为自己的即兴演说自鸣得意。

我身心俱疲，不想再说什么。觉得跟这个世界没什么好说的。

装卸工装卸工，装卸工是什么意思？装卸工是社会脑体分工系统中最被看不起的工种之一，俗称扛大个儿的，蔑称臭苦力，被认为是智力含量技术含量最低的工种。那些骑在上头作威作福的人，把自己划进了这个范围，并且想借此摧垮自己的身心。我余某人虽然还没达到“才高八斗，学富五车”的水平，可比起你程鱼雁之流来，不知强多少倍，你就能权杖一指，把我定义为装卸工，一个应该活活累死的人，恨不得叫我青春化泥，永世不得翻身，用心何其狠毒！我余奔滔不就是想活得有点尊严，活得像个人吗？这就成了十恶不赦，大逆不道？就这么想把我打入十八层地狱而后快？我本来就在十八层地狱了，还嫌不解恨，非打到十八层以下不可。

这天下午我内心悲愤滔滔，翻江倒海，恨不能搬倒天柱，将天戳几个大窟窿，扫平荡净天下的不平。

我第一千八百八十次地想 ：这个社会真是虚伪透了，一边高唱劳动光荣，一边利用劳动制造不公平，制造不平等，并将这种“光荣”用做惩罚人的手段。这是人类社会迄今为止发明的仅次于监狱监禁的惩罚手段。

这让我彻彻底底地看清了自己的人生处境，彻彻底底地看清了这个世界的压迫途径和方法 ：这压迫粗看是通过阶级压迫来实现的，但其具体的实现却是通过社会分工，通过管理领域和劳动领域的分离、对立，通过分工内部的工种分工来实现的，所以马克思、恩格斯才把消灭分工作为消灭阶级社会的必要条件，真是太正确了。

装卸工是劳动者，劳动创造世界，创造人本身，但装卸工没有社会地位和光荣，它在劳工群里是最被吆来喝去的工种，被当作肌肉工具来使用，被当作人牛人马看待。可是有人居然跟石传祥说，我当领导，你做掏粪工，我们只是分工的不同，都是为人民服务。他清楚自己没说真话。

我看得分明，越是口口声声宣讲劳动光荣的那些人，同时就是最厌恶劳动，最惧怕劳动的一些人。他们的人生原则是不劳而获。他们是侥幸逃脱劳动场所的漏网之鱼，杀了他他也不愿意回去。只有他们才想得出利用重体力劳动去收拾人，只有他们才想得到将劳动当刑具使用。

你程鱼雁这些从社会下层翻上去的小人得志之辈，比起那些世袭贵族出身的子弟，在其人性和行为手段上，要阴险得多，残忍得多，制造他人苦难的能力，也要强大得多。

这些人在社会上如鱼得水，屡屡得手，要风得风，要雨得雨，一手遮天，而君子、才智之士，老实本分的人，则每每成了他们的俎上羔羊。

程鱼雁，一个一身黄烟油子的老女人，她能决定一些人的荣辱升降，决定他人的命运走向。她确实是一个权力符号，她在动用权力意志的时候，注入了她身上的毒液。所有卑鄙的权力活动，都是这样一些结合的产物。

这天下午，我脑海里浮现次数最多的一个人，是杰克·伦敦笔下的马丁·伊登。

2

我决定退出文学社，迟小进拦了拦没拦住。为什么要退出呢？因为我发现，这个名义上的文学社，正日益成为一个社交沙龙，而日渐地不讨论文学了。这当然并非不可，走到这一步，肯定是由于大家有这个需要，可是在我而言，那在时间上就太浪费了，我有点奢侈不起。

另外一个原因，就是我观察到，杜齐民非常热衷于担当召集人的角色，以从中寻找当领导者的心里感觉。他多次不跟我打招呼就召集人开会，小进称之为“架空你”。我想既如此,何不满足老杜将这个团体交给他管？也算是顺水推舟,双方两利。

令我没有想到的是，我不再参加文学社的活动以后，居然还有人想我，一再打听我还来不来？问余奔滔怎么忽然消失了？虽说我不再去参加文学社的活动，可到底还是留下了几个关系，包括和杜齐民，也还走动了不短的时间。

小巫见大巫的是，我周围的几个朋友的身上，都发生了重大的变化：齐颂国大四毕业参加工作，先在某医院党校当政治课教员，后调进一家出版社当哲学编辑，一度主编一套介绍外国哲学的不定期丛书。谷溪莼也于去年夏天毕业，被分配到一家市属国营公司的职工学校当教员，后调到一家报纸当编辑，并于砥砺经年后开始写小说。陶枫丹要等到今年夏天才毕业，但也带来了新消息。

陶枫丹带给我的有关她自己的新消息，是以征询我意见的方式告诉我的。就在我正纳罕她为什么一连数星期都不露面的时候，她以躁动不安之姿跨进门来。

落座以后，我无法接上同她以前说剩下的话题；对我说到的事，她则似听非听。突然，她拉近椅子靠过来，以万分踌躇而诡异的表情欲言又止，如此反复有三，最后才吭吭哧哧断断续续地讲出有人追求她的事。

追她的人是她同班的一名男生，叫许义利，比她大两岁。及至说到他们之间的交往和许义利对她的表示，她话语才变得流畅起来。

讲完经过，她问我是什么态度？她说一开始她就想跟我说来着，可是因为他刚有那么点意思，方向不明朗，所以不太好说。

我问她 ：“你到底想让我说什么？我的意见有那么重要吗？”

她说 ：“其实我对这人一直犹豫不决，到现在还在犹豫。我来就是想先听听你的想法，然后再决定怎么走。”

她的椅子距离我很近，这次她不是像往常那样将手肘放在桌子上，而是双肘支在膝盖上，一只手托着下巴颏，上身往前倾着。支着支着，她的胳膊肘从膝盖上滑落，蹭蹬一下，她再重新支回来，如此反复数次。她居然陷入到前所未有的内心矛盾之中。

从一开始我就感觉到自己心理上的不适。我感觉到自己心头发出咯噔的一声，袭上怅然之情。感觉上，仿佛一个本该属于自己的人，被别人上前窃取了，至少是将要窃取到手。我意识到我和这个女学生之间的这段长跑般的交往史，行将告一段落，并不会再重演。

在陶枫丹与我的持续不断的交谊过程中，我渐渐看到了她身上的优点和她待人的长性。她不是一个绝顶聪明的女子，却智力足够用，有不错的教养，亦有不错的处理事务的能力，只是缺乏点深刻广阔的思考，尽管她喜欢觉得自己挺有深度的。她的容貌说不上漂亮，可是周正，没有一眼可见的缺陷，戴一副近视眼镜，是一般知识女性常有的那股劲儿。她有一副女人的好身材，站在那儿高挑四衬地顺眼。她走路的样子比较自我，比较自信。

也许是跟所学专业有关吧，我觉得她的身上缺点艺术味儿，更多些女经理、女行政主管的潜质。这一时期我对她身上的诗性潜质比较忽视，原因就是有一个陈奇娅在那里比着。

多年之后我曾经问自己，假如当时没有陈奇娅和我的那层关系，假如陈奇娅提早向我提出分手，我是否会以另外的回答来应对陶枫丹的这次重要来访呢？我是否会对她说出另外一番话来呢？她的和我的私生活史，是否就会是另外一番景观呢？

也许会吧，我想。在当时条件下，除了陈奇娅，陶枫丹确乎是一个不错的配偶人选，属于我比较能接受的一个人，虽然她跟我理想中的女性并不一样。可理想中的女性，通常只是个参照系，在现实生活中是没法照着套的。一开始陈奇娅也不是我理想中的模样，可一经她带给我美好的感受，我就会“情人眼里出西施”，不再去苛求。眼前的美感，感性的生动，比什么都有说服力。

我与陶枫丹之间也有类似的情形。我从她身上感受到了优点和美感，彼此的心弦互感过，建立了扎实的情谊，无法在将来的日子里说我不认识这个人。

在数年后的一次聚会上，她向我坦言 ：“当初我在你和许义利之间选择，比较地偏向于你，假如当时你不那么老谈些抽象的哲学问题，而是说些生活上的事，我就跟你了。都怪你不近人情。”

我一时怔然，又如推窗见景。“真的？你说的是真的？”

“真的真的，骗你是狗。现在说什么都晚了，阴错阳差。”

我说：“那会儿你没跟我提过这个，怎么倒打一耙？”

她道：“你那会儿成天价醉心于形而上的东西，容得人说吗？”

我笑：“那时候我身边有个高中生，我是有意用那些抽象话题做挡箭牌的。当初你要是真跟我捅窗户纸，那麻烦可就大了，我真不知道该怎么办，所以只好采用拖延战术。我实在不想失去你这个朋友。”

“好哇，你这家伙，太可恶啦。”她张牙舞爪，做扑抓势，“你真是误人误己呀。”

历史就是历史，生活中没那么多“假如”、“可是”。在我被陈奇娅和我自己悬挂起来的那些日子里，我别无选择，只能放弃一步之隔的陶枫丹。

陶枫丹那天离去时的心情一定比我复杂。她没有从我这里听到期待中的话，她有失落感，有失望感，有相当的挫折感，亦对我有所理解，同时她获得了解脱和解放感，准备杀上情场放手去一搏。

我觉得自己的手松得有点假大方。其实我在心里暗暗跌足，怨事情来得太快太突然。我所希望的，是这种事等过完这年暑假再来也不迟，因此，我说了一句：“树欲静而风不止。”

3

我和陈奇娅的事，在认识我的人里已经不是秘密。老石的评语是：“玄。”我的高中老师项先生没有直接置评，而是借一般的原则说事，他说：“我一直认为婚姻有一个基本的考虑标准，那就是得般配，得般配。”他没直接说我和陈奇娅有多少地方不般配，但暗示了他的感觉和看法。他实际上是投了否决票。老韩则笑一笑，眨眨眼，说：“这种事如鸭子凫水，冷暖自知，又譬如穿鞋子，合不合适，只有你自己知道。婚姻也只是一个阶段性的结果，不代表全部。”

除谢径之外，我周围没有人看好我同陈奇娅的关系的前景。在他们眼中，年龄是个问题但不是真正的问题。在他们眼中，我是个生不逢时的沦落工人大军的好学上进的青年。成者王侯败者贼，理想是假的，现实是真的，有能耐有本事而一辈子锥处囊中的人，满世界多的是。因此这小子去和一位日后前途无量的女学生搞对象，便是典型的不般配。但假如我这个人不是目前的状况，而是一名机关职员什么的，人们的评价眼光，便会又一个样子。可见这个社会脑、体劳动分化之深刻，可见社会等级的划分与社会分工之间，存在着怎样密切的关联。

有等级存在的社会，将人们的社会意识训练得异常敏锐，使他们能察觉细微的阶级阶层差别，并据此判断这人那人的价值。在一个历史上的阶级等级秩序，早就被固化为国家文化的国度里，其国民的阶级等级意识的发达程度，超乎他国人民的想象。即便是经过了革命风暴的洗礼，也依然如故，何况还有新土壤。

马克思概括描述的男女爱情关系的纯粹基础，是爱情存在的真身，可是现实社会中，人们在其上附加了种种利益、利害关系，糊满了阶级、等级的标志，使其扭曲走样，面目全非，惨不忍睹，把个天底下原本最为自然的事，变得最不自然。

老韩为我的前途操了真心。他安排我去见他们大学中文系文艺理论室的陈教授。陈教授和老韩住对门，低头不见抬头见。老韩跟陈教授明讲，要我报考他的研究生，并请他指导我做考前的准备。我嘀咕自己没有本科学历，不够报考的条件。老韩说，现在是百废待兴，要求还没有那么严格，以后规定健全了，就不好办了，现在是个空子，所以我为你安排这个事。

我第一次去陈教授家拜访，他就拿出写好的三页纸交给我。这是他用红圆珠笔给我开列的一份备考书书目。回到家，我将这份书目前前后后看了好几遍，大感为难。

原来陈教授要我看的备考书，基本上都是些极端年代里准许看的书，意识形态色彩浓厚，时代标记很重。其中包括列宁的《论党的组织和党的文学》、卢那察尔斯基的《论文学》、《日丹诺夫论文学》之类。这些东西，我在高中、插队时大都看过，没有提起过什么兴趣，多数都是硬着头皮看的。现在还让我再来看这些，还得牢记熟背，也太不好受了。如今再来看这些东西，除去对考试有用之外，别无大用。

而中国大陆这时正在开始出现新的文学风气、文学方向，已经是可以感觉到的事。一方面是西风东渐，一方面是中国大陆本土的酝酿，一场包括文学在内的文化变革正山雨欲来。陈教授书单上开列的这些书，不出两年，连他自己都会羞于提起，我却要花掉自己屈指可数的业余的时间去抠哧它们，这差使真的很痛苦。

面对着这份书目我犯开了愁。这些书要说自己没看过吧，基本上都翻阅浏览过，要说自己掌握了这些书的内容吧，对其中的大多数都谈不上精读。这些书里教条太多，让人难以卒读，并非真正意义上的文艺学。如今要我来重看它们，而放下许多新的好书不看，不啻是受洋罪。

我怀疑自己的耐心。

随后，我又先后两次去陈教授家，向他请教问题，结果很是失望。我在请教中提到的作家作品，其中至少一半他没读过。在就我们共同看过的作品展开交谈的时候，他的解答也是对错参半，令我对他的学识产生疑虑。

在陈教授的书桌上，有一本打开来倒扣着的书：《人是马克思主义的出发点》。我暗笑，心想这本书自己两年前就看得烂熟，书被别人借来借去的，他才当作新书看，这是什么学问？见我盯桌上的书，陈教授解释道，他将要给学生开系列大课，正在撰写讲义。“给学生开阔开阔视野。”他说。他看出我对他的专业兴趣不足，特意强调说：“今后文艺理论这块，将会出现新的突破，前景诱人，大有搞头。”他告诉我，他正在参与编写《中国当代文学史》的工作。

我同意他的预见，可同时心说，和创作相比，理论与批评，怎么说也是第二位的。我当然重视理论，可是我研读理论书的目的，是为了指导自己的创作，而非专干这一行。

陈教授不知道我心里想什么，以为我业已确定考他的研究生了，送我出来的时候，他显得很亲切很高兴。

肉体上受罪和精神上受罪都是受罪，在两种受罪之间，我权衡再三。我已经知道了肉体上受罪的滋味，而不曾真正尝到精神受罪的滋味，因而我对后者心存戒惧。在两种受罪之间，我选择了逃避精神受罪，而宁可延长肉体受罪。我害怕精神受损，害怕自己的创作能力受到转移和抑制。我害怕它受损之后难以恢复。我不想从以创作为中心的自修轨道上，转到理论教条上去。

如此想，可能是我的多虑，很有可能是我不了解读研是怎么回事，也有可能是我的逃避之词。总之当时我这样想了，并且做出了决定。我将决定告诉了老韩，他摇头为我惋惜，说："陈教授跟我住对门，他是不会在考试上为难你的，你不应坐失良机啊。"

我告诉他我目前有一个读书计划，是有关现代主义文学的，我说我若是准备考研，就得把大量的时间花在看那些老掉牙的书上，花在弄英语上，而搁置自己的计划，可是我等不及了，中国文学的形势会变化很快，必须及早动手，晚几年就差事儿多了，也许会造成终生的缺口，而陈教授目前教的东西，满足不了我。

老韩沉默了好半晌，想一想，眨眨眼，再想，再眨眼。他一个劲儿地用五指梳理头发，然后才开口："研究生的文凭，毕竟比你掌握一种文学现象要实惠些吧？"

我说："那倒是，可是我手边放着这么些最新译著不读，而去把有限的业余时间花在看那些淘汰书上，花在弄英文上，我总感觉不妥。"

听我一路往下说着，老韩的眉头越蹙越紧："你如果确有把握能写出来，我就不勉强你，路总是你自己走的。"

我说："自信心我有，可就是不知道日后机遇如何？只能是摸着石头过河。"

老韩叹一口气，又叹一口气："那，回头我到陈教授那里去擦屁股。"

我又经历了一次选择，还是回到了艰辛却自由的学习轨道上：自己教自己。

细究之，前前后后在潜意识里我对参加考试这种行为，是心存抵触的。我一向认为自己天生适合自由思想，而不适合遵循他人指定的方向和范围以及规定的答案被人考来考去。自由思想带给我的是真理和乐趣，而考试包括备考的全过程，加之于人的则是束缚和不自由，外带受辱之感。因此在潜意识里，我对其难起热心，难以千方百计地去适应之。

可能许多人不把这个适应过程看成为痛苦，而我对此却异常敏感，难于做到俯身屈就。

认识我的所有人，无不认为我的自信过于盲目，认为我是不自量力，不知天高地厚。当我向他们讲起左拉当过书店店员，萧伯纳是邮差出身，纪德初中毕业自学成材，毛泽东只读了一年师范便退学自修……他们的眼神里是一百二十个不以为然。你能是左拉、萧伯纳吗？你能跟毛泽东比吗？你不就是个小工人吗？萤火虫的屁股——你能有多大的亮？人们这么看我太正常不过了，市民社会的眼界，历来如此。他们当中没有左拉、纪德、萧伯纳，更出不了毛泽东，遑论拿他们做榜样，做参照系？做梦他们都梦不见这个。他们将你视为狂妄自大之徒。

可是我却想，以我一人之力，我是早晚会超越这个高等教育的神话的。

鲁迅的话这时最入我心——

青年又何须寻那挂着金字招牌的导师呢？不如寻朋友，联合起来，同向着似乎可以生存的方向走。你们所多的是生力，遇见森林，可以辟成平地的，遇见广野，可以栽种树木的，遇见沙漠，可以开掘井泉的。问什么荆棘塞途的老路，寻什么乌烟瘴气的鸟导师！

4

许久没有见到江晓竹了。从老韩家告辞出来的一路上，我心头数度浮现她的音容。这浮现是一种惦念，一种淡淡的萦绕，来而复去。也许是和陈奇娅长时间隔绝的缘故，搁置既久的人和记忆，这时便自动地活跃。

我骑车经过一条斜街，一偏头刚好望见江晓竹所在单位的标志牌。这一望之间我已经骑过了，便往回多走几步，想进去看望她。传达室的人往里一拨电话，转告我："她让你上去。"

在这家研究所的电话总机室里，我见到了晓竹。虽然人还是那个人，但眼前的江晓竹却显得那么被动和无奈，难以再展她的美丽和风度。在这间出奇狭小，装满了机器和线路的总机室里，她不停地接听、插线。平均跟我说不完两句话，她就被打进来的电话攫住，匆忙接听，匆忙插线，匆忙接听，匆忙插线，完全失去了自主地位和她禀赋中的典雅高贵。她的细瘦高挑的身体，在这间类似暗房的机房里，就像是一个幽影，两只好看的大眼睛，突然跳向我这边，又突然跳回到机器前。

"喂你好。""喂你好。""喂你好。"……

晓竹成了她这个单位的通讯枢纽的必备附件，她必须得为这架机器动嘴动手，必须得围着它团团转。机器里的声音支配着她，她不能懈怠，不能置之不理，去厕所都得跑去跑回。她如果撂挑子或玩忽职守，她便连这个岗位也得失掉。

原来，因为和老费的风流事被同事们传得沸沸扬扬，老费的媳妇告到了所领导那里，晓竹受到了罪有应得的处理，被逐出了资料室，调到总机室当接听员。

她自嘲地告诉我，她现在才是名副其实的满负荷工作，除去吃饭和上厕所。

"我现在成了彻头彻尾的磨道上的驴子，完全没有自由时间可言了。我被他们打入了另册，被定为必须服苦役的人。我的神经都麻木了。"

我忽然注意到晓竹的一双手变得瘦骨楞楞，暗黄难看，她的瘦手每插一个插线头时，都准确而用力，骨角突显。啊，这只曾经和我握在一起的手，曾经那么优雅地做手势，如今充当起了机械手。

我心里难过，为她，为我们的这次见面。在这种场所见面，我们无法完整地交谈，谈话像一碗碎面条，一根整的都没有。她嘴里说着"抱歉"，一次次中断谈话去接电话。

我感到不安，她感觉狼狈。

我一冲动，突然高声对她说："你和老费的事我都知道了，这是你的私事，别人无权借此整你，你应该找他们据理力争。"

晓竹苦苦一笑："没有用的，他们才不听你讲。他们居高临下，不把你放在眼里，根本不给你说话的机会。唉，我真不知道我们家祖坟上哪棵草长歪了……"

我说："你没有进行像样的斗争，你没有豁出去。"

她说："我已经声名狼藉了，我还能怎么豁？胳膊是拧不过大腿的。我已经噤若寒蝉了。"

江晓竹，我第一次见到的那个江晓竹毁灭了，她的清高与傲气被掐了尖儿，她的高贵与雅致遭了霜。我想看在她的美貌的份儿上，也该手下留情啊，怎么就没有人怜香惜玉，眼睁睁看着她受苦？真不知道这个单位的男人都安的什么心？

"我们都不容易。我们是不会妥协的。"

她曾经这样朗声言说过，声音清脆悦耳，可她如今被迫俯首就范。一次看似日常的工作调动，就把她从"自由民"变成为"奴隶"。其间的法力，岂可是轻描淡写的？

这时我想，如果换成了我，我会如何呢？我还会意气扬扬地劝别人去抗争吗？

我直对晓竹抱歉："我来唐突了，打扰了你工作。"

她却说道："难得你还理我，还记着我，我非常感激。"

临别前，她忽然想起什么，问："你现在还写诗吗？"

"写。"我回答。

她即刻道："我认识艾青家的人，我介绍你认识艾青吧？"

我略想一想谢道："他不可能欣赏我的诗，不是一个路子……他只写过一首完美的诗:《雪落在中国的土地上》，其余的都无足观，所以我不想去见他，谢谢你的好意。"

"你也太狂了吧，他可是大诗人啊，他的《大堰河　我的保姆》……喂，你好，喂……难道不好吗？你竟然……喂你好……这样说他，他可是诗歌界的泰斗、头号权威耶……"

"看得出他心里有很好的感觉和图像，他每每急于倒出来，可是他的汉语言修养实在不怎么样，结果做出来的东西多是半成品，达不到诗境，令我无法恭维。泰斗？你把他放到世界范围里排排，看看他排在第多少名？他和聂鲁达同时代，他的诗艺比聂鲁达如何？他拜谒聂鲁达，写诗拍聂的马屁，还是觉得技不如人。得，万一见了面我说了实话，他岂不得气死？"

"喂，喂你好……我不懂你，你的翅膀还没硬……喂喂喂，你好……"

"谢谢你晓竹，我知道你都是为我好。"

第四十二章　生死关

1

全国统一高考的日子到了，然后结束，然后成绩公布。陈奇娅考上了上海复旦大学，赵海湄考取了北京外国语大学，梁珊瑚在志愿表上只填写了北京大学，没有达到其分数线，决定复读一年明年再考。

对于梁珊瑚的此次失利，梁珊瑚本人和谢径都认为罪责在珊瑚妈的身上。他们认为如果不是她当初出于拆散他们的目的，硬把珊瑚送到哈尔滨去读高中，结果就不会是今天的样子。梁珊瑚为此在家大哭大闹，吓得她妈脸青脸白，自知罪过不小，不敢再张牙舞爪。

谢径以一种万分伤悼的心情，向我讲说他的小珊的不幸，就仿佛是他自己遭遇了灭顶之灾。我说："赵海湄北外都上了，她何必只认个北大？"

谢径道："我劝都劝过了，她说她宁可多受一年罪，也绝不将就。凭小珊的实力，本来是没问题的，她的实力不在陈奇娅之下。"

提到了陈奇娅，我们二人都哑默下来。我从来没怨过他什么，可是作为初始的撮合人，他自知对今天的事态负有一定责任。

"陈奇娅也需要有一个思考、整理的时间。山不转水转。"谢径无可奈何地这样说，"小珊瘦了，眼圈儿都黑了，都是叫她妈害的，真是害人不吐核儿啊。"

"这时候她最需要你的安慰。"

"是啊是啊，我这不有空就陪着她吗。"

相比之下，赵海湄的心态平和而知足，她骑自行车亲自来给我报信，笑吟吟地告知我她报考的结果。"比上不足比下有余，有学上就行了呗。"

我说："祝贺你，也祝贺我们还能继续在北京见面。"

她说："我也这么想，我不想离家太远，为上个学离乡背井的，值不当的。"她轻笑一声，"我这人你是知道的，不好争强，容易满足，只求中游，不像小娅那么出类拔萃……"

我们俩心照不宣地哑默了。

末了，我鼓足勇气探问一句："陈奇娅没有托你带什么口信？"

"没……"海湄脸色难堪地嗫嚅，"我是自己要来的，没跟她通过气。听说这几天她爸领着她串亲戚，挨家报喜信。”

大学开学一个月了。大学开学两个月了。大学开学三个月了。秋风起了，天气凉了。我没有收到陈奇娅的半纸音信。我原以为她至少会写封信给我，至少会告知我新的通讯地址，但没有，她什么也没有写给我。

通常是思想支配行动，反过来行动也说明着思想。她的行动的含义是断绝和我的关系。舍此我别无他解。

我一度曾经迟迟不肯下结论，迟迟不肯把她断定为一个背信弃义的人。

在距离高考尚有一个月的时候，我收到过她写给我的一封书信。信上说老师让他们每人写一篇分析莫泊桑小说《项链》的文章，她请教我该如何写？为此，我专门写了篇短评寄给她，她回信说我给她帮了大忙，老师夸她的小说分析文章写得好。她褒奖我说“姜还是老的辣”，承认自己望尘莫及，要学的东西很多。

她写给我的这最后一封信，洋溢着热忱、满足和谢意，没有任何不祥的迹象。

在她临近填报志愿的时候，我们还特意相约会见了一次，也未见什么不祥之兆。

现在出来的结果显得缺乏连续性，缺乏统一性，可却是事实。

事实如铁。

托着心的那块云彩忽然蒸发，脚底下突然坍塌，坍塌得无声无息无影无踪无凭无据空空如也。

我搁浅成了远古的一只孤舟。

那是一条死船，是因海水突然涸竭被撂了地的一只孑遗，一个遗物。

它被割断了既往，永别了昔日的航行昔日的蔚蓝，昔日蔚蓝航行中的快乐和艰辛。它孑遗了下来，作为一种无言的凭吊，一份往昔生命史的见证，酸楚而又凄凉，辉煌而又悲壮。

我成了戈壁舟，一条死船，被搁浅在远古。

戈壁舟。戈壁为我见证，为我清祭。

戈壁以它风沙的砥砺，粗壮我的意志；以它劲吹的力量，流动的寥廓，广大我的心胸；以它的静穆平旷，平息我的苦海狂澜，将息我的祭台上的蓝火焰；以它秘不示人的幽空寂静陪伴我度日，由晨及暮，由夜及昼，直至我拉动帆缆，直至我植下树种，直至我决定面向生，从炭化中更生。

2

王尔德的诗剧《莎乐美》，写先知约翰曾劝希律王勿娶美妇人希罗底。希律王要杀约翰，鉴于人民对他的爱戴，先置其于狱中。希律王生日时，希罗底之女莎乐美当众跳舞，博得希律王的欣悦，当即答应满足莎乐美的一切需求；不料莎乐美因爱先知约翰而不可得，提出要求要约翰的头。希律王不好反悔自己的诺言，便命人杀了约翰。莎乐美抱着约翰的头狂吻不已。希律王见状，命士兵将莎乐美压死在盾牌底下。

我曾中夜坐起想到了《莎乐美》。我坐起来默想了很久。夜似静非静，远处传来地面震抖的声音。太阳照射不到的地球的这面的人们，多数人都在低垂的窗帘内睡着。无论在发生战事的地方还是在和平的国度，都有残忍的幽灵在游荡。这幽灵不是生自任何物体，而是出自一些人的内心，出自他们的梦魂与梦境。

爱可以成为残忍的理由吗？我问那些幽灵，问王尔德。莎乐美的行为是爱到极致的疯狂吗？爱情可以是很多事情的理由，但是不是可以成为杀人的理由呢？

在 1983 年夏至秋至冬至转年春的那段时间里，作为遭遇离弃背叛者的我的日子，比爱先知约翰而不得的莎乐美更好过吗？一点都不。可是我是否想到过要杀死陈奇娅或与之同归于尽呢？没有，我没有那么去想。搜尽当年的意识活动的仓底，我找不到这种意识存在过的痕迹。这是千真万确的。我不能想象陈奇娅有一天会死，不能想象她会不在人间。在我的意识中，她应该永远是鲜活的生动的灵慧的。即便她不属于我，也要属于这个世界，属于世代的生命创造。天地间能产生出这么美丽颖慧的女孩儿，就生物进化而言，是多么的不易。我余奔滔能亲眼见到这样的创造，已经是三生有幸了，我怎么会去伤害她毁灭她呢？那是万不可能的。

我没有想过要杀死她，但我的确怨恨她，极其复杂难言地怨恨她。就在我的怨恨深不可测，广不可度量的时候，我心间联翩映放的，也还是与她在一起时的诸般场景，她对我的种种的好，种种的多情。这不是疯狂的仇恨，而可以谓之为幽怨。就是幽怨啊，是“泪沾魂断轸离忧”，“幽恨将谁说”的幽怨。不过不是常量的幽怨，而是幽怨的 N 次方。是度日如年茶饭不思的幽怨，是失魂落魄日月无光的幽怨，是永失之痛，因此是充天塞地的幽怨。是为自己义无反顾倾囊而出的一腔情感热血付诸东流的惋惜伤悼，是茕茕孑立，形影相吊的自伤自悼，是对于一个刚刚成为过去时的伟大遗迹的祭奠。

遗迹啊，伟大而凄美的曾经。“底事昆仑倾砥柱，九地黄流乱注。”精神几近于崩溃。她毁了我她毁了我。你害我一生害我一生，你知道吗？你就这么轻飘飘地走了，不发一言不辞而别地走了。你的心多么冷多么硬多么狠。她小小的年纪，心怎么会这么狠这么硬呢？是自己看错了人寄错了情啦。这是结论了，肯定是结论了。

“都说女人是感性的动物，男人是理性的动物，要我说，女人一旦理性起来，十个男人的理性都比不上，而且女人的理性往往冷酷而可怕……”

这话是出自谁人之口？这是文学社的王佳瑾说过的么？是她说的。她还说：“女人是喜欢浪漫的动物，又是懂得实际利益的动物。浪漫是女人的天性，实际利益是她的需要。在她看清了实际利害的时候，她会让浪漫退后到第二位。她怕穷，爱虚荣，怕倒霉一辈子。讲实际是一辈子的事，浪漫的花开得再好，也长不过三年五年。浪漫美丽当不得饭吃。”

当初乍听到这番话时，我曾倒吸一口凉气。

我问她：“女人要到多大年纪才会实际到你说的这种程度？”

“这并没有一定。”她略加思索道，“女人懂这些，有时是很早的。你看着她还是孩子，其实她已经在想成人的事了。男怕干错行，女怕嫁错郎，女人错不起，你知道吗？”

如此不留空隙地剖析自己所属的性别类群的王佳瑾，已婚，生有一子，讲这话的那一年三十三岁。她曾经讲起,她在医院生孩子时疼得死去活来,她丈夫一次都没看望过她,出院后连问都不问一句。月子里她是自己伺候自己,她丈夫连碗水都没给她端过。她本人是中专毕业,曾经和他们工厂的一名大学生技术员真挚相爱,但她因忌惮于男方家庭的贫困,毁弃了婚约,而嫁给了一个供销科的科长。她说她自己是聪明反被聪明误。

那王佳瑾不知道我和陈奇娅的事,却实际上说到了陈奇娅,不幸被她言中了。“女人懂这些,有时是很早的。你看着她还是孩子,其实已经在想成人的事了……”果真是如此,果真现实到了可怕。

她马踏春风地到上海上大学去了,她闪下了你,像甩一把鼻涕。那信誓旦旦颤声颤气的“永不离弃”的约言都喂了狗了。人心薄如纸轻如纸啊,人心靠不住不堪一击。你这个挨甩的余大鼻涕啊。她甩你甩得这么轻巧这么潇洒这么没商量。她的心是什么长的?是什么颜色?

你走尽可以走你的,有话应该讲在明处,杀人不过头点地,我能把你怎么样?何必使这种不明不白的薷计?连封信都不肯写?连个通信地址都不留?不是你甜哥哥蜜妹妹的时候了?女人心,叫我如何信你?“仙鹤顶上丹,黄蜂尾上针。这皆不是毒,最毒妇人心。”石瑞祥提起过的民谣,不幸在她身上应验。可是这样一想,我的心便发慌发颤了。不可以这样诬她啊,她是有她的难处的。

完了,余奔滔,你这辈子完了,完结在一个孩子的手上。余下的日子尽是暗夜苦海了,苦黑苦黑苦黑……余下的日子怎么过呢?还有余日吗?你还有余日吗?

是一场大病和长病。整个心都脱了形,人能不脱形吗?活活的一个大活人,像幽灵一样游走于世,出入起居,上班下班,观风望月,血和着泪在心里流,心被撕开了大口子。从夏至秋至冬至春。这一切的一切,这静静无声的绞杀与屠杀,那个不辞而别跑到上海去读书的女孩儿,你知道吗?想过吗?

从夏至秋至冬至春,休息天在家里是找不到我的影子的。一个人漫无目的地走。走啊,走的是泪,走的是血,走的是魂儿。走走就走到中山公园靠河的长椅边了,在那里一坐就是一天,像个木头人,像一个傻子。想过要杀死她吗,像莎乐美做过的那样?没有啊,奇怪的是,连这样的念头的边儿都没有沾过,仿佛那是一个禁区。

可是假如就这么想一想呢,是不是会有解恨的作用?是不是心里面会好受一些?在想象中杀死一个人,也泄愤解恨呀,多多少少可以将自己内心的重怨叠恨外移到他人的身上。不,这样的思维方向,在我的心里没有土壤,它无处着床。

我连发狠,连在想象中杀人的渠道都取消了,我所遭受的内心折磨痛苦,就庞大得加倍了。“艰难苦恨繁霜鬓,潦倒新亭浊酒杯。”在那些日月无光茶饭不思的日子里,我连借酒浇愁都想不起来了。

3

不肯做莎乐美,又深陷魔沼不能自拔,叫天天不应,叫地地不灵,如此下去,心理能量的剑锋，是迟早要指向自己的。我曾经想到过自杀。

当一个人活在世上的苦痛，数十倍成百倍地超过活着的好处的时候，人的意识就容易往那条道上滑。

曹雪芹写秦可卿之死，应该说是可信的，但他的心理描写却过于地简单粗陋。说吞金就吞了金，哪里会这么简单便当？从萌生弃世之念到付诸行动，那得是多复杂的一个心理意识过程？对此，我曾深有体会。

在我生命蒙难的最黑暗的那些日子里，我一次次地想到了《少年维特之烦恼》里的自戗情节，又一次次咒骂导人入死路的歌德混账。我甚至想到，该像茶花女那样的得一场不治之症，那或许是更为接近自然死亡的死法。说不定那丫头闻讯后会良心发现，跑来看望自己，那样自己也就死而无憾了。

像所有自杀者事先都会比较种种自杀方案一样，我也在暗中做过多种比较。吃安眠药是最为常见的一种，龚桥就是这么干的。自己不是曾经批评他懦弱不坚强吗，怎么如今也想要跟他学？卧轨也很简单易行，但那得需要特别不一般的勇敢，像遇敏珠那样的勇毅我恐怕学不来。并且一想到遇敏珠被轧成稀烂的样子，我便心生厌恶，便闻到了难闻的血腥气。跳楼是最为不可取的，将完美无缺的身体摔个支离破碎，那算什么？再跟有人似的摔折了腿又死不成，用一颗子弹打穿心脏是最现代最男人的死法，但也仅限于射击心脏而不可以用枪打脑袋，因为人脑是宇宙间最完美最高级的创造，是不可破坏其完整性的。而自己所拥有的是一副能想出好诗好文章的大脑，它有一天会成为跟世界一流文豪水平不相上下的器官。对这样的大脑应该敬重，而不可在上面打穿一个洞。最为中国式的死法，就是上吊。趁着夜深人静警卫疏怠的时候，爬到某广场的旗杆上去吊死自己，那效果一定不同凡响。陈奇娅也定然会知道和看到。实在不行摸上某城楼，把自己吊死在城楼胸墙上，那也不失为一种壮观的死，那或许堪称是20世纪最富创意的自杀方案。我一度为自己的想象所激动，在脑屏幕上反复放映自己的设计，就像日后的广告设计者们，在电脑上对设计做模拟一样。

小时候在描写苏德间谍战的小说中，曾见说德国间谍的衣领角里，都缝着一粒氰化钾毒药。间谍一旦被抓，歪头一咬衣领，三秒钟即可毙命。我认为这是所有能想得到的自杀方法中的最佳方法，快速便捷，不用费很多周章和思虑，决心一下，一咬即奏效，连反悔都来不及，多么的人性化。假如此时自己的衣领角里就埋有这么一粒，自己一狠心就可以直接咬了，痛苦就可以瞬间结束。氰化钾氰化钾氰化钾……氰化钾成了一个美妙的核心词，在我心头盘盘绕绕，去而复来。

不久，我又想到了俄国式的决斗。跟谁决斗？跟陈奇娅的父亲陈昌明决斗。他至少是我和他女儿的爱情的破坏者，他一定在他女儿面前说过贬低我糟蹋我的话。这是个惯会利用父女情操纵女儿的人。他根本用不着长篇大套，只几句暗示隐喻式的话，便足以左右他女儿的取舍。用枪决斗是不显本事的，我也没地方去弄枪，用刀决斗最好。我要用刀锋刺穿他的肝脏，刺穿他的老病肝。可是这样一来，陈奇娅就和我结下死仇了，她会伏在她死去的父亲的身上，哭死过去。你愿意看到这种结果吗？你愿意让她伤心伤死吗？投鼠忌器，正所谓投鼠忌器啊。

我成了落入陷坑的困兽。龚桥的影子时常在我眼前晃动。我的这位高中同学，死于绝望的聪明青年，他嘴唇微启，目光茫然，欲言又止。他到底想对我说些什么？他辞世已经快一年了。同学间已没有人再提他，他的去路是销声匿迹，只有我还记得他。他临近弃世前一个月，曾经两次叩访我家。一次他认定我们院门洞的电表装得不好，非想重新安装一下。我竭力拦阻他，说这电表一直用得挺好，没有毛病。他转来转去找不见梯子，此事这才作罢。他第二次来我家，屁股在椅子上坐不住，谈话时注意力不集中，很快便告辞往外走，边走边要求我陪他去看望高中班的女生。我说人家会觉得莫名其妙，还是不要自取其辱为好。几天后便听说他出现在一些女生的家中，没过多久他便服安眠药自尽了。

从表象上看，在最后的日子里，龚桥的注意力完全停留在他自己的意识上，他成了他自己的念头的奴隶。他去会见别人的时候，根本不去听别人说些什么，而只是固着在他自己的意识活动上，与他人已经达不成正常的交流。但是时隔数月，他却从冥间跑出来要跟我交流。他的表达方式有悖于常态，不用嘴而是用眼睛跟我说话。他用眼神反反复复地问我：你要干什么？你要干什么？我朝他微笑：你担心什么？你担心什么？你以为我是第二个你吗？你知道我的性格一向比你强悍，我没你那么心比天高，没你那么缺乏耐性，而且你也知道我的眼界一向比你宽。毕竟我读书比你多，不像你成天钻在数学题堆里。你比我解算的数学题要多得多，唯独没有解通人生这道题。我觉得你的道路是不足为训的，我对你最后的选择，持批评的立场。

龚桥之死曾令我抚膺叹息，惺惺惜惺惺。他也成了我的一面镜子，将自绝之途的幼稚和无价值，清清朗朗地照了出来。

这时，我感觉真的有人走近了我的身边。

4

来人是谢径。

他说：“我去过你家，找不见你人影儿。我找过你好几次了，最后猜测你会在这里。”他脸色灰灰地凝视着我，仿佛蒙难的是他自己。我说：“别这么吊唁似的看我，我不活得好好的吗？”

他双手放在我的肩头，端详研究我的神色，良久才说：“在我心目中你一直是条汉子，你要是真给一个陈奇娅压垮了，那就太令我失望了。可是如果换成是我，我可能还不如现在的你呢。你也许就不是到河边来看我，而是得给我上坟去了。”

我说：“我是人倒架不倒，这颗心千疮百孔啊。”

他说：“要不你哭出来吧，哭出来会好受一些。”

我摇头苦笑，拍抚他的胳膊。我心想我哪还有眼泪呀，我这一生的泪水，都在

1980年冬夜读那孩子的第一本诗簿的时候，流尽了。

这天谢径身上穿的还是他第一次见我时穿的那身蓝制服，依然带着新洗过的水味。只是经过了三年时间的穿着、洗涤，颜色已然不新，倒反而显得更清洁了。他的脸色看上去苍白，神情凝重肃穆。他是真心地为我难过，真心地想替我分担点什么。这时我很想跟他拥抱一下，以表达我对朋友的感激之情，不过毕竟我不习惯于这样，毕竟我在同性面前，不愿失去硬汉的形象。

我说："不是还有你在吗？不是还有人理我吗？少了一个陈屠夫，不照样还吃猪肉吗？国产小说里有这样一句话：'三条腿儿的青蛙找不着，两条腿儿的女人有的是。'还有一句话叫做：'留得青山在，不怕没柴烧。''天涯何处无芳草？'我余某人一个鲤鱼打挺儿，站起来还是条汉子。"

"对喽，这才像我们奔滔。"他拍打着我的后背，展颜欢笑。"听你这么说，我心里的石头才算落了地。行了，操他娘的，咱们重新打鼓另开张，放下包袱，轻装前进。管他什么陈奇娅、李奇娅，谁也撂不倒咱们哥们儿。"

时间是上午，我们还有时间在公园里漫步。在剩下的时间里，几乎是我一个人在说话，就像哈姆雷特的大段独白。在消沉自闭了多日之后，我忽然爆发言语宣泄的需要。

5

你知道我今天都想到什么了吗？

想跳筒子河？

怎么可能？小时我在这河边玩儿，见过人下河捞蛤蜊，人站下去水才到腰，根本淹不死人，跳河也不捡这地方。要跳至少也得选南京长江大桥，那才像个样子。你知道么，我今天想得更多的是一些意志坚强的人。

小时候看保尔·柯察金伤痛难熬欲拔枪结束自己生命的章节，没有想很多。现在，小说中的这部分内容在我头脑里异常鲜明活跃，感同身受一般。还有伏尼契笔下的牛虻，那也是个与痛苦死扛到底的人。

《太阳城》的作者康帕内拉的生平，近日比以往任何时候都栩栩如生地冲击我。他一生里坐了三十三年的监狱。从一座监狱到另一座监狱，他先后蹲过五十座监狱，受过七次酷刑，被投入过地牢和水牢。换个人早就垮了，可他硬是挺了过来，并在囚室里著书立说。你听说过他蹲"鳄鱼坑"的事吗？将犯人投入"鳄鱼坑"，是宗教裁判所的酷刑之一。那种"鳄鱼坑"是货真价实的鳄鱼生活的臭泥潭。狱吏剥掉康帕内拉的衣服，将他的脚锁在泥潭中间的一副固定脚镣上。人在泥潭中站久了支撑不住就得倒在烂泥里，打熬不住到最后就得跪地求饶。康帕内拉坚持了整整七天七夜而没有求饶认罪。还有臭名昭著惨无人道的"维里亚"酷刑，也没能使他屈服。在刑讯室里，他被扒光衣服反绑双手，捆紧双脚，横放于地，整个人被滑车吊起来，被置于尖木桩上。狱吏们令滑车反复起落，人体就不断地上升下落，落在尖木桩上。康帕内拉被这种酷刑折磨了三十六个小时，身体被戳得血肉模糊，流血不止。就是带着这样的伤残之躯，他在牢房里偷偷动手写作《太阳城》。别忘了他是被关在宗教裁判所的监牢里，是没有任何待遇可言的，更不会允许囚徒阅读、书写。他在构思写作时得时时提防被狱卒发现，得想尽办法请同情者搞来纸和笔墨。古今中外罕有人像康帕内拉这样完成著述。

我在想，同样是人，你跟人家怎么比？别说关你三十三年，三年、十三年你都受不了，你得绝望以至于发疯！人家那是什么意志力？什么样的骨头？你拿一百场陈奇娅给你的打击，去跟康帕内拉交换，他不得乐死？你还动不动就轻生？就是在那么种连低等动物都难以熬受的漫长迫害中，人家康帕内拉也没动过自杀之念，而是将内心的理想看得高于一切。他说自己是被囚禁的普罗米修斯，监狱是他的高加索。这才叫光芒万丈呢，相比之下，我太懦弱太渺小，一个失恋就把我击倒了，就一蹶不振了。我真是太没材料，太没起子了。你知道康帕内拉在宗教裁判所里还遇见谁了吗？遇见了布鲁诺，布鲁诺是被判了火刑的那位。

我还想到了成岗、许云峰、江雪芹、齐晓轩、华子良。都是些精神不屈万古不朽的人。这几天我在心里默背《红岩》，我确信它是世界文学史上的最具震撼力的叙事作品之一，将永载人类精神史册，越是遭遇过精神危机的人，越是能体会到这一点。

对比之下，我真是太娇气太脆弱，太不堪一击了，像座纸糊的桥。

萨特断言——

死永远不是将其意义给予生命的东西。相反，它正是原则上把一切意义从生命那里去掉的东西……

他说——

求助于自杀来逃避这种必然性是徒劳的。自杀不能被认为是以我作为自己基础的生命的终止。事实上，作为我的生命的活动，自杀本身要求一种只有将来才能给予它的意义；但是，由于它是我的生命的最后一个活动，它排斥了这个将来……

自杀是一种将我的生命沉入荒谬之中的荒谬……

他说——

我向着一个死的谋划是可以理解的（自杀、烈士、英雄主义），但是作为不再在世界上实现其现在的未定可能性的我的死的谋划是不可理解的，因为这个谋划将是所有谋划的毁灭……它不仅仅是摧毁了所有的谋划的谋划，还是摧毁了自己本身上的谋划，是我的等待的不可能的毁灭：它是他人的观点对关于我本身所是的观点的胜利……

萨特写下这些评说自杀的观点的时候，我还没有出生，确实精彩，是济世救人之论，你看我全都背下来了。我现在的记忆力回到了我少年时代的水平，别提多清楚准确。萨特的小说《恶心》，我一点也不喜欢，那差不多就是一本习作，可是他写在《存在与虚无》里的这些论理文字，是何等的清通在理。他的这些话似乎是专门写给我看的。

经过了这段时间的内心挣扎、沉浮，我重新发现了我自己，发现了自己的软弱、狭隘。为一个女孩儿的离去而如堕苦海而寻死觅活，甚至想与世长辞，这听来像一篇浪漫主义的小说，是心胸狭隘不成熟的表现。你想以此惩罚谁毁灭谁呢？你谁也惩罚不了毁灭不了，遭到毁灭的，只是你自己。在毁灭自己生命的同时，也毁灭了存在于这个生命之中的全部潜质、潜能和生长于这个生命当中的宏图大志，以及以往品尝到的全部艰辛与快乐，连同将来将会降临到你身上的一切好事，也都事先注销了。这的确是荒谬之中的荒谬。“留得青山在，不怕没柴烧”，“野火烧不尽，春风吹又生”，这才是生命的真相。中国民间有俗语：“好死不如赖活着”，剥离去其表面上的苟且成分后，剩下来的便是强韧的生命意识，现实主义精神。一连几个晚上，你知道我干了件什么事吗？我把罗曼·罗兰的那一小册《贝多芬传》，从头到尾抄了一遍。在抄写过程中，我的心灵经历了一场激荡和洗礼。罗曼·罗兰说他的这本小书是受伤而窒息的心灵的一支歌。

“一个不幸的人，贫穷、残废、孤独，由痛苦造成的人，世界不给他欢乐，他却创造了欢乐来给予世界！他用他的苦难来铸成欢乐……”

“在此悲苦的深渊里，贝多芬从事于讴歌欢乐……”

“他打出了近代艺术的最英勇的力……”

我沉浸在四山回应的共鸣感受当中，感慨悲歌，激荡振拔，思绪万千。洗礼，是一次真正的心灵洗礼，意志的振拔，力量的复苏。

昨天我站在地图前，突然心生无限的爱意。我想，大地太可爱了。大地上的山、河、湖、海、平原、沙漠、森林、花草、动物，多么广阔丰富，多姿多彩，自己几乎还没见识过它们的万分之一，怎么就可以与之永诀呢？还有我们地球上的最了不起的造物，我们地球上的数不尽的男人女人，我又见过多少见识过多少呢？这大地上还有多少赏心悦目的人和事，等着我去接近去鉴赏呢？他们是大地上的会走的风景。

咱俩今天订个协议吧，从今往后你做我的监督员，如果你什么时候发现我因为挫折失败而颓丧厌世，自弃轻生，你就扇我嘴巴。老余我既然站起来了，就再也不会趴下，你来监督我。

行，一言为定。谢径的手和我紧紧相握。

不，不！……站起来吧！投入那奔涌而来的世纪！
我的躯体啊，快粉碎这思虑重重的形式！
襟怀啊，畅饮这长风的生机！

昂然行走，轻快而自得的步态，
以宁静的目光或以光辉的眼睛观望。

我活了下来。我在故我思。

第四十三章　明　灯

1

屠格涅夫的长篇小说《烟》里的男主人公李特维诺夫，与从前的恋人伊林娜的第二次握手之恋从失败告终。在经过了两年之久的“没有希望，没有热情”的精神消沉之后，他逐渐恢复，重新开始生活。“他又像活人一样在人群中奔忙活动，往昔控制着他的迷恋也失去了最后的痕迹……”李特维诺夫从善良自然，温存宽厚的达吉雅娜的身上，找到了感情的归宿，生活的依托。

屠格涅夫在这部小说的结尾部分，旨在突显日常性的弥足珍贵，强调淳朴自然的生活方式的可靠性质，大有“繁华落尽见纯真”的概思。

和李特维诺夫比起来，我的心灵恢复期没有那么长——将近十个月。这应该归功于我遇见了我的达吉雅娜——蔚晴。

这并不是说，一个叫蔚晴的大姑娘的出现，便如神医到场，手到病除。心灵上的事并非那么简单。真正意义上的精神康复，忘却伤痛，远不是这么点时间所能完成的。但蔚晴的降临，是一个转折点，是一个标志，是一个上天赐予的契机，是死灰复燃的开始。

就在我心情低迷，像李特维诺夫那样一遍遍地在内心呼喊“我决不容许她如此无情地玩弄我的一生”的时候，另一个声音，其实也在更深处呼吁：我要生活……有诗为证：

不要说一辈子只能爱一次　不要说
冬去春来四季不竭
天涯何尝只长一棵草
棠枝一绿　蜂蝶一忙
满园的忍冬照样开放

不要说热情是泼出去的水　不要说
根在树在　宇宙无恙

春息一熏吹

南飞雁一歌唱

复活的心照样明媚芬芳

这几行草就的感言诗，写于转年的春季，是我外感于春意，内体于心情所作，直白而真实地道出心声。它所映照出的方向和取向，是明白无误的，表达了欲走出灾难阴影的意愿，呈现积极的兆头。这时所缺少的是一个现实的活因素——人，一个能走进自己生活的女人。

蔚晴来得恰逢其时，不早也不晚。

我这人一生不信命，不相信“命里该着”之类的准算卦语，可是我之遇见蔚晴，确属十分的机巧，该着碰上。

这年入春以后，我每星期都去听一个系列讲座，内容是讲西方新技术革命引发的第三次文明浪潮的。在讲座的最后一讲，主讲人在结尾时约请一些人留下来座谈讨论。我留了下来，在最末一排坐了一阵子听别人发言。留下来的人约摸有七八十位，分成四片而坐。我听了听没听出什么大意思来，便起身悄悄走出礼堂。

我听讲座的地方是劳动人民文化宫礼堂，走出礼堂大约五十米，公园里争妍竞发的春色，撩动我的心旌，促使我转身往回走，想去河边坐坐。我已经好长时间没有这种闲情逸致了，上一次去河边恍如隔世。河边还有什么值得我寻觅的吗？去感受一下吧，去安安静静地坐一会儿，调剂一下心情……

正低头行间，猛一抬头，迎面见一人直朝我走来。她就是朝我走来的，两眼直望着我。我咯噔原地站住，不太相信自己的眼睛……

这不是那年我在中国书店遇见过的绿呢外衣姑娘吗？前年冬天的晚上，我逞一时之勇在菜站前打倒三名歹徒……那个被我护送回家的女的……

她就是蔚晴。

“我看你往哪儿走？”

这是她同我说的第一句话——我们正式认识以后她说的第一句话。

我的心怦怦剧跳起来。这心跳跟我头一回见到她时一模一样。那时候我还有陈奇娅，有陈奇娅在身边的时候，见她就心跳，我命中的那个人，不是她是谁？

于是，那天中午坐在河边同一条长椅的，就不独是我一个人了。

蔚晴说：“我在留下来讨论的那些人里往后看，觉得就是你，可是又担心莽撞了认错人。正在我犹犹豫豫的时候，你忽然走了，我赶紧追出来……鬼使神差的你又往回折，这太不可思议了……我一直在寻找你……这真是天意……”

2

接下来的事顺理成章，我和蔚晴经过一段恋爱然后登记结婚，于这一年的金秋十月，我们利用婚假去南方旅行……

狄更斯《大卫·科波菲尔》第六十三章里，只用“我的家室之乐，十二分美满”两句话，来概括主人公同爱格妮长达十年的婚姻生活。这两句话也切合于我和蔚晴。

得一蔚晴，是我的人生之幸，然而这时候的我，远没大卫 · 科波菲尔那般志得意满，生存无忧。青年期的诸多课题，我只解决了一件，我只找到了一个社会生活以外的栖息港湾，我每天还得出海，还得去跋涉沼泽，还得置身于社会分工的下层格子，低首束身，当牛做马，受他人指使，而不得开心颜。

我青年期的最大的人生课题，丝毫没有获得解决，且解决的希望十分渺茫，遥遥无期。这个时期，我的日子过得像冬小麦。我的私生活虽然保持着绿意，却身处寒凝大地的季节，为冰雪所覆盖着。我吟咏：“在不属于自己的季节，就猫在尘封的旮旯。”这一猫又是九年，一场抗日战争都打完了。要说动心忍性，这够动心忍性的了。也就是蔚晴，换个别人，恐怕早就对我绝了望，跟我挥手古朵拜了。我曾经设问：假如真换了陈奇娅做自己的太太，她能一路坚持下来不离不弃吗？恐怕不行，她做不到这个。也就是蔚晴，别人谁也做不到这样，和你同甘苦共患难。这正是疾风知劲草，患难识知己。

张谷若译的《大卫 · 考坡菲》，将第六十二章的章题译为“指路明灯”。我记得我上高中时读过的译本译做：“照耀我的一盏明灯。”相比之下，我更喜欢“照耀我的一盏明灯”的译法。在我的生活中，蔚晴就是我的爱格妮，就是照耀我的一盏明灯。

我曾经跟蔚晴戏谑援引陈伯达的一句话自我抬高，说是“天不生仲尼万古如长夜”，可我心里想的却是：没有你，我的一生如长夜。

我们从南方旅行归来，便陆续有亲朋前来贺婚。项先生、老韩、万佩泽等人都来了，连谭正军也偕妻子前来，还特意送了副床罩。

万佩泽是空着手来的，但他说他准备送一副著名书法家某某的字给我，他说只要他张口，那人便会上赶着给他写字。我说那个人的字不怎么样，他说那就换个人的。不过到终了，我也没见他拿半个字过来。这事他那么一说，我就那么一听，没有当真，可是他却因此臊眉搭眼的，渐渐地不再登门了。大概也有他看我没什么起色，不会有什么作为的缘故吧。

3

这年寒假里我见到了海湄，海湄告诉我，最近她们同学聚会时见到了陈奇娅。她对她说：“奔滔十月份去上海了。”陈奇娅马上说：“那他干吗不来学校找我？”海湄言道：“他不是一个人。”陈道：“那还能跟谁？”海湄说：“他是去旅行结婚。”陈奇娅一怔，然后道：“就这么乞里咔嚓啦？”

“说完这句话，她便沉默了，从这一刻起，一直到我们同学聚会结束，她一句话都不说，一直闷着头。看来她是受了很深的刺激。”海湄说。

我问海湄：“她真说我为什么不去找她了吗？”

“说了啊。”

“她什么表情？”

“她挺惊喜挺遗憾的，开始脸上还笑着呐。”

“噢，是吗？”我不再继续打问，心情复杂多味，霎时陷入了回忆和思绪。

她一听说我去了上海时，第一个反应是我应该去找她，她为什么会这样想？这说明了什么？

这至少说明，在她心目中，我还是她亲近的人。她把我的结婚说成是“乞里咔嚓”，意味着她把我的行为理解成草率之举，理解成破罐子破摔，理解成被她的背弃行为弄成了不理智之举。她错了，她低估了我，她低估了我的智商和情商，低估了我的自我心理修复的能力，低估了我从灰烬中再生的能力，也低估了我的运气。

可是既然认识到了这些，为什么我还会心情沉郁，闷闷不舒呢？为什么我还会心情凄楚，心头绞痛呢？难道她的心和我的心还接着电线？她一抑郁不舒，我便也难受吗？很奇怪啊余奔滔，她因听到你的好事而难受一天，你应该笑才对，为什么你也跟吃了苦瓜似的，不是个滋味儿？你生不如死的时候，她在干什么？你凭什么替她难受？她是见不得我转败为胜呢？还是见不得我为人夫？难道我就该一路伤感下去消沉下去，一路地伤魂落魄于她，她才心安理得吗？

她低估了我，她不知道我的心有多强大，不知道我的意志有多坚强，不知道我余奔滔是不死鸟，能从灰烬中腾身起飞，飞出自己的精彩来。

她心里不好受，她心里翻江倒海，证明她心里面有我，证明还扎着个情根，可为什么当初你把路走那么绝呢？你差一点夺走我的性命，你知不知道？你这杀人不见血的小钢刀。

这年春初谢径进城，带给我一个消息。他说他新近从一份杂志上看到一篇采访记，题目叫《采访二十一世纪的人》。其中，第一个受采访者，便是复旦大学的陈奇娅。陈奇娅的应答语，十分冷漠超然，说她对周围的一切都持“局外人”的超然态度，说她漠视周围人的争相竞逐，对政治毫无兴趣。她说早早便欢呼 21 世纪，没多大意思，所谓的新世纪，和旧世纪没有本质上的区别。

“每人说一段，被采访的都是全国各地的大学生，就数陈奇娅说得各色，显得与众不同，好像有那么点看破红尘似的，话也不像她这个年龄的人说的。”

“是她吗？”我故作漫不经心地问。

“没错，还配了照片，不是她是谁？”

“那杂志还在你手里吗？”

“不在了，不过我还可以找得到，你想看？”

我说：“想看一眼。”不过等到了临分手时，我又说，“不了，你还是别找那杂志了，我还是不看的为好。”

"你瞧，为什么又改主意？这说明你还是在意她。你怕再勾起旧情？"

我心里其实已经在流泪，嘴上却道："她爱说什么说什么，与我无关，看怎么样？不看又怎么样？随她去……"

再过了一年，我便听到陈奇娅患病住院的消息，又听说她休学一年。

这些情况，都是海湄主动说起的，我从不主动问，也不多问，海湄说多少我听多少，一副漠不关己的样子。见我这种态度，海湄每每没法继续说下去，或者欲言又止。

从中我还是听明白一件事，那就是大学期间的陈奇娅，活得不太顺。

我想她如果能挺过来，她将从中受到砥砺，将会比同龄人更加成熟，并且坚韧，情感也会更加的丰富。

4

旅行结婚归来后，我跟总经理王贵显讲起的一个情况，给我带来了一次出差的机会，也带给我新的困境和黑暗。

有一段时间，王贵显来声像部检查工作，并不直接上二楼，而是先弯到库房组坐一坐聊一聊。每次一见王贵显的身影，老石都忙朝我递话："哎，老王找你来了。"

总经理找我聊天这种在别人看来十分奇怪的事，早在搬家以前就已经开了头。这情形被谭正军多次撞见，他酸酸地对我说："老王很欣赏你啊，来了第一个见你，第二才见我。这可是瘸子放屁——邪了门儿了。"

谭正军背着我跟老石、闳鑫他们讲过这样的话："老王说知识就是力量，人家余奔滔就是没干，要真干的话，不在你我之下。"

这话传进我耳朵，我心里挺高兴：觉得这王贵显是个尊重知识的开明领导，于是在他面前乐于提些建设性的意见。我歇完婚假头一天上班，便见到了他。没聊几句，我便告之以在外地的见闻。我说我特意进中小城市的书店里看过，都没有我们磁带，这说明我们的产品只发到了有数的大城市，中小城市还有很大的市场空间有待开拓。

这事我原本只想说一说，留给他慢慢去想的，没承想他一上二楼逢人便讲："奔滔很敬业，旅行结婚都不忘搞调查研究。他提供的情况太重要了。"

于是，几天后的一个上午，王贵显让谭正军通知我去办公室见他，由他亲自向我布置任务。他说这次是派我去东三省开辟市场，建立业务联系，中途有什么需要请示的，直接打长途电话给他，不必经过小谭；所有的情况汇报，直接寄到他这里，不必拐弯到部门。他特别强调我的这次差使，是他一人所派，是一次投石问路，如果成功了，便可以照方抓药，继续扩大推广。

我问："去几个人？"

他说："你放单飞。"

于是，我再次打点行装，辞别新婚妻子上路，一走就是三个月。东三省的省会绕开不待，我专门跑那些中小城市，南到大连、丹东，北至同江、黑河，一路风尘，东弯西拐，梭织般的旅行。一路之上，拜会了大大小小的书店经理、业务科长，磨嘴皮子，游说说项。我人还在东三省，订单便雪片似的飞到了王贵显的办公桌上。

三个月后，我头发老长地回到北京，才知道声像部的业务比原先翻了几番。王贵显自是喜笑颜开，将新成绩说成是他英明决策的结果，并不忘自夸用人有方。我呢，理完发洗完澡，依旧回库房组上班，就跟什么都没干过似的，还有意识地压低调子，跟谁都不提这次出差的事，只字不讲途中的见闻。

日子悄悄地过了一个月。这天中午，我和老石、闳鑫正在库房组的那间屋子里吃饭，部门经理谭正军突然一身冷气地撞进来，直接奔我。他一言不发地将一沓信恶狠狠地摔在我桌上，面目狰狞阴毒。他摔完东西，不发一语，恨恨而去。

谭正军的举动令老石、闳鑫感到震惊，他们停下手中箸，你看看我，我看看你，又将目光落到我的身上。

我拿起谭正军摔给我的东西一看，全是我出差途中写给王贵显的工作汇报。我倒吸一口凉气，这谭正军是吃了心了，怀恨于我。

闳鑫以箸敲桌道：“这小谭今儿是吃了枪药了，哪来这么大仇儿啊？”

老石一抖手：“我看这小子来者不善，他是黑了心要开杀戒了。”

闳鑫道：“好么央儿的，他摔什么东西？”

石瑞祥道：“他嫌奔滔越级了，没把这些信写给他。我早就说他是属曹操的，这小子脸儿一煞白，就是要玩阴的了。”

至此，我才意识到自己虑事过于草率、简单，而极欠周到。这谭正军平日不是老讲“县官不如现管”嘛，这回我犯了他的忌，他算是彻底恨上我了。从一开始我就不该全听王贵显的，而将信全部寄给他，而是应该每次一式两份，两个人通寄。可是那样一来便违逆了王贵显的意思，会招致他的不快。王贵显这次派遣我出差，目的就是想证明他高明于本公司的所有干部，其中包括傲气自负的谭正军。王贵显是要让他知道：姜还是老的辣，马王爷有三只眼，他还得学着点。

我一想到自己又犯了幼稚病，后背便不由得冒汗。转念又想，事已至此，已经无可解释，他愿意恨就让他恨吧。我已经是这样儿了，他还能把我怎么样？把我挤出这个部门？我还求之不得呢？

这一回，我又将别人想简单、想善性了。

时隔几天，谭正军忽然找我谈工作调动，他说：“石师傅白天上班，晚上值班，一个人负担太重，经和经理室研究，决定加强保卫力量，调你来值夜班，老石配合你。另外，咱们的厕所卫生归你打扫。”

我心头一惊一沉，一股怒火升上来。我想揭穿这个人的真实动机，想叫他别这么冠冕堂皇，可话到嘴边觉得没有必要。于是只说：“全公司几百号人，有没有刚结婚就长期值夜班的？这是否有失人道？”

谭正军不动声色：“这不是我们考虑范围内的，是你自己的私事，我们只考虑工作。单位不是慈善机构。这是组织上的决定。”

我问："老王怎么说？"

他习惯性地一偏头："老王同意啊。"

开始我还想去找王贵显问问情况，争取回旋一下，但很快我便不这么想了。我想王贵显那么实用的人，他会真心向着你吗？谭正军是他所倚重的人，对他更为有用，声像部这块业务他还指着他，他不可能丢车保卒。可事实上用不着你丢什么车啊，只是说句公道话而已。连这么句话都不说，可见这人根本不知"义气"二字为何物，平日里奔滔长奔滔短的，也是真诚的时候少，虚伪的时候多。他与自己原本就不是一路人，跟谭正军倒是一丘之貉，我原先对他存有不切实际的幻想，这一回，连他也一块儿认识了。

5

真正使我犯难的，是我已是已婚之身，这事没法跟妻子说。可是令我悬着的一颗心落了地的，是蔚晴的态度。她说：

"你不用太考虑我，只要是你觉得可以的，我没有异议。两个人好不好，在心，不在形式上，不在每天夜里是否睡在一张床上，同床异梦的不有的是？再说了，不是每星期你还有公休日吗？我们还可以在一起。这样一来，白天的时间不都成了你的？想怎么看书就怎么看书。"

我在心里向蔚晴发誓：我一定要自修出个样子来。

于是，我的另一种职业生涯开始了，开始成为一名与黑暗打交道的人——黑夜中的一道影子。

最令我咽不下一口气的是刷厕所。谭正军为了报复着解气，竟然用这个来腌臜我。我遭受的污辱，不是来自政治，不是来自法律，而是来自生产组织，来自它对分工的支配权。我身在一个监狱以外的地方，却蒙受着被剥夺尊严、自由的屈辱。

这是一种污辱性的惩罚，惩罚性的污辱。

我一腔怒火，悲从中来。

可是菲薄的薪水——我和这个单位之间的唯一的那么点联系，像一支狰狞残暴的手枪，顶在我的后背，使我不能奋然而去，逃之夭夭。

我现在无处可逃，一逃，这点工资关系人事关系就断了，我便成了无业游民，便没了饭辙，连农民都不如了。像这样的一种身份，再去哪个单位都进不去，因为你连调工作的资格都没有了。人家问你要人事关系档案，你拿不出来，你便进入不了那里的编制，连工人编制都进不了，连找个临时工当当，都难上加难。于是你在城市里便无法容身。可是如果你跑到农村去寻找生存之道，便马上发现哪个村庄都没你的插足之地。土地承包到了各家各户，到哪儿都没有你的一分地，你想种庄稼弄点口粮，都没地方去撒种子。那样一来，你就真正成了上天无路入地无门的人。

前苏联诗人布罗茨基，就落到过这步田地，最后被迫去给医院背尸体。那种活法太不好受了。

至此，我被打到了社会分工系统的底层的底层，城市生存线的底线的底线，再让人往下打，我就没活路了。祸害我的直接责任人，是那个尖头鼓脸的军队干部子弟谭正军，是那个推崇“宁可我负天下人，不叫天下人负我”的曹操格言的同龄青年。他压在办公桌玻璃板下的座右铭是：人生最大的自然好处，莫过于使敌人高估你的缺点，使朋友低估你的优点。人生的最大好处，是被对手低估了你的能力，而高估了你的弱点。

这个复员军人出身的小权棍，我根本无意去得罪他，根本无意和他争夺什么，他却对我出此毒手，心肠也忒黑了点儿。一个男人家，一个所谓的现代青年，其心地怎么比旧社会金子婆婆的心眼儿还小还毒？他究竟受的是什么教育？是在坦克部队学的这一套？还是他亲爹言传身教的？党课不教他这些呀。对啦，他爱提林彪，爱提林彪手下的那批将领，他很爱引用林彪的那句口头语：“做死他。”他推崇《第三帝国的兴亡》，说希特勒是古今第一奇才。

他早就清楚你和他不是一路人，他早就看着你不舒服，早就觉得跟你格格不入，到后来把你当成了眼中钉肉中刺。他知道你刚烈，便同你来阴的，一耙子将你打到底，还让你狗咬刺猬没地方下嘴。他把你打入了夜晚，让王贵显连你的面都见不着，还拿你当什么人才？他来家见过蔚晴，知道你有个贤妻，便设计让她守活寡，让你们早早晚晚离婚。他觉得自己使了个一箭三雕的妙计，蛇蝎心肠，何其毒也。

依着我单身光棍时节的脾气，我可以三拳两脚打这畜生一顿，打得他做梦都怕醒，可是我现在有家有室，太太又有了身孕，这武力御辱之道，又如何使得？冲动使性又如何使得？怪不得毛泽东借重红卫兵，马尔库塞说青年是社会革命的动力源？成了家的人，身上的责任多了羁绊多了，想事情多了，牵挂顾虑多了，圆通沉稳多了，革命性造反性少了。

我确曾设想过把个谭正军打开瓢，可马上想到事情弄出来，全体知道的人，包括图书公司上下，都会说我是犯上作乱，公安机关会对我绳之以法。可是遍视寰中，天底下该一犯的所谓“上”难道少么？怎么犯不得？越不犯他，他就越是作威作福，越在你头上拉屎拉尿，越不知道自己姓什么？

俱往矣，水浒英雄的时代。武松、鲁智深生在当今，不定在哪个厂子当车工、钳工，连十三妹都备不住只能当个体育老师什么的，每月手心朝上地到财务科领工资。她惯使的那把倭刀，早卖给了收废品的了。

这世道就是这么的不平而无奈，难怪图书公司当年被打成“右派”的两个人，平反后娶妻得子，给孩子起名字叫王大刀、肖铲平。他们对世道的感受太深切了。

铲平什么？削平什么？泄泄恨而已。

6

与石瑞祥住的小屋一墙之隔的那间厕所，臭不可闻。里面只有两样设施：一个水泥池子和一个茅坑。茅坑是白陶瓷的那种，挂满了粪嘎巴尿碱，系声像部十七八口子人积德行善的业绩。我上白班的时候，实行轮流值班制，差不多一个月排上刷一次厕所。那是值日性质的，人人有份，所以没什么特别的感觉。可现在让谭正军这东西一弄，我成了伺候这十几副屎尿道的人，叫我如何不感受良多？

当初在农村插队务农的时候，我起过猪圈，起过马厩，那气味同样难闻，同样的脏不可言，可是我没有怨言，也没觉得脸上挂不住，有老乡、同学路过，还同人说说笑笑，挥锹使铲，干得很欢实。可面对这么个小于猪圈的单位厕所，我为什么如此难受？为什么如此万箭穿心呢？就是一个不平等，就是一个等级存在，根本不是一个单独的思想意识问题，而是实有实存的社会存在。

当年用镐头刨起来的猪圈粪冻成块儿，铁锹铲不起，我用双手一块儿一块儿往外搬，除去觉得不卫生外，没有特别的嫌恶，也没想到什么社会性的内容，可是现在不同，一到不得不面对这间厕所的时候，我满脑瓜里跑的全是社会性的意识，全是世事之思，人生之叹。在乡下，一个村里的男劳力，没有不起猪圈的，连大队书记都概莫能外，到时候他也得推几车土，往圈里上上垫脚。

农业活儿全跟体力有关，不干这个就得干那个，一村人基本上都是劳动人民，脑体完全分家的工种很少，可城市的情况不是这样。在城市，脑体分工划分出社会等级的大阶梯，在这个基础上发展出细致的分级，因此等级意识无处不在。毛泽东倡导用劳动洗刷知识分子的灵魂，可是你不先把这社会洗平了，光洗灵魂管什么用？洗掉了，他一睁开眼，现实存在又进去啦，真正是“野火烧不尽”的。

这时我再次想起路遥小说《人生》里面的高加林。在高加林脑子里作祟的那些中国读书人的意识，我也基本不缺少，我称之为“高加林意识”。他的这种意识，在被人挤掉了民办教师的位置，重新成为一名农民的时候，便冒了出来。他为生计所迫，推着馒头车上集市叫卖时，他的这种“高加林意识”的表现，达到了高峰，他一声“卖馍”吆喝不出口，自己听来像狼嚎一般。可是武松的哥哥卖炊饼，就全然不这样。原因何在？原因就在于他们各自对自己的定位和人生目标上。我从初中三年级时为自己将来设计的理想职业就是当作家，目标值高于高加林，因此我内心感受到的痛苦，比他强烈得多，深重得多，更何况他身处小县，我身处首都。

作为乡村知识分子的高加林，倒霉之后还是拿起了镢头，拉起了犁耙，而我呢，也得被迫地去对付那间厕所。那些丢在手纸篓外面的擦屁股纸，那些紫硬紫硬的女人的例假纸，我得用一个铁丝钩子，将它们钩进一个纸箱，再将手纸篓里的那些好味道纸全部倒入，拎至后门外，将堆在后院里的报废纸箱，装上平板三轮车，再将好味道纸箱摞上去，用塑料绳煞束一下，然后推车出铁门，蹬上去，蹬到小区东头的垃圾站。到地方，解开绳，将车一掴，垃圾就卸完了，然后蹬车回来。将三轮车推回到原地后，我再次进厕所，用红胶皮管子冲上一气，有时候还要倒上盐酸烧一烧便池，那气味，真是一言难尽，足够让人成仙做祖的了。这时，谁要是跟我宣讲“劳动光荣”，我掉转皮管子，就拿他当便池滋。

起初的几次，老石站在外面看着我，嘴边眼角，带着笑模样，多多少少还有那么点幸灾乐祸的心理。他的这种心思神态，前后持续了相当一段时间。我以前没发现他身上还有这一面。他的眼神分明在说：你看那么多书又怎么样？这回好好受受吧；又分明在说：心比天高命比纸薄啊，瞧瞧吧，你混得还不如我呐；又分明在说，你平时不是讲卫生爱干净吗？这回看你怎么干净？又分明在说：想当知识分子没那么容易，这不，还没当成呢，就接受劳动改造啦。

我怀疑谭正军对他提了要求，要求他监视我的行动，白天向他汇报。时间一长，他不再盯着我了，转而跟我采取合作互助的姿态。

我先前白天在库房组穿着干活儿的那件蓝大褂，又成了我刷厕所的工作服。冬天将它穿在毛衣外面出去送垃圾，是半点都不挡寒的。刚在室内出了汗的身体，蹬三轮车一上露天，顿时透心凉彻，钻心刺骨。赶上大风降温天气，人和车在狂风旋子里钻。黑暗中看不见风沙，只觉得抽头盖脸，犹如危境里的帆樯。啊，川江号子响在我耳边了，我宛如拉船的纤夫吃力挣扎前行；我又仿佛置身梅杜萨之筏上，拼尽所有的气力，与惊涛骇浪搏斗。冷死我啦。一声叹息发自我的体腔。一车垃圾倒下去，它们随风而起，刮个盈天盈地，把我旋裹在当中，纷纷扬扬如安魂的纸钱。我的泪水喷涌而出，万丈的积愤，一霎间汹涌成了轰天而起的太平洋。我举泪眼望夜空，恨穿天心。

7

倏忽间我记起了那场奇美的雪。在那个如诗似画的雪夜里，我得以怀抱陈奇娅。她的眼睛里有泪，我的心房间有泪，皆因喜极幸福所致。曾几何时，她在哪里？我在哪里？她若是看见我今天这副样子，她会作何想？她也许真的有先见之明，事先预见到我会落拓至如此，所以早早地跑开了。幸亏她离开了，要不然我也没法面对她。项先生说不般配，没有说岔啊。

可是，我不还是我吗？我的才智因此而消减了吗？我的志气因此而消损了吗？我的自视因此而缩水了吗？我的意志的桅杆折断了吗？没有啊，一样都没有。我的精神城堡还完好无损，我的心灵花园还葱茏葳蕤，我的自信的头颅还高高扬着，思想的火光熊熊燎原。那为什么凄楚呢？那为什么悲憾呢？那为什么自我轻贱呢？不就是比先前多背负了一个耻辱的箱子吗？这箱子是别人强加于你的，不是你自己加于你自己的，何耻之有？你可耻吗？你做了什么可耻的事情吗？你伤过天害过理吗？伤天害理，可羞可耻的是谭正军、王贵显之流，与你余奔滔何关何涉？不就是走了点背字吗？十年河东十年河西，留得青山在，不怕没柴烧，几逆几顺，才是一辈子。艰难困苦，玉汝于成。这一阵子以来，你的诗艺见长，文思见精，天知道，地知道，你自己知道，有什么可自惭的？能够证明你这个人的，只有你自己。他人外加给你的所有一切，都不属于你，时机成熟之际，一抖即掉，算不得什么，何足挂心？

就是啊，外界强加给你余奔滔的形形种种，不论是好的坏的，耻辱的荣耀的，都是次之又次的。就如同挂在墙上的一顶帽子，一把破刀，一张蜘蛛网，它们挂在墙上，但不是墙。挂上去的东西，是可以摘掉的，蜘蛛网是可以拂去的。

思维这个东西，具有奇妙的聚集功能，小时候玩马蹄形磁铁，磁铁到处，分散杂乱的铁屑，一下子都聚了过去，齐刷刷的，像刚剃好的寸头。人在困顿落拓中的思维，就像块磁铁一样，将相关的事物都联系起来，形成特定的心理内容。如果你的主导情绪是悲观绝望，痛不欲生的，相关色彩的素材，就会围绕这个情绪核聚拢；假如你的情绪主调是不甘潦倒寻求生机的，那么与之匹配的另外一批史实典故，也会以之为核地形成一派思想景象。

于是，这一时期的我，尤其是到了夜里，置身暗街雨雾，遥望万家灯火，尤是浮想联翩，类比不止。康帕内拉和华岗，曾多次浮上我的脑海。有时，我在心里默诵《红岩》里写许云峰关地牢的章节，华子良装疯多年以待时机的片断。我记起了儿时看过的《东周列国故事》里的越王勾践。勾践战败被俘后，为了取得吴王夫差的信任，实现复国的目的，在夫差生病之时他竟然亲口去尝夫差刚拉的屎，然后才有十年卧薪尝胆，励精图治。这是多大的忍性？多大的韬晦之功？孙武子的孙子孙膑，被同窗故友庞涓设计处以髌刑终身残疾，身受的伤害比谁不大？他不照样聪明睿智地活了下来，最后指挥齐国军队打得庞涓智穷兵败，自刭而亡。电影《武训传》里的武训，为了实现庄严的目标，连乞丐都当。一代帅才韩信，曾屈身一受胯下之辱，钻过去以后，他还是韩信，污辱他的痞子还是痞子。苏轼的名篇《留侯论》，我每读一遍都心旌翻动，受到启发。

他说：

古之所谓豪杰之士，必有过人之节，人情有所不能忍者。匹夫见辱，拔剑而起，挺身而斗，此不足为勇也。天下有大勇者，猝然临之而不惊，无故加之而不怒，此其所挟持者甚大，而其志甚远也。

他说：

子房以盖世之才，不为伊尹、太公之谋，而特出于荆轲、聂政之计，以侥幸于不死，此圯上老人所为深惜者也。是故倨傲鲜腆而深折之。彼其能有所忍也，然后可以就大事，故曰“孺子可教也”。

他说：

夫老人者，以为子房才有余，而忧其度量之不足，故深折其少年刚锐之气，使之忍小忿而就大谋。

他说：

观夫高祖之所以胜，项籍之所以败者，在能忍与不能忍之间而已矣。项籍唯不能忍，是以百战百胜而轻用其锋；高祖忍之，养其全锋而待其敝，此子房教之也。

通篇讲的都是智性，是大勇之勇，是养其全锋，是忍小忿而就大谋。有此大勇的人，才能做成点正经事，乃至担当天降之任。

又常读司马迁的《报任安书》，真如闻黄钟大吕，肝胆悲歌，让人感铭五内，百感交集。这才是真正的忍的伟大，活的光荣呢。没有这位伟大作家的隐忍苟活，函粪土之中而不辞，便没有千古绝唱《史记》，如果没有《史记》，中国文化还成什么样子？他活的痛苦，想的明白，因此才说 ：“然此可为智者道，难为俗人言也。”

什么是大智大勇？这就是大智大勇。

在外人看来，我被逐于黑夜，孤立无援。他们哪里知道有那么多颗强健出色的心和我在一起，帮我铸造精神的长城？孤心不孤，何孤之有？更何况我身后还站着一位天使般的女性。

现在可以反用谭正军的那句烂格言了，就让他去高估我的弱点吧，越高估越好。

我现在的这颗心可比之于喜马拉雅山，你谭正军的心，又是个什么东西呢？

是年我二十八岁，我想我该审慎地通盘地计议一下自己的一生了，不能再犯太大的错误，浪费太多的光阴，走太多的弯路了。要抓紧姓谭的奉送的这个机会，卧薪尝胆，加快武装自己，书不厌多，艺不厌精，“出水才看两腿泥”。我只不过是签订了一个《布列斯特——里托夫斯克条约》。你们这帮孙子等着吧，等着看老子振翮凌霄，“尔曹身与名俱灭，不废江河万古流”。等着吧，谁笑到最后，谁笑得最好。

就是啊，一个人只要心不倒，什么都不能使他倒下 ；只要心不卑微，什么都不能使他卑微。世间万物中，心是第一可宝贵的，世间所有的力量中，心之力，是第一力量。

“人从心上起经纶”，世间的各种人为事物，莫不起源于心，由心设计。心在我在，我思我在 ；我心不变，我即不变 ；我心不衰，我即不衰 ；我心如旗帜飘扬，我即高高飘扬。

啊，我看见我的心伟岸成高山了，我现在的这颗心伟岸成喜马拉雅山了。喜马拉雅山是巍然于世，颠扑不倒的。

8

想不犯错，可还是会犯错，这就是青年，这就是成长，这就是人。我不讳言我一度曾陷入虚无主义，甚至对神秘主义发生兴趣。人在太无力掌控自己的命运的情况下，往往会误入此途。一度，我甚至拿了和尚、老道写的几本破书看来看去。好在我识破了他们，发现自己遇上了古今中外有史以来最坏的东西、最大的骗局、最大的伪中之伪。

于是，我知道了，这个世界上已经没有任何东西能蒙蔽我的智识了，已经没有任何神秘神圣不可知的东西能唬住我了，当啷一声，一个清澈透亮无所畏惧的世界观，落生了。

我曾经写道 ：“一个成熟起来的人，难免会经历精神危机，难免会有过一个虚无主义的时期，这不全是坏事。一当他拔腿出来，返身面向真实世界的时候，他会更加地清醒有力。这时，他已经清楚这个世界是什么不是什么，什么是他该干的什么是他不该干的，什么是干得成的，什么是干不成的。这时，他面前就剩下了唯一的真实 ：包括自己在内的人类自身的生活，心理的，行为的，天地之间的。”

9

石瑞祥到底是耶教徒，十个月后，在我完全不知情的情况下，他将刷厕所的差使替我崴了出去。

这天晚间我一到岗，便穿上蓝大褂准备打扫厕所卫生，屋门一响，老石出来拦阻我，道："已经有人打扫了，这事以后不用你干了。"

原来最近老有一个捡废品的老头儿敲门找老石，跟他讨要纸箱纸盒。老头儿请求这里的废品以后都归他收，老石答应了，但提出作为交换条件他得负责这里的厕所卫生。收废品的老头儿没有二话。

我不太清楚老石是怎么忽发善念来解脱我的，但我知道我值夜班以来，我们的交情日益加深，经常无话不谈。加之他每天都要作作告解、忏悔什么的，确实有助于他灵魂的自审，有助于发动善念。单单冲这一件事，我就当对他感念不忘。

回过头来想，我还真得感谢谭正军对我的这番凌辱折磨，灵肉的揉搓。在我的精神史上，这段经历感受占有特殊的地位。它使我对自己和他人的认识，一下子深刻了许多，它有助于我对人类社会的认识，达到应有的深度。它使我一下子彻底理解了高尔基、尼克索、杰克·伦敦、桑德堡、小林多喜二等劳工出身的诗人、作家，彻底地理解了魏特林那发自肺腑的社会理想，理解了毕生自外于社会分工系统的马克思、恩格斯的社会历史观察。看清楚了，人类的解放，最终有赖于一种全新文明的遍地开花。它不是单独的经济革命，不是单独的政治革命，不是单独的文化"文革"，它既不是某一国能够成就的，也不是某一洲某一大陆所能够保持的，它是全地球的事，是需要一揽子解决方能奏效的。它是一个大时间概念上的历史文明问题。旧文明不到终结之日，新的可爱的文明就不到大行之时。

1884 年，在《家庭私有制和国家的起源》一书的结尾，恩格斯援引摩尔根《古代社会》一书里的话，展望未来——

只要进步仍将是未来的规律，像它对于过去那样，那么单纯追求财富就不是人类的最终命运了。自从文明时代开始以来所经过的时间，只是人类已经经历过的生存时间的一小部分，只是人类将要经历的生存时间的一小部分。社会的瓦解，即将成为以财富为唯一目的的那个历程的终结，因为这一历程包含着自我消灭的因素。管理上的民主，社会中的博爱，权利的平等，普及的教育，将揭开社会的下一个更高的阶段，经验、理智和科学正在不断向这个阶段努力。这将是古代民族的自由、平等和博爱的复活，但却是在更高级形式上的复活。

站在 21 世纪遥望他们所谈论的那个文明阶段，其距离依旧不太好说，但它确乎是躁动于母腹的一个婴儿。我不能断定那个文明阶段到来以后，我们人类所遭受的一切困顿、苦难，会销声匿迹，但我可以断定其内容和形式，必与今天有质的不同，它所带给人类的自由、快乐，肯定比今天多很多。

第四十四章　夜　歌

1

我成了看不见的人。美国黑人作家艾里森的小说《看不见的人》,亦被译作《隐形人》。

我从本单位人的眼睛里消失了。我进入了黑夜，黑夜将我隐去，将我掩埋于看不见的无光线之中。我游走于其间，呼吸，沉寂，自生自灭，如同销了户口。只有我的最近的亲属知道我的存在,只有老石一家人以及很少的朋友,知道我尚活在世上。

我成了一个看不见的人。

“可我并不是缠磨着埃德加 · 爱伦 · 坡的那种幽灵，也不是你习以为常的好莱坞电影中虚无缥缈的幻影……人们走近我，只能看到我的四周，看到他们自己，或者看到他们想象中的事物——说实在的，他们看到了一切的一切，唯独看不到我。”

司汤达为自己拟的墓志铭是 ：活过，爱过，写过。

而我余奔滔，非死去状态的余奔滔，正在进行时的余奔滔，活着，爱着，写着，思考着。我真实无妄地活着。

我思故我在。

我以此对抗任何任何的对我的抹杀和否定。

让我再重复一遍那则寓言吧:一只乌龟被老鹰抓住飞上天空，路过一条大河时，鹰问乌龟 ：“你怕不怕水？” 乌龟答 ：“怕。”老鹰一松爪，龟掉落下去，在水中自如地游起来。

那只落水的乌龟就是我。

谭正军甚至包括王贵显，以为他们动用心机和权力把我收拾到家了，我从此永无出头之日了，可是却不想我因此获得了世间最大的财富 ：时间。

卡尔 · 马克思在他作于 1865 年的《工资、价格和利润》一文中指出 ：“时间是人类发展的空间。一个人如果没有一分钟自由的时间，他的一生如果除睡眠饮食等纯生理上的需要所引起的间断以外，都是替资本家服务，那么，他就连一个载重的牲口还不如。他身体疲惫，精神麻木，不过是一架为别人生产财富的机器。同时，现代工业的全部历史都表明，如果不对资本加以限制，它就会不顾一切和毫不留情地力求把整个工人阶级弄到这种极端退化的绝境。”

就本性而言，无论是私人资本还是国家资本，都力求最大限度地占有雇佣劳动者的无偿劳动或剩余劳动，都追求对于剩余价值的最大化占有和支配。于是，既经沦为雇佣工人，我就被定义为齿轮、螺丝钉、生产力、生产工具，我的个人自由、闲暇享受、性情爱好、身心全面发展，便都是必须挤压掉的，便都是必须服从于利润目的的。生产率、利润是压倒性的，个人最后退化成个什么东西，是无人过问的。

终于，白天的时间，我的白天的生命，属于我了，晚上的时间，我也可以利用。我一夜之间阔了，成了时间钞票的富翁。我为此暗暗庆幸，又唯恐谭正军们识破了这一点，前来抢我的银行。

从农村回城参加工作以来，我第一次可以从容不迫地安排自己的读书计划了，第一次可以大白天的凭窗而坐，读读写写，从东方日出到日衔西山，日复一日，如龟得水。

这绝非谭正军们的初衷。是他们的恶意成全了我。他们认为这样就等于消灭了我，整治了蔚晴，进而颠覆掉我们的婚姻。瞅着吧，这种日子一长，谁都得跟丫离婚。他们这样连骂带想。

他们没有想他们这样是在武装我，是在放我成长壮大。

艾里森说得妙极了——

请看这个定义：蛰伏是为公开活动做秘密准备。

韩信受胯下之辱的事，我做了。

刘备在曹操眼皮底下种菜园的事，我做了。

勾践卧薪尝胆的事，我做了。

艰难困苦玉汝于成的事，我正在悄悄做着。

装备装备再装备，武装武装再武装。我要把自己武装到牙齿，然后呼啸出世……

这里的黑夜静悄悄。

2

我得承认我一度跌入过虚无主义，一度从老庄的言论著述中找共鸣。这与我的一直不见转机的境遇有关，也与陈奇娅留给我的心灵创伤有关，其影响与遗存是那么的持久难以消散，不知道什么时候就袭上心头，陷我于感伤的情怀，致使蔚晴见我这样都一筹莫展。

我像被动无能的人类一样寄希望于时间，因此饱受精神颠踬之苦。这是没有硝烟的战争，肉眼看不见的征战，真实而无妄。

所幸我在漂流中抓到了船板。这船板不是别的，是光辉的莫扎特、贝多芬、舒伯特、柴可夫斯基、威尔第等人的音乐和洞察力非凡的霍克海默、马尔库塞、弗洛姆、本亚明等人的著述。

我经历了一个狂听古典音乐的时期，经历了一个狂读法兰克福学派著作的时期。

如果说，东欧的鲁道夫 · 巴罗等人的见解，帮我看清了面临改革的中国，法兰克福学派的思想，则帮助我对十几年二十几年后的中国社会，提前获得了预知。这预知对于一个日后从事写作的人来说，别提多么重要。

小六妹反歌德的话太对了：死的理论是灰色的，活的理论是绿色的。

就在这时，来自朋友的关心，找到我头上。

这一天，齐颂国兴冲冲地跑进门来，将一叠打印好的作者投稿甩在我的桌子上，让我从里面挑。他说他认识的一家思想类期刊正缺一个编辑，他向人家推荐了我。他要我从他带来的这些文章中挑选一篇出来，抄写一遍，署上自己的名字，然后交给编辑部，作为我本人的水平的佐证。

我翻阅这些论文式的东西，见都是介绍述评近一百年来的哲学流派的，文章底下都注有引文的出处，有的还是引自国外原版书。我说："这不是剽窃吗？像什么话？"

他咧嘴眨眼一笑："都是这么干的，你干一回有什么？人家要人要得挺急，目前也只有这个办法了。"

我说："你容我自己写一篇，那也算我的水平。"

他用力一皱眉："等你文章写出来，黄花菜都凉了。别管黑猫白猫，抓住老鼠就是好猫，你进去以后，发挥出自己的水平来不就行了？我不说出去，他上哪儿去查这东西是不是你写的？屎到屁股门儿了，你就别顾忌那么多了。"

我口里说着"我想想"，留下了这些出自专业人士之手的论文。又是一番内心斗争，我决定全面深入地研究一下法兰克福学派的几位主要作者，写一篇有点有面的文章，再拿去给人家。于是我一头扎进了霍克海默、马尔库塞的书里，连同手边找得到的关于他们的述评，我都不遗余力地读了，这才下手写了一篇长文，题目叫《颠覆与希望》。

等我兴冲冲托着文章找到齐颂国的时候，他一脸没好气地将我的辛劳成果丢在一边，说："这东西你写得再好也没用了，人家已经进了别人啦。我都替你想好了办法，你不听，这事都怪你自己。天底下哪儿那么多君子，你也不分分是什么事？他妈那些人寄给我的稿子，也都是东偷西窃凑起来的，借用一下有什么不行？这年头成者王侯败者寇，你又不是不知道。叫我真不知道说你什么好。"

我的一腔兴奋顿时化烟，懊恼自是不用说，可我并不觉得不抄袭别人的文章有什么不对。毕竟在今后的有生之年里，我不必为干过这种下作事而心怀自惭，而看不起自己。

虽然齐颂国骂了我，可我的事他依旧上心。几个月后，他又招呼我去另外一家纪事类杂志应聘。他先帮我递送了两个中短篇小说和几首诗，然后通知我去见那家主编。

那主编是一位"文革"前毕业的老大学生，熟读苏联文学，于是我们之间的谈话围绕苏联小说展开。谈到兴起处，我开始口无遮拦地往外倒自己的观点，比如说到符谢沃洛德·柯切托夫的两部长篇小说《州委书记》、《茹尔宾一家》的时候，我讥诮其是伪现实主义，我承认其中不乏感动过自己的煽情笔触，但总体上看，他的小说应划入假象文学之列……

主编的脸愀然作色，他的一张方白脸高高扬起，用手势制止我说下去："柯切托夫的小说感动了几代苏联读者和中国读者，你对他心存偏见。他是社会主义现实主义的中坚作家之一，享有很高的声望。"

我讽然一笑："他是日丹诺夫主义的干将，应该说他欺骗了许多读者，包括他自己。他坚持的那种社会主义现实主义，实质是用国家要求排斥生活真实，其本质是反现实主义的……"

"你，你太放肆了……"

主编几乎要拍案而起。他的方白脸不再高扬，因为已无可再扬，他的脖子直直而挺，仿佛进入战斗状态，目光中射出强烈的敌意。

"你这个人的思想很危险嘛，你从哪里弄来的这些乌七八糟的观点，你……小齐说你笔头很硬，有思想水平，原来是这样。你再到别的地方去试一试吧，我们这里大概不需要你这样的人。"

我走出主编室，拐一个弯儿，齐颂国正在楼道里等我，他急急问我刚才谈了些什么？我一五一十复述一遍。他连拍大腿，一派的怨声：

"完了完了，我没来得及嘱咐你，他就是个文化官僚，你跟他说哪门子真话？他喜欢听什么，你顺他竿儿爬就是了，搞什么知无不言？我跟他们这帮人打交道太了解他们了，就得虚虚实实，讲真话是万万使不得的。他妈我在他面前说了你一大堆好话，他全信了，让你一下子给搞砸了。操这事真他妈崴泥，他还得说我在骗他。哎我说你的书生气怎么就不改？一而再再而三地误事。我告诉你说，讲老实话在这个市面上吃不开，不说假话办不成大事。算了算了，我看你这人没救了。"

片刻后，他又道："我原打算，你进来以后，咱俩在这楼里成掎角之势，现在泡汤了。"

说话时，他两眼瞪得溜溜圆，眼角外侧的皱纹全部绷平，全然一副永远不想再理我的神气。

这一时期的齐颂国，身上还带着股子学生气质，还那么的快人快语，乐于助人。多么不同于后来的他。

3

在值夜班的这些年里，我和石瑞祥建立起很深的交情，并承蒙他的关照。这期间，我不但熟悉了他，也熟悉了他的家庭成员，这就等于和我远离了农村，重新建立了联系。

在声像部后门一进来的地方，专门给老石隔出间小屋，紧邻着厕所，老石吃住都在这间小房子里。他媳妇倪婉珍来了，就与他合床而睡。儿子、女儿、女婿来了，小屋挤不下，晚上便在库房打地铺，住上一两个月的时候都有。老石白天上班领着人干活，夜间同我一起值班闲唠嗑。

通常，都是我傍晚 6 点钟到岗，老石回一趟他的小平房的家，约摸九十点钟回来。这段时间我在办公室的桌子上读读写写，干些自己的事。他回来后，总要上楼找我聊聊白天的事，要不就是我去他屋里闲坐坐。到后来，他有时干脆 11 点钟左右便叫我回家去睡觉，说这里有他一人在就行了。不过到了重大节庆日，我们谁都不敢这么干，因为公司保卫科随时会来查夜，有时还会有派出所的民警跟随。

每每令我倍感痛苦的是元旦、春节。别人家这日子口都团圆在一起，而我却得出门在外，蹲进一个不属于自己的地方熬时光熬命。每当这时我便深感有愧于蔚晴和女儿，其心情难以言喻。我痛恨自己挺大一男人，竟然让这么个破房子给圈住了。我痛感自由之于我珍贵而遥远。

这个时期，中国大陆的城市里开始推行承包制。谭正军还像原来那样叫经理，但俨然已经是奴隶主的气派。他张口闭口声像部是他的，张口闭口他有权力辞人。有几次听老石说谭正军白天问起过我，大意是，全国正在实行全员管理，满负荷工作，而对我的管理是个空白点，他要求老石监控住我。

可惜谭正军好景不长，被福建的磁带厂揭发了受贿索贿的问题，被抓去判了五年徒刑，服刑的监狱就在市内。

有一次老石带闳鑫去这家监狱拉磁带，遇见了这位前承包人。老石说，他们一进去就看小谭正领着几个犯人搬磁带箱。他们近前想跟他说话，他示意不行，警察不让。老石说："他干得卖力气着呐，满头大汗，正在争取减刑呢，他们那个磁带加工的买卖，准是小谭献计献策搞的。走到哪儿都不离老本行。"

谭正军一度充当了创业者的角色，正在他插上吸管从这个锅里偷油吃的时候，被人逮住了，没吃成多少。他的继任者则比他合适许多，一上来就什么都是现成的，只要预设好防范的措施，就可以像只大蚊子那样，狂吸这个机体里的血。再往后，他的下一任，再下一任继位者，都这么干，个个都吸得津津有味，脑满肠肥。

这是中国境内无人不知无人不晓的承包制下的普遍景观，是这种畸形而荒唐的所谓企业制度的必然产物。导致日后中国大陆国营企业大量亏损、倒闭的罪魁，首推企业承包制。它不但没有缓解国营企业的传统矛盾，反而加重了矛盾，在企业内部形成真正敌对意义上的关系，从根本上瓦解了劳动者同企业的联系，使他们沦为名副其实的工奴；而企业承包人，则被赋予了相当于领主的特权，为他们发展壮大成为新剥削者、新资产者，演变成为国有资产的侵夺、鲸吞者，铺平了道路。

正是这个诞生于改革旗帜之下的畸形怪胎制度，为日后爆发的国企倒闭潮、工人失业潮，埋下了伏笔。

4

这天傍晚我 6 点钟到岗。老石因为天气的原因没有回他的小平房家，在厨房里洗菜做饭，我站在一旁陪他闲聊天，心里哼着音乐，忽听楼上有人下来，高声喊人去关门。我过去一看，原来是加班晚走的范娇丽——范娇丽其时已调到声像部任出纳员。我抬手拔下高处的门闩，拉开了楼门。只听她嘿嘿笑了几声，冲我言道：

“年轻轻的就干上老头儿值夜班啦，还挺安心的嘛，真是屈才了啊，哈哈哈……”

初时，我没有吭气，只用两眼望着她走出门去。待我转身一个人回到楼上，心里才感到说不出的难受，无名火乱撞心口窝。这个女人一张嘴就喷毒，不费吹灰之力就直伤我的心脏。阴阳怪气的恶毒，阴阳怪气的势利眼，阴阳怪气的幸灾乐祸，撅尾巴就蜇人。就这么个胸无点墨的娘们儿，她有什么资格跟我这儿蛇吐信？她有什么资格来轻贱我？就因为她的工作是在办公室里数钱，她就觉得她有资格俯视别人？真是岂有此理？

她跟你毫无共同语言，她压根儿不了解你的精神世界，她断定你是个一辈子永无出路的人。她的小市民的眼界就是如此，不要跟这种无知无识的小人一般见识。可是我越是这样告诫自己，越是悲愤填膺。心潮难平，胸腔要爆炸。这是爆发于我内心的悲愤火山，他人无从知晓。楼下厨房传来老石锅铲磕碰的声音，连他都不知道我自己现在的心情。这是孤愤啊，是一个人的战争。

黄昏你几声阴鸷的鸱语　几声阴腥的恶笑
激起我汹涌的怒火　无比的憎恶
就像我在这个夏天里憎恶和震怒于苍蝇那样

而刚才刚才我还沉醉在伟大音乐的怀抱
随从他在奥林匹斯巅峦飞翔飞翔
可是你突如其来的一蜇却把我从神界刺到了地狱

卑陋的见识在你和你的父兄之间传来传去
你哪知生之途还有别样的选择别样的心境
你没听见过从没听过尘嚣外的音籁

手里有枪我会打你个穿心儿透

范娇丽走远了，她带着嘲弄过人的快意的心情走在回家的路上。这个女人的心和嘴都是刀子，扎哪儿哪儿见血。她是一个世俗的天才，一个被势利观念武装到牙齿的俗物。俗到无遮无拦，明火执仗，赤赤裸裸，一刀见血。她的具体性直接性，她的感性真实，她的毫不掩饰的代表性，永远的是那么光鲜，那么溢于言表，那么锋芒毕露。她是一个观念上语言上的生番，观念上语言上的匪徒，一个等级社会的病舌头，一个天才的小人。

声像部搬家，我原以为不会再见到她了，她却像鬼影一样又祟了过来，以她带毒的舌头继续向我发动攻击，继续朝我发射恶心，提醒我意识到自己的处境，意识到痛苦，意识到不平，逼迫我好好地去思索“解放”。

1847 年文献中的一段超诗性的预言：“让统治阶级在共产主义革命面前发抖吧，无产者在这个革命中失去的只是锁链，他们获得的将是整个世界。”在 20 世纪没有应验。

旧世界抖了抖，无产者中的一部分奋斗有成的人获得了一部分世界，而无产者中的其余部分及其后续大军，获得的还是锁链。

《德意志意识形态》里讲共产主义就是消灭分工，孟子讲社会分工的产生是有其不得不然的必然性的。消灭不了分工，大概也就消灭不了“锁链”。这当中的因果律，不是哪些人哪些集团所能左右的。发生在历史上的所谓进步的社会改革，所能做到的，也只不过是把那些“锁链”弄得稍微细一点，稍微软和一点，让“锁链”里的人稍微好受一点罢了。其看得见的效果，是解放了一点生产力。通常所说的人的解放，大抵也就是沿着这个轴线的进进退退，摇摇摆摆。

5

谭正军的继任栾学平，上任那年五十出头的样子，圆乎脸，留背头，走路站立时好挺着个胃，两脚外八字，能说会道，会玩假仗义，擅长背后搞小动作。栾学平的老婆解淑仙，是个水蛇腰的女人，不阴阳怪气两面三刀不说话。解淑仙原来就在声像部，栾学平一调过来当经理，这个国营单位的小部门，便成了他家的夫妻店。不出三月，从岁数最大的石瑞祥，到刚参加工作的临时工，就都噤若寒蝉，敢怒不敢言了。

很多时候，老石跟我聊天的内容，都是关于这两口子的无道行径的。随着时间的推移，这个小部门的内部空气越来越压抑，邪焰越来越盛炽，大多数人忍气吞声度日，只为每月能拿到那点工资。

这两口子统治声像部长达六年之久，直到被一场秘密联合的职工造反运动所驱逐。

那场成功的造反运动，发端于副经理冉娟娟截获到的一封信。那封信是福建某地的磁带厂写给栾学平本人的。信中提到数笔回扣金额及汇出的日期，并表示，其余的回扣届时一个子儿不会少。

冉娟娟私自拆看了这封信，感到十分震惊。她把这封信按了半个月，想有所动作，却下不了决心。这天下班以后她留下来没走，待在办公室里等我到来。

一见我面，她单刀直入地开口说道："你肯定想不到我会找你。我有一封信想给你看看，可是你得保密。"

我说："我值我的夜班，你当你的经理，咱俩井水不犯河水。"

她说："你还记恨我呐？上次咱俩吵归吵，我不是也没给你小鞋穿吗？我这人不是你想的那么坏，与栾学平两口子实际上是貌合神离。他们是拿我当枪使，得罪人的事由我挡，我很清楚自己的角色。所以你应该相信我。"

我说："我现在肯定相信你，你也得表明你相信我。"

于是我看到了这封信。

看过信后，我建议由我去复印一份，然后还给她，剩下的事回头再合计。

在驱逐栾学平的问题上，她和我达成共识。她特别申明她不是出于觊觎正经理的位置的目的，才向我透露这件机密的。"我这是为民申冤，替天行道。"她说。

很快的，一个由包括老石和我在内的四人小组形成了。另外的两个人，一个是"文革"前毕业的老大学生，一个是被下放至此地的某部门前经理。这些人坐在一起连夜开会，拟订了一份声讨书，历数栾学平的恶德恶行，并附上了那份福建来信的复印件，由那位老大学生直接呈送到总公司党委。

时隔一个月后的一天，总公司党委书记、工会主席和总经理王贵显，一同驱车来到声像部，挨个找每个正式职工问话，了解栾学平的业绩。

这次倒栾运动，令总经理王贵显十分尴尬。因为他一直充当着栾学平的后台和保护伞，栾某两口子在他的身上做足了功夫。风传栾学平对王贵显施"美人计"，唆使他老婆解淑仙去暧昧王贵显。这一回，王贵显再次暴露本性，使出了丢卒保车的招数。

这一次我对王贵显没有客气，当众数说他对栾学平的包庇、纵容，说得他满脸涨红，直晃大脑袋。我颇觉出了一口恶气。

然而，事后证明我们干了件多此一举的事。之所以这么说，是因为继栾学平之后被派到声像部来掌权的人，是一个比栾学平还贪婪、还凶恶的家伙。

事已至此，老石跌足击案，懊悔不迭。

"咱们这是前门赶走一狼，后门又进来一虎。早知道会这样，还不如留着栾学平呢。"

这就是中国国营单位的权力风景线，企业承包制实行以后，尤其如此。备可哀怜的是手无寸权的职工大众，不任人宰割，还会怎样？

另外一方面，时间到了上世纪90年代，翻了车的栾学平的命，比谭正军好太多了。当年的谭正军收受的贿金，比他的继任者栾学平少得多，却受到了法律的制裁，而这时的栾学平却得到了宽容和庇护，只受到区区免职的处理。到了这时期，连聋子耳朵——摆设的公司工会主席都公开讲："我们后悔当年对谭正军出手太重，把人家弄进了监狱，以后可不干那种事了。"

在另外一个场合，我则听中纪委的冯继山（这时他已当到处长）讲起："以前贪污十几万就立案，现在贪污个四五百万，都算是个小案子了，根本查不过来。”又可见出贪腐之风蔓延的轨迹以及法律尺度的变化。

6

那些年间，中国向何处去的问题，常常萦绕在我心怀，企业工人的命运走向问题扰得我焦虑不宁。从报纸上看到有关上钢五厂让工人参与企业管理的报道，我彻夜不眠，兴奋地写文阐发其中蕴含的意义。我扯来南斯拉夫的自治生产方式与之做比照，扯来列宁关于社会主义就是将民主贯彻到劳动场所的观点，为之支持佐证，扯来欧文、傅立叶为之溯源。我憧憬着将会有一个名副其实的社会劳动所有制的生产方式，诞生在这块土地上。

这个梦想带给我以鼓舞，也带给我以说不出的沮丧、痛苦、精神折磨。

我痛恨把持论坛的那些国内经济学家，他们今天抛出一个改革方案，明天抛出一个改革方案，多数都是以牺牲最基层的劳工大众的利益为其立论的基础的，其目的、用心十分可疑。他们貌似工具性貌似公允中立的立论，时常为公开的劫掠提供辩护和理论外衣。蒙在鼓里的大众，并不知道自己命运的晃动从何而来。

这时，我不得不心怀悲愤劳心费神地观察审视加诸我和石瑞祥们身上的企业承包制。自从实行了企业承包制，企业承包人普遍表现出人性恶面的膨胀肆虐。普遍的损人利己，为非作歹，侵吞劳动工人血汗不计其数，将历史上“工人阶级不是特殊的无权而是普遍的无权”的状况，推到了极致。那些借着这个制度发了不义之财的人和家庭，无不毛孔里淌着肮脏的血，这血迟早会染到他们的子孙的身上。

据我观察，自有人类经济活动以来，还没有比它更昏聩更糟不可言更无法理依据的经济制度。从这个被冠以改革之名的所谓新企业制度通行寰中之日起，中国国有企业的丧钟，就敲响了，千家万户就要遭受其害。

我奇怪于如此弊端百出的所谓企业制度，迟迟得不到清算和废止。

我每天从报纸的字缝间观察时局。

孤独、寂寥、索漠，成了我日常情绪的主调。我有时锁上楼门独自出去散步，多数时候是沿河而行。我多次体会到了卢梭写《一个孤独者的漫步》时的心境。卢梭写那些文字的时候已近暮年，而我还年轻，还年纪轻轻。我无法做到他那么平和自在，而为焦虑之魔、思虑之魔缠绕着。我前面的路还很长，却被活活地堵死着，我必须得走出去或者夺路而逃。我不可以终老于这个困点上。危机之风潜行在我的四周。

下雪了，天地一白，细雪沙沙。
雪落在中国的土地上　寒冷在封锁着我呀……
我走在大雪覆盖的长桥上，怅望

……

大道如青天，我独不得出。
欲渡黄河冰塞川，
将登太行雪满山。
……
行路难！行路难！
长风破浪会有时吗？
……

这是灰烬中升起的日子和逻辑
这是我所能说出的唯一的学院
……
我的太阳　炭化的恒星
从中我得以洞悉大光明

黑色的冶炼　城市的冷火　孤魂的舞场
不死者将脱化出大智与精诚
……

下雪了，细雪沙沙，天地一白。微茫中，有淡粉的蓝焰在燃烧。雪落在中国的土地上，我凄迷于逝水滔滔的某桥，遥望道路……

7

我忽然收到了陶枫丹表姐小六妹的一封来信。信是托陶枫丹捎来的。我这才知道这位理论狂人出国了。睹信思人，回想认识以后和她的数度交往，款款倾谈，我殊觉惘然若失。

我问枫丹："怎么事先一点口风都不露？你没去送送她？"

枫丹道："她才不让人送。她说她是一顶箬笠一把剑的独行侠，独来独往惯了，送反而不美。"

小六妹信上说——

你展读我的这封信的时候，我人已经不在我的祖国了。我这次出国的决定，是经过慎重考虑的，知道的人少之又少。

我决定出国的理由之一，是我的理论研究遇到了瓶颈，很难有突破性的进展。我曾经说过，理论的苦恼是最大的苦恼，我必须设法加以解除。理由之二，是目前国内信息闭塞，理论水准贫弱，难有像样的讨论。理由之三，我赞成卢梭的观点，他说，一个思想家要想让自己的思想对他的祖国有益的话，是不应该在国内著述的。理由之四，是我想跳出去，返身观察，也许能将国内的事看得更清楚一些。

实不相瞒，国内的情势目前尚处于混沌之际，方向不甚明了，我需要出去观察一段时间。我想我要去的那所东方学院，或许能给我提供一些便利。

记得有一次我跟你说过，在当今中国，谁要是能用最简洁的语言，讲清中国当前和未来的蓝图，谁就是当世的英雄。这个蓝图最好是用两页纸就讲清楚了。中国亟需这样的英雄。

没有这样的人，是这个国家的不幸；有了，而加以拒绝和敌视，则是这个国家的宿命的悲哀。

给你写这封信的时候，我正在听《伏尔塔瓦河》。我的心倚着唐古拉山口，凝望祖国江河的源头而思绪万千。

暂别。这是为了聚会的暂别。

读罢信，我无限惆怅，心里空空落落，我内心自语：

一个可以倾谈的人走了。

一个以平等之心待我的人走了。

等她回来之日，也许都猴年马月了，她还能走进她原来的那条河吗？

也许将来有一天人们会说：这位女性的身上体现着真正的悲壮。

历史曾经抛弃悲壮，却从不嘲笑悲壮。

不知怎的，杜甫的两句诗轻飏上我的脑屏：

飘飘何所似？天地一沙鸥。

第四十五章　变　故

1

就在我结婚的前夕，突然有一个熟悉的身影闪进我家院子，一头奔我屋里闯来。我大呼："麦青山，兔崽子，什么风把你吹来了？"

我的这位插队时的老插友，回北京探望父母，下火车的当天傍晚，便急火火地找我来了。

这天蔚晴正好在座，陪着聊了一会儿，便起身去厨房操持晚饭。中途麦青山出屋一趟，回来笑吟吟发表评论："我刚才去厨房假装搭拉话儿，又端详了端详。不错，真不错，你找的这媳妇叨着了，得其人哉。"

我说："真的吗，你没说假话？"

他挥手晃头："我眼毒着呐，你别忘了我是画画儿的，观察人入木三分。不错，真不错，我通过了。"

我说："还没喘，你就咳嗽上了。你不通过，我还不能娶媳妇了？"

他笑："我坐了三天三夜的火车从鼓浪屿赶过来，就是审查来了。你看我这火车坐的，现在还缓不过劲儿来，身子里还一忽悠一忽悠的，还跟在车上似的。"

我向他请教婚后的生活，问他有人讲婚姻是爱情的坟墓，这话成不成立？他那鬼子山田似的眼镜片闪了几闪，蹙额想想道：

"这里面的感觉很微妙，不是可以一言以蔽之的。就拿我和我老婆来说，结婚好几年了，确实不像当初恋爱那么轰轰烈烈了，可是现在我们彼此的一个动作、一个眼神，都能心领神会。日子平平凡凡，心里却很踏实，不会再东一头西一头地乱撞。怎么跟你说呢，是一种和风细雨式的滋润……嗯，体贴，你琢磨琢磨这个词。快乐是你俩的，痛苦也是你俩的，是共享和担当，是一条船上的人，是一根绳上拴的俩蚂蚱……托尔斯泰不是说，幸福的家庭都是相似的，不幸的家庭各有各的不幸吗？你自己慢慢地去体会吧。"

哑默少顷，我忽然问他："你怎么不问我那一个的情况？"他明白我指的是陈奇娅。

他收敛了笑容轻声道："你就当那是场梦吧。人人都做梦，好梦不常有。早晨醒了，回味回味刚做过的梦，不是也别有一番滋味儿吗？只当是一场梦。人生如梦，转眼就是百年呐。”

2

婚前，我曾偕蔚晴去中央党校宿舍看望谢径。约好到场的还有梁珊瑚。这时的梁珊瑚已经是北京大学的一名本科生。她和陈奇娅、赵海湄一起参加高考的那年，没达到北大的分数线，她复读了一年，第二年如愿以偿。这样一来，她离谢径近多了，更加的常来常往，不必像从前那样跑那么远的路了。

我们去的那天，阳光响亮明媚，快赶上高原城市昆明的日照了。正如蔚晴所言："一出城天都近了。"梁珊瑚的大奔楼头窗明几净的，谢径则自始至终神清气爽，笑口不合。

对我和蔚晴而言，这是一次愉快的值得记忆的交游。可是这天出现的一个意外场景，却令我心头酸楚，久久系怀。

那天大家在房间里聊够了，一起起身到大院儿里散步。忽然一个过路的女子停下身，客气地亦有些窘迫地同我们寒暄。我一看不是别人，正是戴安丽。她比原先瘦了，头发干黄，面色无光，原本盈盈动动的眼睛，失去了昔日的光彩，沉沉的，穆穆的，不复有喜气和活力。

除谢径之外，她认识梁珊瑚和我。应付了几句客套话，她很快地就脱身走了。看得出她心里不是滋味儿。

望着她的背影，谢径告诉我，小丽是闪电式结婚，事先连他都不告诉。婚后她男人经常打她，她萌生过离婚的念头，可是每次都算了，说："跟谁也是混。"

戴安丽的出现，反衬出梁珊瑚的优越地位，她看上去更加的风情灿然，心情爽朗。

戴安丽天生好身材，可这次她的背影看上去那么平板黯淡，了无生气。我真有些不敢认她了，这就是那个手托一只烧鸡，一挑门帘风风火火闯进屋的戴安丽吗？这就是那个要我即兴作诗给她看的党校大院儿女孩吗？这就是那个认谢径做哥哥，心怀一腔恋情，非要和她的谢哥哥一起过生日的小丽子吗？这就是那个和我一起凭窗听松风，听《献给阿达梅琳的叙事诗》的戴安丽吗？

她还很年轻，她还是很年轻的女人，她身上的风情韵致还没有焕发出来，就坍陷熄灭了。青春就这么完结了吗？

我心头怅然感伤，唏嘘不平。随后，接下来的心情，一直沉郁不振。

戴安丽戴安丽，我永远忘不掉她那一天的突然出现，她的窘迫的表情，她的消沉黯然的背影。她的女儿家的人生本不该是这样的，她凋谢得过于早了一些。

她从未进入过我的生活，算这一次我和她只见过两面，可是为什么在如此纷繁的人世记忆里，她还会时或浮出，惹我缅怀感伤呢？

我的青春，别人的青春，谁的青春不是青春呢？

女人的青春，个个都应该如花似玉啊。

3

结婚一年以后，我和蔚晴第二次去看谢径，再次遇到梁珊瑚在他宿舍里，这才知道他二人已经同居，形同夫妻。那天我和蔚晴从香山上下来，顺道去谢径的宿舍探望。其时天色近晚，他留我们吃饭。突然门帘一挑，梁珊瑚进来，给人的感觉好像是下班回家。

这一天是星期六，她放学后直接来谢径处度周末。

见我们面露疑惑之色，谢径捅破窗户纸。我们为他们高兴。谢、梁二人面带一种偷偷摸摸的幸福感，笑，暗暗兴奋。

“我们都是老夫老妻了。”谢径说。

我说：“你瞒得够严的，连我都瞒。”

珊瑚道：“我们谢径都老大不小了，屋里也该有女人了，光精神恋爱已经不人道了，哪能不给点儿革命人道主义？是吧谢径？”她挑挑下颏，撩拨谢径。谢径只管傻笑。

这一幕给我的印象是，他们之间的关系已经是板上钉钉了，只等着女的一方大学毕业，他们就去办结婚登记手续。可是谁料到平地起波澜，时隔不到一年，我却听到梁珊瑚另有新欢，和谢径分手的恶性新闻。别说是谢径了，对我都不啻晴天霹雳。

那个星期日我独自一人去看望谢径。还没进他宿舍，便听见怪异的声音。我进屋一看，见他正霍霍磨刀，他的两只眼血红喷血。他已经三天三夜没睡觉了，没干别的，就磨这把菜刀。

一问之下，我当时就木在那里，觉得发生这事简直就是天方夜谭，而凶险的事情爆发在即。原来，梁珊瑚受到同校的一名同级男生的追求，她也看上了那名男生，动了真情。事发后，她向谢径坦白。谢径曾力图留住他挚爱的人，亲自去北大校园找那男生谈判，那男生不同意退出角逐，要求和谢径公平竞争。谢径几欲崩溃，遂起杀人念头。

他一连三天三夜磨一把菜刀，足见他内心的愤火之烈，痛苦之深，亦可知他理智尚存，内心虽凶焰万丈，可对于最后付诸行动，还是迟疑不决。

我一向所了解的谢径，是不会与菜刀、凶杀发生联系的，可这一回居然联系上了。我一向知道他性善好脾气，有长者之风，却从没想到过他会去杀人。

只见谢径的一双布满血丝的眼睛里，忽然汪洋无限地绝望，就差像基督徒那样乞求上帝了。突然，他用力一抡菜刀，放声号啕，声动四楼，惨不忍睹。

离开他之前，我没收了被他磨得锋利无比的那把菜刀。那把刀被他砍在磨刀石上，崩了刃，磨刀石断成了两半。

我扶他上床的时候，他已经睡着在地，是哭着哭着睡着的。他的神经已经消耗到了极限。事过多日，他才向我坦言，他曾书包里装着这把菜刀，多次进入北大校园，跟踪双双结伴的梁珊瑚二人，几次欲动手，几次都不忍。

他说他是想鱼死网破，杀了他们，自己去投案自首的。

我记起，头一回带蔚晴看谢、梁那次，我曾半开玩笑地对梁珊瑚说："这些年谢径把心都扑在了你身上，不顾一切地等你，要我我做不到。这样的男人你打着灯笼也难找，好好珍惜吧。如果有朝一日你要是负了他，瞧我不提把刀子去找你算账。"

小梁嫣然一笑，十足自信地答对我："才不会呢，老天作证。要是真有那种时候，我自己都不活了。"

事已至此，我无话可讲，再也不提"刀子"云云。

活在爱情中的青年，他的多情善良也源出于此，那是他的生活的中心。中心毁了，他也就没了魂，他内心的哀怨深似海。

"他捡的是我玩剩下的，我玩过了，我玩够了。"

谢径嘴上这么说着，面部的肌肉抽搐着，眼神却明明在说：我没有够啊，我和她一生一世都没有够，我多想和她一生一世相厮守。

一个男人会为一个女人而发疯，会立志厮守她一辈子，会因为她一夜衰老。

谢径一下子老了十年，走在路上如游魂野鬼。

同年，他闪电结婚，和党校一教员的女儿组织了家庭。这女子是在解除了一桩婚约之后，火速与谢径缔姻的。婚后他们生了个女儿。可是谢径始终不清楚他太太的那桩婚约登记的真相。他太太对此讳莫如深，他也不敢去碰那块伤疤。

1987 年我与谢径在一家杂志社晤面，那时他已在另一家期刊社工作，我问他："季小苔对你感情如何？她和以前的那个男的还有联系吗？"

他一头雾水地答曰："我不知道哇，真的不知道，我一直都不知道她心里想些什么。"他摇头，"没法儿问，她什么也不跟你说。"

我问："那她平常有什么业余爱好吗？"

谢径想了想，摇头咂巴嘴："没看出她爱好什么来。她就是爱洗衣服，爱使搓板搓。哦，这是什么爱好呢？我觉得不好理解。我跟她整个一糊涂。噢，她把每次进城都当成件特别重大的事，提前好几天就收拾准备，左打扮右打扮，我觉得挺逗的。"

日子就这样过下来了，孩子一年年长大。

4

几乎是和谢径在同一时间告别初恋的，还有齐颂国。与谢径有所不同的，是他经历的背叛不止一次。他没有像谢径那样磨菜刀，而是竭尽全力地想留住这场恋爱，力争能与韩蔼终成眷属，但他最后也以失败告终。为此，他大病一场。不光是精神上的伤病，而是整个的人大病了一场。

他指着那间光线阴暗的办公室的沙发告诉我，整整两年他都没回家，就睡在这里，成天浑浑噩噩的，跟眼睛会动的活尸似的。直到最近一段时间，他精神才开始恢复，才能撑持着做点事。

“真是他妈难受得没法儿说了，一宿一宿瞪着两眼睡不着觉，每天就怕天黑。操他妈的，恋爱这种事太毁人了，真是说不出来的难受，我整个人扒了层皮，差一点就做了鬼。你今天看我好像没什么事儿了吧，可你那时候要是见到我，非把你吓一跳不可，你走我对面了，我都不识你是谁。”

他跟我说话时的眼神直勾勾愣怔怔的，好像是还没有从神经症中走出来的样子。

他的遭遇一下子让我倒回到了1983年的夏秋季……何其相似乃尔。我的灾难降临得比他和谢径都早，我差一点死了，也扒了层皮，也曾如游魂野鬼……

“他妈的我这辈子再也不敢玩爱情游戏了，有这一次我就够了，我永远也不会再相信女人，我现在经常在想的是报复。我这辈子差一点就报销在女人的手上。”

我这天上午见到的齐颂国，穿戴得十分整齐，一身铁灰色的毛料制服，还带着竖条的暗纹，可是他的气色确像是大病初愈，跟灰耗子皮似的，头发也比先前稀疏了不少，脸庞有些浮肿。我坐在他对面的椅子上，凝神静气地听他讲自己的事，听完本想继续深问，却被他岔开，岔到了当前的社会问题上。

在社会问题上，我们之间一向都有争论，但这一次他却表现出不容争辩的样子，说什么都口气武断，仿佛把世界看透了一样，谈什么都是一推到底，不讲中间状态，除了极端还是极端。这让我诧异又拿他没辙。起初我还跟他辩论了几句，但发现根本不是那事儿，他的话完全就像是一个梦魇者的一样，完全是在自说自话，而不是讲给什么人。

在他度过的那些不眠之夜里，他的这些念头，一定曾经不知多少次地缠绕着他，以至于成了他心里的最强音。他讲道：

“我现在最讨厌的就是补天派，补天派的实质就是反动。物到极时终必反，必须得让这个社会烂透了，让人民忍无可忍了，才会爆发一场像样的社会革命，才能摧枯拉朽，才会诞生一个清明的社会。社会批判，小改小革，都是历史的反动。就是要让它烂，帮着它烂，中国才有光明和希望，否则只能是苟延残喘，拖延社会进步。”

齐颂国的“社会革命论”说得我没脾气。我当时没有去想他脑子里的这些观念，会对他日后的行动有什么指导作用，而只当是他一时的感兴之言。我也没有认真地去辨析他的观点，只是说：“在任何一个烂透了的社会里，最倒霉的是工人、农民，最先没饭吃的，也是这些人。”

辞别他的一路上，我步行回家，走得很慢。想想他，想想谢径，想想自己，我心情复杂得难以言喻。

怎么我们三个人的恋爱都落到这样的下场？究竟是因为什么呢？

5

齐颂国意识前卫，这我是早就知道的，他很早便同韩蓠发生肉体关系，也在意料之中。那时，他住在韩蓠家是家常便饭，老韩夫妇睁只眼闭只眼。住来住去的，便让他发现了问题。

事发的时间已经是韩蓠参加工作以后了。那天晚上韩蓠去医院值夜班，齐颂国一人睡在韩蓠的房间里。他半夜起夜忽然流鼻血，止也止不住，便满屋子翻抽屉找药棉花。他从韩蓠的抽屉里发现了一把钥匙，便用它打开了唯一上锁的一个抽屉。齐颂国从里面掏出一个帆布书包，打开一看惊呆了。

帆布包里装的不是别的东西，是满满的一包避孕套。他脑袋轰一声炸了，呆瞌瞌对着这包一辈子也用不清的性用品魂飞魄散。这是他祖祖辈辈都没有梦见过的景象。

待神志稍稍恢复，他的纷乱如麻的脑子飞转，一个劲地想韩蓠从医院偷这么多避孕套干什么用？为什么要搞这么多？他想韩蓠从未对他讲起过这事，并且讳莫如深，锁得严严实实，其中必有不可告人之处。他联系到韩蓠行踪诡秘，与他多次失约的情形，联想到韩蓠多次莫名其妙地加值夜班，他顿悟其中奥秘，双腿一软，跌坐在地。

突然他跳起身，出屋去敲老韩的睡房，将他领过来请其看视这包东西，并且问这是怎么回事？

老韩一看之下，窘得直眨眼，最后只好说："这不过就是些避孕工具，说明不了什么问题，只能说小蓠干了顺手牵羊的事，拿了公家的东西。"他劝齐颂国最好还是不要乱加猜疑，拿贼拿赃，捉奸捉双，你又没有捉住小蓠和别的男人在一起，凭什么就断定她行为不轨？这一包避孕套尽管数量不少，但都是没用过的，没用过就是没有行为，你怎么就断定她干了什么呢？再说了，她肯定是留着给你用的，怕以后不够的……

老韩是干什么吃的？别说他是个教授，光凭他是武汉人这一条，脑袋瓜就慢不了，要不怎么说"天上九头鸟，地上湖北佬"呢。老韩的这一席反问，倒真把个齐颂国问住了。他拨楞拨楞脑袋，挠一挠耳朵，一时没了词儿。

突然他快步走到电话机跟前，拨通了韩蓠所在的护士站的电话。电话那头的护士说韩蓠休息，不当班。齐颂国请对方再说一遍，并将听筒举到他的准丈人的耳朵边。老韩一听，不再言语，回到自己的房中闷坐。齐颂国则穿好衣服开门出去，跑至一层，一屁股坐在楼梯迎门的地方，坐在那里等他的未婚妻。

那一宿，齐颂国一直坐到天亮，也没看见韩蓠的影子。中途老韩下楼劝他回房间等，他听也不听。老韩夫妇担心女儿一露面齐颂国便会大打出手，因此也一夜未眠。

在这事发生以前，我曾读到过齐颂国献给韩蓠的一首情诗。那首署名齐颂国的情诗，用黄粉笔抄写在他们单位楼门前的黑板报上，十分醒目，被我一眼看到。见到他我一提这首诗，他马上承认是写给韩蓠的。他说他曾托他父亲将这首诗拿给艾青看。艾青看后没夸他，也没贬他，只是说他本人从不写情诗，写了也不会往外发表。

齐颂国有些腼腆地嬉笑："他妈的我就写了这么首爱情诗，就让你给看见了，真不好意思。"

齐颂国和韩蔼的最后摊牌，是在一天夜里，地点是他们以前约会的老地方——人民英雄纪念碑。

这是一次奇特的分手。两个人坐在纪念碑基座的台阶上，谁也不先说话。两个人寂静无声地坐着，直坐到午夜24点。齐颂国一根接一根地抽烟。最后他抬腕看表，指针正重合在12这个数字上，他从嘴上取下香烟扔到地上，起身用脚踩灭，扬长而去……

6

这一时期，迟小进的婚姻也出现了危机。改革开放了，中国大陆的歌厅舞厅如雨后春笋，人们的夜生活日渐丰富多彩，小进的太太下班后常去跳舞，小进对此啧有烦言，两口子时起争端，深层的事，小进不讲，我无从知道。

一次我去他家，见他怒容满面，室内一派狼藉，他这才说出跟媳妇刚打过架，媳妇一气之下抱孩子回娘家了。小进说这已经不是第一次冲突了，夏天有一次吵得很凶，怕惊动了邻居，他拉扯老婆到街上，一直吵进了景山公园后山，直吵至公园静园赶他们出来。

很可能就是因为家庭危机，后院起火的驱策，小进才开始打做生意的主意，并付诸行动。

这天下午，迟小进忽然登门。他这次来与往日不同，穿了一身浅灰色的西服衣裤，十分的挺括。

“怎么样？我这身衣服如何？”

我上下打量他，道：“你穿西服倒是顺眼，不错。”

他抬一抬腿，掸一掸裤线，面露得意之色：“日本进口的，怎么样？”

我这才知道，他和他们楼里的两个军队干部子弟，搞到了一批从日本运来的西服，都是日本人穿过后淘汰的。总共来了一大船，他们凭关系才搞到一些，目前正在设法销售。

我瞅瞅他身上，道：“看不出是旧衣服。”

他说：“这是我从中间挑出来的，不过所有的都重新熨过，应该卖得出去。这一回，我可真要发了。”

我一听他说的售价，真是不便宜，便道：“你旧衣服怎么好卖新衣服的价？你总不能拿这个价卖给亲戚朋友吧？”

迟小进闻听正色道：“亲疏远近一视同仁，口无二价，这是商业原则。”

我一听这话，不再说什么，垂眼暗思：没想到这迟小进还有这一面，手里捂着一点货，就六亲不认，面目真够铁青的，这还是那个文学青年迟小进吗？还是那个青年车工迟小进吗？还是那个当过知青扛过半自动步枪的迟小进吗？这人怎么一沾商就嘴脸大变呢？

迟小进毕竟是迟小进，过了一阵子他面色转缓，对我说道："你要是买的话，我在进价的基础上只给你加百分之十二，这是底线了，是很大的人情了。"

我一听，知道他误解了我方才的话，笑笑说道："我一向穿软和随身的衣服，根本不会去穿西装，你没听明白我的意思，我是说你们的价格定得不合理。"

他习惯性地往椅背上一靠，神色悠然起来，幽幽说道："没有办法，这是我一生中淘的第一桶金，不得不狠一点，先做小人，后做君子，将来挣了大钱，再拿出钱来搞慈善吧。谁叫咱现在是初级阶段呢？"

见他这副德行，起初我心怀讥诮，但想一想又觉得可以理解。大概刚开始学做生意的人，都要经过这么个阶段，就像初登讲台的新教师，都有那么点教条，都爱肘着个劲儿。真正成了行家里手以后，反倒自然圆通，有进有退，懂得妥协不拘泥了。

"嘿，"他一拍大腿，"我来是想跟你说老杜的事的。"

"哪个老杜？"

"杜齐民呀。我昨天见到他了，他现在当处长了。他让我去他的办公室，他现在可是鲤鱼跳龙门啦。"

我说："看来他这是结成婚了，跟博物院那人的女儿？"

小进又一拍腿："就是跟她，老杜把他老婆的照片摆在办公桌上，就像供神像似的。老杜进那个局，就是他老丈人给他托了路子的，这才是为闺女疼女婿，夫荣妻贵呢。他那丈竿子是干什么吃的，这事一想就明白。这老杜婚结得才值呢，提纲挈领，一通百通。"

"你们还聊了些什么？"我问。

"他说他现在今非昔比了，但决不意味着革命到头。他说他管的这个处，是局里的台柱，所以肩上的担子很重。他现在是有意识地往自己的肩上压担子，以便日后能承担更重要的工作。他说他从现在起，就在用副总理的标准要求自己。他说他现在浑身有使不完的劲，每天下班了还不想离开单位。他说以前被压在底下的时间太长了，要把被耽误的青春补回来。他现在脑子想的只有工作工作工作……"

"他的家庭条件一定也改观了，他的母亲和弟弟一定沾了他的光，搬进了新房子。"瞬息之间我记起曾经见过的老杜一家人和那间陋室。

"他还提到了你呢，他说你的命运的最好的情况，也就是做一个纯文人，而与仕途无缘。他说，在中国，任何人的身份如果不是由政府任命的，便都是不正规的，得不到承认的，因此他认为他的人生选择，是康庄大道……"

我说："这个杜齐民，还没有一阔脸就变呀，还记得咱们文学社的人？他现在还写东西吗？"

"写什么呀，他说他现在就会写一样东西了：公文。"

我说："他觉得他现在有资格给我常青指路了？"

小进道："有那么点劲头儿。唔，他现在可是踌躇满志，指点江山哟，的确今非昔比了。"思索片刻，我提问小进："这士农工商，五行八作，行行都满员，你说都是身不由己的吗？”不等他回答我，我便问答：“身不由己是一种情况，另外一种情况是主动选择的。爱钱的人才会爱当商人，爱权的人才会爱当官，不爱写作的人，怎么指望他做文人？老杜当初参加文学社，是为了排遣寂寞，是瓜菜代，他的追求压根儿不在这里，你说是不是？”

迟小进他们这批来自日本国的旧西服，三倒两倒的一上市，引起了中国国内有识之士的义愤，认为这有辱国格民格。有关部门检测出这些旧衣服上带有大量的病菌，根本没经过消毒处理，于是政府有关部门责令查抄这批旧货，集中烧毁。许多北京市民都从电视新闻里看到了烧这些旧衣服的画面。

小进和他的合伙人，从内部事先得到了消息，利用军车将自己的货抢运到了外地，低价出手，总算没蚀了本。

这番经历给了小进不小的惊吓，他的目光开始转向国外，考虑出国去挣钱。他将他的新想法告诉了我，又讲出了一番道理来。他说：

“未来中国社会将进入一个动荡的时期，人们的生存基础将会非常的脆弱。国外的劳动值钱，趁着年轻出去挣他个七八十万回来，家庭就比较地能经得住危机了。这事要越早动手越好，未雨绸缪，把准备工作做在风雨到来之前。”

他说目前正有一个机构在组织去日本的劳务输出，他已经去报了名交了钱，出去之前要先经过半年的日语培训，他正在从零开始学习日语。

望着他那义无反顾的面容，我心里有种说不出的感觉。他一走，我身边又少了一个朋友。小进劝我也去加入他们的行列，我拂逆了他，说自己要做的事是用中文写作，怕换了语言环境，会损害自己的中文表达水平。我说中国本土的确将要发生重要的变化，这将给文学提供千载难逢的素材和历史感觉，所以对我而言，出国不是上策。我说左拉将他身处的那个时期圈定为他的史诗性写作的概括、表现对象，这也是我的策略。我说屠格涅夫写了几本不错的小说，但都没有达到托尔斯泰和陀思陀耶夫斯基那样的重量级。究其原因，除去禀赋上的因素外，屠氏长期旅居国外，不能不说是一个重要的制约因素。而另外的两个人，则都是在俄国国内就近观察、感受的，因此才能写那样卷帙浩繁的大部头小说。

见我持这种立场，小进不再劝我和他一起去日本。他摇头叹道：“你想问题老是不离文学，可文学毕竟是慢功夫，像文火炖肉，一时半刻的吃不上。而钱呢，挣一笔是一笔，有钱能使鬼推磨，金钱能办的事，比文学多得多。以后我还是想写点东西的，现在只能先‘曲线救国’。”

他用“无产者没有祖国”这样一句话，结束了我们的这次交谈。

小进曾说万佩泽插上毛儿比猴还精，他又何尝不是？除去在当时国内那种僵化的体制之下翻身不得之外，他去任何一个自由经济的国家，都能钻古出生路来。他也是那种只要有一个缝儿便能撕开个大口子，钻进去的人。他这个人又能吃苦，又有韧性，善于待机而动，因此对他去日本以后能否适应，我根本不怀疑。

7

迟小进没能拉动我去日本，可他一边上班一边做生意的经验，给了我启发，于是我也动了做生意之念，并付诸实施。

我最先尝试的两笔小生意，赔了一次，赚了一次。赔是小赔，赚是小赚，从中我积累了一点经验。接下来，我同两个河北人合伙做起五金的生意，讲好每年年底分一次红。

我没费太大的劲便在西四的街上寻到了铺面房，是跟一家商店合用的，店方从我们的赢利中提取 20% 作为租金扣留，不赢利不交租金。这样，便为我们度过试营业期争取了时间。我是北京市人，地皮熟，这样的一些谈判，都是由我出面谈成的。

在上半年里，我谈成了两笔生意，加起来挣了 26 万块钱。店面的租金是从利润提成里面出的，所销的货物是赊销，所以我们这个生意小组基本上没什么风险。可是厌倦的情绪在我心里越积越深，这导致我在干到第九个月的时候，抽身而退。我退出的时候遭遇到阻力，我的两个合伙人坚决反对，扣住我参股的那点钱不给我。我说年底的利润分红我都不要了，你们还要怎么样？他们说你不干了，北京地面上的事我们玩不转。我说路都铺好了，你们自己走没问题了，捆绑不是夫妻，不是都说理解万岁吗？最后他们见我实在是去意已决，才老大不高兴地将那点钱退还我。从此我再也不动经商之念。

经商做买卖在当时被叫做“下海”。我在当时国内最早的几批下海人员中，还算是比较早的，可是我岸上得也比谁都早。为什么呢？

初做生意的头三月，还有那么点新鲜感，在经营的旗号下，一下子可以接触到许多以前不认识的人，不管是多么陌生的人，只要是带着点商业目的，都可以开口说话，不管他是男是女，是俊是丑。这样的交往一多，我便发现我见过的这些人的活动，全部是以“钱”为中心进行的，不具有情感的审美的内容。即便他们当中有人拿情谊、感情说事，也不过是一种手段，一种装饰而已，目的还是在钱袋上。风风火火忙忙叨叨的半年跑下来，我连一行诗都没写成，不是不想写，而是没了写作的心境。这一觉察令我心生惶恐。

我原来打的算盘是，做生意既挣了钱又深入了生活，可到头来发现，在这一过程中，我正在失去自己身上的诗性、诗性思维、诗性感受力。这么一想我真急了。我觉得自己正在被异化着，正在走向自我同一性的破损而滑向非我。对此我忧心忡忡，内心激烈冲突。

我想自己身上的这点诗性，是自己长时间积淀而成的精华，是花多少钱也买不来的，岂可就这样被自己葬送掉？葬送了这个，也就等于葬送了余奔滔这个人，是自我葬送。余奔滔是独一无二的，而商人富贾，古今中外多得是，不缺你这一个。做诗人你可以成为第一流的，做商人你却做不成洛克菲勒。做生意最终是要做一个大资产者，而那从来就不是自己的人生目标，对此也没有真正的兴趣。真真正正切合自己的个人兴趣的，还是写作。写作带给自己的享受，远远地高于几单买卖的成功。生意做成了，一算账，赚了26万，也挺高兴的，觉得几个月没有白辛苦，可是那种心里感觉，跟写诗行文过程中所获得心理兴奋，灵魂张扬，完全不可同日而语。

法国诗人兰波的诗才是公认的，可是他写了点诗以后，弃诗从商，跑到美洲倒东西去了，只亮了那么一下，便没影儿了，殊为可惜，是一个教训。

我心头阴云日浓，焦虑日深，终于迫使自己做出了选择。再耐一耐性子就可以分到手的红利，我不要了。知道的人都批评我“不能忍”，他们哪儿知道我已经忍到了极限，只为了护住手中的这一支笔。

我太珍惜自己手中的这支笔了，我管这一次选择叫“保笔运动”。

忙活了一大场，搭工夫出力劳神，没有拿到钱，可是保住了手中的这支拙笔，我又继续能写出诗作来了，和以前的东西比一比，没见有太大的退步，于是，我觉得自己没有亏掉什么。于是我不再往西四大街上的铺面跑了，依旧和老石一起值夜班，继续地动心忍性，静观天下。

8

秦皇岛人管货物的进价和售价之间的差，叫做“谎”。你买他东西的时候，他会说他里面有“三块钱的谎”、“五块钱的谎”等等。一个“谎”字，兜出了天下商人赚钱的秘密。人们习惯上所说的“无商不奸”，指的就是这种职业性的“谎”。

在我的只有九个月时间的从商活动中，令我倍感痛苦的就是老得说谎，不能讲实话，还得装出副比较实在的样子，与人周旋，我不得不使出种种手段来诱哄他人。以实现自己的利益。有人将这称为商才，可是它在我的身上却形成一种自我分裂，严重地颠覆了我的心灵的安宁。

我曾经与一位汽车制造厂的采购员应酬周旋了数星期。我们三位合伙人请他在西单最排场的饭店吃饭，我单独前往他下榻的旅舍问寒问暖。在宴席上，这位姓常名青的前派出所民警，开口索要的回扣，比当时通行的回扣率高出一倍。我的两位合伙表示不能接受，我压制住他们，表示这事好商量，应该不成问题，接下来，在我前去住地看望他的时候，答应了他的超常规的回扣要求。他一听很高兴，表态说就从我们一家进货，不再去找其他店家。

这位常采购员急于要买的是一批一点五毫米厚的钢板网。这种规格的钢板网当时在市场上脱销，我跑遍全城都寻不到货源，最后才在首都钢铁公司下属的一家批发部，得到有货的答复。货主领我观看的样品，的确很像是厂家要的那种钢板网，但我依据经验，觉得其厚度稍欠一点。那位批发部主任说他自己是老首钢，比我懂眼，请我放心。我把剪下来的一块样品带给那位常采购员，他拿出卡尺量了量，表示满意，然后当着我的面给他们科长打电话，要求即刻派两辆拖挂大卡车过来，并往我们的账号上汇款。

提货装车那天，我们这边的三名合伙人都到场了，一起动手帮着装车。装好车后，我和批发部主任单独聊了一会儿，见他面露诡异之色，我意识到他心里八成有鬼，便追问了几句，他这时才坦言他提供的货物只有一点二毫米的厚度。我大惊，问他为什么要欺诈？为什么连那位常采购员都没有看出来？他老奸巨猾地一笑，道出其中的机关，说是往钢板网上多喷两遍漆，厚度自然就达到了一点五毫米。他懒洋洋地反问我："我不讲，你看得出来吗？"我问他："现在该怎么办？"他说："车已经装上了，就让他拉走呗，一点五,一点二，都是一样地使。"

等我再次回到卡车跟前的时候，司机师傅已然将货物煞束停当。常采购员上前同我握手，低声叮嘱我收到款子后别忘了给他提回扣，越早越好。

这位肥肥白白的东北中年男人的手掌，像他的两只胖脚丫子一样的肥白，握起来肥瘩瘩的像个肉垫，一点趼子都没有。我心想，这人前身是警察，后来当采购员，没下车间干过活，否则手不会这么暄乎。这是一个寸草不拈的主儿，方才装车，我们三个都参加了搬运，唯独他袖手一边看着。这是一个工厂的蛀虫、吸血鬼。

头一回见到他时，他的肥头大耳的容貌就引起我的兴趣。我恭维他有佛相。在宴请他的酒席上，我对他放着好好的警服不穿，改行做一名长年在外的采购员，表示不解。酒过三巡，他道出玄机："这一块的油水很大。"

我问："在没干上这行之前，你如何知道它油水大？"

他坦诚相见道："我曾经审过一个犯人，是名供销科的科长，是他亲口说的，我这才知道还有这么个道道儿……"言毕，他踌躇满志地一笑，补充说：他介入这一行已经三年有半，一次都没失过手，这要得益于他当过警察。

我暗笑：你已经一身肥油了，还往身上贴膘？

货终于发出去了,第一桶金到账了,店铺的租金有的付了,事先讲好后付的货款，可以让人家提走了。看看常采购员那里没什么动静，我的悬着的心也放了下来。就在我以为这一次交易是皆大欢喜的时候，东北老客气急败坏地找上门来要退货。他用带哭腔的声音说："一清早我们科长就打电话把我臭骂了一通，质问我进的是什么货？还想不想干？"

我忙问他出了什么事？他说听科长讲，这一批运到的钢板网，工人在电焊的时候焊不上，一焊就断一焊就断。他说这些钢板网是用来制作汽车发动机的罩子的，现在全部堆放着不能用。他说这事都传到厂部去了，他们供销科的正副科长全都急眼了，把他骂得狗血喷头，他现在成了热锅上的蚂蚁。

他朝我连连作揖，要我这次一定救救他。我答应他亲自去找那个批发部谈这个事。一去之下，那位老主任根本不答应退货，说又不是没有让他验着样品，样品什么样儿，货就什么样儿，差着一点，都算我的，不差就是他自己的事儿了。不懂眼就不要吃这碗饭，没有金刚钻，就别揽瓷器活儿。

我转回到西四的店里，常采购还在那里等我的音讯。我把情况说了，他又转而要求我们接这批退货，留下来自己慢慢卖。我的合伙人一听就急了，说你这不是叫我们砸锅卖铁吗？

这一笔买卖，我们约挣到20万元人民币。如果答应退货。我们就得赔掉不止这些钱，因为这么多的钢板网，光靠零售，几年都卖不完，摆都没地方摆，况且这种一点二毫米的货，目前没人要。因此，退货之议，根本行不通。

这是我为我们三个人挣到的第一桶金。挣到以后我丝毫高兴不起来，心里总有一种肮脏感在发酵。

20万块钱，再加上谈成的第二笔供货买卖，两相一加是26万。26万块钱在80年代末的中国大陆，不是个小数，那时流行的口号是“成万元户”。可是为了归恢自己的内在统一的审美心境，为了保护手里的这支笔，我割舍了，完成了一次胜利大逃亡。

我的这次决断，得到了蔚晴的理解和支持。

9个月的商史，证明我有那个能力，也让我认识到，我不能有那个能力。

春秋无义战，商场无义战。诗言志歌咏言。文如其人。文附质，质待文，血管里出来的是血，喷泉里出来的是水……类似这样的一些语句，在身处商场之时，时不时泛上我的脑海，像敲锣鼓一般地警告我，警醒我。乃至我脱逃出来，回到原来的轨道上，这样的一些句呀话呀声音呀，也都消停了，不再跑出来扰我。这事说来还真有点邪兴。

由此，我认识到一个简单的事实：诗心、商心不相容。它们是截然不同的两种心情，两种立场，一个胸膛里是长不了两颗心的，何况是完全异质的心。商心如果生了根，诗心就死了。

情形正如《共产党宣言》所概括的那样——

资产阶级在它已经取得统治的地方把一切封建的、宗法的和田园诗般的关系都破坏了。它无情地斩断了把人们束缚于天然首长的形形色色的封建羁绊，它使人和人之间除了赤裸裸的利害关系，除了冷酷无情的“现金交易”，就再也没有任何别的联系了。它把宗教的虔诚、骑士的热忱、小市民的伤感这些情感的神圣激发，淹没在利己主义打算的冰水之中。它把人的尊严变成了交换价值，用一种没有良心的贸易自由代替了无数特许的和自力挣得的自由。

至此，我才领悟康德说审美是无功利的其含义所指。我才从心里承认，康德是非常正确的。在功利思维的状态下，没法儿审美，诗性荡然。

时隔经年，每当我在街上看见过那家工厂制造的汽车时，都会令我忆及往事，心生负疚感。这似乎已成条件反射，抹也抹不去。

身处商道之时，我脑子里甚至掠过这样的一念：如果让陈奇娅看见我在这条街上干这个，她会怎么看待我？如果有一天她闯进这家店铺，撞见我正在没真话地哄顾客，她会作何感想呢？

第四十六章　平安颂

1

从上大学一直到婚后出国，赵海湄的友谊给我以温润的安慰，亦使我和从前保持了某种非言语所能道的联系。她既是我的生活史的参与者也是见证人，反过来，我也是。

海湄大学四年来家看我的次数，没有陶枫丹勤，但也接长不短。即便是赶上蔚晴在家的时候，海湄的老资格，也是无可争议的。她自己很清楚这一点，也懂得加以享用，所以她出入我和蔚晴的家，总是一副理所当然的样子。

从海湄的口中，有时我还能听到陈奇娅的消息。

海湄曾经问过我蔚晴是否知道陈奇娅？我告诉她："知道。"

从结婚前一直到去南方旅行，我没跟蔚晴讲过这段往事。不光是怕她知道了难过，更因为我不敢回首。结婚前夕，我亲自动手烧掉所有存在家中形诸稿纸、信纸上的有关文字，而没有舍得烧掉那些草稿本。我将这些草稿本放到了抽屉的深处。在这些草稿本中，有我写下的大量的美学札记，一直都没得空儿加以整理，还有就是这些本子上，保留我当初写给陈奇娅的文字的最初的一些草稿。它们是最原始的形态，乱而潦草，一般人难以辨认，我想恐怕蔚晴也认不得。

就在我去东北出差的那段时间，蔚晴收拾抽屉时翻到了这些本子。起初她是晚上寂寞看着玩儿，看着看着，她渐渐明白是怎么回事了。我出差一回到家，蔚晴没绷几小时，就哭了。

直觉即刻告诉我发生了什么。

我从未见蔚晴哭得这么凄惨过，泪水从天而降。连神鬼都跟着落泪。

我大惊失色，手忙脚乱，慌恐作一团。

我素知蔚晴单纯善良，跟我是她的初恋，我害怕她了解到我的前情史后，难以承受，为她自己的损失而难过，却不想她哭另有原因。她对我边哭边说："我觉得你真是太苦了，让我心疼死。"

闻此语我眼泪夺眶而出。泪雾模糊中我们相拥在一起。"真正知我疼我的，是你啊蔚晴。你不觉你自己损失很大吗？"我在她为泪水濡湿的鬓边呓语。

"不是啊，我就是心疼你啊。你原来吃了那么多的苦，以后我一定不再让你吃苦，只让你幸福。"

这是自天阶飘下来的乐音，袅袅入耳，沁入我心……

"啊，是这样。"海湄诧讶着，"我原以为她知道这些事后，会和你打得不可开交，原来她这么宽容你，真没有想到……奇娅要是知道你娶到这么位贤惠的太太，心里不知道会是什么滋味儿……"

蔚晴刚出产假，海湄闻讯来祝贺。她一进院门便交给我一块当时最大包装的巧克力，说给她侄女吃。我说傻丫头，你去看看她会不会吃呀，就瞎买。她不好意思地笑，说她穷学生没钱，只买得起这个。她进屋后，我拆开包装，将巧克力送进她口中，让她自己先解解馋。

她左右躲不过，到底还是接了，嘴里说着："你瞧这事弄的，到了，成我给自己买的了。"

我说："这不本来就是你自己爱吃的东西么，你吃就等于是她吃。"

用眼瞄瞄忙里忙外的蔚晴，海湄朝我附耳低语："多温馨的小家庭啊，真让人羡慕。"顿一顿又道，"你现在是不是乐不思蜀了都？"

我说："蜀现在在哪儿？是我不思蜀？还是蜀不思我？"

海湄闻此语，敛笑不再言声。

2

赵海湄的性格中有乖觉得人缘的一面。她在大学校园里崭露头角，当上了校团委的宣传委员。由于工作的关系，她在团委里拥有了一间办公室，在办公室里拥有了一张床，她得以搬出拥挤的大学生宿舍，据有一个单独的小空间。这个房间里有一部电话机，有时她晚上就打电话给正在值夜班的我，长长短短地聊上一阵。像这样电话聊天，让我们都感觉既是在现在，又是在过去。有时候的感觉是今昔相混，没有边界，既温暖又感伤，让人心房颤动，说不出的苍凉惆怅，幽思绵邈。

那是一个冬夜，晚 10 点电话铃声响起，我拿起听筒便知道是她。平常她都是 9 点钟左右给我打电话，今天有些晚了。她解释说，团委的那些人刚走净，她关上门就来给我拨电话。我说晚有晚的好处，我刚刚写完一首诗，你电话来早了，就该影响我了。她要我赶紧给她念念。我平生头一次对着电话听筒给人念自己诗，感觉很异样。

我尽量用低抑的声音念，话线那头海湄安安静静。

我新写的这首诗题为《梦山谷》，相当于四五首短诗的长度。我一节一节读给海湄听。一读，我自己就进去了，情不能已。

诗念完了，海湄那边静悄无声，我这边等着她的反应。许久，海湄才缓缓发声，声音听着有一点哽咽。

她开始缓声缓气地慢慢说话："奔滔我半天没缓过气来，我嗓子眼儿里有眼泪……今儿也不知是怎么了……奔滔你的诗越写越好了，特别有后劲儿……我好长时间没这么感动了。谢谢你让我当你的第一听众。"

我被难言的喜悦所包裹所笼罩，喉头也有些发哽，一时竟不知说什么才好。

静默。静默中街上过车的轰隆隆声仿佛破窗而入，仿佛古战场动地的鼙鼓，窗户随之嗡嗡共振。时间渐近午夜，户外滴水成冰，夜气凝寒。有一刻，我恍惚又伫立在北京火车站的存车处门口，等候海湄如约归来……12 点一过冷死啦。这样一想，我的脚趾便隐隐作痛。那种冻死人的记忆太深刻了。又一刻我走在童话般的雪夜，陈奇娅挽着我的臂弯，她的柔柔的小乳为我所感觉着……

"奔滔，奔滔，你挂电话啦？"

"没有，我在等你平息下来。你那里冷不冷？"

"挺冷的，更冷的是心里。奔滔你说我最近是怎么了，心里老一阵阵难过。"

"因为什么事？"

"也不因为什么，就是老有一种凄惨的感觉。我很孤独。"

"你现在不是过得很充实的吗？人来人往，热热闹闹，怎么会孤独？"

"那是表面上的。在热热闹闹的人堆里，有时我会突然感觉到荒凉，心里苦涩，想哭……"

"想哭？那就应该哭出来。"

"你说我跟谁哭去呢？"

"这个……是啊……"

"奔滔，我们几个当中，我是最可悲的。谢径痛苦的时候，跑来找我，让我安慰他，你心里面不好受了，我也安慰你，可是在我最孤独无告的时候，谁来管过我？谁知道我心里的苦？唉……现在你们都不需要我了……"

海湄的一声叹息宛如发自旷古的深渊，发出的时间很久很久了，才被我听到。我惊呆了，一时羞愧难当。

许久，我才语无伦次地道起歉来："对不起你呀海湄，你老装得没事的样子，我没看出来，我忽略了。对不起，你得允许我亡羊补牢。"

"唉，我也就是发发牢骚。"

"你对我有怨气？"

"是有。"

"发吧，你朝我发吧，有冤的报冤，有仇的报仇。"

她轻轻笑了。

我说："在我这里你权力很大你知道么？在陈奇娅离我而去的时候，你没有。你一趟一趟地来看望我，还陪我去爬狼牙山，你给了我心灵的抚慰，你有权力惩罚我。"

"还提狼牙山呢，你可把我吓得不善乎，你站在悬崖边上不动窝儿，我真怕你往下跳。我是喊不能喊，拽也不敢拽，心提到了嗓子眼儿。我真后悔让你到那地方。"

“谢谢你啊海湄，谢谢你陪我跋山涉水。”

“我不是觉得你应该散散心，冲淡一下吗，谁想到你老先生往悬崖边一站就是老半天，真不知道你心里面想些什么？”

“临风。我在体会临风而立的感觉。”

“你知道我今天心里面的感觉吗？我觉得我的角色真可怜，我也有需要人的时候啊。你好像没拿我当成女人。”

“瞎说，我什么时候拿你当过男的？”

“我有时候就觉得在你眼里我是个中性人。想当初你每次来找我谈陈奇娅的时候，我都静静地听你说，你问过我心里在想些什么吗？我那时跟罗贝来往，就是因为心里太苦闷太空虚了。你们的注意力都不在我身上，我充当的角色很可悲。”

这孩子在埋怨我，她对我一直心存幽怨。那不是一般的怨，是幽怨，很深很深的怨，直到今天才吐露出来。她心里很委屈，觉得我亏待了她。这样一想，我的后背开始冒汗，心房微微颤抖。

“海湄海湄，话该怎么说呢……我可没不拿你当回事啊，从来都没有，主要是时间不对。我跟奇娅，你跟今晖，都身陷漩涡中。铁轨在道岔处衔接，时机错过，就过去了。陈奇娅给了我一刀，我还能让人再给我一棒吗？人都是初生牛犊不怕虎，长出犄角反怕狼。你和奇娅是同学，你的一举一动她都会知道，我不想让她说我是跳来跳去的男人。人心里都有顾虑和包袱啊，麻秆儿打狼两头害怕，你能理解吗……我现在是有家室的人了，我只能做到这地方了……海湄你还让我怎么说呢？你看我跟陈奇娅，轰轰烈烈一场，灰飞烟灭，天各一方，可是看看你和我现在，不是还保持着联系，来往走动着，推心置腹吗？平平淡淡能长久。假如当初陈奇娅也像咱俩这样子，她还会是我的座上客，放了假来找我……”

“说的也是。”

“海湄你知道你该干件什么事了吗？”

“什么？”

“你该谈场恋爱啦。女大不中留。”

3

转年春的一个星期六的下午，海湄忽然像飘絮似的飘到我的桌边。她一身春装，笑眼弯弯：

“我刚送走了今晖。”

我一拍桌子，跳起来：“今晖来北京了？你干吗不让我见见？”

“他是出差，就来一天，到学校看了看我，办完事就走了。”

“这回怎么样，没伤感吧？”

“没有，挺好的，都挺自然的。今晖已经结婚了，生了个儿子，一家三口过小日子。

他已经调出了原先的那个厂子，调到工业局下属的一个机关工作，最近转干了。我们在校园里散步，谈些分别后的事。他穿了件风衣，提着个公文包，看上去成熟沉稳多了，蛮有派的。”

我说：“看来他的婚姻对他很有帮助。”

“那是呀，那女的她爸是市委的，怎么也比一般人有路子，不帮女婿帮谁？我发现我忽然心胸宽广了，看着他们，我真心替他高兴。不过想想当初，我还是不觉得自己荒唐。人啊，该怎么还得怎么着。嗳，他还向我问到了你呢。”

这又是一个阳光照耀的下午。窗外丁香树的枝影映到她的侧脸上，她的面部呈现凝重肃穆的韵调。

我知道此时此刻她心里在哀悼着什么。同时怀有哀悼心情的，还有我。

进入大三的赵海湄，忽然撒开了欢，谈起恋爱来一发不可收。起初她什么也不告诉我，直到业绩斐然了，才想起跟我描绘一番。从她打电话的声音里，我能想象出她兴致勃勃，情致高涨的样子，她已经俨然情场老手了。

我说：“别着急，慢点儿说，当心别闪了舌头。”

哈哈哈哈，她真情无遮地欢笑。

“你猜猜我现在在干什么？告诉你吧，我在谈朋友。”

“真的吗？多长时间了？成了吗？”我的注意力被她聚焦了，急于知道情况。

“已经谈了一批了，说成也成，说不成也不成。忙乎死我啦，眼前跟走马灯似的，学业都快荒废了。你知道了一准得骂我不务正业了。”

我一听乐了，大声说：“你错了丫头，这也是你的正业，我夸你还来不及呢，快说给我听听。”

海湄说进入今年以来她简直有点跟疯魔似的了，撒开了谈恋爱。她有时同时交着几个男生，有时走马灯似的换人，有时感觉挺好，有时感觉一般。她说她多数时候是半真半假，真真假假的。她说连他们团委的老师都直说她，说：“赵海湄啊，你要搞多少人算一站呀？谁你都品尝，谁你也不给，你到底想找个什么样的啊？”

拿一般眼光来看，海湄这么干是有问题的，可是我不说她一句不对，我觉得她需要这么补偿补偿，需要以这种方式释放一下自己。我只是提醒：“注意别对人造成伤害。”

“那怎么会呢？我跟谁都是好和好散。”她的声音还是那么绵柔清晰，“奔滔你是了解我的，我是害人的人吗？”

“你当然不是。”

“那不结了。我就是想充分地体验体验什么是生活。”

“别挑花了眼。”

“现在就挑花了眼啦。”

“不简单，有两下子。我说我们海湄不是没人找的，是咱不想找，要找，低头一捡一大把。”

“就是。哈哈哈哈……”

“我提醒你把握一条：别引火烧身，别弄大肚子。”

“那不会的，我知道分寸的，尽管放心吧。”

我说：“海湄也该你疯疯了，想疯，你就疯吧。”

她说：“我不会没完没了地疯下去的，那么些人，我最后总得从里面挑一个呀。”

我说：“挑好了，领给我看看。”

她说：“那是，我哪能不过你这一关？”

末了，她跟我道晚安：“做个好梦。”

啊，“做个好梦”，陈奇娅也对我说过这话，也是在晚上，也是在电话里。做个好梦……梦泽水面徐徐飘来昨夜的风……

昨夜的岸。昨夜芦花。

4

陈奇娅上大学以后，我曾有两次见她的机会。这两次当中包含着N多次的机会。这是她抛来的橄榄枝。

第一次见面的机会，出现在她刚升大三的时候。那是刚刚入秋后的一天，海湄若无其事地来到我家，坐下来聊了几句无关紧要的话，她往屋里瞅瞅，往屋外瞅瞅，忽然起身说有事要走，蔚晴怪道：“怎么刚到就走？再多玩儿会儿吧。”

海湄一笑道：“下星期我再来。”起身示意我送送她。

她脚步很快，走到院门洞转身停住了，面色严峻地看定我，说道：“你赶紧跟我去趟医院，小娅住院了，她得了胆囊炎，正准备手术开刀，你要不要跟家里说一声再走？”

我心头忽地一紧，口张着没说出话来，以为自己耳朵听岔了。呆立半晌我才问：“你听谁说的？不一定是真的吧？”

海湄一搡我的胳膊：“都什么时候了，我还哄你玩儿？你去不去吧？她现在很需要你的安慰。”

我脑袋有些发蒙地运转着。我一听到小娅的名字，身体就开始发热，这热浪里面撒了辣椒面，烧灼得我疼痛，疼痛中裹挟了突然而至的仇恨的风暴，抽打得我微微发抖，平定下去的屈辱和痛苦，轰天而至，电击我的全身。

只听耳边海湄在说：“人得了胆囊炎疼着呢，她脸色蜡黄，人瘦得都脱了形了。都好长时间了，她一直以为是胃病，吃什么药都不管用，这次回北京才查出来是胆囊炎，医生马上留她住院治疗。”

“用用消炎药呗，不一定动手术。”我抑制住自己，故作平静淡然地搭腔。可是这时我心里急剧转动的念头是去不去医院看她？突然我想起来问海湄：“是你自己想要我去的，还是她让你来叫我的？”

"这你就别问了，去就得了。"海湄发急地一抖身。

我以手指点她的鼻尖："你要跟我实话实说，是不是她叫你来的，或者是她暗示叫你来的？"海湄垂下眼帘，侧过脸去望院里的那丛竹子："奔滔你觉得这很重要吗？你可不可以不刨根问底？"

我说："海湄，她让你来叫我，又不让你说是她的意思，对不对？她都病成这样儿了，还不忘耍心眼儿。上海女人的小聪明。"

海湄恼怒起来，冲我直跺脚："就是我叫你去行不行？你干吗要难为我？你难道就一点不想念她？不可怜她吗？"

"可怜？"我冷笑，"她可曾可怜过我吗？她知道她甩手一走置我于何地吗？她的信誓旦旦都叫狗吃啦？可怜？她知不知道我余某人差点死过一回？'永不离弃'，你问问她那是放屁吗？"记忆的缰索缠紧了我，我心底发出撕裂的哭声，173.15度的冷火苗，烧得我阵阵寒颤。我看见了她幽怨的目光。我看见了她淡漠的目光。我看见了她哀怜的目光。她认为你的骨头很软，她认为你的骨头很贱，她认为你的骨头可以拉直、弄弯。她要看看你今日之模样，今日之落拓，今日之一事无成。她要让你跑到她面前去摇尾乞怜，她要重新给你套上套夹板，重新摇起鞭子。

我脑屏上跳映出四个字：自取其辱。

我开口对海湄表态："这医院我不去为好。"

"奔滔你怎么这样儿啊？干吗那么无情无义？"

幽幽的我闻到了孩子的奶味儿，闻到了孩子手指尖儿的甜味儿。此时此刻，蔚晴正在房中照料女儿。蔚晴对我恩深义厚，无条件地给了我一个温馨的家，她心地单纯透明，经不起打击，我不能危害到她……

我说："海湄呀，你就不怕我这一去会旧情复燃吗？那样一来你知道意味着什么吗？那个已经对不起过我了，这个没有半点对不起我，你说我该如何自处？我看还是井水不犯河水吧。"

"那，我明白了，就是说你真的不去了……那好吧，我走了……"海湄的表情怏怏的，没精打采。

"来，你先跟我回屋。"我拉起海湄回到房中，埋头翻查旧报纸。大约找了十几分钟，我找到了记忆中的那张《文摘报》，交到海湄之手："这上面的这篇文章是专门讲胆囊炎的，中、西医的治疗方法都介绍了，你带给她。"我又从书柜里取出一本医疗手册，翻到肝胆病那几页，窝上角，也让海湄带过去。

送完海湄回来，我将情况一五一十地告诉蔚晴。蔚晴一听忙说："你应该去的。"我说："我不去。"蔚晴道："你不去多对不起人呐？"我说："我不想对不起你。"蔚晴笑了："你去你的，碍我什么事了？"我说："你不了解那孩子，她魅惑力太大，一掉进去就烧你个焦头烂额，不是你想的那么简单，我惹不起躲得起。"蔚晴说："一日夫妻百日恩，念在她对你好的时候，你就去医院看看她吧。女人在这个时候需要关心。去啊，又不是去了不回来了。你去到家里追上赵海湄，让她带你去。"我咬牙说了一个“不”字，就不再言语。

我又一次经历了精神折磨，一种叫做记挂的心情，竟悬悬地吊了许多天，心里七上八下地不安稳。我发现自己表面恨巴巴的那股子恨意底下，暗流着说不清道不明的眷念宿情。原以为可以抹掉的东西，却原来黏着力那么强大，像千年老根拔不掉。我发现，爱和恨之间存在着对立转换的自然联系，爱之愈深，才会恨之愈烈，爱恨原本生于一根。这是两性情感关系上的一般运动形式，它带有不易察觉的自发性。

我这时候努力要做到的，实际上是防止发生反转。

这是一种心理防御机制，在客观上起到保卫家庭安全的作用。

5

赵海湄第二次通知我去见陈奇娅的时间，是她们上大学四年级的第二个学期。这一次来访，海湄坐的时间比较长，其间她谈到陈奇娅身体一度很不好，曾经休学达半年之久。近期她先去内蒙古实习，然后又转到了沈阳。

我奇怪于陈奇娅的舍近求远，北京、上海，整个南方，可实习的地方多的是，何必要长途跋涉？我问她们是不是集体去的？海湄说哪儿呀，就她一个人跑单帮，别人都就近就实习了。她自己说想利用这次机会，开阔开阔眼界。

“噢，是吗？”我听到此为止，不多打听。

每次听海湄讲起陈奇娅的情况，我不制止，也不多问。其实我心里未必不想多知道一些，可我抑制住自己，装作毫不关心、漠然置之的样子。我知道我一旦迫不及待地打听，我的心事就会传到那边的耳朵里，她就会觉得她在我心里的地位不可动摇，她就会觉得她可以从精神上占有着我。我不愿意让她获得这种满足，不愿意让她把我看成贱骨头，不愿意让她把我看成个记吃不记打的孬货。相反，我要让她明白，你跟我千般好的时候，我给你当孙子都行，现在，对不起，你想给我当孙子我都不要。

我知道她是个感受力要多强有多强的人，像灰尘落到镜子上，要多清楚有多清楚，我就是要让她清清楚楚地知道我现在对她的态度，让她清清楚楚地知道我也会淡漠，也会心硬如铁，让她清清楚楚地知道，我拿你当回事的时候，你是我的心肝肺，不拿你当回事了，你就什么都不是。

我知道我身上带出的信息，会原封不动地经海湄传给她。她如果因此感到不舒服，那就对啦。

凡在涉及陈奇娅的时候，我保持这样一种外表情态，几年来已成为我的一种习惯。这是叫她给逼的。

要紧的言语，还是在我送客的时候抖出来的。就在我送赵海湄到院门外的时候，她忽然止步不走，看看我欲言又止，她一连抬了三次手，才嗵一下子放话给我：

“小娅从沈阳回上海，她乘坐的火车明天下午4点17分进北京站，中间停靠二十分钟，你去见见她。”

“是吗？她干吗不在北京下车，住一天再走？”

“这是时间、车次和车厢号，你一定看清楚了。”海湄张开手心，交给我一张纸条。我不由自主地哼一声冷笑：

“召见我，让我去晋见她，限时二十分钟。毛泽东、铁托爱在专列上接见人。”我转缓语调，“站台也不适合说话。二十分钟？留遗憾给我一生？有她说话的时间，没我说话的时间，她转身上车，把我甩在原地？算了吧，我永远也不会再在她面前屈为被动的角色了。”

海湄宽解地笑笑：“随你怎么说，到时候你去就是了。可别让她等急了，你提前些到，时间可是很宝贵的哟。”

我冷笑：“她把我挂在悬崖上一挂一年，算到现在快五年了，她着二十分钟急算什么？海湄你是好心，是想成人之美，你是我的好妹妹，你的事，什么时候招呼我什么时候到，可她，已经没这个权利了，她原来有来着……”我喉头哽咽，话塞在了里边。

“奔滔，你现在学会记仇了，你以前可不是这样。”

我说：“海湄你学一下她的原话。她给你写信了？”

海湄说：“我什么也不能告诉你，该说的我都说了，你别逼累我行吗？”

我说：“行，海湄，你做了你该做的，你够朋友，该负的责任由我负。有机会你把我的话告诉她：是我的，就彻底地是；不是我的，就彻底地不是。我的伤口已经长上了，谁也别想再来撕开。就这话，你一字不漏地转告她。”

我的发作是爆发性的，连我自己都未曾料到。这是一次积郁太深太久的火山爆发。我火焰冲天地吼出这些话的时候，内心的荒原上却在下雨，冷雨霏霏，残红狼藉。

“她爱对谁招之即来就招之即来吧，跟我这儿不行啦。她走她的阳关道，我走我的独木桥。大路朝天，各走半边。”我补充吼叫。

刹那间，我眼前腾起一片火光，火焰焚烧的是我最赤诚的青春，我的欢笑的痴情，我的毫不吝啬的心头血，我的甘美沉醉的梦……

那是我在和蔚晴成婚前一天做的一件事：将留在稿纸、信纸上的写给陈奇娅的诗文信函的底稿，全部集中起来，付之一炬。光是这些高浓度的情感文字，就装满了一个洗脸盆。盆里耸起了高高的纸山。

我犹豫再三，没有舍得烧那些更原始的笔记本，如果把这些最初最初的草稿也烧了，我怕我将来有一天会后悔。

我烧那些文稿的地方，选在院门外的大槐树下，这是我当初送陈奇娅每回要经过的地方。道两旁一边一棵双人合抱的巨树，不止一次引得她仰脸观赏。

“这是一对夫妻树吧，你看它们的树枝树叶都交叉到一块儿了，不分彼此了。”

一根火柴投进盆中，火就起来了。纸灰轻盈似雪，青烟如魂。我以右手掏衣兜，衣兜里装的是陈奇娅的小照片，我一狠心也将它投入火中，它瞬息之间化为乌有。

那烧的全是我自己啊。

那火中翻卷抽搐的，是我的血肉。

……

“反正我都告诉你了，去不去你自己掂量吧。这可是你最后的机会了。”

我说：“海湄你不知道，她给我的那一小袋儿爆米花，我一直留到我结婚前夕，我是噙着眼泪吃完的……她到那时都没给我写一个字。我从那天起就给她判了死刑，把她埋了。”

海湄走了。随着她的那个一转身，她把我和小娅见面的一切机会，都带走了。

6

我心里有些慌，有些张皇无主。

我想喊住她，可我瘦驴拉硬屎，硬是撑着没喊。我甚至希望海湄再转回来，重新劝我一次，那样，我多半会顺水推舟，答应明天去车站的。可是海湄没有主动回来，她的背影转过胡同就消失了。

我张皇无主，心里很慌乱。我清楚，我的这一决绝之举，是永远地将那个曾经撼破自己灵魂的女子，推到天边外去了。至此，你跟她便成永诀，至死不能再见面了。她手里的橄榄枝已经用完，没有第三枝了。

你表现的态度是一刀两断的态度，是永不原谅的态度，是没有丝毫的缓和转圜余地的态度，她也只能据此来加以理解了，并理解成是你的终极立场。

她之所以前有住院那一次，后有这一次地安排同你见面，是基于从前对你的了解，是基于她对你的感情的了解，是基于她对自己在你心中的地位的自信，她的判断全都没错。她唯一差着的地方，就是她对你性格中的刚性部分还不够熟悉。你以前在她面前，绝大部分时间表现的都是柔情性格，刚性的一面她很少见到。因此她在深思熟虑以后，才会判断你会应召前往。她并没有真想错，甚至是基本正确，无愧于她自己的聪明。可是她忘记了事情会有反常，既有常态便有反常态，何况是一个曾经被痛苦压倒的人，何况他曾经从死亡线上爬出来。

陈奇娅想我想对了，可是还是没对。我没有如她所愿去行事，一定令她迷惘，感到事出反常。由此，她该对我有一点新认识了。我留给她的记忆是毕生性质的。她一生都会琢磨她的这两次失算。

她要不就是高估了我，要不就是低估了我。

结果，不是她想看到的，也不是我真想看到的，可结果就是如此。也许这就是逻辑吧。两个生命碰在一起灿烂的景象多么迷人。一去不复返了，我的倒时光。

我心存的疑问之一是，陈奇娅为什么到底做不到一走了之，而转过头来欲和我重建联系呢？她第一次想见我，打算说些什么？第二次见我又想说些什么呢？我的现状，赵海湄会如实地讲给她。上大学后，海湄来我家是家常便饭，她等于在我这里安了观察哨，一切悉收望中，了如指掌，她还有什么不知道的呢？那么她见我到底要干什么呢？是什么东西在推动她呢？她难道还要像从前那样亲手交给我她写好的信？直到这一年我还没有搬家，这个通信地址她写过八百八十遍，到死都忘不了，她欲给我信的话，完全可以直接寄来，没必要和我面对面。

面对面？她想从面对面中观察到什么，问出来什么吗？还是她想亲口对我说些什么？对啦，她手里存着我写给她的那么多诗、信，她写给我的那么多封信也存在她的手上，她是不是想退还给我后一部分？她觉得她跟我还有许多话可谈吗？她对我还心存留恋吗？她想当我面为自己辩解吗？她想借此排解掉她心存的愧疚吗？她会对我说出忏悔的话吗？总之她是想有所表示，有所举动，但都被我封了回去。她一定会感到不好受，一定对我心存怨怼。可是我已经被她豁了，我还怕她什么呢？光脚的不怕穿鞋的。

她跟我言归于好了会怎么样呢？想和我维持一份仅次于恋情的友情，以慰人生之孤独吗？那是易于做到的吗？蔚晴责怪我不该那么绝情，说不成夫妻还可以做朋友，能继续保持来往不是也很好么？也许是我又做错了事，犯了绝对化简单化的毛病，从而造成了两个人的毕生遗憾。可是在那个年龄阶段上，我处理问题就这种水平，任性使气，想自己的委屈多，想别人的痛苦少，缺少成熟的辩证法。我甚至一度本能地以为，以刚强之姿回击陈奇娅，能使自己舒服一些，结果反使自己更不好受。

一次，我在报纸的“健康”栏目再次读到关于胆囊病的解析，这才真正惊悚，恍然大悟。

什么人易患胆囊炎

一些人易患胆囊炎与胆结石，问题出在两个方面：一个是内因，一个是外因。内因是过度阳刚，脾气特别急躁的这一类人，再一个就是心情过度压抑忧郁的人。这种性格的过度偏激再加上社会压力这一外因的作用，容易出问题。因此，过度压抑和过度暴躁都是不好的，两种极端的性格都可能导致胆囊炎或者胆石症。一个人无论遇到什么事，都应该保持正常心态，泰然处之，永远保持乐观主义精神，疾病就不容易缠身。

陈奇娅大学期间得了场胆囊炎，毕业后又患胆结石，全没跑出胆病。从她的病史，我是不是可以反观到她的心史呢？听说她得病之初，我怎么就没有多往她心理方面去想呢？怎么就没去想她会心情忧郁，以致积郁成疾呢？我只顾一想就想到她给我造成的伤害，却没有想到她自己也由此成伤，而以她的年龄和气质类型，在心理的自我修复能力上，她远不如我。联系到她写满她的二号诗簿的那些负罪之语，那些挥之不去的阴霾，对于她这几年间的内心景象，我也可以知其大概了。更何况她跟我是她生命中的初恋。

海湄说奇娅患病期间疼得直不起腰，吃不下东西，一直被误诊为胃病，可见受罪不轻。假如这情况发生在她不辞而别以前，我非急得上房不行，打破脑袋我也得让医院赶紧给她查出症结来，而不至于延误成重疾。

我想，我当时如果遵从她的意愿而不是相反，或许会对她走出心理阴影有所帮助，或许还能有助于她手术后的恢复。

而我却将事情做反了。

她的父亲陈昌明，那个精明的上海人小军官，那个爱女如命的当爹的，清楚他女儿的病因吗？他对他一手导演的杰作，作何感想呢？

那日海湄走后，我心里好不翻江倒海。

真想看她一眼啊。一个声音哀哀地说。她长大了吗？变样儿了吗？她说话声音变了吗？还是银铃嗓儿吗？她的眼睛……一想到她的眼睛，我的心便坚硬不起来了。不能看见她的眼睛，不能让她往自己身上看。她的眼睛会勾魂，一被她勾上，又是一场滔天海啸。不要去沾她，不要去接触。她并无他意，她只是不愿意你淡忘了她，想让你重新记住她，她想要永远占住你的心，而并不真的给你什么。不要让她得逞，坚决不上她的套。眼不见心不乱。你不去见她，她便无从施其伎。

一个声音在低低劝说，还可以继续做朋友呀，那样就能继续看到她，看着她一点点地成长变化，一直看着她变成老太太，那岂不也是人生一大乐事？可是旧情复燃怎么办？那不就等于是杀蔚晴？她毁过你一次，她还会毁你第二次的。她靠不住，万佩泽早就看出她这一点，早就看出她要去“山那边”。她背叛过，她还会背叛的，不要去相信她，不要为她的眼波所惑。蔚晴才是牢靠的人，她不会摇来摆去，不会背叛你，永远也不会。一个是伊琳娜，一个是达吉雅娜，你一定要认清人，一定要心明眼亮，头脑清楚。

不要去沾她，不要去碰火，不要自取其辱，自取其祸。

明天下午，海湄说的时间是明天下午 4 点 17 分。海湄没法让她知道我不去见她的决定，改变还来得及。

转天的下午，我把钟表背过去……

7

赵海湄大学本科的最后一个暑假就要到了。暑假到来前，她领着一个陌生人闯入我家。我听见电铃声跑去开门，他们已经进入到外院。只见海湄身后跟着一位肌肉发达的小伙子。小伙子足蹬一双球鞋，身穿运动背心和运动短裤，皮肤黝黑发亮，肌内疙里疙瘩，肩宽，脸宽。

原来是海湄领着她选中的未婚夫让我过目来了。

趁着拉开距离的当儿，我低声问海湄：“定了吗？你不再多挑挑了？”

海湄憨憨一笑：“就是他吧。”

一日，我忽然收到一封牛皮纸信封的信。信封上印有“国家体委”字样，拆开一看，是海湄写的，信上说她已经到体委上班了，是个闲职。

转眼间到了1989年。6月10号我忽然接到海湄的电话，说她已经结婚了，要我务必于12号这天去她的新家见面。

12号这天上午，我9点一刻到达她说给我的那座塔楼，乘电梯上去，按门牌号叩响铁门。来开门的正是海湄。

海湄这天穿了件灰色T恤，下着一条牛仔短裤，脚踩拖鞋，一副很休闲、很家庭的样子。她推开房门，侧身让我进去。我刚进屋子，臀部就挨了她一巴掌。我一惊，脱口道：“大胆，你敢拍马屁。”她嘻嘻笑：“哟，奔滔还脸红了。我就是要看看老虎屁股摸得摸不得。”

我心想，到底是结了婚的女人了，人变开放洒脱了，不再是少女时代的那种腼腆羞涩了。“占我便宜是不是？”我假装嗔怪，“过来，我也得打一下。”

她转身背对我，大大方方地说：“打吧……你可别太使劲儿啦，我知道你手硬。”

女人的成熟韵味扑面而来。成熟中她别具一番柔媚秀气，皮肤比她上学时更加的细腻光润，透着一种匀细的柔脂之感，仿佛弦乐器在低音部的轻奏。我暗暗赞叹她进入到女人一生当中最富情韵的时期。我很想触摸一下她的胳膊。她呈露在衣服外面的肌肤，在发出低回咏叹的歌唱。

恍惚间，我又置身狼牙山下的农家旅舍了。从山上下来的那天晚上，我和她坐在农家院里望明月山廓，听松涛溪泉，庄稼的气息和山溪的清气，乘夜风徐徐吹送，涤虑荡怀，沁人心脾。我们一直坐到子夜时分，才各自进屋歇憩。农舍主妇将开水壶提进我屋，我灌满我的暖水瓶，提壶去给海湄屋灌水。海湄隔门说进来吧，我进屋见她正在洗脚。她的一双青春秀美的脚丫水气盈盈的，惹人心跳。我下意识地欲退出，她笑眯眯地说不用躲，你还封建呀？我擦了脚咱们坐着说话。她刚刚洗过的一双小脚丫，粉嫩嫩生辉，洋溢着赏心悦目的健康与娇美。她双脚平放在炕席上，背倚被褥垛而坐。

我问：“当村姑的感觉如何？”

“挺美的。”她答。

我说：“刚才我出去了一趟，门前的那条大溪波光朦胧如诗，美不可言。”

她记住了我的话，第二天天刚亮便脱了鞋去趟水。

……

如今她算是少妇了，是梅子的熟期。如果说女人是世间第一美景，那少妇便是景中之景，是满月前夕的空中明月，是月光舞蹈的华彩部分。

我在想，即便今天就这么片刻时分，我也不虚此行了。

我轻舒一口气，开口言道：“欣赏过了，就不打了，先给你记上账。”

她领我参观房间、厨房、阳台。告诉我这套两居室是中锋爸爸给弄到的。她说中锋的爸爸是位局长，住着套四室一厅，老说让他们过去一起住，可她自己还是喜欢两个人的世界。她说，如果住在一起就会增加产生摩擦的机会，反而就不好了，到时候再想修补就没有余地了，不如保持距离比较好一点。

我说："你过门没三天，谁教的你这套婆媳经？还真是你讲的这么回事。"

她说："还用人教干吗，一想就是那么回事。没吃过猪肉，还没见过猪跑？"

我说："海湄呀，你其实最精了。"

她说："什么意思？你是不是想说我大智若愚？"

我说："你倒是会给自己戴高帽子。我是说你不言不语的把自己安排得这么好。真是有心眼儿。"

她嬉笑："那得说我是谁妹妹呀。"

我没接话。我无话可说。我目前还一事无成。

我从十二层楼阳台上俯瞰街景，只听海湄在我耳边说着："有时我们晚上站这里看夜景，一看看到很晚，这时我会想到很多事。明天晚上就看不成喽。"

回屋落座后，我忽然想起问问她老公："中锋干吗去了？"

海湄答："一大清早锁坏了，他出去配锁。"

"怎么样，跟他一起过？"

海湄脸略红了红，想一想回答："和他一起感觉很舒服，他把我伺候得熨熨帖帖，什么事我刚一想，他就给办了。你别看他粗粗壮壮的，心像女人一样细。这不，一看锁坏了，我要出去配，他拿起来就走了。不过，我们马上就要分开了。我明天的飞机票，去美国读研究生，签证下来快一个月了。"

"唔，是这样……"

"没什么呀奔滔，我这又没有出地球。哎，你知道吗，我是我们高中班里第一个出国留学的。"

"你瞧，一下子我心里到空落落的了。我刚说咱们住的比以前近了，我可以常来做客了，这下儿，完了。"

"你还可以照来呀，中锋得一年以后才能过去。咱俩这一年见的是太少了，没办法，我得集中突击英语。没想到一考，过了。"她起身取过一张纸来，交给我。"这是我要去的大学的地址、名称，是两所，前一所我待三个月，然后去第二所，那是我正式要去的大学。我最后具体落到哪个科系，到时候还会有变化，只能到时候再说了。"

我们聊起了时局。海湄说这正是她急着要走的原因，她怕万一哪天一封口，她出国的事就黄了。她专注地听我分析时事，突然插言："奔滔，你的头脑还是那样清晰敏锐。"我被她夸得高兴："能差得了吗？你以为这么点岁月就能把我余某磨钝了呀？我现在是刘备种菜园子，什么也别想毁掉我这颗心。"

她静静地望着我，突然说道："你就不想知道知道小娅的工作、生活情况？"我用手势制止她，继续发挥我的观点。

"小娅得了胆结石，都开刀了。"

“噢，取出来了吗？”

“取是取出来了，可她现在上不了班，正在家疗养。”

“噢，是吗？”我继续谈我的时局。

海湄说：“你要把仇记到何年何月？你以前那么宽容，事事都让着她。我跟你说她参加工作了，你就不想多知道一点吗？她……”

“别再让我多知道。”

我密不透风地讲着时局，对海湄说的情况置若罔闻，不再给她提她的机会。

海湄对我有不满之色。

临别前，海湄给我留了她丈夫中锋的电话，并说她妈还住在老地方。“找到我妈，我就跑不了。”她说。

我将当下写好的一首赠别诗，送给了她。

这是我写过的唯一一首新体诗的赠别诗，足见我当时的心情的分量。

8

接下来是我家搬家，搬离了那座海棠院。接下来是我辞职。接下来是北京电话业的发展，电话号码频繁变更，分机改直拨，六位号变七位号，七位号变成了八位。然后又有旧城改造，海湄娘家的那座小院，早已无从寻觅。于是，我和原来认识的一些人失去了联系，其中包括赵海湄，自然也就包括了陈奇娅。

海湄出国的那一年，冬天雪景依旧。一场好雪铺白大地的星期天的早晨，女儿欢呼着要出去打雪仗。我临时赶做了一架雪橇让女儿坐上去，和蔚晴轮流拉起来快跑，一直跑进一座公园。女儿撒开了欢儿，蔚晴撒开了欢儿，我也撒开了欢儿，雪粽子雪馒头雪窝头雪汉堡，一通横飞，脑门子上开了白花儿，脖领里乍凉乍凉。忽然我跑至远处，停下来看她们母女嬉戏。

树枝上偶有雪块被风摇落，长尾喜鹊一步一抖爪地在雪地上蹒跚。大雪余兴未尽，还在纷纷扬扬飘落着，天地白彻，世界刹那间沉寂。我的心深深地感动着，震颤几欲落泪。我心底最柔软的部分被触动了，歌吟了，泪光盈盈。

渐渐的，一种奇妙的心境悄悄袭来，无声弥漫，我心间溢满柔柔的暖泉，并且渐渐开阔成平洋，无限的幸福与感恩的情怀，注满我的心田。

世界突然平缓安静下来，宁静而和平，持续使人意识到宝贵。突如其来的弥漫无边的和平宁静的透明的世界景象，令人顿生惊异，意识到某种不寻常，注意到这个世界的诗意的部分。突然我记忆起雪地里的另一位女孩儿。那是一位花季少女，她伴我漫步雪夜，赚我无限的柔情……坚冰化了，我心似水……我试着继续记恨，但仇恨仿佛筛上沙，扬上去便漏下……一场转变在我内心静悄悄发生。

我想给赵海湄写一封信，向她讲述我这一刻的心间的景象。我写：

我宽恕了，我宽恕了陈奇娅，不再对她耿耿于怀。我发现我再也恨不起来了。

我祝她平安。

我照着海湄给我的第二个信址写好信封，将信寄出。几个月后，一年以后，我没有收到回信。我猜那个地址一定是作废了，而陈奇娅再也无从知道我对她的心理转变了。

这是一生性的失去。

失去联系，也许就是最好的联系。

这些年间中国社会的变化风流云转，变局丛生：职业变化、居所变化、国籍变化、阶级地位变化、婚姻变化、财产和财产关系的变化、观念心理的变化。在先行国家两三百年间发生的演变，正在这块东方大陆上，被超级浓缩着，如同摁下了DVD机的快放键。“天下熙熙皆为利来，天下攘攘皆为利往”的时代背景，造成了情感纽带薄脆如米纸，甚至荡然无存的景观。我当年熟悉的情真意挚的女孩儿，还是蕙质依旧吗？不敢说呀，真是不敢说。那么这样说来，失去联系倒是好事了。时空的隔绝，将她们定影在了最美好的时期，成了我的水晶橱窗里的永远的珍藏。

在我的水晶橱窗里，海湄永远不会长过25岁，奇娅再也长不过19岁了——她成了我情感记忆中的永远的少女，而永葆青春。

这是不是一种更为珍贵的联系呢？还有比这更能保鲜的方法吗？

9

又是一个年尾，日间，我思绪集中在对陈奇娅的回忆上。我忽然觉得我非常想她。多年不见了，她现在会是什么模样？比原来变化大不大呢？她该长成一位成熟的女人了吧？她现在在什么地方，同什么人在一起？她嫁给了什么人？她幸福快乐吗？她的额前如今还留刘海儿吗？那双大眼睛依旧灵动清澈吗？她这些年还写诗吗？以前写的诗她拿出来看过吗？我的那些诗文信函她还收藏着吗？她还会像从前那样为之动容吗？她该不曾将它们付之一炬吧？她可有像我想她这样想我的时候吗？是偶尔想一次，还是时有所思呢？时至如今她还记得我的模样吗？她的形象记忆力是极为出色的，她不会将我记模糊的。她可曾反刍咀嚼过她和我之间的曾经吗？多思善感的她的那双亮眼睛，还是那么有话要说吗？

这个曾经勾去我那么多神魂，拿走我那么多黄金情感的女人，我目睹她只有那么两年多点的时间，而对之其后的成长变化，对她一生中的夏季葱郁景色，我居然一无所见，这是多么大的人生遗憾。而这样的机会她曾经给过我，用她自己的方式送到过我的眼前……那举动背后必定有她的好意，有她的良苦用心，都被我以貌似粗暴的颤抖的手拂开了。

也许她比我有先见之明，预见到了日后会滋蔓思念之情，才朝我伸出了修复联系的橄榄枝条，可她选取的方式太过隐曲蕴藉了，太过上海化了，她完全可以直接写信给我。我家那时还住在老地方，那个地址她会一直记忆到死的，她下辈子也不会再有往一个地方那么密如急雨地寄信的经历了。此番经历刻骨铭心，必定烙印她一辈子，永远永远地缱绻，永远永远地幽思绵邈。

火车站，人流熙攘之地，二十分钟的一面，能说上几句话？可是假如你同她接上了这二十分钟，那么接上的就是你们之间的一生的联系啊。

不可重复的历史。不可重复的曾经。

真正的悲哀，也许并不在于我们经历了它们，而在于我们记住了它们，时时重放，历久弥新。

1991 年冬初的某天，我骑车走在路上。事先没有任何的迹象，天上忽然降下大雪。那雪一下就非常之大，像大绒团子似的，啪嚓啪嚓往下掉，糊到头上就一大块白，完全是一场雪倾泻。转眼之间世界就白了，白得那叫一个不容分说。说话之间雪没车轱辘，就转不动了。

其时，我刚好行至一座桥上，干脆将车子撂倒于地，人往桥上一站，眼往四下一望，心就一下子欢忭起来，激动得打抖。刷一下子世界静了，世界一派寂静澄明，寥廓无垠……

这是我毫无准备的一刻，突如其来，倏忽而至，不容分说，无缘无故，事先没有任何征兆。

片刻的凝寂过后，诗句哗一下喷涌而出，与雪共舞——

风雪中一盏炬台燃烧着火焰
痛苦而甜润　独享着深深的炙灼
寥落而温暖

天地无声　雪落无声
这是成熟的果子落入柔情魔沼的沉陷
这是寓于火焰之中的宿命的搏杀
挣扎而无奈　风雪因之而壮丽

这自初恋时节就蓬勃不已的天降美雪呀
竟就这样以她洁白的叶子温软的衣羽
无穷无尽挥洒的抚慰和厚爱
适时地来打湿我　妆点我　诗化我
使我的苦闷　怀恋　激动　不安
觉醒与重生　期待与投入
以及夜曲般的痴迷怅望
在这样漫天扑地　飘飘洒洒之中
霎时花团锦簇

风雪中正有这样的一颗心在燃烧
有这样一颗饱经沧桑之大苦难大欢悦
朝向着初世风景重返二十年华的心灵
在燃烧

这不是察拉图斯特拉式的
也不是英雄丹柯式的
而是抒情的　沉浸的　略带感伤的
无穷幻想和热情的
舒曼式的希梅尼斯式的
是篝火和风雪原野朔方桦林
以及一对梅花小鹿的构图

此生今日
一种强烈的幸福感恩的情怀
使我心灵圣殿的温颤的深处
一时泪如雨下

第四十七章 诞 生

1

栾学平的继任沙懋到职的那天，声像部全体被召集起来开会。我也事先接到了通知。王贵显退休后的继任庞人美，和他手下的副经理秦三桧，都到场讲话、助阵。沙懋低调表态，言语间却是踌躇满志，一副士为知己者死的劲头。

沙懋上任三个月，主动向总公司上交了一笔五千元的厂家贿金，副总经理秦三桧专门为此开会表扬沙懋，说沙懋是一位合格的年轻中层干部，说声像部有了这么一位带头人，必将迎来一个黄金时期。沙懋此举，为自己在公司上下赢得了口碑，连石瑞祥都不止一次地在我面前提这件事。很快的，沙懋在担任声像部经理亦即承包人一职的同时，被提拔进公司党委，被任命为负责政法的委员。一时间沙懋马踏春风，走路都颠仙颠仙的，二目灼灼放光，俨然公司未来总经理的人选。

只可惜他的身高偏矮了一点，开会讲话派头不足。他的宽肩宽背对他的形象起到了弥补的作用，使他看上去体格结实，像是个实干家的模样。他的鼻子比一般人的窄，鼻头比一般人的尖，他身上的螨虫大概都集中在鼻头了，所以只有那个地方是紫红颜色外带沙眼儿。这副鼻子的背景框架，是一张筋头马脑的方脸。这张方脸不说话的时候总是下意识地咬牙关，一咬一咬的好像总在嚼碎什么东西。与此同时，他的一对貌似正直的眼睛，总是生硬地盯人。盯后不发一言。

这个人身上的总基调是生硬阴鸷，随时都要钻营。

相比之下，谭正军有时候还说说笑笑，做些随和状。而谭正军当部门经理的时候，沙懋还在储运科搬书运货，遇上谭正军溜边儿走，而谭正军从来不拿正眼看他。

在早期经历上，这两个人有相同之处，那就是都当过兵，在部队成为的中共党员。

我值夜班几年后，开始接触沙懋。那时，他因为从夜大拿到大专文凭，被公司调到保卫科当科员，保卫科逢年、节负责安全检查，时不时要查夜，因此夜间碰上了，免不了要应付应付，聊上几句。因此，轮到他来声像部当承包人的时候，他和我已经算是熟人了。

沙懋爱跟人说他媳妇是大学老师，是他上夜大时搞上的。他说他因为会吹几下子长号，引起了女方的注意，才成就了一段姻缘。直到有一天晚间，一位身着猪肝色抱身风衣的女人，来到声像小楼找沙懋，我才算见识了沙太太：一个肤色晦暗无光的黄脸婆。

尽管在形貌气质上，我比她丈夫更像大学教师，可是因为知道我是值班的，她进屋后对我不理不睬。不过她并不就座，而是一味地在房间里戳棍儿，侧背着身子冲我。她看上去屁股长得靠下，小腿部绷出腿肚子，腿形有些卡巴，穿风衣不太是样儿。她始终不肯坐椅子或沙发，大约是怕坐皱了风衣。

她就这么一动不动地在我面前戳了二十分钟，直到她男人走进来。

我私下里猜测，这女人是个背后给沙懋出谋划策的角色，至少没少给他压力，催着他向上爬，全力经营自己。

沙懋到任后的第一年业绩不错，这成了他逢人便吹的资本，同时也成为他不满足的理由。光我和老石就多次听到过他抱怨，说是他给国家创造了这么大的利润，自己才拿这么点工资。老石私下里撇嘴，说这小子就往上交了一次回扣，以后就再也不交了，那些厂子给的回扣都上哪儿去了？要说是没回扣了，你白磁带的进价倒是便宜下来呀，没便宜反涨了，蒙傻子呐？

沙懋上任后干的第一件公干，是抹了冉娟娟的副经理职务，将她流放到复制车间当操作工，并从此取消部门副经理的岗位，将业务权独揽于一人的手掌。老石自责，说是咱们几个人把小冉害了，要是不撵栾学平，人家副经理还好好地干着，现在可好，当起了臭苦累，成天价谁也不理，经常冲着墙唱歌，我看她别再神经了。要这么着，谁还敢反贪污腐败呀？谁反谁倒霉，还没人替你说话，这叫什么世道？老石说你看着吧，连咱们这几个人，沙懋都得提防着，拿咱们当眼中钉肉中刺，早早晚晚都得把咱们给收拾了。不信你看着。

越到后来，我和老石看到的沙懋越加反常。从前栾学平从来不在复制车间参加劳动，到了沙懋，加夜班成了他的惯例。我留意到他多数时候加工的是录像带，一到下半夜，他便将成箱成箱复制好的录像带搬运下楼，装满面包车，独自开走。我和老石从不多打听，但时间一长他也觉得我们碍眼。他搬箱子下楼有时我能听见，我半夜下楼上厕所时，多次撞见他正在装车。

一天晚间，老石突然对我神秘言道："沙懋自己开买卖了。"

我说："你听谁说的？"

他说："你瞧这还有错。你看他加工带子，从来不叫旁人跟他一块干，都是独往独来的，你进他屋他都不高兴，后来干脆从里头锁了，你说他为何许？"

我道："他不是说外加工活儿急吗。"

老石冷笑："一天急，两天急，怎么没一礼拜不急的？急你可以安排人加班呀，为什么老是自己干？为什么老是夜里送货？大黑天儿价的，什么单位夜里还开门？他是利用公家的机器干私活呐，连空白带用的都是公家的。你瞧吧，声像部的钱正往他家里流呢，早晚是肥了他家，垮了这里。这小子学鬼了，谭正军、栾学平都栽在吃回扣上，他知道那样干不是长久之计，利用工作条件捞自己的钱，那多现成？

批发来的白带多少钱？录好了卖多少钱？这账谁都会算。”

我说 ：“你说的是，可就这样庞人美、秦三桧还在给他撑腰。”

老石说 ：“他跟庞人美什么关系我不知道，他跟秦三桧关系可不一般，能少了这个？ ”他用拇指和食指做点钱的动作。秦三桧，我刚参加工作就认识他，那人，不怎么样，贪小。要是没卤，他能保举沙懋到这里来吗？谁不知道音像这一块卤大？

我说：“我的注意力跟你不太一样，我担心我们俩看见的太多了，沙懋会动我们。”

2

我三十二岁那年的春节过得很黯淡。《未完成交响乐》的作者舒伯特三十一岁逝世。眼看着这一年静悄悄过完，我心生奇异的庆幸之感，庆幸之余心间总缭绕盘踞感伤情怀。舒伯特的音乐为我深深共鸣和喜爱，他饱受贫困艰辛的生前景况，使我数度联想到自己。忽然意识到自己活到了三十二岁，走过了三十一岁而仍然健在，我禁不住感慨万千。

我三十二岁这年体验着深切的内心感伤。这感伤之情是因舒伯特和我自己而起的。我久久地沉浸在对舒伯特音乐的咀嚼当中，怀想万端，情不能已。舒伯特三十一岁撒手人寰，而我已经比他活得长了，我为他而伤悼，为自己庆幸而自惭。活着还是好啊，我在心里悄悄说。

这时，我总能听到一个声音在问自己 ：舒伯特三十一岁之前完成了足以使他不朽的音乐创造，你呢？你创造了什么？三十载年华，你做了些什么？你还要蹉跎到哪一年？你的二十几岁已经没有了，你的三十几岁也不会悬在那里不动。何去何从？该做打算了。

年三十之夜，我在索尼录音机里为自己放《未完成交响曲》。听着听着视线就模糊了。他的心太苦也太美了，声声都在诉说着我。“这音乐就是青春本身，只有青春才能那么美丽，自由无羁，充满纯正的理想主义的、自然的庄严性。这样的人为了给人间遗留下青春的化身，他们必然死于青春时期。”

我又联想起卡夫卡小说《考验》里的情节：有一个男人来到通向天国“摩西法律”的大门口，恳求守门人让他进入，守门人说，在这个时候不能让他进去，尽管“摩西法律”的大门总是敞开的。于是这个男人就决定最好等待下去，一直到获得进入的许可。这个人一等就是漫长的岁月，一直等到老态龙钟快要死了。而这时候，那扇专门为他而设的大门，也就要关上了。

当夜，我情不能已，得诗一首，其词曰 ：

鞭炮声已经四起
浸泡在节日黑暗光影之中的小屋
却打开了另一扇水晶的门

一阵微风
把我送入开满忧郁鲜花的园林
无法不喜爱又无法不感伤
心情沉重像搬不动的柜子
新的衣裳旧的衣裳
一时纷纷翻动

没有橡树和玫瑰的春天
穷愁而卑微的土地
蜿蜒出一条幸福的小河
手握着扔不脱的辛酸杯盏
却点踏出轻捷歌咏的脚步
吹奏浓重抒情的口哨
深情如火却不会燃烧
只化作静静流淌
清澈绵长
真想抱住他痛哭
一任忍不住的泪水
在他肩头畅快地流

就这样融进了维也纳郊区森林
融入星光爆裂的中国夜空
在天际与森林交界的地带
他不再走动
沿一座浅紫青花的石碑
沉涩如鹭的风
陡然升空

当他掉转身面向依稀来路
石碑长出了柔密的头发
长长地飘向了道路和驿站
无限的长度
伤怀地无尽咀嚼甜润渴望
悠悠飘动的青春影像

无言静默

屋外声光鼎沸
正是岁月交接
午夜零点

这一年，栾学平尚在声像部做着土皇帝。我的解放自己的行动，似乎还在等待一次冲突的推动。

这次冲突的发动者，就是那个承包人沙懋。

3

时间的脚步以诡异的声响踱蹭到 1992 年。冲突的时机到了。

1990 年下半年，我完成了出版一本自己的诗集的心愿，1991 年我开始给几家报刊供稿。其中，我有两篇报告文学刊载在当时发行量很大的《人民日报》上，一发表就被沙懋和总经理室的人看到了。随后，我在两家有影响的期刊上发表中篇作品的事，也被他们知道了。他们传出话来，说是余奔滔利用单位给他的时间干私活儿，是不能容忍的。

这些人的思维很有意思，他们把你打入黑夜让你自生自灭的时候，他们不来搭理你，当看你越出了他们的管制范围，干出点事了，倒觉得你碍到他们了，觉得是他们自己亏了什么，甚至亏了很多。他们宁可封杀掉一千个人才，也不愿有一个人才从他们底下冒出去，尽管这个人无损于他们一毫一发。单从这一件事上，就足以证明这是一些心理阴暗的小人，这个领导集团，是一个卑劣的小人团伙。

于是，我终于等到了这次发难。

这天晚间，我走到复制车间墙外的洗手池前洗手，沙懋突然出现，用一种地痞惯用的“犯照”式的眼神，上下打量我，突然开口道：“从下星期一起，你不用值夜班了，改上白班。”

我身上掠过一道悸动，暗道：不好，时间要没了。我反问他：“为什么？”

他断然回答：“就是让你上白班，不为什么。”

我问：“是动我还是动你？”

“你问这是什么意思？”他上下颏骨又直用力咬牙。

我说：“动你，是你自己的事；动我，你得跟我商量，得我同意。”

他开始目露凶光，一边咬牙一边一字一顿地低吼：“你归我管，这地方我说了算，我说让你怎样你就得怎样。”

我说：“沙懋你好歹也受过点现代教育，怎么思维跟个奴隶主似的？我跟这个单位就这么点工资关系，我出卖我的一部分生命，换这么一点点工资，除此而外没有其他的关系，任何人都不是我的奴隶主，你在我这儿没有生杀予夺之权，你自己不也是一名国家雇佣的雇员吗？”

他一听这话，立时就暴跳如雷起来："这个声像部承包给我了，我是法人，你自己到营业执照前看看清楚，法人是什么意思？承包是什么意思？这地方姓沙，我说一不二，不服，你给我走人。"

他不拿承包制压我还好，一抬出承包制来，我火冒三丈。顿时，我憋了多年之久的话，像愤怒的机关炮，倾泻而出：

"姓沙的，你别仗恃个承包制就有恃无恐，就觉得可以为所欲为。我明告诉你姓沙的：企业承包制就是一种变相的领主制，这是迄今为止的经济制度史上的最为昏聩最无法理可言的生产关系，具有浓厚的封建领主制色彩，是二十世纪的一个怪胎，你沙懋和声像部的所有职工，都是国家企业的雇员，你凭什么拥有相当于封建领主的绝对权力？生产资料是你的吗？你是出身于世袭贵族吗？你有何德何能？你的权力是私相授受得来的，没有经过职工投票选举的程序，是不合现代法理的，是非法的权力，属于理应废止之列。资本家好歹还有个资产阶级法权？你的法权根据在哪里？企业的财产是你一个人创造的吗？原始积累是出自你一人之手吗？你先期投入资本了吗？一样都不是，凭什么你一人绝对有权，参与了企业财富创造的劳动者却绝对无权？所以你听清楚了沙懋，你的权力是根本没有法理依据的，是非法之权，我根本不予承认。我告诉你沙懋，我余某人不承认你这个承包制，不是始自今天，从一开始我就不承认它。农村实行土地承包，承包了土地的每一名家庭成员，都成了土地的主人，他们是血亲关系，不存在谁剥削谁谁压迫谁的问题。可是把它推行到国营企业，就等于是造成了封建领主式的人身依附关系，造成一人绝对有权，去对他人实行绝对压迫的关系。口口声声说这种制度促进生产力，刚好相反，它破坏了工人跟企业仅存的那么点联系，造成了生产关系的对立紧张，造成了绝对的敌对关系。自打实行企业承包制以来，我就没见有一个承包人是好东西。它给你这种人提供了为所欲为，中饱私囊，侵吞人民血汗的绝对机会，中国的国营企业，非让你们这些狼吃光吞净不可。你们是他妈中国的罪人，枪毙一千次都不多，历史早就提前判了你们的死刑，你们个个都提前被钉在了历史的耻辱柱上。你还跟我耀什么武扬什么威？"

这个平生只认得权、财二字的沙懋崽，什么时候听人跟他讲过这个？他一时之间听愣了听傻了，无法来反驳我。我揭出了他的权力来源的非法性，抽掉了他脚下的板子——这板子本来就是虚幻的。

我这天晚上真急了，真是忍无可忍了，一如我以前发怒那样，一怒之下，我就什么话都说了，并且一如以前那样雄辩滔滔，无遮无拦，火气加思辨，一哄而出，痛快淋漓。

那沙懋突然意识到了自己的傻相，意识到了自己在智力上的劣势，他突然反扑，咆哮如犬："你少给我讲这套玄东西。我要让你滚出去，我一定让你滚出这个地方，我要让你认识认识什么是权力。"

我切齿道："姓沙的你敢动我一指头，我揍你成残废。"

他目光暗弱了一下，显出瞬间的心虚，却突然又勇气十足 ：“你要是敢伤着我，我立马让派出所警察拘你，让你蹲班房。我跟这地方的派出所所长吃喝不分，我一个电话，就有人来抓你，你信不信？”

我讥诮道 ：“闹了半天你还是仗着别人呀，你自己的本事在哪儿？是男人你跟我单练，你敢吗？仗着几个烂警察，你算什么屁东西？”

他说 ：“好好，我让你狂，我让你狂不过三天。你等着瞧。”

我说 ：“不就这个破碗吗？摔了它有什么了不起的？这破碗一摔，你还敢说你能管我吗？我敢摔这饭碗，你敢吗？你个色厉内荏的小人。”

4

发生在夜间的这场冲突，第二天就传进了总公司。

上午 10 点，我敲开了总经理庞人美办公室的门。此时，我对这个人还存有一线幻想，希望他在知晓了沙懋背着他的行径后，出面保护一下声像部的国有资产，并替我说句公道话，可是我发现我找错了地方。可是如果找这个地方都不管用，我还去找哪儿去呢？

庞人美坐在转角沙发上接待我，我向他详述了一段时间以来的夜间所见，明确地讲沙懋有经济问题，希望他们查一查。

听完我反映的情况，庞人美用一种完全不相信的口吻袒护沙懋，说他是一个有能力的年轻干部，是他们重点培养的接班人，你不要捕风捉影。谈话中间他居然还提了一句《红楼梦》，还念念不忘他自己的职务，说一提他是公司的总经理，他便立刻到处受到尊敬，他的这些思维一再使我们的谈话中途跑题，使我倍感别扭。

最后庞人美表示了不耐烦，说声像部归副总经理秦三桧负责，你有什么事可以跟他去说。这时正好秦三桧有事进总经理办公室，庞人美便将我推给了他。

在秦三桧的办公室里，他上来的话便是 ：“你和沙懋之间发生什么我不管，他让你干什么，你就得干什么。不是说让你上白班吗？那你服从安排就是了，我们不可能让沙懋去改变他的决定，他是声像部的法人。”

我说 ：“我不是跟你谈白班夜班的事，我说的是沙懋的经济问题。”

秦三桧手里一边整理着文件，一边抬头斜视我：“你利用了我们白天给你的时间，给这儿写给那儿写，我们还没找你说话，你倒恶人先告状。你居然还写到《人民日报》去了，翅膀硬了，道行不浅了，可你没听人说，人怕出名猪怕壮，出头的椽子先烂吗？就你现在这点尖儿，我们还掐得动。”

这个秦三桧，我与他往日无冤，素日无仇，他当科长的时候，走对面了，我还叫他一声秦师傅，我不知道他对我的敌意从何而来？

我彻底感到了气氛完全不对，我面对的是一个混蛋集团。这个单位落在这帮东西的手里，好不了了，垮掉只是时间的事。我和这个单位的缘分已尽。

5

回到家中，我认真地思索眼前的事。如果还待在这个单位里，我已前无进路，后无退路，只有挥刀一砍死结了，这不是我早就想奋臂一挥的吗？

其时，我手头已然又接下了一家杂志的约稿，截稿期很近，需要花时间去采访。如果继续值夜班，这事还能完成，一上白班，就干不成了。这些年我之所以还待在这个单位，不外乎是考虑到还有一份固定的工资收入养家糊口，一刀下去，这点经济来源就断了，日后就得完全靠笔谋生了。这样干的外部条件和内部条件都具备了吗？日后稿子的出路有保证吗？

我不知道，我无法断定。眼前的这点稿约，给我提供不了判断的依据。可事已至此，不走这一步又怎么办？背水一战，置之死地而后生，正所谓哀兵必胜。

第一，你都这个岁数了，耗不起了。第二，人家不允许你耗了，再想耗也耗不成了。

有人讲市场经济是最大的知识分子政策，情形是这样吗？还模模糊糊啊，可是从长远去看呢？另外还有你自己，你的实力水平准备得足够充分吗？

这么些年你都干什么来的？不是一直在悄悄地为这一天的到来做准备吗？这一天不是现在，又是什么时候呢？存在先于本质，你余奔滔是谁？只能由你自己的行动来定义。现在该你来行动了，否则你将抱憾终生。现在不要去想报复，不要去想庞人美、秦三桧、沙懋等辈，这些东西不值一提了。他们的作用不光在于危害你，更在于成全你，他们不把你逼到绝路，你可能还下不了决心。

陈独秀说得何等的好啊——

“个人的生命最长不过百年，或长或短，不算什么大问题，因为他不是真生命。大问题是什么？真生命是什么？真生命是个人在社会上留下的永远的生命，这种永远不朽的生命，乃是个人一生的大问题。”

要做自己想做的事，要按自己想要的方式过自己的一生。

让我们的生命各得其所，各遂所愿。“各尽所能，按劳分配”原则之外，还要加上“各尽所能，按心愿生活”的原则。

下定决心，刀砍死结：辞职。

当晚，我将事情的原委和自己的想法，讲给蔚晴。她没有即刻表态。经过思索后，她的面容沉静下来，对我平静言道：

“其实，应该早几年就这样。既然你认为时机可以了，那就辞吧。”

当晚，我们俩人带着决定去跟母亲谈。母亲一听，当即便说：

“既然真不想干了，辞就辞吧。”

于是，转天一早，我去公司人事科办理了辞职手续。他们让我亲笔写“本人自动辞职”的字据，我二话没说，提笔写了。他们明确讲，辞职的不给任何补偿金，我微微一笑，心说：去你妈的吧，爱给不给，我先拿回我的生命是真的。有了可以自主的这条命，牛奶会有的，面包会有的……自由万岁！

我在一则手记里写道——

以往他们凭什么拿着我呢？不就是凭那一层工资关系吗？我饿死不当工薪族了，你还有权支配我一点点吗？半点都不成了。一个人连死都不怕，还怕辞职吗？舍得一身剐，敢把皇帝拉下马，又何在乎一张工资条了？从今往后，我以完全的主体性完全的独立人格自立于世了。从今往后，任何组织和个人都无权来对我发号施令，无权来要求我对他服从，无权在我面前摆臭架子了。从今往后，任何组织和个人，如果他跟我发生联系，那么就只存在一种关系，那就是平等协商、合作的关系，舍此，除亲情友情关系外，我不接受任何其他的关系。

事情就是这么简单。

构成支配、被支配关系的，就是这样的一些组织，经济的，政治的，文化的，行政的，生产性的，非生产性的，其内部都存在着经济关系，只要你进入其中之一应差使讨生活，就意味着你出让自己的一部分生命和权利，就意味着你进入了一个等级权力系统，就意味着你不再独立完整。要想重获独立自由其实非常的简单，那就是放弃那点经济联系，爱多少工资多少工资，我不挣了。此联系一经切断，任他是什么经理、书记、厂长、主席，这长那长他都无权对你居高临下，颐指气使，抖淫威了，他在你跟前就是一个公民，他再也拿捏不了你一丁点儿了，你剪断了人们不敢剪断的那根绳儿，并以微笑蔑视之。

我说：我不会为将来的某个时候某种惨苦，而出卖我所剩下的唯一的壮年时代了，我不会为了对于未知的种种悬思、惧悚，而对不起自己的现在了。

个体存在强大之日，便是对组织系统的普遍依赖降低之时，便是被抑制、遮蔽、消耗的个性能力蓬勃张扬之时，便是属于人的世界到来之时。

要来的，将来的，就让它来吧。

在另一个地方我又写道——

辞职过一个纯粹文人的生活的想头，由来已久，决定却是突然做出的。辞职第一天晚上，我沿河走在路上，是一种释然、空荡、悬浮、开悟的感觉，一种被压迫、驱使的日子突然到头的感觉，一种未知而又必须走下去的感觉，一种生死置之度外的感觉，一个一生结束，另一个一生开始的感觉。有一点悲壮，有一点淡漠，有一丝苦涩和微笑。天地悠悠，脚下突然掣去，世界忽然空旷。

那是一个元旦过后春节将至的夜晚。往日里看着林立、垂直、轮廓清晰的高楼建筑，树木灯杆，瞥睇之间，退远，缩小，模糊，随风倾斜起来。我所在的地面忽然高出四外，整座城市变得下陷，我产生了走在伊甸园高地和山坡墓园的幻觉，世间仿佛只剩下了天、我、地三者的简单关系。

夏秋夜时倒映暖玉色月光的邃静的河面，倒映对面大饭店贴嵌式茶色玻璃内升降明灭的电梯灯光的宽阔的河面，在这个多云渐阴的黑夜，只有一层幽明坚硬的暗冰横陈，偶尔发出一声绷裂的低沉弦响，像潜意识里的某一动静。从对面突然耀出的轿车的灯光，不再惹起我的怒意。它的放肆急驰，耀武扬威，只使我看出它的虚弱和无聊。忽然间我想到，中国的文人、知识分子，之所以有那么多的猥琐、畏惧、小家子气，易于被人操纵控制，跟他们依附于组织系统的地位，直接关联，正如同家犬有不了猎豹的雄姿，家猫难有千里远行。我心豁然。V字形，扇面形，辐射出的开阔，在我脚下铺展开来。

一刀两断的那个什么单位，那段黯淡的跋涉，成为历史了，只在眨眼之间。原来历史是可以飞跃的。原来历史就这样简单。我什么都没有，什么都不是了，这样我才可以是我想是的，才能和世界建立一种我想要的联系，新的联系。

我推开温暖的家门。妻子坐在灯下等我。彼此轻轻地笑了。几年过去，辞职后的那个夜晚变得遥远，也成为历史。我除去庆幸，没有悔意。渐渐，被碾碎失落的东西，开始回到身上来，整合，长好，并且发芽。完整起来的自我感觉，站立在阳台上，走动在大路上，逍遥在人丛中。别人看不出差别，我内心蚂蚁过镜般分明。

“幸福的实质就是自由的实质。”

距离放射出美妙。车尔尼雪夫斯基说看画要站在适当的距离。看颠踬人生，运转社会，也需要距离呀。现在，我站在全副的社会组织之外看它，一切都变得清晰如瘦肋，线条分明，简单而又不足道。从敏感的社会人口中发出的滔滔不绝，迷离惝恍，辞彩斑斓的人生感喟，道德思辨，神秘求索，在你眼中显得幼稚和可怜，“仿佛在昆仑山山巅，用望远镜观看山下儿童积木戏。”

这不是时间上的视点，而是空间上的视点，但还是给你以眺望历史之河的错觉。

第四十八章　卡夫丁峡谷

1

在我辞职的同年，谢径放着编辑部主任不当，向单位领导递交了由他牵头办一家挂靠公司的申请。领导批了，让他自负盈亏，从利润里上交挂靠费。谢径开始了长达五年的经商生涯，结果无功而返，重新回到编辑部上班。

1994 年的一天，我专程跑到他位于南小街的门市部去看望他。一去之下，我大失所望。

我到达谢径公司的时间是上午 10 点半，他正在店堂进进出出，我坐在隔壁的一间小屋里等他。好容易等到他进来坐下了，没说上几句，他又起来接电话。我怀着旧日的友情，耐心等着他忙完。在干干耗去的时间里，我隐约感到我们以前促膝谈心的日子一去不复返了。他的眼神是魂不守舍的，注意力不在我这个老朋友的身上。我在他面前的资格，似乎只属于从前了。

他抬腕看手表，神思恍恍地道：“中午请工商局的人吃饭，我不能陪你了。”

我心头酸楚了一下，突然发现自己来得多余。他这是在下逐客令。想当初他来我家或者单位，踩到饭点儿上我什么时候撵过他？什么时候让他空着肚子走过？可是看他今天的样子，那些友情氤氲的日子，仿佛不曾有过，多年的老朋友，如今仿佛只是个过客，而那几个土头土脑的工商局小吏，仿佛是他的亲祖宗。

我想，谢径是不适合经商的。他不应该经商，一经商就完。我想起来一个细节：就是他向单位提交办公司的申请的前一个月，他请梁珊瑚在外面吃过一顿饭，地点是在马克西姆餐厅。在餐桌上，梁珊瑚正式告知自己的前恋人，自己马上要和丈夫去北欧，先读研，后定居。那次告别之宴，一定给了谢径很深的刺激，打那以后，他就口口声声说要赚钱。他目光迷离地对我说：“要是我的存折上有一千万块钱，梁珊瑚说什么也跟不了别人，就是跟了，她也会自动跑回来。有钱能使鬼推磨，有钱能拴女人心。”

我那天去看望他是有备而去的，我是打算着中午请他到外面吃午饭的。我口袋里装了新拿到的稿费。没想到我一厢情愿了，闹了个热脸贴冷屁股。

我心里阵阵酸楚，叹息一声，起身离去。

沿着小街上大街，天空有些晕眼，汽车擦身而过。我在想着：这就叫时过境迁吗？一个从前那么好的人，怎么几年之间就面目全非了？友情这东西，怎么就这么不稳固？不牢靠？这么容易被人抛却呢？是我太怀旧了？甚或是抱残守缺，跟不上时代的变化？

我以前认识的谢径，是一个爱情至上主义者，他把他和梁珊瑚的爱情看得高于一切，美于一切。他本能地厌烦哲学、社会学，讨厌政治性话题，而天然地喜欢美学，在文学上，他是唯美主义者。他的美学取向，就是他的哲学。如今他的美学似乎破碎了，那些由伟大的诗人、作家教给他的一切，似乎遭到了全盘践踏。

别了，我的青年时期的朋友，别了，我昔日悲欢离合的见证人，别了，我的高山流水一梦，别了，我操你祖宗的扭曲了的人心。

我对自己说：又是你一个人在路上了余奔滔，你眼眶子湿什么呀湿？你觉得委屈了，孤独了吗？你害怕孤零零一个人在路上吗？你怕吗？

人生的一个阶段过去了，你想拉住它，你拉得住吗？你格外看重的东西，别人不再看重了，别人不是你，你凭什么要求别人也像你一样呢？这世界上此一时彼一时的人和事多了去了，有奶便是娘的人多了去了。你伤哪门子的怀？

走你的路吧傻子。走你自己的路，让别人冷漠去吧。丹柯手擎自己的心行进于黑夜，他照亮的，首先是他自己。

2

谢径沾上了世界上最坏的东西。

他经商数年，心劳日拙，劳而无功，最后又臊眉搭眼地跟领导要求回编辑部。领导没有恶心他，同意了他的请求，让他回到了原来的地方。从表面上看，他又回到了从前的岗位，和编辑部的同事们一样，该干吗干吗，可是在他人看不见的内心世界里，他早已经伤痕累累，千疮百孔，难以言喻的失败感，像裹尸布一样裹紧了他。他从内心深处是不甘心的，于心不甘的灵魂东游西荡，想重新找到支点，想再证明一些东西给人看。他老想接上根电线让灯亮一下，结果却接上了魔鬼蜘蛛的粘网。

谢径之误入歧途，除去自身的心理因素以外，百分之百的是出于无知。这种无知，据我观察，在当代人中非常普遍，像流行感冒一样的流行，这在科学普及的当今，显得很不搭调，可现象就是如此。

一天我忽然接到谢径的电话。电话里他郑重其事地告诉我，说他加入了某功派，目前跟那个功派的师傅关系甚近，正在帮着印教材，他问我能否帮他们找加工点录一批磁带？

我一听这情况真有点急了，我在电话里跟他展开长谈。我说："谢径你赶紧离开那条魔道，现在就离开。你知道古代管那些人叫什么吗？叫'妖人'。那个'佛'字你照古人的念法从右往左念，看看当什么讲？当'不是人'讲，你懂吗？佛、道两家与耶教的最大不同，就是它先从破坏人的自然生理下手，诱人入牢笼。你爹妈给你的自然生理，岂可让他人瞎动？你人一入魔道就离不了他了，就老得向他求‘法’，你就老得当他的徒子徒孙。这是天底下最阴的骗局，最大的陷阱，最最害生的毒手，你可别不知死活呀。

“这东西打着体育健身的旗号，它损毁的目标直指你的正常身心，最终要毁掉你的性能力，毁掉你作为性别人而存在的基础。你去寺庙里看看那些金身，哪个不是男不男女不女的模样，脸上连一根胡子都没有，身上连一块肌肉都没有。那种人活着的时候就已经是废人了，连只鸡都捆不住，有什么能耐可言？还号称能‘护国安邦’，真是千古一大骗。毛泽东拆庙遣散僧侣利国利民利智，后来让这些东西卷土重来，祸国殃民，害端百出，是历史的倒退。

“谢径你用脑子想想看看，天底下连人都不要做的，能是什么好事？你一定不要将这些烂玩意儿当成健身体育，它跟体育完全不是一个概念。中国的这些所谓的这功那功，倒其根儿，是起源于古代的巫术，是用来训练巫师、巫婆的，你好端端的一个现代人，学点儿什么不行，非要去沾它？兄弟你可别再浑着心了，我说话你要是不信，那你就听听陈独秀是怎么评价这东西的。他说：

“‘吾人最近之感想，古说最为害于中国者，非儒家乃阴阳家也；一变而为海上方士，再变而为东汉、北魏之道士，今之风水、算命、卜卦、画符、念咒、扶乩、炼丹、运气、望气、求雨、祈晴、迎神、说鬼，种种邪僻之事，横行国中，实学不行，民智日塞，皆此一系学说之为害也。去邪说、正人心，必自此始。’

“陈独秀的这篇短文写于1918年，题目就叫《阴阳家》，不信，你自己找《独秀文存》去看。”

“奔滔你言重了吧。”电话线那头，谢径十分固执，“我师傅说了，我们这个功跟其他门派不一样，是法自然的。”

我急了，大骂：“法狗屁。你查查他的前身看看他是个什么东西？你扒下他的裤子看看他是什么鸟？你给他一脚看他出屎不出屎？装什么大尾巴蛆？这个装神弄鬼的畜生。”

我这一骂，谈崩了，谢径挂断电话，不再理我，永远都不再理。

无独有偶，曾经追求过赵海湄的前大学生，后来的中学历史教师罗贝，也误入魔道。他把这误当成好事，打电话向我炫耀。我像劝谢径那样劝他，他也从此不和我来往。

我为他们悲哀，不知他们今日可曾爬出苦海？人生在世，本来就不易，却竟还有那么多的害人的陷阱，竟又不为人所识，真是太不幸了，悲夫哉。

别说是谢径、罗贝了，连聪明多智的张良张子房，最终也没有识破魔局，吕后劝他都不管用。他误入歧途后，自毁生命，没活几年就死了。

忆及谢径，我常设想：国家对此类事应该专门立法，对凡是传播这类玩意儿的人，都应视同为人身伤害罪，处以重刑，以清天下。

我的叹息像无词的挽歌。我深深哀悼并缅怀我和谢径之间的曾如金子般的友谊，我痛悼它的无可挽回的消逝，并永志它的曾经的真实与光芒。

也许有朝一日，或许就在我们都进入暮年的时候，我们会有机会相逢一笑，重叙旧话，笑谈永劫。

3

1998年，我曾去齐颂国单位所在的那座大楼取一笔稿酬。拿完钱出来，看看已过午饭时间，我拐弯上楼，想去看看齐颂国。我推门进他办公室一看，他正好一个人在屋。桌上有水杯和剩下菜汤的一次性餐盒。他一见我快速起身，连珠炮似的说话："这几年你都跑哪儿去了？我怎么连人都见不着了？我听人说你辞职了，我去你原先的单位找过你，都说你不在了，跟他们要你的电话，他们也不知道。"

我说："我们家搬家后你来过呀，你可以直接到家里找我。也怪我，我这几年忙活得跟陀螺似的，不少关系都断了。"

他说："那地方我还有印象，可具体哪楼我记不清了。"

我听他这样讲，知道他在说谎，便也不揭穿。1989年6月他第一次来我的新家，按照地址自己就找到了，他居然说记不清了。

我留心端详他，见他精神尚好，只是面色比先前萎黄。他说话的语速还那么快，跟炒蹦豆儿似的。他在说话的间隙依旧眨眼，外眼角附近的皱纹比先前见深，不笑的时候也了了分明。他叹苦说自己患了失眠症，已有两年之久了，成宿成宿睡不成觉。然后，他开始给我从头细述他和韩蓠分手的原因、经过。这些事，他以前都跟我讲过了，他忘了，又重说一遍。

他说："我马上要调到某报当副社长去了，你要是再晚来两星期，就见不着我了。"

我问："通过什么关系去的？"

他答："那边的上级，是我们家的世交。调我去就是管他们丫去了。等正社长一退休，那位置就归我，这是提前都讲好了的。"

我说："那儿的社长冯继山我认识。不过你最好别跟他提我，因为我对他知根知底。"

我掐指一算，冯继山还有三年退休。我素知中纪委出身的老冯心计多多，齐颂国将面临一番艰苦的等待。

突然他满面灿笑，兴奋起来，说："韩蓠回国了。我一哥们贾庆杰说，韩蓠找他睡觉了。贾庆杰对她印象相当好，说'韩蓠真是一张好皮。'"他眨眼狎笑："这世界真是他妈太小了，转了一圈儿，她睡到我哥们的床上去了。贾庆杰说，'你还是应该要她，冲她这身好皮。'"

我油然记得齐颂国因为和韩蓠的分手，深受重创的惨状。当年，就是在这间办公室的沙发上，他睡了两年没回家。可是从他如今的话语神气当中，已全然不见那段经历的阴影，而一切仿佛都成了笑谈。

在碌碌奔波的这几年里，有关齐颂国的消息，我时有耳闻。有消息说，他在上着班的同时，还兼做书商，主要做些面向中学生的图书。齐颂国的一位同事曾亲口告诉我，说齐颂国给自己制定的人生目标，是玩儿五十个女人。他说社里尽人皆知齐颂国上着班就在办公室里扒女同事的衣服。后来又听这位齐的同事讲，社里传言要提升齐颂国当副总编，一时间上上下下议论纷纷。

今天一见之下聊了这么一阵子，我对听到的传闻是半信半疑。

我向他打听韩蓠的父亲老韩的近况，他说他现在没有机会见到老韩，但有可靠消息说，老韩的太太爱上了一个小年轻的，两个人一起私奔跑美国去了。

又是一桩奇人奇事。我说："80年代初老韩太太就四十好几了，现在不得有六十出头了？那现在家里就剩老韩一个人了，可真够他难受的。回头我得去看看他了。"

我忽然注意到齐颂国的眼神变得有些游离，谈兴不再那么积极，并且在用眼角看手表。我马上问："你好像有事儿？"

他点头顺口搭音："是有事，我们社里1点40开会，不许迟到。"

正在这时，他桌上的电话铃响了。

"喂……噢……这个呀，我给打的分是中上等……还可以，将近一米六七……皮肤属于比较白的，就是脸上有几个痘儿……那你不一看就知道了……我这就带她去你那里……"

见他撂下电话，我起身告辞。

行至楼门外，我忽然记起跟这楼里的另外一家单位还有事没办，复转身又折回来。我刚进楼道没几步，迎头便撞见对面走来的齐颂国，跟他并肩而行的是一位身高约摸一米六七的女子。那女子穿一套黑色西装衣裙，足蹬黑皮鞋，脸上有几颗红疙瘩，身板挺直。

齐颂国脱口问我："你怎么又回来了？"

我反问他："你不是说社里开会吗？"

"临时有点事，临时有点事……"

我这才明白他刚才跟我说谎，他们社里根本不开会。

我恍然若有所悟，这小子莫非是在搞出圈儿的色情活动不成？群交？或者混交？或者交换性伙伴？难怪他得失眠症，成天头疼。看起来我听到的传闻都是真的，可他在我面前却装得人模狗样。怪不得他跟我只说从前，不提现在呢，原来他是不想让我知道。

齐颂国早年的自我设计是当一名学者，如此一来，还治什么学？光治性学，就够他忙乎到死了。

看来关于齐颂国我不知道的事情太多啦。看来他是在把他的"社会烂透论"付之于自己的个人实践了。我记起早在1988年，我提出请他帮我出版一本诗集时，他回答："行啊，你给我一万块钱，这事我给你办了。"

他的回答是我根本没想到的。这是我平生头一回听说出书还要作者自己掏钱。需知那是 1988 年，1988 年还没有限书号的制度，也没听说有哪个出版社跟作者要钱出书。因为他平时老说他有几个哥们在某某出版社某某出版社，他净跟他们攒些什么书什么书，所以我才跟他张这个口，没想到他跟我弄景致。

我想，看来他很早就动经济脑筋了，连朋友的肉都要吃。如此突出的迹象，都让我慢慢忽略了，依然照着先前的印象看待他，以至于 1989 年 6 月，他以朋友的名义将危险引入我家之际，我都不曾加以拒绝。

4

齐颂国遇到过大麻烦跑到我家来躲藏。

我母亲的住处有一间空房，我安排他住下，一日三餐水果茶水供他。

齐颂国在我家住到二十五六天的时候，动身离开我家。我后来听母亲讲起，他出门时连声谢谢都没说，给人以过河拆桥的印象。

在齐颂国匿居我家的那些天里，我亲眼目睹到他的百般惊恐之状。白天见他咕咚从床上坐起来，咕咚从床上坐起来，几十次上百次地问我："你说我被抓进去以后，会不会挨打？"

在他稍微平静些的时候，我们之间会讨论一些问题，辩论、相左的时候居多。争论到最后，他都跟我急了，说："我在大学演讲，台下掌声雷动，怎么到你这儿你老驳我呢？我真是搞不懂怎么到了你这里我就说不通了？"

我说："当老师的唬学生那还不容易？真理不由掌声多寡而定。你把自己视为精英，视为有资格在大众头上摇小鞭儿的奴隶主，你怎么能真正懂得中国社会？你逻辑推理的能力的确不一般，天衣无缝，可是形式逻辑的上头还有辩证逻辑，在形式逻辑上通的，在辩证逻辑上就不一定通。还有前提呢，你的前提是不是经得起反证？"

齐颂国深深地皱眉，表现出相当的反感情绪："你的思维总是跳来跳去，不能集中在一个点上充分展开，让人无法与言。你一定要搞清事物的确切定义，才能讨论问题，比如尼采的判断：上帝已死，内涵是什么？比如民主和平等不能放在一起来说，民主制度的核心是权力制衡，而鼓吹社会平等，多数时候是寻求民众支持的一种政治策略，是醉翁之意不在酒。平等造就平均主义和庸人政治。"

我说："你总算说到要害了。难怪有人讲，仔细看一看中国的许多主张民主的知识精英的观点，就会发现，他们往往对于平等……至少是经济平等……是极为反对的，他们指望民主能进一步打破'平均主义'，给处于上层的他们带来更多的利益。他们对于一般大众是相当反感的，时时不忘攻击'民粹主义'。当他们谈论'民主'时，不管他们自己清楚不清楚，实际上他们谈的是资本主义，而资本主义并不一定需要民主制度。如果一个人恐惧平等（包括经济平等），他本应当是恐惧民主制度的。"

他右手朝外连比带划拉，内心的极度反感溢于言表："不谈了不谈啦，我讲的是学术，你怎么扯上资本主义了？跟没有受过学术训练的人，实在难以对话。以后我跟你绝不再谈学术，仅限于扯扯文学艺术。”

讲到这些地方时，齐颂国两眼鼓溜溜转动，表现出他心情的烦躁不安。我笑他幼稚，他眨动双眼自嘲道：“说起来也是他妈挺幼稚的，我也不知道怎么就冲动起来了。”

他在我面前张口闭口管自己叫精英，叫我怎么听怎么别扭。我心想：你们是精英，别人是什么呀？

据我观察，1989 年是齐颂国精神、行为世界的一个转折点、分水岭。从这一年起，官财色开始成为他人生的全部追求，而再无其他。连他本人都说自己是一具行尸走肉，活着跟死了没什么两样。

5

陶枫丹目前侨居在匈牙利。她是 1997 年出去的。出国前夕，她预感到她所供职的那家市属国营公司风雨飘摇，朝不保夕，才决定及时脱身。脱身前，她担任过东欧部主任和总公司办公室主任之职。

她婚内生有一子，婚外生有一子——尚年幼。

她于 1992 年同许义利离婚，曾对簿公堂争夺对儿子的抚养权。她离婚的理由出乎我意料：家庭暴力和男方阴茎小。

临出国前，陶枫丹曾领着情人来我家做客，不久，便飞渡重洋了。

谷溪莼和我一样执笔为文，不同的是，她还在一家报社应景上班。她是三十二岁上进入婚姻殿堂的，也生了个儿子。她婚姻维持的时间相当长，一直拖到 2002 年，她才痛下决心将男人逐出家门。

那男人以寄居的方式长期生活在谷家。谷溪莼离婚的理由是：家庭暴力和男方通奸。

那天谷溪莼在上班时间突然回家，堵住了正在床上恣情的男女。如果被她捉住的女的一方不是她的胞姐的话，她离婚离得可能不会这么干脆。她责问男人：“你为什么要这样做？”男人答曰：“都一样。”

早在 1990 年我就注意到谷溪莼的手上有显眼的伤疤。我问她那是怎么来的，她痛定思痛说是丈夫咬的。“他咬住我手就不撒口，差一点没把我疼晕过去。”提起那一幕来，她还心有余悸。谷溪莼三十八岁以前，至少做过两次人工流产，一次是她的丈夫造成的，一次是她为婚外情付出的代价。

她属于那种一上环就出血的女人，这给她带来了一定的风险。

“我现在该为我自己活啦。”一办完离婚手续，她便朗声宣布。

那一年春季的天安门广场像一个大集，多年不照面的故人，有可能在这里互相望见，久违了的旧相识，闹不好会撞个满怀。在茫茫人海中，谷溪莼看见了我而我没有看见她，而我不想看见的白玉，却偏偏在这种场合遇到。她从斜刺里朝我这边走来时，距我也不过四米开外。她的眼睛一扫，我便知道她发现了我，但我不能断定她知道我看见了她。我往一边让了让，佯对她无所见。突然我胸部挨了一撞，挺疼。那撞我的肩头来自白玉。

她的这一撞是瞄准了有意实施的。就在她挨近我身体的那一瞬，她朝我胸部拱肩发力。给我的感觉，她的目的不是撞伤我，而是意在引起我注意到她。她又在使用“碰瓷儿”的伎俩。我忍痛不去回头，让过了她。

白玉那天穿着件蓝大褂，她是在上班时间跑出来的。

6

有好几年光景我深居简出，埋头做做自己想做的事或者不做事，过一种“躲进小楼成一统”的日子。其间偶有几次外出，每次都能遇上点稀罕事或者有所见闻。其中，最出乎我意料的事，发生在我去N省M市的那一回。

那一次，我去参加N省的一项活动，地点在N省电视台的演播厅。我在N省M市一共住了四天。第三天的早晨我去宾馆餐厅吃早饭，拿了托盘、铁夹子去夹自助餐。正在我往盘里夹一种色彩好看的小菜儿的当儿，我手中的夹子被另外一副夹子打了一下，菜没夹住，我第二次再去夹，又被人打掉了。我偏头一看，站在我旁边捣乱的是迟小进。我吃惊得合不上嘴，直想用手去抓他，手一举，夹子就上去了，他笑着一躲，举夹相碰，算是和我行了见面礼。

他乡遇故知，两个人都兴高采烈。

小进笑笑悠悠打量我，说：“我站在那里看你半天了，你竟然没有发现我。”

我也一个劲儿地端详他，用手拍他隆起的小肚。我问他：“你怎么会在这里？”

他口里连说：“走走走，我领你去高级的地方吃东西，别吃这些垃圾了。”

我摇手：“去哪儿不耽误时间？就这儿对付着填填胃吧，怎么着也比工厂食堂强。”

叙话间，我才得知小进当初果真去了日本，又转道去了南美和马来西亚，然后又转回了中国。他在境外的打工史，充其量不超过三年半，然后挑摊儿做生意。回国以后他开起了公司。简单地说吧，他早已经移师到N省来发展了，公司虽属中小企业，但业务稳定，收入不菲。我奇怪于他对北京的放弃，他说他打的是弧旋球，他只是把根据地扎在了外省。为什么呢？他的解释是，他早年有在外省生活的经验，外省的地方势力，相对容易利用一些，在北京办不成的事，在N省就可以办成。他说道：

“商人嘛趋利而动，脚步跟着利润走。当年欧洲商人跑到美洲，又从美洲跑到亚洲，他们在陌生的地方举目无亲，可是他们看到了钱，钱是他们最大的亲戚，于是他们安营扎寨。贸易无国界，天下金钱是一国，哪里抓钱都一样。”

突然，他表情神秘地问我道：“你晓得我是怎么知道你来此地的行踪的吗？”

我说：“我还纳闷呢，难道被特务盯上了不成？你到底做什么生意？私人侦探所？”

他拢嘴幽幽一笑：“这里的一个大人物最先发现了你……佩泽你还记得吗？”

我说：“这些年我一直没有他的音讯，连你的都算上。”

迟小进的食指用力往下戳指，以强调语气：“佩泽现在是N省的副省长兼省委副书记，他去年主抓了几起大案，影响很大，你连这都不知道？”

我说：“我一向不问政治，我哪儿知道去？他老先生也不找我。我对他没有利用价值。那些个贪官污吏，哪里会是万佩泽的对手，不得跟猫玩老鼠似的，算他们倒霉。”

“唔，佩泽的权术水平了不得了，今非昔比，他已经成精了。”小进动作轻巧地磕掉烟灰，“是他把你来的消息告诉我的，他在审查节目片时认出了你。”

我说：“他干吗不来？他是地主我是客，他礼数不周啊。”

小进微微摇头：“他没有多说，我不好瞎猜。”

上午时间有限，有活动安排，我不久被人叫走。

晚间小进再度来访。我发现失散多年后，他还满念旧的，对当年文学社大家在一起的日子记忆犹新。他说当年大家是在最困难最孤独的时期聚到一起的，对心理是一种安慰。

“那时候真是‘穷在闹市无人问’啊。”他深重地感叹，“你还记得我曾经跟你提到过苏联电影《两个人的车站》吗？那是一部刻画孤独的片子，当时深深地打动了我，我建议你也去看看。”

我说：“我看了一遍，你说你看了三遍。哎你曾经讲要翻上去，现在算不算翻上去了？”

“唔，还算不上，至少我现在连市人大常委会的委员都还不是。”他用舌头舔舔下唇，顿挫言道，“你猜佩泽要不要见你？”

我说：“你替我代好就是，他不会想见我的。”

小进手里把弄着打火机，高抛又接住，道：“你错了，他说他想见你……你还是猜对了，他又改变了主意。下午他打电话给我，说：‘以后还有机会，这次就先不见了。’”

我说：“就这么两句话？不止吧？”

“不止。”小进幽幽笑，“佩泽还说了，‘他乡逢故知’是人生一乐事。文人可交但不可靠，他什么都想写进文章，哪天笔尖儿一溜，就把你卖了。他说将来他垂垂老矣的时候，说不定传记得由你来捉刀。他说现在大事未成，一切都尚早，韬光养晦是必要的，他希望你能理解。”

我笑："还是那个万佩泽啊。不过他还是说了实话，他就不怕我把他的这些话卖出去。"

"他也是性情中人嘛。"小进评说。

7

2004年夏季，我在街上遇见了王贵显。隔着一条绿化带，我看见了他，他看见了我。行至绿化带的端头，我们碰面了。这是十几年来我们俩第一次说话。

他于上世纪90年代初光荣退休后，便和我一样销声潜踪了。前几年，我曾偶尔在街上见到过他两次，因为隔得远，彼此礼貌性地招一下手便过去了。这一次是熟家路窄，面对面个正着。于是，也不寒暄，我们驻足街头聊了会子。

我问他："常出来散步吗？"

他回答："每天至少一趟，绕着这一带走三大圈儿。"

"听说你做过直肠癌手术，看来是情况不错。"

他摇摇手道："没问题，小菜一碟儿，对我毫无影响，该吃吃，该喝喝。"

我往他腰上看了一眼，想看看他的屎袋怎么个挂法。他穿了件过屁股的白背心，让人看不出来。他当总经理时节留毛、周式背头，如今改剃比板寸还短的小平头，脸孔被太阳晒得汗光油亮。多年前见他走路，就总给人以尾巴骨上撅的印象，却原来是直肠不好。如今他走在大街上遛弯儿，看上去跟石瑞祥那样的退休工人，没什么差别。

他的区别在开口说话上。

王贵显历数他的继任者们的愚蠢失策，嘲笑他们的低智无能，而再一次地回顾起他自己任职时的辉煌。我非常理解他的骄傲。

从他口中，我获悉到谭正军的消息。谭正军刑满获释后，出国去了马耳他，然后又进入美国，现在正在中国国内开私营鞋厂。

我说："他应该干老本行呀。"

王道："什么赚钱干什么呗。我现在要是在你们这个岁数，我也出来给自己干，当什么国营总经理。"

我说："我多问一句，当初谭正军为什么要弄我去值夜班？他的动机是什么？"

王贵显道："嗐，人嘛，都要维护自己的既得利益，这也是可以理解的嘛。"

"噢……"我心想：原来你心里什么都清楚。

又听王贵显讲到，前人事科长程鱼雁的健康每况愈下，已经全然出不得家门了。早在上世纪80年代末，程鱼雁就做过早期肺癌切除手术，她戒了烟，一直存活下来。王贵显说近来程的双目已接近失明，连电话键都摁不了了。

令我吃惊的是老石的死讯。

据王贵显讲，石瑞祥退休后被返聘过两年，彻底退了以后，他回到冀中农村的家里度晚年，已经于三年前去世。在石瑞祥去世后的三年当中，他儿子瞒着情况没报，冒领了三年他父亲的退休金，最近才被人揭发出来。这事谁都没有料到。

记得老石曾经讲起，在他们天主教看来，人暴死不是福，缓死才是善终。缓死就意味着有时间请神父为其举行临终仪式；暴死则什么都来不及做。在他们教徒看来，暴死带有惩罚的意味。

我想，老石是有资格善终的。他已“进入安息之地，那里再没有风暴冲击”。

此时还不到人们下班的时间，满街已然是车辆如织，人流竞逐。我说：“在这一带散步有点儿乱啊。”

王贵显说：“有人气啊，生机勃勃。”他高高扬起一只手，大声讲道：“我去过欧洲，那里一片死气沉沉，哪儿像咱们这儿这么有活力？老牌儿资本主义，没戏唱了，21世纪看中国的，后来者居上，没跑儿。”他点点头又道，“你们还可以看得见，我没有太多的机会了。我现在是无所求，颐养天年，不问世事，一切顺其自然。人这一辈子，转眼就是百年……现在能每天出来看看这世界，已经算是人生之幸啦……”

8

闲下心来，我有时会记起王贵显说欧洲一片死气沉沉的那番话。我不曾去过欧洲，难以断定王贵显的观察的真假。我曾经想：假定王贵显的观察属实，那么，那些发达国家便仿佛是在等待什么。等什么呢？戈多？上帝？它们是不是就是在等着那些发展中国家、不发达国家，来向它们看齐呢？有朝一日真的看齐了，会发生一些什么事情呢？

老石死了，程鱼雁行将就木，王贵显在走命，我还在盛年，还在活着，爱着，写着，期待着。新成长起来的一茬茬一代代青年男女，遍布寰中城乡。大象无形，大音希声，地球的确在转动，自转和公转。谁都不愿意老去，谁都不愿意落入永劫。人类史有停滞的时候，自然史却一直向前。

我活着，爱着，写着，期待着，想天想地，精骛八极，心游万仞，浩然与溟涬同科。我思故我在，活着万岁。

《圣经·旧约》里相信有一个世界末日，有一个最后的审判。

印度神话里讲，世界在四十亿年中创造，在四十亿年中寂灭，再四十亿年创造，四十亿年寂灭……中国神话讲的是精卫填海，愚公移山，夸父逐日，女娲补天……夸父在逐日的路上渴死累死了，他手中的那根拐杖落地后，长成了郁郁葱葱的森林。

历史著作《极端的年代》一书的封面上，印有两句点题之语：

> 20世纪激起了人类最伟大的想象，
> 同时也摧毁了所有美好的幻想

世界存在于方生方死方死方生，生生不息的洪流之中，想象、幻想和理想，生于人心，人心在，当死的死去，当生的，还会再生长出来。

在《资本论》初版序言中，马克思痛说人类之苦：“在一切其他范围，我们是像西欧大陆各国一样，不仅有资本主义生产的发展来苦我们，而且有资本主义生产的不发展来苦我们。除了各种近代的痛苦，还有一系列遗传下来的痛苦，压迫着我们。引起这种痛苦的，是古旧的老朽的生产方式的残存，以及由此引起的种种反时代的社会关系和政治关系。我们不仅为生者所苦，且也为死者所苦。”

这是一个巨大的历史框架，一个漫长的卡夫丁峡谷，走出去需要时间、耐力和智慧。

贝多芬原副标题“献给拿破仑”，后一怒改为“纪念一个伟大的遗迹”的划时代的《第三交响曲》，末乐章以胜利狂欢宣告结束。到了他的《第九交响曲》中，却出现了漫长似永永无终了的顿挫、煎熬、疲惫、失望、挣扎、西西弗斯式的全力奋进……直到低音部分奏出绝对长度的幽寂与期待……随着人声的出现，才涌起人类和解的齐唱。我们将这两部伟大乐曲联系起来体味，当能发现一个恰如其分的隐喻。

穿越 20 世纪，历史又走过了这么多年，我们人类脚下的基础已经大大改观，从时间上说，我们今天离先贤瞻望的地方，又逼近了一些。“我们行经的景观已经改变，我们航向的大海不复旧观。”

“历史是在泥沼中跋涉的。”打比方说，有阶级以来的文明史延宕至公元两千年的最后一天，相当于演奏完贝九的第一乐章，现在，我们才进入第二乐章。贝九的第三乐章是无限畅想的乐章，在畅想的遐思中有天堂漫步的逸致。当着全体人类，无分男女老幼，皆做此畅想之日，合唱乐章就快到了。

萨特七十岁时曾说:“我把赌注压在人身上,而不是上帝身上。”同时他又说,“没有比这更不可靠的了。”

死亡是推进历史的积极因素之一。一个自然、合理、可爱的新世界，不可能出在嬴政、恺撒时代人的手上，也不可能出在 20 世纪的人的手上。新世界只能由身上没有旧世界的污染物的新人类建造，死亡淘汰的积极功能正在这里。在世世代代的淘汰过程中，也许就会诞生出在精神气质上与新时代匹配的人类，新世界自然水到渠成。

2004 年寒假结束，我女儿开学在即，她邀我一起听音乐。先听的是门德尔松的作品，觉得不过瘾，左挑右挑，她还是选择听朝比奈·隆指挥的贝九。一曲终了，她已然兴奋得满面飞霞。“最棒的还得说是贝九。”她高声赞美。我说：“等到阶级消灭的那一天，召开人类和解大会，由万人乐队演奏这首作品，全世界电视现场直播。”

“历史是在泥沼中跋涉的。”赛弗尔特写诗说他听到了棺材的开关声，我还没有听见。我活着，爱着，写着，期待着……

所憾者，我在有生之年，看不见我心目中的那个好世界立地成真了。对此，我将死不瞑目……

后 记

《雪焰》写什么？是怎么一回事？价值何在？自它交付给尊贵的读者之日起，便不再由我来言说。但是当眼尖的读者从版权页上看到两位编辑的名字的时候，自不免心生疑窦，欲知内情。

孙兴民先生是人民出版社的资深出版家，我的作品的卓越知音，一位不可多得的懂眼的人。刘姗姗女士也是骨干编辑，一位视图书出版为毕生事业的人。这样的两个人怎么会跨地域合作一本长篇小说呢？

刘姗姗在得知《雪焰》一稿的讯息后，表达了想一睹为快的愿望。可是在这之前，远在北京的孙兴民主任，业已将《雪焰》列入他今年的出版计划。当天，我感于其诚，想：自己想不出任何理由不给她看，于是便于当晚将《雪焰》全稿传给了她。这便惹出了后面的故事。

结果刘编辑看了一整夜，眼珠子看疼了，将电脑上的字放大了接着看。转天一早，我桌上的电话机便成了彩蝶翩翩的蝴蝶泉。番番回回，她跟我讲的都是《雪焰》《雪焰》，她的夜不能寐，缤纷感受，透辟品鉴……她恳言：无论这部小说在哪家出版社出版，她都愿意义务担当付梓前那一稿的审读、校对工作。

孙先生闻情大为动容，决定延请刘姗姗做《雪焰》的特邀责任编辑，他自己做策划编辑。他说："我被她感动了。我们不能让人家孩子委屈受伤，让她参加进来不就行了？大家一起来做这本书，两全其美。以前有过先例的。"

于是，在小说《雪焰》的编辑出版的全程，便编织灌溉下两位相隔千里的出版家的目光、心血和汗水。对此，谁又能再说"同行是冤家"呢？个中的拳拳与感动，又岂是纸墨所能够传达？又如何不是一段书界佳话？

所以，我坚持在书前将《雪焰》题献给他们二人，难道不是恰如其分吗？受之，他们又何愧之有？

在此，我衷心感谢东方出版社领导对本书出版的支持和帮助，感谢徐晖女士和刘越难编辑为本书所贡献的才智。此外，我还想说及，萧乾先生生前数次建议我写长篇小说，《雪焰》的问世，或许可算作对先生的告慰和交代吧！

建术

2012年9月21日于北京